Έμμα

Κεφάλαιο 1.

Το ξύλο του Έμμα, όμορφος, έξυπνος και πλούσιος, με άνετο σπίτι και χαρούμενη διάθεση, φαινόταν να ενώνει μερικές από τις καλύτερες ευλογίες της ύπαρξης. Και είχε ζήσει σχεδόν είκοσι ένα χρόνια στον κόσμο με πολύ λίγα για να την τρομοκρατήσει ή να την κακομεταχειρίσουν.

Ήταν η νεώτερη από τις δύο κόρες ενός πιο στοργικού, επιεικής πατρός. Και είχε, ως επακόλουθο του γάμου της αδελφής της, κυρία του σπιτιού του από πολύ νωρίς. Η μητέρα της είχε πεθάνει πάρα πολύ καιρό για να έχει περισσότερο από μια αδιαμφισβήτητη μνήμη της χαϊδεύει της. Και η θέση της είχε προμηθεύεται από μια εξαιρετική γυναίκα ως κυβερνήτη, η οποία είχε υποχωρήσει ελάχιστα από μια μητέρα στην αγάπη.

Δεκαέξι χρόνια είχε χάσει στο . Οικογένεια του ξυλουργού, λιγότερο ως κυβερνήτης από έναν φίλο, πολύ αγάπη για τις δύο κόρες, αλλά ιδιαίτερα για την Έμμα. Μεταξύ τους ήταν περισσότερο η οικειότητα των αδελφών. Ακόμη και πριν η είχε παύσει να κατέχει το ονομαστικό γραφείο του κυβερνήτη, η ηπιότητα της ιδιοσυγκρασίας της δεν της επέτρεπε να επιβάλει κανένα περιορισμό. Και η σκιά της εξουσίας τώρα έχει περάσει πολύ μακριά, ζούσαν μαζί σαν φίλος και φίλος πολύ αμοιβαία συνδεδεμένοι, και η Έμμα έκανε ακριβώς αυτό που της άρεσε. Με μεγάλη εκτίμηση της αποτίμησης της , αλλά κατευθυνόμενη κυρίως από τη δική της.

Το πραγματικό κακό, μάλιστα, της κατάστασης του Έμμα ήταν η δύναμη να έχει μάλλον πάρα πολύ τον τρόπο της και μια διάθεση να σκεφτεί λίγο πολύ καλά για τον εαυτό της. Αυτά ήταν τα μειονεκτήματα που απείλησαν το κράμα στις πολλές απολαύσεις της. Ο κίνδυνος, όμως, ήταν επί του παρόντος τόσο απρόσμενος, που με κανένα τρόπο δεν ταξινόμησε ως κακοτυχία μαζί της.

Η θλίψη ήρθε - μια ήπια θλίψη - αλλά καθόλου με τη μορφή οποιασδήποτε δυσάρεστης συνείδησης. - Έλειψε ο παντρεμένος. Ήταν η χαμένη απώλεια του που έφερε πρώτα θλίψη. Ήταν για την ημέρα του γάμου αυτού του αγαπημένου φίλου ότι η Έμμα καθόταν για πρώτη φορά στην θλιβερή σκέψη οποιασδήποτε συνέχισης. Ο γάμος πέρασε και οι νύφες, οι πατέρες και ο εαυτός της αφέθηκαν να δειπνήσουν μαζί, χωρίς την προοπτική ενός τρίτου να απολαύσουν ένα μακρύ βράδυ. Ο πατέρας της συνθέτει τον εαυτό του να κοιμάται μετά το δείπνο, όπως συνήθως, και εκείνη είχε μόνο να καθίσει και να σκεφτεί τι είχε χάσει.

Η εκδήλωση είχε κάθε υπόσχεση ευτυχίας για τον φίλο της. Κύριος. Ο ήταν ένας άνθρωπος εξαιρετικού χαρακτήρα, εύκολης τύχης, κατάλληλης ηλικίας και ευχάριστων τρόπων. Και υπήρξε κάποια ικανοποίηση για να εξετάσει με ποια αυτοπεποίθηση, γενναιόδωρη φιλία που πάντα ήθελε και προώθησε τον αγώνα. Αλλά ήταν έργο μαύρου πρωινού γι 'αυτήν. Η ανάγκη του θα γινόταν αισθητή κάθε ώρα κάθε μέρα. Θυμήθηκε την προηγούμενη καλοσύνη της - την καλοσύνη, την αγάπη δεκαέξι ετών - πώς δίδαξε και πώς έπαιξε μαζί της από πέντε χρονών - πώς είχε αφιερώσει όλες τις δυνάμεις της για να την προσδώσει και να την διασκεδάσει στην υγεία - και πώς την νοσηλευόταν μέσω των διαφόρων ασθενειών της παιδικής ηλικίας. Ένα μεγάλο χρέος ευγνωμοσύνης οφειλόταν εδώ. Αλλά η σεξουαλική επαφή των τελευταίων επτά χρόνων, η ισότιμη θεμελίωση και η τέλεια παραμονή, που σύντομα ακολούθησε το γάμο της Ιζαμπέλα, από το να μένουν ο ένας στον άλλο, ήταν ακόμα μια πιο ακριβή ανάμνηση του υποψηφίου. Ήταν ένας φίλος και σύντροφος, όπως λίγοι που κατείχε: έξυπνος, καλά πληροφορημένος, χρήσιμος, ευγενής, γνωρίζοντας όλους τους τρόπους της οικογένειας, που ενδιαφέρονται για όλες τις ανησυχίες της, και ιδιαιτέρως ενδιαφέρονται για τον εαυτό της, με κάθε ευχαρίστηση,από την δική της - εκείνη στην οποία θα μπορούσε να μιλήσει κάθε σκέψη καθώς προέκυψε και που είχε μια τέτοια αγάπη γι 'αυτήν που δεν μπορούσε ποτέ να βρει λάθος.

Πώς ήταν αυτή να φέρει την αλλαγή; -όταν ήταν αλήθεια ότι ο φίλος της πήγαινε μόνο μισό μίλι από αυτά? Αλλά Έμμα γνώριζε ότι μεγάλη πρέπει να είναι η διαφορά μεταξύ μιας κυρίας. , μόνο μισό μίλι από αυτά, και μια χαμένη στο σπίτι? Και με όλα τα πλεονεκτήματά της, φυσικά και οικιακά, ήταν πλέον σε μεγάλο κίνδυνο να υποφέρει από πνευματική μοναξιά. Αγαπούσε πολύ τον πατέρα της, αλλά δεν ήταν σύντροφος γι 'αυτήν. Δεν μπορούσε να την συναντήσει σε συζήτηση, ορθολογική ή παιχνιδιάρικη.

Το κακό της πραγματικής ανισότητας στις ηλικίες τους (και το δάσκαλο δεν είχε παντρευτεί νωρίς) αυξήθηκε πολύ από το σύνταγμα και τις συνήθειες του. Επειδή ήταν ένας υπηρέτης όλη τη ζωή του, χωρίς δραστηριότητα του νου ή του σώματος, ήταν ένας πολύ μεγάλος άνθρωπος με τρόπους από ό, τι σε χρόνια? Και αν και παντού αγαπημένος για τη φιλικότητα της καρδιάς του και την ευχάριστη ιδιοσυγκρασία του, τα ταλέντα του δεν θα μπορούσαν να τον συνιστούσαν ανά πάσα στιγμή.

Η αδελφή της, αν και συγκριτικά αλλά ελάχιστα απομακρυνόμενη από το γάμο, που εγκαταστάθηκε στο Λονδίνο, μόλις δεκαέξι μίλια μακριά, ήταν πολύ πιο μακριά από την καθημερινή της εμβέλεια. Και πολλά μακρύ Οκτώβριο και Νοέμβριο το βράδυ πρέπει να αγωνιστούν μέσα στο Χάρτφιλντ, πριν τα Χριστούγεννα έφεραν την επόμενη επίσκεψη από την ισαβέλλα και τον σύζυγό της, και τα μικρά παιδιά τους, για να γεμίσει το σπίτι και να της δώσει ξανά ευχάριστη κοινωνία.

Το μεγάλο και πολυπληθές χωριό, το οποίο σχεδόν ανέρχεται σε μια πόλη, στην οποία το , παρά το ξεχωριστό χλοοτάπητα, και τα θάμνους, και το όνομά του, πραγματικά ανήκε, δεν της έδινε ίσους. Τα ξύλινα σπίτια ήταν κατά συνέπεια πρώτα. Όλοι τους κοίταξαν. Είχε πολύ γνωστή στο χώρο, γιατί ο πατέρας της ήταν γενικά πολιτικός, αλλά όχι ένας από αυτούς πουθα μπορούσαν να γίνουν αποδεκτές αντί για το χαμόγελο για μισή μέρα. Ήταν μια μελαγχολική αλλαγή. Και η Έμμα δεν μπορούσε παρά να αναστενάζει πάνω της και να επιθυμούσε αδύνατα πράγματα, μέχρι που ο πατέρας της ξύπνησε και έκανε απαραίτητο να είναι χαρούμενος. Τα πνεύματά του απαιτούσαν υποστήριξη. Ήταν νευρικός άνθρωπος, εύκολα καταθλιπτικός. Αγαπούσε κάθε σώμα που είχε συνηθίσει και μίσησε για να τα μοιραστεί μαζί τους. Μισητά την αλλαγή κάθε είδους. Ο γάμος, ως η προέλευση της αλλαγής, ήταν πάντα δυσάρεστη. Και ποτέ δεν συμφώνησε με το γάμο της κόρης του, ούτε θα μπορούσε ποτέ να μιλήσει γι'αυτήν, αλλά με συμπόνια, αν και ήταν εξ ολοκλήρου αγάπη της αγάπης, όταν ήταν πλέον υποχρεωμένος να χωρίσει και με τη χαμένη Τέιλορ. Και από τις συνήθειες του ήπιου εγωισμού και από το ότι δεν μπορεί ποτέ να υποθέσει ότι άλλοι άνθρωποι μπορούν να αισθάνονται διαφορετικά από τον εαυτό του, ήταν πολύ διατεθειμένος να σκέφτεται ότι η είχε κάνει τόσο λυπηρό για τον εαυτό της, όπως και γι'αυτούς, και θα ήταν πολύ πιο ευτυχισμένη αν είχε περάσει όλη την υπόλοιπη ζωή της στο . Ο Έμμα χαμογέλασε και κουβεντιάσει με χαρά που μπορούσε, για να τον κρατήσει από τέτοιες σκέψεις. Αλλά όταν ήρθε το τσάι, ήταν αδύνατο γι'αυτόν να μην πει ακριβώς όπως είπε στο δείπνο, "κακή !" "Θα ήθελα να ήταν και πάλι εδώ ... Τι κρίμα είναι ότι ο κ. Ποτέ δεν το σκέφτηκε!"

"Δεν μπορώ να συμφωνήσω μαζί σας, ο παπάς, ξέρετε ότι δεν μπορώ." Ο κ. Είναι ένας τόσο καλός, ευχάριστος, άριστος άνθρωπος, που αξίζει πολύ καλή σύζυγο - και δεν θα είχατε χάσει το ζωντανό μαζί μας για πάντα, και να φέρει όλα τα περίεργα μου χιούμορ, όταν μπορεί να έχει ένα δικό της σπίτι; "

«ένα σπίτι της δικής του!» - αλλά πού είναι το πλεονέκτημα ενός δικού της σπιτιού; αυτό είναι τριπλάσιο του μεγέθους του. -και δεν έχετε ποτέ παράξενο χιούμορ, αγαπητέ μου.

"πόσο συχνά θα τους δούμε και θα έρθουν να μας δουν!" - θα είμαστε πάντα συνάντηση, πρέπει να ξεκινήσουμε, πρέπει να πάμε και να πληρώσουμε επίσκεψη γάμου πολύ σύντομα ".

"αγαπητέ μου, πώς μπορώ να φτάσω μέχρι τώρα;

"όχι, παπά, κανείς δεν σκέφτηκε να περπατάει, πρέπει να πάμε στη μεταφορά, για να είμαστε σίγουροι."

"αλλά ο δεν θα ήθελε να βάλει τα άλογα για τόσο μικρό δρόμο - και πού είναι τα κακά άλογα για να είμαστε ενώ πληρώνουμε την επίσκεψή μας;"

"θα πρέπει να τεθούν στο σταθερό του , παπάς, ξέρετε ότι έχουμε τακτοποιήσει όλα αυτά ήδη έχουμε μιλήσει παντού με τον κ. Χθες το βράδυ και όσο για τον μπορεί να είστε σίγουροι ότι θα πάνε πάντα σε καμιά περίπτωση, επειδή η κόρη του είναι εκεί που έχει την οικογένειά του, μόνο αμφιβάλλω αν θα μας πάει ποτέ οπουδήποτε αλλού, αυτό ήταν το πράσινό σου, παπάς, πήρατε τη Χάννα εκείνο το καλό μέρος. Σε εσένα!"

"Είμαι πολύ χαρούμενος που το σκέφτηκα, ήταν πολύ τυχερός, γιατί δεν θα είχα φτωχούς σκέφτομαι τον εαυτό μου κακομεταγωνισμένο σε οποιοδήποτε λογαριασμό και είμαι βέβαιος ότι θα κάνει έναν πολύ καλό υπηρέτη: είναι μια πολιτική, ομιλητή κοπέλα, έχω μια μεγάλη γνώμη γι 'αυτήν, κάθε φορά που την βλέπω, πάντα κούρεσε και με ρωτάει πώς κάνω με πολύ όμορφο τρόπο και όταν την έχεις εδώ για να κάνεις κεντήματα βλέπω ότι γυρίζει πάντα την κλειδαριά από την πόρτα με το σωστό δρόμο και ποτέ δεν κτυπά το, είμαι βέβαιος ότι θα είναι μια εξαιρετική υπηρέτρια και θα είναι μεγάλη άνεση για τους φτωχούς χάσετε για να έχει κάποιον για την που είναι συνηθισμένη να βλέπει κάθε φορά που ο πηγαίνει για να δει η κόρη του, ξέρετε, θα μας ακούσει, θα μπορέσει να της πει πώς είμαστε όλοι ".

Η Έμμα δεν έβγαλε καθόλου προσπάθειες για να διατηρήσει αυτήν την πιο ευτυχισμένη ροή ιδεών και ελπίζονταν με τη βοήθεια του τάβλι να πάρει το πατέρα της ανεκτικά το βράδυ και να μην επιτεθεί από τη λύπη αλλά από τη δική της. Το τάβλι-τραπέζι τοποθετήθηκε; Αλλά ένας επισκέπτης αμέσως μετά μπήκε μέσα και κατέστησε περιττό.

Κύριος. Ο , ένας λογικός άνδρας περίπου επτά ή οκτώ και τριάντα, δεν ήταν μόνο ένας πολύ παλιός και φιλόξενος φίλος της οικογένειας, αλλά ιδιαίτερα συνδεδεμένος με αυτόν, όπως ο μεγαλύτερος αδελφός του συζύγου της . Ζούσε περίπου ένα μίλι από το , ήταν ένας συχνός επισκέπτης και πάντα ευπρόσδεκτος και αυτή τη στιγμή πιο ευπρόσδεκτος από το συνηθισμένο, καθώς έρχεται κατευθείαν από τις αμοιβαίες συνδέσεις τους στο Λονδίνο. Είχε επιστρέψει σε ένα αργό δείπνο, μετά από μερικές ημέρες απουσίας, και τώρα πήγε στο για να πει ότι όλα ήταν καλά στην πλατεία . Ήταν μια ευχάριστη περίσταση, και ο κινούμενος κύριος. Ξύλο για κάποιο χρονικό διάστημα. Κύριος. Είχε μια χαρούμενη τρόπο, που πάντα τον έκανε καλό; Και οι πολλές έρευνές του μετά την "φτωχή ισαβέλλα" και τα παιδιά της απάντησαν με ικανοποιητικό τρόπο. Όταν τελείωσε, κύριε. Παρατηρήθηκε με ευγνωμοσύνη, "είναι πολύ ευγενικό σας, κύριε. , να βγούμε αυτή την αργά ώρα για να μας καλέσετε. Φοβάμαι ότι πρέπει να είχαμε έναν συγκλονιστικό περίπατο. "

"δεν είναι καθόλου, κύριε, είναι μια όμορφη νυχτερινή νύχτα και τόσο ήπια που πρέπει να επιστρέψω από τη μεγάλη φωτιά".

"αλλά πρέπει να το βρήκατε πολύ βρεγμένο και βρώμικο.

"βρώμικο, κύριε, κοιτάξτε τα παπούτσια μου, όχι ένα στίγμα πάνω τους".

"αυτό είναι πολύ περίεργο, γιατί είχαμε μια μεγάλη βροχή εδώ, έβρεξε τρομακτικά σκληρά για μισή ώρα ενώ βρισκόμασταν στο πρωινό, ήθελα να τους αποβάλει ο γάμος".

"από το αντίο - δεν ήθελα να χαίρεσαι, γνωρίζοντας καλά τι είδους χαρά πρέπει να νιώσετε και οι δύο, δεν με βιαζόμουν με τα συγχαρητήριά μου αλλά ελπίζω ότι όλα πήγαν ανεκτά καλά. Όλοι συμπεριφέρονται; ποιος φώναξε περισσότερο; "

"αχ! Φτωχός χαμογελώντας!" μια θλιβερή επιχείρηση. "

"κακή κυρία και χάσετε το ξύλο, αν σας παρακαλώ, αλλά δεν μπορώ να πω" φτωχός χάσετε . " έχω μεγάλη προσοχή για εσάς και το Έμμα, αλλά όταν πρόκειται για το ζήτημα της εξάρτησης ή της ανεξαρτησίας - σε κάθε περίπτωση, θα πρέπει να είναι καλύτερα να έχετε μόνο ένα για να ευχαριστήσετε από δύο ".

"ειδικά όταν ένα από αυτά τα δύο είναι ένα τόσο φανταστικό, ενοχλητικό πλάσμα!" είπε παιχνιδιάρικα. "αυτό είναι που έχετε στο κεφάλι σας, ξέρω - και αυτό που θα λέγατε σίγουρα αν ο πατέρας μου δεν ήταν κοντά".

"Πιστεύω ότι είναι πολύ αληθινό, αγαπητέ μου, πράγματι", δήλωσε ο κ. Ξύλο, με αναστεναγμό. «φοβάμαι ότι είμαι μερικές φορές πολύ φανταστικό και ενοχλητικό».

"ο αγαπητός μου παπάς, δεν νομίζετε ότι θα μπορούσα να σας εννοήσω, ή να υποθέσετε ότι ο κύριος θα σας εννοούσε ... Τι φοβερή ιδέα!" Οχι ", εννοούσα μόνο τον εαυτό μου, ο κύριος αγαπά να βρω λάθος με μένα, ξέρετε ένα αστείο - είναι ένα αστείο, πάντα λέμε ό, τι μας αρέσει ο ένας στον άλλο. "

Κύριος. Ο ήταν ένας από τους λίγους ανθρώπους που μπορούσαν να δουν λάθη στο ξυλουργείο του Έμμα και ο μόνος που του είπε γι 'αυτούς: και παρόλο που αυτό δεν ήταν ιδιαίτερα ευχάριστο για την ίδια την Έμμα, ήξερε ότι θα ήταν πολύ λιγότερο στον πατέρα της, ότι δεν θα μπορούσε να τον υποπτεύσει πραγματικά μια τέτοια περίσταση, όπως της δεν θεωρείται τέλεια από κάθε σώμα.

"Η Έμμα ξέρει ότι δεν την κοροϊρίζω ποτέ", είπε ο κ. ", αλλά δεν σήμαινα καμία σκέψη σε οποιοδήποτε σώμα.Η έχει συνηθίσει να έχει δύο άτομα για να ευχαριστήσει, τώρα θα έχει μόνο ένα, οι πιθανότητες είναι ότι πρέπει να είναι κερδισμένος".

"καλά", είπε η Έμμα, πρόθυμη να την αφήσει να περάσει- "θέλετε να ακούσετε για το γάμο και θα είμαι χαρούμενος που θα σας πω, γιατί όλοι συμπεριφερόμαστε γοητευτικά: κάθε σώμα ήταν ακριβές, κάθε σώμα στην καλύτερη εμφάνισή τους: ένα δάκρυ, και ένα μακρύ πρόσωπο που θα μπορούσε να δει κανείς δεν είχαμε όλοι αισθανόμαστε ότι θα βρισκόμασταν μόνο μισό μίλι μακριά και είμαστε σίγουροι για την συνάντηση κάθε μέρα ».

"αγαπητέ Έμμα φέρει κάθε πράγμα τόσο καλά", είπε ο πατέρας της. "αλλά, κύριε , είναι πολύ λυπηρό να χάσει την κακή και είμαι βέβαιος ότι θα την παραδεχτεί περισσότερο από όσο νομίζει.

Η Έμμα γύρισε το κεφάλι της, χωρισμένη ανάμεσα σε δάκρυα και χαμόγελα. «είναι αδύνατο να μην χάσει η Έμμα έναν τέτοιο σύντροφο», είπε ο κ. . "δεν θα έπρεπε να την αρέσει τόσο καλά όπως και εμείς, κύριε, αν μπορούσαμε να το υποθέσουμε, αλλά ξέρει πόσο θα χάσει ο γάμος το πλεονέκτημα του · ξέρει πόσο αποδεκτό πρέπει να είναι, στο χρόνο ζωής του , να να εγκατασταθεί σε ένα δικό της σπίτι και πόσο σημαντικό για να είναι ασφαλές για μια άνετη παροχή και επομένως δεν μπορεί να αφήσει τον εαυτό της να αισθάνεται πόνο πόσο ευχαρίστηση κάθε φίλος της πρέπει να χαρεί να την παντρευτεί τόσο ευτυχισμένη. "

"και έχετε ξεχάσει ένα θέμα χαράς για μένα", δήλωσε η Έμμα, "και μια πολύ σημαντική - ότι έκανα τον αγώνα ο ίδιος, έκανα τον αγώνα, ξέρετε, πριν από τέσσερα χρόνια και να το λάβουμε χώρα. Να αποδειχθεί στα δεξιά, όταν τόσοι πολλοί άνθρωποι είπαν ότι ο κ. Δεν θα παντρευτεί ξανά, μπορεί να με παρηγορήσει για οποιοδήποτε πράγμα ».

Κύριος. Ο κούνησε το κεφάλι της. Ο πατέρας της αγάπη μου απάντησε, "αχ! Αγαπητέ μου, εύχομαι να μην κάνετε αγώνες και να προλάβετε τα πράγματα, γιατί ό, τι λέτε πάντοτε πλησιάζει, προσεύχεστε να μην κάνετε πλέον αγώνες".

"Σας υπόσχομαι να μην κάνετε τίποτα για τον εαυτό μου, παπά, αλλά πρέπει, πράγματι, για άλλους ανθρώπους, είναι η μεγαλύτερη διασκέδαση στον κόσμο και μετά από τέτοια επιτυχία, ξέρεις!" - κάθε σώμα είπε ότι ο κ. Δεν θα παντρευτεί ποτέ ξανά, ο κ. , που ήταν χήρος τόσο καιρό και που φαινόταν τόσο άνετα χωρίς μια γυναίκα, τόσο συνεχώς κατειλημμένη είτε στην δουλειά του στην πόλη ή ανάμεσα στους φίλους του εδώ, πάντα αποδεκτή οπουδήποτε πήγε, πάντα ζωντανό-κ. Δεν χρειάζεται να περάσει μόνο ένα βράδυ μόνο το χρόνο αν δεν του άρεσε.Οχι όχι ο κ. Σίγουρα δεν θα παντρευτόταν ξανά, άλλοι μιλούσαν μάλιστα για μια υπόσχεση στη σύζυγό του στο θάνατό του και άλλοι από το γιο και ο θείος που δεν τον άφησαν να μιλήσει για όλα τα επίσημα λάθη, αλλά δεν πίστευα σε τίποτα.

"από τη μέρα - πριν από περίπου τέσσερα χρόνια - που χάσαμε τον και συναντηθήκαμε μαζί του στη λωρίδα , όταν, επειδή άρχισε να ψιθυρίζει, έτρεξε μακριά με τόση γοητεία και δανείστηκε δύο ομπρέλες για εμάς από τον αγρότη , εγώ έκανα το μυαλό μου για αυτό το θέμα και σχεδίασα τον αγώνα από εκείνη την ώρα και όταν μια τέτοια επιτυχία με ευλόγησε σε αυτό το παράδειγμα, αγαπητοί τραπεζίτες, δεν μπορείς να σκεφτείς ότι θα αφήσω τα ματς ".

"Δεν καταλαβαίνω τι σημαίνει" επιτυχία "," είπε ο κ. . "Η επιτυχία προϋποθέτει προσπάθεια: ο χρόνος σας έχει δαπανηθεί σωστά και ευγενικά, αν προσπαθήσατε τα τέσσερα τελευταία χρόνια να επιτύχετε αυτόν τον γάμο."

Αν και αξίζει να το φτιάξετε όπως λέτε, σημαίνει μόνο το σχεδιασμό του, το να λέτε σε εσάς μία αδρανή μέρα, «νομίζω ότι θα ήταν πολύ καλό για την εάν ο κ. Επρόκειτο να την παντρευτεί» και να το λέει ξανά στον εαυτό σας κάθε μέρα και μετά, γιατί μιλάς για επιτυχία; Πού είναι η αξία σου; Για ποιο λόγο είσαι υπερήφανος; Κάνατε μια τυχερή εικασία και αυτό είναι το μόνο που μπορεί να πει κανείς. "

"και δεν γνωρίσατε ποτέ την ευχαρίστηση και το θρίαμβο μιας τυχερής εικασίας; -υποψυχθήκατε εσείς. -Το σκέφτηκα ότι είναι πιο έξυπνο, εξαρτάται από το ότι μια τυχερή εικασία δεν είναι ποτέ απλή τύχη. Η φτωχή λέξη "επιτυχία" μου, με την οποία διαμαρτύρονται, δεν ξέρω ότι είμαι τόσο εντελώς χωρίς καμία αξίωση γι 'αυτό, έχετε σχεδιάσει δύο όμορφες εικόνες, αλλά νομίζω ότι μπορεί να υπάρχει ένα τρίτο - κάτι ανάμεσα στο - και αν δεν είχα προωθήσει τις επισκέψεις του κ. Εδώ, και έδωσα πολλές μικρές ενθαρρύνσεις και εξομάλυνε πολλά μικρά πράγματα, ίσως να μην είχε φτάσει σε τίποτα τελικά ... Νομίζω ότι πρέπει να γνωρίζεις αρκετά το για να το καταλάβεις . "

"ένας απλός, ανοιχτόχρωμος άντρας όπως ο και μια λογική, μη προσβληθείσα γυναίκα όπως η , μπορεί να μένουν με ασφάλεια για να διαχειριστούν τις δικές τους ανησυχίες, είναι πιθανότερο να έχουν προκαλέσει βλάβη στον εαυτό σου, παρά καλό σε αυτούς, με παρεμβολές. "

"η Έμμα ποτέ δεν σκέφτεται τον εαυτό της, αν μπορεί να κάνει καλό σε άλλους", επανέλαβε ο κ. Ξύλο, κατανόηση αλλά εν μέρει. "αλλά, αγαπητοί μου, προσεύχεστε να μην κάνετε πλέον ταιριάζει, είναι ανόητα πράγματα και σπάστε τον οικογενειακό κύκλο με θλίψη».

"ένας μόνο άλλος, ο παπάς, μόνο για τον κ. , κακός κ. , όπως ο κύριος , ο παπάς, πρέπει να κοιτάξω για μια γυναίκα γι 'αυτόν. Εδώ και ολόκληρο το χρόνο, και έχει τοποθετήσει το σπίτι του τόσο άνετα, ότι θα ήταν κρίμα να τον κρατήσω ενωμένο - και σκέφτηκα όταν συνέδεε τα χέρια του σήμερα, φαινόταν τόσο πολύ σαν να ήθελε να έχω το ίδιο γραφείο για τον ίδιο! Νομίζω πολύ καλά τον κ. , και αυτός είναι ο μόνος τρόπος που έχω να του κάνω μια υπηρεσία ".

"ο κ. Είναι ένας πολύ όμορφος νεαρός άνδρας και ένας πολύ καλός νεαρός άνδρας και εγώ τον έχω μεγάλη σημασία, αλλά αν θέλετε να του δείξετε οποιαδήποτε προσοχή, αγαπητέ μου, να του ζητήσετε να έρθετε και να δειπνήσετε με εμάς κάποια μέρα, αυτό θα είναι ένα πολύ καλύτερο πράγμα, τολμώ ότι ο κύριος θα είναι τόσο ευγενικός που θα τον συναντήσει ».

"με μεγάλη χαρά, κύριε, ανά πάσα στιγμή", δήλωσε ο κ. , γελώντας, "και συμφωνώ μαζί σας, ότι θα είναι πολύ καλύτερο, να τον καλέσετε στο δείπνο, στο Έμμα και να τον βοηθήσετε στο καλύτερο ψάρι και κοτόπουλο, αλλά να τον αφήσετε να γοητεύσει τη δική του γυναίκα. Εξαρτάται από αυτό, ένας άνθρωπος έξι ή επτά και είκοσι μπορεί να φροντίσει τον εαυτό του. "

Κεφάλαιο

Κύριος. Ο ήταν ντόπιος του , και γεννήθηκε από μια αξιοσέβαστη οικογένεια, η οποία για τις τελευταίες δύο ή τρεις γενιές είχε ανεβαίνει στην εφηβεία και την περιουσία. Είχε καλή μόρφωση, αλλά πέτυχε νωρίς στη ζωή του σε μια μικρή ανεξαρτησία, είχε γίνει αδιάφορη για οποιαδήποτε από τις πιο οικείες αναζητήσεις στις οποίες ασχολήθηκαν οι αδελφοί του και είχε ικανοποιήσει ένα ενεργό, χαρούμενο πνεύμα και κοινωνική ιδιοσυγκρασία εισερχόμενοι η πολιτοφυλακή του νομού του, στη συνέχεια ενσωματώθηκε.

Ο καπετάνιος ήταν ένας γενικός αγαπημένος. Και όταν οι πιθανότητες της στρατιωτικής του ζωής τον είχαν εισαγάγει να χάσει, μιας μεγάλης οικογένειας και η ερωτεύτηκε μαζί του, κανένας δεν ήταν έκπληκτος, εκτός από τον αδελφό της και τη σύζυγό του που δεν τον είχε δει ποτέ και οι οποίοι ήταν γεμάτη υπερηφάνεια και σπουδαιότητα, που η σύνδεση θα προσβάλλει.

Απουσιάζει όμως η εκκλησία, και με την πλήρη διοίκηση της περιουσίας της - αν και η τύχη της δεν έφερε καμία αναλογία στην οικογενειακή περιουσία - δεν έπρεπε να αποθαρρυνθεί από το γάμο και έλαβε χώρα, στην άπειρη θανατηφόρο του. Και κα., ο οποίος την έριξε μακριά με το σωστό ντεκόρ. Ήταν μια ακατάλληλη σύνδεση και δεν παράγει μεγάλη ευτυχία. Κυρία. Η θα έπρεπε να βρεθεί περισσότερο σε αυτήν, γιατί είχε έναν άντρα του οποίου η ζεστή καρδιά και η γλυκιά ιδιοσυχνία τον έκανε να σκεφτεί κάθε πράγμα λόγω της σε αντάλλαγμα για το μεγάλο καλοσύνη του να τον ερωτευτείς. Αλλά αν και είχε ένα είδος πνεύματος, δεν είχε το καλύτερο. Είχε αρκετό ψήφισμα για να επιδιώξει τη δική της βούληση, παρά τον αδελφό της, αλλά όχι αρκετό για να απέχει από την αδικαιολόγητη λύπη για τον παράλογο θυμό του αδελφού της, ούτε για να χάσει τις πολυτέλειες της πρώην κατοικίας της.

Ο καπετάνης , ο οποίος θεωρήθηκε, ειδικά από τους εκκλησιαστικούς θησαυρούς, ότι έκανε έναν τέτοιο εκπληκτικό αγώνα, αποδείχθηκε ότι είχε το πολύ χειρότερο από το παζάρι. Γιατί όταν πέθανε η σύζυγός του, μετά από έναν τριετή γάμο, ήταν μάλλον φτωχότερος άνθρωπος από την αρχή και με παιδί να συντηρεί. Από τη δαπάνη του παιδιού, ωστόσο, ανακουφίστηκε σύντομα. Το αγόρι είχε, με τον πρόσθετο μαλακτικό ισχυρισμό μιας παρατεταμένης ασθένειας της μητέρας του, το μέσο ενός είδους συμφιλίωσης. Και ο κ. Και κα. , που δεν έχουν δικά τους παιδιά, ούτε οποιοδήποτε άλλο νεαρό πλάσμα της ίδιας συγγενικής φροντίδας, προσφέρθηκε να πάρει ολόκληρη την κατηγορία της μικρής ειλικρινής σύντομα μετά το θάνατό της. Κάποιες κάποιες ασυλίες και κάποια απροθυμία που μπορεί να υποθέσει ο χήρος-πατέρας. Αλλά καθώς ξεπεράστηκαν από άλλες εκτιμήσεις,

Μια πλήρης αλλαγή της ζωής έγινε επιθυμητή. Εγκατέλειψε την πολιτοφυλακή και ασχολήθηκε με το εμπόριο, έχοντας αδελφούς ήδη εγκατεστημένους σε καλό δρόμο στο Λονδίνο, που του έδινε ένα ευνοϊκό άνοιγμα. Ήταν μια ανησυχία που έφερε αρκετή απασχόληση. Είχε ακόμα ένα μικρό σπίτι στο , όπου οι περισσότερες από τις ημέρες του ελεύθερου χρόνου δαπανήθηκαν. Και μεταξύ της χρήσιμης κατοχής και των ευχαριστιών της κοινωνίας, τα επόμενα δεκαοκτώ ή είκοσι χρόνια της ζωής του περνούσαν χαρούμενα μακριά. Εκείνη την εποχή είχε συνειδητοποιήσει μια εύκολη ικανότητα - αρκετή για να εξασφαλίσει την αγορά ενός μικρού κτήματος που γειτνιάζει με το , το οποίο είχε πάντα λαχταρούσε - αρκετά για να παντρευτεί μια γυναίκα ως απεριόριστη ακόμη και ως και για να ζήσει σύμφωνα με τις επιθυμίες από τη δική του φιλική και κοινωνική διάθεση.

Ήταν λίγος καιρός από τότε που η είχε αρχίσει να επηρεάζει τα σχέδιά του. Αλλά επειδή δεν ήταν η τυραννική επιρροή της νεολαίας στη νεολαία, δεν είχε κλονίσει την αποφασιστικότητά του να μην εγκατασταθεί ποτέ μέχρι να μπορέσει να αγοράσει αγώνες, και η πώληση των από καιρό περίμενε προς τα εμπρός. Αλλά είχε πάει σταθερά επάνω, με αυτά τα αντικείμενα εν όψει, μέχρι να ολοκληρωθούν. Είχε κάνει την τύχη του, αγόρασε το σπίτι του, και έλαβε τη σύζυγό του. Και ξεκίνησε μια νέα περίοδο ύπαρξης, με κάθε πιθανότητα μεγαλύτερης ευτυχίας από ό, τι σε κάποια άλλη που πέρασε. Δεν ήταν ποτέ ένας δυστυχισμένος άνθρωπος. Η δική του ιδιοσυγκρασία τον εξασφάλισε από αυτό, ακόμα και στον πρώτο γάμο του. Αλλά ο δεύτερος πρέπει να του δείξει πόσο ευχάριστη μπορεί να είναι μια ευγενική και πραγματικά φιλική γυναίκα και πρέπει να του δώσει την πιο ευχάριστη απόδειξη ότι είναι πολύ καλύτερα να επιλέξει από το να επιλέξει,

Είχε μόνο τον εαυτό του να ευχαριστήσει την επιλογή του: η τύχη του ήταν δική του. Για να είμαι ειλικρινής, ήταν κάτι περισσότερο από το να αναγκαστικά ανατράφηκε ως κληρονόμος του θείου του, είχε γίνει έτσι δεκτή υιοθεσία για να τον πάρει το όνομα του την εποχή της γήρανσης. Ήταν πολύ απίθανο, επομένως, να θέλει ποτέ την βοήθεια του πατέρα του. Ο πατέρας του δεν είχε καμία ανησυχία γι 'αυτό. Η θεία ήταν μια ιδιότροπη γυναίκα και κυβερνούσε το σύζυγό της εξ ολοκλήρου. Αλλά δεν ήταν στον κύριο. Τη φύση του να φανταστεί ότι κάθε καπρίτσιο θα μπορούσε να είναι αρκετά ισχυρή ώστε να επηρεάσει τόσο πολύ αγαπητό και, όπως πίστευε, τόσο αγαπητό αγαπητό. Είδε τον γιο του κάθε χρόνο στο Λονδίνο και ήταν περήφανος γι 'αυτόν. Και η αφηρημένη του έκθεση ως ένας πολύ καλός νεαρός άνδρας είχε κάνει το να αισθάνεται ένα είδος υπερηφάνειας και σε αυτόν.

Κύριος. Το ήταν ένα από τα υπερηφανεύματα του , και μια ζωντανή περιέργεια για να τον δει επικρατούσε, αν και η φιλοφρόνηση ήταν τόσο μικρή επέστρεψε που δεν είχε ποτέ εκεί στη ζωή του. Ήρθε συχνά να μιλήσει για την επίσκεψή του στον πατέρα του, αλλά ποτέ δεν κατάφερε.

Τώρα, μετά τον γάμο του πατέρα του, προτάθηκε πολύ γενικά, ως μια σωστή προσοχή, να γίνει η επίσκεψη. Δεν υπήρχε φωνή για το θέμα, είτε όταν η κ. Έπιναν τσάι με την κα. Και να χάσετε , ή όταν η κ. Και η επέστρεψε την επίσκεψη. Τώρα ήταν η ώρα για τον κ. Ειλικρινή εκκλησία να έρθει ανάμεσα τους. Και η ελπίδα ενισχύθηκε όταν έγινε κατανοητό ότι είχε γράψει στη νέα μητέρα του με την ευκαιρία. Για λίγες μέρες, κάθε πρωινή επίσκεψη στο περιλάμβανε κάποια αναφορά των ωραίων επιστολών κ. Που είχε λάβει. "Υποθέτω ότι έχετε ακούσει για το όμορφο γράμμα του κ. Έχει γράψει στην κ. - καταλαβαίνω ότι ήταν ένα πολύ όμορφο γράμμα, μάλιστα ο κ. Μου είπε γι 'αυτό, ο κ. Είδε την επιστολή και λέει δεν είδε ποτέ μια τόσο όμορφη επιστολή στη ζωή του. "

Ήταν, πράγματι, μια πολύτιμη επιστολή. Κυρία. Ο είχε, φυσικά, σχηματίσει μια πολύ ευνοϊκή ιδέα για τον νεαρό. Και μια τέτοια ευχάριστη προσοχή ήταν μια ακαταμάχητη απόδειξη της μεγάλης καλής του λογικής και μια πολύ ευπρόσδεκτη προσθήκη σε κάθε πηγή και κάθε έκφραση συγχαρητηρίων που ο γάμος της είχε ήδη εξασφαλίσει. Αισθάνθηκε την ίδια την πιο τυχερή γυναίκα. Και είχε ζήσει αρκετό καιρό για να μάθει πόσο τυχερός θα μπορούσε να σκεφτεί, όπου η μόνη λύπη ήταν για ένα μερικό χωρισμό από τους φίλους των οποίων η φιλία για αυτήν δεν είχε ποτέ κρυώσει και ποιος θα μπορούσε να αρρωστήσει να χωρίσει μαζί της.

Ήξερε ότι κατά καιρούς πρέπει να χαθεί. Και δεν μπορούσε να σκεφτεί, χωρίς πόνο, ότι η Έμμα έχασε μια μοναδική ευχαρίστηση ή έπασχε από μια ώρα του , από την έλλειψη της συνοδείας της: αλλά η αγαπημένη Έμμα δεν είχε κανένα αδύνατο χαρακτήρα. Ήταν πιο ίση με την κατάστασή της από ό, τι τα περισσότερα κορίτσια θα ήταν, και θα είχαν νόημα και ενέργεια, και τα πνεύματα που θα μπορούσαν να ελπίζουν θα την φέρουν καλά και ευτυχώς μέσα από τις μικρές δυσκολίες και απολύσεις της. Και στη συνέχεια υπήρχε μια τέτοια άνεση στην πολύ εύκολη απόσταση από από το , τόσο βολικό για ακόμη και μοναχικό περπάτημα των γυναικών, και στο . Της διάθεσης και των περιστάσεων της , γεγονός που θα καθιστούσε την προσεχή εποχή κανένα εμπόδιο στη δαπάνη των μισών βράδια της εβδομάδας μαζί.

Η κατάστασή της ήταν εντελώς θέμα ευγνωμοσύνης προς την κα. , και μόνο στιγμές λύπης; Και η ικανοποίησή της - η περισσότερη από την ικανοποίησή της - η χαρούμενη απόλαυσή της, ήταν τόσο δίκαιη και τόσο εμφανής, ότι η Έμμα, καθώς γνώριζε τον πατέρα της, μερικές φορές έβγαζε το ξαφνικό παράπονο του ότι ήταν ακόμα σε θέση να λυπηθεί «φτωχός χαμένος » την άφησε σε στο κέντρο κάθε οικιακής άνεση, ή την είδε να πάει μακριά το βράδυ που παρακολουθούσε ο ευχάριστος σύζυγός της σε μια δική της μεταφορά. Αλλά ποτέ δεν πήγε χωρίς τον κ. Το ξυλουργείο δίνει ένα απαλό αναστεναγμό και λέει, "αχ, φτωχός χαμογελώντας, θα ήταν πολύ ευτυχής να μείνει".

Δεν υπήρχε ανάκαμψη της - ούτε μεγάλη πιθανότητα να πάψει να την λυπάται. Αλλά μερικές εβδομάδες έφεραν κάποια ανακούφιση από τον κ. ΞΥΛΙΝΟ ΣΠΙΤΙ. Τα συγχαρητήρια των γειτόνων του τελείωσαν. Δεν ήταν πλέον πειράγματα με την επιθυμία χαράς του τόσο θλιβερό ένα γεγονός; Και η γαμήλια τούρτα, η οποία είχε μεγάλη δυσκολία γι 'αυτόν, ήταν όλοι τρώνε. Το δικό του στομάχι δεν μπορούσε να φέρει τίποτα πλούσιο και δεν μπορούσε ποτέ να πιστέψει ότι άλλοι άνθρωποι ήταν διαφορετικοί από τον εαυτό του. Αυτό που ήταν ανυπόφορη γι 'αυτόν θεωρούσε ακατάλληλο για οποιοδήποτε σώμα. Και αυτός, λοιπόν, προσπάθησε σκληρά να τους αποτρέψει από το να έχουν οποιαδήποτε γαμήλια τούρτα καθόλου, και όταν αυτό αποδείχθηκε μάταιο, όπως προσπάθησε σκληρά για να αποτρέψει κάθε σώμα να το τρώει. Είχε βρεθεί στο πόδι να συμβουλευθεί τον κ. , το φαρμακοποιό, για το θέμα. Κύριος. Ο Περί ήταν ένας ευφυής άνθρωπος, των οποίων οι συχνές επισκέψεις ήταν μία από τις ανέσεις του κ. Ζωή του ξυλουργού; Και αφού εφαρμοζόταν, δεν μπορούσε παρά να αναγνωρίσει (αν και φαινόταν μάλλον αντίθετα από την προκατάληψη της κλίσης) ότι η γαμήλια τούρτα σίγουρα θα διαφωνούσε με πολλούς - ίσως με τους περισσότερους ανθρώπους, εκτός και αν ελάμβανε μετριοπαθείς. Με μια τέτοια άποψη, με δική του επιβεβαίωση, κύριε. Ξυλουργείο ήλπιζε να επηρεάσει κάθε επισκέπτη του νιόπαντρο ζεύγος; Αλλά ακόμα το κέικ ήταν τρώγεται; Και δεν υπήρχε ανάπαυση για τα καλοπροαίρετα νεύρα του μέχρι που όλα είχαν φύγει. Ξυλουργείο ήλπιζε να επηρεάσει κάθε επισκέπτη του νιόπαντρο ζεύγος; Αλλά ακόμα το κέικ ήταν τρώγεται; Και δεν υπήρχε ανάπαυση για τα καλοπροαίρετα νεύρα του μέχρι που όλα είχαν φύγει. Ξυλουργείο ήλπιζε να επηρεάσει κάθε επισκέπτη του νιόπαντρο ζεύγος; Αλλά ακόμα το κέικ ήταν τρώγεται; Και δεν υπήρχε ανάπαυση για τα καλοπροαίρετα νεύρα του μέχρι που όλα είχαν φύγει.

Υπήρχε μια περίεργη φήμη στο όλων των μικρών απριών που είδαν με μια φέτα μαρκών. Το βατόμουρο του στα χέρια τους: αλλά ο κ. Το ξυλουργείο δεν θα το πίστευε ποτέ.

Κεφάλαιο

Κύριος. Το ξύλο αγαπούσε την κοινωνία με τον δικό του τρόπο. Του άρεσε πολύ να έρθουν οι φίλοι του και να τον δουν. Και από διάφορες ενωμένες αιτίες, από τη μακρά κατοικία του στο Χάρτφιλντ και από την καλή του φύση, από την τύχη του, το σπίτι του και την κόρη του, θα μπορούσε να διοικεί τις επισκέψεις του μικρού κύκλου του, σε μεγάλο βαθμό, όπως του άρεσε. Δεν είχε πολύ επαφή με οικογένειες πέρα από αυτόν τον κύκλο. Ο τρόμος του αργά τις ώρες και μεγάλα δείπνα, τον καθιστούσε ακατάλληλο για οποιαδήποτε γνωριμία αλλά όπως τον επισκέπτονταν με δικούς του όρους. Ευτυχώς γι 'αυτόν, , συμπεριλαμβανομένων στην ίδια ενορία, και αββαείο στην ενορία παρακείμενη, η έδρα του κ. , κατανόησε πολλά τέτοια. Όχι συχνά, μέσω της πειθούς του Έμμα, είχε μερικούς από τους επιλεγμένους και το καλύτερο να δειπνήσουν μαζί του: αλλά τα πάρτι το βράδυ ήταν αυτό που προτιμούσε. Και,

Πραγματική, μακρόχρονη άποψη έφερε τους δυτικούς και τον κ. ; και από τον κ. , ένας νεαρός άνδρας που ζει μόνος του χωρίς να του αρέσει, το προνόμιο να ανταλλάξει οποιαδήποτε κενή βραδιά με τη δική του λευκή μοναξιά για τις κομψότητες και την κοινωνία του κ. Το σαλόνι του ξυλουργού και τα χαμόγελα της υπέροχης κόρης του δεν κινδύνευαν να πεταχτούν.

Μετά από αυτά ήρθε ένα δεύτερο σετ? Μεταξύ των πιο έτοιμων από τους οποίους ήταν η κα. Και χάσετε τις μπερδεύσεις, και η κα. , τρεις κυρίες σχεδόν πάντα στην υπηρεσία μιας πρόσκλησης από το Χάρτφιλντ, οι οποίοι τραβήχτηκαν και μεταφέρθηκαν σπίτι τόσο συχνά, ότι ο κ. Το ξυλουργείο δεν το θεωρούσε κακό για ούτε το ούτε τα άλογα. Αν είχε πραγματοποιηθεί μόνο μία φορά το χρόνο, θα ήταν παράπονο.

Κυρία. , η χήρα ενός πρώην βικαλερνού του , ήταν μια πολύ ηλικιωμένη κυρία, σχεδόν παρελθόν σε κάθε πράγμα, αλλά τσάι και τετράδι. Έζησε με την μοναδική κόρη της με πολύ μικρό τρόπο και θεωρήθηκε με όλη την εκτίμηση και τον σεβασμό που μπορεί να ενθουσιάσει μια αβλαβή ηλικιωμένη κυρία υπό τέτοιες δυσμενείς συνθήκες. Η κόρη της απολάμβανε έναν ασυνήθιστο βαθμό δημοτικότητας για μια γυναίκα, ούτε νεαρή, όμορφη, πλούσια ούτε παντρεμένη. Οι χαμένες μπουστάδες βρισκόταν στη χειρότερη δυσκολία στον κόσμο για να έχουν μεγάλη ευχαρίστηση από το κοινό. Και δεν είχε καμία διανοητική υπεροχή για να κάνει εξιλέωση στον εαυτό της ή να φοβίσει εκείνους που θα μπορούσαν να την μισούν σε εξωτερικό σεβασμό. Δεν είχε ποτέ καυχηθεί ούτε την ομορφιά ούτε την νοημοσύνη. Η νεολαία της είχε περάσει χωρίς διάκριση και η μέση της ζωής της ήταν αφιερωμένη στη φροντίδα μίας αποτυχημένης μητέρας, και η προσπάθεια να γίνει ένα μικρό εισόδημα όσο το δυνατόν περισσότερο. Και παρόλα αυτά ήταν μια ευτυχισμένη γυναίκα και μια γυναίκα την οποία κανείς δεν ονόμαζε χωρίς καλή θέληση. Ήταν η δική της οικουμενική καλής θέλησης και ικανοποιημένη ψυχραιμία που έκανε τέτοια θαύματα. Αγαπούσε κάθε σώμα, ενδιαφέρεται για την ευτυχία κάθε σώματος, φανερή σε κάθε αξία του σώματος. Σκέφτηκε τον εαυτό της ως ένα πιο τυχερό πλάσμα και περιβάλλεται από ευλογίες σε μια τέτοια εξαιρετική μητέρα και τόσους πολλούς καλούς γείτονες και φίλους και ένα σπίτι που δεν ήθελε για τίποτα. Η απλότητα και η χαρά της φύσης της, το ευχαριστημένο και ευγνώμονο πνεύμα της, αποτελούσαν σύσταση σε κάθε σώμα και ένα δέντρο ευτυχίας στον εαυτό της. Ήταν ένας σπουδαίος ομιλητής για μικρά θέματα, τα οποία ταιριάζουν ακριβώς. Ξύλο, γεμάτο ασήμαντες επικοινωνίες και αβλαβή κουτσομπολιά.

Και μια γυναίκα την οποία κανείς δεν κατονομάζει χωρίς καλή θέληση. Ήταν η δική της οικουμενική καλής θέλησης και ικανοποιημένη ψυχραιμία που έκανε τέτοια θαύματα. Αγαπούσε κάθε σώμα, ενδιαφέρεται για την ευτυχία κάθε σώματος, φανερή σε κάθε αξία του σώματος. Σκέφτηκε τον εαυτό της ως ένα πιο τυχερό πλάσμα και περιβάλλεται από ευλογίες σε μια τέτοια εξαιρετική μητέρα και τόσους πολλούς καλούς γείτονες και φίλους και ένα σπίτι που δεν ήθελε για τίποτα. Η απλότητα και η χαρά της φύσης της, το ευχαριστημένο και ευγνώμονο πνεύμα της, αποτελούσαν σύσταση σε κάθε σώμα και ένα δέντρο ευτυχίας στον εαυτό της. Ήταν ένας σπουδαίος ομιλητής για μικρά θέματα, τα οποία ταιριάζουν ακριβώς. Ξύλο, γεμάτο ασήμαντες επικοινωνίες και αβλαβή κουτσομπολιά. Και μια γυναίκα την οποία κανείς δεν κατονομάζει χωρίς καλή θέληση. Ήταν η δική της οικουμενική καλής θέλησης και ικανοποιημένη ψυχραιμία που έκανε τέτοια θαύματα. Αγαπούσε κάθε σώμα, ενδιαφέρεται για την ευτυχία κάθε σώματος, φανερή σε κάθε αξία του σώματος. Σκέφτηκε τον εαυτό της ως ένα πιο τυχερό πλάσμα και περιβάλλεται από ευλογίες σε μια τέτοια εξαιρετική μητέρα και τόσους πολλούς καλούς γείτονες και φίλους και ένα σπίτι που δεν ήθελε για τίποτα. Η απλότητα και η χαρά της φύσης της, το ευχαριστημένο και ευγνώμονο πνεύμα της, αποτελούσαν σύσταση σε κάθε σώμα και ένα δέντρο ευτυχίας στον εαυτό της. Ήταν ένας σπουδαίος ομιλητής για μικρά θέματα, τα οποία ταιριάζουν ακριβώς. Ξύλο, γεμάτο ασήμαντες επικοινωνίες και αβλαβή κουτσομπολιά. Ενδιαφέρθηκε για την ευτυχία του κάθε σώματος, φανερή για τα πλεονεκτήματα κάθε σώματος. Σκέφτηκε τον εαυτό της ως ένα πιο τυχερό πλάσμα και περιβάλλεται από ευλογίες σε μια τέτοια εξαιρετική μητέρα και τόσους πολλούς καλούς γείτονες και φίλους και ένα σπίτι που δεν ήθελε για τίποτα. Η απλότητα και η χαρά της φύσης της, το ευχαριστημένο και ευγνώμονο πνεύμα της, αποτελούσαν σύσταση σε κάθε σώμα και ένα δέντρο ευτυχίας στον εαυτό της. Ήταν ένας σπουδαίος ομιλητής για μικρά θέματα, τα οποία ταιριάζουν ακριβώς. Ξύλο, γεμάτο ασήμαντες επικοινωνίες και αβλαβή κουτσομπολιά. Ενδιαφέρθηκε για την ευτυχία του κάθε σώματος, φανερή για τα πλεονεκτήματα κάθε σώματος. Σκέφτηκε τον εαυτό της ως ένα πιο τυχερό πλάσμα και περιβάλλεται από ευλογίες σε μια τέτοια εξαιρετική μητέρα και τόσους πολλούς καλούς γείτονες και φίλους και ένα σπίτι που δεν ήθελε για τίποτα. Η απλότητα και η χαρά της φύσης της, το ευχαριστημένο και ευγνώμονο πνεύμα της, αποτελούσαν σύσταση σε κάθε σώμα και ένα δέντρο ευτυχίας στον εαυτό της. Ήταν ένας σπουδαίος ομιλητής για μικρά θέματα, τα οποία ταιριάζουν ακριβώς. Ξύλο, γεμάτο ασήμαντες επικοινωνίες και αβλαβή κουτσομπολιά. Το ευχαριστημένο και ευγνώμονο πνεύμα της, αποτελούσε σύσταση σε κάθε σώμα, και ένα δική της ευτυχία στον εαυτό της. Ήταν ένας σπουδαίος ομιλητής για μικρά θέματα, τα οποία ταιριάζουν ακριβώς. Ξύλο, γεμάτο ασήμαντες επικοινωνίες και αβλαβή κουτσομπολιά. Το ευχαριστημένο και ευγνώμονο πνεύμα της, αποτελούσε σύσταση σε κάθε σώμα, και ένα δική της ευτυχία στον εαυτό της. Ήταν ένας σπουδαίος ομιλητής για μικρά θέματα, τα οποία ταιριάζουν ακριβώς. Ξύλο, γεμάτο ασήμαντες επικοινωνίες και αβλαβή κουτσομπολιά.

Κυρία. Ο θεάδρδος ήταν η ερωμένη ενός σχολείου - όχι ενός σεμιναρίου ή ενός ιδρύματος ή οτιδήποτε δήλωσε, με μακρά ποινές εκλεπτυσμένων ανοημάτων, να συνδυάσει τις φιλελεύθερες προσδοκίες με κομψή ηθική, με νέες αρχές και νέα συστήματα - και όπου νεαρές κυρίες η τεράστια αμοιβή θα μπορούσε να αποκοπεί από την υγεία και την ματαιοδοξία - αλλά μια πραγματική, ειλικρινής, ντεμοντέ οικοτροφική σχολή, όπου μια λογική ποσότητα επιτυχιών πωλήθηκε σε λογικές τιμές και όπου τα κορίτσια θα μπορούσαν να αποσταλούν για να είναι εκτός δρόμου , και να αγωνιστούν σε μια μικρή εκπαίδευση, χωρίς να υπάρχει κίνδυνος να επιστρέψουν ξαφνικά. Κυρία. Το σχολείο του θεοδάρδου είχε μεγάλη φήμη - και πολύ ευχάριστα. Για το θεωρήθηκε ένα ιδιαίτερα υγιές σημείο: είχε μια άφθονη κατοικία και κήπο, έδωσε στα παιδιά άφθονο υγιεινό φαγητό, αφήνοντάς τους να τρέξουν για πολύ το καλοκαίρι, και το χειμώνα ντυμένοι με τα χέρια τους. Δεν ήταν περίεργο ότι ένα τρένο από είκοσι νεαρό ζευγάρι περπατούσε μετά από αυτήν στην εκκλησία. Ήταν μια απλή, μητρική γυναίκα, η οποία είχε δουλέψει σκληρά στη νεολαία της και τώρα σκέφτηκε ότι δικαιούται τις περιστασιακές διακοπές μιας επίσκεψης τσαγιού. Και έχοντας προηγουμένως οφείλει πολλά στον κ. Η καλοσύνη του ξυλουργού, αισθάνθηκε την ιδιαίτερη απαίτησή του να φύγει από την καθαρή του αίθουσα, κρεμάστηκε με φανταχτερό έργο, όποτε μπορούσε, και κέρδισε ή έχασε μερικά εξάμηνα από την πυρκαγιά του.

Αυτές ήταν οι κυρίες που η Έμμα βρέθηκε πολύ συχνά ικανή να συλλέξει. Και χαρούμενη ήταν αυτή, για χάρη του πατέρα της, στην εξουσία? Ωστόσο, στο βαθμό που ανησυχούσε η ίδια, δεν υπήρχε θεραπεία για την απουσία των κυριών. . Ήταν ευτυχής που είδε τον πατέρα της να φαίνεται άνετα και πολύ ευχαριστημένος από τον εαυτό της για να φτιάξει τα πράγματα τόσο καλά. Αλλά τα ήσυχα τζάμια τριών γυναικών τούς έκαναν να αισθάνεται ότι κάθε βράδυ που πέρασε ήταν πράγματι ένα από τα μεγάλα βράδια που είχε προβλέψει τρομακτικά.

Καθώς καθόταν ένα πρωί, προσβλέποντας σε ένα τέτοιο κλείσιμο της σημερινής ημέρας, μια σημείωση ήρθε από την κα. , ζητώντας, με τους περισσότερους σεβασμό όρους, να επιτρέπεται να φέρει μαζί της? Ένα πολύ ευπρόσδεκτο αίτημα: η ήταν ένα κορίτσι δεκαεπτά, το οποίο η Έμμα γνώριζε πολύ καλά από την όραση και από καιρό ένιωθε ενδιαφέρον για την ομορφιά της. Μια πολύ ευγενική πρόσκληση επιστράφηκε και το βράδυ δεν φοβήθηκε πλέον η δίκαιη κυρία του αρχοντικού.

Ο Χάριτ Σμιθ ήταν η φυσική κόρη κάποιου. Κάποιος την είχε τοποθετήσει, αρκετά χρόνια πίσω, στην κα. Το σχολείο του θεοδάρδου και κάποιος την είχε αυξήσει την τελευταία φορά από την κατάσταση του μελετητή σε εκείνη του γυμνασίου. Αυτό ήταν όλο αυτό που ήταν γενικά γνωστό για την ιστορία της. Δεν είχε ορατούς φίλους αλλά αυτό που είχε αποκτήσει στο και μόλις επέστρεψε από μια μακρά επίσκεψη στη χώρα σε μερικές νεαρές γυναίκες που ήταν στο σχολείο εκεί μαζί της.

Ήταν μια πολύ όμορφη κοπέλα και η ομορφιά της έμοιαζε να είναι κάτι το οποίο το Έμμα ιδιαίτερα θαύμαζε. Ήταν λεπτή, παχουλός και δίκαιος, με ωραία άνθηση, γαλάζια μάτια, ελαφριά μαλλιά, κανονικά χαρακτηριστικά και μια ματιά με μεγάλη γλυκύτητα και, πριν από το τέλος της βραδιάς, η Έμμα ήταν τόσο ευχαριστημένη από τα έθιμά της ως πρόσωπο της , και αρκετά αποφασισμένος να συνεχίσει τη γνωριμία.

Δεν χτύπησε τίποτα που ήταν εξαιρετικά έξυπνο στη συνομιλία του , αλλά την βρήκε πολύ ενθουσιώδη - όχι ενοχλητικά ντροπαλός, μη πρόθυμος να μιλήσει - και παρ' όλα αυτά τόσο μακριά από το να πιέζει, να επιδεικνύει τόσο σωστό και να γινόταν εκλαϊκευμένος, φαινομενικά ευχάριστα ευγνώμων για να γίνει δεκτός στο Χάρτφιλντ και έτσι εντυπωσιασμένος από την εμφάνιση κάθε πράγμα σε τόσο ανώτερο στυλ σε αυτό που είχε συνηθίσει, πρέπει να έχει καλή λογική και να αξίζει ενθάρρυνση. Πρέπει να ενθαρρυνθεί. Αυτά τα μαλακά μπλε μάτια και όλες αυτές οι φυσικές χάρες δεν θα πρέπει να σπαταλούνται στην κατώτερη κοινωνία του και των συνδέσεών του. Η γνωριμία που είχε ήδη σχηματίσει ήταν άξια της. Οι φίλοι από τους οποίους μόλις είχε χωρίσει, αν και πολύ καλός άνθρωποι, πρέπει να κάνουν τη ζημιά της. Ήταν μια οικογένεια του ονόματος του μαρτίν, που η Έμμα γνώριζε καλά από τον χαρακτήρα, όπως η ενοικίαση ενός μεγάλου αγροκτήματος του κ. , και κατοικούσε στην ενορία του - πολύ αξιόπιστα, πίστευε - γνώριζε ο κύριος. Οι σκέφτηκαν πολύ τους - αλλά πρέπει να είναι χονδροειδείς και άθικτοι και πολύ ακατάλληλοι για να είναι οι σύζυγοι ενός κοριτσιού που ήθελε μόνο λίγο περισσότερη γνώση και κομψότητα να είναι τελείως τέλεια. Θα την βελτίωνε. Θα την αποσπά από την κακή γνωριμία της και θα την εισαγάγει σε καλή κοινωνία. Θα σχηματίσει τις απόψεις της και τα πρότυπά της. Θα ήταν μια ενδιαφέρουσα και βεβαίως πολύ ευγενική επιχείρηση. Καθιστώντας ιδιαίτερα την δική της κατάσταση στη ζωή, στον ελεύθερο χρόνο της και στις δυνάμεις της. Οι σκέφτηκαν πολύ τους - αλλά πρέπει να είναι χονδροειδείς και άθικτοι και πολύ ακατάλληλοι για να είναι οι σύζυγοι ενός κοριτσιού που ήθελε μόνο λίγο περισσότερη γνώση και κομψότητα να είναι τελείως τέλεια. Θα την βελτίωνε. Θα την αποσπά από την κακή γνωριμία της και θα την εισαγάγει σε καλή κοινωνία. Θα σχηματίσει τις απόψεις της και τα πρότυπά της. Θα ήταν μια ενδιαφέρουσα και βεβαίως πολύ ευγενική επιχείρηση. Καθιστώντας ιδιαίτερα την δική της κατάσταση στη ζωή, στον ελεύθερο χρόνο της και στις δυνάμεις της. Οι σκέφτηκαν πολύ τους - αλλά πρέπει να είναι χονδροειδείς και άθικτοι και πολύ ακατάλληλοι για να είναι οι σύζυγοι ενός κοριτσιού που ήθελε μόνο λίγο περισσότερη γνώση και κομψότητα να είναι τελείως τέλεια. Θα την βελτίωνε. Θα την αποσπά από την κακή γνωριμία της και θα την εισαγάγει σε καλή κοινωνία. Θα σχηματίσει τις απόψεις της και τα πρότυπά της. Θα ήταν μια ενδιαφέρουσα και βεβαίως πολύ ευγενική επιχείρηση. Καθιστώντας ιδιαίτερα την δική της κατάσταση στη ζωή, στον ελεύθερο χρόνο της και στις δυνάμεις της. Και σίγουρα μια πολύ ευγενική επιχείρηση. Καθιστώντας ιδιαίτερα την δική της κατάσταση στη ζωή, στον ελεύθερο χρόνο της και στις δυνάμεις της. Και σίγουρα μια πολύ ευγενική επιχείρηση. Καθιστώντας ιδιαίτερα την δική της κατάσταση στη ζωή, στον ελεύθερο χρόνο της και στις δυνάμεις της.

Ήταν τόσο απασχολημένος να θαυμάζει αυτά τα απαλά γαλάζια μάτια, να μιλά και να ακούει και να σχηματίζει όλα αυτά τα σχήματα στις ενδιάμεσες περιοχές, ότι το βράδυ πέταξε με πολύ ασυνήθιστο ρυθμό. Και το τραπέζι του δείπνου, το οποίο πάντα έκλεινε τέτοια πάρτι και για το οποίο είχε συνηθίσει να καθίσει και να παρακολουθεί την κατάλληλη στιγμή, ήταν όλα έτοιμο και έτοιμο και μετακόμισε προς τα εμπρός στη φωτιά, πριν το γνώριζε. Με μια ειλικρίνεια πέρα από την κοινή παρόρμηση ενός πνεύματος που δεν ήταν ποτέ αδιάφορη για την πίστη του να κάνει όλα τα πράγματα καλά και προσεκτικά, με την πραγματική καλή θέληση ενός νου ευχαριστημένη από τις δικές του ιδέες, τότε έκανε όλες τις τιμές του το γεύμα και να σας βοηθήσει και να συστήσετε το κοτόπουλο και τα στριμωγμένα στρείδια, με επείγοντα γεγονότα που γνώριζε ότι θα γινόταν αποδεκτό από τις πρώτες πρωινές ώρες και τις αστικές καταπιέσεις των φιλοξενουμένων τους.

Σε τέτοιες περιπτώσεις φτωχός κύριος. Τα συναισθήματα του ξυλουργού ήταν σε θλιβερό πόλεμο. Αγαπούσε να βάλει το ύφασμα, επειδή ήταν η μόδα της νεολαίας του, αλλά η πεποίθησή του ότι τα δείπνα ήταν πολύ ανόμοια τον έκανε να λυπάται λυπηρό να βλέπει τίποτα πάνω του. Και ενώ η φιλοξενία του θα καλωσόριζε τους επισκέπτες του σε κάθε πράγμα, η φροντίδα του για την υγεία του τον έκανε να θλίβει ότι θα φάει.

Μια άλλη μικρή λεκάνη με λεπτές βλάστηση, όπως ήταν η δική του, ήταν ό, τι θα μπορούσε, με απόλυτη αυτοεξυπηρέτηση, να συστήσει. Αν και θα μπορούσε να περιορίσει τον εαυτό του, ενώ οι κυρίες ήταν άνετα εκκαθάριση τα καλύτερα πράγματα, να πούμε:

"κύριε , επιτρέψτε μου να προτείνω να αποτολμήσετε σε ένα από αυτά τα αυγά ένα αυγό βρασμένο πολύ μαλακό δεν είναι ανόητο κατανοεί το βρασμό ενός αυγού καλύτερα από οποιοδήποτε σώμα δεν θα συνιστούσα ένα αυγό βρασμένο από οποιοδήποτε άλλο σώμα αλλά χρειάζεστε μην φοβούνται, είναι πολύ μικρά, βλέπετε - ένα από τα μικρά μας αυγά δεν θα σας βλάψει, χάνετε τις μπασέτες, αφήστε την Έμμα να σας βοηθήσει σε λίγο τάρτα - ένα πολύ μικρό κομμάτι, το δικό μας είναι όλα τα τάρτες μήλων. Να μην φοβάσαι τις άσχημες κονσέρβες εδώ, δεν συμβουλεύω την κρέμα, κ. Θεόδωρο, τι λέτε σε μισό ποτήρι κρασί, ένα μικρό μισό γυαλί, βάζομε σε ένα ποτήρι νερό; Δεν νομίζω ότι θα μπορούσε να διαφωνήσει με εσύ."

Η Έμμα επέτρεψε στον πατέρα της να μιλήσει - αλλά παρέσχε τους επισκέπτες της σε ένα πολύ πιο ικανοποιητικό ύφος, και σήμερα το βράδυ είχε ιδιαίτερη ευχαρίστηση να τους αποσταλεί χαρούμενος. Η ευτυχία του ήταν αρκετά ίση με τις προθέσεις της. Χάσετε το ξυλουργείο ήταν ένα τόσο μεγάλο πρόσωπο στο , ότι η προοπτική της εισαγωγής είχε δώσει τόσο πολύ τον πανικό ως ευχαρίστηση; Αλλά το ταπεινό, ευγνώμονο κοριτσάκι έβγαινε με έντονα ικανοποιημένα συναισθήματα, χαρούμενος από την ευπρέπεια με την οποία το σπιτάκι του ξυλουργού την είχε αντιμετωπίσει όλη τη νύχτα και πραγματικά τα χτύπησε τελικά με τα χέρια!

Κεφάλαιο

Η οικειότητα του στο ήταν σύντομα μια τακτοποιημένη υπόθεση. Γρήγορη και αποφασισμένη στους τρόπους της, η Έμμα δεν έχασε χρόνο στην πρόσκληση, την ενθάρρυνση και την αφήγηση να έρχεται πολύ συχνά. Και καθώς ο γνωστός τους αυξήθηκε, έτσι και η ικανοποίησή τους ο ένας στον άλλον. Ως σύντροφος με τα πόδια, η Έμμα είχε πολύ νωρίς προβλέψει πόσο χρήσιμη θα μπορούσε να την βρει. Από την άποψη αυτή. Η απώλεια του ήταν σημαντική. Ο πατέρας της δεν πήγαινε ποτέ πέρα από το θάμνο, όπου δύο τμήματα του εδάφους του τον ικανοποιούσαν για τον μακρύ του περίπατο, ή το σύντομο του, καθώς το έτος άλλαζε. Και από την κ. Ο γάμος της η άσκηση της ήταν πολύ περιορισμένη. Είχε αποτολμήσει μια φορά μόνο για να , αλλά δεν ήταν ευχάριστο; Και ένας χριστιανός, αυτός που θα μπορούσε να καλέσει ανά πάσα στιγμή σε μια βόλτα, θα ήταν μια πολύτιμη προσθήκη στα προνόμιά της. Αλλά από κάθε άποψη,

Ο Χάριριτ δεν ήταν σίγουρος, αλλά είχε μια γλυκιά, υπάκουη, ευγνώμονε διάθεση, ήταν εντελώς απαλλαγμένη από μανία και μόνο επιθυμούσε να οδηγηθεί από κάποιον που κοίταξε. Η έγκαιρη προσκόλλησή της στον εαυτό της ήταν πολύ ευχάριστη. Και η κλίση της για καλή παρέα και η δύναμη της εκτίμησης του τι ήταν κομψό και έξυπνο, έδειξε ότι δεν υπήρχε ανάγκη γεύσης, αν και δεν πρέπει να αναμένεται δύναμη κατανόησης. Ήταν απόλυτα πεπεισμένος ότι η ήταν ακριβώς ο νεαρός φίλος που ήθελε - ακριβώς αυτό που απαιτούσε το σπίτι της. Ένας τέτοιος φίλος όπως η κ. Η δεν είχε τεθεί υπό αμφισβήτηση. Δύο τέτοια δεν θα μπορούσαν ποτέ να χορηγηθούν. Δύο τέτοια που δεν ήθελε. Ήταν ένα αρκετά διαφορετικό είδος, ένα ξεχωριστό και ανεξάρτητο συναίσθημα. Κυρία. Ήταν το αντικείμενο μιας εκτίμησης που είχε τη βάση της με ευγνωμοσύνη και εκτίμηση. Θα αγαπούσε ως ένας για τον οποίο θα μπορούσε να είναι χρήσιμη. Για την κα. Δεν υπήρχε τίποτα να γίνει. Για το κάθε πράγμα.

Οι πρώτες προσπάθειές της για χρησιμότητα ήταν σε μια προσπάθεια να ανακαλύψουν ποιοι ήταν οι γονείς, αλλά ο δεν μπόρεσε να το πει. Ήταν έτοιμη να πει κάθε πράγμα στην εξουσία της, αλλά σε αυτό το θέμα οι ερωτήσεις ήταν μάταιες. Η Έμμα ήταν υποχρεωμένη να φανταστεί αυτό που της άρεσε - αλλά δεν μπορούσε ποτέ να πιστέψει ότι στην ίδια κατάσταση δεν θα είχε ανακαλύψει την αλήθεια. Ο Χάριετ δεν είχε διείσδυση. Ήταν ικανοποιημένος να ακούσει και να πιστέψει ακριβώς τι κα. Επέλεξε να της πει? Και δεν κοίταξε μακρύτερα.

Κυρία. Ο δάσκαλος και οι δάσκαλοι και τα κορίτσια και οι υποθέσεις του σχολείου γενικά, σχημάτισαν φυσικά ένα μεγάλο μέρος της συζήτησης - και για τη γνωριμία της με τους μαρτίνους του αγροκτήματος, πρέπει να ήταν το σύνολο. Αλλά οι μαρτίνες κατέλαβαν πολύ καλά τις σκέψεις της. Είχε περάσει δύο πολύ χαρούμενους μήνες μαζί τους και τώρα αγάπησε να μιλήσει για τις απολαύσεις της επίσκεψής της και να περιγράψει τις πολλές ανέσεις και τα θαύματα του τόπου. Η Έμμα ενθάρρυνε την ομιλία της - διασκεδασμένη από μια τέτοια εικόνα ενός άλλου συνόλου οντοτήτων, και απολαμβάνοντας τη νεανική απλότητα που θα μπορούσε να μιλήσει με τόση ευχαρίστηση των κυριών. Ο μάρτιν έχει δύο σαλόνια, δύο πολύ καλά σαλόνια, ένα από αυτά αρκετά μεγάλο όσο το σαλόνι του θεάτρου και από το να έχει μια ανώτερη κοπέλα που είχε ζήσει πέντε με είκοσι χρόνια μαζί της και να έχει οκτώ αγελάδες, δύο από αυτούς , και ένα λίγο αγελάδα , μια πολύ όμορφη μικρή αγελάδα πράγματι? Και της κ. Το ρητό του μαρτίν, καθώς το λάτρευε τόσο πολύ, θα έπρεπε να λέγεται αγελάδα της. Και να έχουν ένα όμορφο καλοκαιρινό σπίτι στον κήπο τους, όπου μια μέρα το επόμενο έτος ήταν όλοι να πίνουν τσάι: ένα πολύ όμορφο καλοκαιρινό σπίτι, αρκετά μεγάλο για να κρατήσει μια δωδεκάδα ανθρώπων ».

Για κάποιο διάστημα ήταν διασκεδασμένη, χωρίς να σκέφτεται πέρα από την άμεση αιτία. Αλλά καθώς ήρθε να καταλάβει καλύτερα την οικογένεια, δημιουργήθηκαν και άλλα συναισθήματα. Είχε πάρει μια λανθασμένη ιδέα, φαντάζοντας ότι ήταν μια μητέρα και κόρη, ένας γιος και η γυναίκα του γιου, που όλοι έζησαν μαζί. Αλλά όταν φάνηκε ότι ο κύριος. Ο μαρτίν, ο οποίος έφερε μέρος στην αφήγηση, και αναφέρθηκε πάντοτε με την έγκριση για τη μεγάλη καλή του φύση να κάνει κάτι ή άλλο, ήταν ένας μόνο άνθρωπος. Ότι δεν υπήρχαν νέοι κα., καμία γυναίκα στην υπόθεση? Είχε υποψιάσει τον κίνδυνο για τον κακό φίλο της από όλη αυτή τη φιλοξενία και την καλοσύνη και ότι, αν δεν την φρόντιζαν, ίσως χρειαστεί να βυθιστεί για πάντα.

Με αυτή την εμπνευσμένη έννοια, οι ερωτήσεις της αυξήθηκαν σε αριθμό και νόημα. Και οδήγησε ιδιαίτερα το να μιλήσει περισσότερο για τον κ., και δεν υπήρχε προφανώς καμία αντίθεση σε αυτό. Ο Χάριετ ήταν πολύ πρόθυμος να μιλήσει για το μερίδιο που είχε στο φεγγάρι του με τα πόδια και τα χαρούμενα βραδινά του παιχνίδια. Και κατοικούσε μια καλή συμφωνία για την ύπαρξή του τόσο πολύ καλή- και υποχρεωτική. Είχε περάσει τρία μίλια γύρω από μια μέρα για να της φέρει μερικά καρύδια, γιατί είχε πει πόσο θαυμασμένη ήταν από αυτά και σε όλα τα πράγματα ήταν τόσο υποχρεωτική. Είχε τον γιο του βοσκού στο σαλόνι μια νύχτα με σκοπό να τον τραγουδήσει. Ήταν πολύ λάτρης του τραγουδιού. Θα μπορούσε να τραγουδήσει λίγο τον εαυτό του. Πίστευε ότι ήταν πολύ έξυπνος και κατανοούσε κάθε πράγμα. Είχε ένα πολύ ωραίο κοπάδι και, ενώ ήταν μαζί τους, είχε προσφερθεί περισσότερο για το μαλλί του από οποιοδήποτε σώμα της χώρας. Πίστευε ότι κάθε σώμα μίλησε καλά γι 'αυτόν. Η μητέρα και οι αδελφές του τον άρεσαν πολύ. Κυρία. Ο Μάρτιν είχε πει μια μέρα (και υπήρχε ένα κοκκίνισμα όπως είπε,) ότι ήταν αδύνατο για κάθε σώμα να είναι καλύτερος γιος και γι 'αυτό ήταν βέβαιος ότι, κάθε φορά που παντρεύτηκε, θα έκανε έναν καλό σύζυγο. Όχι ότι ήθελε να παντρευτεί. Δεν ήταν σε καμία βιασύνη καθόλου.

"καλά, κύριε !" σκέφτηκε Έμμα. "Ξέρεις για τι είσαι."

"και όταν είχε έρθει, ο κ. Μαρτίνος ήταν τόσο ευγενικός για να στείλει στην καλόγρυα μια ωραία χήνα - την ωραιότερη χήνα που ο Θεός είχε δει ποτέ, η κα Βασιλίτσα το είχε ντύσει την Κυριακή και ζήτησε από όλους τους τρεις τους δασκάλους, τους χαμένους νάσους και τους χάσετε πρίγκιπα, και χάνετε τον πρίγκιπαρ, για να υποπαιδεύσετε μαζί της. "

Ο κύριος Μάρτιν, ας υποθέσουμε, δεν είναι άνθρωπος πληροφόρησης πέρα από τη γραμμή της επιχείρησής του, δεν διαβάζει; "

"Ναι, δεν ξέρω - αλλά πιστεύω ότι έχει διαβάσει μια καλή υπόθεση - αλλά όχι αυτό που θα σκεφτόσαστε κάποιο πράγμα του" διαβάζει τις γεωργικές εκθέσεις και μερικά άλλα βιβλία που βρίσκονται σε ένα από τα τα παράθυρα καθίσματα-αλλά διαβάζει όλα αυτά στον εαυτό του, αλλά μερικές φορές από ένα βράδυ, πριν πήγαινα στα χαρτιά, θα διάβαζε κάτι δυνατά από τα κομψά αποσπάσματα, πολύ διασκεδαστικό και ξέρω ότι έχει διαβάσει τον παραστάτη του . Ποτέ δεν διάβασε το ρομαντισμό του δάσους, ούτε τα παιδιά της μονής, δεν είχε ακούσει ποτέ τέτοια βιβλία πριν τα ανέφερα, αλλά είναι αποφασισμένος να τα βγάλει τώρα όσο πιο γρήγορα μπορεί ".

Η επόμενη ερώτηση ήταν -

"τι είδους άνθρωπος είναι ο κ. ;"

"Όχι, όμορφος, όχι καθόλου όμορφος, τον σκέφτηκα ξεκάθαρο στην αρχή, αλλά δεν τον σκέφτομαι τόσο ξεκάθαρο τώρα, δεν ξέρεις, μετά από λίγο, αλλά δεν τον είδε ποτέ; κάθε μέρα και είναι βέβαιο ότι θα περάσει κάθε εβδομάδα στο δρόμο του στο . Έχει περάσει πολύ συχνά ".

"αυτό μπορεί να είναι, και ίσως τον είχα δει πενήντα φορές, αλλά χωρίς να έχω καμία ιδέα για το όνομά του." Ένας νεαρός αγρότης, είτε άλογο είτε πεζοί, είναι το τελευταίο είδος προσώπου για να αυξήσει την περιέργειά μου. Η τάξη των ανθρώπων με τους οποίους αισθάνομαι ότι δεν μπορώ να κάνω τίποτα να κάνω, ένα ή δύο χαμηλότερα και μια αξιοπρεπή εμφάνιση ίσως να με ενδιαφέρει ίσως να ελπίζω να είναι χρήσιμη για τις οικογένειές τους κατά κάποιο τρόπο ή κάτι άλλο αλλά ένας αγρότης δεν μπορεί να χρειαστεί κανένα από τη βοήθειά μου και, ως εκ τούτου, είναι κατά μία έννοια, τόσο πάνω από την ειδοποίησή μου, όσο και σε κάθε άλλο που βρίσκεται κάτω από αυτό ".

"ναι, δεν είναι πιθανό να τον έχετε ποτέ παρατηρήσει, αλλά σε γνωρίζει πολύ καλά - εννοώ από το θέαμα".

"Δεν έχω καμία αμφιβολία ότι είναι ένας πολύ σεβαστός νεαρός άνδρας, γνωρίζω, πράγματι, ότι είναι έτσι και, ως εκ τούτου, τον εύχομαι καλά, τι φαντάζεστε ότι η ηλικία του είναι;"

"ήταν στις τέσσερις και είκοσι στις 8 του περασμένου Ιουνίου, και τα γενέθλιά μου είναι το 23ο μόλις δεκαπενθήμερο και η διαφορά μιας ημέρας - κάτι που είναι πολύ περίεργο".

"Μόνο τέσσερα και είκοσι είμαι πολύ νεαρός για να εγκατασταθεί, η μητέρα του είναι απολύτως σωστή να μην βιάζεται, να φανεί πολύ άνετα όπως είναι, και αν έπρεπε να πάρει οποιουσδήποτε πόνους να τον παντρευτεί, 6 χρόνια από τότε, αν μπορούσε να συναντήσει μια καλή νεαρή γυναίκα στην ίδια τάξη με τη δική του, με λίγα χρήματα, θα μπορούσε να είναι πολύ επιθυμητή ».

"έξι χρόνια από τότε! Αγαπητέ δάσκαλο, θα ήταν τριάντα χρονών!"

"καλά, και αυτό είναι ήδη όσο οι περισσότεροι άνδρες μπορούν να αντέξουν οικονομικά να παντρευτούν, οι οποίοι δεν γεννιούνται για την ανεξαρτησία τους, ο κ. , φαντάζομαι, έχει την περιουσία του να κάνει τελείως - δεν μπορεί να είναι καθόλου προηγουμένως με τον κόσμο. Θα μπορούσε να έρθει όταν πέθανε ο πατέρας του, ανεξάρτητα από το μερίδιο του στην οικογενειακή περιουσία, είναι, τολμούν να πω, όλοι επιπλέουν, όλοι απασχολούνται στο απόθεμά του και ούτω καθεξής · και όμως με επιμέλεια και καλή τύχη μπορεί να είναι πλούσιος είναι σχεδόν αδύνατο να έχει συνειδητοποιήσει κάτι ακόμα ".

"για να είμαι σίγουρος, έτσι είναι, αλλά ζουν πολύ άνετα, δεν έχουν κανένα εσωτερικό άτομο, αλλιώς δεν θέλουν για τίποτα και η κ. Μιλάει για να πάρει ένα αγόρι ένα άλλο έτος".

"Σας εύχομαι να μην μπεις σε κακό, χάρρυ, κάθε φορά που θα παντρευτείς - δηλαδή, για να γνωρίσεις τη σύζυγό του - γιατί αν και οι αδελφές του, από ανώτερη εκπαίδευση, δεν πρέπει να αντιταχθούν εντελώς, να μην ακολουθήσετε ότι θα μπορούσε να παντρευτεί οποιουδήποτε σώματος καθόλου κατάλληλο για σας να παρατηρήσετε.Η ατυχία της γέννησής σας θα πρέπει να σας κάνει ιδιαίτερα προσεκτικούς ως προς τους συνεργάτες σας.Δεν υπάρχει καμία αμφιβολία ότι είστε κόρη ενός κύριου και πρέπει να υποστηρίξετε τον ισχυρισμό σας σε αυτόν τον σταθμό από κάθε πράγμα μέσα στη δική σου δύναμη, ή θα υπάρξουν πολλοί άνθρωποι που θα έχουν την ευχαρίστηση να σας υποβαθμίσουν. "

"ναι, βεβαίως, υποθέτω ότι υπάρχουν, αλλά ενώ επισκέπτομαι στο Χάρτφιλντ και είσαι τόσο ευγενής σε μένα, λείπει το ξύλο, δεν φοβάμαι τι μπορεί να κάνει ο καθένας."

"καταλαβαίνετε πολύ καλά τη δύναμη της επιρροής, , αλλά θα είχατε τόσο σταθερά εδραιωμένη στην καλή κοινωνία, ώστε να είστε ανεξάρτητοι ακόμη και από το και να χάσετε το ξύλο." Θέλω να σας δω μόνιμα καλά συνδεδεμένους και γι 'αυτό θα συνιστάται να έχετε λίγη περίεργη γνωριμία όπως μπορεί να είναι και, επομένως, λέω ότι αν πρέπει ακόμα να βρίσκεστε σε αυτή τη χώρα όταν ο κ. Μαρτίνος παντρεύεται, σας εύχομαι να μην συναναστρέφετε από την οικειότητά σας με τις αδελφές, γνωριμία με τη σύζυγο, η οποία πιθανότατα θα είναι κόρη ενός αγρότη, χωρίς εκπαίδευση ».

Ναι, δεν νομίζω ότι ο κ. Μάρτιν θα παντρευόταν ποτέ με οποιοδήποτε σώμα, αλλά αυτό που είχε κάποια μόρφωση - και ήταν πολύ καλά αναβαθμισμένο, αλλά δεν θέλω να κάνω τη γνώμη μου εναντίον της δικής σου - και είμαι σίγουρα δεν θα ήθελα να γνωρίσω τη σύζυγό του, θα πάρω πάντα μεγάλη προσοχή για τους μάρτυρες, ειδικά την Ελισάβετ, και θα ήμουν πολύ θλιβερό να τους δώσω επάνω, επειδή είναι αρκετά καλά μορφωμένοι σαν εμένα. Παντρεύεται μια πολύ άγνοια, χυδαία γυναίκα, σίγουρα δεν θα έπρεπε να την επισκεφτώ, αν μπορώ να την βοηθήσω. "

Η Έμμα την παρακολούθησε μέσα από τις διακυμάνσεις αυτής της ομιλίας και δεν είδε κανένα ανησυχητικό σύμπτωμα αγάπης. Ο νεαρός άνδρας ήταν ο πρώτος θαυμαστής, αλλά πίστευε ότι δεν υπήρχε άλλη κατοχή και ότι δεν θα υπήρχε καμία σοβαρή δυσκολία, από την πλευρά του Χάρι, να αντιταχθεί σε οποιαδήποτε φιλική διάταξή της.

Συνάντησαν τον κ. Την επόμενη μέρα, καθώς περπατούσαν στο δρόμο του . Ήταν με τα πόδια, και αφού το κοίταξε πολύ με σεβασμό, κοίταξε με την πιο απλή ικανοποίηση στον σύντροφό της. Η Έμμα δεν εξέφρασε τη λύπη της για την ευκαιρία αυτή της έρευνας. Και περπατώντας λίγα μέτρα μπροστά, ενώ μιλούσαν μαζί, σύντομα έκαναν τα μάτια της αρκετά καλά εξοικειωμένα με τον κ. . Η εμφάνισή του ήταν πολύ τακτοποιημένη και έμοιαζε σαν ένας συνετός νεαρός άνδρας, αλλά το πρόσωπό του δεν είχε άλλο πλεονέκτημα. Και όταν έρχεται σε αντίθεση με τους κύριους, σκέφτηκε ότι πρέπει να χάσει όλο το έδαφος που είχε κερδίσει με την κλίση του Χάριετ. Ο Χάριετ δεν ήταν παράνομος. Είχε εθελοντικά παρατηρήσει την ευγένεια του πατέρα της με θαυμασμό και θαύμα. Κύριος. Ο Μάρτιν έμοιαζε σαν να μην ξέρει ποιος ήταν ο τρόπος.

Παρέμειναν, αλλά λίγα λεπτά μαζί, καθώς δεν πρέπει να περιμένει κανείς να περιμένει το ξυλόφουρο. Και η στη συνέχεια έτρεξε σε την με ένα χαμογελαστό πρόσωπο, και σε ένα πτερυγισμό των οινοπνευματωδών ποτών, που λείπουν ελπίδα πολύ σύντομα να συνθέσει.

"σκέφτομαι μόνο να συμβαίνουμε να τον συναντήσουμε!" - όπως πολύ περίεργο ήταν μια μεγάλη ευκαιρία, είπε, ότι δεν είχε πάει γύρω από δεν πίστευε ότι περπατήσαμε ποτέ σε αυτό το δρόμο σκέφτηκε ότι περπάτησα προς πιο δεν ήταν σε θέση να πάρει ακόμα το ρομαντισμό του δάσους, ήταν τόσο απασχολημένος την τελευταία φορά που βρισκόταν στο που τον ξέχασε αρκετά, αλλά ξαναγίνει και πάλι το πρωί, τόσο πολύ περίεργο θα πρέπει να συναντήσουμε! Λοιπόν, λείπει το ξυλόγλυπτο τέμπλο, είναι αυτό που σου περίμενε, τι σκέφτεσαι γι 'αυτόν;

"είναι πολύ απλός, αναμφισβήτητα - αξιοσημείωτα απλός - αλλά αυτό δεν είναι τίποτα σε σύγκριση με ολόκληρη τη φιλονικία του, δεν είχα δικαίωμα να περιμένω πολλά και δεν περίμενα πολλά, αλλά δεν είχα ιδέα ότι θα μπορούσε να είναι τόσο πολύ κλόουν, τόσο εντελώς χωρίς αέρα, τον φανταζόμουν, ομολογώ, ένα βαθμό ή δύο πλησιέστερο νοημοσύνη »·

"για να είμαι σίγουρος," είπε ο , με μια ακλόνητη φωνή, "δεν είναι τόσο ευγενής όσο οι πραγματικοί κύριοι".

"Νομίζω, , από τη γνωριμία σας με μας, έχετε επανειλημμένα στην εταιρεία μερικούς τέτοιους πολύ πραγματικούς κυρίους, ότι πρέπει ο ίδιος να χτυπηθείτε με τη διαφορά του κ. ." στο , είχατε πολύ καλά δείγματα καλά εκπαιδευμένοι άντρες, θα έπρεπε να εκπλήσσομαι αν, αφού τους είδατε, θα μπορούσατε να είστε μαζί με τον κ. Και πάλι χωρίς να τον αντιληφθείτε να είναι ένα πολύ κατώτερο πλάσμα - και μάλλον να αναρωτιέστε τον εαυτό σας ότι τον θεωρούσατε καθόλου ευχάριστο Πριν αρχίσετε να αισθάνεστε ότι τώρα δεν είχατε χτυπήσει; είμαι βέβαιος ότι έχετε χτυπήσει από την αμήχανη εμφάνιση και τον απότομο τρόπο και την ακαταστασία μιας φωνής την οποία άκουσα να είμαι εντελώς μη διαμορφωμένη καθώς στάθηκα εδώ. "

"σίγουρα, δεν είναι σαν ο κ. , δεν έχει τόσο καλό αέρα και τρόπο πεζοπορίας ως κύριου , βλέπω τη διαφορά αρκετά ξεκάθαρη, αλλά ο κύριος είναι τόσο πολύ ωραία άνθρωπος!"

"Ο αέρας του κ. Είναι τόσο αξιοσημείωτα καλός που δεν είναι δίκαιο να συγκρίνουμε με αυτόν τον κ. , ίσως να μην βλέπετε ένα στους εκατό με τον κύριο τόσο σαφώς γραμμένο όσο ο κύριος , αλλά δεν είναι ο μόνος κύριος που έχετε Τι λέτε στον κ. Και τον κ. ; Συγκρίνετε τον κ. Με καθένα από αυτούς, συγκρίνετε τον τρόπο με τον οποίο ασκούν τον εαυτό τους, το περπάτημα, την ομιλία, τη σιωπή, πρέπει να δείτε τη διαφορά.

"Οχι ναι - υπάρχει μεγάλη διαφορά, αλλά ο κ. Είναι σχεδόν ένας γέρος, ο κ. Πρέπει να είναι μεταξύ σαράντα και πενήντα".

"που κάνει τους καλούς τρόπους του πιο πολύτιμους, όσο μεγαλύτερος μεγαλώνει ένας άνθρωπος, ο Χάριετ, τόσο πιο σημαντικό είναι ότι τα συνθήματά τους δεν θα πρέπει να είναι κακά, τόσο πιο έντονο και αηδιαστικό οποιαδήποτε ένταση ή χονδροσύνη ή αμηχανία γίνεται. Η νεολαία είναι απεχθής σε μεταγενέστερη ηλικία, ο κ. Είναι τώρα αμήχανος και απότομος, τι θα είναι ο χρόνος ζωής του κ. ;

"δεν υπάρχει λόγος, πράγματι", απάντησε ο μάλλον επίσημα.

"αλλά μπορεί να είναι αρκετά καλή εικασία, θα είναι ένας εντελώς ακατανόητος, χυδαίος αγρότης, εντελώς ανυπόστατος στις εμφανίσεις και δεν σκέφτεται τίποτα παρά κέρδος και απώλεια".

"θα είναι πράγματι; αυτό θα είναι πολύ κακό."

«πόσο πολύ τον απασχολεί η επιχείρησή του είναι ήδη πολύ απλό από την περίσταση του να ξεχάσει να διερευνήσει το βιβλίο που συστήσατε · ήταν πολύ πολύ γεμάτο από την αγορά να σκεφτεί κάτι άλλο - το ίδιο ακριβώς όπως θα έπρεπε, για έναν ακμάζοντα άνθρωπο, τι έχει να κάνει με τα βιβλία και δεν έχω καμία αμφιβολία ότι θα ευδοκιμήσει και θα είναι ένας πολύ πλούσιος άνθρωπος με το χρόνο - και ότι είναι αναλφάβητος και χονδροειδής δεν πρέπει να μας ενοχλεί ».

«αναρωτιέμαι ότι δεν θυμάται το βιβλίο» - ήταν η απάντηση όλων των και μίλησε με μια βαθιά δυσαρέσκεια που η Έμμα σκέφτηκε ότι θα μπορούσε να μείνει με ασφάλεια στον εαυτό της. Αυτή, επομένως, δεν είπε πια για αρκετό καιρό. Η επόμενη αρχή της ήταν,

Δεν ξέρω αν έχει κάποιο σχέδιο να ενοχλεί τον εαυτό του με τον καθένα από εμάς, το , με επιπλέον μαλακότητα, αλλά με φταίει ότι τα κίνητρά του είναι πιο μαλακά από ό, τι πριν. Αν σημαίνει κάτι, πρέπει να είναι για να σας ευχαριστήσει. Δεν σου έλεγα τι είπε για σας την άλλη μέρα; "

Τότε επανέλαβε κάποιες θερμές προσωπικές επαίνους τις οποίες είχε αντλήσει από τον κ. , και τώρα έκανε πλήρη δικαιοσύνη; Και ο Χάριετ κοκκίνισε και χαμογέλασε και είπε ότι πάντα σκέφτηκε ο κύριος. Πολύ ευχάριστο.

Κύριος. Ο ήταν το ίδιο πρόσωπο που καθοριζόταν από το Έμμα για την οδήγηση του νεαρού αγρότη από το κεφάλι του . Σκέφτηκε ότι θα ήταν ένας εξαιρετικός αγώνας. Και μόνο υπερβολικά επιθυμητή, φυσική και πιθανή, για να έχει μεγάλη αξία στο σχεδιασμό της. Φοβόταν ότι αυτό έπρεπε να σκεφτεί και να προβλέψει κάθε άλλο σώμα. Δεν ήταν πιθανό, όμως, ότι οποιοδήποτε όργανο θα έπρεπε να την είχε εξισώσει με την ημερομηνία του σχεδίου, καθώς είχε εισέλθει στον εγκέφαλό της κατά τη διάρκεια του πρώτου βρασίου της επίσκεψης του στο . Όσο περισσότερο το θεώρησε, τόσο μεγαλύτερη ήταν η αίσθηση της σκοπιμότητάς της. Κύριος. Η κατάσταση του ήταν η πιο κατάλληλη, αρκετά ο ίδιος ο κύριος, και χωρίς χαμηλές συνδέσεις. Ταυτόχρονα, όχι από οποιαδήποτε οικογένεια που θα μπορούσε να αντιταχθεί με δίκαιο τρόπο στη αμφισβητούμενη γέννηση της Χάρρυ. Είχε μια άνετη κατοικία γι 'αυτήν, και Έμμα φανταζόταν ένα πολύ επαρκές εισόδημα? Γιατί αν και η φημολογία του δεν ήταν μεγάλη, ήταν γνωστό ότι είχε κάποια ανεξάρτητη ιδιοκτησία. Και σκεφτόταν πάρα πολύ τον εαυτό του ως καλόχρωμο, καλοπροαίρετο, αξιοσέβαστο νεαρό άνδρα, χωρίς καμία ανεπάρκεια χρήσιμης κατανόησης ή γνώσης του κόσμου.

Είχε ήδη ικανοποιήσει τον εαυτό της ότι σκέφτηκε ότι η μια όμορφη κοπέλα, την οποία είχε εμπιστοσύνη, με τόσο συχνές συναντήσεις στο Χάρτφιλντ, ήταν αρκετά θεμέλιο από την πλευρά του. Και στο δεν υπάρχει αμφιβολία ότι η ιδέα του να προτιμάται από αυτόν θα έχει όλα το συνηθισμένο βάρος και αποτελεσματικότητα. Και ήταν πραγματικά ένας πολύ ευχάριστος νεαρός άνδρας, ένας νεαρός άνδρας που οποιαδήποτε γυναίκα δεν θα μπορούσε να αρέσει. Θεωρήθηκε πολύ όμορφος. Το πρόσωπο του θαυμάστηκε γενικά, αν και όχι από αυτήν, υπάρχει μια απαίτηση της κομψότητας του χαρακτηριστικού που δεν μπορούσε να απαλλαγεί από: -ή το κορίτσι που θα μπορούσε να ικανοποιηθεί από μια ιππασία για τη χώρα να πάρει τα καρύδια για την δύναμη πολύ καλά να κατακτηθεί από τον κ. Ο θαυμασμός του .

Κεφάλαιο

"Δεν ξέρω ποια είναι η γνώμη σας, κ. ", δήλωσε ο κ. ", αυτής της μεγάλης οικειότητας μεταξύ Έμμα και , αλλά νομίζω ότι είναι κακό πράγμα."

"ένα κακό πράγμα, νομίζετε πραγματικά ότι είναι κακό;"
"Γιατί;"

"Νομίζω ότι δεν θα κάνουν ο καθένας ο καθένας καλά."

"Θα μου πείτε ότι η Έμμα πρέπει να κάνει το καλό: και με την παροχή ενός νέου αντικειμένου ενδιαφέροντος, μπορεί να ειπωθεί ότι η κάνει το Έμμα καλό, έχω δει την οικειότητα τους με τη μεγαλύτερη ευχαρίστηση. Νομίζω ότι θα κάνουν ο ένας τον άλλον κάθε καλό ... Αυτό σίγουρα θα είναι η αρχή μιας από τις διαμάχες μας για την Έμμα, κύριε . "

"Ίσως νομίζετε ότι έχω έρθει με σκοπό να διαμαρτυρηθώ μαζί σας, γνωρίζοντας ότι η είναι έξω και ότι πρέπει να πολεμήσετε ακόμα τη δική σας μάχη".

"Ο κ. Θα με υποστήριζε αναμφισβήτητα, αν ήταν εδώ, γιατί σκέφτεται ακριβώς όπως το κάνω για το θέμα, μιλούσαμε για αυτό μόνο χθες και συμφωνώντας πόσο τυχερός ήταν για την Έμμα, ότι θα έπρεπε να υπάρχει ένα τέτοιο κορίτσι θα ήθελα να σας επιτρέψω να είστε δίκαιος δικαστής στην περίπτωση αυτή, τόσο πολύ συνηθίζετε να ζείτε μόνοι σας, ότι δεν γνωρίζετε την αξία ενός συντρόφου και ίσως κανένας άνθρωπος μπορεί να είναι ένας καλός κριτής για την άνεση που αισθάνεται μια γυναίκα στην κοινωνία ενός δικού της φύλου, αφού έχει συνηθίσει σε όλη της τη ζωή .. Μπορώ να φανταστώ την αντίρρησή σας στη Χάριτ Σμιθ, δεν είναι η ανώτερη νεαρή γυναίκα που ο φίλος της Έμμα έπρεπε αλλά από την άλλη πλευρά, καθώς η Έμμα θέλει να την δει καλύτερα, θα είναι ένα κίνητρο για να διαβάσει περισσότερο τον εαυτό της, θα διαβάζουν μαζί, αυτό σημαίνει, ξέρω »."

"η Έμμα έχει νόημα να διαβάζει περισσότερα από την ηλικία των δώδεκα ετών. Έχω δει πολλούς καταλόγους της σύνταξής της σε διάφορες χρονικές στιγμές των βιβλίων που σκόπευε να διαβάζει τακτικά - και πολύ καλές λίστες ήταν - πολύ καλά και με πολύ τακτοποιημένο τρόπο - μερικές φορές αλφαβητικά, και μερικές φορές με κάποιον άλλο κανόνα - τον κατάλογο που συνέταξε μόλις δεκατέσσερις - θυμάμαι ότι σκέφτηκε ότι έκανε την κρίση της τόσο μεγάλη πίστη, ότι την διατήρησα λίγο χρόνο και τολμούν να πει ότι μπορεί έχουν κάνει μια πολύ καλή λίστα τώρα, αλλά έχω κάνει με περιμένοντας οποιαδήποτε πορεία της σταθερής ανάγνωσης από Έμμα δεν θα υποταχθεί ποτέ σε κάτι που απαιτεί τη βιομηχανία και την υπομονή και την υποταγή της φαντασίας στην κατανόηση. Μπορεί να επιβεβαιώσω με βεβαιότητα ότι η δεν θα κάνει τίποτα.- ποτέ δεν θα μπορούσε να την πείσει να διαβάσει το μισό τόσο όσο επιθυμείτε. - Ξέρετε ότι δεν θα μπορούσατε.

«τολμούν να πω», απάντησε η κα. , χαμογελώντας "που το σκέφτηκα τότε - αλλά από τότε που έχουμε χωρίσει, δεν μπορώ ποτέ να θυμηθώ ότι η Έμμα παραλείπει να κάνει κάτι που θα ήθελα».

"δεν υπάρχει σχεδόν καμία επιθυμία να ανανεώσετε μια τέτοια μνήμη, όπως αυτό", - είπε ο κύριος. , αισθητά? Και για μια στιγμή ή δύο είχε κάνει. "αλλά εγώ,", πρόσθεσε σύντομα, "που δεν είχαν τέτοια γοητεία πάνω από τα αισθήματά μου, πρέπει ακόμα να βλέπει, να ακούει και να θυμάται, η Έμμα είναι χαλασμένη από το να είναι η πιο έξυπνη οικογένειά της, σε ηλικία δέκα ετών είχε την ατυχία να είναι σε θέση να απαντήσει σε ερωτήσεις που αμήχανε την αδελφή της στις δεκαεπτά, πάντα ήταν γρήγορη και διαβεβαίωσε: η ισπανία είναι αργή και δύσπιστη και από τότε ήταν δώδεκα, η Έμμα ήταν κυρία του σπιτιού και όλων εσύ. Μόνο άτομο ικανό να το αντιμετωπίσει, κληρονομεί τα ταλέντα της μητέρας της και πρέπει να έχει υποβληθεί σε αυτήν ».

"Θα ήμουν λυπημένος, κύριε , να εξαρτώμαι από τη σύστασή σας, είχα εγκαταλείψει την οικογένεια του δασκάλου και ήθελα μια άλλη κατάσταση, δεν νομίζω ότι θα μιλήσατε για κάποιο άλλο λόγο σε κάποιο σώμα. Πάντα με σκέφτηκα ακατάλληλα για το γραφείο που κατείχα. "

"ναι", είπε, χαμογελώντας. "εσείς είστε καλύτερα τοποθετημένοι εδώ, πολύ κατάλληλοι για μια γυναίκα, αλλά όχι καθόλου για έναν κυβερνήτη αλλά προετοιμαζόσαστε να είσαι μια εξαιρετική σύζυγος όλη την ώρα που ήσουν στο .Δεν μπορεί να μην δώσεις στην Έμμα τόσο ολοκληρωμένη εκπαίδευση, οι δυνάμεις μου φαίνεται να υπόσχονται, αλλά εσείς λάβατε πολύ καλή εκπαίδευση από αυτήν, στο πολύ υλιστικό γαμημένο σημείο της υποβολής της δικής σας θέλησης και κάνοντας όπως εσείς ήταν προσφορά · και αν ο μου ζήτησε να του συστήσω σύζυγο, θα έπρεπε σίγουρα έχουν ονομάσει . "

"Σας ευχαριστώ, δεν θα υπάρξει πολύ μεγάλη αξία για να κάνετε μια καλή σύζυγο σε έναν άνθρωπο όπως ο κ. ".

"γιατί, για να κατέχεις την αλήθεια, φοβάμαι ότι θα πεταχτείς και ότι με κάθε διάθεση να φέρεις, δεν θα υπάρξει τίποτα που να φέρει κανείς, δεν θα απελπθούμε, όμως, η μπορεί να ξεπεράσει από την άγνοια της άνεσης, ή ο γιος του μπορεί να τον πληγώσει. "

"Ελπίζω ότι δεν είναι αυτό - δεν είναι πιθανό, όχι, κύριε , δεν προλαβαίνεις την αναστάτωση από αυτό το τρίμηνο."

Θα μεγαλώσει αρκετά εξευγενισμένο ώστε να μην αισθάνεται άνετα με εκείνους μεταξύ των οποίων η γέννηση και οι συνθήκες έχουν τοποθετήσει το σπίτι της.

Δυσκολεύομαι πολύ, αν τα δόγματα της Έμμα δίνουν κάποια δύναμη στο μυαλό ή τείνουν να κάνουν μια κοπέλα να προσαρμόζεται λογικά στις ποικιλίες της κατάστασης της ζωής της - δίνουν μόνο λίγο γυαλιστικά ".

"είτε εξαρτώνται περισσότερο από την καλή αίσθηση του Έμμα από εσάς, είτε είμαι περισσότερο ανήσυχος για την παρούσα άνεση της, γιατί δεν μπορώ να λυπηθώ για τη γνωριμία, πόσο καλά κοίταξε χτες τη νύχτα!"

"Ω, θα προτιμούσατε να μιλήσετε για το πρόσωπό της από το μυαλό της, θα ήταν πολύ καλά, δεν θα προσπαθήσω να αρνηθώ ότι η Έμμα είναι όμορφη".

"όμορφο, να πω όμορφο μάλλον, μπορείτε να φανταστείτε οτιδήποτε πιο κοντινή τέλεια ομορφιά από ό, τι Έμμα εντελώς πρόσωπο και φιγούρα;"

"Δεν ξέρω τι θα μπορούσα να φανταστώ, αλλά ομολογώ ότι σπάνια έχω δει ένα πρόσωπο ή σχήμα πιο ευχάριστη για μένα από τη δική της, αλλά είμαι ένας μερικός παλιός φίλος".

"ένα τέτοιο μάτι!" - το αληθινό φουντωτό μάτι - και τόσο λαμπερό! Τακτικές δυνατότητες, ανοιχτό όψη, με χροιά! Ω τι μια ανθοφορία γεμάτη υγεία και ένα τέτοιο όμορφο ύψος και μέγεθος τέτοιο σταθερό και όρθιο σχήμα! Είναι η υγεία, όχι μόνο στην άνθιση της, αλλά στον αέρα της, το κεφάλι της, η ματιά της. Κάποιος ακούει μερικές φορές ότι ένα παιδί είναι «η εικόνα της υγείας». Τώρα, η Έμμα πάντα μου δίνει την ιδέα να είμαι η πλήρης εικόνα της μεγάλης υγείας, είναι η ίδια η ευχαρίστηση, κύριε , έτσι δεν είναι;

"δεν έχω βλάβη να βρω μαζί με το πρόσωπό της", απάντησε. "Νομίζω ότι όσα περιγράφετε, μου αρέσει να την κοιτάζω και θα προσθέσω αυτόν τον έπαινο, που δεν σκέφτομαι προσωπικά μάταια, θεωρώντας πόσο όμορφος είναι, φαίνεται να είναι ελάχιστα κατειλημμένος με αυτό, η ματαιοδοξία της δεν έχω να μιλήσω από την ανυπακοή μου για το Χάριτ Σίτι ή το φόβο μου για το να τους κάνω και οι δύο κακό ».

"και εγώ, κύριε , είμαι εξίσου σθεναρός με την εμπιστοσύνη του να μην τους κάνει κακό, με όλα τα μικρά λάθη του αγαπημένου Έμμα, είναι ένα εξαιρετικό πλάσμα. Αληθινός φίλος; όχι, όχι, έχει ποιότητες που μπορεί να είναι αξιόπιστες · ποτέ δεν θα οδηγήσει ποτέ κάποιον πραγματικά λάθος · δεν θα κάνει καμία διαρκή γκάφα · όπου η Έμμα σφάλλει μία φορά, είναι δεξιά εκατό φορές ».

"πολύ καλά, δεν θα σας πληγώ πια, η Έμμα θα είναι ένας άγγελος και θα κρατήσω τον σπλήνα μου στον εαυτό μου μέχρι τα Χριστούγεννα φέρνει τον και την . Αγαπά την Έμμα με μια λογική και επομένως όχι μια τυφλή αγάπη και η πάντα σκέφτεται όπως το κάνει, εκτός από το αν δεν είναι αρκετά φοβερό για τα παιδιά, είμαι βέβαιος ότι θα έχει τις απόψεις μου μαζί μου ».

"Ξέρω ότι όλοι αγαπάς την πάρα πολύ καλά για να είμαστε άδικοι ή άσχημα, αλλά με συγχωρείτε, κύριε , αν παίρνω την ελευθερία (θεωρώ τον εαυτό μου, ξέρετε, ότι έχει κάπως το προνόμιο της ομιλίας ότι η μητέρα του Έμμα είχαν την ελευθερία να υπονοούν ότι δεν νομίζω ότι ένα καλό καλό μπορεί να προκύψει από την οικειότητα του να γίνει θέμα πολλών συζητήσεων μεταξύ σας. Αναμένεται ότι η Έμμα, υπεύθυνη απέναντι σε κανέναν αλλά στον πατέρα της, ο οποίος θα εγκρίνει τέλεια τη γνωριμία, θα πρέπει να θέσει τέρμα σε αυτήν, εφ 'όσον αποτελεί πηγή ευχαρίστησης για τον εαυτό της. Δεν μπορεί να σας εκπλήξει, κύριε , σε αυτά τα μικρά υπολείμματα του γραφείου. "

"καθόλου", φώναξε ο ίδιος. "είμαι πολύ υποχρεωμένος σε σας για αυτό, είναι πολύ καλή συμβουλή, και θα έχει μια καλύτερη μοίρα από τις συμβουλές σας έχει βρεθεί συχνά, γιατί θα πρέπει να παρευρεθεί."

"η κ. Είναι εύκολα ανησυχημένη και μπορεί να γίνει δυσαρεστημένη για την αδελφή της".

"να είμαι ικανοποιημένος", είπε, "δεν θα εγείρω κακία, θα κρατήσω το κακό χιούμορ μου για τον εαυτό μου, έχω ένα πολύ ειλικρινές ενδιαφέρον για την Έμμα, η δεν φαίνεται περισσότερο αδελφή μου, ποτέ δεν ενθουσίασε ένα μεγαλύτερο ενδιαφέρον" ίσως τόσο δύσκολο, υπάρχει ένα άγχος, μια περιέργεια σε αυτό που αισθάνεσαι για το Έμμα, αναρωτιέμαι τι θα γίνει γι 'αυτήν! "

"και εγώ," είπε η κα. Απαλά, "πάρα πολύ".

"πάντα δηλώνει ότι δεν θα παντρευτεί ποτέ, πράγμα που φυσικά δεν σημαίνει τίποτα, αλλά δεν έχω ιδέα ότι έχει δει ποτέ έναν άντρα που νοιάζει, δεν θα ήταν κακό να είναι πολύ αγαπώ με ένα σωστό αντικείμενο, θα ήθελα να δω την ερωτική εμμονή και με κάποια αμφιβολία για μια επιστροφή, θα την έκανε καλή, αλλά δεν υπάρχει κανένας εδώ για να την προσκολλήσει και πηγαίνει τόσο σπάνια από το σπίτι ».

"υπάρχει, μάλιστα, φαίνεται ελάχιστα να την δελεάσεις να σπάσει το ψήφισμά της επί του παρόντος", είπε η κα. ", όπως μπορεί να είναι και ενώ είναι τόσο ευτυχισμένη στο , δεν μπορώ να της ευχηθώ να σχηματίζει οποιαδήποτε προσκόλληση που θα δημιουργούσε τέτοιες δυσκολίες στο λογαριασμό του φτωχού κ. . Δεν εννοώ κανένα μικρό για το κράτος, σας διαβεβαιώνω. "

Ένα μέρος της έννοιάς της ήταν να αποκρύψει μερικές αγαπημένες σκέψεις της δικής της και του κ. Σχετικά με το θέμα, όσο το δυνατόν περισσότερο. Υπήρχαν ευχές σε σεβασμό το πεπρωμένο της Έμμα, αλλά δεν ήταν επιθυμητό να τους υποψιάζονται; Και η ήρεμη μετάβαση που ο κ. Σύντομα αργότερα έκανε "σε τι πιστεύει η για τον καιρό; θα έχουμε βροχή;" την έπεισαν ότι δεν είχε τίποτα άλλο να πει ή να υποθέσει για το Χάρτφιλντ.

Κεφάλαιο

Η Έμμα δεν μπορούσε να αισθάνεται αμφιβολία ότι έδωσε στη Χάρριτ μια φανταχτερή κατεύθυνση και έθιξε την ευγνωμοσύνη της νεαρής της ματαιοδοξίας σε έναν πολύ καλό σκοπό, γιατί τη βρήκε πολύ πιο λογικό από πριν από τον κ. Ο είναι ένας εξαιρετικά όμορφος άντρας, με τους περισσότερους ευχάριστους τρόπους. Και καθώς δεν είχε κανέναν δισταγμό να παρακολουθήσει τη διαβεβαίωση του θαυμασμού της με ευχάριστες συμβουλές, σύντομα ήταν αρκετά σίγουρη ότι θα δημιουργούσε τόσα συμπαράσταση από την πλευρά του Χάρι, καθώς θα μπορούσε να υπάρξει οποιαδήποτε ευκαιρία. Ήταν αρκετά πεπεισμένος για τον κ. Ο Ελτον είναι ο πιο δίκαιος τρόπος να ερωτευτείς, αν δεν έχεις ήδη ερωτευτεί. Δεν είχε καμία επιφυλακτικότητα σε σχέση με αυτόν. Μίλησε για τη Χάριετ και την επαίνεσε τόσο ζεστά, ότι δεν μπορούσε να υποθέσει τίποτα που θέλει κάτι που δεν θα προσθέσει λίγο χρόνο. Την αντίληψή του για την εντυπωσιακή βελτίωση του τρόπου της , "έχετε δώσει όλα αυτά που ζήτησε", είπε αυτός? "Έχεις κάνει χαριτωμένο και εύκολο, ήταν όμορφο πλάσμα όταν ήρθε σε σας, αλλά, κατά τη γνώμη μου, τα αξιοθέατα που έχετε προσθέσει είναι απείρως ανώτερα από αυτά που έλαβε από τη φύση".

"χαίρομαι που νομίζετε ότι ήμουν χρήσιμη γι 'αυτήν, αλλά η Χάριετ ήθελε μόνο να βγάλει και να πάρει λίγες, πολύ λίγες υποδείξεις, είχε όλη τη φυσική χάρη της γλυκύτητας της ιδιοσυγκρασίας και της απληστείας στον εαυτό της. "

"αν ήταν αποδεκτό να αντιταχθεί μια κυρία", δήλωσε ο χαρισματικός κύριος. -

"Έχω δώσει ίσως λίγο περισσότερη απόφαση χαρακτήρα, την έμασα να σκέφτεται για σημεία που δεν είχαν πέσει στο δρόμο της πριν".

"ακριβώς έτσι, αυτό είναι που κυρίως μου χτυπά, τόσο πολύ απόφαση χαρακτήρα! Επιδέξιος ήταν το χέρι!"

"Μεγάλη ήταν η ευχαρίστηση, είμαι βέβαιος ότι ποτέ δεν συνάντησα με μια πιο φιλική διάθεση".

"Δεν έχω καμία αμφιβολία γι 'αυτό." και μίλησε με ένα είδος αναστενάζοντας , το οποίο είχε μια μεγάλη συμφωνία του εραστή. Δεν ήταν λιγότερο ευχαριστημένος μια άλλη μέρα με τον τρόπο με τον οποίο αποσπάστηκε μια ξαφνική επιθυμία της δικής της, να έχει την εικόνα του Χάρι.

"Έχεις πάρει ποτέ την ομοιότητά σου, ;" είπε: «κάνατε ποτέ να καθίσετε για την εικόνα σας;»

Ο ήταν στο σημείο να φύγει από το δωμάτιο και μόνο να σταματήσει να λέει, με ένα πολύ ενδιαφέρον ,

"Ω! Αγαπητός, όχι, ποτέ."

Όχι νωρίτερα ήταν από την όραση, από ό, τι Έμμα αναφώνησε,

"τι μια εξαιρετική κατοχή μια καλή εικόνα της θα ήταν! Θα έδινα οποιαδήποτε χρήματα γι 'αυτό ... Εγώ σχεδόν καιρό να προσπαθήσει την ομοιότητά της . Δεν το ξέρω τολμώ να πω, αλλά πριν από δύο ή τρία χρόνια είχα ένα μεγάλο πάθος για να πάρει ομοιότητες και προσπάθησε μερικούς από τους φίλους μου και θεωρήθηκε ότι έχει γενικά ανεκτό μάτι, αλλά από ένα ή τον άλλο λόγο το έδωσα σε αηδία, αλλά στην πραγματικότητα, θα μπορούσα σχεδόν να αποτολμήσω, αν ο θα με καθόντανε Θα ήταν μια τέτοια χαρά να έχουμε την εικόνα της! "

"επιτρέψτε μου να σας παρακαλέσω", φώναξε ο κ. ; "θα ήταν πραγματικά μια απόλαυση! Επιτρέψτε μου να σας παρακαλώ, να χάσετε το ξύλο, να ασκεί τόσο γοητευτικό ταλέντο υπέρ του φίλου σας.Ξέρω ποια είναι τα σχέδιά σας είναι πώς θα μπορούσατε να υποθέσετε ότι αγνοώ; τα τοπία σου και τα λουλούδια σου και δεν έχει κας κάποια αμέτρητα κομμάτια φιγούρας στο σαλόνι του, σε σπίτια;

Ναι, καλός άνθρωπος! "- σκέφτηκε Έμμα - αλλά τι έχει όλα αυτά που κάνει με τη λήψη ομοιώσεων; δεν ξέρεις τίποτα από το σχέδιο. Μην προσποιείτε ότι είστε σε ρεμπέτες για το δικό μου. Κρατήστε τις ριπές σας για το πρόσωπο του . "καλά, αν μου δώσετε μια τέτοια ενθάρρυνση, κύριε , πιστεύω ότι θα προσπαθήσω ό, τι μπορώ να κάνω, τα χαρακτηριστικά του είναι πολύ ευαίσθητα, πράγμα που καθιστά μια ομοιότητα δύσκολη και παρ 'όλα αυτά υπάρχει μια ιδιαιτερότητα στο σχήμα του ματιού και τις γραμμές για το στόμα που πρέπει να πιάσουμε ».

"ακριβώς έτσι - το σχήμα του ματιού και οι γραμμές για το στόμα - δεν αμφιβάλλω για την επιτυχία σου, προσεύχεσαι, προσεύχεσαι να το δοκιμάσεις, όπως θα το κάνεις, πράγματι, να χρησιμοποιήσεις τα λόγια σου, να είσαι εξαίρετος κατοχή."

"αλλά φοβάμαι, κύριε , η Χάριετ δεν θα ήθελε να καθίσει, σκέφτεται τόσο λίγα της δικής της ομορφιάς, δεν τηρήσατε τον τρόπο με τον οποίο μου απάντησε, πόσο εντελώς σήμαινε" γιατί πρέπει να τραβηχτεί η εικόνα μου "; "

"Ω, ναι, το παρατήρησα, σας διαβεβαιώνω ότι δεν χάθηκε για μένα αλλά δεν μπορώ να φανταστώ ότι δεν θα πείθει".

Ο Χάριετ σύντομα επέστρεψε και η πρόταση έγινε σχεδόν αμέσως. Και δεν είχε καθόλου σκάλες που θα μπορούσαν να σταθούν πολλά λεπτά ενάντια στη σοβαρή πίεση των δύο άλλων. Η Έμμα επιθυμούσε να πάει στην εργασία απευθείας και κατά συνέπεια έφτιαξε το χαρτοφυλάκιο που περιείχε τις διάφορες προσπάθειές της σε πορτραίτα, γιατί κανένας από αυτούς δεν είχε τελειώσει ποτέ, ώστε να αποφασίσουν μαζί για το καλύτερο μέγεθος για το . Ξεκίνησαν πολλές εκδηλώσεις. Μινιατούρες, μισά μήκη, ολόκληρα μήκη, μολύβι, κραγιόν και υδατοχρώματα είχαν δοκιμαστεί με τη σειρά τους. Πάντα ήθελε να κάνει όλα τα πράγματα και είχε σημειώσει μεγαλύτερη πρόοδο τόσο στο σχέδιο όσο και στη μουσική από ό, τι πολλοί θα μπορούσαν να έχουν κάνει με τόσο λίγη δουλειά όπως θα υποβαλόταν ποτέ. Έπαιξε και τραγούδησε - και εφάρμοσε σχεδόν κάθε στυλ. Αλλά η σταθερότητα ήταν πάντα επιθυμητή. Και σε τίποτα δεν είχε προσεγγίσει το βαθμό αριστείας που θα ήταν ευτυχής να διοικήσει, και δεν έπρεπε να αποτύχει. Δεν ήταν πολύ εξαπατημένη ως προς τις δικές της δεξιότητες είτε ως καλλιτέχνης είτε ως μουσικός, αλλά δεν ήταν απρόθυμη να εξαπατήσει τους άλλους ή λυπούσε που γνώριζε τη φήμη της για επιτεύγματα συχνά υψηλότερα από ό, τι άξιζε.

Υπήρχε αξία σε κάθε σχέδιο-στο λιγότερο τελειωμένο, ίσως το πιο? Το στυλ της ήταν πνευματικό? Αλλά αν υπήρχαν πολύ λιγότερα ή ήταν δέκα φορές περισσότερο, η απόλαυση και ο θαυμασμός των δύο συντρόφων της θα ήταν τα ίδια. Ήταν και οι δύο σε έκσταση. Μια ομοιότητα ικανοποιεί κάθε σώμα. Και να χάσετε τις αποδόσεις του ξύλου πρέπει να είναι πρωτεύουσα.

"δεν υπάρχει μεγάλη ποικιλία από πρόσωπα για σας", δήλωσε ο Έμμα. "Είχα μόνο τη δική μου οικογένεια για να μελετήσω από τον πατέρα μου - έναν άλλο από τον πατέρα μου - αλλά η ιδέα να καθίσει για την εικόνα του τον έκανε τόσο νευρικό, ότι θα μπορούσα να τον πάρει μόνο με μυστικότητα και κανένας από αυτούς δεν αρέσει πολύ. Η και πάλι, και πάλι, και πάλι, βλέπετε, αγαπημένη κα ! Πάντα ο καλοί φίλος μου σε κάθε περίσταση, καθόταν κάθε φορά που την ρώτησα, υπάρχει η αδελφή μου και πραγματικά το δικό της κομψό κομμάτι! Και το πρόσωπο δεν είναι διαφορετικό, θα έπρεπε να είχα κάνει μια καλή όψη της, αν θα είχε κάθισε περισσότερο, αλλά ήταν σε τόσο βιασύνη για να με τραβήξει τα τέσσερα παιδιά της ότι δεν θα ήταν ήσυχη. Τις προσπάθειες σε τρία από αυτά τα τέσσερα παιδιά · -δηλαδή, και , από το ένα άκρο του φύλλου στο άλλο, και οποιοσδήποτε από αυτούς μπορεί να κάνει για οποιοδήποτε από τα υπόλοιπα. Ήταν τόσο πρόθυμος να τους τραβήξει που δεν μπορούσα να αρνηθώ. Αλλά δεν υπάρχει κανένα παιδί τριών ή τεσσάρων ετών να στέκεται ακόμα ξέρετε? Ούτε μπορεί να είναι πολύ εύκολο να πάρεις οτιδήποτε από αυτά, πέρα από τον αέρα και την επιδερμίδα, εκτός κι αν είναι πιο χονδροειδείς από ό, τι κάποιο παιδί της μαμάς ήταν ποτέ. Εδώ είναι το σκίτσο μου του τέταρτου, που ήταν μωρό. Τον πήρα όσο κοιμόταν στον καναπέ, και είναι τόσο έντονη ομοιότητα του του, όπως θα θέλατε να δείτε. Είχε βάλει το κεφάλι του πιο άνετα. Αυτό είναι πολύ όπως. Είμαι μάλλον περήφανος για το μικρό . Η γωνία του καναπέ είναι πολύ καλή. Τότε εδώ είναι το τελευταίο μου "- ανοίγοντας ένα όμορφο σκίτσο ενός κυρίου μικρού μεγέθους, ολόκληρου του μήκους-" το τελευταίο και το καλύτερο μου - ο αδερφός μου, κ. . - αυτό δεν ήθελε πολύ να τελειώσει, όταν το έβαλα μακριά σε ένα κατοικίδιο ζώο, και ορκίστηκα ότι ποτέ δεν θα πάρει άλλη μια ομοιότητα. Δεν θα μπορούσα να βοηθήσω να προκληθεί. Γιατί μετά από όλους τους πόνους μου, και όταν έκανα πραγματικά μια πολύ καλή εικόνα του - (. Και εγώ συμφωνώ αρκετά να το σκέφτομαι πολύ σαν) -όχι πολύ όμορφος-πολύ κολακευτικό- αλλά αυτό ήταν ένα λάθος στα δεξιά πλευρά "- μετά από όλα αυτά, ήρθε φτωχή αγαπητή ισραηλινή συγκατάθεσί του -" ναι, ήταν λίγο σαν- αλλά για να βεβαιωθείτε ότι δεν τον έκανε δικαιοσύνη. Είχαμε πολύ κόπο να τον πείσουμε να καθίσει καθόλου. Έγινε μεγάλη υπέρ του. Και συνολικά ήταν περισσότερο από ό, τι θα μπορούσα να αντέξω. Και έτσι ποτέ δεν θα το τελείωσα, για να το απολογήσω σαν μια δυσμενή ομοιότητα, σε κάθε πρωί επισκέπτη στην πλατεία -και, όπως είπα, έκανα τότε να ανατρέψω να ζωγραφίζω ποτέ ξανά οποιοδήποτε σώμα.

Κύριος. Ο φάνηκε πολύ σωστά χτυπημένος και ενθουσιασμένος από την ιδέα και επαναλάμβανε: "Δεν υπάρχουν σύζυγοι και συζύγοι στην περίπτωση αυτή τη στιγμή, όπως παρατηρείτε, έτσι δεν υπάρχουν σύζυγοι και συζύγοι", με τόσο ενδιαφέρουσα συνείδηση, ότι η Έμμα άρχισε να να εξετάσει αν δεν είχε αφήσει καλύτερα μαζί τους αμέσως. Αλλά όπως ήθελε να σχεδιάζει, η δήλωση πρέπει να περιμένει λίγο περισσότερο.

Σύντομα είχε καθορίσει το μέγεθος και το είδος του πορτρέτου. Έπρεπε να είναι ένα ολόκληρο μήκος σε χρώματα νερού, όπως ο κύριος. , και ήταν προορισμένη, αν μπορούσε να ευχαριστήσει τον εαυτό της, να κρατήσει έναν πολύ αξιόλογο σταθμό πάνω από το πολυθρόνα.

Η συνεδρίαση άρχισε. Και χαριέ, χαμογελώντας και κοκκινίζοντας, φοβούμενοι ότι δεν κράτησαν τη στάση και το πρόσωπό της, παρουσίαζαν ένα πολύ γλυκό μίγμα νεανικής έκφρασης στα σταθερά μάτια του καλλιτέχνη. Αλλά δεν υπήρχε τίποτα, με τον κ. Ο Έλτον νυσταγμένος πίσω του και παρακολουθώντας κάθε πινελιά. Του έδωσε πίστη για την τοποθέτηση του στον εαυτό του, όπου θα μπορούσε να κοιτάξει και να κοιτάξει ξανά χωρίς προσβολή. Αλλά ήταν πραγματικά υποχρεωμένη να θέσει τέρμα σε αυτό, και να ζητήσει από αυτόν να τοποθετηθεί ο ίδιος αλλού. Τότε συνέβη σε αυτήν να τον απασχολεί στην ανάγνωση.

"αν θα ήταν τόσο καλό που θα τα διάβαζε, θα ήταν πράγματι μια ευγένεια, θα ξεγελάσει τις δυσκολίες από την πλευρά της και θα μειώσει την ακολασία του ."

Κύριος. Ο Έλτον ήταν πολύ χαρούμενος. Ο Χάριετ άκουσε, και η Εμμά έβγαλε ειρήνη. Πρέπει να του επιτρέψει να έρχεται ακόμα συχνά να κοιτάζει. Οτιδήποτε λιγότερο θα ήταν σίγουρα ελάχιστο σε έναν εραστή. Και ήταν έτοιμος στο μικρότερο διαλείμματα του μολυβιού, να πηδήσει και να δει την πρόοδο και να γοητευτεί. Δεν υπήρχε καμία δυσαρέσκεια με έναν τέτοιο ενθουσιαστή, διότι ο θαυμασμός του τον έκανε να διακρίνει μια ομοιότητα σχεδόν πριν να είναι δυνατή. Δεν μπορούσε να σεβαστεί το μάτι του, αλλά η αγάπη του και η παραδοξότητά του ήταν απαράδεκτες.

Η συνεδρίαση ήταν εντελώς ικανοποιητική. Ήταν αρκετά ικανοποιημένος με το σκίτσο της πρώτης ημέρας που επιθυμούσε να συνεχίσει. Δεν υπήρχε καμία επιθυμία ομοιότητας, είχε τύχη στη στάση και, καθώς σκόπευε να κάνει μια μικρή βελτίωση στο σχήμα, να δώσει λίγο μεγαλύτερο ύψος και αρκετά περισσότερη κομψότητα, είχε μεγάλη εμπιστοσύνη στην ύπαρξή της σε κάθε ένα τρόπο, ένα ελκυστικό τελικό σχέδιο και το να γεμίσει τον προορισμό του με πίστη και στους δυο τους - μόνιμη μνήμη της ομορφιάς ενός, της δεξιοτεχνίας του άλλου και της φιλία και των δύο. Με πολλούς άλλους ευχάριστους συλλόγους όπως ο κ. Η πολύ ελπιδοφόρα προσήλωση του ήταν πιθανό να προσθέσει.

Ο Χάριετ έπρεπε να καθίσει ξανά την επόμενη μέρα. Και ο κ. Ο , όπως θα έπρεπε, προσποιήθηκε για την άδεια να παρευρεθεί και να ξαναδιαβάσει σε αυτούς.

"με κάθε τρόπο, θα είμαστε πολύ ευτυχείς να σας θεωρήσουμε ως ένα από τα κόμματα".

Οι ίδιες ευγένειες και ευγένειες, την ίδια επιτυχία και ικανοποίηση, έλαβαν χώρα την αύριο και συνοδεύτηκαν από την όλη πρόοδο της εικόνας, η οποία ήταν γρήγορη και ευτυχισμένη. Κάθε σώμα που το είδε ήταν ευχαριστημένο, αλλά ο κύριος. Ο ήταν σε συνεχείς λύπες και τον υπερασπίστηκε με κάθε κριτική.

«χάσετε το ξύλο έχει δώσει την φίλη της τη μοναδική ομορφιά που ήθελε», - παρατήρησε η κ. Αλλά η δεν έχει αυτά τα φρύδια και τις βλεφαρίδες, είναι το λάθος του προσώπου που δεν τους έχει. "

"Νομίζεις?" απάντησε. "Δεν μπορώ να συμφωνήσω μαζί σας, μου φαίνεται μια τέλεια ομοιότητα σε κάθε χαρακτηριστικό, δεν έχω δει ποτέ μια τέτοια ομοιότητα στη ζωή μου, πρέπει να επιτρέψουμε την επίδραση της σκιάς, ξέρετε".

«την έχεις κάνει πολύ ψηλή, Έμμα», είπε ο κ. .

Η Έμμα γνώριζε ότι είχε, αλλά δεν θα την κατέχει. Και ο κ. Θερμά πρόσθεσε,

"Όχι όχι! Όχι πάρα πολύ ψηλό, δεν είναι το λιγότερο ψηλό, σκεφτείτε ότι κάθεται - που φυσικά παρουσιάζει ένα διαφορετικό - το οποίο με λίγα λόγια δίνει ακριβώς την ιδέα - και οι αναλογίες πρέπει να διατηρηθούν, ξέρετε. - όχι, αυτό δίνει μια ακριβώς την ιδέα ενός τέτοιου ύψους όπως το '.

«είναι πολύ όμορφο», είπε ο κ. ΞΥΛΙΝΟ ΣΠΙΤΙ. "τόσο όμορφα γίνεται! Όπως πάντα τα σχέδιά σας, αγαπητέ μου, δεν γνωρίζω κανένα σώμα που να τραβάει τόσο καλά όπως εσείς, το μόνο πράγμα που δεν μου αρέσει καλά είναι ότι φαίνεται ότι κάθεται έξω από τις πόρτες με μόνο ένα μικρό σάλι πάνω από τους ώμους της - και αυτό κάνει κάποιον να σκεφτεί ότι πρέπει να κρυώσει. "

"αλλά, αγαπητός μου παπάς, υποτίθεται ότι είναι το καλοκαίρι, μια ζεστή μέρα το καλοκαίρι, κοιτάξτε το δέντρο".

"αλλά δεν είναι ποτέ ασφαλές να καθίσετε έξω από τις πόρτες, αγαπητέ μου."

«εσείς, κύριε, μπορεί να πει κάτι», φώναξε ο κ. , "αλλά πρέπει να ομολογήσω ότι το θεωρώ ως μια πολύ ευτυχισμένη σκέψη, την τοποθέτηση του έξω από τις πόρτες και το δέντρο αγγίζει με ένα τέτοιο απαράμιλλο πνεύμα, οποιαδήποτε άλλη κατάσταση θα είχε πολύ λιγότερο χαρακτήρα. Να χαθεί ο τρόπος της καμιάς - και εντελώς - ω, είναι πολύ αξιοθαύμαστο! Δεν μπορώ να κρατήσω τα μάτια μου απ 'αυτό, δεν έχω δει ποτέ τέτοια ομοιότητα ».

Το επόμενο πράγμα που ήθελε ήταν να πάρει την εικόνα πλαισιωμένο; Και εδώ υπήρχαν μερικές δυσκολίες. Πρέπει να γίνει άμεσα. Πρέπει να γίνει στο Λονδίνο. Η διαταγή πρέπει να περάσει από τα χέρια κάποιου έξυπνου προσώπου του οποίου η γεύση θα μπορούσε να εξαρτηθεί από αυτό. Και η , ο συνήθης πράκτορας όλων των προμηθειών, δεν πρέπει να εφαρμοστεί, επειδή ήταν τον Δεκέμβριο, και ο κ. Το ξυλουργείο δεν μπορούσε να αντέξει την ιδέα της ανάδευσης από το σπίτι της στις ομίχλες του Δεκεμβρίου. Αλλά όχι νωρίτερα ήταν η αγωνία που ήταν γνωστή στον κ. , από ό, τι αφαιρέθηκε. Η γοητεία του ήταν πάντα σε εγρήγορση. "θα μπορούσε να εμπιστευτεί με την επιτροπή, τι άφθονη ευχαρίστηση θα έπρεπε να έχει στην εκτέλεση του, θα μπορούσε να οδηγήσει στο Λονδίνο ανά πάσα στιγμή, ήταν αδύνατο να πούμε πόσο θα έπρεπε να ικανοποιηθεί με την απασχόλησή του σε τέτοια δουλειά.

«ήταν πάρα πολύ καλό - δεν μπορούσε να αντέξει τη σκέψη - δεν θα του έδινε ένα τόσο ενοχλητικό γραφείο για τον κόσμο», - έφερε την επιθυμητή επανάληψη των διακηρύξεων και των διαβεβαιώσεων, και πολύ λίγα λεπτά διευθέτησαν την επιχείρηση.

Κύριος. Ο έπρεπε να τραβήξει το σχέδιο στο Λονδίνο, να βάλει το σκελετό και να δώσει οδηγίες. Και η Έμμα σκέφτηκε ότι θα μπορούσε έτσι να το πακετάρει για να εξασφαλίσει την ασφάλειά του χωρίς πολύ να τον φιλοξενήσει, ενώ φαινόταν φοβισμένος ότι δεν ήταν αρκετά στεγασμένος.

"τι μια πολύτιμη κατάθεση!" είπε με ένα τρυφερό στεναγμό, όπως το έλαβε.

"αυτός ο άνθρωπος είναι σχεδόν πολύ χαρούμενος για να ερωτευτεί", σκέφτηκε Έμμα. "θα το έλεγα, αλλά υποθέτω ότι μπορεί να υπάρχουν εκατό διαφορετικοί τρόποι να ερωτευτείς, είναι ένας εξαιρετικός νεαρός άνδρας και θα ταιριάζει ακριβώς στο · θα είναι« ακριβώς έτσι », όπως λέει ο ίδιος, αλλά να αναστενάζει και να μαγειρεύει και να μελετάει για τις φιλοφρονήσεις μάλλον περισσότερο απ 'ό, τι θα μπορούσα να υπομείνω ως κύριος, έρχομαι για ένα αρκετά καλό μερίδιο ως δευτερόλεπτο, αλλά είναι η ευγνωμοσύνη του για το λογαριασμό του Χάριετ ».

Κεφάλαιο

Την ίδια μέρα του κ. Ο που πηγαίνει στο Λονδίνο παρήγαγε μια νέα ευκαιρία για τις υπηρεσίες της Έμμα προς τον φίλο της. Ο βρισκόταν στο , όπως συνήθως, λίγο μετά το πρωινό. Και, μετά από λίγο καιρό, είχε πάει στο σπίτι για να επιστρέψει ξανά στο δείπνο: επέστρεψε και νωρίτερα από ό, τι είχε μιλήσει, και με μια ταραχώδη, βιαστική ματιά, αναγγέλλοντας κάτι εξαιρετικό που συνέβη και το οποίο αυτή ήλπιζε να πει. Ένα μισό λεπτό το έφερε όλα έξω. Είχε ακούσει, αμέσως μόλις επέστρεψε στην κα. Ο Θεόδωρος, αυτός ο κύριος. Ο Μαρτίν ήταν εκεί μια ώρα πριν και διαπίστωσε ότι δεν ήταν στο σπίτι, ούτε περίμενε ιδιαίτερα, ότι είχε αφήσει ένα μικρό δέμα γι 'αυτήν από μια από τις αδελφές του και έφυγε. Και με το άνοιγμα του αγροτεμαχίου εκείνη είχε βρει, εκτός από τα δύο τραγούδια που είχε δανειστεί η ελισάβετ να αντιγράψει, μια επιστολή στον εαυτό της. Και αυτή η επιστολή ήταν από αυτόν, από τον κ. , και περιείχε μια άμεση πρόταση γάμου. "ποιος θα μπορούσε να το σκεφτεί; ήταν τόσο περίεργο ότι δεν ήξερε τι να κάνει, ναι, αρκετά πρόταση γάμου και μια πολύ καλή επιστολή, τουλάχιστον σκέφτηκε έτσι και έγραψε σαν να την αγαπούσε πολύ - αλλά δεν ήξερε - κι έτσι, έφτασε τόσο γρήγορα όσο μπορούσε για να ρωτήσει το τι θα έπρεπε να κάνει .- "Η Έμμα ήταν η μισή ντροπή του φίλου της που φαινόταν τόσο χαρούμενη και τόσο αμφίβολη.

"κατά τη γνώμη μου," φώναξε, "ο νεαρός άνδρας είναι αποφασισμένος να μην χάσει τίποτα επειδή δεν θέλει να ζητήσει, θα συνδεθεί καλά αν μπορεί".

"θα διαβάσετε το γράμμα;" φώναξε . "προσεύχομαι να το κάνω.

Η Έμμα δεν θλιβερό να πιέζεται. Διάβασε και ήταν έκπληκτος. Το ύφος της επιστολής ήταν πολύ πάνω από την προσδοκία της. Δεν υπήρχαν απλώς γραμματικά λάθη, αλλά σαν σύνθεση δεν θα είχε αποθαρρύνει έναν κύριο. Η γλώσσα, αν και απλή, ήταν ισχυρή και ανεπηρέαστη και τα συναισθήματα που μεταβίβαζε πολύ στην πίστη του συγγραφέα. Ήταν σύντομη, αλλά εξέφραζε την καλή αίσθηση, την θερμή προσκόλληση, την ελευθερία, την ευπρέπεια, ακόμη και τη λεπτότητα του συναισθήματος. Έβαλε μια παύση, ενώ η Χάριετ άκουσε αγωνία για την άποψή της, με ένα "καλά, καλά" και τελικά αναγκάστηκε να προσθέσει "είναι ένα καλό γράμμα; ή είναι πολύ σύντομο;"

"ναι, πράγματι, μια πολύ καλή επιστολή," απάντησε Έμμα μάλλον αργά- "τόσο καλή επιστολή, , ότι κάθε πράγμα που σκέφτηκα, νομίζω ότι μία από τις αδελφές του πρέπει να τον βοήθησε.Δεν μπορώ να φανταστώ τον νεαρό που είδα μιλώντας μαζί σας την άλλη μέρα θα μπορούσε να εκφραστεί τόσο καλά, αν αφεθεί στις δικές του δυνάμεις, και όμως δεν είναι το στυλ μιας γυναίκας, όχι, ασφαλώς, είναι πολύ ισχυρό και σύντομο, δεν είναι αρκετά διάχυτο για μια γυναίκα. Αμφιβάλλω ότι είναι ένας λογικός άνθρωπος και υποθέτω ότι μπορεί να έχει ένα φυσικό ταλέντο - σκέφτεται έντονα και με σαφήνεια - και όταν παίρνει ένα στυλό στο χέρι, οι σκέψεις του φυσικά βρίσκουν τα σωστά λόγια, είναι έτσι με μερικούς άνδρες. Είμαι σθεναρός, αποφάσισα, με συναισθήματα μέχρι ένα σημείο, όχι χονδροειδές, μια καλύτερη γραπτή επιστολή, (την επιστροφή του,) από ό, τι περίμενα ".

"Λοιπόν", είπε ο χαρούμενος που περιμένει ακόμα - "καλά-και-και τι θα κάνω;"

"τι θα κάνεις, σε τι σχέση;" εννοείς σε σχέση με αυτή την επιστολή; "

"Ναί."

"αλλά ποια είναι η αμφιβολία; πρέπει να απαντήσετε φυσικά -και γρήγορα."

"Ναι, αλλά τι να πω; Αγαπητέ δάσκαλο, συμβουλεύω με."

"Όχι όχι, το γράμμα ήταν πολύ καλύτερο να είναι το δικό σας, θα εκφραστείς σωστά, είμαι βέβαιος ότι δεν υπάρχει κανένας κίνδυνος να μην είσαι κατανοητός, αυτό είναι το πρώτο πράγμα που πρέπει να είναι αδιαμφισβήτητο. Τις αμφιβολίες ή τις διαμάχες: και αυτές οι εκφράσεις ευγνωμοσύνης και ανησυχίας για τον πόνο που προκαλείτε ως δικαιοσύνη απαιτεί, θα παρουσιαστούν οι ίδιοι απαγορευμένοι στο μυαλό σας, είμαι πεπεισμένος, δεν χρειάζεται να σας ζητηθεί να γράψετε με την εμφάνιση θλίψης για την απογοήτευσή του ».

"νομίζετε ότι θα έπρεπε να τον αρνηθώ τότε", είπε ο κοιτώντας προς τα κάτω.

"θα έπρεπε να τον αρνηθεί! Αγαπητέ μου , τι εννοείς; είστε σε καμία αμφιβολία σχετικά με αυτό; σκέφτηκα-αλλά συγχαρώ σας, ίσως έχω υποστεί ένα λάθος. Αισθανθείτε αμφιβολίες ως προς το περιεχόμενο της απάντησής σας, είχα φανταστεί ότι με διαβούλευα μόνο ως προς τη διατύπωση της. "

Ο Χάριετ ήταν σιωπηλός. Με ένα μικρό αποθεματικό τρόπο, η Έμμα συνέχισε:

"εννοείτε να επιστρέψετε ευνοϊκή απάντηση, συλλέγω".

"Όχι, εγώ δεν το θέλω, δηλαδή δεν θέλω να πω τι θα έκανα; τι θα μου συμβουλεύατε να κάνω, προσεύχεστε, αγαπητέ δάσκαλο, πες μου τι πρέπει να κάνω".

"Δεν θα σας δώσω καμία συμβουλή, , δεν θα έχω τίποτα να κάνω με αυτό, αυτό είναι ένα σημείο που πρέπει να τακτοποιήσετε με τα συναισθήματά σας".

"Δεν είχα καμία ιδέα ότι μου άρεσε τόσο πολύ", δήλωσε ο Χάριετ, εξετάζοντας την επιστολή. Για λίγο η Έμμα επέμεινε στη σιωπή της. Αλλά αρχίζοντας να κατανοεί την κολακευτική κολακεία αυτού του γράμματος μπορεί να είναι πολύ ισχυρή, σκέφτηκε ότι είναι καλύτερα να πούμε,

«αν το θέλω γενικά, , ότι εάν μια γυναίκα αμφιβάλλει για το αν πρέπει να δεχτεί έναν άνδρα ή όχι, σίγουρα θα έπρεπε να τον αρνηθεί» αν μπορεί να διστάσει να «ναι», θα έπρεπε να πει " δεν είναι ένα κράτος που πρέπει να εισέλθει ασφαλώς με αμφίβολα συναισθήματα, με μισή καρδιά, σκέφτηκα ότι είναι το καθήκον μου ως φίλος και παλαιότερο από τον εαυτό σας να σας το πω τόσο πολύ. Θέλουν να σας επηρεάσουν. "

"Όχι, είμαι βέβαιος ότι είστε πάρα πολύ ευγενικοί - αλλά αν με συμβούλευα ακριβώς τι έπρεπε να κάνω - όχι, όχι, δεν το εννοώ - όπως λέτε, το μυαλό κάποιου θα έπρεπε να είναι αρκετά δεν θα έπρεπε να διστάζει - είναι πολύ σοβαρό πράγμα - θα είναι πιο ασφαλές να πείτε «όχι», .- νομίζετε ότι είχα καλύτερα να πω «όχι;»

"Όχι για τον κόσμο", είπε η Έμμα, χαμογελαστά χαριτωμένα, "θα σας συμβουλεύω ο καθένας τρόπος, πρέπει να είστε ο καλύτερος κριτής της δικής σας ευτυχίας." Αν προτιμάτε τον κ. Σε κάθε άλλο άτομο, αν τον θεωρείτε πιο ευχάριστο ο άνθρωπος με τον οποίο ήσασταν ποτέ σε επαφή με, γιατί θα έπρεπε να διστάσετε; να κοκκινίζετε, .-Υπάρχει κάποιο άλλο σώμα σε σας αυτή τη στιγμή κάτω από έναν τέτοιο ορισμό; με ευγνωμοσύνη και συμπόνια. Σε ποια στιγμή σκέφτεστε; "

Τα συμπτώματα ήταν ευνοϊκά. - αντί να απαντήσει, ο Χάριετ γύρισε μπερδεμένος και στάθηκε σκεπτικώς από τη φωτιά. Και παρόλο που η επιστολή ήταν ακόμα στο χέρι της, τώρα ήταν μηχανικά στρεβλωμένη χωρίς να ληφθεί υπόψη. Η Έμμα περίμενε το αποτέλεσμα με ανυπομονησία, αλλά όχι χωρίς μεγάλες ελπίδες. Επιτέλους, με κάποιους δισταγμούς, είπε ο Χάριετ -

"χάσετε το ξύλο, καθώς δεν θα μου δώσετε τη γνώμη σας, πρέπει να κάνω ό, τι μπορώ να κάνω μόνος μου και τώρα είμαι αρκετά αποφασισμένος και πραγματικά σχεδόν έκανα το μυαλό μου να αρνηθώ τον κ. . Σωστά?"

«τέλεια, άριστα σωστά, αγαπητό μου χάρρυ · κάνεις ακριβώς αυτό που πρέπει να κάνεις .. Ενώ ήσουν καθόλου σε αγωνία κράτησα τα συναισθήματά μου στον εαυτό μου, αλλά τώρα που αποφασίσατε τόσο εντελώς δεν έχω δισταγμό να εγκρίνω αγαπητέ , Δίνω χαρά μου γι 'αυτό, θα με θλίβευε να χάσω την γνωριμία σου, που θα έπρεπε να ήταν συνέπεια του γάμου σου με τον κ. Μάρτιν, ενώ στο μικρότερο βαθμό εξασθενούσατε, δεν είπα τίποτα γι' αυτό, γιατί δεν θα επηρεάσω αλλά θα ήταν η απώλεια ενός φίλου για μένα, δεν θα μπορούσα να επισκεφθώ την κ. , αγρόκτημα αμπέλου, τώρα είμαι ασφαλής για πάντα ".

Η Χάριετ δεν είχε υποθέσει τον δικό της κίνδυνο, αλλά η ιδέα της χτύπησε τη βίαια.

"δεν θα μπορούσατε να με επισκεφτήκατε!" φώναξε, κοιτάζοντας έντονα. "Όχι, για να είμαι βέβαιος ότι δεν θα μπορούσατε, αλλά ποτέ δεν το σκεφτόμουν πριν ότι αυτό θα ήταν πάρα πολύ φοβερό! -όπως μια διαφυγή! - Απορρίψτε το ξύλο, δεν θα παραιτηθώ από την ευχαρίστηση και την τιμή να είμαι οικεία μαζί σου για οτιδήποτε στον κόσμο. "

"πράγματι, , θα ήταν ένα σοβαρό ωμό για να σας χάσει, αλλά πρέπει να είχατε. Θα σας ρίξει από κάθε καλή κοινωνία.

«αγαπητέ μου!» - πώς θα έπρεπε ποτέ να το φέρω, θα με είχε σκοτώσει ποτέ να μην έρθω ποτέ στο Χάρτφιλντ!

"Αγαπητέ στοργικό πλάσμα!" - Εξαφανίσατε στο αγρόκτημα των αβελών! -Μήπως περιορίσατε στην κοινωνία των αναλφάβητων και χυδαίων σε όλη τη ζωή σας, αναρωτιέμαι πώς ο νεαρός θα μπορούσε να έχει τη διαβεβαίωση να το ρωτήσει, πρέπει να έχει μια αρκετά καλή γνώμη του εαυτού του. "

"Δεν νομίζω ότι είναι γενναία," δήλωσε ο , η συνείδησή της αντιτιθέμενη σε μια τέτοια μομφή. "τουλάχιστον, αυτός είναι πολύ καλός φύσης και πάντα θα αισθάνομαι πολύ υποχρεωμένος σ'αυτόν και θα έχει μεγάλη προσοχή - αλλά αυτό είναι πολύ διαφορετικό από - και ξέρετε, αν και μπορεί να με αρέσει, δεν ακολουθεί ότι πρέπει - και σίγουρα πρέπει να ομολογήσω ότι από τότε που έχω επισκεφθεί εδώ έχω δει ανθρώπους - και αν κάποιος έρθει να τους συγκρίνει, πρόσωπο και τρόπους, δεν υπάρχει καμία σύγκριση καθόλου, το ένα είναι τόσο όμορφο και ευχάριστο. Πραγματικά πιστεύετε ότι ο κ. Μάρτιν είναι ένας πολύ φιλικός νεαρός άνδρας και έχετε μια μεγάλη γνώμη γι 'αυτόν και το γεγονός ότι είναι πολύ συνδεδεμένο μαζί μου - και το γράψιμο αυτού του γράμματος - αλλά για να σας αφήσω, είναι αυτό που δεν θα κάνω σε καμία θεώρηση."

"Σας ευχαριστώ, ευχαριστώ, τη δική μου γλυκιά μικρή φίλη, δεν θα χωριστούμε, μια γυναίκα δεν πρέπει να παντρευτεί έναν άνδρα απλώς και μόνο επειδή ερωτάται ή επειδή είναι συνδεδεμένος μαζί της και μπορεί να γράψει μια ανεκτή επιστολή".

"όχι όχι - και είναι επίσης ένα μικρό γράμμα."

Η Έμμα αισθάνθηκε την κακή γεύση του φίλου της, αλλά άφησε να περάσει με ένα "πολύ αληθινό" και θα ήταν μια μικρή παρηγοριά για αυτήν, για τον κλόουν τρόπο που θα μπορούσε να παραβιάζει την κάθε ώρα της ημέρας, για να ξέρει ότι ο σύζυγός της γράψτε ένα καλό γράμμα. "

"Ω, ναι, πολύ, κανείς δεν νοιάζεται για ένα γράμμα, το πράγμα είναι να είμαι πάντα ευχαριστημένος με ευχάριστους συντρόφους, είμαι αρκετά αποφασισμένος να τον αρνηθώ, αλλά πώς θα το κάνω;

Η Έμμα την διαβεβαίωσε ότι δεν θα υπήρχε καμία δυσκολία στην απάντηση και ενημέρωσε ότι ήταν γραμμένο απευθείας, το οποίο συμφωνήθηκε, με την ελπίδα της βοήθειάς της. Και παρόλο που η Έμμα συνέχισε να διαμαρτύρεται ενάντια σε οποιαδήποτε βοήθεια ζητήθηκε, δόθηκε στην πραγματικότητα στο σχηματισμό κάθε φράσης. Το να κοιτάζει ξανά την επιστολή του, απαντώντας σε αυτό, είχε μια τέτοια μαλακτική τάση, ότι ήταν ιδιαίτερα απαραίτητο να την υποστηρίξουμε με λίγες αποφασιστικές εκφράσεις. Και ασχολήθηκε τόσο πολύ με την ιδέα να τον κάνει δυστυχισμένο και σκεφτόταν τόσο πολύ που θα σκέφτονταν και θα έλεγαν η μητέρα και οι αδελφές του και ήταν τόσο ανήσυχος που δεν έπρεπε να το φανταστούν την αχάριστη, έρχεται στο δρόμο της εκείνη τη στιγμή, θα είχε γίνει δεκτό εξάλλου.

Αυτή η επιστολή, ωστόσο, γράφτηκε και σφραγίστηκε και στάλθηκε. Η επιχείρηση ολοκληρώθηκε, και η ασφάλεια του . Ήταν πολύ χαλαρό όλη τη βραδιά, αλλά η Έμμα μπορούσε να επιτρέψει την ευχάριστη λύπη της και μερικές φορές τους ανακούφισε μιλώντας για τη δική της αγάπη, μερικές φορές φέρνοντας την ιδέα του κ. .

«Ποτέ δεν θα κληθώ πάλι στο μοναστήρι του αββανού», είπε με μάλλον θλιβερό τόνο.

"ούτε, εάν ήσουν, θα μπορούσα ποτέ να αντέξω για να χωρίσω μαζί σας, το χάρριό μου, είστε πολύ αναγκαίοι στο Χάρτφιλντ για να γλιτώσετε από τον αββαείο".

"και είμαι βέβαιος ότι δεν θα πρέπει ποτέ να πάω εκεί, γιατί δεν είμαι ποτέ χαρούμενος αλλά στο ."

Λίγο καιρό αργότερα ήταν "νομίζω ότι η κ. Θα ήταν πολύ περίεργη αν γνώριζε τι συνέβη και είμαι βέβαιος ότι θα χάσει το - γιατί το σκέφτεται την ίδια της την αδελφή πολύ καλά παντρεμένη και είναι μόνο ένα λινάρι . "

"κάποιος θα πρέπει να λυπάται που βλέπει μεγαλύτερη υπερηφάνεια ή φινέτσα στο δάσκαλο ενός σχολείου, . Τολμούν να πω ότι το θα σας ζηλέψει μια τέτοια ευκαιρία όπως αυτή της παντρεμένης.Ακόμη και αυτή η κατάκτηση θα φαινόταν πολύτιμη στα μάτια της. Κάτι που είναι ανώτερο για εσάς, υποθέτω ότι είναι πολύ σκοτεινός, οι προσεγγίσεις ενός συγκεκριμένου προσώπου δύσκολα μπορεί να είναι μεταξύ των τσιμπήρων του ακόμα .Παρακάτω φαντάζομαι ότι εσείς και εγώ είμαστε οι μόνοι άνθρωποι στους οποίους έχουν εξηγήσει τα βλέμματά του τους εαυτούς τους."

Ο Χάριετ κοκκίνισε και χαμογέλασε και είπε κάτι αναρωτιόντας ότι οι άνθρωποι πρέπει να την αρέσουν τόσο πολύ. Η ιδέα του κ. Ο Έλτον σίγουρα φώναζε. Αλλά ακόμα, μετά από λίγο καιρό, ήταν πικρή και πάλι προς τον απορριφθέντα κύριο. Χελιδόνι.

"τώρα έχει την επιστολή μου", είπε απαλά. "Αναρωτιέμαι τι κάνουν όλοι - αν οι αδελφές του γνωρίζουν - αν είναι δυσαρεστημένοι, θα είναι και δυστυχείς. Ελπίζω ότι δεν θα το πειράξει τόσο πολύ»

"ας σκεφτούμε εκείνους τους από τους απόντες φίλους μας που εργάζονται πιο χαρούμενα", φώναξε Έμμα. "αυτή τη στιγμή, ίσως ο κ. Δείχνει την εικόνα σας στη μητέρα και τις αδερφές του, λέγοντας πόσο ωραιότερο είναι το πρωτότυπο και αφού του ζητήθηκε πέντε ή έξι φορές, επιτρέποντάς τους να ακούσουν το όνομά σας, το αγαπητό σας όνομα."

"η φωτογραφία μου! - αλλά έχει αφήσει την εικόνα μου σε οδόστρωμα".

"δεν το ξέρει τίποτα από τον κ. , όχι, αγαπητό μου μικρός χάρυρ, εξαρτάται από το ότι η φωτογραφία δεν θα είναι σε οδόστρωμα μέχρι λίγο πριν βάλει το άλογό του αύριο, είναι σύντροφος του όλο αυτό το βράδυ, την παρηγοριά του, την απόλαυση του, ανοίγει τα σχέδιά του στην οικογένειά του, σας παρουσιάζει μεταξύ τους, διαχέει μέσα από το κόμμα τα πιο ευχάριστα συναισθήματα της φύσης μας, την περίεργη περιέργεια και την ζεστή προπαγάνδα. , πόσο απασχολημένοι είναι οι φαντασιώσεις τους! "

Η Χαριέτ χαμογέλασε ξανά και τα χαμόγελά της έγιναν δυνατά.

Κεφάλαιο

Ο Χάριετ κοιμήθηκε στο εκείνο το βράδυ. Για μερικές εβδομάδες στο παρελθόν είχε ξοδέψει περισσότερο από το ήμισυ του χρόνου της εκεί, και σταδιακά να πάρει μια κρεβατοκάμαρα ιδιοκατασκεύαστη για τον εαυτό της? Και η Έμμα το έκρινε καλύτερα από κάθε άποψη, ασφαλέστερα και ευγενέστερα, να την κρατήσει μαζί τους όσο το δυνατόν περισσότερο αυτή τη στιγμή. Ήταν υποχρεωμένη να πάει το επόμενο πρωί για μια ώρα ή δύο για να κα. Αλλά έπρεπε να διευθετηθεί ότι θα έπρεπε να επιστρέψει στο Χάρτφιλντ, να κάνει μια τακτική επίσκεψη κάποιων ημερών.

Ενώ είχε φύγει, κύριε. Κάλεσε, και κάθισε κάποιο χρόνο με τον κ. Ξύλο και Έμμα, μέχρι το κ. Το ξυλουργείο, που είχε αποφασίσει προηγουμένως να αποχωρήσει, πείστηκε από την κόρη του να μην το αναβάλει και προκλήθηκε από τις προσκλήσεις και των δύο, αν και εναντίον των μυστηρίων της δικής του ευγένειας, να αφήσει τον κ. Για το σκοπό αυτό. Κύριος. Ο , που δεν είχε τίποτα τελετουργικό γι 'αυτόν, προσέφερε με τις σύντομες, αποφασισμένες απαντήσεις του, μια διασκεδαστική αντίθεση με την παρατεταμένη συγνώμη και τις πολιτικές δισταγμοί του άλλου.

"Πιστεύω, αν με συγχωρήσετε, κύριε , αν δεν με θεωρήσετε ότι κάνει ένα πολύ αγενές πράγμα, θα πάρω τη συμβουλή της Έμμα και θα πάω έξω για ένα τέταρτο μιας ώρας, καθώς ο ήλιος είναι έξω, Πιστεύω ότι έπρεπε να πάρω τις τρεις στροφές μου όσο μπορώ. Σας αντιμετωπίζω χωρίς τελετή, κύριε , εμείς οι ανάπηροι πιστεύουμε ότι είμαστε προνομιούχοι άνθρωποι ".

"αγαπητέ κύριό μου, μην κάνετε έναν ξένο για μένα."

"αφήνω ένα έξοχο υποκατάστατο στην κόρη μου. Η Έμμα θα χαρεί να σας διασκεδάσει και γι 'αυτό πιστεύω ότι θα σας παρακαλώ να συγχωρήσετε και να πάρετε τις τρεις στροφές μου - τη χειμωνιάτικη βόλτα μου".

"δεν μπορείτε να κάνετε καλύτερα, κύριε."

"Θα ήθελα να ζητήσω την ευχαρίστηση της εταιρείας σας, κύριε , αλλά είμαι πολύ αργός περιπατητής, και ο ρυθμός μου θα είναι κουραστικό για σας και, εκτός αυτού, έχετε μια ακόμα μακρά βόλτα ενώπιον σας, να αβαείο."

"Σας ευχαριστώ, κύριε, σας ευχαριστώ, πηγαίνω αυτή τη στιγμή τον εαυτό μου και νομίζω ότι όσο πιο γρήγορα θα πάτε το καλύτερο θα φέρω το παλτό σου και θα ανοίξω την πόρτα του κήπου για σένα".

Κύριος. Το ξύλο τελικά έλειπε. Αλλά κύριε. , αντί να είναι αμέσως μακριά, επίσης, κάθισε και πάλι, φαινομενικά τείνει για περισσότερη συνομιλία. Άρχισε να μιλάει για τη Χάριετ και να μιλάει γι 'αυτήν με περισσότερη εθελοντική έπαινο από ό, τι είχε ακούσει ποτέ η Εμμά.

"Δεν μπορώ να αξιολογήσω την ομορφιά της όπως εσείς," είπε. "αλλά είναι ένα πολύ μικρό πλάσμα και τείνω να σκέφτομαι πολύ καλά τη διάθεσή της, ο χαρακτήρας της εξαρτάται από εκείνους με τους οποίους είναι, αλλά σε καλά χέρια θα αποδειχθεί μια πολύτιμη γυναίκα".

"χαίρομαι που το νομίζετε αυτό και τα καλά χέρια, ελπίζω, ίσως να μην θέλουν."

"Ελάτε", είπε, "είστε ανήσυχοι για ένα κομπλιμέντο, γι 'αυτό θα σας πω ότι την έχετε βελτιώσει, την έχετε θεραπεύσει από το χαμόγελο του κοριτσιού της σχολής σας, πραγματικά πιστώνετε".

"Σ 'ευχαριστώ, θα ήθελα να είμαι πραγματικά θλιμμένος αν δεν πίστευα ότι είχα κάποια χρησιμότητα, αλλά δεν είναι κάθε σώμα που θα παραδώσει τον έπαινο όπου μπορεί." Δεν με ενοχλείτε συχνά με αυτό ".

"την περιμένεις ξανά, λέτε, σήμερα το πρωί;"

"σχεδόν κάθε στιγμή, έχει περάσει περισσότερο από ό,τι είχε σκοπό."

"κάτι έχει συμβεί να την καθυστερήσει, ίσως κάποιους επισκέπτες."

"κουτσομπολιά!"

"ο Χάριετ δεν μπορεί να θεωρήσει κάθε σώμα κουραστικό που θα το κάνατε".

Η Έμμα ήξερε ότι αυτό ήταν υπερβολικά αληθινό για αντιφάσεις και επομένως δεν είπε τίποτα. Προσθέτει επί του παρόντος, με ένα χαμόγελο,

"Δεν προσποιείται ότι επιδιορθώνω σε καιρούς ή μέρη, αλλά πρέπει να σας πω ότι έχω λόγους να πιστεύω ότι ο μικρός φίλος σας θα ακούσει σύντομα κάτι για το πλεονέκτημά της".

"πράγματι, πώς; τι είδους;"

"ένα πολύ σοβαρό είδος, σας διαβεβαιώνω". Ακόμα χαμογελά.

"πολύ σοβαρό! Μπορώ να το σκεφτώ μόνο ένα - ποιος είναι ερωτευμένος μαζί της; ποιος σε κάνει να είσαι εμπιστευμένος;"

Έμμα ήταν περισσότερο από το μισό σε ελπίδες του κ. Ο Έλτον έχει μια υπαινιγμό. Κύριος. Ο ήταν ένα είδος γενικού φίλου και συμβούλου, και γνώριζε ο κ. Ο κοίταξε προς το μέρος του.

"Έχω λόγους να σκέφτομαι", απάντησε, "ότι ο Χάριτ Σμιθ θα έχει σύντομα μια προσφορά γάμου και από μια πιο απαράδεκτη συνοικία: - ο άντρας μαρτίν είναι ο άνθρωπος, η επίσκεψή της στο αββαείο, αυτό το καλοκαίρι, φαίνεται να έχει κάνει την επιχείρησή του, είναι απεγνωσμένα ερωτευμένη και σημαίνει να την παντρευτείς. "

"αυτός είναι πολύ υποχρεωτικό," είπε Έμμα? "αλλά είναι σίγουρος ότι η σημαίνει να τον παντρευτείς;"

Και αυτό που όλοι πρότειναν να κάνουν σε περίπτωση γάμου του. Είναι ένας εξαιρετικός νεαρός άνδρας, τόσο ως γιος όσο και ως αδελφός. Δεν είχα κανέναν δισταγμό να του συμβουλεύσω να παντρευτεί. Μου απέδειξε ότι μπορούσε να το αντέξει. Και αυτό συμβαίνει, ήμουν πεπεισμένος ότι δεν θα μπορούσε να κάνει καλύτερα. Εκτίμησα και τη δίκαιη κυρία, και τον έστειλα πολύ χαρούμενος. Αν δεν είχε ποτέ εκτιμήσει τη γνώμη μου πριν, θα είχε σκεφτεί πολύ για μένα τότε. Και, τολμούν να πω, άφησαν το σπίτι να με σκέπτεται τον καλύτερο φίλο και τον σύμβουλο που είχε ποτέ ο άνθρωπος. Αυτό συνέβη το προηγούμενο βράδυ. Τώρα, όπως ίσως να υποθέσουμε αληθινά, δεν θα επέτρεπε πολύ χρόνο να περάσει πριν μιλήσει στην κυρία, και όπως φαίνεται να μην μίλησε χθες, δεν είναι απίθανο να είναι στην κα. Η θεά του σήμερα. Και μπορεί να κρατηθεί από έναν επισκέπτη, χωρίς να τον σκεφτεί καθόλου ένα κουραστικό θλιβερό. "

"προσεύχεστε, κύριε ", είπε η Έμμα, η οποία είχε χαμογελά για τον εαυτό της μέσα από ένα μεγάλο μέρος αυτής της ομιλίας, "πώς ξέρετε ότι ο κ. Δεν μίλησε χθες;"

«σίγουρα», απάντησε, «παράξενα», δεν το ξέρω απόλυτα, αλλά μπορεί να υποτεθεί ότι δεν ήταν όλη μέρα μαζί σου;

"Ελάτε", είπε, "θα σας πω κάτι, σε αντάλλαγμα για αυτά που μου είπατε, μίλησε χθες - δηλαδή, έγραψε και αρνήθηκε".

Αυτό ήταν υποχρεωμένο να επαναληφθεί πριν να μπορέσει να πιστέψει. Και ο κ. Ο κοίταξε πραγματικά κόκκινο με έκπληξη και δυσαρέσκεια, καθώς σηκώθηκε, με μεγάλη αγανάκτηση, και είπε:

"τότε είναι πιο απλό από όσο την πίστευα ποτέ. Ποιο είναι το ανόητο κορίτσι;"

"Ωρα να είμαι σίγουρος", φώναξε Έμμα, "είναι πάντα ακατανόητο για έναν άνδρα ότι μια γυναίκα πρέπει ποτέ να αρνηθεί μια προσφορά γάμου. Ένας άνθρωπος πάντα φαντάζει μια γυναίκα να είναι έτοιμη για κάθε σώμα που την ρωτάει".

"ανόητα! Ένας άνθρωπος δεν φαντάζει κάτι τέτοιο, αλλά ποια είναι η σημασία αυτού του;" αρνούνται το "τρέλα, αν είναι έτσι, αλλά ελπίζω να κάνετε λάθος."

"Είδα την απάντησή της!" - τίποτα δεν θα μπορούσε να είναι πιο σαφές. "

"Είδας την απάντησή της!" - έγραψες και την απάντησή της: "Εμμά, αυτή είναι η δουλειά σου, την πείσεις να την αρνηθείς".

"και αν το έκανα, (το οποίο, όμως, απέχω πολύ από το να επιτρέψω), δεν θα έπρεπε να αισθάνομαι ότι είχα κάνει λάθος." Ο κ. Είναι ένας πολύ αξιοσέβαστος νεαρός άνδρας, αλλά δεν μπορώ να τον ομολογήσω ότι είναι ισότιμος. Που είναι πραγματικά περίεργο ότι θα έπρεπε να το βγάλει να το αντιμετωπίσει, από το λογαριασμό σου, φαίνεται να είχε κάποιες ασάφεια, είναι λυπηρό ότι είχαν τελειώσει ποτέ ».

"δεν είναι ίσο!" αναφώνησε ο κ. Δυνατά και ζεστά? Και με πιο ήρεμη αστραπιαία, πρόσθεσε, λίγα λεπτά αργότερα, "όχι, αυτός δεν είναι ίσος, πράγματι, γιατί είναι τόσο ανώτερος όσο και στην κατάσταση." Έμμα, το παραμύθι σας για αυτό το κορίτσι σας τυφλώνει τι είναι οι ισχυρισμοί του , είτε από τη γέννηση, τη φύση ή την εκπαίδευση, σε οποιαδήποτε σχέση υψηλότερη από τον ; Είναι η φυσική κόρη του κανείς δεν ξέρει ποιος, με πιθανότατα καμία καθιερωμένη διάταξη και σίγουρα καμία αξιοσέβαστη σχέση. Ένα κοινό σχολείο, δεν είναι ένα λογικό κορίτσι, ούτε ένα κορίτσι με καμία πληροφορία, δεν έχει διδαχθεί τίποτα χρήσιμο και είναι πολύ μικρό και πολύ απλό για να αποκτήσει κάτι από μόνο του. Το μικρό της πνεύμα, δεν είναι πολύ πιθανό να έχει κανείς που μπορεί να την ωφελήσει. Είναι όμορφη, και είναι καλά μετριάζεται, και αυτό είναι όλο. Ο μόνος μου πονηρός να συμβουλεύω τον αγώνα ήταν για λογαριασμό του, όπως ήταν κάτω από τις ερήμους του, και μια κακή σύνδεση για αυτόν. Ένιωσα ότι, όσον αφορά την τύχη, πιθανότατα θα μπορούσε να κάνει πολύ καλύτερα. Και ότι ως προς έναν λογικό σύντροφο ή χρήσιμο βοηθό, δεν μπορούσε να κάνει χειρότερα. Αλλά δεν μπορούσα να το μιλήσω σε έναν ερωτευμένο άνδρα και ήταν πρόθυμος να εμπιστευτεί ότι δεν υπήρχε καμία βλάβη γι 'αυτήν, να έχει αυτή τη διάθεση, η οποία, με καλά χέρια, όπως και του, θα μπορούσε να οδηγήσει εύκολα και να αποδειχθεί πολύ καλά. Το πλεονέκτημα του αγώνα μου ένιωσα να είναι όλα στο πλευρό της. Και δεν είχε τη μικρότερη αμφιβολία (και δεν έχω τώρα) ότι θα υπάρξει μια γενική διαφωνία για την εξαιρετική καλή τύχη της. Ακόμα και την ικανοποίησή σας. Μου διέσχισε το μυαλό αμέσως που δεν θα με λύπης ότι ο φίλος σου έφυγε από το , για να το εγκαταστήσει τόσο καλά. Θυμάμαι να λέω στον εαυτό μου, «ακόμη και η Έμμα, με όλη τη μεροληψία της για το , θα σκεφτεί ότι αυτό είναι ένας καλός αγώνας».

"δεν μπορώ να αναρωτηθώ για το γεγονός ότι ξέρετε τόσο λίγα Έμμα για να πείτε κάτι τέτοιο ... Τι σκέφτεστε ένας αγρότης, (και με όλη του την αίσθηση και την αξία του ο κύριος δεν είναι τίποτα περισσότερο), ένας καλός αγώνας για τον οικείο φίλο μου Μην λυπάστε που την άφησε στο για να παντρευτεί κάποιον που δεν θα μπορούσα ποτέ να το ομολογήσω ως γνωστό μου! Αναρωτιέμαι ότι πρέπει να σκεφτείς ότι είναι δυνατόν για μένα να έχω τέτοια συναισθήματα ... Σας διαβεβαιώνω ότι η δική μου είναι πολύ διαφορετική. Η δήλωσή σας δεν είναι καθόλου δίκαιο, δεν είστε μόνο για τους ισχυρισμούς της , θα εκτιμηθεί πολύ διαφορετικά από άλλους, όπως και από τον εαυτό μου, ο κ. Μπορεί να είναι ο πλουσιότερος από τους δύο, αλλά είναι αναμφισβήτητα κατώτερος από τον βαθμό στην κοινωνία - η σφαίρα στην οποία κινείται είναι πολύ πάνω από την. - θα ήταν μια υποβάθμιση. "

"μια υποβάθμιση της νομιμότητας και της άγνοιας, να παντρευτούμε με έναν αξιοσέβαστο, έξυπνο κύριο αγρότη!"

"ως προς τις συνθήκες της γέννησής της, αν και με νόμιμη έννοια δεν μπορεί να αποκαλείται κανείς, δεν θα έχει κοινή λογική, δεν πρέπει να πληρώνει για το αδίκημα άλλων κρατώντας τα κάτω από το επίπεδο εκείνων με τα οποία δεν μπορεί να υπάρχει αμφιβολία ότι ο πατέρας της είναι κύριος και κύριος της περιουσίας - η αποζημίωσή της είναι πολύ φιλελεύθερη, τίποτα δεν έχει κακοποιηθεί για τη βελτίωση ή την άνεσή της - ότι είναι θυγατέρα του κυρίου, είναι αδιαμφισβήτητο για μένα · ότι συνεργάζεται με τις θυγατέρες των κυρίων, κανένας δεν θα το καταλάβει - είναι ανώτερο από τον κ. ».

"όποιος μπορεί να είναι οι γονείς της", είπε ο κ. , "όποιος μπορεί να είχε την ευθύνη της, δεν φαίνεται να υπήρξε κανένα μέρος του σχεδίου τους να την εισαγάγει σε αυτό που θα ονομάζατε καλή κοινωνία, αφού έλαβε μια πολύ αδιάφορη εκπαίδευση μένει στα χέρια του θεοδάρδου να να μετακινήσει, με λίγα λόγια, στη γραμμή του θεοδάρδου, να γνωρίσει τη γνωριμία του κ. Θεόδωρου, οι φίλοι της φαινομενικά το νόμιζαν αρκετά καλό γι 'αυτήν και ήταν αρκετά καλό, δεν επιθυμούσε τίποτα καλύτερο. Για να την μετατρέψει σε φίλο, το μυαλό της δεν είχε καμία απογοήτευση για το δικό της σετ, ούτε οποιαδήποτε φιλοδοξία πέρα από αυτήν, ήταν όσο το δυνατόν πιο ευτυχισμένη με τους μαρτίνους το καλοκαίρι, δεν είχε καμία αίσθηση ανωτερότητας τότε, αν το έχει τώρα, το έχετε δώσει, δεν είστε φίλος του , Έμμα. Ο Ρόμπερτ Μάρτιν δεν θα είχε προχωρήσει μέχρι στιγμής, αν δεν αισθάνθηκε πείθοντας να μην τον απογοητεύσει. Τον ξέρω καλά. Έχει πάρα πολύ αληθινό συναίσθημα για να απευθυνθεί σε οποιαδήποτε γυναίκα σχετικά με το τυχαίο εγωιστικό πάθος. Και για να το μοιραστώ, είναι το πιο απομακρυσμένο από κάθε άνθρωπο που γνωρίζω. Εξαρτάται από αυτό είχε ενθάρρυνση. "

Ήταν πολύ βολικό να μην κάνουμε μια άμεση απάντηση σε αυτό το επιχείρημα. Επέλεξε να αναλάβει και πάλι τη δική της γραμμή του θέματος.

Με τέτοια ευχαρίστηση όπως ο Χάριετ, έχει τη σιγουριά ότι θα πρέπει να θαυμάζεται και να αναζητάει, να έχει τη δύναμη να γκρινιάζει από τους πολλούς, κατά συνέπεια να ισχυρίζεται ότι είναι ωραία. Η καλή της φύση δεν είναι τόσο πολύ μικρός ισχυρισμός, κατανοώντας, όπως συμβαίνει, μια πραγματική, ολοκληρωμένη γλυκύτητα ιδιοσυγκρασίας και τρόπου, μια πολύ ταπεινή άποψη του εαυτού της και μια μεγάλη ετοιμότητα να είναι ευχαριστημένη με άλλους ανθρώπους. Είμαι πολύ λάθος αν το φύλο σας γενικά δεν θα σκεφτόταν μια τέτοια ομορφιά, και μια τέτοια ιδιοσυγκρασία, τις υψηλότερες απαιτήσεις μια γυναίκα θα μπορούσε να κατέχει. " και μια μεγάλη ετοιμότητα να είναι ευχαριστημένοι με άλλους ανθρώπους. Είμαι πολύ λάθος αν το φύλο σας γενικά δεν θα σκεφτόταν μια τέτοια ομορφιά, και μια τέτοια ιδιοσυγκρασία, τις υψηλότερες απαιτήσεις μια γυναίκα θα μπορούσε να κατέχει. " και μια μεγάλη ετοιμότητα να είναι ευχαριστημένοι με άλλους ανθρώπους. Είμαι πολύ λάθος αν το φύλο σας γενικά δεν θα σκεφτόταν μια τέτοια ομορφιά, και μια τέτοια ιδιοσυγκρασία, τις υψηλότερες απαιτήσεις μια γυναίκα θα μπορούσε να κατέχει. "

"κατά τη δική μου λέξη, η Έμμα, για να σας ακούσω να κακοποιείτε τον λόγο που έχετε, είναι σχεδόν αρκετός για να με κάνει να σκέφτομαι και εγώ, καλύτερα να μην έχει νόημα, παρά να το εφαρμόσετε εσφαλμένα όπως εσείς".

"για να είστε σίγουροι!" - φώναξε παιχνιδιάρικα. "Ξέρω ότι αυτό είναι το συναίσθημα όλων σας, ξέρω ότι ένα τέτοιο κορίτσι όπως το είναι ακριβώς αυτό που κάθε άνθρωπος απολαμβάνει - αυτό που συγχρόνως γοητεύει τις αισθήσεις του και ικανοποιεί την κρίση του ... Ω! Ο μπορεί να πάρει και να γοητεύσει. , ποτέ να παντρευτείς, αυτή είναι η ίδια η γυναίκα για σένα και είναι σε δεκαεπτά μόλις να μπει στη ζωή, μόλις αρχίζει να είναι γνωστός, να αναρωτιέται γιατί δεν δέχεται την πρώτη προσφορά που λαμβάνει; έχει χρόνο να την κοιτάξει. "

«Πάντα σκέφτηκα ότι είναι μια πολύ ανόητη οικειότητα», είπε ο κ. Επί του παρόντος, "αν και έχω κρατήσει τις σκέψεις μου στον εαυτό μου, αλλά τώρα αντιλαμβανόμαστε ότι θα είναι μια πολύ ατυχής για θα σας φουσκώσει με τέτοιες ιδέες της ομορφιάς της και του τι έχει ισχυριστεί, ότι, σε λίγο, κανείς που είναι στην διάθεσή της δεν θα είναι αρκετά καλό γι 'αυτήν, η ματαιοδοξία που δουλεύει σε ένα αδύναμο κεφάλι, παράγει κάθε είδους κακό, τίποτα τόσο εύκολο όσο για μια νεαρή κοπέλα να αυξήσει τις προσδοκίες της πολύ ψηλά. Να μην βρουν προσφορές της ροής του γάμου σε τόσο γρήγορα, αν και είναι ένα πολύ όμορφο κορίτσι, άνδρες με νόημα, ό, τι κι αν θέλετε να πείτε, δεν θέλουν ανόητες συζύγους. Οι άνδρες της οικογένειας δεν θα ήθελαν πολύ να συνδεθούν με ένα κορίτσι τέτοιας σκοτεινίας - και οι πιο συνετές άνδρες θα φοβόντουσαν την ταλαιπωρία και τη ντροπή που θα μπορούσαν να εμπλέκονται, όταν αποκαλύφθηκε το μυστήριο της καταγωγής της. Ας παντρευτεί τον Ρόμπερτ Μάρτιν και είναι ασφαλής, αξιοσέβαστος και χαρούμενος για πάντα. Αλλά αν την ενθαρρύνετε να αναμείνει να παντρευτεί πολύ και να την διδάξει να είναι ικανοποιημένη με τίποτα λιγότερο από έναν άνθρωπο με συνέπεια και μεγάλη περιουσία, μπορεί να είναι παραθεριστής στην κυρία. Η θεάδρντς είναι το υπόλοιπο της ζωής της - ή τουλάχιστον (για τη Χάριτ Σμιθ είναι μια κοπέλα που θα παντρευτεί κάποιον ή άλλο), μέχρι να μεγαλώσει απεγνωσμένα και χαίρεται να πιάσει τον γιο του παλαιού συγγραφέα. Και χαρούμενος για πάντα. Αλλά αν την ενθαρρύνετε να αναμείνει να παντρευτεί πολύ και να την διδάξει να είναι ικανοποιημένη με τίποτα λιγότερο από έναν άνθρωπο με συνέπεια και μεγάλη περιουσία, μπορεί να είναι παραθεριστής στην κυρία. Η θεάδρντς είναι το υπόλοιπο της ζωής της - ή τουλάχιστον (για τη Χάριτ Σμιθ είναι μια κοπέλα που θα παντρευτεί κάποιον ή άλλο), μέχρι να μεγαλώσει απεγνωσμένα και χαίρεται να πιάσει τον γιο του παλαιού συγγραφέα. Και χαρούμενος για πάντα. Αλλά αν την ενθαρρύνετε να αναμείνει να παντρευτεί πολύ και να την διδάξει να είναι ικανοποιημένη με τίποτα λιγότερο από έναν άνθρωπο με συνέπεια και μεγάλη περιουσία, μπορεί να είναι παραθεριστής στην κυρία. Η θεάδρντς είναι το υπόλοιπο της ζωής της - ή τουλάχιστον (για τη Χάριτ Σμιθ είναι μια κοπέλα που θα παντρευτεί κάποιον ή άλλο), μέχρι να μεγαλώσει απεγνωσμένα και χαίρεται να πιάσει τον γιο του παλαιού συγγραφέα.

Αφού δεν έχει δει κανέναν καλύτερο (που θα έπρεπε να ήταν ο σπουδαίος βοηθός του), δεν θα μπορούσε, αν ήταν στο αββαείο, να τον βρει δυσάρεστο. Αλλά η υπόθεση έχει αλλάξει τώρα. Ξέρει τώρα τι είναι οι κύριοι. Και τίποτα άλλο παρά ένας κύριος στην εκπαίδευση και τον τρόπο έχει οποιαδήποτε ευκαιρία με . "

"ανοησίες, παραπλανητικές ανοησίες, όπως πάντα μίλησε!" είπε ο κ. .- "Τα έθιμα του έχουν νόημα, ειλικρίνεια και καλό χιούμορ για να τα συστήσουν και το μυαλό του έχει περισσότερη αλήθεια από ό, τι ο μπορούσε να καταλάβει."

Η Έμμα δεν απάντησε και προσπάθησε να φανεί χαρούμενα αδιάφορη, αλλά πραγματικά αισθάνθηκε άβολα και θέλησε να φύγει πολύ. Δεν μετανόησε τι είχε κάνει. Εξακολουθούσε να θεωρεί τον εαυτό της καλύτερη δικαστή για ένα τέτοιο σημείο δικαιοσύνης και λεπτότητας από ό, τι θα μπορούσε να είναι. Αλλά παρόλα αυτά είχε ένα είδος συνήθειας σεβασμού για την κρίση του γενικά, γεγονός που έκανε την ανυπαρξία της να την έχει τόσο δυνατά εναντίον της. Και να τον βάλεις ακριβώς απέναντι της σε θυμωμένη κατάσταση, ήταν πολύ δυσάρεστη. Μερικά λεπτά πέρασαν σε αυτή τη δυσάρεστη σιωπή, με μια μόνο προσπάθεια από την πλευρά του Έμμα να μιλήσει για τον καιρό, αλλά δεν απάντησε. Σκέφτηκε. Το αποτέλεσμα των σκέψεών του εμφανίστηκε επιτέλους σε αυτά τα λόγια.

"ο ρόστερ μαρτίν δεν έχει μεγάλη απώλεια - αν μπορεί να το κάνει, αλλά ελπίζω ότι δεν θα περάσει πολύ πριν το κάνει, οι απόψεις σας για το είναι πιο γνωστές στον εαυτό σας, αλλά καθώς δεν κάνετε κανένα μυστικό της αγάπης σας για το παιχνίδι των αγώνων , είναι δίκαιο να υποθέσουμε ότι οι απόψεις, τα σχέδια και τα έργα που έχετε - και ως φίλος θα σας υπενθυμίσω ότι αν ο είναι ο άνθρωπος, πιστεύω ότι θα είναι όλη η εργασία μάταιη ».

Η Έμμα γέλασε και απογοήτευσε. Συνέχισε,

" είναι ένα πολύ καλό είδος του ανθρώπου, και ένα πολύ σεβαστό του , αλλά δεν είναι καθόλου πιθανό να κάνει μια συνετή αγώνα, γνωρίζει την αξία ενός καλού εισοδήματος, καθώς και οποιαδήποτε Ο μπορεί να μιλήσει συναισθηματικά, αλλά θα ενεργήσει ορθολογικά, είναι εξοικειωμένος με τις δικές του αξιώσεις, όπως μπορείτε να είστε με το , ξέρει ότι είναι ένας πολύ όμορφος νεαρός άνδρας και ένα μεγάλο φαβορί οπουδήποτε πηγαίνει και από τον γενικό τρόπο του να μιλάει σε ανεπιφύλακτα στιγμές, όταν υπάρχουν μόνο άνδρες, είμαι πεπεισμένος ότι δεν θέλει να πεταχτεί, τον άκουσα να μιλάει με μεγάλη κινούμενη εικόνα μιας μεγάλης οικογένειας νεαρών κυριών που οι αδελφές του είναι οικείες με, που έχουν και τις είκοσι χιλιάδες λίβρες ανά τεμάχιο. "

«είμαι πολύ υποχρεωμένος σε σας», είπε η Έμμα, γελώντας ξανά. "αν είχα βάλει την καρδιά μου στο γάμο του κ. , θα ήταν πολύ ευγενικό να ανοίξω τα μάτια μου, αλλά τώρα θέλω μόνο να κρατήσω το στον εαυτό μου. Να ισούται με τα δικά μου πράγματα σε . Θα αφήσει μακριά ενώ είμαι καλά. "

"Καλημέρα σε σας," - είπε, ανεβαίνοντας και περπατώντας απότομα. Ήταν πολύ ενοχλημένος. Αισθάνθηκε την απογοήτευση του νεαρού και πείστηκε ότι ήταν το μέσο προαγωγής του, με την κυρώσεις που είχε δώσει. Και το μέρος που είχε πείσει ο Έμμα είχε πάρει στην υπόθεση, τον προκαλούσε υπερβολικά.

Η Έμμα παρέμεινε επίσης σε κατάσταση αναστάτωσης. Αλλά υπήρχε μεγαλύτερη αδιαφορία στις αιτίες της, παρά στην δική του. Δεν αισθάνθηκε πάντα τόσο απογοητευμένος από τον εαυτό της, τόσο απόλυτα πεπεισμένος ότι οι απόψεις της ήταν σωστές και ο αντίπαλός της ήταν λάθος, όπως ο κ. . Αποχώρησε με πληρέστερη αυτοεξυπηρία από ό, τι άφησε γι 'αυτήν. Δεν ήταν τόσο ριψοκίνδυνη, αλλά ότι ένας μικρός χρόνος και η επιστροφή του ήταν πολύ κατάλληλα αποκαταστατικά. Ο Χάριετ έμενε μακριά για πολύ καιρό άρχισε να την κάνει ανήσυχη. Η πιθανότητα να έρθει ο νεαρός στην κα. Το πρωί του θεοδάρδου, και η συνάντηση με το Χαρριέ και την παραπομπή του δικού του αιτήματος, έδωσαν ανησυχητικές ιδέες. Ο φόβος μιας τέτοιας αποτυχίας μετά από όλα έγινε η εξέχουσα ανησυχία? Και όταν εμφανίστηκε ο Χάριετ και σε πολύ καλό πνεύμα, και χωρίς να έχει τέτοιο λόγο να δώσει για τη μακρά απουσία της, αισθάνθηκε μια ικανοποίηση που την καθιέρωσε με το μυαλό της και την έπεισε, ο ιππότης σκέφτεται ή λέει τι θα έκανε, δεν είχε κάνει τίποτα που η φιλία της γυναίκας και τα συναισθήματα της γυναίκας δεν θα δικαιολογούσαν.

Την είχε φοβίσει λίγο για τον κ. ; αλλά όταν θεώρησε ότι ο κύριος. Ο δεν θα μπορούσε να τον παρατηρήσει όπως είχε κάνει, ούτε με το ενδιαφέρον, ούτε (θα πρέπει να του επιτρέπεται να πει, παρά τις προσδοκίες του κ.) με την ικανότητα ενός τέτοιου παρατηρητή σε μια τέτοια ερώτηση όπως τον εαυτό του, ότι είχε μιλήσει βιαστικά και με οργή, ήταν σε θέση να πιστέψει, ότι είχε μάλλον πει ότι αυτό που θέλησε να είναι αληθινά αληθινό, από ό, τι γνώριζε για κάτι. Σίγουρα θα μπορούσε να ακούσει τον κ. Ο μιλάει με περισσότερη απροσεξία από ό, τι είχε κάνει ποτέ, και ο κ. Ο ίσως να μην έχει μια αναξιοπρεπή, αδιάφορη διάθεση ως προς τα χρήματα. Θα μπορούσε φυσικά να είναι μάλλον μάλλον προσεκτικός απ 'ό, τι διαφορετικά σε αυτούς. Αλλά τότε, κύριε. Ο δεν έλαβε υπόψη την επιρροή ενός έντονου πάθους στον πόλεμο με όλα τα ενδιαφέροντα κίνητρα. Κύριος. Ο δεν είδε κανένα τέτοιο πάθος και φυσικά δεν σκέφτηκε τίποτε για τα αποτελέσματά του. Αλλά είδε πάρα πολύ από το να αισθανθεί μια αμφιβολία για την υπέρβαση του τυχόν διστάγμους που μια λογική σύνεση θα μπορούσε αρχικά να προτείνει? Και περισσότερο από ένα λογικό, να γίνει βαθμός σύνεσης, ήταν πολύ σίγουρος ότι δεν ανήκε στον κύριο. .

Η χαρούμενη εμφάνιση και ο τρόπος ζωής του Χάριτ καθιέρωσαν την δική της: γύρισε πίσω, να μην σκεφτεί τον κύριο. , αλλά να μιλήσω για τον κ. . Η χαμένη νσς είχε πει κάτι της, το οποίο επαναλάμβανε αμέσως με μεγάλη χαρά. Κύριος. Περί είχε πάει στην κα. Ο θεάδρντ για να παρευρεθεί σε ένα άρρωστο παιδί, και ο χαμένος νσς τον είχε δει, και είχε πει το , ότι καθώς επέστρεφε χθες από το πάρκο του Α, είχε συναντήσει τον κ. , και βρήκε το μεγάλο του παράπονο, ο κ. Ο ήταν στην πραγματικότητα στο δρόμο του προς το Λονδίνο και δεν είχε νόημα να επιστρέψει μέχρι τη μέρα, αν και ήταν η νύχτα του -, την οποία δεν είχε ξαναδεί ποτέ. Και ο κ. Ο είχε διαμαρτυρηθεί μαζί του και του είπε πόσο άθλια ήταν σε αυτόν, τον καλύτερο παίκτη του, να απουσιάσει και προσπάθησε πολύ να τον πείσει να αναβάλει το ταξίδι του μόνο μια μέρα. Αλλά δεν θα το έκανε. Κύριος. Ο ήταν αποφασισμένος να συνεχίσει και είχε πει με πολύ ιδιαίτερο τρόπο ότι ο ίδιος προχωρούσε στην επιχείρηση, τον οποίο δεν θα είχε αναβάλει για οποιοδήποτε κίνητρο στον κόσμο. Και κάτι για μια πολύ αξιοζήλευτη προμήθεια, και να είναι ο κομιστής του κάτι εξαιρετικά πολύτιμο. Κύριος. Ο Περί δεν μπορούσε να τον καταλάβει, αλλά ήταν πολύ σίγουρος ότι πρέπει να υπάρχει μια κυρία στην υπόθεση και του το είπε έτσι. Και ο κ. Ο φαινόταν πολύ συνειδητός και χαμογελαστός, και οδήγησε μακριά με μεγάλα πνεύματα. Η της είχε πει όλα αυτά και μίλησε πολλά περισσότερα για τον κ. ; και είπε, κοιτάζοντας τόσο πολύ την ίδια της, "ότι δεν προσποιείται ότι καταλαβαίνει ποια είναι η δουλειά του, αλλά γνώριζε μόνο ότι οποιαδήποτε γυναίκα που θα προτιμούσε ο κ. , θα πρέπει να σκεφτεί την πιο ευτυχισμένη γυναίκα στον κόσμο, πέρα από κάθε αμφιβολία, κ.

Κεφάλαιο

Κύριος. Ο μπορεί να διαμαρτυρηθεί μαζί της, αλλά η Έμμα δεν θα μπορούσε να νικήσει τον εαυτό της. Ήταν τόσο απογοητευμένος, ότι ήταν περισσότερο από το συνηθισμένο πριν έφτασε ξανά στο Χάρτφιλντ. Και όταν συναντήθηκαν, ο τάφος του δείχνει ότι δεν συγχωρέθηκε. Λυπούσε, αλλά δεν μπορούσε να μετανοήσει. Αντιθέτως, τα σχέδιά της και οι διαδικασίες της ήταν ολοένα και πιο δικαιολογημένα και προστάτευαν σε αυτήν από τις γενικές εμφανίσεις των επόμενων ημερών.

Η εικόνα, κομψά πλαισιωμένη, ήρθε με ασφάλεια στο χέρι σύντομα μετά τον κ. Η επιστροφή του , και κρεμάστηκε πάνω από το πολυθρόνα του κοινού καθιστικού, σηκώθηκε για να το κοιτάξει και ανέτρεψε τις μισές προτάσεις του θαυμασμού όπως ακριβώς θα έπρεπε. Και ως προς τα συναισθήματα του , εμφανίζονταν ορατά σε μια σταθερή και σταθερή προσκόλληση όπως η νεότητα και το είδος του νου που παραδέχτηκε. Η Έμμα ήταν σύντομα απόλυτα ικανοποιημένη από τον κ. Ο Μάρτιν δεν θυμόταν αντίθετα, παρά ότι προσέφερε μια αντίθεση με τον κ. , από το μέγιστο πλεονέκτημα για τον τελευταίο.

Οι απόψεις της για τη βελτίωση του μυαλού του μικρού φίλου της, με μια πολύ χρήσιμη ανάγνωση και συνομιλία, δεν είχαν οδηγήσει ποτέ σε περισσότερα από λίγα πρώτα κεφάλαια και την πρόθεση να γίνουν αύριο. Ήταν πολύ πιο εύκολο να συζητάς παρά να σπουδάσεις. Πολύ πιο ευχάριστο να αφήσει τη φαντασία της να κυμαίνεται και να εργάζεται στην περιουσία του Χάριετ, παρά να εργάζεται για να διευρύνει την κατανόησή της ή να την ασκήσει σε νηφάλια γεγονότα. Και η μόνη λογοτεχνική επιδίωξη που ασχολήθηκε σήμερα με το , η μόνη διανοητική διάταξη που έκανε για το βράδυ της ζωής, ήταν η συλλογή και η μεταγραφή όλων των γρίφων κάθε είδους που μπορούσε να συναντήσει, σε ένα λεπτό από χαρτί , που δημιουργήθηκε από τον φίλο της και διακοσμήθηκε με ψηφιακά και τρόπαια.

Σε αυτή την εποχή της λογοτεχνίας, τέτοιες συλλογές σε πολύ μεγάλη κλίμακα δεν είναι ασυνήθιστες. , επικεφαλής της δασκάλου στην κα. Ο Θεόδωρος, είχε γράψει τουλάχιστον τριακόσια. Και η Χάριετ, που είχε πάρει την πρώτη ένδειξη γι 'αυτήν, ελπίζονταν, με τη βοήθεια της , να πάρει πολλά περισσότερα. Η Έμμα βοήθησε με την εφεύρεσή της, τη μνήμη και τη γεύση της. Και όπως ο έγραψε ένα πολύ όμορφο χέρι, ήταν πιθανό να είναι μια διάταξη της πρώτης τάξης, τόσο σε μορφή όσο και σε ποσότητα.

Κύριος. Το ξυλουργείο ενδιαφέρεται σχεδόν τόσο για την επιχείρηση όσο και για τα κορίτσια και προσπαθεί πολύ συχνά να θυμάται κάτι που αξίζει να το βάλουν. "τόσα πολλά έξυπνα αινίγματα, όπως ήταν όταν ήταν νεαρά - αναρωτιόταν ότι δεν μπορούσε να τα θυμάται! Ελπίζαμε ότι θα έπρεπε εγκαίρως. " και έληξε πάντα στο "γατάκι, μια δίκαιη αλλά παγωμένη κοπέλα".

Ο καλός φίλος του, επίσης, ο οποίος είχε μιλήσει για το θέμα, δεν θυμούσε επί του παρόντος κάτι από το είδος του αίνιγμα. Αλλά είχε επιθυμήσει να ακουστεί για το ρολόι, και καθώς πήγε τόσο πολύ, κάτι, νόμιζε, θα μπορούσε να έρθει από εκείνη την περιοχή.

Δεν ήταν καθόλου η επιθυμία της κόρης του να αναγκαστούν οι διανοίξεις του γενικά να τεθούν υπό επιταγή. Κύριος. Ο ήταν ο μόνος που του ζήτησε βοήθεια. Κλήθηκε να συνεισφέρει όποια πραγματικά καλά αινιγματικά, χαράδες ή αινιγματισμούς που θα μπορούσε να θυμηθεί. Και είχε την ευχαρίστηση να τον δούμε πιο προσεκτικά στην εργασία με τις αναμνήσεις του. Και ταυτόχρονα, όπως θα μπορούσε να αντιληφθεί, πολύ σοβαρά προσεκτικός, ώστε να μην περάσει τίποτα άσχημα, τίποτα που δεν αναπνέει μια φιλοφρόνηση στο σεξ θα πρέπει να περάσει στα χείλη του. Του οφείλουν τα δύο ή τρία πιο πολυσύνθετα παζλ. Και τη χαρά και την ευχαρίστηση με την οποία τελικά υπενθύμισε και, μάλλον, έλεγε συναισθηματικά, αυτή τη γνωστή σκιά,

Η πρώτη μου θλίψη υποδηλώνει,

Την οποία η δεύτερη μου προορίζεται να αισθανθεί

Και το όλο μου είναι το καλύτερο αντίδοτο

Αυτή η θλίψη να μαλακώσει και να θεραπεύσει.

Το έκανε πολύ λυπηρό να αναγνωρίσει ότι το έχουν ήδη μεταγράψει σε μερικές σελίδες.

"γιατί δεν θα γράψατε ένα για μας, κύριε Ελτον;" είπε. "αυτή είναι η μόνη ασφάλεια για τη φρεσκάδα της και τίποτα δεν μπορεί να είναι πιο εύκολο για εσάς".

"Όχι, ποτέ δεν είχε γράψει, σχεδόν ποτέ, κάτι τέτοιο στη ζωή του, ο πιο ηλίθιος άνθρωπος!" φοβόταν να μην χάσει ακόμη το ξύλο "να σταματήσει μια στιγμή ..." ή να χαθεί ο να τον εμπνεύσει ".

Την επόμενη μέρα έδωσε όμως κάποια απόδειξη έμπνευσης. Κάλεσε για μερικές στιγμές, απλώς να αφήσει ένα κομμάτι χαρτί στο τραπέζι που περιείχε, όπως είπε, μια σκιά, την οποία ένας φίλος του είχε απευθυνθεί σε μια νεαρή κοπέλα, το αντικείμενο του θαυμασμού του, αλλά που από τον τρόπο του , η Έμμα ήταν αμέσως πεπεισμένη ότι πρέπει να είναι δική του.

"Δεν το προσφέρω για τη συλλογή ," είπε. «επειδή είμαι ο φίλος μου, δεν έχω κανένα δικαίωμα να το εκθέσω σε κάποιο βαθμό στο δημόσιο μάτι, αλλά ίσως να μην σας αρέσει να το κοιτάζετε».

Η ομιλία ήταν περισσότερο για την Έμμα παρά για την , την οποία μπορούσε να καταλάβει η Έμμα. Υπήρξε βαθειά συνείδηση γι 'αυτόν, και το βρήκε ευκολότερο να συναντήσει το μάτι της από το φίλο της. Έφυγε την επόμενη στιγμή: -Μετά από μια άλλη στιγμή μια παύση,

"Πάρτε το", είπε η Έμμα, χαμογελώντας, και σπρώχνοντας το χαρτί προς την - "είναι για σένα.

Αλλά ο Χάριετ ήταν σε τρόμο και δεν μπορούσε να το αγγίξει. Και η Έμμα, που ποτέ δεν ήταν η πρώτη, ήταν υποχρεωμένη να την εξετάσει μόνη της.

Να χάσω-

Συλλαβόγριφος.

Το πρώτο μου εμφανίζει τον πλούτο και την ορμή των βασιλιάδων,

Οι άρχοντες της γης! Την πολυτέλεια και την ευκολία τους.

Μια άλλη άποψη του ανθρώπου, η δεύτερη μου φέρνει,

Βλέπεις εκεί, τον μονάρχη των θαλασσών!

Αλλά αχ! Ενωμένη, τι αντίστροφη έχουμε!

Η άνεση και η ελευθερία του ανθρώπου, όλα έχουν πετάξει.

Κύριος της γης και της θάλασσας, στρέφει έναν σκλάβο,

Και η γυναίκα, ωραία γυναίκα, βασιλεύει μόνος.

Το έτοιμο πνεύμα σου σύντομα θα δώσει το λόγο,

Μπορεί η δέσμη έγκρισης να είναι σε αυτό το μαλακό μάτι!

Έριξε το μάτι της πάνω, σκέφτηκε, πιάστηκε το νόημα, το διάβασε πάλι για να είναι αρκετά σίγουρο και αρκετά ερωμένη των γραμμών και έπειτα το πέρασε στη χαρτοπαικτική λέσχη, καθόταν ευτυχώς χαμογελώντας και λέγοντας στον εαυτό της, ενώ ο Χάριετ ήταν αινιγματικός το χαρτί σε όλη τη σύγχυση της ελπίδας και της παρηγοριάς, "πολύ καλά, κύριε , πολύ καλά, έχω διαβάσει τις χειρότερες φραγκοσυγκρότητες - μια πολύ καλή υπόδειξη ... Σας δίνω την πίστωση για αυτό. Λέει πολύ ξεκάθαρα - 'ψεκάστε, , δώστε μου να αφήσει να πληρώσει τις διευθύνσεις μου σε σας. Εγκρίνει το σκιά μου και τις προθέσεις μου στην ίδια ματιά'.

Μπορεί η δέσμη έγκρισης να είναι σε αυτό το μαλακό μάτι!

Ακριβώς. Μαλακό είναι η ίδια η λέξη για το μάτι της - για όλα τα επιθέματα, το δικαιολογημένο που θα μπορούσε να δοθεί.

Το έτοιμο πνεύμα σου σύντομα θα δώσει τη λέξη.

Το έτοιμο πνεύμα του -! Όλα τα καλύτερα. Ένας άνθρωπος πρέπει να είναι πολύ ερωτευμένος, πράγματι, να την περιγράψει. Αχ! Κύριος. , εύχομαι να έχετε το όφελος από αυτό? Νομίζω ότι αυτό θα σας πείσει. Για μια φορά στη ζωή σας, θα είστε υποχρεωμένοι να έχετε τον εαυτό σας λάθος. Μια εξαιρετική σκιά! Και πολύ για το σκοπό. Τα πράγματα πρέπει να έρθουν σε μια κρίση σύντομα τώρα. "

Ήταν υποχρεωμένη να απομακρυνθεί από αυτές τις πολύ ευχάριστες παρατηρήσεις, οι οποίες κατά τα άλλα ήταν κάπως διαφορετικές, από την προθυμία των ερωτικών ερωτήσεων του.

"τι μπορεί να είναι, λείπει το ξυλουργείο;" τι μπορεί να είναι; Δεν έχω ιδέα-δεν μπορώ να το μαντέψω στο ελάχιστο, τι μπορεί να είναι; προσπαθήστε να το βρείτε, χάσετε το ξύλο. Ποτέ δεν είδε τίποτα τόσο σκληρά, είναι το βασίλειο; Αναρωτιέμαι ποιος ήταν ο φίλος και ποια θα μπορούσε να είναι η νεαρή κυρία, νομίζετε ότι είναι καλή;

Και η γυναίκα, ωραία γυναίκα, βασιλεύει μόνος.

Μπορεί να είναι ποσειδώνα;

Βλέπεις εκεί, τον μονάρχη των θαλασσών!

Ή τρίαινα; ή μια γοργόνα; ή ένας καρχαρίας; Ωχ όχι! Ο καρχαρίας είναι μόνο μία συλλαβή. Πρέπει να είναι πολύ έξυπνος ή δεν θα το είχε φέρει. Ω! Χάσετε το ξύλο, νομίζετε ότι θα το βρούμε ποτέ; "

"γοργόνες και καρχαρίες! Αγαπητέ μου Χάρι, τι σκέφτεσαι; πού θα ήταν η χρήση του να μας φέρει μια σκιά που έκανε ένας φίλος σε μια γοργόνα ή ένα καρχαρία; δώσε μου το χαρτί και άκουγα.

Για χάσετε ---, διαβάστε.

Το πρώτο μου εμφανίζει τον πλούτο και την ορμή των βασιλιάδων,

Οι άρχοντες της γης! Την πολυτέλεια και την ευκολία τους.

Αυτό είναι δικαστήριο.

Μια άλλη άποψη του ανθρώπου, η δεύτερη μου φέρνει;

Βλέπεις εκεί, τον μονάρχη των θαλασσών!

Που είναι το πλοίο, -που μπορεί να είναι - τώρα για την κρέμα.

Αλλά αχ! Ενωμένοι, (πορνεία, ξέρετε,) τι αντίστροφη έχουμε!

Η άνεση και η ελευθερία του ανθρώπου, όλοι έχουν πετάξει.

Κύριος της γης και της θάλασσας, στρέφει έναν σκλάβο,

Και η γυναίκα, ωραία γυναίκα, βασιλεύει μόνος.

Μια πολύ σωστή φιλοφρόνηση! - και στη συνέχεια ακολουθεί την εφαρμογή, η οποία νομίζω, αγαπητή μου, δεν μπορείτε να βρείτε πολλές δυσκολίες στην κατανόηση. Να το διαβάσετε άνετα στον εαυτό σας. Δεν υπάρχει καμία αμφιβολία ότι είναι γραμμένο για εσάς και για σας. "

Ο Χάριετ δεν θα μπορούσε να αντισταθεί σε τόσο ευχάριστη πειστικότητα. Διάβασε τις καταληκτικές γραμμές και όλα ήταν πικρή και ευτυχισμένη. Δεν μπόρεσε να μιλήσει. Αλλά δεν ήθελε να μιλήσει. Ήταν αρκετό για να αισθανθεί. Η Έμμα μίλησε γι 'αυτήν.

Αυτό είναι ένα σύνδεσμο που δεν προσφέρει τίποτα άλλο παρά καλό. Θα σας δώσει κάθε πράγμα που θέλετε - εξέταση, ανεξαρτησία, σωστό σπίτι - θα σας καθοδηγήσει στο κέντρο όλων των πραγματικών σας φίλων, κοντά στο και σε μένα, και θα επιβεβαιώσετε την οικειότητα μας για πάντα. Αυτό, , είναι μια συμμαχία που ποτέ δεν μπορεί να προκαλέσει ρουζ σε κανέναν από μας. "

"Αγαπητέ δάσκαλο!" - και "Αγαπητέ δάσκαλο", ήταν όλο αυτό το , με πολλές αγκαλιές που μπόρεσαν να διατυπώσουν αρχικά. Αλλά όταν έφτασαν σε κάτι περισσότερο σαν συνομιλία, ήταν αρκετά σαφές στον φίλο της ότι είδε, αισθάνθηκε, αναμενόταν και θυμόταν ακριβώς όπως έπρεπε. Κύριος. Η ανωτερότητα του είχε πολύ μεγάλη αναγνώριση.

"ό, τι λέτε είναι πάντα σωστό", φώναξε , "και ως εκ τούτου υποθέτω, και πιστεύω, και ελπίζω ότι πρέπει να είναι έτσι, αλλά αλλιώς δεν θα μπορούσα να το φανταστώ, είναι πολύ πέρα από κάθε πράγμα που αξίζω. , ο οποίος μπορεί να παντρευτεί οποιοδήποτε σώμα, δεν μπορεί να έχει δύο απόψεις γι 'αυτόν, είναι τόσο πολύ ανώτερος, σκέφτομαι μόνο αυτά τα γλυκά στίχους - «να χάσεις». Αγαπητέ μου, πόσο έξυπνος! - θα μπορούσε πραγματικά να εννοηθεί για μένα; "

"Δεν μπορώ να κάνω μια ερώτηση ή να ακούσω μια ερώτηση γι 'αυτό, είναι μια βεβαιότητα, να την δεχτεί με την κρίση μου, είναι ένα είδος προλόγου για το έργο, ένα σύνθημα για το κεφάλαιο και σύντομα θα ακολουθηθεί από θέμα- της πραγματικότητας ".

"είναι ένα είδος πράγμα που κανείς δεν μπορούσε να περιμένει. Είμαι βέβαιος ότι, πριν από ένα μήνα, δεν είχα πλέον ιδέα τον εαυτό μου!" - τα πιο περίεργα πράγματα συμβαίνουν! "

«όταν οι χαμογελαστές και ο κ. Εξοικειωθούν - πράγματι - και είναι πραγματικά παράξενο · είναι από την κοινή πορεία ότι αυτό που είναι τόσο προφανές, τόσο φαινομενικά επιθυμητό - ποια είναι τα δικαστήρια η προρύθμιση άλλων ανθρώπων, πρέπει ο ίδιος και ο κ. Είναι από κατάσταση που ονομάζεται μαζί · ανήκεις ο ένας στον άλλο από κάθε περίσταση των οικείων σπιτιών σου ο γάμος σου θα είναι ίσος με τον αγώνα σε φαίνεται να υπάρχει κάτι στον αέρα του που δίνει την αγάπη ακριβώς στη σωστή κατεύθυνση και το στέλνει στο ίδιο το κανάλι όπου πρέπει να ρέει.

Η πορεία της αληθινής αγάπης δεν έγινε ποτέ ομαλή -

Μια εκδοχή του σαίξπηρ στο Χάρτφιλντ θα έχει μια μακρά σημείωση σε αυτό το χωρίο. "

Η οποία ήταν πολύ καλή-φύση. Και πόσο όμορφη θεωρούσαμε ότι φαινόταν! Ήταν -- με τον κ. Λάχανο."

"αυτή είναι μια συμμαχία που όποιος κι αν είναι οι φίλοι σας πρέπει να είναι ευχάριστος σε αυτούς, υπό την προϋπόθεση ότι τουλάχιστον έχουν κοινή λογική και δεν πρέπει να απευθυνόμαστε στη συμπεριφορά μας στους ανόητους αν θέλουν να σας δουν ευτυχώς παντρεμένοι , εδώ είναι ένας άνθρωπος του οποίου ο φιλόξενος χαρακτήρας δίνει κάθε διαβεβαίωση γι 'αυτό - εάν θέλουν να έχουν εγκατασταθεί στην ίδια χώρα και τον κύκλο που έχουν επιλέξει να σας τοποθετήσουν, εδώ θα επιτευχθεί και αν το μόνο αντικείμενο τους είναι ότι θα πρέπει, στην κοινή φράση, να είστε παντρεμένοι, εδώ είναι η άνετη περιουσία, η αξιοπρεπή εγκατάσταση, η άνοδος στον κόσμο που πρέπει να τα ικανοποιήσει ».

"ναι, πολύ αληθινό, πόσο ωραία μιλάτε, αγαπώ να σας ακούσω, καταλαβαίνετε κάθε πράγμα, εσείς και ο κ. Είστε εξίσου έξυπνοι με τον άλλον, αυτή τη σκιά!" - αν είχα σπουδάσει δώδεκα μήνες, δεν θα μπορούσα ποτέ να έχω έκανε κάτι σαν αυτό ».

"σκέφτηκα ότι σκόπευε να δοκιμάσει την επιδεξιότητά του, από τον τρόπο με τον οποίο το έριξε χθες".

"Νομίζω ότι είναι, χωρίς εξαίρεση, το καλύτερο τέχνασμα που διάβασα ποτέ".

"Ποτέ δεν έχω διαβάσει ακόμα έναν σκοπό, σίγουρα".

"είναι και πάλι τόσο καιρό όσο σχεδόν όλα τα έχουμε πριν."

"Δεν θεωρώ το μέγεθός του ιδιαίτερα ευνοϊκό, όπως γενικά δεν μπορεί να είναι πολύ σύντομο".

Ο Χάριετ ήταν πολύ πρόθυμος να ακούσει τις γραμμές. Οι πιο ικανοποιητικές συγκρίσεις αυξήθηκαν στο μυαλό της.

"Είναι ένα πράγμα - είπε αυτή τη στιγμή - τα μάγουλά της με λάμψη" - να έχει πολύ καλή αίσθηση με έναν κοινό τρόπο, όπως κάθε άλλο σώμα, και αν υπάρχει κάτι να πει, να καθίσετε και να γράψετε μια επιστολή , και να πω ακριβώς τι πρέπει, σε ένα σύντομο τρόπο και άλλο, να γράψω στίχους και σάρες όπως αυτό ".

Η Έμμα δεν θα μπορούσε να επιθυμούσε μια πιο πνευματική απόρριψη του κ. Η πεζογραφία του μαρτίν.

"τέτοιες γλυκές γραμμές!" συνέχισα το - "αυτά τα δύο τελευταία!" - αλλά πώς θα μπορώ ποτέ να επιστρέψω το χαρτί ή να το πω ότι το βρήκα;

"αφήστε το σε μένα, δεν κάνετε τίποτα, θα είναι εδώ εδώ το βράδυ, θα τολμούσα να πω, και τότε θα τον δώσω πίσω, και κάποια ανοησίες ή άλλα θα περάσουν μεταξύ μας, και δεν θα δεσμευτεί. Τα μάτια θα βάλουν το δικό τους χρόνο για να ακτινοβολήσουν.

"Ωχ, χάστε το ξυλουργείο, τι κρίμα που δεν πρέπει να γράψω αυτό το όμορφο σκιά στο βιβλίο μου! Είμαι βέβαιος ότι δεν έχω το μισό τόσο καλό".

"αφήστε τις δύο τελευταίες γραμμές και δεν υπάρχει λόγος να μην το γράψετε στο βιβλίο σας".

"Ω! Αλλά αυτές οι δύο γραμμές είναι" -

- "το καλύτερο από όλα τα χορηγούμενα • για ιδιωτική απόλαυση και για ιδιωτική απόλαυση να τα κρατήσετε Δεν είναι καθόλου τα γράμματα που γνωρίζετε γιατί τα χωρίζετε το ζευγάρι δεν παύει να είναι ούτε το νόημα αλλάζει αλλά να το πάρει μακριά, και όλες οι ιδιοσυγκρασίες παύουν, και μια πολύ όμορφη χαριτωμένη σκιά παραμένει, κατάλληλη για οποιαδήποτε συλλογή εξαρτάται από αυτό, δεν θα ήθελε να έχει το σκάνδαλο του, πολύ καλύτερα από το πάθος του. Ενθαρρύνεται και με τις δυο δυνατότητες, ούτε με καθένα από αυτά, δώστε μου το βιβλίο, εγώ θα το γράψω και στη συνέχεια δεν θα υπάρξει πιθανή σκέψη για εσάς ».

Ο Χάριετ υπέβαλε, αν και το μυαλό της δύσκολα μπορούσε να διαχωρίσει τα μέρη, ώστε να αισθάνεται αρκετά σίγουρος ότι ο φίλος της δεν έγραφε μια δήλωση αγάπης. Φάνηκε πολύτιμη προσφορά για οποιοδήποτε βαθμό δημοσιότητας.

«Δεν θα αφήσω ποτέ αυτό το βιβλίο να βγαίνει από τα χέρια μου», είπε.

"πολύ καλά", απάντησε Έμμα? "ένα πιο φυσικό συναίσθημα και όσο περισσότερο διαρκεί τόσο το καλύτερο θα είμαι ευχαριστημένο, αλλά εδώ ο πατέρας μου έρχεται: δεν θα αντιταχθείτε στην ανάγνωση της σκιάς του, θα του δώσει τόσο μεγάλη ευχαρίστηση! Κάτι τέτοιο, και ειδικά κάθε πράγμα που πληρώνει γυναίκα μια φιλοφρόνηση, έχει το πιο ελπιδοφόρο πνεύμα γοητείας απέναντι σε όλους μας - πρέπει να μου επιτρέψετε να τον διαβάσω ".

Ο Χάριετ κοίταξε σοβαρά.

"Αγαπητέ μου , δεν πρέπει να τελειοποιήσετε πάρα πολύ αυτό το σκάνδαλο." - Θα προδώσετε τα συναισθήματά σας εσφαλμένα, αν είστε υπερβολικά συνειδητοί και πολύ γρήγοροι και φαίνεται να προσδίδουν περισσότερο νόημα ή ακόμα και ολόκληρο το νόημα που μπορεί να επιτεθεί αυτό δεν θα εξουδετερωθεί από ένα τόσο μικρό φόρο θαυμασμού, αν ήταν ανήσυχος για μυστικότητα, δεν θα άφηνε το χαρτί ενώ ήμουν, αλλά μάλλον τον έσπρωξε προς το μέρος απ 'ό, τι προς σένα. Πάρα πολύ επίσημα για την επιχείρηση, έχει αρκετή ενθάρρυνση για να προχωρήσει, χωρίς να αναστενάζει τις ψυχές μας πάνω από αυτή τη σκιά ».

"Ω! Όχι - ελπίζω ότι δεν θα είμαι γελοία γι 'αυτό, κάνουμε όπως σας παρακαλώ".

Κύριος. Εισήχθη το ξυλουργείο και πολύ σύντομα οδήγησε ξανά στο θέμα, από την επανάληψη της πολύ συχνής έρευνάς του "καλά, αγαπητοί μου, πώς συνεχίζει το βιβλίο σας;" Έχετε κάτι φρέσκο;

"ναι, πάπα, έχουμε κάτι να σας διαβάσουμε, κάτι πολύ φρέσκο, ένα κομμάτι χαρτί βρέθηκε στο τραπέζι αυτό το πρωί- (, υποθέτουμε, από μια νεράιδα) -που περιέχει μια πολύ όμορφη σκιά και μόλις αντιγράψαμε αυτό μέσα. "

Το διάβασε σε αυτόν, ακριβώς όπως του άρεσε να έχει κάτι να διαβάσει, αργά και ξεκάθαρα, και δύο ή τρεις φορές πάνω, με εξηγήσεις για κάθε μέρος καθώς προχώρησε - και ήταν πολύ ευχαριστημένος και, όπως είχε προβλέψει, ειδικά χτύπησε με το συμπληρωματικό συμπέρασμα.

", αυτό είναι πολύ δίκαιο, πράγματι, αυτό είναι πολύ σωστά είπε, πολύ αληθινό." γυναίκα, υπέροχη γυναίκα. " είναι τόσο όμορφη, ο αγαπητός μου, ότι μπορώ εύκολα να μαντέψω τι έφερε η νεράιδα. - Κανείς δεν θα μπορούσε να γράψει τόσο όμορφα, αλλά εσύ, η Έμμα. "

Ο κ. Έμμα μόνο κοίταξε και χαμογέλασε. - Μετά από λίγη σκέψη και ένα πολύ τρυφερό αναστεναγμό, πρόσθεσε,

"αχ! Δεν είναι δυσκολία να δούμε ποιος παίρνετε μετά την αγαπημένη σας μητέρα ήταν τόσο έξυπνη σε όλα αυτά τα πράγματα αν είχα μόνο τη μνήμη της αλλά δεν μπορώ να θυμηθώ τίποτα ούτε το συγκεκριμένο αίνιγμα που με άκουσα να αναφέρω · μπορώ μόνο να θυμηθώ την πρώτη στροφή και υπάρχουν πολλά.

Γατάκι, μια δίκαιη αλλά παγωμένη κοπέλα,

Έφτιαξα μια φλόγα που ακόμα λυπούμαι,

Το κουτάβι-' αγόρι έκανα έκκληση να βοηθήσω,

Αν και της προσέγγισής του, φοβισμένος,

Τόσο μοιραία για το κοστούμι μου πριν.

Και αυτό είναι όλο που μπορώ να το θυμηθώ - αλλά είναι πολύ έξυπνο σε όλη τη διαδρομή. Αλλά νομίζω, αγαπητέ μου, είπατε ότι το πήρατε. "

"ναι, ο παπάς, γράφεται στη δεύτερη σελίδα μας, την αντιγράψαμε από τα κομψά αποσπάσματα.

", πολύ αληθινό. - Θα ήθελα να θυμηθώ περισσότερο από αυτό.

Γατάκι, μια δίκαιη αλλά παγωμένη κοπέλα.

Το όνομα με κάνει να σκεφτώ φτωχούς . Επειδή ήταν πολύ κοντά να βαπτιστεί η αδελφή μετά τη γιαγιά της. Ελπίζω ότι θα την έχουμε εδώ την επόμενη εβδομάδα. Σκεφτήκατε, αγαπητέ μου, πού θα την βάλετε - και ποιο δωμάτιο θα υπάρχει για τα παιδιά; "

"Ω, ναι - θα έχει το δικό της δωμάτιο, βέβαια, το δωμάτιο που έχει πάντα - και υπάρχει το βρεφονηπιακό σταθμό για τα παιδιά - ακριβώς όπως συνηθίζει, ξέρεις γιατί να υπάρχει κάποια αλλαγή;"

"Δεν ξέρω, αγαπητή μου - αλλά είναι τόσο πολύ από τότε που ήρθε εδώ! -όχι από το τελευταίο Πάσχα και έπειτα μόνο για λίγες μέρες.- κ. Να είσαι δικηγόρος είναι πολύ ενοχλητικό.-κακή ! Αυτή τη δυστυχώς απομακρύνεται από όλους μας! -και πόσο θλιβερό θα είναι όταν θα έρθει, να μην δούμε εδώ το ! "

"αυτή δεν θα είναι πια έκπληκτη, παπά, τουλάχιστον."

"Δεν ξέρω, αγαπητή μου, είμαι βέβαιος ότι ήμουν πολύ περίεργος όταν άκουσα για πρώτη φορά ότι θα παντρευτεί".

"πρέπει να ζητήσουμε από τον κύριο και την κ. Να δειπνήσουν μαζί μας, ενώ η είναι εδώ".

"ναι, αγαπητέ μου, αν υπάρχει χρόνος." -αλλά- (με έναν πολύ καταθλιπτικό τόνο) - έρχεται μόνο για μια εβδομάδα, δεν θα υπάρχει χρόνος για κάτι ".

"είναι λυπηρό το γεγονός ότι δεν μπορούν να παραμείνουν περισσότερο - αλλά φαίνεται μια περίπτωση αναγκαιότητας." Ο κ. Πρέπει να βρίσκεται ξανά στην πόλη στις 28 και θα έπρεπε να είμαστε ευγνώμονες, ο παπάς, ότι πρέπει να έχουμε όλη την ώρα Μπορούν να δώσουν στη χώρα ότι δεν πρέπει να αφαιρεθούν δύο ή τρεις μέρες για την μονή. "Ο κ. Υπόσχεται να παραιτηθεί από την απαίτησή του αυτή τα Χριστούγεννα - αν και γνωρίζετε ότι είναι περισσότερο από τότε που ήταν μαζί του, παρά με εμάς. "

"θα ήταν πολύ δύσκολο, πράγματι, αγαπητέ μου, αν η φτωχή επρόκειτο να είναι οπουδήποτε εκτός από το ".

Κύριος. Δεν θα μπορούσε ποτέ να επιτρέψει για τον κ. Τις αξιώσεις του στον αδελφό του ή τις αξιώσεις οποιουδήποτε οργανισμού για την , εκτός από τη δική του. Κάθισε να μιλάει λίγο και μετά είπε:

"αλλά δεν βλέπω γιατί η φτωχή θα πρέπει να υποχρεωθεί να επιστρέψει τόσο σύντομα, αν και το κάνει, νομίζω ότι η Έμμα θα προσπαθήσω να την πείσω να μείνουμε περισσότερο μαζί μας.

"! - αυτό δεν έχετε καταφέρει ποτέ να πετύχετε και δεν νομίζω ότι θα πάτε ποτέ. Η δεν μπορεί να αντέξει να μείνει πίσω από τον σύζυγό της".

Αυτό ήταν πολύ αλήθεια για την αντίφαση. Δεν ήταν ευπρόσδεκτη όπως ήταν, κύριε. Το ξύλο θα μπορούσε να δώσει μόνο ένα υποτακτικό αναστεναγμό; Και καθώς η Έμμα είδε τα πνεύματά του που επηρεάστηκαν από την ιδέα της προσκόλλησης της κόρης του στο σύζυγό της, αμέσως οδήγησε σε ένα τέτοιο κλάδο του θέματος που πρέπει να τα εγείρει.

"η Χάρριε πρέπει να μας δώσει όσο το δυνατόν περισσότερη εταιρεία όσο μπορεί ενώ ο αδελφός μου και η αδελφή μου είναι εδώ, είμαι βέβαιος ότι θα είναι ευχαριστημένος με τα παιδιά" είμαστε πολύ περήφανοι για τα παιδιά, έτσι δεν είμαστε παπά; θα σκεφτούν τα όμορφα, ή ; "

", αναρωτιέμαι τι θα κάνει, κακές μικρές αγαπημένες, πόσο χαρούμενοι θα είναι να έρθουν, είναι πολύ λάτρης του να είναι στο , ."

"Τολμούν να πω ότι είναι, κύριε. Είμαι βέβαιος ότι δεν ξέρω ποιος δεν είναι."

" είναι ένα ωραίο αγόρι, αλλά είναι πολύ όπως τη μαμά του είναι ο μεγαλύτερος, πήρε το όνομά μου μετά από μένα, όχι μετά από τον πατέρα του , ο δεύτερος, πήρε το όνομά του από τον πατέρα του .. Ορισμένοι άνθρωποι είναι , ότι ο μεγαλύτερος δεν ήταν, αλλά η ισραηλιά θα τον έλεγε , το οποίο σκέφτηκα πολύ όμορφη γι 'αυτήν και είναι ένα πολύ έξυπνο αγόρι, πράγματι, είναι όλοι εξαιρετικά έξυπνοι και έχουν τόσα πολλά όμορφα τρόπους. Στέκεστε δίπλα στην καρέκλα μου και πείτε, ", μπορείτε να μου δώσετε λίγο χορδές;" και όταν το μου ζήτησε ένα μαχαίρι, αλλά του είπα ότι τα μαχαίρια έγιναν μόνο για . Νομίζω ότι ο πατέρας τους είναι πάρα πολύ τραχύς μαζί τους. "

"σου φαίνεται τραχύς", είπε η Έμμα, "επειδή είσαι τόσο ευγενής στον εαυτό σου, αλλά αν μπορείς να τον συγκρίνεις με άλλους παπάδες, δεν θα τον σκεφτείς τραχύς, θέλει τα αγόρια να είναι ενεργά και ανθεκτικά · και αν μπορεί να τους δώσει μια απότομη λέξη από καιρό · αλλά είναι ένας στοργικός πατέρας-σίγουρα ο κύριος είναι ένας στοργικός πατέρας, τα παιδιά είναι όλοι αγαπούν αυτόν »."

"και έπειτα ο θείος τους μπαίνει και τα ρίχνει μέχρι το ταβάνι με πολύ τρομακτικό τρόπο!"

"αλλά τους αρέσει, ο παπάς, δεν υπάρχει τίποτα που τους αρέσει τόσο πολύ, είναι τέτοια ευχαρίστηση γι 'αυτούς, ότι εάν ο θείος τους δεν καθόριζε τον κανόνα της ανάληψής τους, όποιος κι αν ξεκίνησε ποτέ δεν θα έδινε τη θέση του άλλου»."

"καλά, δεν μπορώ να το καταλάβω".

"αυτό συμβαίνει με όλους μας, ο παπάς, ο μισός κόσμος δεν καταλαβαίνει τις απολαύσεις του άλλου".

Αργότερα το πρωί και ακριβώς όπως τα κορίτσια θα χωρίζονταν κατά την προετοιμασία για το κανονικό δείπνο τεσσάρων ωρών, ο ήρωας αυτού του αμιγούς σκάρτου μπήκε ξανά. Ο Χάριετ γύρισε μακριά. Αλλά η Έμμα θα μπορούσε να τον δεχτεί με το συνηθισμένο χαμόγελο και το γρήγορο μάτι σύντομα θα διακρίνει μέσα από τη συνείδηση του ότι είχε κάνει μια ώθηση να έχει πετάξει ένα πεθαίνουν. Και φαντάστηκε ότι ήρθε να δει πώς θα μπορούσε να εμφανιστεί. Ο φαινομενικός λόγος, ωστόσο, ήταν να ρωτήσει αν ο κύριος. Το πάρτι του ξυλουργού θα μπορούσε να κατασκευαστεί το βράδυ χωρίς αυτόν, ή αν θα έπρεπε να είναι στο ελάχιστο απαραίτητο στο . Αν ήταν, όλα τα πράγματα πρέπει να αποστασιοποιηθούν. Αλλά αλλιώς ο φίλος του ο ίδιος είχε λέει τόσο πολύ για το φαγητό του μαζί του - είχε κάνει κάτι τέτοιο, ότι του είχε υποσχεθεί υπό όρους να έρθει.

Ο κ. Έμμα τον ευχαρίστησε, αλλά δεν μπορούσε να αφήσει να απογοητεύσει τον φίλο του για λογαριασμό του. Ο πατέρας της ήταν σίγουρος για το λάστιχο του. Ρώτησε ξανά - εκείνη πάλι υποχώρησε. Και φαινόταν να κάνει το τόξο του, όταν πήρε το χαρτί από το τραπέζι, το επέστρεψε -

"Ω, εδώ είναι η σκιά που τόσο απαιτούσατε για να φύγετε μαζί μας, σας ευχαριστούμε για την όψη της, το θαυμάσαμε τόσο πολύ, ότι έχω αποτολμήσει να το γράψω στη συλλογή του . Ελπίζω φυσικά ότι δεν έχω μεταγράψει πέρα από τις πρώτες οκτώ γραμμές. "

Κύριος. Ο Έλτον σίγουρα δεν ήξερε καλά τι να πει. Φαινόταν μάλλον αμφίβολα - μάλλον μπερδεμένος. Είπε κάτι για την "τιμή" - κοίταξε το Έμμα και το , και μετά είδε το βιβλίο ανοικτό στο τραπέζι, το πήρε και το εξέτασε πολύ προσεκτικά. Με σκοπό να περάσει από μια δύσκολη στιγμή, ο Έμμα είπε χαμογελώντας,

"πρέπει να στείλετε συγγνώμη στον φίλο σας, αλλά τόσο καλός σκλάβος δεν πρέπει να περιορίζεται σε ένα ή δύο, μπορεί να είναι σίγουρος για την έγκριση κάθε γυναίκας, ενώ γράφει με τέτοια χαρά».

"Δεν έχω δισταγμό να πω", απάντησε ο κύριος. , αν και δίσταζε μια καλή συμφωνία ενώ μιλούσε? "δεν έχω κανέναν δισταγμό να πω - τουλάχιστον αν ο φίλος μου αισθάνεται καθόλου όπως εγώ - δεν έχω την ελάχιστη αμφιβολία ότι, θα μπορούσε να δει τη μικρή του συλλογή τιμημένη όπως το βλέπω (κοιτάζοντας ξανά το βιβλίο και την αντικατάστασή του στο τραπέζι), θα το θεωρούσε ως την πλέον περήφανη στιγμή της ζωής του. "

Μετά από αυτή την ομιλία είχε φύγει το συντομότερο δυνατό. Η Έμμα δεν μπορούσε να το σκεφτεί πολύ σύντομα. Διότι με όλες τις καλές και ευχάριστες ιδιότητές του υπήρξε ένα είδος παρέλασης στις ομιλίες του που ήταν πολύ ικανό να την κλίνει να γελάσει. Έφυγε για να επιδοθεί η κλίση, αφήνοντας το τρυφερό και το θαυμαστό της χαράς στο μερίδιο του .

Κεφάλαιο

Αν και τώρα στα μέσα Δεκεμβρίου, δεν υπήρχε ακόμη καιρός να αποτρέψουν τις ανήλικες κυρίες από ανεκτική τακτική άσκηση. Και την επόμενη μέρα, η Έμμα είχε μια φιλανθρωπική επίσκεψη για να πληρώσει σε μια φτωχή άρρωστη οικογένεια, που έζησε λίγο έξω από το .

Ο δρόμος προς αυτό το ανεξάρτητο εξοχικό σπίτι ήταν κάτω από τη λωρίδα φεγγαριών, μια λωρίδα που οδηγούσε σε ορθές γωνίες από τον ευρύ, αν και ακανόνιστο, κεντρικό δρόμο του τόπου. Και, όπως μπορεί να συναχθεί, που περιέχει την ευλογημένη κατοικία του κ. . Μερικές κατώτερες κατοικίες περάστηκαν πρώτα, και έπειτα, περίπου ένα τέταρτο ενός μιλίου κάτω από τη λωρίδα σηκώθηκε η φηράσια, ένα παλιό και όχι πολύ καλό σπίτι, σχεδόν τόσο κοντά στο δρόμο όσο θα μπορούσε να είναι. Δεν είχε κανένα πλεονέκτημα της κατάστασης. Αλλά ήταν πολύ ευφυής από τον σημερινό ιδιοκτήτη. Και, όπως ήταν, δεν θα υπήρχε καμία πιθανότητα οι δύο φίλοι να το περάσουν χωρίς χαλαρό ρυθμό και παρατηρώντας τα μάτια. - Η παρατήρηση της Έμμα ήταν -

"εκεί είναι. Εκεί εσείς και το αίνιγμα-βιβλίο σας μια από αυτές τις μέρες." - ήταν η ήταν-

"Ω, τι ένα γλυκό σπίτι! -όπως πολύ όμορφο!" υπάρχουν οι κίτρινες κουρτίνες που λείπουν οι θαυμάζουν τόσο πολύ. "

"Δεν περπατάω συχνά με αυτόν τον τρόπο τώρα", δήλωσε η Έμμα, καθώς προχώρησαν, "αλλά τότε θα υπάρξει ένα κίνητρο, και θα γνωρίσω σταδιακά με όλους τους φράκτες, τις πύλες, τις δεξαμενές και τους ποταμούς αυτού του τμήματος του . "

Η , βρήκε, δεν είχε ποτέ στη ζωή της μέσα στη φραγκοκρατία, και η περιέργειά της να το δει ήταν τόσο ακραία, ότι, λαμβάνοντας υπόψη τις εξωτερικές σχέσεις και τις πιθανότητες, η Έμμα θα μπορούσε μόνο να την χαρακτηρίσει ως απόδειξη αγάπης με τον κ. Ο Ελτον βλέπει το έτοιμο πνεύμα της.

"Μακάρι να μπορούσαμε να το καταφέρουμε", είπε. "αλλά δεν μπορώ να σκεφτώ μια ανεκτή προτίμησή του για είσοδο -όχι υπηρέτης που θέλω να ρωτήσω για την οικονόμος του - κανένα μήνυμα από τον πατέρα μου".

Σκέφτηκε, αλλά δεν μπορούσε να σκεφτεί τίποτα. Μετά από μια αμοιβαία σιωπή λίγων λεπτών, ο Χάριετ ξεκίνησε πάλι -

«Το κάνω να το αναρωτιέμαι, να χάσετε το ξύλο, να μην παντρευτείτε ή να παντρευτείτε τόσο γοητευτικό όσο είστε!» -

Έμμα γέλασε, και απάντησε,

«η γοητευτική μου, , δεν είναι αρκετή για να με ωθήσει να παντρευτώ · πρέπει να βρω άλλους ανθρώπους γοητευτικό - ένα άλλο τουλάχιστον πρόσωπο και όχι μόνο δεν θα παντρευτώ αλλά έχουν πολύ μικρή πρόθεση ποτέ παντρεμένος. "

"αχ! - έτσι λέτε, αλλά δεν μπορώ να το πιστέψω".

"Πρέπει να δω κάποιον πολύ ανώτερο από όποιον έχω δει ακόμη, να μπει στον πειρασμό, κύριε , ξέρετε, (να θυμηθούμε), είναι εκτός από το ερώτημα: και δεν θέλω να δω κανένα τέτοιο πρόσωπο. Μάλλον δεν θα μπει στον πειρασμό, δεν μπορώ πραγματικά να αλλάξω προς το καλύτερο, αν έπρεπε να παντρευτώ, πρέπει να περιμένω να το μετανοήσω ».

"αγαπητέ μου! -είναι τόσο περίεργο να ακούσεις μια γυναίκα να μιλάει έτσι!" -

"Δεν έχω κανένα από τα συνηθισμένα κίνητρα των γυναικών να παντρευτούν. Θα ήθελα να ερωτευτώ, πράγματι, θα ήταν διαφορετικό πράγμα, αλλά ποτέ δεν ήμουν ερωτευμένος, δεν είναι ο τρόπος μου, ούτε η φύση μου και το κάνω δεν νομίζω ότι θα πάω ποτέ και χωρίς αγάπη είμαι βέβαιος ότι θα πρέπει να είμαι ανόητος να αλλάξω μια τέτοια κατάσταση όπως η δική μου τύχη δεν θέλω απασχόληση δεν θέλω συνέπεια δεν θέλω: είναι η μισή κυρία του σπιτιού του συζύγου μου, όπως είμαι από το Χάρτφιλντ και ποτέ δεν θα μπορούσα ποτέ να περιμένω να είμαι τόσο αγαπητός και σπουδαίος, έτσι πάντα πάντα πρώτα και πάντα σωστά στα μάτια του ανθρώπου όπως είμαι στον πατέρα μου ».

"αλλά τότε, για να είσαι μια παλιά καμαριέρα επιτέλους, σαν !"

"αυτό είναι τόσο τρομερό μια εικόνα όπως θα μπορούσατε να παρουσιάσετε, και αν σκέφτηκα ότι θα έπρεπε ποτέ να είναι σαν ! Τόσο ανόητα - τόσο ικανοποιημένοι - τόσο χαμογελαστά - έτσι - τόσο αδιαμφισβήτητα και απρόσβλητος - και τόσο ικανό να πει κάθε πράγμα σε σχέση με κάθε σώμα για μένα, θα παντρευόμουν αύριο, αλλά μεταξύ μας, είμαι πεπεισμένος ότι ποτέ δεν μπορεί να υπάρξει ομοιότητα, εκτός από το αν είναι άγαμα ".

"αλλά ακόμα, θα είσαι μια παλιά καμαριέρα! Και αυτό είναι τόσο φοβερό!"

Είναι πολύ στη γεύση κάθε σώματος, αν και ενιαίας και αν και φτωχής. Η φτώχεια σίγουρα δεν έχει συρρικνωθεί στο μυαλό της: πιστεύω πραγματικά, αν είχε μόνο ένα στον κόσμο, θα ήταν πολύ πιθανό να δώσει μακριά της; Και κανείς δεν φοβάται γι 'αυτήν: αυτή είναι μια μεγάλη γοητεία. "

"τι αγαπάς, αλλά τι θα κάνεις; πώς θα απασχολείς τον εαυτό σου όταν γερνάς;"

Και αν και η προσκόλλησή μου σε κανέναν δεν μπορεί να είναι ίση με εκείνη ενός γονέα, ταιριάζει καλύτερα τις ιδέες μου για άνεση από ό, τι είναι πιο ζεστό. Οι ανιψίοι μου και οι ανιψές μου! -ή θα έχουν συχνά μια ανιψιά μαζί μου. "

"γνωρίζεις την ανιψιά του ; δηλαδή, ξέρω ότι πρέπει να την έχεις δει εκατοντάδες φορές - αλλά γνωρίζεις;"

"Ωχ, ναι, είμαστε πάντα αναγκασμένοι να γνωρίζουμε κάθε φορά που έρχεται στο , από το , αυτό είναι σχεδόν αρκετό για να βγάλει κανείς από τη μανία με μια ανιψιά, ο ουρανός απαγορεύει τουλάχιστον, ότι θα έπρεπε ποτέ να κουράσω τους ανθρώπους μισό πολλά για όλους τους ιππότες μαζί, όπως συμβαίνει για τη , η μία είναι άρρωστη με το ίδιο το όνομα της , κάθε επιστολή της διαβάζεται σαράντα φορές, τα συγχαρητήριά της σε όλους τους φίλους περιστρέφονται και ξαναγίνουν και αν το κάνει αλλά να στείλει τη θεία της μοτίβο ενός , ή να πλέξει ένα ζευγάρι για τη γιαγιά της, δεν ακούει για τίποτα άλλο για ένα μήνα, εύχομαι πολύ καλή , αλλά με ελαστικά μέχρι θανάτου.

Πλησίαζαν τώρα στο εξοχικό σπίτι και όλα τα αδρανή θέματα αντικαταστάθηκαν. Η Έμμα ήταν πολύ συμπονετική. Και οι αγωνίες των φτωχών ήταν τόσο σίγουρη για την ανακούφιση από την προσωπική της προσοχή και την καλοσύνη, τη συμβουλή της και την υπομονή της, όπως από το πορτοφόλι της. Κατάλαβε τους τρόπους τους, μπορούσε να επιτρέψει την άγνοιά τους και τους πειρασμούς τους, δεν είχε ρομαντικές προσδοκίες για εξαιρετική αρετή από εκείνους για τους οποίους η εκπαίδευση είχε κάνει τόσο λίγα. Μπήκαν στα προβλήματά τους με έτοιμη συμπάθεια και πάντοτε έδωσαν τη βοήθειά της με τόσο πολλή νοημοσύνη όσο και καλή θέληση. Στην προκειμένη περίπτωση ήταν η ασθένεια και η φτώχεια μαζί με την οποία επισκέφθηκε. Και αφού παρέμεινε εκεί εφ 'όσον μπορούσε να δώσει άνεση ή συμβουλή, εγκατέλειψε το εξοχικό σπίτι με μια τέτοια εντύπωση της σκηνής όπως την έκανε να πει στον Χάριετ, καθώς περπατούσαν μακριά,

"αυτά είναι τα αξιοθέατα, , για να κάνουμε ένα καλό, πόσο μικροσκοπικά κάνουν όλα τα πράγματα να φαίνονται ... Αισθάνομαι τώρα σαν να μην μπορούσα να σκεφτώ τίποτα αλλά αυτά τα φτωχά πλάσματα όλη την υπόλοιπη μέρα και όμως ποιος μπορεί να πει πόσο σύντομα μπορεί να εξαφανιστεί από το μυαλό μου; "

"πολύ αληθινό", δήλωσε ο Χάριετ. "φτωχά πλάσματα! Κανείς δεν μπορεί να σκεφτεί τίποτα άλλο".

"και πραγματικά δεν νομίζω ότι η εντύπωση σύντομα θα τελειώσει", δήλωσε η Έμμα, καθώς διέσχισε το χαμηλό φράχτη και το σκαλιστό βήμα που έληξε το στενό, ολισθηρό μονοπάτι μέσα από τον εξοχικό κήπο και τα έφερε ξανά στη λωρίδα. "Δεν νομίζω ότι θα το κάνει", σταματώντας να κοιτάξουμε για άλλη μια φορά την εξωτερική αθλιότητα του τόπου και να θυμηθούμε το ακόμα μεγαλύτερο εντός.

"Ω, αγαπητέ, όχι," είπε ο σύντροφός της.

Περπατούσαν επάνω. Η λωρίδα έκανε μια ελαφρά κάμψη. Και όταν πέρασε αυτή η στροφή, ο κ. Ο Ελτον ήταν αμέσως στο βλέμμα. Και τόσο κοντά ώστε να δώσει χρόνο Έμμα μόνο για να πει πιο μακριά,

"Αχ! , εδώ έρχεται μια πολύ ξαφνική δοκιμή της σταθερότητάς μας στις καλές σκέψεις." (χαμογελώντας), ελπίζω ότι μπορεί να επιτραπεί ότι αν η συμπόνια έχει προκαλέσει προσπάθεια και ανακούφιση στους πάσχοντες, έχει κάνει όλα όσα πραγματικά είναι σημαντικά αν αισθανόμαστε για τους άθλιους, αρκετά για να κάνουμε ό,τι μπορούμε για αυτούς, το υπόλοιπο είναι κενό συμπάθεια, μόνο θλιβερό για τον εαυτό μας. "

Ο Χάριετ θα μπορούσε απλώς να απαντήσει, "Ω, αγαπητέ, ναι", πριν ο άνδρας τους ενταχθεί. Τα θέλημα και τα δεινά της φτωχής οικογένειας, ήταν το πρώτο θέμα της συνάντησης. Θα τους είχε καλέσει. Την επίσκεψή του θα αναβάλει τώρα. Αλλά είχαν μια πολύ ενδιαφέρουσα συζήτηση για το τι θα μπορούσε να γίνει και θα έπρεπε να γίνει. Κύριος. Ο Έλτον γύρισε πίσω για να τα συνοδεύσει.

"να πέσουν μεταξύ τους σε τέτοια δουλειά όπως αυτό", σκέφτηκε Έμμα? «να συναντηθώ σε ένα φιλανθρωπικό σχέδιο · αυτό θα φέρει μια μεγάλη αύξηση της αγάπης σε κάθε πλευρά, δεν θα ήθελα να αναρωτιέμαι αν θα έπρεπε να φέρει τη δήλωση · πρέπει, αν δεν ήμουν εδώ, θα ήθελα να ήμουν οπουδήποτε αλλού».

Ανυπομονούσε να διαχωρίσει τον εαυτό της από αυτά όσο μπορούσε, σύντομα αργότερα πήρε ένα στενό μονοπάτι, λίγο ανυψωμένο στη μία πλευρά της λωρίδας, αφήνοντας τους μαζί στον κεντρικό δρόμο. Αλλά δεν είχε βρεθεί εκεί δύο λεπτά όταν διαπίστωσε ότι οι συνήθειες της εξάρτησης και της απομίμησης της την έφεραν και αυτό, με λίγα λόγια, και οι δύο σύντομα μετά από αυτήν. Αυτό δεν θα έκανε. Σταμάτησε αμέσως, υπό την προϋπόθεση ότι θα έκανε κάποιες αλλαγές στο κορδόνι της μισής μπότας της και θα κατέβαινε στην πλήρη κατοχή του μονοπατιού, τους ικέτευσε να έχουν την καλοσύνη να περπατήσουν και θα ακολουθούσε σε μισό λεπτό. Το έκαναν όπως ήταν επιθυμητό. Και από τη στιγμή που έκρινε ότι ήταν λογικό να έχει κάνει με την μπότα της, είχε την άνεση της μακρύτερης καθυστέρησης στη δύναμή της, να ξεπεραστεί από ένα παιδί από το εξοχικό σπίτι, εκθέτοντας, σύμφωνα με τις παραγγελίες, με την κανάτα της, για να πάρει το ζωμό από το . Να περπατάς δίπλα στο παιδί αυτό, να μιλάς και να την ρωτάς, ήταν το πιο φυσικό πράγμα στον κόσμο ή θα ήταν το πιο φυσικό, αν είχε ενεργήσει τότε χωρίς σχεδιασμό. Και με αυτόν τον τρόπο οι άλλοι ήταν ακόμα σε θέση να συνεχίσουν, χωρίς καμία υποχρέωση να την περιμένουν. Τα κέρδισε, όμως, ακούσια: ο ρυθμός του παιδιού ήταν γρήγορος και η δική τους μάλλον αργή. Και ήταν περισσότερο αφοσιωμένη σε αυτό, από το ότι ήταν προφανώς σε μια συζήτηση που τους ενδιέφερε. Κύριος. Ο μιλούσε με κινούμενα σχέδια, ο ακούει με μια πολύ ευχάριστη προσοχή. Και η Έμμα, αφού έστειλε το παιδί, άρχιζε να σκέφτεται πώς θα μπορούσε να τραβήξει λίγο περισσότερο, όταν και οι δύο κοίταξαν γύρω, και ήταν υποχρεωμένη να τους ενώσει. Με την στάμνα της, για να πάρει το ζωμό από το . Να περπατάς δίπλα στο παιδί αυτό, να μιλάς και να την ρωτάς, ήταν το πιο φυσικό πράγμα στον κόσμο ή θα ήταν το πιο φυσικό, αν είχε ενεργήσει τότε χωρίς σχεδιασμό. Και με αυτόν τον τρόπο οι άλλοι ήταν ακόμα σε θέση να συνεχίσουν, χωρίς καμία υποχρέωση να την περιμένουν. Τα κέρδισε, όμως, ακούσια: ο ρυθμός του παιδιού ήταν γρήγορος και η δική τους μάλλον αργή. Και ήταν περισσότερο αφοσιωμένη σε αυτό, από το ότι ήταν προφανώς σε μια συζήτηση που τους ενδιέφερε. Κύριος. Ο μιλούσε με κινούμενα σχέδια, ο ακούει με μια πολύ ευχάριστη προσοχή. Και η Έμμα, αφού έστειλε το παιδί, άρχιζε να σκέφτεται πώς θα μπορούσε να τραβήξει λίγο περισσότερο, όταν και οι δύο κοίταξαν γύρω, και ήταν υποχρεωμένη να τους ενώσει. Με την στάμνα της, για να πάρει το ζωμό από το . Να περπατάς δίπλα στο παιδί αυτό, να μιλάς και να την ρωτάς, ήταν το πιο φυσικό πράγμα στον κόσμο ή θα ήταν το πιο φυσικό, αν είχε ενεργήσει τότε χωρίς σχεδιασμό. Και με αυτόν τον τρόπο οι άλλοι ήταν ακόμα σε θέση να συνεχίσουν, χωρίς καμία υποχρέωση να την περιμένουν. Τα κέρδισε, όμως, ακούσια: ο ρυθμός του παιδιού ήταν γρήγορος και η δική τους μάλλον αργή. Και ήταν περισσότερο αφοσιωμένη σε αυτό, από το ότι ήταν προφανώς σε μια συζήτηση που τους ενδιέφερε. Κύριος. Ο μιλούσε με κινούμενα σχέδια, ο ακούει με μια πολύ ευχάριστη προσοχή. Και η Έμμα, αφού έστειλε το παιδί, άρχιζε να σκέφτεται πώς θα μπορούσε να τραβήξει λίγο περισσότερο, όταν και οι δύο κοίταξαν γύρω, και ήταν υποχρεωμένη να τους ενώσει. Να περπατάς δίπλα στο παιδί αυτό, να μιλάς και να την ρωτάς, ήταν το πιο φυσικό πράγμα στον κόσμο ή θα ήταν το πιο φυσικό, αν είχε ενεργήσει τότε χωρίς σχεδιασμό. Και με αυτόν τον τρόπο οι άλλοι ήταν ακόμα σε θέση να συνεχίσουν, χωρίς καμία υποχρέωση να την περιμένουν. Τα κέρδισε, όμως, ακούσια: ο ρυθμός του παιδιού ήταν γρήγορος και η δική τους μάλλον αργή. Και ήταν περισσότερο αφοσιωμένη σε αυτό, από το ότι ήταν προφανώς σε μια συζήτηση που τους ενδιέφερε. Κύριος. Ο μιλούσε με κινούμενα σχέδια, ο ακούει με μια πολύ ευχάριστη προσοχή. Και η Έμμα, αφού έστειλε το παιδί, άρχιζε να σκέφτεται πώς θα μπορούσε να τραβήξει λίγο περισσότερο, όταν και οι δύο κοίταξαν γύρω, και ήταν υποχρεωμένη να τους ενώσει. Να περπατάς δίπλα στο παιδί αυτό, να μιλάς και να την ρωτάς, ήταν το πιο φυσικό πράγμα στον κόσμο ή θα ήταν το πιο φυσικό, αν είχε ενεργήσει τότε χωρίς σχεδιασμό. Και με αυτόν τον τρόπο οι άλλοι ήταν ακόμα σε θέση να συνεχίσουν, χωρίς καμία υποχρέωση να την περιμένουν. Τα κέρδισε, όμως, ακούσια: ο ρυθμός του παιδιού ήταν γρήγορος και η δική τους μάλλον αργή. Και ήταν περισσότερο αφοσιωμένη σε αυτό, από το ότι ήταν προφανώς σε μια συζήτηση που τους ενδιέφερε. Κύριος. Ο μιλούσε με κινούμενα σχέδια, ο ακούει με μια πολύ ευχάριστη προσοχή. Και η Έμμα, αφού έστειλε το παιδί, άρχιζε να σκέφτεται πώς θα μπορούσε να τραβήξει λίγο περισσότερο, όταν και οι δύο κοίταξαν γύρω, και ήταν υποχρεωμένη να τους ενώσει. Ή θα ήταν το πιο φυσικό, αν είχε ενεργήσει ακριβώς τότε χωρίς σχεδιασμό; Και με αυτόν τον τρόπο οι άλλοι ήταν ακόμα σε θέση να συνεχίσουν, χωρίς καμία υποχρέωση να την περιμένουν. Τα κέρδισε, όμως, ακούσια: ο ρυθμός του παιδιού ήταν γρήγορος και η δική τους μάλλον αργή. Και ήταν περισσότερο αφοσιωμένη σε αυτό, από το ότι ήταν προφανώς σε μια συζήτηση που τους ενδιέφερε. Κύριος. Ο μιλούσε με κινούμενα σχέδια, ο ακούει με μια πολύ ευχάριστη προσοχή. Και η Έμμα, αφού έστειλε το παιδί, άρχιζε να σκέφτεται πώς θα μπορούσε να τραβήξει λίγο περισσότερο, όταν και οι δύο κοίταξαν γύρω, και ήταν υποχρεωμένη να τους ενώσει. Ή θα ήταν το πιο φυσικό, αν είχε ενεργήσει ακριβώς τότε χωρίς σχεδιασμό; Και με αυτόν τον τρόπο οι άλλοι ήταν ακόμα σε θέση να συνεχίσουν, χωρίς καμία υποχρέωση να την περιμένουν. Τα κέρδισε, όμως, ακούσια: ο ρυθμός του παιδιού ήταν γρήγορος και η δική τους μάλλον αργή. Και ήταν περισσότερο αφοσιωμένη σε αυτό, από το ότι ήταν προφανώς σε μια συζήτηση που τους ενδιέφερε. Κύριος. Ο μιλούσε με κινούμενα σχέδια, ο ακούει με μια πολύ ευχάριστη προσοχή. Και η Έμμα, αφού έστειλε το παιδί, άρχιζε να σκέφτεται πώς θα μπορούσε να τραβήξει λίγο περισσότερο, όταν και οι δύο κοίταξαν γύρω, και ήταν υποχρεωμένη να τους ενώσει. Ο ρυθμός του παιδιού ήταν γρήγορος και η δική τους μάλλον αργή. Και ήταν περισσότερο αφοσιωμένη σε αυτό, από το ότι ήταν προφανώς σε μια συζήτηση που τους ενδιέφερε. Κύριος. Ο μιλούσε με κινούμενα σχέδια, ο ακούει με μια πολύ ευχάριστη προσοχή. Και η Έμμα, αφού έστειλε το παιδί, άρχιζε να σκέφτεται πώς θα μπορούσε να τραβήξει λίγο περισσότερο, όταν και οι δύο κοίταξαν γύρω, και ήταν υποχρεωμένη να τους ενώσει. Ο ρυθμός του παιδιού ήταν γρήγορος και η δική τους μάλλον αργή. Και ήταν περισσότερο αφοσιωμένη σε αυτό, από το ότι ήταν προφανώς σε μια συζήτηση που τους ενδιέφερε. Κύριος. Ο μιλούσε με κινούμενα σχέδια, ο ακούει με μια πολύ ευχάριστη προσοχή. Και η Έμμα, αφού έστειλε το παιδί, άρχιζε να σκέφτεται πώς θα μπορούσε να τραβήξει λίγο περισσότερο, όταν και οι δύο κοίταξαν γύρω, και ήταν υποχρεωμένη να τους ενώσει.

Κύριος. Ο μιλούσε ακόμα, ασχολούμενος ακόμα με κάποια ενδιαφέρουσα λεπτομέρεια. Και η Έμμα γνώρισε κάποια απογοήτευση, όταν διαπίστωσε ότι δίνονταν μόνο στον δίκαιη σύντροφό της ένα λογαριασμό για το χριστιανικό πάρτι στο φίλο του, και ότι έφτασε στον εαυτό της για το τυρί τύπου , το βόρειο , το βούτυρο, το σέλινο, τεύτλων, και όλα τα επιδόρπια.

«αυτό σύντομα θα είχε οδηγήσει σε κάτι καλύτερο, βέβαια», ήταν ο προβληματισμός της επίτευξης. "οτιδήποτε συμφέροντα μεταξύ εκείνων που αγαπούν και κάθε πράγμα θα χρησιμεύσει ως εισαγωγή σε ό, τι πλησιάζει την καρδιά, αν θα μπορούσα αλλά να κρατήσω περισσότερο μακριά!"

Τώρα περπατούσαν μαζί ήσυχα, μέχρι να κοιτάξουν τα φώλια, όταν μια ξαφνική επίλυση, τουλάχιστον για να πάρει το στο σπίτι, την έκανε να βρει κάτι πολύ κακό για την μπότα της και να μείνει πίσω για να το κανονίσει για άλλη μια φορά. Έπειτα έσπασε τη δαντέλα και άρχισε να το ρίχνει σε μια τάφρο, ήταν υποχρεωμένος να τους ζητήσει να σταματήσουν και αναγνώρισε την αδυναμία της να βρεθεί σε δικαιώματα, ώστε να μπορεί να περπατήσει στο σπίτι με ανεκτή άνεση.

"ένα κομμάτι της δαντέλας μου έχει φύγει", είπε, "και δεν ξέρω πώς θα φτιάξω, είμαι ένας πολύ ενοχλητικός σύντροφος και για τους δυο σας, αλλά ελπίζω ότι δεν είμαι τόσο συχνά άρτια εξοπλισμένος. , πρέπει να σταματήσω να σταματάω στο σπίτι σας και να ζητήσω από την οικονόμο σας για λίγο κορδόνι ή κορδόνι ή κάτι για να κρατήσει την μπότα μου ".

Κύριος. Ο κοίταξε όλη την ευτυχία σε αυτή την πρόταση. Και τίποτα δεν θα μπορούσε να ξεπεράσει την εγρήγορση και την προσοχή του στη διεξαγωγή τους στο σπίτι του και προσπαθώντας να κάνει όλα τα πράγματα να φανούν χρήσιμα. Η αίθουσα στην οποία βρισκόταν ήταν αυτή που κατά κύριο λόγο κατείχε και κοιτούσε προς τα εμπρός. Πίσω από αυτό ήταν ένα άλλο με το οποίο ανακοίνωσε αμέσως; Η πόρτα μεταξύ τους ήταν ανοιχτή και η Έμμα πέρασε σε αυτήν με την οικονόμο για να πάρει τη βοήθειά της με τον πιο άνετο τρόπο. Ήταν υποχρεωμένη να αφήσει την πόρτα ανοιχτή καθώς το βρήκε. Αλλά είχε πλήρη πρόθεση ότι ο κύριος. Θα πρέπει να το κλείσει. Δεν ήταν κλειστό, ωστόσο, παρέμεινε ανοιχτό. Αλλά με τη δέσμευση της οικονόμου σε αδιάκοπη συζήτηση, ήλπιζε να καταστήσει εφικτό για τον ίδιο να κάνει το δικό του θέμα στο παρακείμενο δωμάτιο. Για δέκα λεπτά δεν μπορούσε να ακούσει παρά μόνο τον εαυτό της. Δεν θα μπορούσε πλέον να παραταθεί. Ήταν υποχρεωμένη να τελειώσει και να κάνει την εμφάνισή της.

Οι εραστές στέκονταν μαζί σε ένα από τα παράθυρα. Είχε μια πιο ευνοϊκή πτυχή. Και για μισό λεπτό, η Έμμα αισθάνθηκε τη δόξα της επιτυχίας. Αλλά δεν θα το έκανε. Δεν είχε φτάσει στο σημείο. Ήταν πιο ευχάριστο, πιο ευχάριστο. Είχε πει στον ότι τους είχε δει να περνούν και να τους ακολουθούσαν εσκεμμένα. Άλλα μικρά χάλια και αναφορές έπεσαν, αλλά τίποτα δεν ήταν σοβαρό.

"προσεκτικοί, πολύ προσεκτικοί," σκέφτηκε Έμμα? "προχωρεί σε ίντσες ανά ίντσα και δεν θα θέσει σε κίνδυνο τίποτα μέχρι να θεωρήσει τον εαυτό του ασφαλή."

Παρόλα αυτά, παρόλο που όλα τα πράγματα δεν είχαν ολοκληρωθεί με τη δική της έξυπνη συσκευή, δεν μπορούσε παρά να κολακεύει ότι υπήρξε η ευκαιρία να απολαύσει και τα δύο και να τα οδηγήσει στο μεγάλο γεγονός.

Κεφάλαιο

Κύριος. Ο Έλτον πρέπει τώρα να αφεθεί στον εαυτό του. Δεν ήταν πλέον στην εξουσία του Έμμα να επιβλέπει την ευτυχία του ή να επιταχύνει τα μέτρα του. Η έλευση της οικογένειας της αδελφής της ήταν τόσο πολύ κοντά, αυτή η πρώτη σε αναμονή, και στη συνέχεια, στην πραγματικότητα, έγινε πλέον το κύριο αντικείμενο ενδιαφέροντός της. Και κατά τη διάρκεια των δέκα ημερών της παραμονής τους στο Χάρτφιλντ δεν ήταν αναμενόμενο - δεν περίμενε κανείς - ότι κάθε πράγμα πέρα από την περιστασιακή, τυχαία βοήθεια θα μπορούσε να της προσφέρει στους εραστές. Θα μπορούσαν να προχωρήσουν ταχύτατα, αν, ωστόσο, πρέπει να προχωρήσουν κάπως ή αλλιώς αν θα ή όχι. Δεν επιθυμούσε να έχει περισσότερη αναψυχή γι 'αυτούς. Υπάρχουν άνθρωποι, που όσο περισσότερο κάνετε για αυτούς, τόσο λιγότεροι θα κάνουν για τον εαυτό τους.

Κύριος. Και κα. , από το να είναι μακρύτερα από το συνηθισμένο απουσιάζει από το , ήταν φυσικά συναρπαστικό περισσότερο από το συνηθισμένο ενδιαφέρον. Μέχρι το φετινό, κάθε μακρά διακοπή από τότε που ο γάμος τους είχε χωριστεί ανάμεσα στο αββαείο του Χάρτφιλντ και του Μόντουελ. Αλλά όλες οι εορτές αυτού του φθινοπώρου είχαν δοθεί στη θάλασσα για τα παιδιά και ήταν επομένως πολλοί μήνες από τότε που είχαν δει κανονικά από τις επαφές τους ή είχαν δει καθόλου από τον κ. Ξύλο, που δεν μπορούσε να προκληθεί για να φτάσει μέχρι το Λονδίνο, ακόμα και για τους φτωχούς . Και που κατά συνέπεια ήταν τώρα πιο νευρικά και εκνευριστικά ευχαριστημένοι στην πρόληψη αυτής της πολύ σύντομης επίσκεψης.

Σκέφτηκε πολλά από τα δεινά του ταξιδιού γι 'αυτήν, και όχι λίγα από τα κτυπήματα των δικών του αλόγων και του αμαξάου, που έπρεπε να φέρουν μέρος του κόμματος στο τελευταίο μισό της διαδρομής. Αλλά οι συναγερμοί του ήταν περιττοί. Τα δεκαέξι μίλια που επιτυγχάνεται ευτυχώς, και ο κ. Και κα. , τα πέντε παιδιά τους, και έναν ικανό αριθμό νηπιαγωγών, όλοι φτάνουν στο με ασφάλεια. Η φασαρία και η χαρά μιας τέτοιας άφιξης, οι πολλοί που έπρεπε να μιλήσουν, να χαιρετίστηκαν, να ενθαρρυνθούν και να διασκορπιστούν και να διαλυθούν, δημιούργησαν ένα θόρυβο και σύγχυση που τα νεύρα του δεν μπορούσαν να βαρύνουν με άλλο σκοπό ούτε για αυτό; αλλά οι τρόποι του και τα συναισθήματα του πατέρα της ήταν τόσο σεβαστά από την κα. , ότι παρά τη φροντίδα της μητέρας για την άμεση απόλαυση των μικρών της,

Κυρία. Ο ήταν μια όμορφη, κομψή μικρή γυναίκα, με απαλές, ήσυχες τακτικές, και μια διακριτική, φιλόξενη και στοργική διάθεση. Η οικογένειά της έσβησε. Μια αφοσιωμένη σύζυγος, μια μητέρα που ντύνει και ταιριάζει τόσο ευχάριστα στον πατέρα και την αδελφή της, αλλά για αυτούς τους υψηλότερους δεσμούς, μια θερμότερη αγάπη μπορεί να φαινόταν αδύνατη. Δεν θα μπορούσε ποτέ να δει ένα σφάλμα σε κανένα από αυτά. Δεν ήταν γυναίκα με έντονη κατανόηση ή ταχύτητα. Και με αυτήν την ομοιότητα του πατέρα της, κληρονόμησε επίσης μεγάλο μέρος του συντάγματός της. Ήταν ευαίσθητη στην υγεία της, πολύ προσεκτική από αυτήν των παιδιών της, είχε πολλούς φόβους και πολλά νεύρα και ήταν τόσο λάτρης του δικού της. Πτέρυγα στην πόλη καθώς ο πατέρας της θα μπορούσε να είναι ο κ. . Ήταν και οι ίδιοι, σε μια γενική καλοσύνη της ψυχραιμίας και μια ισχυρή συνήθεια να σέβονται κάθε παλιά γνωριμία.

Κύριος. Ο ήταν ένας ψηλός, ολόσωμος και πολύ έξυπνος άνθρωπος. Την αύξηση του επαγγέλματός του, την εγχώρια και αξιοσέβαστη με τον προσωπικό του χαρακτήρα. Αλλά με επιφυλακτικούς τρόπους που εμπόδιζαν την εν γένει ευχαρίστησή του. Και μπορεί να είναι μερικές φορές έξω από το χιούμορ. Δεν ήταν ένας άρρωστος άντρας, που τόσο συχνά αδικαιολόγητα διασταυρώνεται για να αξίζει μια τέτοια επίπληξη. Αλλά η ιδιοσυγκρασία του δεν ήταν η μεγάλη του τελειότητα. Και μάλιστα με μια τόσο λατρευτική σύζυγο, ήταν σχεδόν αδύνατο να μην αυξηθούν τα φυσικά ελαττώματα. Η ακραία γλυκύτητα της ιδιοσυγκρασίας της πρέπει να τον βλάψει. Είχε όλη τη σαφήνεια και την ταχύτητα του νου που ήθελε, και μερικές φορές θα μπορούσε να ενεργήσει ένα αηδιαστικό ή να πει ένα σοβαρό πράγμα.

Δεν ήταν ένα μεγάλο φαβορί με την δίκαιη αδελφή του. Τίποτα λάθος σε αυτόν δεν τη διέφυγε. Ήταν γρήγορη να αισθανθεί τους μικρούς τραυματισμούς στην , η οποία η δεν αισθανόταν ποτέ. Ίσως ίσως να είχε περάσει περισσότερο όταν τα συναισθήματά του ήταν κολακευτικά για την αδελφή της Ιζαβέλλας, αλλά ήταν μόνο αυτά ενός ήρεμου αδελφού και φίλου, χωρίς έπαινο και χωρίς τύφλωση. Αλλά σχεδόν καθόλου βαθμό προσωπικής φιλοφρόνησης θα μπορούσε να την έκανε ανεξάρτητα από το μέγιστο σφάλμα όλων των στα μάτια της, τα οποία μερικές φορές έπεσε μέσα, την απαρέγκλιτη ανεκτικότητα προς τον πατέρα της. Εκεί δεν είχε πάντα την υπομονή που θα μπορούσε να ήταν επιθυμητή. Κύριος. Οι ιδιαιτερότητες του ξύλινου σπιτιού και η ανησυχία του προκαλούσαν μερικές φορές σε μια λογική ανατροπή ή οξεία απόκριση εξίσου άσχημη. Αυτό δεν συνέβαινε συχνά. Για τον κ. Ο είχε πολύ μεγάλη σημασία για τον πατέρα του και γενικά μια έντονη αίσθηση του τι οφείλεται σε αυτόν. Αλλά ήταν πάρα πολύ συχνά για φιλανθρωπία του Έμμα, ειδικά καθώς υπήρχε συχνά ο πόνος της ανησυχίας για να υπομείνει, αν και το αδίκημα δεν ήρθε. Η αρχή όμως της κάθε επίσκεψης δεν έδειξε τίποτα άλλο παρά τα συναισθήματα που έδειχναν, και αυτό αναγκαστικά τόσο σύντομο θα μπορούσε να ελπίζει να περάσει μακριά από την απροστάτευτη εγκαρδιότητα. Δεν είχαν καθίσει και συνέταξαν πολύ όταν ο κ. Ξύλο, με ένα μελαγχολικό κούνημα του κεφαλιού και ένα αναστεναγμό, κάλεσε την κόρη του την προσοχή στη θλιβερή αλλαγή στο από τότε που ήταν εκεί τελευταία. Αν και το αδίκημα δεν ήρθε. Η αρχή όμως της κάθε επίσκεψης δεν έδειξε τίποτα άλλο παρά τα συναισθήματα που έδειχναν, και αυτό αναγκαστικά τόσο σύντομο θα μπορούσε να ελπίζει να περάσει μακριά από την απροστάτευτη εγκαρδιότητα. Δεν είχαν καθίσει και συνέταξαν πολύ όταν ο κ. Ξύλο, με ένα μελαγχολικό κούνημα του κεφαλιού και ένα αναστεναγμό, κάλεσε την κόρη του την προσοχή στη θλιβερή αλλαγή στο από τότε που ήταν εκεί τελευταία. Αν και το αδίκημα δεν ήρθε. Η αρχή όμως της κάθε επίσκεψης δεν έδειξε τίποτα άλλο παρά τα συναισθήματα που έδειχναν, και αυτό αναγκαστικά τόσο σύντομο θα μπορούσε να ελπίζει να περάσει μακριά από την απροστάτευτη εγκαρδιότητα. Δεν είχαν καθίσει και συνέταξαν πολύ όταν ο κ. Ξύλο, με ένα μελαγχολικό κούνημα του κεφαλιού και ένα αναστεναγμό, κάλεσε την κόρη του την προσοχή στη θλιβερή αλλαγή στο από τότε που ήταν εκεί τελευταία.

"Αχ, αγαπητέ μου", είπε, "φτωχός αδερφός -είναι μια βαριά επιχείρηση."

«Ω ναι, κύριε», φώναξε με έτοιμη συμπάθεια, «πώς πρέπει να την χάσετε! Και αγαπητέ Έμμα, επίσης - τι φοβερή απώλεια για σας και οι δυο σας - είμαι τόσο θλιμμένος για σας. Θα μπορούσατε ενδεχομένως να το κάνετε χωρίς αυτήν. - Είναι πράγματι μια θλιβερή αλλαγή πράγματι - αλλά ελπίζω ότι είναι πολύ καλά, κύριε. "

"πολύ καλά, αγαπητέ μου-ελπίζω-αρκετά καλά. -Δεν ξέρω αλλά ότι ο τόπος συμφωνεί με την ανοχή της."

Κύριος. Ο ζήτησε εδώ από την Έμμα ήσυχα να μάθει αν υπάρχουν αμφιβολίες για τον αέρα των κατωφλίων.

"δεν έχω δει τίποτα λιγότερο, δεν έχω δει ποτέ την κα καλύτερα στη ζωή μου - ποτέ δεν φαίνομαι τόσο καλά, ο παπάς μιλά μόνο τη δική του λύπη".

"πολύ για την τιμή και των δύο," ήταν η όμορφη απάντηση.

"και τη βλέπετε, κύριε, ανεκτά συχνά;" ρώτησε η Ιζαμπέλα με τον απατηλό τόνο που ταιριάζει ακριβώς στον πατέρα της.

Κύριος. Ξυλουργός δίστασε .- "όχι τόσο συχνά, αγαπητέ μου, όπως θα ήθελα."

"Ω! Τάπα, χάσαμε να τις δούμε αλλά μια ολόκληρη μέρα από τότε που παντρεύτηκαν είτε το πρωί είτε το βράδυ κάθε μέρα, εκτός από ένα, έχουμε δει είτε τον κ. Είτε την , και γενικά και τα δύο, είτε σε ή εδώ - και όπως μπορείτε να υποθέσετε, , πιο συχνά εδώ είναι πολύ, πολύ ευγενικοί στις επισκέψεις τους ... Ο κ. Είναι πραγματικά τόσο ευγενικός όσο ο ίδιος ... Ο παπάς, αν μιλάς με μελαγχολικό τρόπο, μια κακή ιδέα για όλους μας, κάθε όργανο πρέπει να γνωρίζει ότι πρέπει να χάσετε το , αλλά πρέπει επίσης να βεβαιωθείτε ότι ο κ. Και η κ. Πραγματικά αποτρέπουν την έλλειψή μας με οποιονδήποτε τρόπο στο βαθμό που εμείς οι ίδιοι περίμενε - που είναι η ακριβής αλήθεια ".

«όπως θα έπρεπε», είπε ο κ. "και όπως ελπίζω ότι ήταν από τις επιστολές σας, η επιθυμία σας να σας επιδείξει την προσοχή δεν θα μπορούσε να αμφισβητηθεί, και το γεγονός ότι είναι ένας αποστασιοποιημένος και κοινωνικός άνθρωπος το καθιστά εύκολο, πάντα σας λέω, αγάπη μου, ότι δεν είχα ιδέα ότι η αλλαγή είναι τόσο πολύ σημαντική για το Χάρτφιλντ όσο θα καταλάβετε και τώρα έχετε λογαριασμό του Έμμα, ελπίζω ότι θα είστε ικανοποιημένοι. "

«γιατί, βεβαίως», είπε ο κ. Ξύλο "- ναι, σίγουρα - δεν μπορώ να αρνηθώ ότι η κα , κακή κα , έρχεται και μας βλέπει αρκετά συχνά - αλλά τότε - είναι πάντα υποχρεωμένη να φύγει ξανά".

"θα ήταν πολύ δύσκολο για τον κ. Αν δεν το έκανε, παπάς - ξεχνάτε αρκετά τον κακό ".

"Νομίζω, πράγματι," είπε ευχάριστα ο , "ότι ο κ. Έχει κάποια μικρή απαίτηση: εσείς κι εγώ, Έμμα, θα προσπαθήσετε να πάρετε το μέρος του φτωχού συζύγου, εγώ ως σύζυγος και εσείς δεν είστε η γυναίκα του, οι ισχυρισμοί του άνδρα ίσως πολύ πιθανόν να μας χτυπήσουν με την ίδια δύναμη, όπως για την , έχει παντρευτεί αρκετό καιρό για να δει την ευκολία να βάλει όσο το δυνατόν περισσότερο όλους τους δυτικούς.

"εγώ, αγάπη μου", φώναξε η σύζυγός του, ακούγοντας και κατανοώντας μόνο εν μέρει. - "Μιλάτε για μένα;" Είμαι βέβαιος ότι κανείς δεν θα έπρεπε να είναι, ή μπορεί να είναι, ένας μεγαλύτερος συνήγορος του γάμου απ 'ό, τι εγώ. Δεν ήταν για τη δυστυχία της αποχώρησής της από το , δεν έπρεπε ποτέ να σκεφτόμουν την απουσία του , αλλά ως την πιο τυχερή γυναίκα στον κόσμο και για να τον απογοητεύσει ο κ. , αυτός ο εξαιρετικός κ. , νομίζω ότι δεν υπάρχει τίποτα δεν νομίζω ότι είναι ένας από τους καλύτερους άνδρες που υπήρχαν ποτέ, εκτός από τον εαυτό σου και τον αδερφό σου, δεν ξέρω τον ίσο για ιδιοσυγκρασία, δεν θα ξεχάσω ποτέ τον χαρταετό του πελεκάνο του γι 'αυτόν εκείνη την πολύ θυελλώδη μέρα Πάσχα - και από τότε που η ιδιαίτερη καλοσύνη του τον περασμένο Σεπτέμβριο δώδεκα μήνες γράφει αυτό το σημείωμα, στις 12 το βράδυ,με σκοπό να με διαβεβαιώσω ότι δεν υπήρχε κόκκινη πυρετός στο , έχω πείσει ότι δεν θα μπορούσε να υπάρξει μια πιο αίσθηση καρδιάς ούτε ένας καλύτερος άνθρωπος στην ύπαρξη. -Αν οποιοδήποτε σώμα μπορεί να τον αξίζει, πρέπει να λείπει το .

"Πού είναι ο νεαρός;" είπε ο . "Ήταν εδώ σε αυτή την περίσταση - ή μήπως έχει;"

"δεν είναι ακόμα εδώ", απάντησε Έμμα. "υπήρξε μια έντονη προσδοκία για το ερχομό του σύντομα μετά το γάμο, αλλά δεν τελείωσε σε τίποτα και δεν τον άκουσα να τον αναφέρει τελευταία."

"αλλά πρέπει να τους πείτε για το γράμμα, αγαπητέ μου", είπε ο πατέρας της. "έγραψε μια επιστολή στην κακή κα , για να την συγχαρώ και ένα πολύ σωστό, ωραίο γράμμα ήταν αυτό που μου το έδειξε και το σκέφτηκα πολύ καλά για το αν ήταν δική του ιδέα, δεν μπορεί κανείς να πει, είναι πολύ νεαρός και ο θείος του ίσως ... "

"αγαπητός μου παπάς, είναι τρία και είκοσι, ξεχνάς πως περνά ο καιρός."

"Τρεις-είκοσι!" -Είναι πράγματι; -Δεν μπορούσε να το σκεφτεί- και ήταν μόλις δύο ετών, όταν έχασε την φτωχή μητέρα του !, Καλά, ο χρόνος πετάει πράγματι! Και η μνήμη μου είναι πολύ άσχημη αλλά ήταν μια εξαιρετικά καλή, όμορφη επιστολή και έδωσε πολύ μεγάλη ευχαρίστηση στον κ. Και θυμάμαι ότι γράφτηκε από το και χρονολογείται στις 28 Σεπτεμβρίου και άρχισε «η αγαπημένη μου κυρία», αλλά ξεχάσω πώς συνέχισε και υπογράφηκε " ." - θυμάμαι τέλεια. "

"πόσο πολύ ευχάριστο και σωστό από αυτόν!" είπε ο καλός κα. . "δεν έχω καμία αμφιβολία ότι είναι ένας πολύ φιλικός νεαρός άνδρας, αλλά πόσο λυπηρό είναι ότι δεν πρέπει να ζει στο σπίτι με τον πατέρα του, υπάρχει κάτι τόσο συγκλονιστικό σε ένα παιδί που απομακρύνεται από τους γονείς του και το φυσικό σπίτι! Θα μπορούσε να καταλάβει πώς θα μπορούσε να χωρίσει ο κ. Μαζί του, να εγκαταλείψει το παιδί του, πραγματικά δεν θα μπορούσα ποτέ να σκέφτομαι κανένα όργανο που πρότεινε κάτι τέτοιο σε οποιοδήποτε άλλο σώμα »."

"κανείς δεν σκέφτηκε ποτέ καλά για τα εκκλησιαστικές εκκλησίες, φαντάζομαι", δήλωσε ο κ. Ψυχρά. "αλλά δεν χρειάζεται να φανταστείτε ότι ο κ. Αισθάνθηκε αυτό που θα νιώθετε για να σταματήσετε τον ή ." Ο κ. Είναι μάλλον ένας εύκολος, χαρούμενος άνθρωπος, από έναν άνθρωπο με έντονα συναισθήματα, παίρνει τα πράγματα όπως τα βρίσκει , και κάνει την απόλαυση κάποιου ή άλλου, αναλόγως, υποψιάζομαι, πολύ περισσότερο σε αυτό που ονομάζεται κοινωνία για τις ανέσεις του, δηλαδή, στη δύναμη του φαγητού και του ποτού, και παίζοντας με τους γείτονές του πέντε φορές την εβδομάδα, από την αγάπη της οικογένειας ή οποιοδήποτε άλλο πράγμα που προσφέρει το σπίτι. "

Η Έμμα δεν μπορούσε να αρέσει αυτό που συνορεύει με τον προβληματισμό του κ. , και είχε μισό μυαλό για να το πάρει; Αλλά αγωνίστηκε, και άφησε να περάσει. Θα διατηρούσε την ειρήνη αν είναι δυνατόν. Και υπήρχε κάτι πολύτιμο και πολύτιμο στις έντονες εθνοτικές συνήθειες, την επαρχία του σπιτιού στον εαυτό του, από όπου προέκυψε η διάθεση του αδελφού του να κοιτάξει προς τα κάτω τον κοινό ρυθμό της κοινωνικής επαφής και εκείνους στους οποίους ήταν σημαντικό. Υψηλή απαίτηση για ανεκτικότητα.

Κεφάλαιο

Κύριος. Ο έπρεπε να δειπνήσει μαζί τους - μάλλον ενάντια στην κλίση του κ. Ξύλο, που δεν του άρεσε κανείς να μοιραστεί μαζί του την πρώτη μέρα της . Ωστόσο, η αίσθηση του δικαιώματος της Έμμα το είχε αποφασίσει. Και εκτός από την εξέταση του γεγονότος για κάθε αδελφό, είχε ιδιαίτερη ευχαρίστηση, από την περίσταση της καθυστερημένης διαφωνίας μεταξύ του κ. Και τον εαυτό της, προσφέροντάς του την κατάλληλη πρόσκληση.

Ήλπιζε να γίνουν φίλοι ξανά. Σκέφτηκε ότι ήταν καιρός να αναπληρωθεί. Η δημιουργία πραγματικά δεν θα το κάνει. Σίγουρα δεν είχε κάνει λάθος και ποτέ δεν θα είχε αυτό που είχε. Η παραχώρηση πρέπει να εξαλειφθεί. Αλλά ήρθε η ώρα να φαίνεται να ξεχνάμε ότι είχαν ποτέ διαμαρτυρηθεί. Και ήλπιζε να βοηθήσει περισσότερο την αποκατάσταση της φιλίας, ότι όταν μπήκε στο δωμάτιο είχε ένα από τα παιδιά μαζί της - το μικρότερο, ένα ωραίο κοριτσάκι ηλικίας περίπου οκτώ μηνών, που έκανε την πρώτη της επίσκεψη στο Χάρτφιλντ, και πολύ χαρούμενος που χόρευαν στα χέρια της θείας. Βοήθησε. Διότι αν και άρχισε με τα σοβαρά βλέμματα και τις σύντομες ερωτήσεις, σύντομα οδηγήθηκε να μιλήσει για όλα αυτά με τον συνηθισμένο τρόπο και να βγάλει το παιδί από τα χέρια του με όλη την ασυναγώνιστη τέλεια φιλία. Η Έμμα θεώρησε ότι ήταν ξανά φίλοι.

«τι είναι η άνεση που σκέφτομαι τόσο για τους ανιψιούς και τις ανιψές μας, όσο και για τους άντρες και τις γυναίκες, οι απόψεις μας είναι μερικές φορές πολύ διαφορετικές, αλλά όσον αφορά αυτά τα παιδιά παρατηρώ πως ποτέ δεν διαφωνούμε».

"αν ήσαστε τόσο καθοδηγούμενοι από τη φύση στην εκτίμησή σας για τους άνδρες και τις γυναίκες, και τόσο λίγο κάτω από την εξουσία της φαντασίας και ιδιοτροπίας στις σχέσεις σας με αυτούς, όπως εσείς είναι όπου αυτά τα παιδιά ανησυχούν, ίσως να σκεφτόμαστε πάντα".

"για να είμαστε σίγουροι - οι αντιφάσεις μας πρέπει πάντα να προκύπτουν από το να είμαι σε λάθος".

"ναι," είπε, χαμογελώντας- "και καλός λόγος. Ήμουν δεκαέξι χρονών όταν γεννηθήκατε."

"μια ουσιαστική διαφορά τότε", απάντησε- "και χωρίς αμφιβολία ότι ήσασταν πολύ ανώτερος στην κρίση μου εκείνη την περίοδο της ζωής μας, αλλά δεν πάει η καθυστέρηση ενός και είκοσι ετών να φέρει τις κατανοήσεις μας πολύ πιο κοντά;"

"ναι-μια πολύ πιο κοντά."

"αλλά ακόμα, όχι αρκετά κοντά για να μου δώσει την ευκαιρία να είμαι σωστός, αν σκεφτούμε διαφορετικά".

"Έχω ακόμα το πλεονέκτημα σου από δεκαέξι χρόνια εμπειρίας και δεν είναι μια όμορφη νεαρή γυναίκα και ένα χαλασμένο παιδί έλα, αγαπητέ μου Έμμα, ας είμαστε φίλοι και να μην πεις τίποτα περισσότερο γι 'αυτό, πείτε τη θεία σου, λίγο Έμμα, ότι θα έπρεπε να σας δώσει ένα καλύτερο παράδειγμα από το να ανανεώνετε τα παλιά παράπονα και ότι αν δεν ήταν λάθος πριν, είναι τώρα ".

"αυτό είναι αλήθεια", φώναξε- "πολύ αληθινό, λίγο Έμμα, μεγαλώνουν μια καλύτερη γυναίκα από τη θεία σου, είναι απεριόριστα πιο έξυπνη και όχι τόσο μισογκασμένη τώρα, κύριε , μια λέξη ή δύο ακόμη, και έχω κάνει. Από τη στιγμή που οι καλές προθέσεις έγιναν, είμαστε και οι δύο σωστοί και πρέπει να πω ότι δεν έχουν αποδειχτεί λάθος τα επιχειρήματά μου, θέλω μόνο να ξέρω ότι ο κ. Δεν είναι πολύ απογοητευμένος.

"ένας άνθρωπος δεν μπορεί να είναι περισσότερο," ήταν σύντομη, πλήρης απάντηση του.

"αχ!" - είμαι πολύ συγγνώμη - έλα, κουνάω τα χέρια μαζί μου. "

Αυτό είχε μόλις γίνει και με μεγάλη εγκαρδιότητα, όταν ο έκανε την εμφάνισή του και "πώς ναι, ;" και ", πώς είσαι;" πέτυχε το αληθινό αγγλικό ύφος, θάβοντας κάτω από μια ηρεμία που φάνηκε όλοι, παρά την αδιαφορία, την πραγματική προσκόλληση που θα είχε οδηγήσει ο ένας από αυτούς, αν ήταν απαραίτητο, να κάνει κάθε πράγμα για το καλό του άλλου.

Το βράδυ ήταν ήσυχο και συζητήσιμο, όπως ο κ. Αρνήθηκε κάρτες εξ ολοκλήρου για χάρη της άνετης ομιλίας με την αγαπητή του , και το μικρό κόμμα έκανε δύο φυσικές διαιρέσεις. Από τη μία πλευρά αυτός και η κόρη του; Από την άλλη τα δύο κ. Ιππότες; τα υποκείμενα τους είναι εντελώς διαφορετικά ή πολύ σπάνια αναμειγνύονται και η Έμμα συνδέεται μόνο περιστασιακά σε μία ή την άλλη.

Οι αδελφοί μίλησαν για τις δικές τους ανησυχίες και επιδιώξεις, αλλά κυρίως για εκείνες του παλαιότερου, των οποίων η ψυχραιμία ήταν πολύ πιο επικοινωνιακή και που ήταν πάντα ο μεγαλύτερος ομιλητής. Ως δικαστής, είχε γενικά κάποιο νομικό ζήτημα για να συμβουλευτεί τον για, ή, τουλάχιστον, κάποιο περίεργο ανέκδοτο να δώσει. Και ως αγρότης, έπρεπε να πείσει τι θα έπρεπε να φέρει το επόμενο έτος και να δώσει όλες αυτές τις τοπικές πληροφορίες που δεν θα μπορούσαν να αποτύχουν να είναι ενδιαφέρουσες για έναν αδελφό το σπίτι του οποίου είχε ήταν εξίσου το μεγαλύτερο μέρος της ζωής του και των οποίων οι προσκολλήσεις ήταν ισχυρές. Το σχέδιο μιας αποχέτευσης, η αλλαγή ενός φράχτη, η κοπή ενός δέντρου και ο προορισμός κάθε στρέμματος για το σιτάρι, τα γογγύλια ή το καλαμπόκι της άνοιξης εισήχθη με την ίδια ισότητα ενδιαφέροντος από τον , καθώς οι ψυχρότερες συνήθειες του έγιναν δυνατόν;

Ενώ ήταν άνετα κατειλημμένες, κύριε. Το ξυλουργείο απολάμβανε μια πλήρη ροή ευτυχίας λύπης και φοβερή αγάπη με την κόρη του.

«η φτωχή αγαπητή μου ισραηλιά», είπε, χαιρότατα το χέρι της και διακόπτοντας για λίγα λεπτά τις πολυάσχολες δουλειές της για ένα από τα πέντε παιδιά της - «πόσο καιρό είναι, πόσο τρομερά από καιρό είσαι εδώ και πώς κουρασμένος πρέπει να είσαι μετά το ταξίδι σου πρέπει να κοιμηθείς νωρίς, αγαπητέ μου - και σας προτείνω ένα μικρό κουτάλι πριν φύγετε - εσείς και εγώ θα έχουμε μια ωραία λεκάνη του καλαθιού μαζί μου αγαπητέ Έμμα, ας υποθέσουμε ότι όλοι έχουν ένα μικρό κουτάλι. "

Η Έμμα δεν μπορούσε να υποθέσει κάτι τέτοιο, γνωρίζοντας όπως έπραξε, ότι τόσο ο κ. Οι ιππότες ήταν εξωπραγματικοί σε αυτό το άρθρο όπως και οι ίδιοι - και είχαν παραγγελθεί μόνο δύο λεκάνες. Μετά από λίγο περισσότερο λόγο στον έπαινο του καλαμποκιού, με μερικούς που αναρωτιούνται για το γεγονός ότι δεν το παίρνει κάθε βράδυ από κάθε σώμα, συνέχισε να λέει, με έναν αέρα σοβαρής αντανάκλασης,

"Ήταν μια δύσκολη επιχείρηση, αγαπητέ μου, που περνούσα το φθινόπωρο στο νότιο άκρο αντί να έρχομαι εδώ, δεν είχα ποτέ μεγάλη γνώμη για τον αέρα της θάλασσας".

"Το κύριο πτέρυγα το συνιστούσε πολύ σκληρά, κύριε, ή δεν έπρεπε να φύγαμε, το συνιστούσε για όλα τα παιδιά, αλλά κυρίως για την αδυναμία του λαιμού του μικρού , του θαλάσσιου αέρα και της κολύμβησης".

"Αχ, αγαπητέ μου, αλλά ο υπηρέτης είχε πολλές αμφιβολίες για τη θάλασσα που την έκανε κακό και ως προς τον εαυτό μου, έχω περάσει απόλυτα πεπεισμένος, αν και ίσως ποτέ δεν σας είπα ποτέ πριν, ότι η θάλασσα είναι πολύ σπάνια χρήσιμη σε οποιαδήποτε είμαι σίγουρος ότι σχεδόν με σκότωσε μία φορά. "

«Ελάτε, έλα», φώναξε Έμμα, αισθανόμενος ότι αυτό είναι ένα ανασφαλές θέμα, «πρέπει να σε παρακαλώ να μην μιλάς για τη θάλασσα ... Με κάνει να ζωηρά και δυστυχισμένο · -όπο που δεν το έχει δει ποτέ! Παρακαλώ, αγαπητή σου ισαβέλα, δεν έχω ακούσει να κάνεις ακόμα μια έρευνα για τον κ. Και δεν σε ξεχνά ποτέ ».

"Ωραία, κύριε Περί - πώς είναι, κύριε;"

"γιατί, πολύ καλά, αλλά όχι αρκετά καλά, ο φτωχός είναι χοληδόχος και δεν έχει χρόνο να φροντίσει τον εαυτό του - μου λέει ότι δεν έχει χρόνο να φροντίσει τον εαυτό του - κάτι που είναι πολύ λυπηρό - αλλά πάντα θέλει σε ολόκληρη τη χώρα υποθέτω ότι δεν υπάρχει άνθρωπος σε τέτοια πρακτική οπουδήποτε, αλλά τότε δεν υπάρχει τόσο έξυπνος άνθρωπος οπουδήποτε. "

"και η κ. Και τα παιδιά, πώς είναι αυτά τα παιδιά" μεγαλώνουν "Έχω μεγάλη φροντίδα για τον κ. , ελπίζω ότι θα καλέσει σύντομα, θα είναι τόσο ευτυχής που θα δει τα μικρά μου".

"Ελπίζω ότι θα είναι εδώ αύριο, γιατί έχω μια ερώτηση ή δύο για να τον ρωτήσω για κάποια συνέπεια και, αγαπητέ μου, όποτε έρχεται, θα έπρεπε να τον αφήσεις να κοιτάξει το λαιμό του μικρού ."

"Αγαπητέ κύριε, ο λαιμός της είναι πολύ καλύτερος που δεν έχω σχεδόν καμία ανησυχία γι 'αυτό, είτε η κολύμβηση ήταν της μεγαλύτερης υπηρεσίας γι' αυτήν, είτε αλλιώς πρέπει να αποδοθεί σε μια εξαιρετική εμβολιασμό του κ. , το οποίο εφαρμόζουμε μερικές φορές από τον Αύγουστο. "

«δεν είναι πολύ πιθανό, αγαπητέ μου, ότι η κολύμβηση θα έπρεπε να ήταν χρήσιμη γι 'αυτήν - και αν ήξερα ότι θέλατε μια εμβολιασμό, θα είχα μιλήσει -

"Μου φαίνεται να είχα ξεχάσει την κυρία και να χάσω τις πύλες," είπε η Έμμα, "δεν έχω ακούσει μια έρευνα μετά από αυτούς".

"Ω! Οι καλοί - είμαι πολύ ντροπιασμένος από τον εαυτό μου - αλλά τους αναφέρετε στις περισσότερες από τις επιστολές σας Ελπίζω ότι είναι αρκετά καλά Καλή παλιά κ. Θα την καλέσω αύριο και θα πάρω τα παιδιά μου - είναι πάντα τόσο ευτυχείς που βλέπουν τα παιδιά μου - και αυτό το εξαιρετικό ! - τόσο εξηρτημένοι άνθρωποι! - πώς είναι, κύριε; "

«γιατί, πολύ καλά, αγαπητέ μου, στο σύνολό τους, αλλά οι φτωχοί κ. Είχαν ένα κακό κρύο πριν από περίπου ένα μήνα».

"Πόσο θλιβερό είμαι, αλλά τα κρυολογήματα δεν ήταν ποτέ τόσο διαδεδομένα όσο ήταν αυτό το φθινόπωρο." Ο κ. Μου είπε ότι ποτέ δεν τους γνώριζε γενικότερα ή βαρύτερα - εκτός από όταν ήταν αρκετά γρίπη ».

"αυτό ήταν μια καλή υπόθεση, αγαπητέ μου, αλλά όχι στο βαθμό που αναφέρατε, ο λέει ότι τα κρυολογήματα ήταν πολύ γενικά, αλλά όχι τόσο βαρύ, όπως τα ξέρει πολύ συχνά τον Νοέμβριο. Μια ασθενική περίοδο. "

"όχι, δεν ξέρω ότι ο κ. Θεωρεί ότι είναι πολύ ασθενής εκτός από -

"αχ! Φτωχός αγαπητός μου παιδί, η αλήθεια είναι ότι στο Λονδίνο είναι πάντοτε μια ασθενική εποχή ... Κανείς δεν είναι υγιής στο Λονδίνο, κανείς δεν μπορεί να είναι ... Είναι φοβερό πράγμα να αναγκαστείτε να ζήσετε εκεί! Και ο αέρας τόσο κακός! "

"Όχι, πράγματι, δεν είμαστε σε κακό αέρα, το κομμάτι μας του Λονδίνου είναι πολύ ανώτερο από τους περισσότερους!" - δεν πρέπει να μας συγχέουμε με το Λονδίνο εν γένει, κύριε κύριε, η γειτονιά της πλατείας είναι πολύ διαφορετική από σχεδόν όλοι οι υπόλοιποι είμαστε τόσο ευάριθμοι, θα ήθελα να είμαι απρόθυμος, να έχω, να ζήσω σε οποιοδήποτε άλλο μέρος της πόλης - δεν υπάρχει κανένας άλλος που θα μπορούσα να είμαι ικανοποιημένος για να έχω τα παιδιά μου: αλλά είμαστε έτσι είναι πολύ ευάερο! "- κ. Πιστεύει ότι η περιοχή κοντά στο τετράγωνο είναι σίγουρα το πιο ευνοϊκό για τον αέρα".

"Αγαπητέ μου, δεν είναι σαν το , κάνεις το καλύτερο από αυτό - αλλά αφού είσαι μια εβδομάδα στο , είσαι όλοι διαφορετικοί πλάσματα, δεν σου μοιάζει κανείς, τώρα δεν μπορώ να πω, ότι νομίζω ότι είστε οποιοσδήποτε από εσάς που κοιτάτε καλά αυτή τη στιγμή. "

"Λυπάμαι που σας ακούω να λέτε έτσι, κύριε, αλλά σας διαβεβαιώνω, εκτός από εκείνες τις μικρές νευρικές κεφαλαλγίες και αίσθημα παλμών που δεν είμαι ποτέ εντελώς δωρεάν από οπουδήποτε, είμαι αρκετά καλά εγώ και αν τα παιδιά ήταν μάλλον χλωμή πριν πήγαν για ύπνο, μόνο επειδή ήταν λίγο πιο κουρασμένοι από το συνηθισμένο, από το ταξίδι τους και την ευτυχία του ερχομού. Ελπίζω ότι θα σκεφτείς καλύτερα τις εμφανίσεις τους αύριο, γιατί σας διαβεβαιώνω ότι ο κ. Μου είπε ότι δεν πίστευε ότι μας είχε στείλει εντελώς, σε τόσο καλή περίπτωση ... Πιστεύω, τουλάχιστον, ότι δεν νομίζετε ότι ο κύριος φαίνεται άρρωστος », μετατρέποντάς τα μάτια του με στοργικό άγχος προς τον σύζυγό της.

"ενδιάμεση, αγαπητή μου, δεν μπορώ να σας συγχαρώ, νομίζω ο κύριος πολύ μακριά από την εμφάνιση καλά".

"τι είναι το θέμα, κύριε; -έχεις μιλήσει σε μένα;" είπε ο κ. , ακούγοντας το όνομά του.

"Λυπάμαι που βρίσκει, αγαπημένη μου, ότι ο πατέρας μου δεν νομίζει ότι κοιτάτε καλά - αλλά ελπίζω ότι από μόνο του θα ήταν λίγο κουρασμένος, θα ήθελα, όμως, όπως ξέρετε, ότι είχατε δει τον κ. Πριν φύγετε από το σπίτι σας. "

"αγαπητέ μου ισραηλινή," - είπε βιαστικά - "προσευχηθείτε να μην ανησυχήσετε για την εμφάνισή μου, να είστε ικανοποιημένοι με την ιατροφαρμακευτική περίθαλψη και να κουδουνίζετε τον εαυτό σας και τα παιδιά και επιτρέψτε μου να φαίνω όπως εγώ ".

«δεν κατάλαβα καλά τι είπατε στον αδερφό σας», φώναξε Έμμα, «για τον φίλο σας, κύριο , που σκοπεύει να έχει έναν δικαστικό επιμελητή από τη Σκωτία, να φροντίσει για τη νέα του περιουσία. Υπερβολικά ισχυρός;"

Και μίλησε με αυτόν τον τρόπο τόσο μακρά και με επιτυχία που, όταν αναγκάστηκε να δώσει την προσοχή της πάλι στον πατέρα της και την αδελφή της, δεν είχε τίποτα χειρότερο να ακούσει από την ευγενική διερεύνηση της μετά την . Και η , αν και δεν ήταν πολύ αγαπημένη μαζί της γενικά, εκείνη τη στιγμή ήταν πολύ χαρούμενη που βοήθησε να επαινέσω.

"αυτό το γλυκό, φιλόξενο !" είπε η κ. .- "Είναι τόσο πολύ καιρό που την έχω δει, εκτός κι αν είναι για μια στιγμή τυχαία στην πόλη, τι ευτυχία πρέπει να είναι για την καλή παλιά γιαγιά της και για την εξαιρετική της θεία, όταν έρχεται να τα επισκεφτεί! Υπερβολικά στο λογαριασμό της αγαπημένης μου Έμμα ότι δεν μπορεί να είναι περισσότερο στο , αλλά τώρα η κόρη τους είναι παντρεμένη, υποθέτω ότι ο συνταγματάρχης και η καμπάνα δεν θα μπορέσουν να χωρίσουν μαζί της, θα ήταν τόσο ευχάριστος σύντροφος για το Έμμα ".

Κύριος. Συμφώνησε σε όλα, αλλά πρόσθεσε,

"ο μικρός φίλος μας , είναι απλώς ένας άλλος πολύ καλός νέος άνθρωπος, θα σας αρέσει η ." Η Έμμα δεν θα μπορούσε να έχει έναν καλύτερο σύντροφο από τον ".

"Είμαι πολύ χαρούμενος που το ακούω - αλλά μόνο η ξέρει να είναι τόσο πολύ επιτυχημένη και ανώτερη!" και ακριβώς την ηλικία του Έμμα. "

Αυτό το θέμα συζητήθηκε πολύ ευτυχώς, και άλλοι πέτυχαν από παρόμοια στιγμή και απεβίωσαν με παρόμοια αρμονία. Αλλά το βράδυ δεν έκλεισε χωρίς μια μικρή επιστροφή της ανησυχίας. Το καλαμάρι ήρθε και έδωσε πολλά για να ειπωθεί - πολύ έπαινος και πολλά σχόλια - αδιαμφισβήτητη απόφαση για την υγιεινή του για κάθε σύνταγμα και πολύ σοβαρές φιλιπικές για τα πολλά σπίτια όπου ποτέ δεν συναντήθηκε ανεκτικά - αλλά, δυστυχώς, οι αποτυχίες που η κόρη είχε να κάνει, η πιο πρόσφατη και ως εκ τούτου η πιο εξέχουσα, βρισκόταν στη δική της μάγειρα στο νότιο άκρο, μια νεαρή γυναίκα που μισθούσε για εκείνη την εποχή, που ποτέ δεν ήταν σε θέση να καταλάβει τι εννοούσε με λεκάνη καλαμάκι, λεπτό, αλλά όχι πολύ λεπτό. Συχνά, όπως το ήθελε και το διέταξε, δεν ήταν ποτέ σε θέση να πάρει κάτι ανεκτό. Εδώ ήταν ένα επικίνδυνο άνοιγμα.

"αχ!" είπε ο κ. Ξυλουργείο, κουνώντας το κεφάλι του και στερεώνοντας τα μάτια της πάνω της με τρυφερή ανησυχία.-η εκσπερμάτιση στο αυτί της Έμμα εξέφρασε, "αχ! Δεν υπάρχει τέλος των θλιβερών συνεπειών της μετάβασής σας στο νότιο τέλος." και για λίγη ώρα ελπίζει ότι δεν θα μιλήσει για αυτό, και ότι ένα σιωπηλό θα μπορούσε να αρκεί για να τον αποκαταστήσει στην ευχαρίστηση του ομαλού καλαμάρι του. Μετά από μερικά λεπτά, ξεκίνησε με,

«θα είναι πάντα πολύ θλιβερό ότι πήγατε στη θάλασσα αυτό το φθινόπωρο, αντί να έρθετε εδώ».

"αλλά γιατί να λυπάσαι, κύριε;" Σας διαβεβαιώνω, έκανε τα παιδιά πολύ καλό. "

"και, επιπλέον, εάν πρέπει να πάτε στη θάλασσα, θα έπρεπε να μην ήταν στο νότιο άκρο, ενώ το νότιο άκρο είναι ένα ανθυγιεινό μέρος.

"Ξέρω ότι υπάρχει μια τέτοια ιδέα με πολλούς ανθρώπους, αλλά πράγματι είναι ένα λάθος, κύριε. - Όλοι είχαμε την υγεία μας τέλεια εκεί, ποτέ δεν βρήκαμε την ελάχιστη ταλαιπωρία από τη λάσπη και ο κ. Λέει ότι είναι εξ ολοκλήρου λάθος να υποθέσω ότι ο τόπος είναι ανθυγιεινός και είμαι σίγουρος ότι μπορεί να εξαρτάται από αυτόν, γιατί κατανοεί πλήρως τη φύση του αέρα και ο αδελφός του και η οικογένειά του ήταν εκεί επανειλημμένα ».

"θα έπρεπε να είχατε πάει στο , αγαπητέ μου, αν πήγες οπουδήποτε." -η ήταν μία εβδομάδα στο μία φορά και το θεωρεί το καλύτερο από όλους τους θαλάσσιους κολυμβητές, μια ωραία ανοιχτή θάλασσα, λέει και πολύ καθαρός αέρας ... Και, κατά την άποψή μου, ίσως να είχατε καταλύματα εκεί αρκετά μακριά από τη θάλασσα - ένα τετάρτο μίλι μακριά - πολύ άνετα.

"αλλά, αγαπητέ κύριό μου, η διαφορά του ταξιδιού" - μόνο να εξετάσει πόσο θα μπορούσε να ήταν. - ίσως εκατό μίλια, αντί για σαράντα ".

"Αχ, αγαπητέ μου, όπως λέει ο , όπου διακυβεύεται η υγεία, τίποτα άλλο δεν πρέπει να ληφθεί υπόψη και αν κάποιος πρόκειται να ταξιδέψει, δεν υπάρχει τίποτα να πειράξει ανάμεσα σε σαράντα μίλια και εκατό - καλύτερα να μην κινηθεί καθόλου, να μείνετε στο Λονδίνο συνολικά από το ταξίδι σαράντα μίλια για να μπεις σε έναν χειρότερο αέρα ... Αυτό ακριβώς λέει ο , μου φαινόταν ένα πολύ κακώς εκτιμημένο μέτρο. "

Οι προσπάθειες της Έμμα να σταματήσει τον πατέρα της ήταν μάταιες. Και όταν είχε φτάσει σε τέτοιο σημείο, δεν θα μπορούσε να αναρωτηθεί για το ξέσπασμα του γαμπρού του.

"ο κ. ," είπε, με μια φωνή πολύ έντονης δυσαρέσκειας ", θα έκανε επίσης να κρατήσει τη γνώμη του έως ότου ζητηθεί, γιατί τον κάνει να κάνει οποιαδήποτε δουλειά του, να αναρωτιέται τι κάνω; όταν παίρνω την οικογένειά μου σε ένα κομμάτι της ακτής ή σε άλλο; Μπορώ να επιτραπεί, ελπίζω, η χρήση της κρίσης μου, όπως και ο κ. .-Θέλω τις οδηγίες του όχι περισσότερο από τα ναρκωτικά του. "Αν ο κ. Μπορεί να μου πει πώς να μεταφέρει μια σύζυγο και πέντε παιδιά σε απόσταση εκατόν τριάντα μίλια χωρίς μεγαλύτερη δαπάνη ή ταλαιπωρία από μια απόσταση από σαράντα, θα πρέπει να είμαι τόσο πρόθυμος να προτιμήσω το χαλίκι στο νότιο άκρο όσο θα μπορούσε ο ίδιος ».

"αλήθεια, αλήθεια", φώναξε ο κ. , με την πιο έτοιμη παρεμβολή - "πολύ αληθινό, αυτό είναι πράγματι μια σκέψη." Αλλά , ως προς το τι σας έλεγα για την ιδέα μου να κινηθώ το μονοπάτι προς το , να τον μετατρέψω περισσότερο στα δεξιά ώστε να μην κόψει δεν μπορώ να το επιχειρήσω, αν αυτό θα ήταν ο τρόπος ταλαιπωρίας για τους ανθρώπους του , αλλά αν θυμάστε ακριβώς την παρούσα γραμμή του μονοπατιού ... Ο μόνος τρόπος να το δείξω, θα είναι να στραφώ στους χάρτες μας, θα σε δω σε αυριανή μέρα το πρωί ελπίζω και μετά θα τους εξετάσουμε και θα μου δώσω τη γνώμη σου. "

Κύριος. Το ξυλόγλυπτο ξύλινο κτίριο μάλλον αναστατώθηκε από τέτοιες σκληρές σκέψεις στον φίλο του, ο οποίος είχε, στην πραγματικότητα, αν και ασυνείδητα αποδίδει πολλά από τα δικά του συναισθήματα και εκφράσεις - αλλά οι καταπραϋντικές επιφυλάξεις των κόρων του απέσυραν σταδιακά το σημερινό κακό και η άμεση εγρήγορση ενός αδελφού και οι καλύτερες αναμνήσεις του άλλου εμπόδιζαν την ανανέωσή του.

Κεφάλαιο

Δεν θα μπορούσε να είναι ένα πιο ευτυχισμένο πλάσμα στον κόσμο από ό, τι η κ. , σε αυτή τη σύντομη επίσκεψη στο Χάρτφιλντ, πηγαίνοντας κάθε πρωί ανάμεσα στην παλιά γνωριμία της με τα πέντε παιδιά της και μιλώντας για αυτό που είχε κάνει κάθε βράδυ με τον πατέρα και την αδελφή της. Δεν είχε τίποτα να θέλει διαφορετικά, αλλά ότι οι μέρες δεν πέρασαν τόσο γρήγορα. Ήταν μια θαυμάσια επίσκεψη · - τέλεια, επειδή ήταν πολύ σύντομη.

Γενικά τα βράδια τους ήταν λιγότερο δεσμευμένα με τους φίλους παρά τα πρωινά τους. Αλλά μια πλήρη δέσμευση δείπνου, και έξω από το σπίτι επίσης, δεν υπήρχε αποφυγή, αν και τα Χριστούγεννα. Κύριος. Η δεν θα δεχόταν καμία άρνηση. Θα πρέπει όλοι να δειπνήσουν σε μια μέρα- ακόμη και κύριε. Το ξυλουργείο ήταν πεπεισμένο να το θεωρήσει ένα πιθανό πράγμα που προτιμούσε μια διαίρεση του κόμματος.

Πώς ήταν όλοι να μεταφερθούν, θα είχε κάνει μια δυσκολία εάν μπορούσε, αλλά καθώς η μεταφορά του γιου και της κόρης του και τα άλογα ήταν στην πραγματικότητα στο , δεν ήταν σε θέση να κάνει περισσότερο από μια απλή ερώτηση σε αυτό το κεφάλι. Δεν ήταν καθόλου αμφίβολη. Ούτε έκαμαν πολύ καιρό για να τον πείσει ότι σε ένα από τα βαγόνια θα έβρισκαν επίσης χώρο για το .

, κύριε. , και ο κ. Οι , το δικό τους ειδικό σύνολο, ήταν οι μόνοι που προσκαλούνταν να τους συναντήσουν · - οι ώρες έπρεπε να είναι νωρίς, καθώς και οι αριθμοί λίγοι, κύριος. Οι συνήθειες και η κλίση του ξυλουργού να συμβουλεύονται σε κάθε πράγμα.

Το βράδυ πριν από αυτό το σπουδαίο γεγονός (επειδή ήταν ένα πολύ σπουδαίο γεγονός που ο κ. Έπρεπε να δειπνήσει, στις 24 Δεκεμβρίου) είχε δαπανηθεί από το στο και είχε πάει τόσο μακριά από το κρύο, αλλά για τη δική της σοβαρή επιθυμία να νοσηλευτεί από την κα. Ο θεμάδας, η Εμμά δεν μπορούσε να της επιτρέψει να φύγει από το σπίτι. Η Έμμα την κάλεσε την επόμενη μέρα και βρήκε την καταδίκη της που είχε ήδη υπογράψει σχετικά με τα . Ήταν πολύ πυρετός και είχε έναν κακό πονόλαιμο: κ. Ο θεάρντ ήταν γεμάτος φροντίδα και αγάπη, κύριε. Ο μιλήθηκε και η ίδια η ήταν πολύ άρρωστη και χαμηλή για να αντισταθεί στην εξουσία που την απέκλεισε από αυτή την ευχάριστη δέσμευση, αν και δεν μπόρεσε να μιλήσει για την απώλεια της χωρίς πολλά δάκρυα.

Η Έμμα κάθισε μαζί της όσο μπορούσε, για να την παρακολουθήσει στην κα. Τις αναπόφευκτες απουσίες του θεάτρου και να αυξήσει τα πνεύματά του, αντιπροσωπεύοντας τον αριθμό του κ. Ο θα ήταν καταθλιπτικός όταν γνώριζε την κατάσταση του. Και την άφησε επιτέλους αισθητά άνετη, με τη γλυκιά εξάρτηση από την πιο ανυπόληπτη επίσκεψή της και από όλους τους που λείπουν πάρα πολύ. Δεν είχε προχωρήσει πολλά μέτρα από την κα. Την πόρτα του θεοδάρδου, όταν συναντήθηκε από τον κ. Ο ίδιος ο , προφανώς έρχονταν προς αυτόν, και καθώς περπατούσαν μαζί σιγά-σιγά σε συνομιλία για τον άδικο - τον οποίο, κατά τη φήμη της μεγάλης ασθένειας, θα έψαχνε, ότι θα μπορούσε να φέρει κάποια αναφορά της στο - υπερέβησαν από τον κ. Ο επιστρέφει από την καθημερινή επίσκεψη στο , με τα δύο μεγαλύτερα αγόρια του, τα λαμπερά πρόσωπα έδειξαν όλο το πλεονέκτημα μιας χώρας που τρέχει και φαινόταν να εξασφαλίζει μια γρήγορη αποστολή του ψητού προβάτου και της λοίστας από ρύζι που σπεύδουν να βρουν σπίτι. Εντάχθηκαν στην εταιρεία και προχώρησαν μαζί. Η εμάς απλά περιγράφει τη φύση της καταγγελίας του φίλου της - "ένας λαιμός πολύ φλεγμένος, με μεγάλη ζέστη γι 'αυτήν, ένα γρήγορο, χαμηλό παλμό, κ. Και λυπούσε να βρει από την κα. Σε πολύ κακό πονόλαιμο και συχνά την είχε τρομάξει μαζί τους. " κύριος. Ο εξέτασε κάθε συναγερμό με την ευκαιρία, όπως αναφώνησε, με μεγάλη ζέστη γι 'αυτήν, ένα γρήγορο, χαμηλό παλμό, & . Και ήταν λυπηρό να βρει από την κα. Θεόδωρο ότι η Χάριριτ υπέστη πολύ κακές πονόλαιμες και συχνά την είχε τρομάξει μαζί τους. "Ο κ. Εξέτασε κάθε συναγερμό με την ευκαιρία, καθώς αναφώνησε, με μεγάλη ζέστη γι 'αυτήν, ένα γρήγορο, χαμηλό παλμό, & . Και ήταν λυπηρό να βρει από την κα. Θεόδωρο ότι η Χάριριτ υπέστη πολύ κακές πονόλαιμες και συχνά την είχε τρομάξει μαζί τους. "Ο κ. Εξέτασε κάθε συναγερμό με την ευκαιρία, καθώς αναφώνησε,

"ένα πονόλαιμο!" "Ελπίζω να μην μολυνθώ, ελπίζω να μην είναι ένα μολυσμένο είδος μολυσματικής, το έχω ξαναβρίσκω" πράγματι θα πρέπει να φροντίζεις τόσο τον εαυτό σου όσο και τον φίλο σου, επιτρέψτε μου να σε παρακαλώ να μην τρέχει κανείς. Δεν την βλέπει; "

Η Έμμα, η οποία δεν ήταν πραγματικά φοβισμένη, εξασθένησε αυτή την υπερβολική ανησυχία από τις διαβεβαιώσεις της κυρίας. Την εμπειρία και τη φροντίδα του θεάτρου. Αλλά καθώς πρέπει να παραμείνει ένας βαθμός ανησυχίας που δεν θα μπορούσε να θέλει να αποστασιοποιήσει, κάτι που θα προτιμούσε να τροφοδοτεί και να βοηθάει περισσότερο από ό, τι όχι, πρόσθεσε σύντομα αργότερα - σαν ένα άλλο θέμα,

"είναι τόσο κρύο, τόσο κρύο - και φαίνεται και αισθάνεται τόσο πολύ σαν το χιόνι, ότι αν ήταν σε οποιοδήποτε άλλο μέρος ή με οποιοδήποτε άλλο μέρος, θα έπρεπε πραγματικά να προσπαθήσω να μην πάω σήμερα - και να αποτρέψω τον πατέρα μου από την προσπάθεια, αλλά όπως έχει κάνει το μυαλό του και δεν φαίνεται να αισθάνεται το κρύο τον εαυτό του, δεν μου αρέσει να παρεμβαίνω, καθώς γνωρίζω ότι θα ήταν τόσο μεγάλη απογοήτευση για τον κ. Και την κ. . Η δική μου λέξη, κύριε , στην περίπτωσή σας, θα πρέπει σίγουρα να συγχωρήσω τον εαυτό μου, μου φαίνεται λίγο λίγο χυδαίο και όταν σκεφτείτε ποια φωνή απαιτεί και τι φέτος θα φέρει η φωνή, νομίζω ότι δεν θα είναι πλέον από την κοινή συνείδηση να μένεις στο σπίτι και να φροντίζεις τον εαυτό σου νωρίς ".

Κύριος. Ο φαινόταν σαν να μην ξέρει πολύ καλά ποια απάντηση πρέπει να κάνει. Πράγμα που συνέβη ακριβώς · γιατί αν και πολύ ευχαριστημένος από την ευγενική φροντίδα μιας τόσο δίκαιης κυρίας και δεν θέλησε να αντισταθεί σε οποιαδήποτε συμβουλή της, δεν είχε την ελάχιστη τάση να εγκαταλείψει την επίσκεψη - αλλά η Έμμα, πολύ πρόθυμη και πολυάσχολη στην προηγούμενη της αντιλήψεις και απόψεις για να τον ακούσουν με αμεροληψία ή για να τον δουν με καθαρό όραμα, ήταν πολύ ικανοποιημένος με την οδυνηρή αναγνώρισή του ότι ήταν «πολύ κρύο, σίγουρα πολύ κρύο», και περπάτησε, χαρούμενος που τον διέσχιζε από τις οργές και τον εξασφάλισε τη δύναμη της αποστολής για να ρωτήσετε μετά από κάθε ώρα το βράδυ.

"έχετε δίκιο," είπε, "- θα ζητήσουμε συγγνώμη από τον κ. Και τον κ. ."

Αλλά μάλλον δεν είχε μιλήσει έτσι, όταν βρήκε ότι ο αδελφός της προσέφερε πολιτικά κάθισμα στη μεταφορά του, αν ο καιρός ήταν κύριος. Η μόνη αντίρρηση του , και ο κ. Ο δέχεται πραγματικά την προσφορά με πολύ γρήγορη ικανοποίηση. Ήταν ένα τελειωμένο πράγμα. Κύριος. Έπρεπε να πάει, και ποτέ δεν είχε ευρύ όμορφο πρόσωπο του εξέφρασε μεγαλύτερη ευχαρίστηση από αυτή τη στιγμή? Ποτέ δεν είχε το χαμόγελό του ισχυρότερο, ούτε τα μάτια του πιο απολαυστικά από όταν το έβλεπε στη συνέχεια.

«καλά,» είπε στον εαυτό της, «αυτό είναι πολύ περίεργο!» - αφού τον είχα ξεπεράσει τόσο καλά, για να πιέσω να πάω στην εταιρία και να αφήσω το πίσω - πολύ παράξενο - αλλά υπάρχει, νομίζω , σε πολλούς άνδρες, ιδιαίτερα σε ανύπαντρες, μια τέτοια κλίση - ένα τέτοιο πάθος για φαγητό - μια δέσμευση δείπνου είναι τόσο υψηλή στην τάξη των απολαύσεων, των θέσεων εργασίας τους, των αξιοπρεπών τους, σχεδόν των καθηκόντων τους, - και αυτό πρέπει να συμβαίνει με τον κ. , ένας πολύτιμος, φιλόξενος, ευχάριστος νεαρός χωρίς αμφιβολία και πολύ ερωτευμένος με το , αλλά ακόμα δεν μπορεί να αρνηθεί μια πρόσκληση, πρέπει να δειπνήσει εκεί που του ζητείται. Ένα παράξενο πράγμα είναι η αγάπη είναι ότι μπορεί να δει έτοιμο πνεύμα στο Χαρριέ, αλλά δεν θα δειπνήσει μόνη της γι 'αυτήν ».

Λίγο αργότερα ο κ. Ο Έλτον τους εγκατέλειψε και δεν μπορούσε παρά να τον κάνει να νιώθει ότι υπήρχε μεγάλο συναίσθημα στον τρόπο με τον οποίο ο Χάρριτζ ονομάζονταν με το χωρισμό. Με τον τόνο της φωνής του, ενώ τη διαβεβαίωσε ότι θα έπρεπε να καλέσει στην κα. Για την είδηση του δίκαιου φίλου της, το τελευταίο πράγμα πριν προετοιμαστεί για την ευτυχία της συνάντησης ξανά, όταν ήλπιζε να είναι σε θέση να δώσει μια καλύτερη έκθεση? Και αναστέναξε και χαμογέλασε τον εαυτό του με έναν τρόπο που άφησε την ισορροπία της εγκρίσεως πολύ υπέρ του.

Μετά από λίγα λεπτά ολόκληρης της σιωπής μεταξύ τους, ο ξεκίνησε με-

"εγώ ποτέ στη ζωή μου δεν είδε έναν άνθρωπο περισσότερο πρόθυμο να είναι ευχάριστος από τον κ. , είναι απόλυτα εργασία σε αυτόν όπου κυρίες ανησυχούν με τους άνδρες μπορεί να είναι ορθολογική και ανεπηρέαστη, αλλά όταν έχει κυρίες να παρακαλώ, κάθε χαρακτηριστικό λειτουργεί . "

"Τα κίνητρα του κ. Δεν είναι τέλεια", απάντησε η Έμμα. "αλλά όπου υπάρχει η επιθυμία να ευχαριστηθείτε, κάποιος θα έπρεπε να παραβλέπει και κάποιος να παραβλέπει σε μεγάλο βαθμό, όπου ένας άνθρωπος κάνει το καλύτερό του μόνο με μέτριες δυνάμεις, θα έχει το πλεονέκτημα έναντι της αμέλειας υπεροχής. Και καλή θέληση στον κύριο , όπως δεν μπορεί παρά να αξίζει ».

- Ναι, είπε ο κ. Σήμερα, με λίγη πικρία, "φαίνεται να έχει μεγάλη καλή θέληση προς εσάς."

"μου!" απάντησε με ένα χαμόγελο έκπληξη, "με φαντάζεστε ότι είμαι αντικείμενο του κ. ;"

"μια τέτοια φαντασία έχει περάσει με μένα, έχω, Έμμα και αν ποτέ δεν συνέβη σε σας πριν, μπορείτε επίσης να το λάβετε υπόψη τώρα."

"ο κύριος ερωτευμένος μαζί μου!" - μια ιδέα! "

"δεν λέω ότι είναι έτσι, αλλά θα το κάνετε καλά για να εξετάσετε εάν είναι έτσι ή όχι και να ρυθμίσετε τη συμπεριφορά σας ανάλογα." "Νομίζω ότι τα κίνητρά σας σε αυτόν τον ενθάρρυνση" μιλάω ως φίλος, Έμμα. Για εσάς και να διαπιστώσετε τι κάνετε και τι εννοείτε να κάνετε ".

"Σας ευχαριστώ, αλλά σας διαβεβαιώνω ότι είστε λάθος. Κύριε και εγώ είμαι πολύ καλοί φίλοι και τίποτα περισσότερο". Και περπάτησε, διασκεδάζοντας τον εαυτό της, λαμβάνοντας υπόψη τις ατέλειες που συχνά προκύπτουν από τη μερική γνώση των συνθηκών, από τα λάθη που οι άνθρωποι με υψηλές προθέσεις στην κρίση πέφτουν για πάντα. Και δεν είναι πολύ ευχαριστημένος με τον αδελφό της για να φανταστεί την τυφλή και άγνοια της, καθώς και την έλλειψη συμβουλών. Δεν είπε πια.

Κύριος. Το ξυλουργείο είχε αποφασίσει τόσο πολύ για την επίσκεψη, ότι παρά την αυξανόμενη ψυχραιμία, φάνηκε να μην έχει ιδέα να συρρικνώνεται από αυτό και έθεσε επιτέλους πιο ακριβά με την μεγαλύτερη κόρη του στη δική του μεταφορά, με λιγότερο εμφανή συνείδηση του καιρού από ό, τι οι άλλοι. Πολύ γεμάτο από το θαύμα της δικής του μετάβασης, και την ευχαρίστηση που επρόκειτο να αντέξει κανείς σε για να δει ότι ήταν κρύο, και πολύ καλά περιτριγυρισμένο για να το αισθανθεί. Το κρύο, ωστόσο, ήταν σοβαρό. Και από τη στιγμή που ο δεύτερος αμαξοστοιχίας ήταν σε κίνηση, λίγες νιφάδες χιονιού βρήκαν τον δρόμο τους προς τα κάτω και ο ουρανός είχε την εμφάνιση να είναι τόσο υπερφορτωμένος ώστε να θέλει μόνο έναν ηπιότερο αέρα να παράγει έναν πολύ λευκό κόσμο σε πολύ σύντομο χρονικό διάστημα .

Η Έμμα σύντομα είδε ότι ο σύντροφός της δεν ήταν στο πιο ευτυχισμένο χιούμορ. Η προετοιμασία και η μετακίνηση στο εξωτερικό σε τέτοιους καιρούς, με τη θυσία των παιδιών του μετά το δείπνο, ήταν κακό, ήταν τουλάχιστον δυσάρεστα, το οποίο ο κ. Ο δεν έκανε τίποτα. Δεν περίμενε τίποτα στην επίσκεψη που θα μπορούσε να είναι καθόλου άξια της αγοράς. Και όλη η προσπάθειά τους προς τη φραγκοκρατία δαπανήθηκε από τον ίδιο για να εκφράσει τη δυσαρέσκειά του.

Και να κρατήσουμε όλα κάτω από το καταφύγιο ότι μπορεί · - βρισκόμαστε μπροστά για να περάσουμε πέντε βαρετές ώρες στο σπίτι ενός άλλου ανθρώπου, χωρίς να λέμε ή να ακούμε ότι δεν λέγεται και ακούγεται χθες και μπορεί να μην ειπωθεί και να ακουστεί και πάλι - αύριο. Να έρθουν σε δύσκολες καιρικές συνθήκες, να επιστρέψουν πιθανότατα σε χειρότερα - τέσσερα άλογα και τέσσερις υπηρέτες να βγουν για τίποτα άλλο παρά να μεταφέρουν πέντε αδρανείς, ανατριχιαστικά πλάσματα σε ψυχρότερα δωμάτια και χειρότερη εταιρεία απ 'ότι θα είχαν στο σπίτι ».

Η Έμμα δεν βρήκε τον εαυτό της ίσο να δώσει την ευχαριστημένη σύμφωνη γνώμη, την οποία χωρίς αμφιβολία ήταν στη συνήθεια να λαμβάνει, να μιμηθεί την «πολύ αληθινή, την αγάπη μου», η οποία συνήθως έπρεπε να διαχειρίζεται ο σύντροφος του, αλλά είχε αρκετό ψήφισμα για να αποφύγει να απαντήσει καθόλου. Δεν μπορούσε να συμμορφωθεί, φοβόταν να είναι κακό. Ο ηρωισμός της έφθασε μόνο στη σιωπή. Του επέτρεψε να μιλήσει, κανόνισε τα γυαλιά και τυλίχτηκε, χωρίς να ανοίξει τα χείλη.

Έφτασαν, η μεταφορά στράφηκε, το βήμα έπεσε κάτω, και ο κ. , ερυθρελάτης, μαύρος και χαμογελαστός, ήταν μαζί τους αμέσως. Η Έμμα σκέφτηκε με χαρά κάποια αλλαγή του θέματος. Κύριος. Ο ήταν όλοι υποχρεωμένοι και χαρούμενοι. Ήταν τόσο πολύ χαρούμενος για τις ευλάβειές του, ότι άρχισε να πιστεύει ότι έπρεπε να έχει λάβει διαφορετικό απολογισμό της από αυτό που την είχε φτάσει. Είχε στείλει ενώ ήταν ντυμένος, και η απάντηση ήταν "πολύ το ίδιο - όχι καλύτερα".

"η έκθεσή μου από την κ. ," είπε αυτή τη στιγμή, "δεν ήταν τόσο ευχάριστη όσο ήλπιζα - δεν ήταν η απάντησή μου".

Το πρόσωπό του επιμηκύνθηκε αμέσως. Και η φωνή του ήταν η φωνή του αισθήματος, όπως απάντησε.

"Ω! Δεν είμαι θλιβερό να βρω - ήμουν στο σημείο να σας πω ότι όταν κάλεσα στην πόρτα της Θεοτόκου, η οποία έκανα το τελευταίο πράγμα πριν επιστρέψω στο φόρεμα, μου είπαν ότι δεν ήταν καλύτερα, σε καμία περίπτωση καλύτερα, μάλλον χειρότερα, πολύ θλιμμένο και ανησυχητικό - είχα κολακεύσει τον εαυτό μου ότι πρέπει να είναι καλύτερα μετά από μια τέτοια εγκάρδια, όπως ήξερα ότι της είχε δοθεί το πρωί ».

Η Έμμα χαμογέλασε και απάντησε: "Η επίσκεψή μου ήταν χρήσιμη στο νευρικό μέρος της καταγγελίας της, ελπίζω, αλλά δεν μπορώ ακόμα να γοητεύσω έναν πονόλαιμο, είναι πράγματι ένα πολύ σοβαρό κρύο." πιθανώς ακούσατε. "

"ναι - είχα φανταστεί - αυτό δεν ήταν ..."

"έχει συνηθίσει σε αυτήν σε αυτές τις καταγγελίες, και ελπίζω ότι το πρωί το πρωί θα μας φέρει και οι δύο μια πιο άνετη έκθεση, αλλά είναι αδύνατο να μην αισθανόμαστε ανησυχία, μια τέτοια θλιβερή απώλεια στο κόμμα μας σήμερα!"

"φοβερό! -όπως ακριβώς, πράγματι - θα χαθεί κάθε στιγμή."

Αυτό ήταν πολύ σωστό; Ο στεναγμός που τον συνόδευε ήταν πραγματικά πολύτιμος. Αλλά θα έπρεπε να διαρκέσει περισσότερο. Η Έμμα ήταν μάλλον απογοητευτική όταν μόλις μισό λεπτό αργότερα άρχισε να μιλάει για άλλα πράγματα και με τη φωνή της μεγαλύτερης αλαζονείας και απόλαυσης.

«τι μια εξαιρετική συσκευή», είπε, «η χρήση μιας δερμάτινης δερμάτινης δερμάτινης βαφής για τα αμαξίδια» πόσο άνετα το κάνουν • δεν είναι δυνατόν να νιώθουν κρύα με τέτοιες προφυλάξεις »τα σκεύη των σύγχρονων ημερών έχουν πράγματι καταστήσει τέλεια την μεταφορά ενός τζέντλεμαν. Είναι τόσο περιφραγμένο και φυλασσόμενο από τις καιρικές συνθήκες, ώστε να μην μπορεί να βρεθεί μια αναπνοή του αέρα, ο καιρός δεν έχει απολύτως καμία συνέπεια, είναι πολύ κρύο το απόγευμα - αλλά σε αυτή τη μεταφορά δεν γνωρίζουμε τίποτα για το θέμα. Λίγο βλέπω."

"ναι," είπε ο , "και νομίζω ότι θα έχουμε πολλά από αυτά."

"Χριστούγεννα καιρός", παρατηρεί ο κύριος. . "αρκετά εποχιακά και εξαιρετικά τυχεροί μπορεί να σκεφτούμε ότι δεν ξεκίνησε χθες και να αποτρέψουμε το πάρτι της ημέρας, το οποίο θα μπορούσε ενδεχομένως να κάνει, διότι ο δάσκαλος δύσκολα θα είχε αποτολμήσει εάν υπήρχε πολύ χιόνι στο έδαφος. Τώρα τα κορίτσια προσκαλούν τους φίλους τους για τα Χριστούγεννα και οι άνθρωποι σκέφτονται λίγες ακόμα και τις χειρότερες καιρικές συνθήκες και χιονίζει στο σπίτι ενός φίλου μου μία φορά την εβδομάδα. Τίποτα δεν θα μπορούσε να είναι ευχάριστο, πήγα για μια μόνο νύχτα, και δεν μπορούσε να ξεφύγει μέχρι την ίδια μέρα το μεσημέρι. "

Κύριος. Ο έμοιαζε σαν να μην κατανοήσει την ευχαρίστηση, αλλά είπε μόνο, δροσερά,

"Δεν μπορώ να επιθυμώ να χιονισμένο μέχρι μια εβδομάδα σε ."

Σε μια άλλη εποχή, η Έμμα μπορεί να ήταν διασκεδασμένη, αλλά ήταν πολύ έκπληκτος τώρα στον κύριο. Τα πνεύματα του για άλλα συναισθήματα. Ο Χάριετ φαινόταν αρκετά ξεχασμένος, προσδοκώντας ένα ευχάριστο πάρτι.

«Είμαστε σίγουροι για τις εξαιρετικές πυρκαγιές», συνέχισε ο ίδιος »και όλα τα πράγματα με τη μεγαλύτερη άνεση, οι γοητευμένοι άνθρωποι, κύριε και η κ. · - οι πράγματι είναι πολύ πέρα από τον έπαινο και είναι ακριβώς αυτό που αξίζει, φιλόξενοι και τόσο αγαπητοί της κοινωνίας, θα είναι ένα μικρό κόμμα, αλλά όπου τα μικρά κόμματα είναι επιλεγμένα, ίσως είναι τα πιο ευχάριστα από όλα τα δωμάτια, ενώ η τραπεζαρία του δεν φιλοξενεί πάνω από δέκα άνετα και από την πλευρά μου , θα προτιμούσα, κάτω από τέτοιες συνθήκες, να υπολείπονται από δύο και να υπερβαίνουν τα δύο. Νομίζω ότι θα συμφωνήσετε μαζί μου (στροφή με ένα απαλό αέρα για να Έμμα,) πιστεύω ότι σίγουρα θα έχετε την έγκριση σας, αν και ο κ. Ίσως , από τη χρήση για τα μεγάλα κόμματα του Λονδίνου, μπορεί να μην εισέρχονται αρκετά στα συναισθήματά μας. "

"Δεν γνωρίζω τίποτα από τα μεγάλα κόμματα του Λονδίνου, κύριε - ποτέ δεν θα δειπνήσω με οποιοδήποτε σώμα".

"πράγματι! (με τόνο θαύμα και κρίμα), δεν είχα ιδέα ότι ο νόμος ήταν τόσο μεγάλη δουλεία ... Καλά, κύριε, ο χρόνος πρέπει να έρθει όταν θα πληρώσετε για όλα αυτά, όταν θα έχετε λίγη εργασία και μεγάλη απόλαυση. "

«η πρώτη μου απόλαυση», απάντησε ο , καθώς περνούσαν από την πύλη σάρωσης, «θα είναι να βρω τον εαυτό μου ασφαλή στο και πάλι».

Κεφάλαιο

Κάποια αλλαγή του προσώπου ήταν απαραίτητη για κάθε κύριο καθώς περπατούσαν στην κα. Αίθουσα συνεδριάσεων του , -γ. Ο Έλτον πρέπει να συνθέσει τη χαρούμενη εμφάνισή του και ο κ. Ο διασκορπίζει το κακό χιούμορ του. Κύριος. Ο πρέπει να χαμογελάει λιγότερο, και ο κ. Περισσότερο, για να τα ταιριάζει για τον τόπο. -Η Έμμα θα μπορούσε να είναι μόνο όπως η φύση προκάλεσε, και να δείξει τον εαυτό της εξίσου ευχαριστημένος όπως ήταν. Της ήταν πραγματική απόλαυση να είναι με τα δυτικά. Κύριος. Το ήταν ένα μεγάλο φαβορί και δεν υπήρχε ένα πλάσμα στον κόσμο με τον οποίο μίλησε με τόσο απίστευτο τρόπο, όπως για τη σύζυγό του. Όχι σε κανέναν, με τον οποίο συσχετίζεται με μια τέτοια πεποίθηση ότι ακούει και καταλαβαίνει, ότι είναι πάντα ενδιαφέρουσα και πάντα κατανοητή, τις μικρές υποθέσεις, τις ρυθμίσεις, τις αμηχανίες και τις απολαύσεις του πατέρα της και του εαυτού της. Δεν μπόρεσε να πει τίποτα για το Χάρτφιλντ, στο οποίο η κα. Η δεν είχε έντονη ανησυχία. Και η αδιάκοπη επικοινωνία μισής ώρας για όλα αυτά τα μικρά θέματα στα οποία εξαρτάται η καθημερινή ευτυχία της ιδιωτικής ζωής, ήταν μία από τις πρώτες ευχαριστίες του καθενός.

Αυτό ήταν μια ευχαρίστηση που ίσως δεν μπορούσε να καλύψει ολόκληρη η επίσκεψη, η οποία ασφαλώς δεν ανήκε στην παρούσα μισή ώρα. Αλλά το θέαμα της κυρίας. , το χαμόγελό της, την αφή της, η φωνή της ήταν ευγνώμων στην Έμμα και αποφάσισε να σκεφτεί όσο το δυνατόν λιγότερο τον κ. Τις ιδιαιτερότητες του ή κάποιου άλλου δυσάρεστου και απολαύστε όλα όσα ήταν ευχάριστα στο μέγιστο.

Η ατυχία του κρύου του είχε περάσει αρκετά πριν από την άφιξή του. Κύριος. Το ξυλουργείο είχε τοποθετηθεί με ασφάλεια για να δώσει την ιστορία του, πέρα από όλη την ιστορία της δικής του και του , και του να ακολουθήσει η Έμμα και είχε φτάσει στο τέλος της ικανοποίησής του ότι ο πρέπει να έρθει και να δει κόρη, όταν εμφανίστηκαν οι άλλοι, και η κα. Η , η οποία είχε σχεδόν εξαντληθεί από την προσοχή της σε αυτόν, ήταν σε θέση να γυρίσει μακριά και να υποδεχτεί το αγαπημένο της Έμμα.

Το έργο του Έμμα να ξεχάσει τον κ. Ο Έλτον για λίγο έκανε τη λύπη της να βρει, όταν πήραν όλα τα μέρη τους, ότι ήταν κοντά της. Η δυσκολία ήταν μεγάλη να οδηγήσει την παράξενη αδιανόησή του προς τη Χαρίτη, από το μυαλό της, ενώ όχι μόνο καθόταν στον αγκώνα της, αλλά ανέμενε συνεχώς την ευτυχισμένη της όψη με την προειδοποίησή της και την απευθυνόταν σθεναρά σε κάθε περίσταση. Αντί να τον ξεχνάει, η συμπεριφορά του ήταν τέτοια που δεν μπορούσε να αποφύγει την εσωτερική πρόταση του "μπορεί πραγματικά να είναι όπως φανταζόταν ο αδερφός μου;" μπορεί να είναι δυνατόν αυτός ο άνθρωπος να αρχίσει να μεταφέρει τις αγάθειές του από το σε μένα; ανυπόφορη! "- όμως θα ήταν τόσο ανήσυχος για την άψογη ζέστασή της, θα ενδιαφερόταν τόσο πολύ για τον πατέρα της και τόσο ευτυχισμένη με την κα. ; και τελικά θα αρχίσει να θαυμάζει τα σχέδιά της με τόση ζήλο και τόσο λίγη γνώση που φαινόταν τρομερά σαν ένας εραστής, και κατέβαλε κάποια προσπάθεια μαζί της για να διατηρήσει τους καλούς τρόπους της. Για χάρη της δεν θα μπορούσε να είναι αγενής. Και για το , με την ελπίδα ότι όλα θα αποδειχθούν ακόμα σωστά, ήταν ακόμα θετικά πολιτικό. Αλλά ήταν μια προσπάθεια. Ειδικά καθώς κάτι συνέβαινε μεταξύ των άλλων, στην πιο υπερβολική περίοδο του κ. Την ανοησία του , την οποία ήθελε ιδιαίτερα να ακούσει. Άκουσε αρκετά για να το μάθει. Ο έδωσε κάποιες πληροφορίες για το γιο του. Άκουσε τις λέξεις "ο γιος μου", "ειλικρινής" και "ο γιος μου", που επαναλήφθηκαν πολλές φορές. Και, από μερικές άλλες μισές συλλαβές, πολύ υποψιαζόταν ότι ανακοίνωνε μια πρώιμη επίσκεψη από το γιο του. Αλλά πριν το ήξερε ο κ.

Τώρα, συνέβη έτσι που παρά το ψήφισμα της Έμμα να μην παντρευτεί, υπήρχε κάτι στο όνομα, στην ιδέα του κ. , που πάντα την ενδιέφερε. Συχνά σκέφτηκε -ιδίως από το γάμο του πατέρα του με την - ότι εάν επρόκειτο να παντρευτεί, ήταν το ίδιο πρόσωπο που ταιριάζει με την ηλικία, τον χαρακτήρα και την κατάστασή της. Φάνηκε από αυτή τη σχέση μεταξύ των οικογενειών, αρκετά να ανήκει σε αυτήν. Δεν μπορούσε παρά να υποθέσει ότι ήταν ένας αγώνας που κάθε όργανο που τις γνώριζε πρέπει να σκεφτεί. Ότι ο κ. Και κα. Η το σκεφτόταν, ήταν πολύ πεπεισμένη. Και αν και δεν έχει νόημα να τον προκαλέσει, ή από οποιοδήποτε άλλο σώμα, να παραιτηθεί από μια κατάσταση που πίστευε ότι ήταν πιο γεμάτη με καλό από ό,

τι μπορούσε να το αλλάξει, είχε μεγάλη πε
δει, μια αποφασισμένη πρόθεση να βρει τον
να τον

Με τέτοια αισθήματα, κύριε. Οι αφοσίωση του ή
τρομερά άσχημες. Αλλά είχε την άνεση να εμφανίζε
πολύ ευγενικός, ενώ αισθάνθηκε πολύ διασταυρούμεν
και σκέφτηκε ότι η υπόλοιπη επίσκεψη δεν θα μπορούσε
να περάσει χωρίς να προωθήσει ξανά τις ίδιες πληροφορίες
ή την ουσία της από τον ανοιχτό καρδιά. .-έτσι απέδειξε, -
όταν ευτυχώς απελευθερώθηκε από τον κ. , και καθισμένοι
από τον κ. , στο δείπνο, έκανε χρήση του πρώτου
διαστήματος στις φροντίδες της φιλοξενίας, την πρώτη
αναψυχή από τη σέλα του προβάτου, για να της πει,

"θέλουμε μόνο δύο ακόμα να είναι ο σωστός αριθμός, θα ήθελα να δω δυο ακόμα εδώ, τον όμορφο φίλο σας, τον σμιθ και τον γιο μου, και θα έλεγα ότι είμαστε αρκετά πλήρεις. Ακούστε να λέω στους άλλους στο σαλόνι ότι περιμένουμε ειλικρινείς, είχα μια επιστολή από αυτόν σήμερα το πρωί και θα είναι μαζί μας μέσα σε ένα δεκαπενθήμερο ».

Η Έμμα μίλησε με έναν πολύ σωστό βαθμό ευχαρίστησης. Και ενέκρινε πλήρως την πρόταση του κ. Ειλικρινή και καθιστώντας το πάρτι αρκετά ολοκληρωμένο.

"ήθελε να έρθει σε μας", συνέχισε ο κ. , "από τον Σεπτέμβρη: κάθε γράμμα είναι γεμάτο από αυτό, αλλά δεν μπορεί να διοικήσει τον δικό του χρόνο, έχει να ευχαριστήσει που πρέπει να είναι ευχαριστημένοι και ποιοι (μεταξύ μας) είναι μερικές φορές ικανοποιημένοι μόνο από πολλές θυσίες αλλά τώρα δεν έχω καμία αμφιβολία να τον δω εδώ για τη δεύτερη εβδομάδα του Ιανουαρίου. "

...ρά θα είναι για εσάς και η κ. Είναι τόσο
......α να τον εξοικειώσει, ότι πρέπει να είναι σχεδόν
"...ευχισμένη όσο και εσύ".

...αι, θα ήταν, αλλά ότι σκέφτεται ότι θα υπάρξει μια άλλη
αναβολή, δεν εξαρτάται από την έρευνά του τόσο πολύ όσο
εγώ: αλλά δεν γνωρίζει τα κόμματα τόσο καλά όπως εγώ. ,
είναι- (αλλά αυτό είναι αρκετά μεταξύ μας: δεν ανέφερα
μια συλλαβή του στην άλλη αίθουσα, υπάρχουν μυστικά σε
όλες τις οικογένειες, ξέρετε) -η περίπτωση είναι ότι ένα
πάρτι φίλων καλείται να επισκεφθεί στο τον Ιανουάριο και
ότι ο ερχομός της ειλικρίνειας εξαρτάται από την
αποχώρησή τους, αν δεν αναβληθεί, δεν μπορεί να
ανακατευτεί, αλλά ξέρω ότι θα είναι, επειδή είναι μια
οικογένεια που μια συγκεκριμένη κυρία, με κάποια
συνέπεια, στο , έχει μια ιδιαίτερη αντιπαράθεση: και αν και
θεωρείται απαραίτητο να τους προσκαλέσετε μία φορά σε
δύο ή τρία χρόνια, πάντοτε αναβάλλονται όταν πρόκειται
για το θέμα. Δεν έχω την ελάχιστη αμφιβολία για το
θέμα.Είμαι τόσο σίγουρος ότι βλέπω ειλικρινή εδώ πριν
από τα μέσα του Ιανουαρίου, καθώς είμαι εδώ εδώ: αλλά ο
καλός σας φίλος εκεί (κουνώντας προς το πάνω άκρο του
τραπεζιού) έχει τόσο λίγους ιδιοκτήτες και δεν έχει
συνηθίσει τόσο πολύ τους στο , ότι δεν μπορεί να
υπολογίσει για τα αποτελέσματά τους, όπως έχω περάσει
πολύ στην πρακτική να κάνουμε. "

"Λυπάμαι που πρέπει να υπάρχει κάτι σαν αμφιβολία στην
περίπτωση", απάντησε Έμμα? "αλλά είμαι διατεθειμένος
να έρθω σε επαφή μαζί σας, κύριε , αν νομίζετε ότι θα
έρθει, θα το σκεφτώ και εγώ, γιατί γνωρίζετε το θέμα".

"ναι - έχω κάποιο δικαίωμα σε αυτή τη γνώση, αν και δεν
είμαι ποτέ στη θέση της ζωής μου - είναι μια περίεργη
γυναίκα! -αλλά δεν επιτρέπω ποτέ να μιλήσω για αυτήν,
για ειλικρινή λογαριασμό γιατί πιστεύω να την αγαπώ

πολύ, νομίζω ότι δεν μπορούσε να αρέσει σε κανένα σώμα, εκτός από τον εαυτό της: αλλά ήταν πάντα ευγενής σε αυτόν (με τον τρόπο της - επιτρέποντας μικρές ιδιοτροπίες και αιτίες και περιμένοντας κάθε πράγμα να είναι όπως της αρέσει) και δεν είναι, κατά τη γνώμη μου, μικρή πίστη σε αυτόν ότι θα πρέπει να διεγείρει μια τέτοια αγάπη · επειδή, αν και δεν θα το έλεγα σε κανένα άλλο σώμα, δεν έχει άλλη καρδιά παρά πέτρα στους ανθρώπους εν γένει · και ο διάβολος μιας ιδιοσυγκρασίας».

Η Έμμα άρεσε το θέμα τόσο καλά, που ξεκίνησε πάνω της, στην κα. , πολύ σύντομα μετά τη μετακόμισή τους στο σαλόνι: επιθυμώντας τη χαρά της - αλλά παρατήρησε, ότι ήξερε ότι η πρώτη συνάντηση πρέπει να είναι αρκετά ανησυχητική. Συμφώνησε με αυτό? Αλλά πρόσθεσε ότι θα πρέπει να είναι πολύ ευτυχής να είναι ασφαλής να υποστεί το άγχος μιας πρώτης συνάντησης την εποχή της οποίας μίλησε: «επειδή δεν μπορώ να εξαρτώσω από τον ερχομό του, δεν μπορώ να είμαι τόσο αυταρχικός όπως ο κ. , φοβάμαι πολύ ότι όλα θα τελειώσουν σε τίποτα, κύριε , τολμώ να πω, σας έλεγε ακριβώς πώς είναι το θέμα;

"ναι - φαίνεται ότι δεν εξαρτάται από τίποτα άλλο παρά το κακό χιούμορ της κ. , που φαντάζομαι ότι είναι το πιο σίγουρο πράγμα στον κόσμο".

"μου Έμμα!" απάντησε η κα. , χαμογελαστά, "ποια είναι η βεβαιότητα της καπρίτσας;" έπειτα στρέφοντας προς την ισαβέλα που δεν είχε παρευρεθεί – «πρέπει να γνωρίζετε, αγαπητοί μου κ. , ότι δεν είμαστε σε καμία περίπτωση τόσο σίγουροι ότι βλέπουμε τον κ. , κατά τη γνώμη μου, όπως σκέφτεται ο πατέρας του. Με το πνεύμα και την ευχαρίστηση της θείας του - με λίγα λόγια, από την ψυχραιμία της - σε εσάς - στις δύο κόρες μου - μπορώ να αγωνίζομαι για την αλήθεια ... Η κ. Κυβερνάει στο και είναι μια πολύ περίεργη γυναίκα και η έλευση του τώρα, εξαρτάται από το να είναι διατεθειμένος να τον ελευθερώσει. "

"Οχι, κ. , κάθε σώμα ξέρει την κ. ", απάντησε η : "και είμαι βέβαιος ότι ποτέ δεν σκέφτομαι αυτόν τον φτωχό νεαρό άντρα χωρίς τη μεγαλύτερη συμπόνια ... Να ζείτε συνεχώς με έναν κακοποιημένο άνθρωπο, πρέπει να είναι τρομακτικό Είναι κάτι που ευτυχώς δεν είχαμε γνωρίσει ποτέ τίποτα, αλλά πρέπει να είναι μια ζωή μιζέριας, τι ευλογία, ότι ποτέ δεν είχε παιδιά, φτωχά μικρά πλάσματα, πόσο δυσαρεστημένος θα τα έκανε ».

Η Έμμα θέλησε να ήταν μόνη με την κα. . Τότε θα έπρεπε να ακούσει περισσότερο: κ. Η θα μιλούσε μαζί της, με κάποιο βαθμό που δεν θα μπορούσε να διακινδυνεύσει με την . Και, πίστευε πραγματικά, δεν θα προσπαθούσε να αποκρύψει τίποτα απέναντι στα ιερά της, εκτός από εκείνες τις απόψεις για τον νεαρό άνδρα, των οποίων η ίδια η φαντασία της είχε ήδη δώσει τέτοια ενστικτώδη γνώση. Αλλά προς το παρόν δεν υπήρχε τίποτα περισσότερο να ειπωθεί. Κύριος. Το ξυλουργείο τους ακολούθησε πολύ σύντομα στο σαλόνι. Να καθίσει πολύ μετά το δείπνο, ήταν ένας περιορισμός που δεν μπορούσε να αντέξει. Ούτε το κρασί ούτε η συζήτηση ήταν κάτι γι 'αυτόν. Και ευχαρίστως μετακόμισε σε εκείνους με τους οποίους ήταν πάντα άνετα.

Ενώ μίλησε με την , ωστόσο, η Έμμα βρήκε μια ευκαιρία να πει,

"και έτσι δεν θεωρείτε αυτή την επίσκεψη από τον γιο σου ως καθόλου βέβαιο, λυπάμαι γι 'αυτό, η εισαγωγή πρέπει να είναι δυσάρεστη, όποτε συμβαίνει και όσο πιο γρήγορα θα τελειώσει, τόσο το καλύτερο».

"ναι, και κάθε καθυστέρηση κάνει ακόμη πιο δύσκολη άλλες καθυστερήσεις, ακόμα κι αν αυτή η οικογένεια, οι , είναι απογοητευμένοι, εξακολουθώ να φοβάμαι ότι κάποια δικαιολογία μπορεί να βρεθεί για να μας απογοητεύσει" δεν μπορώ να φανταστώ οποιαδήποτε απροθυμία από την πλευρά του , αλλά είμαι βέβαιος ότι υπάρχει μεγάλη επιθυμία για τα εκκλησιαστικές εκκλησίες να τον κρατήσουν στον εαυτό τους, υπάρχει ζήλια, ζηλεύει ακόμα και για τον πατέρα του, εν συντομία, δεν αισθάνομαι εξάρτηση από την έλευση του και εύχομαι ο κ. Ήταν λιγότερο αυταρχικός. "

"θα έπρεπε να έρθει", δήλωσε ο Έμμα. "αν μπορούσε να παραμείνει μόνο μερικές μέρες, θα έπρεπε να έρθει και κανείς δεν μπορεί να συλλάβει έναν νεαρό που δεν το έχει στην εξουσία του να κάνει τόσο πολύ." Μια νεαρή γυναίκα, εάν πέσει σε κακά χέρια, μπορεί να είναι τσακίζεται και κρατιέται σε απόσταση από εκείνες που θέλει να είναι με, αλλά δεν μπορεί κανείς να καταλάβει ότι ένας νεαρός άνδρας είναι υπό τέτοιο περιορισμό, ώστε να μην είναι σε θέση να περάσει μια εβδομάδα με τον πατέρα του, αν του αρέσει ».

"κάποιος θα έπρεπε να είναι σε , και να γνωρίζει τους τρόπους της οικογένειας, πριν κανείς αποφασίσει για το τι μπορεί να κάνει", απάντησε η κα. . "κάποιος θα έπρεπε να χρησιμοποιήσει την ίδια προσοχή ίσως για να κρίνει τη συμπεριφορά ενός ατόμου από μια οικογένεια, αλλά σίγουρα δεν νομίζω ότι πρέπει να κρίνεται με γενικούς κανόνες: είναι τόσο παράλογη και κάθε πράγμα δίνει τρόπο σε αυτήν ».

"αλλά είναι τόσο λάτρης του ανιψιού: είναι τόσο πολύ αγαπητός ... Τώρα, σύμφωνα με την ιδέα μου της κ. , θα ήταν φυσικό να μην θυσιάζεται για την άνεση του συζύγου, στον οποίο οφείλει κάθε πράγμα, ενώ ασκεί αδιάκοπη καπρίτσα προς αυτόν, πρέπει συχνά να κυβερνάται από τον ανιψιό, στον οποίο δεν χρωστά τίποτα ».

"αγαπημένη μου Έμμα, μην υποκριθείτε, με τη γλυκιά σας ιδιοσυγκρασία, να καταλάβετε ένα κακό ή να καθορίσετε κανόνες γι 'αυτό: πρέπει να το αφήσετε να πάει με τον δικό του τρόπο, δεν έχω καμία αμφιβολία για το γεγονός ότι έχει κάποιες φορές σημαντική επιρροή αλλά μπορεί να είναι τελείως αδύνατο να γνωρίζει εκ των προτέρων πότε θα είναι. "

Ο Εμάς άκουσε και στη συνέχεια είπε με ψυχραιμία, «δεν θα είμαι ικανοποιημένος, εκτός αν έρθει».

«μπορεί να έχει μεγάλη επιρροή σε ορισμένα σημεία», συνέχισε ο κ. , "και σε άλλους, πολύ λίγα: και μεταξύ αυτών, για τα οποία είναι πέρα από την επίτευξή του, είναι πολύ πιθανό, μπορεί να είναι αυτή ακριβώς η περίσταση του να έρχεται μακριά από αυτούς να μας επισκεφθούν."

Κεφάλαιο

Κύριος. Το ξυλουργείο ήταν έτοιμο για το τσάι του. Και όταν έπινε το τσάι του ήταν έτοιμος να πάει στο σπίτι. Και ήταν όσα μπορούσαν να κάνουν οι τρεις σύντροφοί του, για να διασκεδάσουν την ειδοποίησή του για την καθυστέρηση της ώρας, πριν εμφανιστούν οι άλλοι κύριοι. Κύριος. Ο ήταν κουβεντιόσχητος και φιλόξενος, και κανένας φίλος σε πρώιμους διαχωρισμούς οποιουδήποτε είδους. Αλλά επιτέλους το συμβαλλόμενο μέρος στο σαλόνι έλαβε μια αύξηση. Κύριος. , σε πολύ καλό πνεύμα, ήταν ένας από τους πρώτους που μπήκε μέσα. Ο και η Έμμα καθόταν μαζί σε έναν καναπέ. Τους ένωσε αμέσως και, με ελάχιστη πρόσκληση, καθόταν μεταξύ τους.

Η Έμμα, και σε καλό πνεύμα, από τη διασκέδαση, έδωσε το μυαλό της από την προσδοκία του κ. , ήταν πρόθυμος να ξεχάσει τις καθυστερημένες δυσκολίες του και να είναι τόσο ευχαριστημένος μαζί του όπως και πριν, και να κάνει το το πρώτο του θέμα, ήταν έτοιμο να ακούσει με τα πιο φιλικά χαμόγελα.

Δήλωσε τον εαυτό του εξαιρετικά ανήσυχο για τον δίκαιό του φίλο - τον δίκαιό του, καλό, φιλικό φίλο. "ξέρει ότι είχε ακούσει τίποτα γι 'αυτήν, από τότε που έμενε σε καμαρίνια; αισθάνθηκε πολύ άγχος, πρέπει να ομολογήσει ότι η φύση της καταγγελίας της τον ανησύχησε πολύ." και σε αυτό το στυλ μίλησε για αρκετό καιρό πολύ σωστά, χωρίς να παρευρεθεί σε καμία απάντηση, αλλά αρκετά εντελώς ξύπνιος για τον τρόμο ενός κακού πονόλαιμου. Και η Έμμα ήταν αρκετά φιλανθρωπική μαζί του.

Αλλά επιτέλους φάνηκε μια στρεβλή στροφή. Φάνηκε όλα με τη μία, σαν να φοβόταν περισσότερο ότι ήταν κακός πονόλαιμος για λογαριασμό της, παρά για το Χάριετ - πιο ανήσυχο για να ξεφύγει από τη λοίμωξη, από ότι δεν πρέπει να υπάρχει λοίμωξη στην καταγγελία. Άρχισε με μεγάλη σοβαρότητα να την παρακαλέσει να αποφύγει ξανά να επισκεφτεί το άρρωστο δωμάτιο, για το παρόν - για να την υποκινήσει για να του υποσχεθεί ότι δεν θα έπαιρνε τέτοιο κίνδυνο μέχρι που είχε δει τον κ. Και έμαθε τη γνώμη του. Και παρόλο που προσπάθησε να το γελάσει και να φέρει το θέμα πίσω στην σωστή πορεία του, δεν υπήρξε τίποτα να θέσει τέλος στην ακραία φροντίδα του για την. Ήταν ενοχλημένος. Εμφανίστηκε - δεν υπήρχε καμία απόκρυψη - ακριβώς όπως η προσποίηση της αγάπης της, αντί της . Μια αστάθεια, αν είναι πραγματική, το πιο περιφρονητικό και αποτρόπαιο! Και είχε δυσκολία να συμπεριφέρεται με ιδιοσυγκρασία. Γύρισε στην κα. Για να ζητήσει τη βοήθειά της, "δεν θα του έδινε την υποστήριξή της;" - δεν θα μπορούσε να προσθέσει τις πεισσεις της στο δικό του, να παρακινήσει να χάσει το ξυλουργείο για να μην πάει στην κα Θεοδάρδα μέχρι που ήταν βέβαιο ότι η διαταραχή του δεν είχε καμία μόλυνση; δεν θα ικανοποιηθεί χωρίς μια υπόσχεση - δεν θα του έδινε την επιρροή της στην προμήθεια; "

«τόσο σχολαστικός για τους άλλους», και παρόλα αυτά τόσο απρόσεκτος για τον εαυτό της, ήθελε να νοσηλευτώ το κρυολόγημά μου με το να μένω σήμερα στο σπίτι και δεν θα υπόσχομαι όμως να αποφύγω τον κίνδυνο να τραβήξει τον εαυτό της τον επώδυνο λαιμό. Είναι αυτή η δίκαιη, κ. ;;;

Η εμάς είδε την κα. Και θεώρησε ότι πρέπει να είναι μεγάλη, σε μια διεύθυνση η οποία, με λόγια και τρόπο, υποτίθεται στον εαυτό της το δικαίωμα πρώτου ενδιαφέροντος γι 'αυτήν. Και ως προς τον εαυτό της, ήταν πολύ προκληθεί και προσβεβλημένος για να έχει τη δύναμη να λέει άμεσα κάτι για το σκοπό. Θα μπορούσε μόνο να τον δει. Αλλά ήταν μια τέτοια εμφάνιση που νόμιζε ότι έπρεπε να τον αποκαταστήσει στα αισθήματά του και έφυγε από τον καναπέ, αφαιρώντας σε μια θέση από την αδελφή της και δίνοντάς της όλη της την προσοχή.

Δεν είχε χρόνο να ξέρει πώς ο κ. Ο πήρε την επιφύλαξη, έτσι έκανε γρήγορα ένα άλλο θέμα να πετύχει. Για τον κ. Ο ήρθε τώρα στην αίθουσα από την εξέταση του καιρού και άνοιξε πάνω σε όλους τους με πληροφορίες για το έδαφος που καλύπτεται από χιόνι και για το χιονισμένο του γρήγορα, με έναν ισχυρό αέρα που παρασύρεται. Καταλήγοντας με αυτές τις λέξεις στον κ. ΞΥΛΙΝΟ ΣΠΙΤΙ:

"αυτό θα αποτελέσει μια πνευματική αρχή των χειμερινών δεσμεύσεών σας, κύριε, κάτι νέο για τον προπονητή σας και τα άλογα σας να κάνουν το δρόμο τους μέσα από μια καταιγίδα χιόνι."

Κακός κύριος. Το ξυλουργείο ήταν σιωπηλός από την αδιαφορία. Αλλά κάθε άλλο σώμα είχε κάτι να πει. Κάθε σώμα ήταν είτε απογοητευμένος είτε όχι, και είχε κάποια ερώτηση να ρωτήσει ή κάποια άνεση να προσφέρει. Κυρία. Ο και η Έμμα προσπάθησαν σοβαρά να τον φωνάξουν και να στρέψουν την προσοχή του από τον γαμπρό του, ο οποίος ασκούσε το θρίαμβό του μάλλον αδιάφορα.

"Θαυμάζω το ψήφισμά σας πάρα πολύ, κύριε," είπε ο ίδιος, "με την αποτοξίνωση σε έναν τέτοιο καιρό, γιατί βέβαια είδατε ότι θα υπάρξει χιόνι πολύ σύντομα ... Κάθε σώμα πρέπει να έχει δει το χιόνι να έρχεται. Τολμούμε να πούμε ότι θα φτάσουμε πολύ καλά στο σπίτι μας, ενώ το άλλο χιονιού μπορεί να κάνει τον δρόμο αδιάβατο και είμαστε δύο καροτσάκια · αν κάποιος ανατινάξει στο ζοφερό μέρος του κοινού πεδίου, θα υπάρχει και ο άλλος στο χέρι. Τολμούμε να πούμε ότι θα είμαστε όλοι ασφαλείς στο πριν από τα μεσάνυχτα. "

Κύριος. Ο , με θρίαμβο διαφορετικού είδους, εξομολογούσε ότι το είχε ξέρει να χιονίζει λίγο καιρό, αλλά δεν είπε ούτε μια λέξη, μήπως θα έπρεπε να το κάνει ο κύριος. Ξύλο άβολα, και να είναι μια δικαιολογία για την βιασύνη του μακριά. Καθώς υπήρχε κάποια ποσότητα χιόνι που πέφτει ή πιθανό να πέσει για να εμποδίσει την επιστροφή τους, αυτό ήταν ένα απλό αστείο. Φοβόταν ότι δεν θα βρεθεί καμία δυσκολία. Ήθελε ο δρόμος να είναι αδιαπέρατος, ώστε να μπορεί να τους κρατήσει όλοι σε φασαρίες. Και με τη μέγιστη καλή θέληση ήταν βέβαιο ότι θα μπορούσαν να βρεθούν καταλύματα για κάθε σώμα, καλώντας τη σύζυγό του να συμφωνήσει μαζί του ότι με λίγη φιλοσοφία κάθε σώμα θα μπορούσε να κατατεθεί από τη συνείδηση από το να υπάρχει μόνο δύο επιπλέον δωμάτια στο σπίτι.

"τι πρέπει να γίνει, αγαπητέ μου Έμμα; τι πρέπει να γίνει;" ήταν ο κ. Το πρώτο θαυμαστικό του ξυλουργού και όλα όσα μπορούσε να πει για κάποιο χρονικό διάστημα. Για αυτήν έψαχνε άνεση. Και οι διαβεβαιώσεις της για την ασφάλεια, η εκπροσώπησή της για την αριστεία των αλόγων και του , καθώς και για να έχουν πολλούς φίλους γι 'αυτούς, τον αναβίωσαν λίγο.

Ο συναγωνισμός της μεγαλύτερης κόρης του ήταν ίσος με τον δικό του. Η φρίκη του να είναι μπλοκαρισμένη σε , ενώ τα παιδιά της ήταν στο , ήταν γεμάτη στη φαντασία της? Και φαντάζοντας ότι ο δρόμος είναι τώρα απλώς ικανοποιητικός για τους περιπετειώδεις ανθρώπους, αλλά σε μια κατάσταση που δεν αναγνώρισε καμία καθυστέρηση, ήταν πρόθυμη να το εγκαταστήσει, ο πατέρας και η Έμμα της να παραμείνουν σε , ενώ αυτή και ο σύζυγός της έβαλαν αμέσως τις πιθανές συσσωρεύσεις παρασυρόμενου χιονιού που μπορεί να τους εμποδίσει.

"θα έπρεπε να παραγγείλετε άμεσα τη μεταφορά, την αγάπη μου", είπε. "τολμούν να πω ότι θα είμαστε σε θέση να πάρουμε μαζί, αν ξεκινήσουμε άμεσα και αν έρθει σε κάθε κακό πράγμα, μπορώ να βγούμε έξω και να περπατήσω." "Δεν φοβάμαι καθόλου. Θα μπορούσα να αλλάξω τα παπούτσια μου, ξέρετε, τη στιγμή που πήρα σπίτι και δεν είναι κάτι που μου δίνει κρύο ".

"πράγματι!" απάντησε. "λοιπόν, αγαπητή μου ισαβέλα, είναι το πιο εξαιρετικό είδος στον κόσμο, γιατί γενικά όλα τα πράγματα σάς δίνουν κρύο ... Περπατάτε στο σπίτι!" -

είστε άγρια για το περπάτημα στο σπίτι, τολμούν να πω ότι θα είναι αρκετά κακό για τα άλογα. "

Η στράφηκε στην κα. Για την έγκριση του σχεδίου. Κυρία. Η θα μπορούσε μόνο να εγκρίνει. Η ισπανία πήγε στη συνέχεια στο Έμμα. Αλλά η Έμμα δεν μπορούσε να παραιτηθεί εξ ολοκλήρου από την ελπίδα ότι όλοι θα μπορούσαν να ξεφύγουν. Και εξακολουθούσαν να συζητούν το θέμα, όταν ο κ. Ο , ο οποίος είχε εγκαταλείψει το δωμάτιο αμέσως μετά την πρώτη αναφορά του αδελφού του για το χιόνι, επέστρεψε ξανά και του είπε ότι ήταν έξω από την πόρτα για να εξετάσει και μπορούσε να απαντήσει επειδή δεν υπήρχε η μικρότερη δυσκολία να φτάσει στο σπίτι, τους άρεσε, είτε τώρα είτε μια ώρα ως εκ τούτου. Είχε περάσει πέρα από το σκούπισμα - κάπως κατά μήκος του - το χιόνι δεν ήταν καθόλου πάνω από μισή ίντσα βαθιά - σε πολλά μέρη που δεν ήταν αρκετά για να λευκαίνουν το έδαφος. Πολύ λίγες νιφάδες πέφτουν προς το παρόν, αλλά τα σύννεφα ήταν χωρίσματα, και υπήρξε κάθε εμφάνιση του είναι σύντομα πάνω.

Για την ισραηλινή, η ανακούφιση από αυτά τα γεγονότα ήταν πολύ μεγάλη και δεν ήταν καθόλου αποδεκτή από το Έμμα για το λογαριασμό του πατέρα της, ο οποίος αμέσως έμεινε τόσο άνετος στο θέμα όπως επέτρεπε το νευρικό του σύνταγμα. Αλλά ο συναγερμός που είχε ανασηκωθεί δεν μπορούσε να καταπραϋνθεί για να παραδεχτεί την άνεση για τον ίδιο, ενώ συνέχισε σε καμπάνες. Ήταν ικανοποιημένος από το γεγονός ότι δεν υπήρχε κίνδυνος να επιστρέψει στην πατρίδα του, αλλά καμία διαβεβαίωση δεν μπορούσε να τον πείσει ότι ήταν ασφαλές να μείνει. Και ενώ οι άλλοι προτρέπονταν και συνιστούσαν ποικίλα, κύριε. Ο και η Έμμα το εγκατέστησαν σε μερικές σύντομες προτάσεις:

"Ο πατέρας σου δεν θα είναι εύκολος γιατί δεν πηγαίνεις;"

"είμαι έτοιμος, αν οι άλλοι είναι."

"θα χτυπήσω το κουδούνι;"

"ναι, κάνε."

Και το κουδούνι στάχτηκε, και τα βαγόνια μιλούσαν. Λίγα λεπτά περισσότερο, και η εμάς ήλπιζε να δει έναν ενοχλητικό σύντροφο που είχε καταθέσει στο σπίτι του, για να γίνει νηφάλιος και δροσερός και ο άλλος να ανακτήσει την ψυχραιμία και την ευτυχία του όταν αυτή η επίσκεψη των κακουχιών τελείωσε.

Η μεταφορά ήρθε: και ο κ. Ξύλο, πάντα το πρώτο αντικείμενο σε τέτοιες περιπτώσεις, παρακολουθήθηκε προσεκτικά στο δικό του από τον κ. Και ο κ. ; αλλά δεν μπορούσε να πει κανείς ότι θα μπορούσε να αποτρέψει κάποια ανανέωση του συναγερμού με την θέα του χιονιού που είχε πραγματικά πέσει και την ανακάλυψη μιας πολύ πιο σκοτεινής νύχτας από ό, τι είχε προετοιμαστεί. "φοβόταν ότι θα έπρεπε να έχουν μια πολύ κακή οδήγηση, φοβόταν ότι η φτωχή δεν θα την ήθελε και ότι θα υπήρχε κακή Έμμα στο πίσω κάθισμα, δεν ήξερε τι έπρεπε να κάνουν. Μπορούσαν;" και ο είχε μιλήσει, και δόθηκε μια επιβάρυνση για να πάει πολύ αργή και να περιμένουν για την άλλη μεταφορά.

Η μπαίνει μέσα από τον πατέρα της. , ξεχνώντας ότι δεν ανήκε στο κόμμα τους, έσκασε μετά από τη γυναίκα του πολύ φυσικά; Έτσι ώστε η Έμμα να βρεθεί, με την συνοδεία και ακολούθησε στη δεύτερη μεταφορά από τον κ. , ότι η πόρτα έπρεπε να τους κλείσει νόμιμα, και ότι θα έπρεπε να έχουν μια τεταρτοταγής κίνηση. Δεν θα ήταν η αμηχανία μιας στιγμής, θα ήταν μάλλον μια ευχαρίστηση, πριν από τις υποψίες αυτής της ημέρας; Θα μπορούσε να του μιλήσει για το Χάριετ και τα τρία τέταρτα ενός μιλίου θα φαινόταν μόνο ένα. Αλλά τώρα, θα προτιμούσε να μην είχε συμβεί. Πίστευε ότι έπινε πάρα πολύ τον κ. Το καλό κρασί του και αισθάνθηκε σίγουρος ότι θα ήθελε να μιλάει ανοησίες.

Για να τον συγκρατήσει τόσο πολύ όσο θα ήταν, με τα δικά της μαθήματα, προετοιμαζόταν αμέσως να μιλήσει με την έξοχη ηρεμία και τη βαρύτητα του καιρού και της νύχτας. Αλλά μόλις είχε ξεκινήσει, μόλις πέρασε την πύλη σκουπίσματος και εντάχθηκε στο άλλο φορείο, από ό, τι βρήκε το θέμα της να κοπεί - το χέρι της κατέλαβε - την απαίτησε η προσοχή της και ο κ. Ο Έλτον το κάνει πραγματικά βίαιο αγάπη: αξιοποιώντας την πολύτιμη ευκαιρία, δηλώνοντας συναισθήματα που πρέπει να είναι ήδη γνωστά, ελπίζοντας-φοβούμενοι-λατρεύοντας-έτοιμοι να πεθάνουν αν τον αρνήθηκε. Αλλά κολακεύοντας τον εαυτό του, ότι η έντονη προσκόλλησή του και η απαράμιλλη αγάπη και το ανούσιο πάθος του δεν θα μπορούσαν να αποτύχουν να έχουν κάποια επίδραση και, εν συντομία, πολύ αποφασισμένοι να γίνουν σοβαρά δεκτοί το συντομότερο δυνατό. Ήταν πραγματικά έτσι. Χωρίς επιφυλακτικότητα - χωρίς συγγνώμη - χωρίς μεγάλη φαινομενική αδιαφορία, κύριε. , ο εραστής της , δήλωνε τον εαυτό της τον εραστή της. Προσπάθησε να τον σταματήσει. Αλλά μάταια? Θα συνεχίσει και θα το πει όλα. Θυμωμένος όπως ήταν, η σκέψη της στιγμής έκανε την αποφασιστικότητά της να συγκρατήσει τον εαυτό της όταν μίλησε. Αισθάνθηκε ότι η μισή αυτή η ανόητη κατάσταση πρέπει να είναι μεθυστική, και ως εκ τούτου θα μπορούσε να ελπίζει ότι θα μπορούσε να ανήκει μόνο στην περασμένη ώρα. Ως εκ τούτου, με ένα μείγμα των σοβαρών και παιχνιδιάρικων, που ελπίζει ότι θα ταιριάζει καλύτερα στο μισό και το μισό της κράτος, απάντησε,

"Είμαι πολύ έκπληκτος, κύριε , αυτό για μένα! Ξεχάστε τον εαυτό σας - με παίρνετε για τον φίλο μου - κάθε μήνυμα για να χάσετε το θα είμαι στην ευχάριστη θέση να το παραδώσω, αλλά όχι περισσότερο για μένα, αν σας παρακαλώ. "

" !" - που θα μπορούσε να σημαίνει αυτό! "- και επαναλάμβανε τα λόγια της με μια τέτοια διαβεβαίωση προτίμησης, μια τόσο λαχταριστή προσποίηση από έκπληξη, ότι δεν μπορούσε να βοηθήσει να απαντήσει με ταχύτητα,

"κύριε , αυτή είναι η πιο εκπληκτική συμπεριφορά και μπορώ να το αντιληφθώ μόνο με έναν τρόπο · δεν είσαι εσύ ή δεν μπορείς να μιλήσεις ούτε σε μένα ούτε σε με τέτοιο τρόπο. Να μην πω περισσότερα και θα προσπαθήσω να το ξεχάσω ".

Αλλά κύριε. Ο Ελτον έτρωγε μόνο κρασί αρκετά για να αυξήσει τα πνεύματά του, καθόλου να συγχέει τις διανοίς του. Γνώριζε απόλυτα το δικό του νόημα. Και διαμαρτυρήθηκε θερμά ενάντια στην καχυποψία της ως περισσότερο ζημιογόνο και ελαφρώς άγγιξε το σεβασμό του για το ως φίλο της - αλλά αναγνωρίζοντας το θαυμασμό του ότι ο χαμένος σμιθ θα πρέπει να αναφερθεί καθόλου - επαναλάμβανε το θέμα του δικού του πάθους και πολύ επείγουσα για ευνοϊκή απάντηση.

Καθώς σκεφτόταν λιγότερο από την ανησυχία του, σκέφτηκε περισσότερο την αστάθεια και το τεκμήριο του. Και με λιγότερους αγώνες για ευγένεια, απάντησε,

"είναι αδύνατο να αμφιβάλλω πια, έχετε κάνει τον εαυτό σας ξεκάθαρο, κύριε , η έκπληξή μου είναι πολύ πιο πέρα από κάθε πράγμα που μπορώ να εκφράσω, μετά από μια τέτοια συμπεριφορά, όπως έχω δει τον τελευταίο μήνα,

Αυτές οι προσεγγίσεις, όπως έχω στην καθημερινή συνήθεια της παρατήρησης - να μου απευθύνονται με αυτόν τον τρόπο - είναι μια αστάθεια του χαρακτήρα, πράγμα που δεν είχα υποθέσει ότι είναι δυνατόν! Πιστέψτε με, κύριε, είμαι πολύ μακριά από ικανοποιημένοι από το γεγονός ότι είναι αντικείμενο τέτοιων επαγγελμάτων ».

"καλο παραδεισο!" είπε ο κ. , "ποιο είναι το νόημα αυτού του αδύνατου σμιθ - ποτέ δεν σκεφτόμουν χαμένη σε ολόκληρη την πορεία της ύπαρξής μου - ποτέ δεν την πληρώνει καμία προσοχή, αλλά ως φίλος σου: ποτέ δεν νοιαζόταν αν ήταν νεκρή ή ζωντανή, αλλά ως φίλος σου, αν έχει φανταστεί διαφορετικά, οι δικές της ευχές την έχουν παραπλανήσει, και λυπάμαι πολύ - πολύ λυπάμαι - αλλά, , πράγματι! Είμαι κοντά ... Όχι, για την τιμή μου, δεν υπάρχει καμία αστάθεια του χαρακτήρα, σκέφτηκα μόνο για σένα, διαμαρτύρομαι για το ότι έχω δώσει τη μικρότερη προσοχή σε οποιονδήποτε άλλο, κάθε πράγμα που είπα ή έχω κάνει εδώ και πολλές εβδομάδες, έχει με μοναδική θεώρηση να επισημάνω την προσκύνησή μου στον εαυτό σου, δεν μπορείς πραγματικά να το αμφισβητήσεις σοβαρά.

Θα ήταν αδύνατο να πούμε τι ένοιωθε η Έμμα, ακούγοντας αυτό - ποια από τις δυσάρεστες αισθήσεις της ήταν ανώτερη. Ήταν πάρα πολύ εξουσιασμένος για να είναι σε θέση να απαντήσει αμέσως: και δύο στιγμές σιωπής ήταν ευρεία ενθάρρυνση για τον κ. ' , προσπάθησε να πάρει και πάλι το χέρι της, όπως αναφώνησε με χαρά -

"γοητευτικό χαμένο ξύλο, επιτρέψτε μου να ερμηνεύσω αυτή την ενδιαφέρουσα σιωπή, ομολογεί ότι με έχεις καταλάβει για πολύ".

"Όχι, κύριε", φώναξε Έμμα, "δεν ομολογεί τίποτα τέτοιο πράγμα που μέχρι στιγμής δεν σας έχει καταλάβει από καιρό, έχω κάνει ένα πλήρες λάθος σε σχέση με τις απόψεις σας, μέχρι αυτή τη στιγμή. Ότι θα έπρεπε να δώσατε τη θέση σας σε οποιαδήποτε συναισθήματα - τίποτα δεν θα μπορούσε να απέχει περισσότερο από τις επιθυμίες μου - η προσήλωσή σας στον φίλο μου Χάριετ - η επιδίωξή της σ 'αυτήν, (επιδίωξη, φαινόταν) μου έδωσε μεγάλη ευχαρίστηση και εγώ πολύ ευχόμαστε την επιτυχία σας: αλλά είχα υποθέσει ότι δεν ήταν η έλξη σας στο Χάρτφιλντ, σίγουρα θα έπρεπε να σκέφτηκα ότι κρίνετε άρρωστος κάνοντας τις επισκέψεις σας τόσο συχνές. Πιστεύω ότι δεν έχετε ποτέ επιδιώξει να συστήσετε τον εαυτό σας να χάσετε ιδιαίτερα την ; εσείς ποτέ δεν έχετε σκεφτεί σοβαρά γι 'αυτήν; "

«ποτέ, κυρία», φώναξε ο ίδιος, θυμωμένος με τη σειρά του: «ποτέ δεν σας διαβεβαιώνω, νομίζω ότι είναι σοβαρά η ! - είναι ένα πολύ καλό κορίτσι και θα χαρούμε να τη δούμε με σεβασμό. Της εύχομαι πολύ καλά: και, χωρίς αμφιβολία, υπάρχουν άντρες που μπορεί να μην αντιταχθούν - κάθε σώμα έχει το επίπεδό τους: αλλά για μένα, δεν είμαι, νομίζω, τόσο πολύ σε απώλεια. Την απογοήτευση μιας ισότιμης συμμαχίας, για να σκεφτώ τον εαυτό μου να χάσω το ! -Ναι, κυρία, οι επισκέψεις μου στο ήταν μόνο για σας και η ενθάρρυνση που έλαβα- "

"Ενθάρρυνση! -Προσέρω σας ενθάρρυνση! - Παρακολουθήκατε εσφαλμένα υποθέτοντάς την, σας έχω δει μόνο ως θαυμαστής του φίλου μου, σε κανέναν άλλο φως δεν θα μπορούσατε να είστε περισσότερο για μένα παρά για έναν κοινό γνωστό. Είμαι εξαιρετικά λυπηρό: αλλά είναι καλά ότι το λάθος τελειώνει εκεί που συμβαίνει, εάν η ίδια συμπεριφορά συνεχίστηκε, η θα μπορούσε να οδηγήσει σε μια εσφαλμένη αντίληψη των απόψεών σας, μη γνωρίζοντας, ίσως, περισσότερο από τον εαυτό μου, ανισότητα την οποία αισθάνεστε τόσο λογική, αλλά, όπως είναι, η απογοήτευση είναι ενιαία και, πιστεύω, δεν θα είναι διαρκής, δεν έχω καμία σκέψη γάμου επί του παρόντος ".

Ήταν πολύ θυμωμένος για να πει άλλη λέξη. Ο τρόπος της αποφάσισε επίσης να προσκαλέσει ικεσία. Και σε αυτή την κατάσταση πρήξιμης δυσαρέσκειας και αμοιβαία βαθιάς θανάτωσης, έπρεπε να συνεχίσουν μαζί μερικά λεπτά περισσότερο, για τους φόβους του κ. Το ξυλουργείο τους είχε περιορίσει σε ένα ρυθμό ποδιών. Αν δεν υπήρχε τόσο πολύ θυμός, θα υπήρχε απελπιστική αμηχανία. Αλλά τα απλά συναισθήματα τους δεν άφηναν χώρο για τα μικρά ζιγκ-ζαγκ της αμηχανίας. Χωρίς να γνωρίζουν πότε η μεταφορά μετατράπηκε σε φεγγάρι ή όταν σταμάτησε, βρήκαν τον εαυτό τους, αμέσως, στην πόρτα του σπιτιού του. Και έβγαινε πριν περάσει μια άλλη συλλαβή. - Η τότε Έμα θεώρησε απαραίτητη την επιθυμία του για καλή νύχτα. Η φιλοφρόνηση μόλις επέστρεψε, ψυχρά και περήφανα. Και, κάτω από απερίγραπτο ερεθισμό των πνευμάτων, μεταφέρθηκε στη συνέχεια στο .

Εκεί ήταν ευπρόσδεκτη, με την απόλυτη απόλαυση, από τον πατέρα της, που είχε τρέμοντας για τους κινδύνους μιας μοναχικής κίνησης από τη λωρίδα φώκιας-στρέφοντας μια γωνία που δεν μπορούσε να αντέξει για να σκεφτεί-και σε παράξενα χέρια-ένας απλός κοινός προπονητής - ; και εκεί φαινόταν σαν να επέστρεφε μόνο για να κάνει όλα τα πράγματα να πάνε καλά: για τον κ. Ο , ντρεμένος για το κακό χιούμορ του, ήταν τώρα όλη η καλοσύνη και η προσοχή. Και τόσο ιδιαίτερα επιρρεπής για την άνεση του πατέρα της, ώστε να φαίνεται - αν δεν είναι έτοιμος να τον ενταχθεί σε μια λεκάνη του καλαμάκι - απόλυτα λογική από το ότι είναι εξαιρετικά υγιεινό; Και η μέρα τελείωσε με ειρήνη και άνεση σε όλο το κόμμα τους, εκτός από τον εαυτό της. - αλλά το μυαλό της δεν είχε ποτέ τέτοια διαταραχή.

Κεφάλαιο

Τα μαλλιά ήταν κουλουριασμένα και η κοπέλα έστειλε μακριά και η Έμμα κάθισε να σκέφτεται και να είναι άθλια - ήταν πράγματι μια άθλια δουλειά πράγματι - τόσο μια ανατροπή από κάθε πράγμα που ήθελε - τόσο μεγάλη ανάπτυξη όλων των πραγμάτων αυτό το χτύπημα για τη Χαρριέ! - αυτό ήταν το χειρότερο από όλα. Κάθε μέρος του έφερε πόνο και ταπείνωση, κάποιου είδους ή άλλου. Αλλά, σε σύγκριση με το κακό στο , όλα ήταν ελαφριά. Και θα ήθελε ευχάριστα να αισθάνεται ακόμα πιο λανθασμένη - περισσότερο λάθος - περισσότερο ντροπιασμένη από την εσφαλμένη κρίση, από ό, τι στην πραγματικότητα ήταν, οι συνέπειες των αδικημάτων της θα περιοριζόταν στον εαυτό της.

"αν δεν είχα πείσει τον να αρέσει στον άνθρωπο, θα μπορούσα να είχα φέρει οτιδήποτε, ίσως να είχε διπλασιάσει το τεκμήριό του για μένα - αλλά κακή !"

Πώς θα μπορούσε να είχε εξαπατηθεί τόσο! - διαμαρτυρήθηκε ότι ποτέ δεν είχε σκεφτεί σοβαρά την - ποτέ! Κοίταξε πίσω όσο μπορούσε. Αλλά ήταν όλη η σύγχυση. Είχε πάρει την ιδέα, υποθέτει, και έκανε όλα τα πράγματα να το σκύψουν. Τα κίνητρά του, ωστόσο, δεν πρέπει να έχουν μαρκαριστεί, να διακυβεύονται, να είναι αμφίβολα ή δεν θα μπορούσαν να είχαν παραπλανηθεί.

Η εικόνα! - πώς ήταν πρόθυμη να ήταν για την εικόνα! - και τη σκιά! - και εκατοντάδες άλλες περιστάσεις - πώς σαφώς φάνηκαν να δείχνουν στη Χάρρυτ. Βέβαια, η σκιά, με το "έτοιμο πνεύμα" - και στη συνέχεια τα "μαλακά μάτια" - στην πραγματικότητα δεν ταιριάζει ούτε. Ήταν μια μίζα χωρίς γούστο ή αλήθεια. Ποιος θα μπορούσε να δει μέσα από μια τέτοια χοντροκομμένη ανοησία;

Σίγουρα είχε συχνά, ιδιαίτερα αργά, σκέφτηκε τα χρέη της για τον εαυτό της άσκοπα χαλαρή; Αλλά είχε περάσει ως τρόπος του, σαν απλό σφάλμα κρίσης, γνώσης, γεύσης, ως μία απόδειξη, μεταξύ άλλων, ότι δεν είχε ζήσει πάντα στην καλύτερη κοινωνία, ότι με όλη την ευγένεια της διεύθυνσής του, η αληθινή κομψότητα ήταν μερικές φορές στερούμενος; αλλά μέχρι την ίδια μέρα δεν είχε υποψιάζεται για μια στιγμή ότι θα σήμαινε τίποτα αλλά ευγνώμονα σεβασμό σε αυτήν ως φίλο του Χάριετ.

Στον κύριο. Ο ήταν χρεωμένος για την πρώτη του ιδέα για το θέμα, για την πρώτη εκκίνηση της δυνατότητάς της. Δεν υπήρχε καμία άρνηση ότι οι αδελφοί είχαν διείσδυση. Θυμήθηκε τι έκανε ο κ. Ο είχε πει κάποτε γι'αυτήν για τον κ., την προσοχή που είχε δώσει, την πεποίθηση ότι είχε δηλώσει ότι ο κύριος. Ο δεν θα παντρευόταν ποτέ αδιάκριτα. Και ξαφνιάστηκε για να σκεφτεί πόσο πιο πιστή γνώση του χαρακτήρα του ήταν εκεί πάνω από ό,τι είχε φτάσει στον εαυτό του. Ήταν τρομερά θλιβερό. Αλλά κύριε. Ο αποδεικνύει τον εαυτό του, από πολλές απόψεις, την αντίστροφη ό,τι είχε εννοήσει και τον πίστευε. Περήφανοι, υποθέτοντας, εξοικειωμένοι. Πολύ γεμάτο από τις δικές του αξιώσεις, και λίγο ανησυχούν για τα συναισθήματα των άλλων.

Αντίθετα με τη συνηθισμένη πορεία των πραγμάτων, ο κ. Ο που θέλησε να πληρώσει τις διευθύνσεις του σε είχε βυθίσει κατά τη γνώμη του. Τα επαγγέλματά του και οι προτάσεις του δεν τον βοήθησαν. Δεν σκέφτηκε τίποτα για την προσκόλλησή του και προσβλήθηκε από τις ελπίδες του. Ήθελε να παντρευτεί καλά και έχοντας την αλαζονεία για να σηκώσει τα μάτια της σε αυτήν, προσποιήθηκε ότι είναι ερωτευμένος. Αλλά ήταν απόλυτα εύκολο να μην υποστεί καμία απογοήτευση που πρέπει να φροντιστεί. Δεν υπήρχε καμία πραγματική αγάπη ούτε στη γλώσσα του ή στη συμπεριφορά του. Αναστενώσεις και ωραία λόγια είχαν δοθεί σε αφθονία. Αλλά δύσκολα μπορούσε να σχεδιάσει οποιεσδήποτε εκφράσεις ή να φανταστεί οποιοδήποτε τόνο φωνής, λιγότερο σύμμαχο με την πραγματική αγάπη. Δεν χρειάζεται να τον ενοχλήσει. Θέλησε μόνο να συνειδητοποιήσει και να εμπλουτίσει τον εαυτό του. Και αν χάσετε το ξύλο του Χάρτφιλντ, τον κληρονόμο των τριάντα χιλιάδων λιρών,

Αλλά-ότι θα πρέπει να μιλήσει για ενθάρρυνση, θα πρέπει να την θεωρήσει ως επίγνωση των απόψεών του, να δεχτεί την προσοχή του, να εννοεί (εν συντομία), να τον παντρευτεί! - θα έπρεπε να υποθέσει τον εαυτό της ίση σε σχέση ή το μυαλό! Τόσο καλά καταλαβαίνοντας τις διαβαθμίσεις της τάξης κάτω από αυτόν, και να είναι τόσο τυφλός σε ό, τι ανέβηκε παραπάνω, για να φανταστεί ο ίδιος που δεν έδειξε τεκμήριο για την αντιμετώπισή της! - είναι πιο προκλητική.

Ίσως δεν ήταν δίκαιο να περιμένουμε από αυτόν να αισθανθεί πόσο πολύ ήταν το κατώτερο του ταλέντο και όλες τις κομψότητες του νου. Η ίδια η έλλειψη μιας τέτοιας ισότητας μπορεί να εμποδίσει την αντίληψή του για αυτό. Αλλά πρέπει να γνωρίζει ότι στην τύχη και τις συνέπειες ήταν πολύ ανώτερός του. Πρέπει να γνωρίζει ότι τα ξυλόγλυπτα είχαν εγκατασταθεί για αρκετές γενιές στο Χάρτφιλντ, τον νεότερο κλάδο μιας πολύ αρχαίας οικογένειας - και ότι οι ελτόνοι δεν ήταν κανείς. Η εκμισθωμένη ιδιοκτησία του Χάρτφιλντ ήταν σίγουρα ασήμαντη, αν και ήταν ένα είδος εγκοπής στο κτήμα του μοναστηριού, στο οποίο ανήκε το υπόλοιπο μέρος του λόφου. Αλλά η τύχη τους, από άλλες πηγές, ήταν τέτοια που να τους καθιστούσε ελάχιστα δευτερεύουσας σημασίας για την ίδια τη μονή, σε κάθε άλλη συνέπεια. Και τα ξυλόγλυπτα είχαν από καιρό κρατήσει μια υψηλή θέση στην εξέταση της γειτονιάς που ο κ. Ο είχε εισέλθει για πρώτη φορά πριν από δύο χρόνια, για να κάνει το δρόμο του όσο θα μπορούσε, χωρίς συμμαχίες αλλά με εμπόριο, ή κάτι που του συνιστούσε να παρατηρήσει αλλά την κατάσταση και την ευγένειά του - αλλά το είχε αγαπήσει. Που προφανώς πρέπει να ήταν η εξάρτησή του. Και μετά από λίγη επίθεση σχετικά με την φαινομενική ακαταστασία των ήπιας τακτοποίησης και του μπερδεμένου κεφαλιού, η Έμμα ήταν υποχρεωμένη με κοινή ειλικρίνεια να σταματήσει και να παραδεχτεί ότι η δική της συμπεριφορά προς αυτόν ήταν τόσο επιρρεπή και υποχρεωτική, τόσο γεμάτη ευγένεια και προσοχή, το πραγματικό του κίνητρο που δεν έχει αντιληφθεί) μπορεί να δικαιολογήσει έναν άνθρωπο με συνηθισμένη παρατήρηση και λιχουδιά, όπως ο κ. , για να φανταστεί τον εαυτό του ένα πολύ αποφασισμένο φαβορί. Αν είχε παρερμηνεύσει έτσι τα συναισθήματά του, δεν είχε το δικαίωμα να αναρωτιέται ότι ο ίδιος, με το συμφέρον να τον τυφλώσει, θα έπρεπε να έχει τα λάθη της. Να κάνει τον τρόπο του όπως θα μπορούσε, χωρίς συμμαχίες αλλά με εμπόριο, ή κάτι που του συνιστούσε να παρατηρήσει αλλά την κατάσταση και την ευγένειά του. - αλλά την είχε αγαπήσει ερωτευμένη μαζί του. Που προφανώς πρέπει να ήταν η εξάρτησή του. Και μετά από λίγη επίθεση σχετικά με την φαινομενική ακαταστασία των ήπιας τακτοποίησης και του μπερδεμένου κεφαλιού, η Έμμα ήταν υποχρεωμένη με κοινή ειλικρίνεια να σταματήσει και να παραδεχτεί ότι η δική της συμπεριφορά προς αυτόν ήταν τόσο επιρρεπή και υποχρεωτική, τόσο γεμάτη ευγένεια και προσοχή, το πραγματικό του κίνητρο που δεν έχει αντιληφθεί) μπορεί να δικαιολογήσει έναν άνθρωπο με συνηθισμένη παρατήρηση και λιχουδιά, όπως ο κ. , για να φανταστεί τον εαυτό του ένα πολύ αποφασισμένο φαβορί. Αν είχε παρερμηνεύσει έτσι τα συναισθήματά του, δεν είχε το δικαίωμα να αναρωτιέται ότι ο ίδιος, με το συμφέρον να τον τυφλώσει, θα έπρεπε να έχει τα λάθη της. Να κάνει τον τρόπο του όπως θα μπορούσε, χωρίς συμμαχίες αλλά με εμπόριο, ή κάτι που του συνιστούσε να παρατηρήσει αλλά την κατάσταση και την ευγένειά του. - αλλά την είχε αγαπήσει ερωτευμένη μαζί του. Που προφανώς πρέπει να ήταν η εξάρτησή του. Και μετά από λίγη επίθεση σχετικά με την φαινομενική ακαταστασία των ήπιας τακτοποίησης και του μπερδεμένου κεφαλιού, η Έμμα ήταν υποχρεωμένη με κοινή ειλικρίνεια να σταματήσει και να παραδεχτεί ότι η δική της συμπεριφορά προς αυτόν ήταν τόσο επιρρεπή και υποχρεωτική, τόσο γεμάτη ευγένεια και προσοχή, το πραγματικό του κίνητρο που δεν έχει αντιληφθεί) μπορεί να δικαιολογήσει έναν άνθρωπο με συνηθισμένη παρατήρηση και λιχουδιά, όπως ο κ. , για να φανταστεί τον εαυτό του ένα πολύ αποφασισμένο φαβορί. Αν είχε παρερμηνεύσει έτσι τα συναισθήματά του, δεν είχε το δικαίωμα να αναρωτιέται ότι ο ίδιος, με το συμφέρον να τον τυφλώσει, θα έπρεπε να έχει τα λάθη της. Ή κάτι που του συνιστούσε να παρατηρήσει, αλλά την κατάστασή του και την ευγένειά του. - αλλά την είχε αγαπήσει ερωτευμένη μαζί του. Που προφανώς πρέπει να ήταν η εξάρτησή του. Και μετά από λίγη επίθεση σχετικά με την φαινομενική ακαταστασία των ήπιας τακτοποίησης και του μπερδεμένου κεφαλιού, η Έμμα ήταν υποχρεωμένη με κοινή ειλικρίνεια να σταματήσει και να παραδεχτεί ότι η δική της συμπεριφορά προς αυτόν ήταν τόσο επιρρεπή και υποχρεωτική, τόσο γεμάτη ευγένεια και προσοχή, το πραγματικό του κίνητρο που δεν έχει αντιληφθεί) μπορεί να δικαιολογήσει έναν άνθρωπο με συνηθισμένη παρατήρηση και λιχουδιά, όπως ο κ. , για να φανταστεί τον εαυτό του ένα πολύ αποφασισμένο φαβορί. Αν είχε παρερμηνεύσει έτσι τα συναισθήματά του, δεν είχε το δικαίωμα να αναρωτιέται ότι ο ίδιος, με το συμφέρον να τον τυφλώσει, θα έπρεπε να έχει τα λάθη της. Ή κάτι που του συνιστούσε να παρατηρήσει, αλλά την κατάστασή του και την ευγένειά του. - αλλά την είχε αγαπήσει ερωτευμένη μαζί του. Που προφανώς πρέπει να ήταν η εξάρτησή του. Και μετά από λίγη επίθεση σχετικά με την φαινομενική ακαταστασία των ήπιας τακτοποίησης και του μπερδεμένου κεφαλιού, η Έμμα ήταν υποχρεωμένη με κοινή ειλικρίνεια να σταματήσει και να παραδεχτεί ότι η δική της συμπεριφορά προς αυτόν ήταν τόσο επιρρεπή και υποχρεωτική, τόσο γεμάτη ευγένεια και προσοχή, το πραγματικό του κίνητρο που δεν έχει αντιληφθεί) μπορεί να δικαιολογήσει έναν άνθρωπο με συνηθισμένη παρατήρηση και λιχουδιά, όπως ο κ. , για να φανταστεί τον εαυτό του ένα πολύ αποφασισμένο φαβορί. Αν είχε παρερμηνεύσει έτσι τα συναισθήματά του, δεν είχε το δικαίωμα να αναρωτιέται ότι ο ίδιος, με το συμφέρον να τον τυφλώσει, θα έπρεπε να έχει τα λάθη της. Που προφανώς πρέπει να ήταν η εξάρτησή του. Και μετά από λίγη επίθεση σχετικά με την φαινομενική ακαταστασία των ήπιας τακτοποίησης και του μπερδεμένου κεφαλιού, η Έμμα ήταν υποχρεωμένη με κοινή ειλικρίνεια να σταματήσει και να παραδεχτεί ότι η δική της συμπεριφορά προς αυτόν ήταν τόσο επιρρεπή και υποχρεωτική, τόσο γεμάτη ευγένεια και προσοχή, το πραγματικό του κίνητρο που δεν έχει αντιληφθεί) μπορεί να δικαιολογήσει έναν άνθρωπο με συνηθισμένη παρατήρηση και λιχουδιά, όπως ο κ. , για να φανταστεί τον εαυτό του ένα πολύ αποφασισμένο φαβορί. Αν είχε παρερμηνεύσει έτσι τα συναισθήματά του, δεν είχε το δικαίωμα να αναρωτιέται ότι ο ίδιος, με το συμφέρον να τον τυφλώσει, θα έπρεπε να έχει τα λάθη της. Που προφανώς πρέπει να ήταν η εξάρτησή του. Και μετά από λίγη επίθεση σχετικά με την φαινομενική ακαταστασία των ήπιας τακτοποίησης και του μπερδεμένου κεφαλιού, η Έμμα ήταν υποχρεωμένη με κοινή ειλικρίνεια να σταματήσει και να παραδεχτεί ότι η δική της συμπεριφορά προς αυτόν ήταν τόσο επιρρεπή και υποχρεωτική, τόσο γεμάτη ευγένεια και προσοχή, το πραγματικό του κίνητρο που δεν έχει αντιληφθεί) μπορεί να δικαιολογήσει έναν άνθρωπο με συνηθισμένη παρατήρηση και λιχουδιά, όπως ο κ. , για να φανταστεί τον εαυτό του ένα πολύ αποφασισμένο φαβορί. Αν είχε παρερμηνεύσει έτσι τα συναισθήματά του, δεν είχε το δικαίωμα να αναρωτιέται ότι ο ίδιος, με το συμφέρον να τον τυφλώσει, θα έπρεπε να έχει τα λάθη της. Καθώς (αν υποθέσουμε ότι το πραγματικό της κίνητρο δεν είναι αντιληπτό) μπορεί να δικαιολογήσει έναν άνθρωπο της συνηθισμένης παρατήρησης και λιχουδιάς, όπως ο κ. , για να φανταστεί τον εαυτό του ένα πολύ αποφασισμένο φαβορί. Αν είχε παρερμηνεύσει έτσι τα συναισθήματά του, δεν είχε το δικαίωμα να αναρωτιέται ότι ο ίδιος, με το συμφέρον να τον τυφλώσει, θα έπρεπε να έχει τα λάθη της. Καθώς (αν υποθέσουμε ότι το πραγματικό της κίνητρο δεν είναι αντιληπτό) μπορεί να δικαιολογήσει έναν άνθρωπο της συνηθισμένης παρατήρησης και λιχουδιάς, όπως ο κ. , για να φανταστεί τον εαυτό του ένα πολύ αποφασισμένο φαβορί. Αν είχε παρερμηνεύσει έτσι τα συναισθήματά του, δεν είχε το δικαίωμα να αναρωτιέται ότι ο ίδιος, με το συμφέρον να τον τυφλώσει, θα έπρεπε να έχει τα λάθη της.

Το πρώτο λάθος και το χειρότερο βρισκόταν στην πόρτα της. Ήταν ανόητο, ήταν λανθασμένο να αναλάβουμε τόσο ενεργό ρόλο για να φέρνουμε μαζί δύο άτομα. Ήταν πολύ περιζήτητο, υποθέτοντας πάρα πολλά, κάνοντας φως για το τι θα έπρεπε να είναι σοβαρό, ένα τέχνασμα του τι θα έπρεπε να είναι απλό. Ήταν πολύ ανήσυχος και ντροπή και αποφάσισε να μην κάνει τέτοιου είδους πράγματα.

Είμαι βέβαιος ότι δεν έχω ιδέα για κανένα άλλο σώμα που θα ήταν καθόλου επιθυμητό γι 'αυτήν - το -! Όχι, δεν θα μπορούσα να αντέξω το -ένα νεκρό δικηγόρο. "

Σταματάει να κοκκινίζει και να γελάει με την υποτροπή της και στη συνέχεια ξαναρχίζει μια πιο σοβαρή, πιο απερίσκεπτη σκέψη σχετικά με το τι ήταν και θα μπορούσε να είναι και πρέπει να είναι. Η δυστυχισμένη εξήγηση που έπρεπε να κάνει για τον Χάριετ και όλα αυτά τα φτωχά που θα υποφέρουν, με την αμηχανία των μελλοντικών συναντήσεων, οι δυσκολίες συνέχισης ή διακοπής της γνωριμίας, υποταγής συναισθημάτων, απόκρυψη δυσαρέσκειας και αποφυγής του ήταν αρκετές για να καταλάβουν την πιο ανυπόφορη αντανακλάσεις της σε κάποιο χρονικό διάστημα, και τελικά πήγε στο κρεβάτι χωρίς να εγκαταλείψει τίποτα, αλλά την πεποίθησή της ότι είχε μπερδευτεί πολύ τρομακτικά.

Για τη νεολαία και τη φυσική χαρά, όπως το Έμμα, αν και υπό προσωρινή σκοτεινιά τη νύχτα, η επιστροφή της ημέρας δύσκολα θα αποτύχει να φέρει επιστροφή των πνευμάτων. Η νεολαία και η χαρά του πρωινού είναι ευτυχισμένη αναλογία και ισχυρή λειτουργία. Και αν η αγωνία δεν είναι αρκετά οδυνηρή ώστε να κρατήσει τα μάτια ανοιχτά, θα είναι σίγουρο ότι θα ανοίξουν σε αισθήσεις μαλακού πόνου και φωτεινότερης ελπίδας.

Η Έμμα σηκώθηκε τη μέρα πιο διατεθειμένη για άνεση από ό, τι είχε πάει στο κρεβάτι, πιο έτοιμη να δει ανακουφισμάτων από το κακό ενώπιον της και να εξαρτάται από το να πάρει ανεκτά από αυτήν.

Ήταν μια μεγάλη παρηγοριά που ο κ. Ο Ελτον δεν θα πρέπει να ερωτευτεί πραγματικά με αυτήν, ή ακόμα και ιδιαίτερα φιλόξενος, ώστε να τον καταστήσει συγκλονιστικό για να τον απογοητεύσει - η φύση του δεν πρέπει να είναι αυτού του ανώτερου είδους, στο οποίο τα συναισθήματα είναι πιο οξυμένα και συντηρητικά - και ότι δεν μπορεί να υπάρξει ανάγκη για κάθε σώμα να ξέρει τι είχε περάσει εκτός από τους τρεις κύριους, και ειδικά για τον πατέρα της να του δοθεί μια στιγμή ανησυχία για αυτό.

Αυτές ήταν πολύ ευχάριστες σκέψεις. Και η θέα του μεγάλου χιονιού στο έδαφος έκανε την περαιτέρω υπηρεσία της, γιατί κάτι ήταν ευπρόσδεκτο που θα μπορούσε να δικαιολογήσει και τα τρία τους να είναι αρκετά ακατάλληλα προς το παρόν.

Ο καιρός ήταν ευνοϊκότερος γι 'αυτήν. Αν και την ημέρα των Χριστουγέννων, δεν μπορούσε να πάει στην εκκλησία. Κύριος. Το ξυλουργείο θα ήταν δυστυχισμένο εάν η κόρη του το επιχείρησε και έτσι ήταν ασφαλές είτε από συναρπαστικό είτε από δυσάρεστες και ακατάλληλες ιδέες. Το έδαφος που καλύπτεται από χιόνι και η ατμόσφαιρα σε εκείνη την κατάσταση που δεν έχει συγκρατήσει μεταξύ του παγετού και της απόψυξης, η οποία είναι απλώς η πιο εχθρική για άσκηση, κάθε πρωί ξεκινώντας από τη βροχή ή το χιόνι και κάθε βράδυ που παγώνει για πάρα πολλές μέρες έναν πιο αξιόλογο κρατούμενο. Δεν είναι δυνατή η επαφή με το αλλά με το σημείωμα. Καμία εκκλησία για εκείνη την Κυριακή, όχι περισσότερο από την ημέρα των Χριστουγέννων. Και δεν χρειάζεται να βρούμε δικαιολογίες για τον κ. Ο απουσιάζει.

Ήταν ο καιρός που θα μπορούσε να περιορίσει αρκετά κάθε σώμα στο σπίτι. Και παρόλο που ήλπιζε και τον πίστευε να είναι πραγματικά παρηγορητική σε κάποια κοινωνία ή άλλη, ήταν πολύ ευχάριστο να έχει ο πατέρας της τόσο ικανοποιημένος με το ότι είναι μόνος στο σπίτι του, πολύ σοφό να ανακατωθεί; Και να τον ακούσω να πει στον κύριο. , τους οποίους ο καιρός δεν μπορούσε να κρατήσει εξ ολοκλήρου από αυτούς, -

"Αχ, κύριε , γιατί δεν μένεις στο σπίτι σαν φτωχός κύριος ."

Αυτές οι ημέρες του περιορισμού θα ήταν, αλλά για τις ιδιωτικές αμηχανίες της, εξαιρετικά άνετες, καθώς αυτή η απομόνωση ταιριάζει ακριβώς στον αδελφό της, τα συναισθήματα των οποίων πρέπει πάντα να έχουν μεγάλη σημασία για τους συντρόφους του. Και είχε, εκτός αυτού, απολύτως απομακρυνθεί από το κακό χιούμορ του σε , ότι η ευγένεια του δεν τον απέτυχε ποτέ κατά τη διάρκεια της υπόλοιπης παραμονής του στο . Ήταν πάντα ευχάριστος και υποχρεωμένος, και μιλούσε ευχάριστα από κάθε σώμα. Αλλά με όλες τις ελπίδες για χαρά και όλη την καθυστέρηση της καθυστέρησης, υπήρχε ακόμα ένα τέτοιο κακό κρέμεται από την ώρα της εξήγησης με τη Χάριετ, καθιστώντας αδύνατο για την Έμμα να είναι πάντα τέλεια άνετα.

Κεφάλαιο

Κύριος. Και κα. Ο δεν κρατήθηκε πολύ στο . Ο καιρός σύντομα βελτιώθηκε αρκετά για να κινηθούν εκείνοι που πρέπει να κινηθούν. Και ο κ. Το ξύλο που προσπαθούσε να πείσει την κόρη του να μείνει πίσω με όλα τα παιδιά του, ήταν υποχρεωμένη να δει ολόκληρο το πάρτι να ξεκινάει και να επιστρέψει στους θρήνους του για τη μοίρα της φτωχής ισαβέλλας - όσοι ασκούσαν, γεμάτοι από τα προσόντα τους, τυφλοί στα ελαττώματά τους και πάντα αθώοι απασχολημένοι, θα μπορούσαν να ήταν ένα μοντέλο σωστής θηλυκής ευτυχίας.

Το βράδυ της ίδιας της ημέρας που πήγαν έφεραν μια σημείωση από τον κ. Στον κ. Ξύλο, ένα μακρύ, αστικό, τελετουργικό σημείωμα, να πω, με τον κ. Τα καλύτερα συγχαρητήρια του , "ότι πρότεινε να φύγει από το το επόμενο πρωί στο δρόμο του για μπάνιο, όπου, σύμφωνα με τις πιεστικές προσκλήσεις κάποιων φίλων, είχε δεσμευτεί να περάσει μερικές εβδομάδες και εξέφρασε λυπηρό το γεγονός ότι ήταν αδύνατο κάτω από διάφορες συνθήκες του καιρού και των επιχειρήσεων, να πάρει μια προσωπική άδεια του κ. , του οποίου οι φιλικές ευγένειες θα έπρεπε να διατηρούν μια ευγνώμων έννοια - και είχε το δάσκαλο οποιεσδήποτε εντολές, θα πρέπει να είναι ευτυχείς να τους παρακολουθήσουν ».

Η Έμμα ήταν πολύ ευχάριστη. Η απουσία του απλά αυτή τη στιγμή ήταν το μόνο πράγμα που θα ήταν επιθυμητό. Τον θαύμαζε για τη σύλληψή του, αν και δεν ήταν σε θέση να του δώσει μεγάλη πίστη για τον τρόπο με τον οποίο ανακοινώθηκε. Η δυσαρέσκεια δεν μπόρεσε να μιλήσει πιο ξεκάθαρα παρά σε μια ευγένεια στον πατέρα της, από την οποία αποκλείστηκε τόσο έντονα. Δεν είχε καν μερίδιο στις αρχικές συμπάθειές του - το όνομά της δεν αναφέρθηκε - και υπήρξε τόσο εντυπωσιακή η αλλαγή σε όλα αυτά, και μια τόσο κακή εκτίμηση επίσημης αποδοχής των ευγενών παραδοχών του, όπως σκέφτηκε, στην αρχή, δεν μπορούσε να ξεφύγει από την υποψία του πατέρα της.

Έκαναν όμως - ο πατέρας της ήταν αρκετά εξοικειωμένος με το ξαφνικό τόσο περίεργο ταξίδι και τους φόβους του ότι ο κ. Ο δεν θα μπορούσε ποτέ να πάρει με ασφάλεια στο τέλος του, και δεν είδε τίποτα έκτακτο στη γλώσσα του. Ήταν ένα πολύ χρήσιμο σημείωμα, γιατί τους πρόσφερε φρέσκο θέμα για σκέψη και συνομιλία κατά τη διάρκεια του υπόλοιπου μοναχικού βράδυ. Κύριος. Μίλησε για τους συναγερμούς, και η Έμμα ήταν σε πνεύματα για να τους πείσει μακριά με όλες τις συνήθεις ευκολία.

Τώρα αποφάσισε να μην κρατήσει το πλέον στο σκοτάδι. Είχε λόγο να πιστεύει ότι η ίδια σχεδόν ανακτήθηκε από το κρύο της και ήταν επιθυμητό να έχει όσο το δυνατόν περισσότερο χρόνο για να πάρει το καλύτερο της άλλης καταγγελίας της πριν την επιστροφή του κυρίου. Πήγε στην κα. Ο αναλογεί την επόμενη μέρα, να υποβληθεί στην απαραίτητη μετάδοση της επικοινωνίας. Και μια σοβαρή ήταν - έπρεπε να καταστρέψει όλες τις ελπίδες που είχε τόσο ζωηρά να τροφοδοτήσει - να εμφανιστεί στον άσχημο χαρακτήρα εκείνου που προτιμούσε - και να αναγνωρίσει τον εαυτό της κατάφωρα λάθος και εσφαλμένη σε όλες τις ιδέες της σε ένα θέμα , όλες τις παρατηρήσεις της, όλες τις πεποιθήσεις της, όλες τις προφητείες της για τις τελευταίες έξι εβδομάδες.

Η εξομολόγηση ανανέωσε πλήρως την πρώτη της ντροπή - και η θέα των δακρύων της Χάριετ την έκανε να σκεφτεί ότι δεν πρέπει ποτέ να είναι φιλανθρωπικός με τον εαυτό της ξανά.

Ο Χάριετ έφερε την νοημοσύνη πολύ κατηγόρησε κανείς - και σε όλα τα πράγματα που μαρτυρούν μια τέτοια ευρηματικότητα της διάθεσης και της χαμηλής άποψης του εαυτού της, όπως πρέπει να εμφανίζεται με ιδιαίτερο πλεονέκτημα εκείνη τη στιγμή στον φίλο της.

Η Έμμα είχε το χιούμορ να εκτιμήσει την απλότητα και τη σεμνότητα στο μέγιστο. Και όλα όσα ήταν ευχάριστα, όλα όσα έπρεπε να συνδέονται, έμοιαζαν με την πλευρά του , όχι της δικής της. Η Χάριετ δεν θεωρούσε ότι είχε κάτι να διαμαρτύρεται. Η αγάπη ενός τέτοιου ανθρώπου όπως ο κ. Ο θα ήταν πάρα πολύ μεγάλη διάκριση. - δεν θα μπορούσε ποτέ να τον άξιζε - και κανένας άλλος αλλά τόσο μερικός και ευγενικός φίλος, όπως και το ξυλουργείο, θα το θεωρούσε πιθανό.

Τα δάκρυά της έπεσαν άφθονα - αλλά η θλίψη της ήταν τόσο αληθινή, ότι καμία αξιοπρέπεια δεν θα μπορούσε να καταστήσει πιο αξιοσέβαστη στα μάτια της εμάς - και την άκουγε και προσπάθησε να την παρηγορήσει με όλη της την καρδιά και την κατανόηση της - πραγματικά για το χρονικό διάστημα πείστηκε ότι η ήταν το ανώτερο πλάσμα των δύο - και ότι για να μοιάσει με αυτήν θα ήταν περισσότερο για τη δική της ευημερία και την ευτυχία από ό, τι όλη αυτή η ιδιοφυΐα ή η νοημοσύνη θα μπορούσε να κάνει.

Ήταν μάλλον πολύ αργά την ημέρα για να είναι απλός και άγνοια; αλλά την άφησε με κάθε προηγούμενο ψήφισμα που επιβεβαίωσε ότι ήταν ταπεινό και διακριτικό και καταπιέζοντας τη φαντασία όλη την υπόλοιπη ζωή της. Το δεύτερο καθήκον της τώρα, κατώτερο μόνο από τους ισχυρισμούς του πατέρα της, ήταν να προωθήσει την άνεση του Χάριετ και να προσπαθήσει να αποδείξει την αγάπη της σε μια καλύτερη μέθοδο παρά σε μια αντιστοιχία. Την πήρε στο Χάρτφιλντ, και της έδειξε την πιο ασταμάτητη καλοσύνη, προσπαθώντας να την καταλάβει και να την διασκεδάσει, και με βιβλία και συνομιλία, να οδηγήσει τον κ. Από τις σκέψεις της.

Έπρεπε να επιτρέπεται η ώρα, διότι αυτό έγινε εξ ολοκλήρου. Και θα μπορούσε να υποθέσει τον εαυτό της, αλλά έναν αδιάφορο δικαστή για τέτοια θέματα γενικά, και πολύ ανεπαρκής για να συμπονεθεί σε μια προσκόλληση στον κύριο. Ειδικότερα. Αλλά φαινόταν λογικό ότι κατά την ηλικία του Χάριετ και με ολόκληρη την εξαφάνιση όλων των ελπίδων, μια τέτοια πρόοδος θα μπορούσε να γίνει προς μια κατάσταση ηρεμίας από την εποχή του κ. Την επιστροφή του , για να τους επιτρέψει να συναντηθούν και πάλι στην κοινή συνήθεια της γνωριμίας, χωρίς κανένα κίνδυνο να προδίδουν συναισθήματα ή να τους αυξάνουν.

Ο Χάριετ τον σκέφτηκε όλη την τελειότητα και διατήρησε την ανυπαρξία οποιουδήποτε σώματος ίσου με αυτόν στο πρόσωπο ή την καλοσύνη-και, στην πραγματικότητα, αποδείχθηκε πιο αποφασιστικά στην αγάπη από ό, τι είχε προβλέψει η εμάς. Αλλά μάλιστα της φάνηκε τόσο φυσική, τόσο αναπόφευκτη για να αγωνιστεί ενάντια σε μια τέτοια κλίση, που δεν μπορούσε να κατανοήσει τη διαρκή της ισόρροπη διάρκεια.

Αν ο κ. Ο , με την επιστροφή του, έκανε την αδιαφορία του ως προφανή και αδιαμφισβήτητη, όπως δεν μπορούσε να αμφιβάλει ότι θα έκανε με αγωνία, δεν κατάλαβε ότι η επιμένει να τοποθετεί την ευτυχία της στο θέαμα ή τη μνήμη του.

Η σταθερότητά τους, τόσο απολύτως σταθερή, στον ίδιο τόπο, ήταν κακή για καθένα και για τα τρία. Κανένας από αυτούς δεν είχε τη δύναμη της απομάκρυνσης ή να πραγματοποιήσει οποιαδήποτε ουσιαστική αλλαγή της κοινωνίας. Πρέπει να συναντούν ο ένας τον άλλον και να κάνουν το καλύτερο από αυτό.

Χάριρι ήταν πιο ατυχής στον τόνο των συνοδών της στην κυρία. Του θεάτρου; κύριος. Ο είναι η λατρεία όλων των δασκάλων και των σπουδαίων κοριτσιών στο σχολείο. Και πρέπει να βρίσκεται στο μόνο που θα μπορούσε να έχει οποιαδήποτε πιθανότητα να τον ακούσει να μιλάει με ψυχρή μετριοπάθεια ή απωθητική αλήθεια. Όπου είχε δοθεί η πληγή, πρέπει να βρεθεί η θεραπεία αν υπάρχει οπουδήποτε. Και η Έμμα θεώρησε ότι, μέχρι που την είδε με τον τρόπο της θεραπείας, δεν θα μπορούσε να υπάρξει πραγματική ειρήνη για τον εαυτό της.

Κεφάλαιο

Κύριος. Ειλικρινής εκκλησία δεν ήρθε. Όταν ο προτεινόμενος χρόνος έφτασε κοντά, κ. Οι φόβοι του ήταν δικαιολογημένοι στην άφιξη μιας επιστολής δικαιολογίας. Για το παρόν, δεν μπορούσε να μείνει αξιαγάπητος, για την «πολύ μεγάλη του θλίψη και λύπη», αλλά παρ'όλα αυτά περίμενε την ελπίδα να έρθει κανείς σε καμιά μακρινή περίοδο.

Κυρία. Ο ήταν εξαιρετικά απογοητευμένος - πολύ πιο απογοητευμένος από τον σύζυγό της, αν και η εξάρτησή του από το να βλέπει τον νεαρό άνδρα ήταν τόσο πιο νηφάλιος: αλλά μια φευγαλέα ιδιοσυγκρασία, αν και ποτέ δεν περίμενε πάντα καλύτερα από ότι συμβαίνει, δεν πληρώνει πάντα τις ελπίδες του από οποιαδήποτε αναλογική κατάθλιψη. Σύντομα πετάει πάνω από την παρούσα αποτυχία και αρχίζει να ελπίζει και πάλι. Για μισή ώρα . Ήταν έκπληκτος και λυπάμαι. Αλλά τότε άρχισε να αντιλαμβάνεται ότι η ειλικρινής ερχόμενη δύο ή τρεις μήνες αργότερα θα ήταν ένα πολύ καλύτερο σχέδιο. Καλύτερη εποχή του χρόνου. Καλύτερος καιρός; και ότι θα ήταν σε θέση, χωρίς καμία αμφιβολία, να μείνει πολύ περισσότερο μαζί τους από ό, τι αν είχε έρθει νωρίτερα.

Αυτά τα συναισθήματα αποκατέστησαν γρήγορα την άνεση του, ενώ η κα. Το , με μια πιο ανησυχητική διάθεση, δεν προέβλεπε τίποτα παρά μια επανάληψη δικαιολογιών και καθυστερήσεων. Και μετά από όλες τις ανησυχίες της για το τι έπρεπε να υποφέρει ο σύζυγός της, υπέφερε πολύ περισσότερο από μόνη της.

Η Έμμα δεν ήταν αυτή τη στιγμή σε κατάσταση πνεύματος για να νοιάζει πραγματικά για τον κ. Ο εγκάρσιος ιερέας δεν έρχεται, εκτός από την απογοήτευση σε . Η γνωριμία αυτή τη στιγμή δεν είχε γοητεία γι 'αυτήν. Ήθελε, μάλλον, να είναι ήσυχη και από τον πειρασμό. Αλλά παρόλα αυτά, καθώς ήταν επιθυμητό να εμφανιστεί, γενικά, όπως ο συνηθισμένος εαυτός της, φροντίζει να εκφράζει τόσο μεγάλο ενδιαφέρον για την περίσταση και να εισέρχεται τόσο θερμά στον κύριο. Και κα. Την απογοήτευση του , όπως φυσικά θα μπορούσαν να ανήκουν στη φιλία τους.

Ήταν η πρώτη που το ανακοινώνει στον κύριο. ; και αναφώνησε αρκετά όσο ήταν απαραίτητο (ή, ενεργώντας ένα μέρος, ίσως μάλλον περισσότερο), στη συμπεριφορά των εκκλησιών, κρατώντας τον μακριά. Τότε συνέχισε να λέει πολλά περισσότερα από ό, τι αισθάνθηκε, από το πλεονέκτημα μιας τέτοιας προσθήκης στην περιορισμένη κοινωνία τους στο . Η ευχαρίστηση να κοιτάς κάποιον νέο. Την ημέρα των γκαλερών να φτάσει σε ολόκληρη την οποία θα το έβλεπε το βλέμμα του. Και τελειώνει με τις σκέψεις για τα ξωκλήσια ξανά, βρέθηκε ότι συμμετείχε άμεσα σε διαφωνία με τον κ. ; και, για τη μεγάλη της διασκέδαση, αντιλήφθηκε ότι πήρε την άλλη πλευρά της ερώτησης από την πραγματική της γνώμη, και κάνοντας χρήση της κας. Τα επιχειρήματα της εναντίον της.

"οι εκκλησιασμοί είναι πολύ πιθανόν σε λάθος", δήλωσε ο κ. , ? "αλλά τολμούν να πω ότι μπορεί να έρθει αν το θέλει."

"Δεν ξέρω γιατί θα έπρεπε να το πείτε, θέλει να έρθει υπερβολικά, αλλά ο θείος και η θεία του δεν θα τον χάσουν".

"Δεν μπορώ να πιστέψω ότι δεν έχει τη δύναμη να έρθει, αν το έπραξε, είναι πολύ απίθανο να το πιστέψω χωρίς απόδειξη".

«πόσο περίεργη είσαι, τι έκανε ο κ. , για να σε κάνει να τον υποθέσεις ότι είναι τόσο αφύσικο πλάσμα;»

"Δεν τον υποθέτω καθόλου ένα αφύσικο πλάσμα, υποψιάζοντας ότι μπορεί να έχει μάθει να είναι πάνω από τις συνδέσεις του και να φροντίζει πολύ λίγα για κάτι αλλά για τη δική του ευχαρίστηση, να ζει με αυτούς που του έδωσαν πάντα το παράδειγμα Είναι πολύ πιο φυσικό από ότι κάποιος θα μπορούσε να επιθυμήσει, ότι ένας νεαρός άνδρας, που ανατράφηκε από εκείνους που είναι περήφανοι, πολυτελείς και εγωιστές, πρέπει να είναι περήφανος, πολυτελής και εγωιστής επίσης. Ο πατέρας του, θα το είχε δημιουργήσει από τον Σεπτέμβριο μέχρι τον Ιανουάριο, ένας άνθρωπος στην ηλικία του - τι είναι αυτός - τρεις ή τέσσερις και είκοσι - δεν μπορεί να μην έχει τα μέσα να το κάνει τόσο πολύ.

"αυτό είναι εύκολο να το πεις και εύκολα να αισθάνεσαι από σένα που ήταν πάντα ο δικός σου δάσκαλος είσαι ο χειρότερος δικαστής στον κόσμο, κύριε , για τις δυσκολίες της εξάρτησης δεν ξέρεις τι πρέπει να έχεις για να διαχειριστείς . "

"δεν πρέπει να θεωρηθεί ότι ένας άνθρωπος των τριών ή των τεσσάρων είκοσι δεν πρέπει να έχει την ελευθερία του νου ή του σκέλους αυτού του ποσού, δεν μπορεί να θέλει χρήματα - δεν μπορεί να θέλει αναψυχή, αντίθετα, γνωρίζουμε ότι έχει τόσο πολύ και από τα δύο, που είναι ευτυχής να τα ξεφορτωθεί στα κεντρικά στέκια του βασιλείου, ακούμε για αυτόν για πάντα σε κάποια πότισμα ή κάτι άλλο, λίγο πριν, ήταν στο . Μπορεί να εγκαταλείψει τις εκκλησίες. "

"ναι, μερικές φορές μπορεί."

"και εκείνοι οι χρόνοι είναι όποτε νομίζει ότι αξίζει τον κόπο του, όποτε υπάρχει κάποιος πειρασμός για ευχαρίστηση".

"Είναι πολύ άδικο να κρίνουμε τη συμπεριφορά οποιουδήποτε οργανισμού, χωρίς να γνωρίζουμε καλά την κατάστασή τους. Κανείς που δεν έχει βρεθεί στο εσωτερικό μιας οικογένειας μπορεί να πει ποιες είναι οι δυσκολίες ενός ατόμου της οικογένειας αυτής. Να γνωρίζουμε την συμπεριφορά και την ψυχραιμία του κ. , προτού υποθέσουμε ότι αποφασίζουμε για το τι μπορεί να κάνει ο ανιψιός της, μπορεί να είναι σε θέση να κάνει πολλά περισσότερα από ό, τι μπορεί σε άλλους ».

"Υπάρχει ένα πράγμα, το Έμμα, το οποίο ένας άνθρωπος μπορεί πάντα να κάνει, αν χειροτερεύει, και αυτό είναι το καθήκον του, όχι με ελιγμούς και φινέτσες, αλλά με σθένος και ψήφισμα." Είναι το καθήκον του να δώσει αυτή την προσοχή στον πατέρα του ξέρει να είναι έτσι, με τις υποσχέσεις και τα μηνύματά του, αλλά αν το επιθυμούσε, θα μπορούσε να γίνει., ένας άνθρωπος που αισθάνθηκε σωστά θα έλεγε αμέσως, απλά και με αποφασιστικότητα, στην κ. - κάθε θυσία απλή ευχαρίστηση πάντα θα με βρίσκεσαι έτοιμη να το κάνω στην ευκολία σου αλλά πρέπει να πάω και να δω τον πατέρα μου αμέσως ξέρω ότι θα πληγωθεί από την αποτυχία μου με τέτοιο σημάδι σεβασμού γι 'αυτόν την παρούσα περίσταση. , ξεκίνησε το αύριο. »- αν το έλεγε αμέσως, με τον τόνο της απόφασης να γίνει άνθρωπος, δεν θα υπήρχε καμία αντίθεση για τη μετάβασή του».

"όχι", είπε η Έμμα, γελώντας. "αλλά ίσως μπορεί να υπάρξουν κάποιες για να επιστρέψει ξανά, μια τέτοια γλώσσα για έναν νεαρό άνδρα που εξαρτάται απόλυτα, να το χρησιμοποιήσει!" "Όχι μόνο εσείς, κύριε , θα το φανταστείτε δυνατό, αλλά δεν έχετε ιδέα για το τι είναι απαραίτητο σε καταστάσεις ακριβώς απέναντι από τη δική σας δουλειά, να απευθύνετε μια τέτοια ομιλία στον θείο και στη θεία, που τον έφεραν, και να τον φροντίσετε! -καθώς στη μέση του δωματίου, εγώ υποθέστε και μιλώντας τόσο δυνατά όσο θα μπορούσε - πώς μπορείτε να φανταστείτε μια τέτοια συμπεριφορά πρακτικά εφικτή; "

"εξαρτάται από αυτό, η Έμμα, ένας λογικός άνθρωπος δεν θα βρει καμία δυσκολία σε αυτό, θα αισθάνεται τον εαυτό του στα δεξιά και η διακήρυξη που έγινε, φυσικά, ως ένας άνθρωπος της λογικής θα το έκανε σωστά - αυτόν τον καλύτερο, να τον ανεβάσει ψηλότερα, να σταθεροποιήσει το ενδιαφέρον του με τους ανθρώπους από τους οποίους εξαρτιόταν, από ό, τι μπορεί να κάνει ποτέ μια σειρά από βάρδιες και σκοπιμότητες, θα έβρισκαν σεβασμό, θα αισθανόταν ότι θα μπορούσαν να τον εμπιστευτούν, ο ανιψιός που είχε κάνει σωστά από τον πατέρα του, θα έκανε σωστά από αυτούς · επειδή γνωρίζουν, όπως κάνει, όπως και όλος ο κόσμος πρέπει να γνωρίζει, ότι πρέπει να πληρώσει αυτή την επίσκεψη στον πατέρα του · και ενώ ασκούν έντονα τις δύναμη να καθυστερήσει, είναι στην καρδιά τους να μην σκέφτονται το καλύτερο από αυτόν για την υποβολή στις ιδιοτροπίες τους, ο σεβασμός για τη σωστή συμπεριφορά γίνεται αισθητός από κάθε σώμα, αν θα ενεργούσε με αυτόν τον τρόπο,επί της αρχής, σταθερά, τακτικά, τα μικρά μυαλά τους θα κάμπτονται στο δικό του. "

"Μάλλον το αμφιβάλλω αυτό, είστε πολύ λάτρης της κάμψης λίγο μυαλό, αλλά όπου τα μυαλά δεν ανήκουν στους πλούσιους ανθρώπους στην εξουσία, νομίζω ότι έχουν μια ικανότητα εξόγκωσης έξω, μέχρι να είναι τόσο ασυναγώνιστες όσο μεγάλες. Ότι εάν εσείς, όπως εσείς, κύριος , πρόκειται να μεταφερθούν και να τοποθετηθούν ταυτόχρονα στην κατάσταση του κ. , θα είστε σε θέση να πείτε και να κάνετε ακριβώς αυτό που συστήσατε γι 'αυτόν και θα μπορούσε να έχει πολύ καλό αποτέλεσμα, οι εκκλησιασμοί μπορεί να μην έχουν μια λέξη για να πουν σε αντάλλαγμα, αλλά τότε, δεν θα έχετε καθόλου συνήθειες πρώιμης υπακοής και μακράς παρατήρησης για να περάσετε μέσα σε αυτόν που έχει, ίσως να μην είναι τόσο εύκολο να ξεσπάσει αμέσως σε τέλεια ανεξαρτησία και να θέσει όλους τους ισχυρισμούς τους για την ευγνωμοσύνη του και για το σεβασμό του, μπορεί να έχει τόσο έντονη την αίσθηση του τι θα ήταν σωστό, όπως μπορείτε,χωρίς να είναι εξίσου ισότιμο, υπό συγκεκριμένες συνθήκες, να ενεργεί επ 'αυτού ".

"τότε δεν θα ήταν τόσο έντονη η αίσθηση, αν δεν απέφερε την ίδια προσπάθεια, δεν θα μπορούσε να είναι μια ισότιμη πεποίθηση".

"Ω, η διαφορά της κατάστασης και της συνήθειας, θα ήθελα να προσπαθήσετε να καταλάβετε τι μπορεί να αισθάνεται ένας φιλικός νεαρός άνδρας απέναντι σε εκείνους που ως παιδί και αγόρι έχει κοιτάξει μέχρι όλη του τη ζωή".

"ο φιλόξενος νεαρός μας είναι ένας πολύ αδύναμος νεαρός άνδρας, αν αυτή είναι η πρώτη ευκαιρία για να πετύχει ένα ψήφισμα για να κάνει σωστά τη βούληση των άλλων, θα έπρεπε να ήταν συνήθεια μαζί του αυτή τη φορά, να ακολουθήσει το καθήκον του , αντί να συμβουλεύω την σκοπιμότητα, μπορώ να επιτρέψω τους φόβους του παιδιού, αλλά όχι του ανθρώπου, καθώς έπρεπε να είχε ξεπεράσει τον εαυτό του και να ανακάμψει όλα όσα ήταν άξια της εξουσίας του. Πρώτη προσπάθεια από την πλευρά τους για να τον κάνει να τον κάνει ελαφρύ τον πατέρα του, είχε ξεκινήσει όπως θα έπρεπε, δεν θα υπήρχε καμία δυσκολία τώρα.

«δεν θα συμφωνήσουμε ποτέ γι 'αυτόν», φώναξε Έμμα. "αλλά δεν είναι τίποτα εξαιρετικό, δεν έχω την παραμικρή ιδέα του να είσαι αδύναμος νεαρός άνδρας: αισθάνομαι βέβαιος ότι δεν είναι, ο κ. Δεν θα ήταν τυφλός στην αθανασία, αν και στο δικό του γιο, αλλά είναι πολύ πιθανό να έχει μια πιο αποδοτική, συμμορφούμενη, ήπια διάθεση απ 'ότι θα ταιριάζει με τις ιδέες σου για την τελειότητα του ανθρώπου, τολμούν να πω ότι έχει και αν και μπορεί να τον αποκόψει από κάποια πλεονεκτήματα, θα τον εξασφαλίσει πολλούς άλλους ».

"ναι, όλα τα πλεονεκτήματα του να κάθεσαι ακόμα όταν πρέπει να μετακομίσει και να οδηγείς μια ζωή απλής αδράνειας και να φαντάζεσαι εξαιρετικά ειδικός για να βρεις δικαιολογίες γι 'αυτό μπορεί να καθίσει και να γράψει μια ωραία ανθισμένη επιστολή γεμάτη επαγγέλματα και ψεύδους, και να πείσει τον εαυτό του ότι έχει χτυπήσει την καλύτερη μέθοδο στον κόσμο της διατήρησης της ειρήνης στο σπίτι και την αποτροπή του δικαιώματος του πατέρα του να διαμαρτύρεται.

"τα συναισθήματά σας είναι μοναδικά, φαίνονται να ικανοποιούν κάθε άλλο σώμα".

"υποψιάζομαι ότι δεν ικανοποιούν την κα , δεν μπορούν να ικανοποιήσουν μια γυναίκα με την καλή της αίσθηση και τα συναισθήματά της: στέκεται στη μητέρα, αλλά χωρίς την αγάπη της μητέρας να την τυφλώνει. Διότι οφείλεται σε διπλάσια αίσθηση και θα πρέπει να αισθάνεται διπλάσια την παράλειψη, εάν ήταν άνθρωπος της ίδιας της συνέπειας, θα είχε έρθει να τολμήσω να λέω, και δεν θα σήμαινε αν έκανε ή όχι, μπορείς να σκεφτείς ότι ο φίλος σου πίσω σε αυτά τα είδη σκέφτεστε ότι δεν λέει συχνά αυτά τα πράγματα στον εαυτό της; όχι, Έμμα, ο φιλόξενος νεαρός σας μπορεί να είναι ευχάριστος μόνο στα γαλλικά, όχι στα αγγλικά, μπορεί να είναι πολύ φιλικός, να έχει πολύ καλούς τρόπους και να είναι πολύ ευχάριστο, αλλά δεν μπορεί να έχει καμία αγγλική λιχουδιά για τα συναισθήματα άλλων ανθρώπων: τίποτα δεν είναι πραγματικά φιλικό γι 'αυτόν. "

"φαίνεται να είστε αποφασισμένοι να το θεωρήσετε άρρωστο".

"εγώ!" - δεν είναι καθόλου ", απάντησε ο κύριος. , μάλλον δυσαρεστημένος; "δεν θέλω να το σκέφτομαι άσχημα γι 'αυτόν, πρέπει να είμαι τόσο έτοιμος να αναγνωρίσω τα πλεονεκτήματά του ως οποιοσδήποτε άλλος άνθρωπος αλλά δεν ακούω τίποτα εκτός από αυτά που είναι απλώς προσωπικά, ότι είναι καλά αναπτυγμένος και όμορφος, , εύλογοι τρόποι. "

"καλά, αν δεν έχει τίποτα άλλο να του συστήσει, θα είναι ένας θησαυρός στο ., δεν βλέπουμε συχνά νεαρούς άνδρες, ευγενείς και ευχάριστους, δεν πρέπει να είμαστε συμπαθητικοί και να ζητάμε όλες τις αρετές στην συμφωνία δεν μπορείτε να φανταστείτε, κύριε , τι αίσθηση θα έφερνε η έλευσή του, θα υπάρξει μόνο ένα θέμα σε όλες τις ενορίες του και του , αλλά ένα ενδιαφέρον - ένα αντικείμενο περιέργειας, θα είναι ο κ. , εμείς θα σκεφτούν και θα μιλάνε για κανέναν άλλο ».

"θα δικαιολογήσετε ότι είμαι τόσο υπερβολικά τροφοδοτημένος, αν τον βρίσκω συζητήσιμος, θα χαίρομαι για τη γνωριμία του, αλλά αν είναι μόνο ένας τρελός συνάδελφος, δεν θα καταλάβει μεγάλο μέρος του χρόνου ή των σκέψεών μου".

«η ιδέα μου είναι ότι μπορεί να προσαρμόσει τη συνομιλία του με τη γεύση κάθε σώματος και έχει τη δύναμη καθώς και την επιθυμία να είναι γενικά ευχάριστη για σας θα μιλήσει για τη γεωργία για μένα για το σχέδιο ή τη μουσική και ούτω καθεξής σε κάθε σώμα, έχοντας αυτές τις γενικές πληροφορίες για όλα τα θέματα που θα του επιτρέψουν να ακολουθήσει το προβάδισμα ή να αναλάβει ηγετικό ρόλο, όπως ίσως χρειαστεί η ευπρέπεια και να μιλήσει εξαιρετικά καλά για καθένα · αυτή είναι η ιδέα μου γι 'αυτόν. "

"και η δική μου", είπε ο κύριος. Θερμά ", είναι ότι εάν αποδείξει κάτι σαν αυτό, θα είναι ο πιο ανυπόφορος άνθρωπος που αναπνέει! Τι στα τρια και είκοσι να είναι ο βασιλιάς της εταιρείας του - ο μεγάλος άνθρωπος - ο ασκούμενος πολιτικός, ο οποίος είναι να διαβάσει κανείς τον χαρακτήρα κάθε σώματος και να κάνει τα ταλέντα του κάθε σώματος να οδηγήσουν στην απεικόνιση της υπεροχής του, να διανείμει τα κολακεία του γύρω του, να κάνει όλα να φαίνονται σαν ανόητοι σε σχέση με τον εαυτό του! Να υπομείνει ένα τέτοιο κουτάβι όταν έφτασε στο σημείο. "

«δεν θα πω περισσότερα γι 'αυτόν», φώναξε Έμμα, «στρέφετε όλα τα πράγματα σε κακό, είμαστε και οι δύο προκαταλήψεις, εσείς εναντίον του, γι' αυτόν και δεν έχουμε καμία πιθανότητα να συμφωνήσουμε μέχρι να είναι πραγματικά εδώ».

"δεν είναι προκατειλημμένη!"

"αλλά είμαι πάρα πολύ, και χωρίς να ντρεπόμαστε καθόλου γι 'αυτό, η αγάπη μου για τον κ. Μου δίνει μια αποφασισμένη προκατάληψη υπέρ του".

"είναι ένας άνθρωπος που δεν σκέφτομαι ποτέ από ένα μήνα σε ένα άλλο", δήλωσε ο κ. , με ένα βαθμό αναστάτωσης, που έκανε την Έμμα αμέσως να μιλήσει για κάτι άλλο, αν και δεν μπορούσε να καταλάβει γιατί θα έπρεπε να είναι θυμωμένος.

Να πάρει μια ανυπακοή σε έναν νεαρό, μόνο επειδή εμφανίστηκε να έχει διαφορετική διάθεση από τον εαυτό του, ήταν ανάξια την πραγματική φιλελευθερία του μυαλού που πάντα συνήθιζε να αναγνωρίζει σ' αυτόν, διότι με όλη την υψηλή γνώμη του ίδιου, που συχνά είχε θέσει υπό την ευθύνη του, δεν είχε υποθέσει ποτέ για μια στιγμή ότι θα μπορούσε να τον κάνει άδικο για την αξία ενός άλλου.

Όγκος

Κεφάλαιο

Η Έμμα και η περπατούσαν μαζί ένα πρωί και, κατά την άποψη της Έμμα, μιλούσαν αρκετά για τον κ. Για εκείνη την ημέρα. Δεν μπορούσε να σκεφτεί ότι η παρηγοριά του Χάριετ ή οι αμαρτίες της απαιτούσαν περισσότερο. Και γι 'αυτό άρχισε να εκτοπίζει απαρατήρητο το θέμα καθώς επέστρεψαν - αλλά έσκασε και πάλι όταν νόμιζε ότι είχε πετύχει και αφού μίλησε κάποια στιγμή για το τι πρέπει να υποφέρουν οι φτωχοί το χειμώνα και για να μην λάβουν άλλη απάντηση παρά μια πολύ φευγαλέα - "ο κ. Είναι τόσο καλός για τους φτωχούς!" βρήκε κάτι άλλο πρέπει να γίνει.

Πλησίαζαν ακριβώς στο σπίτι όπου έζησαν η κα. Και να χάσετε τις πύλες. Αποφάσισε να τους καλέσει και να αναζητήσει ασφάλεια σε αριθμούς. Υπήρχαν πάντα επαρκείς λόγοι για μια τέτοια προσοχή. Κυρία. Και έλειψαν να μιλήσουν, και γνώριζε ότι θεωρήθηκε από τους πολύ λίγους που υπολόγιζαν ποτέ ότι έβλεπαν ατέλειες μέσα της, μάλλον αμελητέες από αυτή την άποψη και ότι δεν συνεισέφεραν αυτό που θα έπρεπε να αποδίδει στα άφθονα ανέσεις τους.

Είχε πολλές ιδέες από τον κ. Και μερικοί από την καρδιά της, ως προς την ανεπάρκεια της - αλλά κανένας δεν ήταν ίσος για να εξουδετερώσει την πειθώ ότι είναι πολύ δυσάρεστη, - χάσιμο χρόνου-κουραστικό γυναικών-και όλη η φρίκη να κινδυνεύει να πέσει με το δεύτερο και το τρίτο επιτόκιο του, που τους κάλεσε για πάντα, και επομένως σπάνια πήγε κοντά τους. Αλλά τώρα έκανε την ξαφνική απόφαση να μην περάσει την πόρτα τους χωρίς να παραβλέπει, όπως αυτή πρότεινε να, ότι, όπως θα μπορούσε να υπολογίσει, ήταν τώρα ασφαλείς από οποιαδήποτε επιστολή από τη .

Το σπίτι ανήκε στους επιχειρηματίες. Κυρία. Και οι χαμένες κούρσες κατέλαβαν το πάτωμα του γραφείου. Και εκεί, στο διαμέρισμα με πολύ μέτριο μέγεθος, το οποίο ήταν κάθε πράγμα γι'αυτούς, οι επισκέπτες ήταν ευτυχώς και ευγενικά ευπρόσδεκτοι. Την ήσυχη τακτοποιημένη ηλικιωμένη κυρία που με το πλέξιμο της καθόταν στην πιο ζεστή γωνιά, θέλοντας να παραιτηθεί ακόμη από το χώρο της για να χάσει το ξυλουργείο και την πιο ενεργή, μιλώντας κόρη της, σχεδόν έτοιμη να τα καταλάβει με προσοχή και ευγένεια, ευχαριστώ για την επίσκεψή τους, φροντίδα για τα παπούτσια τους, ανήσυχες έρευνες μετά τον κ. Η υγεία του ξυλουργού, οι χαρούμενες επικοινωνίες για τη μητέρα της και η γλυκιά κέικ από το - "η κορίτσια είχε μόλις εκεί, απλά κάλεσε για δέκα λεπτά και ήταν τόσο καλός που καθόρισε μια ώρα μαζί τους και είχε πάρει ένα κομμάτι κέικ και ήταν τόσο ευγενικό για να πει ότι της άρεσε πάρα πολύ και,

Η αναφορά των σκαφών ήταν βέβαιο ότι θα ακολουθούσε εκείνη του κ. . Υπήρχε οικειότητα μεταξύ τους, και ο κ. Ο είχε ακούσει από τον κ. Από την έξοδό του. Η Έμμα ήξερε τι έρχεται. Πρέπει να έχουν την επιστολή ξανά και να διευθετήσουν πόσο καιρό είχε φύγει και πόσο είχε εμπλακεί στην επιχείρηση και τι αγαπημένο ήταν όπου κι αν πήγαινε και πόσο γεμάτος ήταν ο κύριος της μπάλας των τελετών. Και το πέρασε πολύ καλά, με όλα τα ενδιαφέροντα και όλα τα επαίνους που θα μπορούσαν να απαιτηθούν, και πάντοτε προωθώντας για να εμποδίσει την να υποχρεωθεί να πει μια λέξη.

Αυτή ήταν προετοιμασμένη για όταν μπήκε στο σπίτι. Αλλά σήμαινε, αφού τον μίλησε κάποτε, να μην μείνει μακριά από κανένα ενοχλητικό θέμα και να περιπλανηθεί ευρέως ανάμεσα σε όλες τις ερωμένες και τις απουσίες του και στα κόμματα των καρτών τους. Δεν ήταν διατεθειμένη να πετύχει ο να πετύχει ο κ. ; αλλά ήταν πραγματικά βιαστικά μακριά από τις , πέταξε μακριά από τον τελικά απότομα στις σφαίρες, για να φτάσει σε μια επιστολή από την ανηψιά της.

"Ω! Ναι, κύριε , καταλαβαίνω -όπως και ο χορός-η κ. Μου έλεγε ότι χορεύοντας στα δωμάτια στο μπάνιο ήταν - ο κ. Ήταν τόσο ευγενικός που κάθισε λίγο μαζί μας, μιλώντας για . Γιατί μόλις εισήλθε, άρχισε να το ρωτάει, η τζέιν είναι τόσο πολύ αγαπημένη εκεί, όποτε είναι μαζί μας, η κ. Δεν ξέρει να δείχνει αρκετά την καλοσύνη της και πρέπει να πω ότι η την αξίζει όπως και κάθε σώμα, και έτσι άρχισε να το ρωτάει άμεσα, λέγοντας: «Ξέρω ότι δεν μπορείς να ακούσεις από την τον τελευταίο καιρό, επειδή δεν είναι η ώρα της συγγραφής». Και όταν είπα αμέσως, "αλλά πράγματι έχουμε, είχαμε ένα γράμμα αυτό το πρωί," δεν ξέρω ότι έχω δει ποτέ άλλο σώμα πιο περίεργο. "Έχετε, για τιμήν σας;" μου είπε: "Λοιπόν, αυτό είναι πολύ απροσδόκητο, επιτρέψτε μου να ακούσω τι λέει."

Η ευγένεια της Έμμα ήταν άμεσα διαθέσιμη, για παράδειγμα, με χαμογελαστό ενδιαφέρον -

"Έχετε ακούσει από το τόσο πρόσφατα; Είμαι πολύ χαρούμενος, ελπίζω ότι είναι καλά;"

"ευχαριστώ, είστε τόσο ευγενικοί!" απάντησε η ευτυχώς εξαπατημένη θεία, ενώ ανυπόμονα κυνηγούσε το γράμμα .- "Ω! Εδώ είναι. Ήμουν σίγουρος ότι δεν θα μπορούσε να είναι μακριά, αλλά είχα βάλει την επάνω της, βλέπετε, χωρίς να γνωρίζει, και έτσι ήταν αρκετά κρυμμένο, αλλά το είχα στο χέρι μου τόσο πολύ πρόσφατα που ήμουν σχεδόν βέβαιος ότι πρέπει να είναι στο τραπέζι, διαβάζοντάς την στην κυρία και από τότε που έφυγε, τη διάβαζα και πάλι στη μητέρα μου, γιατί είναι τόσο ευχάριστη - μια επιστολή από τη - ότι δεν μπορεί ποτέ να την ακούσει αρκετά συχνά, γι 'αυτό ήξερα ότι δεν θα μπορούσε να είναι μακριά, και εδώ είναι, μόνο κάτω από την μου - και αφού είσαι τόσο ευγενής για να θελήσω να ακούσω τι λέει - αλλά, πρώτα απ 'όλα, πρέπει πραγματικά, στη δικαιοσύνη να , ζητάς συγγνώμη για το γράψιμό της τόσο σύντομο γράμμα-μόνο δύο σελίδες που βλέπεις - μόλις δύο - και γενικά γεμίζει όλο το χαρτί και διασχίζει το μισό. Η μητέρα μου συχνά αναρωτιέται ότι μπορώ να τα καταφέρω τόσο καλά. Λέει συχνά, όταν η επιστολή ανοίγει για πρώτη φορά, "καλά, , τώρα σκέφτομαι ότι θα το βάλεις σε αυτό για να φτιάξεις όλα αυτά τα -", όχι, κύριε; , είμαι βέβαιος ότι θα προσπαθήσει να το βγάλει έξω, αν δεν είχε κανείς να το κάνει γι 'αυτήν - κάθε λέξη της - είμαι βέβαιος ότι θα το χορτάσει μέχρι να είχε φτιάξει κάθε λέξη. Και, αν και τα μάτια της μητέρας μου δεν είναι τόσο καλά όπως ήταν, μπορεί να δει εκπληκτικά καλά ακόμα, ευχαριστώ τον Θεό! Με τη βοήθεια γυαλιών. Είναι μια τέτοια ευλογία! Η μητέρα μου είναι πραγματικά πραγματικά πολύ καλή. Η Τζέιν συχνά λέει, όταν είναι εδώ, είμαι βέβαιος, η γιαγιά,

Όλα αυτά τα ομιλούμενα εξαιρετικά γρήγορα υποχρέωσαν τις μπερδεμένες να σταματήσουν για αναπνοή. Και η Έμμα είπε κάτι πολύ πολιτικό για την υπεροχή του χειρόγραφου του.

"είστε εξαιρετικά ευγενικοί", απάντησε η , ιδιαίτερα ευχαριστημένος. "εσείς που είστε τέτοιος δικαστής και γράφετε τόσο όμορφα τον εαυτό σας είμαι βέβαιος ότι δεν υπάρχει κανένας έπαινος που θα μπορούσε να μας δώσει τόσο μεγάλη ευχαρίστηση όσο το χάος του ξυλουργού η μητέρα μου δεν ακούει είναι λίγο κωφός που ξέρετε κύριε, "να την αντιμετωπίσουμε", μήπως ακούτε τι χάσει το ξυλόφυλλο είναι τόσο υποχρεωτικό να πούμε για το χειρόγραφο του ; "

Και η Έμμα είχε το πλεονέκτημα να ακούσει το δικό της ανόητο φιλοφρόνητο που επαναλήφθηκε δύο φορές πριν από την καλή ηλικιωμένη κυρία μπορούσε να το καταλάβει. Σκέφτηκε, εν τω μεταξύ, τη δυνατότητα, χωρίς να φαινόταν πολύ αγενής, να κάνει τη διαφυγή της από την επιστολή της και είχε σχεδόν αποφασίσει να βιάζεται αμέσως κάτω από κάποια ελαφρά δικαιολογία, όταν η γύρισε ξανά σε αυτήν και έριξε την προσοχή της .

"η κωφνα της μητερας μου ειναι πολυ μικρη οπως δειτε - απλως καμια απο ολα, με το να φερει η φωνη μου και να πω δυο η τριπλες φορες οτι ειναι βεβαιος να ακουσει · αλλα στη συνεχεια συνηθως χρησιμοποιει τη φωνη μου αλλα ειναι πολυ θα ήθελα πάντα να ακούω τη καλύτερα από ό, τι με κάνει.Η Τζέιν μιλάει τόσο ξεκάθαρα όμως δεν θα βρει ποτέ τη γιαγιά της, παρά ό, τι ήταν πριν από δύο χρόνια, κάτι που λέει πολλά για τη ζωή της μητέρας μου και Είναι πραγματικά γεμάτο δύο χρόνια, ξέρετε, από τότε που ήρθε εδώ, ποτέ δεν είχαμε πάει τόσο πολύ χωρίς να την δούμε πριν και όπως είπαμε στην κυρία δεν θα γνωρίζουμε πώς να την κάνουμε τώρα ».

"περιμένετε σύντομα να χάσετε τη φωτογράφηση;"

"ναι ναι, την επόμενη εβδομάδα."

"πράγματι! -πρέπει να είναι μια πολύ μεγάλη ευχαρίστηση."

"ευχαριστώ, είστε πολύ ευγενικοί, ναι, την επόμενη εβδομάδα, κάθε σώμα είναι τόσο περίεργο και κάθε σώμα λέει τα ίδια πράγματα που είναι υποχρεωτικά, είμαι βέβαιος ότι θα είναι τόσο ευτυχισμένος που θα δει τους φίλους της στο , όπως μπορεί να είναι ναι, την Παρασκευή ή το Σάββατο, δεν μπορεί να πει ποια, επειδή ο συνταγματάρχης καμμπέλ θα θέλει την ίδια τη μεταφορά από εκείνες τις ημέρες, τόσο πολύ καλός από αυτούς να την στείλει ολόκληρο το δρόμο, αλλά πάντοτε κάνουν, ξέρετε, την Παρασκευή ή το Σάββατο την επόμενη, γι 'αυτό γράφει γι' αυτό είναι λόγος της γραφής της, όπως την ονομάζουμε · επειδή, στην κοινή πορεία, δεν έπρεπε να την έχουμε ακούσει πριν από την επόμενη Τρίτη ή Τετάρτη ».

"ναι, λοιπόν, φαντάστηκα, φοβόμουν ότι θα μπορούσε να υπάρξουν ελάχιστες πιθανότητες να ακούσω κάτι που μου αρέσει σήμερα."

Αλλά θα δούμε επί του παρόντος στην επιστολή του - έγραψε στον κύριο. Το όνομα της δξόν, καθώς και το δικό της, για να πιέσουν την άφιξή τους απευθείας, και θα τους δώσουν τη συνάντηση στο Δουβλίνο και θα τους πάρουν πίσω στο κάθισμά τους, το -, ένα όμορφο μέρος, φαντάζομαι. Η Τζέιν έχει ακούσει πολλά από την ομορφιά της. Από το κ. Διξόν, εννοώ - δεν ξέρω ότι άκουσε ποτέ για αυτό από οποιοδήποτε άλλο σώμα. Αλλά ήταν πολύ φυσικό, ξέρετε, ότι θα ήθελε να μιλήσει για τη δική του θέση, ενώ πληρώνει τις διευθύνσεις του - και όπως ο συνήθως συχνά περπατούσε μαζί τους - για συνταγματάρχη και κ. Ήταν πολύ ιδιαίτερο για την κόρη τους δεν περπατά έξω συχνά με μόνο ο κ. Διξόν, για την οποία δεν τους κατηγορώ καθόλου. Φυσικά, άκουσε κάθε πράγμα που θα μπορούσε να λέει ότι έχασε το για το σπίτι του στην ιρλανδία. Και νομίζω ότι μας έγραψε λέξη ότι τους είχε δείξει κάποια σχέδια του τόπου, απόψεις που είχε πάρει ο ίδιος. Είναι ένας πολύ φιλόξενος, γοητευτικός νεαρός άνδρας, πιστεύω. Η Τζέιν ήλπιζε πολύ να πάει στην Ιρλανδία, από τον απολογισμό της. "

Αυτή τη στιγμή, μια έξυπνη κι κινούμενη καχυποψία που εισέρχεται στον εγκέφαλο του Έμμα όσον αφορά την , αυτόν τον γοητευτικό κύριο. Διξόν και η μη μετάβαση στην Ιρλανδία, είπε, με τον ύπουλο σχεδιασμό μακρύτερης ανακάλυψης,

"πρέπει να αισθάνεσαι ότι είναι πολύ τυχερός που θα πρέπει να επιτρέπεται να έρθει σε εσάς σε μια τέτοια στιγμή, αν ληφθεί υπόψη η πολύ ιδιαίτερη φιλία μεταξύ της και της κ. , δεν θα περίμενε κανείς να την δικαιολογήσει από τον συνοδευόμενο συνταγματάρχη και την καμπάνα . "

Με τη μέγιστη παρουσία του μυαλού, έτυχε της συνήθειάς της (δεν μπορώ ποτέ να το σκεφτώ χωρίς να τρέμω!) - αλλά από τότε που είχαμε την ιστορία εκείνης της ημέρας, μου άρεσε πολύ ο κύριος. Διξόν! "

"αλλά, παρά την επείγουσα ανάγκη των φίλων της και τη δική της επιθυμία να δουν την Ιρλανδία, η προτιμά να αφιερώσει το χρόνο σε εσάς και την κ. ;"

"ναι - εξ ολοκλήρου το δικό της, που είναι εξ ολοκλήρου η δική του επιλογή και ο συνταγματάρχης και η καμπάμπελ πιστεύουν ότι έχει δίκιο, ακριβώς αυτό που πρέπει να προτείνουν και πράγματι την ευχόμαστε ιδιαίτερα να δοκιμάσει τον ιθαγενή της αέρα, καθώς δεν ήταν αρκετά έτσι όπως και τα τελευταία χρόνια. "

"εγώ ανησυχώ για να ακούσω γι'αυτό νομίζω ότι κρίνουν με σύνεση αλλά η κ. Πρέπει να είναι πολύ απογοητευμένη ... Η διξόνη, καταλαβαίνω, δεν έχει αξιοσημείωτο βαθμό προσωπικής ομορφιάς · δεν είναι, σε καμία περίπτωση, με το . "

"Όχι, είστε πολύ υποχρεωμένοι να πείτε αυτά τα πράγματα - αλλά σίγουρα όχι, δεν υπάρχει σύγκριση μεταξύ τους." Η ήταν πάντα απολύτως απλή - αλλά εξαιρετικά κομψή και φιλική.

"ναι, αυτό φυσικά."

"η Τζέιν έβγαλε ένα κακό κρύο, φτωχό πράγμα, τόσο πολύ καιρό πριν από τις 7 Νοεμβρίου (όπως θα σας διαβάσω) και ποτέ δεν ήταν καλά από εδώ και πολύ καιρό, δεν είναι για ένα κρύο δεν την είπε ποτέ πριν, γιατί δεν θα μας προειδοποιήσει, όπως και της! Τόσο διακριτική! -ή όμως, είναι τόσο μακριά από τα καλά, ότι οι φίλοι της οι σκέφτονται ότι έπρεπε καλύτερα να έρθουν σπίτι και να δοκιμάσουν ένα ο οποίος πάντα συμφωνεί μαζί της και δεν έχουν καμία αμφιβολία ότι τρεις ή τέσσερις μήνες στο θα την θεραπεύσουν τελείως - και είναι σίγουρα πολύ καλύτερα να έρθει εδώ, παρά να πάει στην Ιρλανδία, αν δεν είναι καλά. Νοσοκόμα της, όπως θα έπρεπε να κάνουμε. "

"μου φαίνεται η πιο επιθυμητή ρύθμιση στον κόσμο".

-Η οποία η μητέρα μου, που βρισκόταν στο ρολόι, άκουγε ξεκάθαρα και ήταν θλιβερά ανησυχημένη. Ωστόσο, όταν διάβασα, διαπίστωσα ότι δεν ήταν σχεδόν τόσο άσχημα όσο είχα φανταστεί αρχικά. Και εγώ το φως αυτό τώρα για να της, ότι δεν σκέφτεται πολλά γι 'αυτό. Αλλά δεν μπορώ να φανταστώ πώς θα μπορούσα να είμαι τόσο μακριά από την φρουρά μου. Αν η δεν πάει καλά σύντομα, θα επικοινωνήσουμε με τον κ. . Η δαπάνη δεν θα θεωρηθεί. Και αν και είναι τόσο φιλελεύθερος, και τόσο λάτρης του που τολμούν να πω ότι δεν θα σήμαινε να χρεώσει τίποτα για τη συμμετοχή, δεν θα μπορούσαμε να υποφέρουμε να είναι έτσι, ξέρετε. Έχει μια γυναίκα και οικογένεια να διατηρήσει, και δεν είναι να δώσει μακριά τον χρόνο του. Καλά, τώρα σας έδωσα μια υπόδειξη για το τι γράφει η , θα στραφούμε στην επιστολή της και είμαι βέβαιος ότι λέει τη δική της ιστορία πολύ καλύτερα από ότι μπορώ να την πω γι 'αυτήν ». Άκουσε ξεκάθαρα, και δυστυχώς ανησυχούσε. Ωστόσο, όταν διάβασα, διαπίστωσα ότι δεν ήταν σχεδόν τόσο άσχημα όσο είχα φανταστεί αρχικά. Και εγώ το φως αυτό τώρα για να της, ότι δεν σκέφτεται πολλά γι 'αυτό. Αλλά δεν μπορώ να φανταστώ πώς θα μπορούσα να είμαι τόσο μακριά από την φρουρά μου. Αν η δεν πάει καλά σύντομα, θα επικοινωνήσουμε με τον κ. . Η δαπάνη δεν θα θεωρηθεί. Και αν και είναι τόσο φιλελεύθερος, και τόσο λάτρης του που τολμούν να πω ότι δεν θα σήμαινε να χρεώσει τίποτα για τη συμμετοχή, δεν θα μπορούσαμε να υποφέρουμε να είναι έτσι, ξέρετε. Έχει μια γυναίκα και οικογένεια να διατηρήσει, και δεν είναι να δώσει μακριά τον χρόνο του. Καλά, τώρα σας έδωσα μια υπόδειξη για το τι γράφει η , θα στραφούμε στην επιστολή της και είμαι βέβαιος ότι λέει τη δική της ιστορία πολύ καλύτερα από ότι μπορώ να την πω γι 'αυτήν ». Άκουσε ξεκάθαρα, και δυστυχώς ανησυχούσε. Ωστόσο, όταν διάβασα, διαπίστωσα ότι δεν ήταν σχεδόν τόσο άσχημα όσο είχα φανταστεί αρχικά. Και εγώ το φως αυτό τώρα για να της, ότι δεν σκέφτεται πολλά γι 'αυτό. Αλλά δεν μπορώ να φανταστώ πώς θα μπορούσα να είμαι τόσο μακριά από την φρουρά μου. Αν η δεν πάει καλά σύντομα, θα επικοινωνήσουμε με τον κ. . Η δαπάνη δεν θα θεωρηθεί. Και αν και είναι τόσο φιλελεύθερος, και τόσο λάτρης του που τολμούν να πω ότι δεν θα σήμαινε να χρεώσει τίποτα για τη συμμετοχή, δεν θα μπορούσαμε να υποφέρουμε να είναι έτσι, ξέρετε. Έχει μια γυναίκα και οικογένεια να διατηρήσει, και δεν είναι να δώσει μακριά τον χρόνο του. Καλά, τώρα σας έδωσα μια υπόδειξη για το τι γράφει η , θα στραφούμε στην επιστολή της και είμαι βέβαιος ότι λέει τη δική της ιστορία πολύ καλύτερα από ότι μπορώ να την πω γι 'αυτήν ». Βρήκα ότι δεν ήταν τόσο κακό όπως είχα φανταστεί στην αρχή? Και εγώ το φως αυτό τώρα για να της, ότι δεν σκέφτεται πολλά γι 'αυτό. Αλλά δεν μπορώ να φανταστώ πώς θα μπορούσα να είμαι τόσο μακριά από την φρουρά μου. Αν η δεν πάει καλά σύντομα, θα επικοινωνήσουμε με τον κ. . Η δαπάνη δεν θα θεωρηθεί. Και αν και είναι τόσο φιλελεύθερος, και τόσο λάτρης του που τολμούν να πω ότι δεν θα σήμαινε να χρεώσει τίποτα για τη συμμετοχή, δεν θα μπορούσαμε να υποφέρουμε να είναι έτσι, ξέρετε. Έχει μια γυναίκα και οικογένεια να διατηρήσει, και δεν είναι να δώσει μακριά τον χρόνο του. Καλά, τώρα σας έδωσα μια υπόδειξη για το τι γράφει η , θα στραφούμε στην επιστολή της και είμαι βέβαιος ότι λέει τη δική της ιστορία πολύ καλύτερα από ότι μπορώ να την πω γι 'αυτήν ». Βρήκα ότι δεν ήταν τόσο κακό όπως είχα φανταστεί στην αρχή? Και εγώ το φως αυτό τώρα για να της, ότι δεν σκέφτεται πολλά γι 'αυτό. Αλλά δεν μπορώ να φανταστώ πώς θα μπορούσα να είμαι τόσο μακριά από την φρουρά μου. Αν η δεν πάει καλά σύντομα, θα επικοινωνήσουμε με τον κ. . Η δαπάνη δεν θα θεωρηθεί. Και αν και είναι τόσο φιλελεύθερος, και τόσο λάτρης του που τολμούν να πω ότι δεν θα σήμαινε να χρεώσει τίποτα για τη συμμετοχή, δεν θα μπορούσαμε να υποφέρουμε να είναι έτσι, ξέρετε. Έχει μια γυναίκα και οικογένεια να διατηρήσει, και δεν είναι να δώσει μακριά τον χρόνο του. Καλά, τώρα σας έδωσα μια υπόδειξη για το τι γράφει η , θα στραφούμε στην επιστολή της και είμαι βέβαιος ότι λέει τη δική της ιστορία πολύ καλύτερα από ότι μπορώ να την πω γι 'αυτήν ». Αλλά δεν μπορώ να φανταστώ πώς θα μπορούσα να είμαι τόσο μακριά από την φρουρά μου. Αν η δεν πάει καλά σύντομα, θα επικοινωνήσουμε με τον κ. . Η δαπάνη δεν θα θεωρηθεί. Και αν και είναι τόσο φιλελεύθερος, και τόσο λάτρης του που τολμούν να πω ότι δεν θα σήμαινε να χρεώσει τίποτα για τη συμμετοχή, δεν θα μπορούσαμε να υποφέρουμε να είναι έτσι, ξέρετε. Έχει μια γυναίκα και οικογένεια να διατηρήσει, και δεν είναι να δώσει μακριά τον χρόνο του. Καλά, τώρα σας έδωσα μια υπόδειξη για το τι γράφει η , θα στραφούμε στην επιστολή της και είμαι βέβαιος ότι λέει τη δική της ιστορία πολύ καλύτερα από ότι μπορώ να την πω γι 'αυτήν ». Αλλά δεν μπορώ να φανταστώ πώς θα μπορούσα να είμαι τόσο μακριά από την φρουρά μου. Αν η δεν πάει καλά σύντομα, θα επικοινωνήσουμε με τον κ. . Η δαπάνη δεν θα θεωρηθεί. Και αν και είναι τόσο φιλελεύθερος, και τόσο λάτρης του που τολμούν να πω ότι δεν θα σήμαινε να χρεώσει τίποτα για τη συμμετοχή, δεν θα μπορούσαμε να υποφέρουμε να είναι έτσι, ξέρετε. Έχει μια γυναίκα και οικογένεια να διατηρήσει, και δεν είναι να δώσει μακριά τον χρόνο του. Καλά, τώρα σας έδωσα μια υπόδειξη για το τι γράφει η , θα στραφούμε στην επιστολή της και είμαι βέβαιος ότι λέει τη δική της ιστορία πολύ καλύτερα από ότι μπορώ να την πω γι 'αυτήν ». Έχει μια γυναίκα και οικογένεια να διατηρήσει, και δεν είναι να δώσει μακριά τον χρόνο του. Καλά, τώρα σας έδωσα μια υπόδειξη για το τι γράφει η , θα στραφούμε στην επιστολή της και είμαι βέβαιος ότι λέει τη δική της ιστορία πολύ καλύτερα από ότι μπορώ να την πω γι 'αυτήν ». Έχει μια γυναίκα και οικογένεια να διατηρήσει, και δεν είναι να δώσει μακριά τον χρόνο του. Καλά, τώρα σας έδωσα μια υπόδειξη για το τι γράφει η , θα στραφούμε στην επιστολή της και είμαι βέβαιος ότι λέει τη δική της ιστορία πολύ καλύτερα από ότι μπορώ να την πω γι 'αυτήν ».

"φοβάμαι ότι πρέπει να τρέξουμε μακριά", είπε η Έμμα, κοιτάζοντας το και αρχίζοντας να ανεβαίνει - "ο πατέρας μου θα μας περιμένει, δεν είχα πρόθεση, νόμιζα ότι δεν είχα την εξουσία να μείνω περισσότερο από πέντε λεπτά, όταν Εγώ μόλις μπήκα στο σπίτι, απλά τηλεφώνησα, γιατί δεν θα περάσω την πόρτα χωρίς να ρωτήσω μετά από τις καλεσμένες, αλλά έμεινα τόσο ευχάριστα υπό κράτηση, αλλά τώρα πρέπει να σας ευχηθώ καλή καλησπέρα. "

Και όχι όλα που θα μπορούσαν να παροτρυνθούν να την κρατήσουν διαδεδομένη. Ανακάλυψε ξανά στο δρόμο ευτυχισμένη σε αυτό, ότι αν και πολλή είχε αναγκαστεί να την κάνει ενάντια στη βούλησή της, αν και είχε ακούσει την όλη ουσία της επιστολής της , είχε καταφέρει να ξεφύγει από την ίδια την επιστολή.

Κεφάλαιο

Η ήταν ορφανό, το μόνο παιδί της κας. Τη νεότερη κόρη του Μπέιτς.

Ο γάμος του. Η φωτογράφηση του πεζικού, και η , είχαν την ημέρα της φήμης και της ευχαρίστησης, της ελπίδας και του ενδιαφέροντος. Αλλά τίποτα δεν έμεινε πλέον από αυτό, εκτός από τη μελαγχολική μνήμη του που πεθαίνει στη δράση του στο εξωτερικό - η χήρα του βυθίζεται κάτω από την κατανάλωση και τη θλίψη σύντομα μετά - και αυτό το κορίτσι.

Από τη γέννησή της ανήκε στο : και όταν σε τρία χρονών, όταν έχασε τη μητέρα της, έγινε η περιουσία, η δαπάνη, η παρηγοριά, η εξεύρεση της γιαγιάς και της θείας της, φαινόταν κάθε πιθανότητα να μονιμοποιηθεί μόνιμα εκεί. Της διδασκαλίας της να διδάσκει μόνο όσα πολύ περιορισμένα μέσα θα μπορούσαν να διαχειριστούν και να μεγαλώσουν χωρίς τα πλεονεκτήματα της σχέσης ή της βελτίωσης, να αναμειγνύονται με το τι της είχε δώσει η φύση σε ένα ευχάριστο πρόσωπο, καλή κατανόηση και καλές σχέσεις.

Αλλά τα συμπονετικά συναισθήματα ενός φίλου του πατέρα της έδωσαν μια αλλαγή στο πεπρωμένο της. Αυτός ήταν ο συνταγματάρχης , ο οποίος είχε πολύ μεγάλη εκτίμηση , ως ένας εξαιρετικός αξιωματικός και τον πιο άξιο νεαρό άνδρα. Και μακρύτερα, τον χρέωνε για τέτοιες προσεγγίσεις, κατά τη διάρκεια μιας σοβαρής πυρκαγιάς, καθώς πίστευε ότι είχε σώσει τη ζωή του. Αυτοί ήταν ισχυρισμοί που δεν έμαθε να παραβλέπει, αν και κάποια χρόνια πέρασαν από το θάνατο του φτωχού , πριν από τη δική του επιστροφή στην Αγγλία να θέσει τίποτα στην εξουσία του. Όταν επέστρεψε, ζήτησε το παιδί και την έβλεπε. Ήταν ένας παντρεμένος άνδρας με μόνο ένα ζωντανό παιδί, ένα κορίτσι, για την ηλικία του τζέιν: και η Τζέιν έγινε ο φιλοξενούμενος τους, πληρώνοντάς τους μεγάλες επισκέψεις και αυξανόμενος αγαπημένος με όλους. Και πριν ήταν εννέα ετών, η μεγάλη αγάπη της κόρης της γι 'αυτήν και η δική της επιθυμία να είναι ένας πραγματικός φίλος, ενωμένοι για να προσκομίσουν μια προσφορά από τον συνταγματάρχη για την ανάληψη ολόκληρης της δαπάνης της εκπαίδευσης. Έγινε αποδεκτό.

Και από εκείνη την περίοδο η τζέη είχε ανήκει στην οικογένεια του συνταγματάρχη και είχε ζήσει μαζί τους εξ ολοκλήρου, επισκέπτοντας την γιαγιά της από καιρό σε καιρό.

Το σχέδιο ήταν ότι έπρεπε να ανατραπεί για την εκπαίδευση άλλων. Τις πολύ λίγες εκατοντάδες λίβρες που κληρονόμησε από τον πατέρα της, καθιστώντας αδύνατη την ανεξαρτησία. Να φροντίσει για την αντίθεσή της ήταν έξω από την εξουσία του συνταγματάρχη ? Διότι το εισόδημά του, με αμοιβή και ραντεβού, ήταν όμορφος, η τύχη του ήταν μέτρια και πρέπει να είναι όλη η κόρη του. Αλλά, δίνοντάς της εκπαίδευση, ήλπιζε να παράσχει τα μέσα για αξιοπρεπή διαβίωση στο μέλλον.

Όπως ήταν η ιστορία του. Είχε πέσει σε καλά χέρια, δεν γνώριζε τίποτα άλλο παρά καλοσύνη από τους , και του δόθηκε άριστη εκπαίδευση. Ζει συνεχώς με δίκαιους και καλά πληροφορημένους ανθρώπους, η καρδιά και η κατανόησή της είχαν λάβει κάθε πλεονέκτημα της πειθαρχίας και του πολιτισμού. Και η κατοικία του συνταγματάρχη που βρίσκεται στο Λονδίνο, κάθε ελαφρύ ταλέντο είχε γίνει απόλυτη δικαιοσύνη, με τη συμμετοχή υψηλού επιπέδου πλοιάρχων. Η διάθεση και οι ικανότητές της ήταν εξίσου άξια όλης αυτής της φιλίας που μπορούσε να κάνει. Και σε δεκαοκτώ ή δεκαεννιά ήταν, όσο μια τέτοια νεαρή ηλικία μπορεί να είναι κατάλληλη για τη φροντίδα των παιδιών, πλήρως εξειδικευμένη στο ίδιο το ίδρυμα διδασκαλίας. Αλλά ήταν πάρα πολύ αγαπητό για να χωριστεί. Ούτε ο πατέρας ούτε η μητέρα θα μπορούσαν να προωθήσουν, και η κόρη δεν μπορούσε να αντέξει. Η κακή ημέρα αναβλήθηκε. Ήταν εύκολο να αποφασίσει ότι ήταν ακόμα πολύ μικρός. Και η Τζέιν παρέμεινε μαζί τους, μοιράζοντας, σαν μια άλλη κόρη, όλες τις εύλογες ευχαριστήσεις μιας κομψής κοινωνίας και ένα συνετό μίγμα οικίας και διασκέδασης, με μόνο το μειονέκτημα του μέλλοντος, τις εφησυχαστικές προτάσεις της δικής της καλής κατανόησης για να της υπενθυμίσει ότι όλα αυτά σύντομα θα έχουν τελειώσει.

Η αγάπη ολόκληρης της οικογένειας, η ζεστή προσκόλληση της ειδικότερα, ήταν η πιο έντιμη σε κάθε κόμμα από την περίσταση της αποφασισμένης ανωτερότητας της τόσο στην ομορφιά όσο και στις προσδοκίες. Που η φύση το είχε δώσει στο χαρακτηριστικό γνώρισμα, δεν θα μπορούσε να είναι αόρατη από τη νεαρή γυναίκα, ούτε οι ανώτερες δυνάμεις του μυαλού θα ήταν απίστευτες από τους γονείς. Συνέχισαν μαζί με αμείωτη προσοχή μέχρι το γάμο της, που με αυτή την ευκαιρία, αυτή η τύχη που συχνά αψηφά την πρόβλεψη σε γαμικές υποθέσεις, προσδίδοντας έλξη σε αυτό που είναι μέτριο παρά σε ανώτερο, εμπλέκεται στις αγάπες του κ. Διξόν, ένας νέος άντρας, πλούσιος και ευχάριστος, σχεδόν αμέσως μόλις εξοικειωθούν. Και ήταν ευπρόσδεκτα και ευτυχώς εγκαταστάθηκε, ενώ η είχε ακόμα το ψωμί της για να κερδίσει.

Αυτό το γεγονός έγινε πολύ πρόσφατα. Πολύ πρόσφατα για να επιχειρηθεί κάτι από τον λιγότερο τυχερό φίλο της για να εισέλθει στο καθήκον της. Αν και είχε πλέον φτάσει την ηλικία την οποία είχε αποφασίσει η ίδια για την αρχή. Είχε από καιρό αποφασίσει ότι το ένα και το είκοσι πρέπει να είναι η περίοδος. Με τη βαρύτητα ενός αφοσιωμένου νεοϊκάτου, είχε επιλύσει το ένα και το είκοσι για να ολοκληρώσει τη θυσία και να αποσυρθεί από όλες τις απολαύσεις της ζωής, της ορθολογικής συνουσίας, της ισότητας της κοινωνίας, της ειρήνης και της ελπίδας, στην τιμωρία και την εξολόθρευση για πάντα.

Την καλή αίσθηση του συνταγματάρχη και της κυρίας. Ο δεν μπόρεσε να αντιταχθεί σε μια τέτοια λύση, αν και τα συναισθήματά τους. Όσο ζούσαν, δεν θα χρειαζόταν καμία προσπάθεια, το σπίτι τους θα μπορούσε να είναι δική της για πάντα. Και για τη δική τους άνεση θα την είχαν κρατήσει εντελώς. Αλλά αυτό θα ήταν εγωισμό: -όπως πρέπει να είναι επιτέλους, θα ήταν καλύτερα σύντομα. Ίσως άρχισαν να αισθάνονται ότι θα ήταν ευγενέστερο και σοφότερο να αντιστέκονται στον πειρασμό οποιασδήποτε καθυστέρησης και να τους κρατήσουν από μια γεύση από τέτοιες απολαύσεις ευκολίας και αναψυχής που πρέπει τώρα να εγκαταλειφθούν. Ακόμα, η αγάπη ήταν ευτυχής να πιάσει κάθε λογική δικαιολογία για να μην βιαστεί στην άθλια στιγμή. Δεν ήταν ποτέ καλά από την εποχή του γάμου της κόρης τους. Και μέχρις ότου ανακτηθεί πλήρως η συνήθης δύναμή της, πρέπει να απαγορεύσουν την άσκηση καθηκόντων της,

Όσον αφορά την μη συνοδεία τους στην Ιρλανδία, ο λογαριασμός της στη θεία της δεν περιείχε παρά την αλήθεια, αν και μπορεί να υπάρχουν κάποιες αλήθειες που δεν λέγονται. Ήταν η δική της επιλογή να δώσει το χρόνο της απουσίας τους στο . Να περάσουν, ίσως, τους τελευταίους μήνες της απόλυτης ελευθερίας με αυτές τις καλές σχέσεις με τις οποίες ήταν τόσο πολύ αγαπητό: και οι κάμπιες, όποιο και αν ήταν το κίνητρο ή τα κίνητρά τους, είτε ενιαίο είτε διπλό ή τριπλάσιο, , και είπε ότι εξαρτιόταν περισσότερο από λίγους μήνες που πέρασε στον ιθαγενή της αέρα, για την ανάκτηση της υγείας της, παρά για κάτι άλλο. Σίγουρα θα ήταν να έρθει. Και εκείνο το , αντί να καλωσορίσω εκείνη την τέλεια καινοτομία που τόσο καιρό είχε υποσχεθεί - κύριε. Ειλικρινή εκκλησία - πρέπει να το βάζουμε για το παρόν με την , που θα μπορούσε να φέρει μόνο τη φρεσκάδα μιας διετούς "

Η Έμμα ήταν λυπημένη · -πρέπει να πληρώνει ευγνωμοσύνη σε ένα πρόσωπο που δεν του άρεσε μέσα σε τρεις μήνες! -προς να κάνει πάντα περισσότερα από ό, τι θέλησε και λιγότερο από ό, τι έπρεπε! Γιατί δεν του άρεσε η μπορεί να είναι μια δύσκολη ερώτηση που πρέπει να απαντήσω. Κύριος. Η είχε πει κάποτε ότι ήταν γιατί είδε σε αυτήν την πραγματικά πετυχημένη νεαρή γυναίκα, την οποία ήθελε να το θεωρήσει η ίδια. Και παρόλο που η κατηγορία κατηγορήθηκε ανυπόμονα εκείνη τη στιγμή, υπήρχαν στιγμές αυτοελέγχου στις οποίες η συνείδησή της δεν μπορούσε να την αθωώσει αρκετά. Αλλά "δεν θα μπορούσε ποτέ να την εξοικειώσει: δεν ήξερε πώς ήταν, αλλά υπήρχε μια τέτοια ψυχρότητα και εφεδρεία - τέτοια φαινομενική αδιαφορία αν ήταν ευχαριστημένη ή όχι - και τότε, η θεία της ήταν ένας τόσο αιώνιος ομιλητής! Έκανε μια τέτοια φασαρία με κάθε σώμα!

Ήταν μια απίστευτη τόσο μικρή - κάθε τεκμαιρόμενο λάθος ήταν τόσο μεγεθυμένο από την φαντασία, ότι δεν είδε ποτέ την την πρώτη φορά μετά από οποιαδήποτε σημαντική απουσία, χωρίς να αισθάνεται ότι την τραυμάτισε. Και τώρα, όταν πληρώθηκε η οφειλόμενη επίσκεψη, κατά την άφιξή της, μετά από διάστημα δύο ετών, χτυπήθηκε ιδιαίτερα με την ίδια την εμφάνιση και τα συνθήματα, τα οποία για αυτά τα δύο ολόκληρα χρόνια είχε υποτιμά. Το ήταν πολύ κομψό, εξαιρετικά κομψό. Και είχε την ίδια αξία για την κομψότητα. Το ύψος της ήταν όμορφο, ακριβώς όπως σχεδόν κάθε σώμα θα σκεφτόταν ψηλά και κανείς δεν μπορούσε να σκεφτεί πολύ ψηλά. Την εικόνα της ιδιαίτερα χαριτωμένη? Το μέγεθός της είναι το πλέον μέσο, ανάμεσα στο λίπος και το λεπτό, αν και μια ελαφρά εμφάνιση κακής υγείας φάνηκε να δείχνει το πιθανότερο κακό των δύο. Η Έμμα δεν μπορούσε παρά να αισθανθεί όλα αυτά. Και μετά, το πρόσωπό της - τα χαρακτηριστικά της - υπήρχε περισσότερη ομορφιά σε αυτά συνολικά από ότι είχε θυμηθεί. Δεν ήταν τακτική, αλλά ήταν πολύ ευχάριστη ομορφιά. Τα μάτια της, ένα βαθύ γκρι, με σκοτεινές βλεφαρίδες και φρύδια, δεν είχαν ποτέ αρνηθεί τον έπαινο τους. Αλλά το δέρμα, το οποίο είχε συνηθίσει να αγκαλιάζει, ως επιθυμητό χρώμα, είχε μια σαφήνεια και λιχουδιά που πραγματικά δεν χρειάζονταν πιο πλήρη άνθιση. Ήταν ένα στυλ ομορφιάς, της οποίας η κομψότητα ήταν ο βασιλεύοντας χαρακτήρας και ως εκ τούτου πρέπει, προς τιμήν του, με όλες τις αρχές της, να το θαυμάσει: - η ευελιξία, η οποία, είτε του προσώπου είτε του νου, . Εκεί, για να μην είναι χυδαία, ήταν η διάκριση και η αξία. Δεν είχε ποτέ αρνηθεί τον έπαινο τους. Αλλά το δέρμα, το οποίο είχε συνηθίσει να αγκαλιάζει, ως επιθυμητό χρώμα, είχε μια σαφήνεια και λιχουδιά που πραγματικά δεν χρειάζονταν πιο πλήρη άνθιση. Ήταν ένα στυλ ομορφιάς, της οποίας η κομψότητα ήταν ο βασιλεύοντας χαρακτήρας και ως εκ τούτου πρέπει, προς τιμήν του, με όλες τις αρχές της, να το θαυμάσει: - η ευελιξία, η οποία, είτε του προσώπου είτε του νου, . Εκεί, για να μην είναι χυδαία, ήταν η διάκριση και η αξία. Δεν είχε ποτέ αρνηθεί τον έπαινο τους. Αλλά το δέρμα, το οποίο είχε συνηθίσει να αγκαλιάζει, ως επιθυμητό χρώμα, είχε μια σαφήνεια και λιχουδιά που πραγματικά δεν χρειάζονταν πιο πλήρη άνθιση. Ήταν ένα στυλ ομορφιάς, της οποίας η κομψότητα ήταν ο βασιλεύοντας χαρακτήρας και ως εκ τούτου πρέπει, προς τιμήν του, με όλες τις αρχές της, να το θαυμάσει: - η ευελιξία, η οποία, είτε του προσώπου είτε του νου, . Εκεί, για να μην είναι χυδαία, ήταν η διάκριση και η αξία.

Με λίγα λόγια, καθόταν, κατά την πρώτη επίσκεψη, κοιτάζοντας τη με διπλή εφησυχασμό. Την αίσθηση της ευχαρίστησης και την αίσθηση της δικαιοσύνης και διαπίστωσε ότι δεν θα την άρεσε πια. Όταν πήρε στην ιστορία της, στην πραγματικότητα, την κατάστασή της, καθώς και την ομορφιά της. Όταν θεώρησε σε ποιο βαθμό αυτή η κομψότητα προοριζόταν, από τι επρόκειτο να βυθιστεί, πώς θα ζούσε, φαινόταν αδύνατο να αισθανόμαστε τίποτα, αλλά συμπόνια και σεβασμό. Ειδικά αν σε κάθε γνωστό συγκεκριμένο στοιχείο που την δίνει δικαίωμα ενδιαφέροντος, προστέθηκε η πολύ πιθανή περίσταση προσκόλλησης στον κύριο. , την οποία φυσικά είχε ξεκινήσει από μόνη της. Στην περίπτωση αυτή, τίποτα δεν θα μπορούσε να είναι πιο θλιβερό ή πιο τίμιο από τις θυσίες που είχε επιλύσει. Η Έμμα ήταν πολύ πρόθυμη τώρα να την απαλλάξει από το να τον παρασύρει ο κ. ' για τις πράξεις του από τη σύζυγό του, ή για κάτι άτακτο που είχε αρχικά προτείνει η φαντασία του. Αν ήταν αγάπη, θα μπορούσε να είναι απλή, απλή, αδυσώπητη αγάπη μόνο από την πλευρά της. Μπορεί να είχε υποσυνείδητα να πιπιλίζει στο θλιβερό δηλητήριο, ενώ ήταν ένας από τους συνομιλητές του με τη φίλη της. Και από τα καλύτερα, τα καθαρότερα κίνητρα, μπορεί τώρα να αρνείται αυτήν την επίσκεψη στην Ιρλανδία και να αποφασίσει να διαχωριστεί αποτελεσματικά από αυτόν και τις συνδέσεις του, ξεκινώντας σύντομα την καριέρα της με επίπονη υποχρέωση.

Στο σύνολό της, η εμάς την εγκατέλειψε με τέτοια μαλακωμένα, φιλανθρωπικά συναισθήματα, όπως την έκανε να κοιτάζει γύρω στο σπίτι και να θρηνεί ότι το δεν πρόσφερε κανένα νεαρό άνδρα που θα άξιζε την ανεξαρτησία της. Κανείς που δεν θα επιθυμούσε να σχεδιάσει γι 'αυτήν.

Αυτά ήταν γοητευτικά συναισθήματα - αλλά δεν ήταν μόνιμα. Πριν να έχει δεσμευτεί από οποιοδήποτε δημόσιο επάγγελμα αιώνιας φιλίας για την , ή να κάνει περισσότερα για να ανατρέψει παλαιότερες προκαταλήψεις και λάθη, παρά να λέει στον κύριο. , "είναι σίγουρα όμορφος, είναι καλύτερο από ό, τι όμορφος!" η Τζένη είχε περάσει ένα βράδυ στο Χάρτφιλντ με τη γιαγιά και τη θεία της και κάθε πράγμα είχε υποτροπιάσει στην κανονική της κατάσταση. Οι πρώτες προκλήσεις επανεμφανίστηκαν. Η θεία ήταν τόσο κουραστική όσο ποτέ. Πιο κουραστικό, γιατί το άγχος για την υγεία της προστέθηκε τώρα στο θαυμασμό των δυνάμεών της. Και έπρεπε να ακούσουν την περιγραφή του πόσο λίγο ψωμί και το βούτυρο έτρωγαν για πρωινό και πόσο μικρό ήταν ένα κομμάτι προβάτου για δείπνο, καθώς και να δουν εκθέσεις νέων καπέλων και νέων τσαντών εργασίας για τη μητέρα και τον εαυτό της. Και τα αδικήματα του αυξήθηκαν και πάλι. Είχαν μουσική. Η Έμμα ήταν υποχρεωμένη να παίξει. Και οι ευχαριστίες και ο έπαινος που ακολούθησε κατ'ανάγκην την εμφάνισαν μια προσβολή της ειλικρίνειας, έναν αέρα μεγαλοσύνης, που σημαίνει μόνο να αποδίδει σε ανώτερο στυλ τη δική του πολύ ανώτερη απόδοση. Ήταν, εκτός αυτού, ποιο ήταν το χειρότερο από όλα, τόσο κρύο, τόσο προσεκτικό! Δεν υπήρχε καμία πραγματική γνώμη της. Έσκαψε σε ένα μανδύα ευγένειας, φαινόταν αποφασισμένος να μην βλάπτει τίποτα. Ήταν αποτρόπαιο, ήταν ύποπτα επιφυλακτική. Φάνηκε αποφασισμένος να μην θέσει σε κίνδυνο. Ήταν αποτρόπαιο, ήταν ύποπτα επιφυλακτική. Φάνηκε αποφασισμένος να μην θέσει σε κίνδυνο. Ήταν αποτρόπαιο, ήταν ύποπτα επιφυλακτική.

Αν κάτι μπορούσε να είναι περισσότερο, όπου όλα ήταν τα περισσότερα, ήταν πιο επιφυλακτική σχετικά με το θέμα της και των διξόνων από κάθε πράγμα. Φαινόταν λυγισμένη να μην δίδει πραγματική εικόνα για τον κύριο. Του χαρακτήρα της δξξόν ή της δικής του αξίας για την εταιρεία του, ή της άποψης για την καταλληλότητα του αγώνα. Ήταν γενικά η γενική έγκριση και ομαλότητα. Τίποτα δεν οριοθετείται ή διακρίνεται. Δεν την έκανε όμως υπηρεσία. Η προσοχή της απομακρύνθηκε. Η Έμμα είδε την τεχνική της και επέστρεψε στα πρώτα της συμπεράσματα. Πιθανότατα υπήρχε κάτι περισσότερο για να κρύβεται παρά η δική της προτίμηση. Κύριος. Ίσως, είχε πολύ κοντά να αλλάξει έναν φίλο για τον άλλον, ή να διορθωθεί μόνο για να χάσει το , για χάρη των μελλοντικών δώδεκα χιλιάδων λιρών.

Το αντίστοιχο απόθεμα επικράτησε σε άλλα θέματα. Αυτή και ο κ. Ειλικρινής εκκλησία ήταν στο την ίδια στιγμή. Ήταν γνωστό ότι ήταν λίγο εξοικειωμένοι. Αλλά όχι μια συλλαβή πραγματικών πληροφοριών θα μπορούσε να προμηθεύσει Έμμα ως προς το τι ήταν πραγματικά. "ήταν όμορφος;" - "πίστευε ότι θεωρήθηκε ένας πολύ καλός νεαρός άνδρας." "ήταν ευχάριστος;" - "ήταν γενικά έτσι." «ήμουν ένας λογικός νέος άνθρωπος, ένας νέος άνθρωπος πληροφόρησης;» - «σε ένα πότισμα ή σε μια κοινή γνωριμία του Λονδίνου, ήταν δύσκολο να αποφασίσει κανείς για τέτοια σημεία · οι τρόποι ήταν όλοι που θα μπορούσαν να κρίνονται με ασφάλεια, κάτω από μια πολύ μεγαλύτερη γνώση από ό, τι είχε μέχρι στιγμής ο κ. , πίστευε ότι κάθε σώμα βρήκε τα χαρίσματά του. Η Έμμα δεν μπορούσε να της συγχωρήσει.

Κεφάλαιο

Η Έμμα δεν μπορούσε να της συγχωρήσει - αλλά επειδή ούτε ο πρόεδρος ούτε ο προδοσία ή η δυσαρέσκεια διακρίνονταν. , ο οποίος ήταν από το κόμμα, και είχε δει μόνο τη δέουσα προσοχή και την ευχάριστη συμπεριφορά από κάθε πλευρά, εξέφραζε το επόμενο πρωί, ήταν στο και πάλι σε συνεργασία με τον κ. Το ξύλο, την έγκριση του συνόλου. Όχι τόσο ανοιχτά όσο θα μπορούσε να είχε κάνει εάν ο πατέρας της βγήκε από την αίθουσα, αλλά μιλούσε αρκετά σαφής ώστε να είναι πολύ κατανοητός για το Έμμα. Είχε συνηθίσει να το θεωρεί άδικο για τζέη, και τώρα είχε μεγάλη χαρά να επισημάνει μια βελτίωση.

"μια πολύ ευχάριστη βραδιά", ξεκίνησε, μόλις ο κ. Το ξύλο είχε μιλήσει για το τι ήταν απαραίτητο, είπε ότι κατάλαβα και τα χαρτιά σάρωναν μακριά - "ιδιαίτερα ευχάριστο, εσύ και η μας έδωσαν κάποια πολύ καλή μουσική ... Δεν ξέρω ένα πιο πολυτελές κράτος, κύριε, η ευκολία του να διασκεδάσει ένα ολόκληρο βράδυ από δύο τέτοιες νεαρές γυναίκες, μερικές φορές με μουσική και μερικές φορές με συνομιλία.Είμαι σίγουρος ότι το πρέπει να βρήκε την βραδιά ευχάριστη, , επειδή δεν έχει κανένα μέσο στη γιαγιά της, πρέπει να ήταν μια πραγματική επιείκεια ».

"Είμαι χαρούμενος που εγκρίνατε", είπε η Έμμα χαμογελώντας. "αλλά ελπίζω ότι δεν είμαι συχνά ανεπαρκής σε αυτό που οφείλεται στους επισκέπτες στο ."

"όχι, αγαπητέ μου", είπε αμέσως ο πατέρας της. "ότι είμαι βέβαιος ότι δεν είστε, δεν υπάρχει κανείς ούτε μισός τόσο προσεκτικός και πολιτικός όπως είσαι, αν υπάρχει τίποτα, είσαι πολύ προσεκτικός ... Το χτες τη νύχτα - αν είχε παραδοθεί μία φορά, νομίζω ότι θα ήταν αρκετό . "

"όχι", είπε ο κύριος. , σχεδόν την ίδια στιγμή? «δεν είσαι συχνά ανεπαρκής · δεν είναι συχνά ανεπαρκής ούτε με τρόπο ούτε με κατανόηση» νομίζω ότι με καταλαβαίνετε λοιπόν ».

Μια αψίδα που εξέφρασε - «σε καταλαβαίνω αρκετά καλά». Αλλά είπε μόνο, "η είναι αποκλειστική."

"πάντα σας είπα ότι ήταν - λίγο, αλλά σύντομα θα ξεπεράσετε όλο αυτό το μέρος του αποθέματός της το οποίο θα έπρεπε να ξεπεραστεί, όλα όσα έχουν τα θεμέλια της στη δυσπιστία, που πρέπει να τιμηθεί".

"Νομίζεις ότι είναι αδιάφορη, δεν το βλέπω".

"αγαπητέ μου Έμμα", είπε, κινούμενος από την καρέκλα του σε ένα κοντά του, "δεν θα μου πείτε, ελπίζω, ότι δεν είχατε μια ευχάριστη βραδιά".

"Ωχ, δεν ήμουν ευχαριστημένος από τη δική μου επιμονή στην ερώτηση και διασκεδάζω να σκέφτομαι πόσο λίγες πληροφορίες έλαβα".

«είμαι απογοητευμένος», ήταν η μόνη του απάντηση.

"Ελπίζω ότι κάθε σώμα είχε μια ευχάριστη βραδιά", είπε ο κ. Ξύλο, με τον ήσυχο τρόπο. Είχα μια φορά, αισθάνθηκα τη φωτιά μάλλον πάρα πολύ, αλλά στη συνέχεια έπεσα πίσω την καρέκλα μου λίγο, πολύ λίγο, και δεν με ενοχλούσε.Η ήταν πολύ κουβεντούλα και καλή-, όπως είναι πάντα, αν και μιλάει πολύ γρήγορα, όμως, είναι πολύ ευχάριστη και η κ. Επίσης με διαφορετικό τρόπο, μου αρέσουν οι παλιοί φίλοι και η είναι μια πολύ όμορφη νεαρή κοπέλα, μια πολύ όμορφη και πολύ καλή - Θα έπρεπε να βρεθεί το βράδυ ευχάριστο, κύριε , γιατί είχε Έμμα.

"αλήθεια, κύριε, και η Έμμα, γιατί έλειπε ."

Η εμάς είδε το άγχος της και θέλησε να την κατευνάσει, τουλάχιστον για το παρόν, και με μια ειλικρίνεια την οποία κανείς δεν μπορούσε να αμφισβητήσει -

"Είναι ένα είδος κομψό πλάσμα που δεν μπορεί κανείς να κρατήσει τα μάτια από το βλέπω πάντα για να το θαυμάσει και το λυπάμαι από την καρδιά μου".

Κύριος. Ο φαινόταν σαν να ήταν πιο ευχαριστημένος από ότι του φρόντιζε να εκφράσει. Και πριν μπορέσει να απαντήσει, κύριε. Ξυλουργείο, των οποίων οι σκέψεις ήταν σχετικά με τις μπασίτες, "είναι πολύ κρίμα που οι περιστάσεις τους πρέπει να είναι τόσο περιορισμένες! Πράγματι, πολύ μεγάλη ευχή και συχνά το ήθελα - αλλά είναι τόσο λίγα που μπορεί κανείς να το κάνει - μικρά, μικρά δώρα, οτιδήποτε ασυνήθιστο - τώρα έχουμε σκοτώσει ένα χοιρινό και η Έμμα σκέφτεται να τους στείλει ένα φιλέτο ή ένα πόδι · είναι πολύ μικρό και λεπτό χοιρινό χοιρινό δεν είναι σαν κανένα άλλο χοιρινό - αλλά ακόμα χοιρινό - και, αγαπητό μου Έμμα, εκτός αν κάποιος μπορεί να είναι σίγουρος για το να το φτιάξουμε σε μπριζόλες, ωραία τηγανητές, σαν τη δική μας τηγανητή, χωρίς το μικρότερο λίπος και όχι το ψήσιμο, γιατί κανένας στομάχος δεν μπορεί να φέρει χοιρινό ψητό - νομίζω ότι έπρεπε να στείλουμε το πόδι - δεν το σκέφτεσαι, αγαπητέ μου;

"αγαπητός μου παπάς, έστειλα ολόκληρο το πίσω μέρος, ήξερα ότι θα το θέλατε, θα υπάρχει το πόδι που θα αλατιστεί, ξέρεις, το οποίο είναι τόσο ωραίο και το φιλέ που θα ντυθεί άμεσα με οποιοδήποτε τρόπο θέλει . "

"αυτό είναι σωστό, αγαπητέ μου, πολύ σωστό, δεν το είχα σκεφτεί πριν, αλλά αυτός είναι ο καλύτερος τρόπος, δεν πρέπει να αλατίζουν το πόδι και στη συνέχεια, αν δεν είναι υπερβολικά αλατισμένο και αν είναι πολύ όπως βράζει τη δική μας και τρώγεται πολύ μέτρια, με βραστό καρύδι και λίγο καρότο ή παστινάκι, δεν το θεωρώ άβολο ».

"Έμμα", είπε ο κ. Επί του παρόντος, "έχω ένα κομμάτι ειδήσεων για σας, σας αρέσει η είδηση-και άκουσα ένα άρθρο στο δρόμο μου εδώ που νομίζω ότι θα σας ενδιαφέρει".

"Ναι, πάντα μου αρέσει η είδηση, τι είναι αυτό;" "Γιατί χαμογελάς;" "Πού το ακούσατε;

Είχε χρόνο μόνο για να πει,

"Όχι, όχι σε , δεν ήμουν κοντά ," όταν η πόρτα ήταν ανοιχτή, και χάσετε και χάσετε περπάτησε μέσα στο δωμάτιο. Γεμάτη ευχαριστίες, και γεμάτη από ειδήσεις, η δεν ήξερε ποια να δώσει ταχύτερη. Κύριος. Ο σύντομα είδε ότι είχε χάσει τη στιγμή του, και ότι ούτε μια άλλη συλλαβή επικοινωνίας δεν μπορούσε να μείνει μαζί του.

"Αγαπητέ κύριε, πώς είσαι σήμερα το πρωί; Αγαπητέ μου δάσκαλο, έχω έρθει πολύ γεμάτος ενέργεια, μια τόσο όμορφη οπίσθια τεταρτημόρια χοιρινού κρέατος, είσαι πάρα πολύ πλούσια, άκουσε τα νέα; να παντρευτεί."

Η Έμμα δεν είχε το χρόνο ακόμα να σκεφτεί τον κύριο. , και ήταν τόσο ενθουσιασμένος που δεν μπορούσε να αποφύγει μια μικρή εκκίνηση και ένα μικρό ρουστίκ, στον ήχο.

"υπάρχουν τα νέα μου:" Νόμιζα ότι θα σε ενδιέφερε ", είπε ο κ. , με ένα χαμόγελο που υποδήλωνε μια πεποίθηση για κάποιο μέρος του τι είχε περάσει μεταξύ τους.

"αλλά από πού θα το ακούσετε;" φώναξε ο Μπάις. "Πού θα μπορούσατε να το ακούσετε, κύριε ; γιατί δεν είναι πέντε λεπτά από τότε που έλαβα το σημείωμα της κ. - όχι, δεν μπορεί να είναι περισσότερα από πέντε - ή τουλάχιστον δέκα - γιατί είχα το καπό μου και τον , έτοιμη να έρθω έξω - Ήμουν μόνο για να μιλήσω πάλι για να μιλήσω για το χοιρινό- στέκεται στο πέρασμα-δεν ήταν εσύ, ; -Γιατί η μητέρα μου φοβόταν τόσο που δεν είχαμε καμία αλάτι- αρκετά μεγάλο Έτσι είπα ότι θα πάω κάτω και θα δούμε, και η Τζέιν είπε: «Θα πάω κάτω;» γιατί νομίζω ότι έχεις λίγο κρυολόγημα και ο παππούς πλένει την κουζίνα »-« Ω, αγαπητέ μου », είπα - και, έπειτα, ήρθε η σημείωση, μια χαμένη χόκκινς - αυτό είναι το μόνο που ξέρω, μια χαμένη χόκεϊ του μπάνιου, αλλά, κύριε , πώς θα το ακούσατε; είπε ο κος. Κοσάρι της, κάθισε και μου έγραψε. Ένα χαριτωμένο χόκεϊς ... "

"Ήμουν με τον κ. Για δουλειά πριν από μιάμιση ώρα, είχε διαβάσει την επιστολή του , όπως έλαβα, και μου το παρέδωσε απευθείας".

"καλά, αυτό είναι αρκετά - υποθέτω ότι δεν υπήρξε ποτέ ένα κομμάτι των ειδήσεων γενικότερα ενδιαφέρουσα αγαπητέ κύριό μου, είσαι πραγματικά πάρα πολύ πλούσιος." Η μητέρα μου επιθυμεί τα καλύτερα συγχαρητήρια και τις ευχαριστίες της και χιλιάδες ευχαριστίες, και λέει ότι πραγματικά πολύ την καταπιέζουν ".

"θεωρούμε χοιρινό χοιρινό μας", απάντησε ο κ. Ξύλο "- πράγμα βεβαίως είναι, τόσο πολύ ανώτερο από όλα τα άλλα χοιρινά, ότι η Έμμα και εγώ δεν μπορεί να έχει μεγαλύτερη ευχαρίστηση από-"

«Αγαπητέ κύριό μου, όπως λέει η μητέρα μου, οι φίλοι μας είναι πάρα πολύ καλοί για μας, αν υπήρχαν πάντα άνθρωποι που, χωρίς να έχουν μεγάλο πλούτο οι ίδιοι, είχαν όλα όσα θα ήθελαν, είμαι βέβαιος ότι είμαστε εμείς. Μπορεί να πει καλά ότι «η παρτίδα μας είναι χυμένη σε μια καλή κληρονομιά». Καλά, κύριε , και έτσι είδατε πραγματικά την επιστολή, καλά ... "

"ήταν σύντομη - απλώς να ανακοινωθεί - αλλά χαρούμενη, εξωφρενική, βέβαια." - εδώ ήταν μια πονηρή ματιά στο Έμμα. "Ήταν τόσο τυχερός ώστε να ξεχάσω τα ακριβή λόγια-κανείς δεν έχει καμία δουλειά να τα θυμάται.Η πληροφορία ήταν, όπως δηλώνετε, ότι θα παντρευότανε με ένα χαριτωμένο χόκεϊν, από το ύφος του, θα έπρεπε να φανταστώ μόλις εγκαταστάθηκε. "

"ο κ. Θα παντρευτεί!" είπε το Έμμα, μόλις μπόρεσε να μιλήσει. «θα έχει τις επιθυμίες κάθε σώματος για την ευτυχία του».

"είναι πολύ νέος για να εγκατασταθεί", ήταν ο κ. Παρατήρηση του ξυλουργού. "καλύτερα να μην βιάζεται, μου φάνηκε πολύ καλά όπως ήταν, ήμασταν πάντα ευτυχείς να τον δούμε στο ".

"ένας νέος γείτονας για όλους μας, χάσετε ξύλο!" είπε χαμογελώντας. "Η μητέρα μου είναι τόσο ευχαριστημένη!" - λέει ότι δεν μπορεί να αντέξει να έχει την φτωχή παλιά φημολογία χωρίς ερωμένη - αυτή είναι μεγάλη είδηση, πράγματι, , δεν έχετε δει ποτέ τον κ. ! Δες τον."

Η περιέργεια της Τζέιν δεν εμφανίστηκε σε αυτή την απορροφητική φύση, σαν να την κατέλαβαν εξ ολοκλήρου.

"δεν είχα δει ποτέ τον κ. ", απάντησε, ξεκινώντας από αυτή την έκκληση. "είναι αυτός - είναι ένας ψηλός άνθρωπος;"

"ποιος θα απαντήσει στην ερώτηση αυτή;" φώναξε Έμμα. "ο πατέρας μου θα έλεγε" ναι ", κύριε " όχι ". Και λείπεις από τον και εγώ ότι είναι το ευτυχισμένο μέσον ... Όταν είσαι εδώ λίγο περισσότερο, παραλείπετε το , θα καταλάβετε ότι ο κύριος είναι το πρότυπο της τελειότητας στο , τόσο στο πρόσωπο όσο και στο μυαλό ».

Και το -υποθέτω ότι ποτέ δεν υπήρχε ένα ευτυχισμένο ή ένα καλύτερο ζευγάρι από το . Και κα. . Λέω, κύριε, "στρέφοντας στο κύριο ξύλο", νομίζω ότι υπάρχουν λίγα μέρη με τέτοια κοινωνία όπως το . Λέω πάντα, είμαστε πολύ ευλογημένοι στους γείτονές μας. - αγαπητέ κύριό μου, αν υπάρχει κάτι που αγαπά η μητέρα μου καλύτερα από το άλλο, είναι χοιρινό - ένα ψητό χοιρινό φιλέτο ... "

"Όσο για το ποιος ή τι χαθεί χόουκινς ή πόσο καιρό έχει εξοικειωθεί με αυτήν", δήλωσε η Έμμα, "τίποτα δεν υποθέτω ότι μπορεί να είναι γνωστό." Κάποιος αισθάνεται ότι δεν μπορεί να είναι πολύ γνωστός, έχει περάσει μόνο τέσσερα εβδομάδες. "

Κανείς δεν είχε καμία πληροφορία για να δώσει. Και, μετά από μερικές ακόμη αναρωτιμίες, είπε η Έμμα,

"Είστε σιωπηλοί, παραλείψτε - αλλά ελπίζω να εννοείτε να ενδιαφέρεστε για αυτά τα νέα ... Εσείς, που ακούσατε και βλέπετε τόσο πολύ αργά για αυτά τα θέματα, που πρέπει να είχαμε τόσο βαθιά στην επιχείρηση για λογαριασμό του - Δεν θα σας συγχωρήσουμε να είστε αδιάφοροι για τον κ. Και να χάσετε χόουκινς. "

"όταν έχω δει τον κ. ", απάντησε , "τολμούν να πω ότι θα με ενδιέφερε - αλλά νομίζω ότι απαιτεί αυτό μαζί μου. Και καθώς είναι μερικοί μήνες από τότε που παντρεύτηκε η , η εντύπωση μπορεί να είναι λίγο φθαρμένη . "

"Ναι, έχει περάσει μόνο τέσσερις εβδομάδες, όπως παρατηρείτε, χάσετε το ξύλο", είπε ο , "τέσσερις εβδομάδες χθες." - ένα χαρούμενο χόκεϊ! "- καλά, πάντα είχα φανταστεί ότι θα ήταν κάποια νεαρή κυρία εδώ. Ότι εγώ πάντα ο κ. Μου το ψιθύρισε - αλλά είπα αμέσως, «όχι, ο κ. Είναι ένας πολύ αντάξιος νέος άντρας - αλλά» - εν ολίγοις, δεν νομίζω ότι είμαι ιδιαίτερα γρήγορος σε τέτοιου είδους ανακαλύψεις. Εγώ δεν το προσποιούμαι αυτό που είναι πριν από μένα, βλέπω, ταυτόχρονα, κανείς δεν θα μπορούσε να αναρωτηθεί αν ο κ. Θα έπρεπε να φιλοδοξούσε-χάσετε το ξυλόγλυπτο σπίτι μου επιτρέπεται να μιλήσω, τόσο καλομαθημένος, ξέρει ότι δεν θα προσβάλω για ο κόσμος, πώς το κάνει η κάνει να φαίνεται αρκετά ανακτήθηκε τώρα, έχετε ακούσει από την κυρία πρόσφατα, αχ, τα αγαπητά μικρά παιδιά, , ξέρετε ότι πάντα μου αρέσει ο κύριος όπως ο κύριος .εννοώ σε υψηλό πρόσωπο και με τέτοια εμφάνιση - και όχι πολύ ομιλητικός ».

"πολύ λάθος, αγαπητή μου θεία, δεν υπάρχει καθόλου ομοιότητα".

"πολύ περίεργο, αλλά κανείς ποτέ δεν σχηματίζει μια δίκαιη ιδέα για οποιοδήποτε σώμα εκ των προτέρων, κάποιος παίρνει μια ιδέα και τρέχει μαζί του." Ο κ. , λέτε, δεν είναι αυστηρά όμορφος;

"όμορφος! Ω! Όχι - μακριά από αυτό - σίγουρα απλό, σου είπα ότι ήταν απλός."

"αγαπητέ μου, είπατε ότι η δεν θα του επέτρεπε να είναι απλή και ότι εσείς οι ίδιοι ..."

"Όχι, για μένα, η κρίση μου δεν αξίζει τίποτα, όπου σκέφτομαι, πάντα σκέφτομαι έναν άνθρωπο καλά, αλλά έδωσα αυτό που πίστευα στη γενική γνώμη, όταν τον κάλεσα καθαρό".

"καλά, αγαπητή μου , πιστεύω ότι πρέπει να τρέξουμε μακριά, ο καιρός δεν μοιάζει καλά, και η γιαγιά θα είναι ανήσυχη, είσαι πάρα πολύ υποχρεωτική, αγαπητέ μου λείπει το ξύλο, αλλά πραγματικά πρέπει να πάρουμε άδεια. Ευχάριστο κομμάτι των ειδήσεων, θα γυρίσω απλώς από την κυρία Κολ, αλλά δεν θα σταματήσω τρία λεπτά: και, , θα έπρεπε να πάτε κατευθείαν στο σπίτι - δεν θα σας έκανα σε ένα ντους! Το καλύτερο για το ήδη, ευχαριστώ, πράγματι, δεν θα επιχειρήσω να καλέσω την κα Βασιλιά, γιατί πραγματικά δεν νομίζω ότι νοιάζεται για κάτι αλλά βραστό χοιρινό: όταν ντύσουμε το πόδι θα είναι κάτι άλλο. Το πρωί σε σας, αγαπητέ κύριό μου, ο κύριος έρχεται πάρα πολύ καλά, αυτό είναι τόσο πολύ - είμαι βέβαιος ότι αν η είναι κουρασμένη, θα είστε τόσο ευγενικοί που θα της δώσετε το χέρι σας.- κ. , και χάσετε τα χόκεϊς! - καλό πρωινό για εσάς."

Η ίδια η μνήμη με τον πατέρα της είχε την μισή προσοχή που ήθελε από τον ίδιο, ενώ εξέφραζε την απογοήτευσή της για το ότι οι νέοι θα βρεθούν σε τέτοια βιασύνη - και θα παντρευτούν και ξένους - και το άλλο μισό θα μπορούσε να δώσει τη δική της άποψη για το θέμα. Ήταν για τον εαυτό της ένα διασκεδαστικό και πολύ ευπρόσδεκτο κομμάτι των ειδήσεων, αποδεικνύοντας ότι ο κ. Ο δεν μπορούσε να υποφέρει πολύ. Αλλά λυπάται για το : η πρέπει να την αισθάνεται - και ό, τι μπορούσε να ελπίζει ήταν, δίνοντας την ίδια την ίδια την πληροφορία, για να τη σώσει από το να ακούει απότομα από τους άλλους. Ήταν περίπου η εποχή που πιθανότατα να καλέσει. Αν ήθελε να συναντήσει το με τον τρόπο της! -και από την αρχή της βροχής, η Έμμα ήταν υποχρεωμένη να αναμένει ότι ο καιρός θα την κρατούσε στην κα. , και ότι η νοημοσύνη θα σπεύσει αναμφισβήτητα πάνω της χωρίς προετοιμασία.

Το ντους ήταν βαρύ, αλλά σύντομο. Και δεν ήταν πάνω από πέντε λεπτά, όταν ήρθε , με μόνο το θερμό, αναστατωμένο βλέμμα που βιάζεται εκεί με μια πλήρη καρδιά ήταν πιθανό να δώσει? Και το "! , τι νομίζετε ότι έχει συμβεί!" που έσπευσαν αμέσως, είχαν όλες τις ενδείξεις αντίστοιχης διατάραξης. Καθώς δόθηκε το χτύπημα, η Έμμα θεώρησε ότι τώρα δεν μπορούσε να επιδείξει μεγαλύτερη ευγένεια παρά ακρόαση. Και η , ανεξέλεγκτη, έτρεξε με ανυπομονησία από όσα είχε να πει. "είχε ξεκινήσει από την μισή ώρα πριν από την κ. - φοβόταν ότι θα βρέξει - φοβόταν ότι θα χύσει κάθε στιγμή - αλλά σκέφτηκε ότι θα μπορούσε να φτάσει στο πρώτα - είχε βιασθεί όσο πιο γρήγορα είναι δυνατόν, αλλά στη συνέχεια, καθώς περνούσε από το σπίτι όπου μια νεαρή γυναίκα φτιάχνε ένα φόρεμα γι 'αυτήν, σκέφτηκε ότι θα μπεί μέσα και θα δει πώς συνέχισε. Και αν και δεν φαινόταν να παραμείνει μισή στιγμή εκεί, λίγο μετά βγήκε, άρχισε να βρέχει, και δεν ήξερε τι να κάνει. Οπότε έτρεξε κατευθείαν όσο πιο γρήγορα μπορούσε και κατέφυγε στο ' "- το ' ήταν το κύριο μάλλινο κουρτίνα, το λινάρι-κουρτίνα και το κατάστημα του ψαροταβέρνα ενωμένο, το κατάστημα πρώτα σε μέγεθος και μόδα στη θέση του .-" και εκεί, εκεί έβαλε, χωρίς μια ιδέα για τίποτα στον κόσμο, δέκα λεπτά, ίσως - όταν, ξαφνικά, που θα έπρεπε να έρθει - για να είναι σίγουρος ότι ήταν τόσο περίεργο! Στο '-που θα έπρεπε να έρθει, αλλά η και ο αδελφός της! Σκέφτομαι μόνο. Νόμιζα ότι θα έπρεπε να είχε λιώσει. Δεν ήξερα τι να κάνω. Καθόμουν κοντά στην πόρτα - η ελίζαμπεθ με είδε άμεσα. Αλλά δεν το έκανε. Ήταν απασχολημένος με την ομπρέλα. Είμαι βέβαιος ότι με είδε, αλλά κοίταξε αμέσως και δεν έβλεπε. Και οι δύο πήγαν στο πιο μακρινό τέλος του καταστήματος. Και συνέχισα να καθόμουν κοντά στην πόρτα! Αγαπητός; Ήμουν τόσο άθλια! Είμαι βέβαιος ότι πρέπει να είμαι τόσο λευκός όσο η φόρμα μου. Δεν μπορούσα να φύγω ξέρετε, λόγω της βροχής? Αλλά το έκανα έτσι να ευχηθώ οπουδήποτε στον κόσμο αλλά εκεί. -χ! Αγαπητέ ξυλουργός - καλά, επιτέλους, φαντάζομαι, κοίταξε γύρω και με είδε? Γιατί αντί να συνεχίσει με τις αγορές της, άρχισαν να ψιθυρίζουν ο ένας στον άλλο. Είμαι βέβαιος ότι μιλούσαν για μένα. Και δεν θα μπορούσα να το σκέφτηκα ότι την πείθει να μου μιλήσει - (νομίζεις ότι ήταν, λείπει το ξυλουργείο;) - γιατί τώρα ήρθε μπροστά - ήρθε αρκετά κοντά μου και με ρώτησε πώς έκανα και φαινόταν έτοιμος να κουνήσω τα χέρια, αν θα ήθελα. Δεν έκανε κανένα από αυτά με τον ίδιο τρόπο που χρησιμοποίησε. Θα μπορούσα να δω ότι άλλαξε. Αλλά, φαινόταν να είναι πολύ φιλικό, και χτύπησε τα χέρια και στάθηκε μιλώντας κάποια στιγμή. Αλλά δεν ξέρω πια τι είπα - ήμουν σε τέτοια κούνημα! - θυμάμαι ότι είπε ότι λυπάται που δεν συναντήσαμε τώρα. Που σκέφτηκα πάρα πολύ καλός! Αγαπητέ ξυλουργός, ήμουν απολύτως άθλια!

Εκείνη την εποχή άρχιζε να συγκρατείται και αποφασίσαμε ότι τίποτα δεν πρέπει να με εμποδίσει να ξεφύγω - και στη συνέχεια - σκέφτομαι μόνο! - Βρήκα ότι έρχεται επάνω σε μένα - αργά ξέρετε, και σαν να το έκανε δεν ξέρουν αρκετά τι να κάνουν; Και έτσι ήρθε και μίλησε, και απάντησα - και στάθηκα για ένα λεπτό, νιώθοντας τρομακτικά, ξέρεις, δεν μπορείς να πεις πώς; και στη συνέχεια πήρα το θάρρος, και είπε ότι δεν βρέθηκε, και πρέπει να πάω; Και έτσι έβαλα; Και δεν είχα φτάσει τρία μέτρα από την πόρτα, όταν ήρθε μετά από μένα, μόνο για να πει, αν πήγαινα στο , σκέφτηκε ότι είχα πολύ καλύτερα να πάω γύρω από τον κ. Οι στάβλοι του Κολ, γιατί θα πρέπει να βρω τον πλησιέστερο δρόμο που έπεσε αρκετά από αυτή τη βροχή. Ω! Αγαπητέ, σκέφτηκα ότι θα ήταν ο θάνατος μου! Έτσι είπα, ήμουν πολύ υποχρεωμένος σε αυτόν: ξέρετε ότι δεν μπορούσα να κάνω λιγότερα; Και στη συνέχεια επέστρεψε στην Ελισάβετ και γύρισα κοντά στα στάβλια - πιστεύω ότι το έκανα - αλλά δεν ήξερα που ήμουν ή τίποτα γι 'αυτό. Ω! Να χάσω το ξύλο, θα προτιμούσα να κάνω τίποτα από το να συμβεί: και όμως, ξέρετε, υπήρξε ένα είδος ικανοποίησης για να τον δει να συμπεριφέρεται τόσο ευχάριστα και τόσο ευγενικά. Και η Ελισάβετ. Ω! Να χάσετε το ξύλο, να μου μιλήσετε και να με ξυπνήσετε ξανά. " γιατί θα πρέπει να βρω τον πλησιέστερο δρόμο που έπεσε αρκετά από αυτή τη βροχή. Ω! Αγαπητέ, σκέφτηκα ότι θα ήταν ο θάνατος μου! Έτσι είπα, ήμουν πολύ υποχρεωμένος σε αυτόν: ξέρετε ότι δεν μπορούσα να κάνω λιγότερα; Και στη συνέχεια επέστρεψε στην Ελισάβετ και γύρισα κοντά στα στάβλια - πιστεύω ότι το έκανα - αλλά δεν ήξερα που ήμουν ή τίποτα γι 'αυτό. Ω! Να χάσω το ξύλο, θα προτιμούσα να κάνω τίποτα από το να συμβεί: και όμως, ξέρετε, υπήρξε ένα είδος ικανοποίησης για να τον δει να συμπεριφέρεται τόσο ευχάριστα και τόσο ευγενικά. Και η Ελισάβετ. Ω! Να χάσετε το ξύλο, να μου μιλήσετε και να με ξυπνήσετε ξανά. " γιατί θα πρέπει να βρω τον πλησιέστερο δρόμο που έπεσε αρκετά από αυτή τη βροχή.

Ω! Αγαπητέ, σκέφτηκα ότι θα ήταν ο θάνατος μου! Έτσι είπα, ήμουν πολύ υποχρεωμένος σε αυτόν: ξέρετε ότι δεν μπορούσα να κάνω λιγότερα; Και στη συνέχεια επέστρεψε στην Ελισάβετ και γύρισα κοντά στα στάβλια - πιστεύω ότι το έκανα - αλλά δεν ήξερα που ήμουν ή τίποτα γι 'αυτό. Ω! Να χάσω το ξύλο, θα προτιμούσα να κάνω τίποτα από το να συμβεί: και όμως, ξέρετε, υπήρξε ένα είδος ικανοποίησης για να τον δει να συμπεριφέρεται τόσο ευχάριστα και τόσο ευγενικά. Και η Ελισάβετ. Ω! Να χάσετε το ξύλο, να μου μιλήσετε και να με ξυπνήσετε ξανά. " και ήρθα γύρω από τους στάβλους - πιστεύω ότι το έκανα - αλλά δεν ήξερα ακριβώς που ήμουν ή τίποτα γι 'αυτό. Ω! Να χάσω το ξύλο, θα προτιμούσα να κάνω τίποτα από το να συμβεί: και όμως, ξέρετε, υπήρξε ένα είδος ικανοποίησης για να τον δει να συμπεριφέρεται τόσο ευχάριστα και τόσο ευγενικά. Και η Ελισάβετ. Ω! Να χάσετε το ξύλο, να μου μιλήσετε και να με ξυπνήσετε ξανά. " και ήρθα γύρω από τους στάβλους - πιστεύω ότι το έκανα - αλλά δεν ήξερα ακριβώς που ήμουν ή τίποτα γι 'αυτό. Ω! Να χάσω το ξύλο, θα προτιμούσα να κάνω τίποτα από το να συμβεί: και όμως, ξέρετε, υπήρξε ένα είδος ικανοποίησης για να τον δει να συμπεριφέρεται τόσο ευχάριστα και τόσο ευγενικά. Και η Ελισάβετ. Ω! Να χάσετε το ξύλο, να μου μιλήσετε και να με ξυπνήσετε ξανά. "

Πολύ ειλικρινά έκανε Έμμα επιθυμούν να το κάνουν αυτό; Αλλά δεν ήταν άμεσα στη δύναμή της. Ήταν υποχρεωμένη να σταματήσει και να σκεφτεί. Δεν ήταν απόλυτα άνετη. Η συμπεριφορά του νεαρού, και η αδελφή του, φαινόταν σαν αποτέλεσμα αληθινής αίσθησης και δεν μπορούσε παρά να τους λυπηθεί. Όπως το περιέγραψε ο Χάριετ, υπήρξε ένα ενδιαφέρον μείγμα τραυματισμένης αγάπης και γνήσιας λιχουδιάς στη συμπεριφορά τους. Αλλά είχε πιστέψει ότι ήταν καλά νόημα, αντάξιοι άνθρωποι πριν. Και τι διαφορά έκανε αυτό στα κακά του συνδέσμου; ήταν ανόητο να διαταραχθεί από αυτό. Φυσικά, πρέπει να λυπάται να την χάσει - πρέπει να είναι όλοι λυπημένοι. Η φιλοδοξία, καθώς και η αγάπη, είχαν μάλλον εξευτελισθεί. Ίσως όλοι ήλπιζαν να αναδυθούν από τη γνωριμία του Χάριετ: και, επιπλέον, ποια ήταν η αξία της περιγραφής του Χάριετ; - όπως ευχάριστα - τόσο λίγες,

Ασκούσε τον εαυτό της και προσπάθησε να την κάνει άνετη, θεωρώντας όλα αυτά που είχαν περάσει ως απλή ασήμαντα και αρκετά άξια να κατοικήσουν,

"μπορεί να είναι τρομακτικό, προς το παρόν", είπε. "αλλά φαίνεται ότι έχετε συμπεριφέρεται εξαιρετικά καλά και είναι υπερβολικά - και ίσως ποτέ - δεν μπορεί ποτέ, όπως μια πρώτη συνάντηση, να συμβεί ξανά και επομένως δεν χρειάζεται να το σκεφτείτε».

Ο Χάριετ είπε "πολύ αληθινό" και "δεν θα το σκεφτόταν". Αλλά μιλούσε για αυτό - ακόμα δεν μπορούσε να μιλήσει για τίποτα άλλο. Και η Έμμα, επιτέλους, προκειμένου να βάλει τους μαρτίνους έξω από το κεφάλι της, ήταν υποχρεωμένος να βιαστεί στα νέα, τα οποία είχε την πρόθεση να δώσει με τόση τρυφερή προσοχή. Που δεν ξέρει τον εαυτό της αν θα χαρεί ή θα είναι θυμωμένος, ντροπιασμένος ή απλώς διασκεδασμένος, σε μια τέτοια κατάσταση του νου σε φτωχό - ένα τέτοιο συμπέρασμα του κ. Η σημασία του μαζί της!

Κύριος. Ωστόσο, τα δικαιώματα του αναβίωσαν σταδιακά. Αν και δεν αισθάνθηκε την πρώτη νοημοσύνη όπως θα μπορούσε να είχε κάνει την προηγούμενη μέρα ή μια ώρα πριν, το ενδιαφέρον της σύντομα αυξήθηκε. Και πριν τελειώσει η πρώτη συνομιλία, είχε μιλήσει σε όλες τις αισθήσεις της περιέργειας, του θαύματος και της λύπης, του πόνου και της ευχαρίστησης, σε σχέση με αυτό το τυχερό χάλκινο χάος, το οποίο θα μπορούσε να οδηγήσει στην τοποθέτηση των μαρτίνων υπό σωστή υποταγή στην φαντασία της.

Η Έμμα έμαθε να είναι πολύ χαρούμενη που υπήρξε μια τέτοια συνάντηση. Ήταν εφικτό να αποδυναμώσει το πρώτο σοκ, χωρίς να διατηρήσει καμία επιρροή στον συναγερμό. Καθώς ο Χάριε ζούσε τώρα, οι μαρτίν δεν μπορούσαν να την πάρουν, χωρίς να την αναζητήσουν, όπου μέχρι τώρα ήθελαν είτε το θάρρος είτε την επιμονή να την αναζητήσουν. Επειδή από την άρνησή του από τον αδελφό, οι αδελφές δεν είχαν ποτέ βρεθεί στην κα. Του θεάτρου; και ένα δωδεκάμηνο θα μπορούσε να περάσει χωρίς να τους ριχτεί ξανά μαζί, με οποιαδήποτε αναγκαιότητα, ή ακόμα και οποιαδήποτε δύναμη ομιλίας.

Κεφάλαιο

Η ανθρώπινη φύση είναι τόσο καλά διατεθειμένη απέναντι σε εκείνους που βρίσκονται σε ενδιαφέρουσες καταστάσεις, ότι ένας νέος άνθρωπος, ο οποίος είτε παντρεύεται είτε πεθαίνει, είναι σίγουρος ότι θα μιλήσει ευγενικά.

Μια εβδομάδα δεν είχε περάσει από το όνομα για πρώτη φορά αναφέρθηκε στο , πριν ήταν, με κάποιο τρόπο ή άλλο, ανακάλυψε ότι έχει κάθε σύσταση του προσώπου και του μυαλού? Να είναι όμορφος, κομψός, άκρως επιτυχημένος και απόλυτα φιλόξενος: και όταν ο κ. Ο ίδιος ο έφτασε στο θρίαμβο στις ευτυχείς προοπτικές του και κυκλοφόρησε τη φήμη των πλεονεκτημάτων του, υπήρχε ελάχιστα περισσότερα για να κάνει, παρά να πει το χριστιανικό του όνομα και να πει ποια μουσική έπαιξε κυρίως.

Κύριος. Ο Έλτον επέστρεψε, ένας πολύ χαρούμενος άνθρωπος. Είχε απομακρυνθεί και αποθάρρυνε - απογοητευμένος με μια πολύ αυταρχική ελπίδα, μετά από μια σειρά από όσα του φάνηκαν έντονη ενθάρρυνση. Και όχι μόνο να χάσει τη σωστή κυρία, αλλά να βρεθεί απωθημένος στο επίπεδο ενός πολύ λανθασμένου. Είχε φύγει βαθιά προσβεβλημένος-επέστρεψε με έναν άλλον - και άλλος ως ανώτερος, φυσικά, στον πρώτο, δεδομένου ότι υπό αυτές τις συνθήκες αυτό που κερδίζεται πάντα είναι αυτό που χάθηκε. Επέστρεψε ομοφυλόφιλος και αυτοπεποίθηση, πρόθυμος και πολυάσχολος, χωρίς να νοιάζει τίποτα για το χαμένο ξύλο, και να αψηφεί τη χαρά.

Ο γοητευτικός αύγουστα χόουινς, εκτός από όλα τα συνηθισμένα πλεονεκτήματα της τέλειας ομορφιάς και της αξίας, ήταν στην κατοχή μιας ανεξάρτητης περιουσίας, τόσων χιλιάδων που θα λέγατε πάντα δέκα. Ένα σημείο κάποιας αξιοπρέπειας, καθώς και κάποια ευκολία: η ιστορία είπε καλά; Δεν είχε απομακρυνθεί - είχε κερδίσει 10.000 λίρες. Ή εκεί κοντά. Και την είχε κερδίσει με τέτοια ευχάριστη ταχύτητα - η πρώτη ώρα της εισαγωγής είχε τόσο πολύ σύντομα ακολουθούμενη από διακριτική ειδοποίηση. Την ιστορία την οποία έπρεπε να δώσει η κα. Ο κόμης της άνοδος και η πρόοδος της εκδήλωσης ήταν τόσο ένδοξη - τα βήματα τόσο γρήγορα, από την τυχαία , μέχρι το δείπνο του κ. Το πράσινο και το πάρτι στην κα. Καφέ'

Είχε πιάσει τόσο ουσία και σκιά - τόσο περιουσία και αγάπη, και ήταν απλώς ο ευτυχισμένος άνθρωπος που έπρεπε να είναι; Μιλώντας μόνο για τον εαυτό του και τις δικές του ανησυχίες - περιμένοντας να τον συγχαρούσω -

έτοιμη να γελούσε - και με εγκάρδια, ατρόμητα χαμόγελα, απευθυνόμενη τώρα σε όλες τις νεαρές κυρίες του τόπου, στους οποίους, πριν από λίγες εβδομάδες, πιο προσεκτικά γαλλική.

Ο γάμος δεν ήταν ένα μακρινό γεγονός, καθώς τα κόμματα όφειλαν μόνο να ευχαριστήσουν και μόνο τα αναγκαία προετοιμασία για να περιμένουν. Και όταν βγήκε ξανά για το λουτρό, υπήρχε μια γενική προσδοκία, την οποία μια συγκεκριμένη ματιά της κυρίας. Ο δεν φάνηκε να αντιφάσκει, ότι όταν έμπαινε στη συνέχεια, θα έφερνε τη νύφη του.

Κατά τη διάρκεια της σημερινής σύντομης παραμονής του, η Έμμα μόλις τον είχε δει. Αλλά αρκετά για να αισθανθεί ότι η πρώτη συνάντηση έληξε και να της δώσει την εντύπωση ότι δεν βελτιώνεται από το μίγμα του πιέικου και της προτίμησης, που τώρα εξαπλώνεται στον αέρα του. Στην πραγματικότητα, άρχισε να αναρωτιέται ότι είχε σκεφτεί ποτέ καθόλου ευχάριστο. Και η όρασή του ήταν τόσο άρρηκτα συνδεδεμένη με κάποια πολύ δυσάρεστα συναισθήματα, ότι, εκτός από το ηθικό φως, ως πρόσκληση, μάθημα, πηγή αποδοτικής ταπείνωσης στο μυαλό της, θα ήταν ευγνώμων για να είναι σίγουρος για να μην τον δει ποτέ πάλι. Της εύχεται πολύ καλά. Αλλά έδωσε τον πόνο της, και η ευημερία του είκοσι μίλια μακριά θα διαχειριστούσε την περισσότερη ικανοποίηση.

Ο πόνος της συνεχούς διαμονής του στο , ωστόσο, πρέπει να μειωθεί σίγουρα από τον γάμο του. Θα αποφευχθούν πολλές ματαιοδοξίες - πολλές αμηχανίες εξομαλύνθηκαν από αυτό. Μια κα. Θα ήταν μια δικαιολογία για οποιαδήποτε αλλαγή της συνουσίας; Η πρώην οικειότητα μπορεί να βυθιστεί χωρίς παρατήρηση. Θα άρχιζε σχεδόν ξανά τη ζωή του.

Της κυρίας, ατομικά, η Έμμα σκέφτηκε πολύ λίγο. Ήταν αρκετά καλή για τον κ. , χωρίς αμφιβολία? Αρκετά ικανοποιημένοι για το -όμορφο αρκετά-να φανεί απλό, πιθανότατα, από την πλευρά του . Ως προς τη σύνδεση, εκεί το Έμμα ήταν απολύτως εύκολο. Πείθει, ότι μετά από όλα τα δικά του καλοπληρωμένα αξιώματα και την περιφρόνησή του, δεν είχε κάνει τίποτα. Σε αυτό το άρθρο, η αλήθεια φαινόταν εφικτή. Αυτό που ήταν, πρέπει να είναι αβέβαιο. Αλλά ποιος ήταν, θα μπορούσε να βρεθεί? Και με την κατάργηση των 10.000 λίτρων, δεν φάνηκε ότι ήταν καθόλου ο ανώτερος του Χαριέτ. Δεν έφερε κανένα όνομα, κανένα αίμα, καμία συμμαχία. Η ήταν η νεώτερη από τις δύο κόρες ενός εμπόρου του Μπρίστολ, φυσικά, πρέπει να κληθεί. Αλλά, καθώς το σύνολο των κερδών της εμπορικής ζωής του εμφανίστηκε τόσο πολύ μέτριο, δεν ήταν άδικο να υποθέσουμε ότι η αξιοπρέπεια της εμπορικής του γραμμής ήταν πολύ μέτρια. Ένα μέρος κάθε χειμώνα είχε συνηθίσει να περάσει στο μπάνιο? Αλλά η Μπρίστολ ήταν το σπίτι της, η ίδια η καρδιά του Μπρίστολ. Διότι αν και ο πατέρας και η μητέρα είχαν πεθάνει πριν από μερικά χρόνια, ένας θείος παρέμεινε - στη γραμμή του νόμου - δεν ήταν τίποτα πιο έντονα τιμωρούμενο από αυτόν, παρά ότι ήταν στη γραμμή του νόμου. Και μαζί του η κόρη είχε ζήσει. Η Έμμα τον μαντέψαμε να είναι ο σκύλος κάποιου δικηγόρου και πολύ ηλίθιος για να ανέβει. Και όλη η μεγαλοπρέπεια του συνδέσμου φάνηκε εξαρτώμενη από την αδελφή μεγαλύτερης ηλικίας, η οποία ήταν πολύ καλά παντρεμένη, σε ένα πολύ καλό κύριο, κοντά στο Μπρίστολ, που κράτησε δύο καροτσάκια! Αυτή ήταν η εκκαθάριση της ιστορίας. Αυτή ήταν η δόξα της . Διότι αν και ο πατέρας και η μητέρα είχαν πεθάνει πριν από μερικά χρόνια, ένας θείος παρέμεινε - στη γραμμή του νόμου - δεν ήταν τίποτα πιο έντονα τιμωρούμενο από αυτόν, παρά ότι ήταν στη γραμμή του νόμου. Και μαζί του η κόρη είχε ζήσει. Η Έμμα τον μαντέψαμε να είναι ο σκύλος κάποιου δικηγόρου και πολύ ηλίθιος για να ανέβει. Και όλη η μεγαλοπρέπεια του συνδέσμου φάνηκε εξαρτώμενη από την αδελφή μεγαλύτερης ηλικίας, η οποία ήταν πολύ καλά παντρεμένη, σε ένα πολύ καλό κύριο, κοντά στο Μπρίστολ, που κράτησε δύο καροτσάκια! Αυτή ήταν η εκκαθάριση της ιστορίας. Αυτή ήταν η δόξα της . Διότι αν και ο πατέρας και η μητέρα είχαν πεθάνει πριν από μερικά χρόνια, ένας θείος παρέμεινε - στη γραμμή του νόμου - δεν ήταν τίποτα πιο έντονα τιμωρούμενο από αυτόν, παρά ότι ήταν στη γραμμή του νόμου. Και μαζί του η κόρη είχε ζήσει. Η Έμμα τον μαντέψαμε να είναι ο σκύλος κάποιου δικηγόρου και πολύ ηλίθιος για να ανέβει. Και όλη η μεγαλοπρέπεια του συνδέσμου φάνηκε εξαρτώμενη από την αδελφή μεγαλύτερης ηλικίας, η οποία ήταν πολύ καλά παντρεμένη, σε ένα πολύ καλό κύριο, κοντά στο Μπρίστολ, που κράτησε δύο καροτσάκια! Αυτή ήταν η εκκαθάριση της ιστορίας. Αυτή ήταν η δόξα της . Και όλη η μεγαλοπρέπεια του συνδέσμου φάνηκε εξαρτώμενη από την αδελφή μεγαλύτερης ηλικίας, η οποία ήταν πολύ καλά παντρεμένη, σε ένα πολύ καλό κύριο, κοντά στο Μπρίστολ, που κράτησε δύο καροτσάκια! Αυτή ήταν η εκκαθάριση της ιστορίας. Αυτή ήταν η δόξα της . Και όλη η μεγαλοπρέπεια του συνδέσμου φάνηκε εξαρτώμενη από την αδελφή μεγαλύτερης ηλικίας, η οποία ήταν πολύ καλά παντρεμένη, σε ένα πολύ καλό κύριο, κοντά στο Μπρίστολ, που κράτησε δύο καροτσάκια! Αυτή ήταν η εκκαθάριση της ιστορίας. Αυτή ήταν η δόξα της .

Θα μπορούσε όμως να έχει δώσει στο τα συναισθήματά της για όλα αυτά! Είχε μιλήσει στην αγάπη. Αλλά, δυστυχώς! Δεν ήταν τόσο εύκολο να μιλήσει από αυτό. Η γοητεία ενός αντικειμένου να καταλάβει τις πολλές κενές θέσεις του μυαλού του Χάριετ δεν έπρεπε να μιλήσει μακριά. Μπορεί να αντικατασταθεί από άλλο. Σίγουρα θα ήταν πράγματι; Τίποτα δεν θα μπορούσε να είναι σαφέστερο. Ακόμη και ένα θα ήταν αρκετό; Αλλά τίποτα άλλο, φοβόταν, θα τη θεραπεύσει. Ήταν ένα από εκείνους, που, αφού κάποτε άρχισαν, θα ήταν πάντα ερωτευμένοι. Και τώρα, φτωχό κορίτσι! Ήταν πολύ χειρότερη από την επανεμφάνιση του κ. . Είχε πάντα μια ματιά σε αυτόν κάπου αλλού. Η Εμμά τον είδε μόνο μία φορά. Αλλά δύο ή τρεις φορές κάθε μέρα ο Χάριετ ήταν σίγουρος για να συναντηθεί μαζί του ή απλά να τον χάσει για να ακούσει τη φωνή του ή να δει τον ώμο του, απλά για να υπάρξει κάτι που να τον διατηρεί με την φαντασία της, σε όλη την ευνοϊκή ζεστασιά του και των εικασιών. Εξάλλου, άκουγε μόνιμα γι 'αυτόν. Για, εκτός από όταν στο , ήταν πάντα μεταξύ εκείνων που δεν είδαν κανένα λάθος στον κύριο. , και δεν βρήκε τίποτα τόσο ενδιαφέρον, όπως τη συζήτηση των ανησυχιών του. Και κάθε έκθεση, λοιπόν, κάθε εικασία - όλα όσα είχαν ήδη συμβεί, όλα που μπορεί να συμβεί στη ρύθμιση των υποθέσεων του, κατανοώντας το εισόδημα, τους υπηρέτες και τα έπιπλα, ήταν συνεχώς αναστατωμένοι γύρω της. Η εκτίμησή της έδινε τη δύναμή της με αμετάβλητο έπαινο και οι λύπες της ζούσαν ζωντανές και συναισθήματα ερεθισμένα από αδιάκοπη επανάληψη της ευτυχίας του χαριτωμένου χόουκινς και διαρκή παρατήρηση του πόσο φαινόταν συνδεδεμένος - ειδής αέρας καθώς περπατούσε στο σπίτι- πολύ καθισμένος στο καπέλο του,

Αν ήταν επιτρεπτή ψυχαγωγία, αν δεν υπήρχε πόνος στον φίλο της, ούτε να κατηγορεί τον εαυτό της, με τις διαμαρτυρίες του μυαλού του Χάριετ, η Έμμα θα ήταν διασκεδασμένη από τις παραλλαγές της. Μερικές φορές κύριε. Κυριαρχούσε, μερικές φορές οι ? Και ο καθένας ήταν περιστασιακά χρήσιμος ως έλεγχος στον άλλο. Κύριος. Η δέσμευση του ήταν η θεραπεία της αναστάτωσης της συνάντησης του κ. Χελιδόνι. Η δυστυχία που προκάλεσε η γνώση αυτής της δέσμευσης είχε λίγο παραμεριστεί από την κλήση της Ελισάβετ Μάρτιν στην κα. Λίγες μέρες αργότερα. Ο Χάριετ δεν ήταν στο σπίτι. Αλλά ένα σημείωμα είχε προετοιμαστεί και άφησε γι 'αυτήν, γραμμένο με το ίδιο το ύφος να αγγίξει. Ένα μικρό μείγμα κατακρίσεων, με μεγάλη ευγένεια. Και μέχρι ο κ. Ο ίδιος ο εμφανίστηκε, ήταν πολύ κατειλημμένος από αυτό, συνεχώς σκέψης για το τι θα μπορούσε να γίνει σε αντάλλαγμα, και επιθυμούσε να κάνει περισσότερα από όσα τόλμησε να ομολογήσει. Αλλά κύριε. Ο , αυτοπροσώπως, είχε απομακρύνει όλες αυτές τις φροντίδες. Ενώ ο ίδιος, οι μαρτίνοι ξεχάστηκαν. Και το ίδιο το πρωί της αναχώρησής του για μπάνιο ξανά, η Έμμα, για να διαλύσει κάποιες από τις δυσκολίες που προκάλεσε, έκρινε ότι ήταν καλύτερο για εκείνη να επιστρέψει στην επίσκεψη της .

Πώς θα αναγνωριζόταν αυτή η επίσκεψη - αυτό που θα ήταν απαραίτητο - και αυτό που θα μπορούσε να είναι ασφαλέστερο, υπήρξε σημείο αμφιβολίας. Η απόλυτη παραμέληση της μητέρας και των αδελφών, όταν καλείται να έρθει, θα ήταν αχαριστία. Δεν πρέπει να είναι: και όμως ο κίνδυνος μιας ανανέωσης της γνωριμίας-!

Μετά από πολλές σκέψεις, θα μπορούσε να αποφασίσει για τίποτα καλύτερο, από ό, τι επιστρέψει την επίσκεψη? Αλλά με τρόπο που, αν είχαν κατανόηση, θα έπρεπε να τους πείσει ότι θα ήταν μόνο μια επίσημη γνωριμία. Είχε την πρόθεση να την πάρει στη μεταφορά, να την αφήσει στο μύλο της μονής, ενώ οδήγησε λίγο πιο μακριά και να την καλέσει πάλι τόσο σύντομα, ώστε να μην αφήσει χρόνο για ύπουλες εφαρμογές ή επικίνδυνες υποτροπές στο παρελθόν και να δώσει το πιο αποφάσισε την απόδειξη του βαθμού οικειότητας που επιλέχθηκε για το μέλλον.

Δεν μπορούσε να σκεφτεί τίποτα καλύτερο: αν και υπήρχε κάτι που δεν μπορούσε να εγκρίνει η δική της καρδιά - κάτι αμέριμνας, απλώς γυαλισμένο - θα πρέπει να γίνει ή τι θα γινόταν από τη Χάρρυ;

Κεφάλαιο

Μικρή καρδιά είχε για την επίσκεψη. Μόλις μισή ώρα πριν ο φίλος της κάλεσε την κα. Τα κακά αστέρια της την είχαν οδηγήσει στο σημείο όπου, εκείνη τη στιγμή, ένας κορμός κατευθύνθηκε προς την αναστροφή. , λευκό-, λουτρό, έπρεπε να δει κάτω από τη λειτουργία της άρσης στο καλάθι χασάπης, η οποία ήταν να μεταφέρει αυτό όπου οι προπονητές παρελθόν; Και κάθε πράγμα σε αυτόν τον κόσμο, εκτός από τον κορμό και την κατεύθυνση, ήταν ως εκ τούτου κενό.

Πήγε, ωστόσο, και όταν έφθασαν στο αγρόκτημα και έπρεπε να υποβαθμιστεί, στο τέλος της ευρείας, τακτοποιημένης βόλτας με χαλίκια, η οποία οδήγησε μεταξύ εσπάλων μηλιών στην μπροστινή πόρτα, το βλέμμα του κάθε πράγμα που της είχε δώσει τόσο μεγάλη ευχαρίστηση το φθινόπωρο πριν, αρχίζει να αναβιώνει μια μικρή τοπική αναταραχή. Και όταν χώρισαν, η Έμμα την παρακολούθησε να κοιτάζει γύρω της με ένα είδος φόβου περιέργειας, που την οδήγησε να μην επιτρέψει την επίσκεψη να ξεπεράσει το προτεινόμενο τέταρτο μιας ώρας. Πήγε στον εαυτό της, για να δώσει αυτό το μέρος του χρόνου σε έναν παλιό υπηρέτη που ήταν παντρεμένος και εγκαταστάθηκε στο .

Το τέταρτο μιας ώρας την έφερε αμέσως στην άσπρη πύλη. Και η έλαβε την κλήση της, ήταν μαζί της χωρίς καθυστέρηση, και χωρίς παρακολούθηση από κάθε ανησυχητικό νεαρό άνδρα. Ήρθε μοναχικά κάτω από το χαλίκι με τα πόδια - ένα χαμόγελο μαρτίν ακριβώς εμφανίζεται στην πόρτα, και χωρίζει με την φαινομενικά με τελετουργική ευγένεια.

Ο Χάριετ δεν μπορούσε σύντομα να δώσει έναν κατανοητό απολογισμό. Αισθάνθηκε πάρα πολύ. Αλλά επιτέλους η Έμμα συνέλεξε αρκετά για να καταλάβει το είδος της συνάντησης και το είδος του πόνου που δημιούργησε. Είχε δει μόνο την κα. Μάρτιν και τα δύο κορίτσια. Την είχαν πάρει αμφίβολα, αν όχι δροσερά. Και τίποτα πέρα από τον απλό κοινό τόπο είχε μιλήσει σχεδόν όλη την ώρα - μέχρι τελικά, όταν η κα. Το ρητό του μαρτίν, ξαφνικά, ότι σκέφτηκε ότι η χαμένη σμίθη καλλιεργήθηκε, είχε φέρει σε ένα πιο ενδιαφέρον θέμα και θερμότερο τρόπο. Σε εκείνο το πολύ δωμάτιο είχε μετρηθεί τον περασμένο Σεπτέμβριο, με τους δύο φίλους της. Υπήρχαν τα πενιχρά σημάδια και μνημόνια πάνω στο υαλοπίνακα δίπλα στο παράθυρο. Το είχε κάνει. Όλοι φαινόταν να θυμούνται την ημέρα, την ώρα, το πάρτι, την ευκαιρία - να νιώθουν την ίδια συνείδηση, το ίδιο λυπάται - να είναι έτοιμο να επιστρέψει στην ίδια καλή κατανόηση. Και απλά μεγάλωναν ξανά σαν κι εαυτούς τους (, όπως η Έμμα πρέπει να υποψιάζεται, έτοιμος όσο καλύτερος από αυτούς να είναι εγκάρδιος και ευτυχισμένος), όταν επανήλθε η μεταφορά και όλα τελείωσαν. Το ύφος της επίσκεψης και η δυσκολία της επίσκεψης ήταν τότε αποφασιστικής σημασίας. Δεκατέσσερα λεπτά για να δοθούν σε εκείνους με τους οποίους ευχαρίστως πέρασε έξι εβδομάδες όχι πριν από έξι μήνες! -Η μέρα δεν μπορούσε παρά να το φανταστεί όλα και να αισθανθεί πόσο δικαιολογημένα θα μπορούσαν να αντιδράσουν, πόσο φυσικά πρέπει να υποφέρει ο Χάρι. Ήταν μια κακή επιχείρηση. Θα είχε δώσει πολλά, ή θα αντέξει σε μεγάλο βαθμό, για να έχει τους μαρτίνους σε υψηλότερη βαθμίδα της ζωής. Ήταν τόσο άξια, ότι λίγο υψηλότερο θα έπρεπε να ήταν αρκετό: αλλά όπως ήταν, πώς θα μπορούσε να είχε κάνει διαφορετικά; -απόθετο! -

αυτή δεν μπορούσε να μετανοήσει. Πρέπει να χωριστούν. Αλλά υπήρξε πολύς πόνος στη διαδικασία - τόσο πολύ για τον εαυτό της αυτή τη στιγμή, που σύντομα αισθάνθηκε την αναγκαιότητα μιας μικρής παρηγοριάς, και αποφάσισε να πάει στο σπίτι μέσω για να την προμηθεύσει. Το μυαλό της ήταν πολύ άρρωστο του κ. Τον Έλτον και τους μαρτίνους. Η ανανέωση των ήταν απολύτως απαραίτητη.

Ήταν ένα καλό σχέδιο. Αλλά όταν οδήγησαν στην πόρτα, άκουσαν ότι ούτε ο "κύριος ούτε η κυρία ήταν στο σπίτι". Είχαν και οι δύο έξω κάποια στιγμή? Ο άνθρωπος πίστευε ότι πήγαν στο Χάρτφιλντ.

"αυτό είναι πάρα πολύ κακό", φώναξε Έμμα, καθώς γύρισε μακριά. "και τώρα θα τους λείψουμε, πολύ προκλητικοί! - Δεν ξέρω πότε ήμουν τόσο απογοητευμένος." και έσκυψε πίσω στη γωνία, για να απολαύσει τα μουρμουριά της, ή να τα εξηγήσει μακριά. Ίσως λίγο από τα δύο - όπως είναι η συνηθέστερη διαδικασία ενός μη άρρωστου μυαλού. Επί του παρόντος το στόμιο του φορείου. Κοίταξε ψηλά. Ήταν από τον κ. Και κα. , που έμεναν να μιλήσουν μαζί της. Υπήρχε άμεση ευχαρίστηση από την οπτική γωνία τους, και ακόμα μεγαλύτερη ευχαρίστηση μεταδόθηκε στον ήχο - για τον κ. Η αμέσως την προσέλκυσε,

"πώς δουλεύεις;" "πώς να το κάνουμε;" - καθόμαστε μαζί με τον πατέρα σας - χαρούμενος που τον βλέπαμε τόσο καλά, ειλικρινά έρχεται το πρωί - έχω ένα γράμμα σήμερα το πρωί - τον βλέπουμε αύριο με το δείπνο σε μια βεβαιότητα -είναι σήμερα στο και έρχεται για ένα ολόκληρο δεκαπενθήμερο, ήξερα ότι θα ήταν έτσι .. Αν είχε έρθει στα Χριστούγεννα δεν θα μπορούσε να περάσει τρεις μέρες ήταν πάντα χαρούμενος που έκανε δεν θα έρθουν τα Χριστούγεννα, τώρα θα έχουμε τον σωστό καιρό για αυτόν, θαυμάσιος, ξηρός και καθιερωμένος καιρός, θα τον απολαύσουμε εντελώς, όλα θα έχουν αποδειχθεί ακριβώς όπως θα μπορούσαμε. "

Δεν υπήρχε αντίσταση σε τέτοια νέα, καμία δυνατότητα αποφυγής της επιρροής ενός τόσο ευτυχισμένου προσώπου όπως ο κύριος. , επιβεβαίωσε όπως όλα ήταν από τα λόγια και την όψη της συζύγου του, λιγότερα και πιο ήσυχα, αλλά όχι λιγότερο για το σκοπό. Να ξέρει ότι σκέφτηκε ότι ο ερχομός του ήταν αρκετός για να κάνει το Έμμα να το θεωρεί έτσι και ειλικρινά χαίρεται για τη χαρά τους. Ήταν μια πολύ ευχάριστη αναζωογόνηση των εξαντλημένων πνευμάτων. Το φθαρμένο παρελθόν βυθίστηκε στη φρεσκάδα του έρχοντος. Και με την ταχύτητα της σκέψης μισής στιγμής, ήλπιζε τον κύριο. Ο Ελτον δεν θα μιλούσε πλέον.

Κύριος. Η της έδωσε την ιστορία των δεσμεύσεων στο , που επέτρεψαν στο γιο του να απαντήσει για να έχει ένα ολόκληρο δεκαπενθήμερο στην εντολή του, καθώς και τη διαδρομή και τη μέθοδο του ταξιδιού του. Και άκουγε, και χαμογέλασε, και συγχαρητήρια.

"σύντομα θα τον φέρει στο ", δήλωσε ο ίδιος, στο συμπέρασμα.

Η Έμμα θα μπορούσε να φανταστεί ότι είδε ένα άγγιγμα του χεριού σε αυτή την ομιλία, από τη σύζυγό του.

"θα έπρεπε να προχωρήσουμε καλύτερα, κύριε ," είπε, "κρατάμε τα κορίτσια".

"καλά, καλά, είμαι έτοιμος" - και γυρίζοντας ξανά στην Έμμα, "αλλά δεν πρέπει να περιμένετε έναν τόσο όμορφο νεαρό άνδρα" είχατε μόνο το λογαριασμό μου ξέρετε "τολμούν να πω ότι δεν είναι πραγματικά τίποτα έκτακτο:"

- αν και τα δικά του λαμπερά μάτια επί του παρόντος μιλούσαν μια πολύ διαφορετική πεποίθηση.

Η Έμμα θα μπορούσε να φανεί απόλυτα ασυνείδητη και αθώα, και να απαντήσει με τρόπο που δεν διέθετε τίποτα.

"σκεφτείτε το πρωί, αγαπητέ μου Έμμα, περίπου στις τέσσερις", ήταν η κ. Την εντολή διαίρεσης του . Μιλώντας με κάποια ανησυχία, και σήμαινε μόνο γι 'αυτήν.

"τέσσερις ώρες!" - εξαρτάται από αυτό θα είναι εδώ με τρία ", ήταν ο κ. Γρήγορη τροποποίηση του . Και έτσι έληξε μια πιο ικανοποιητική συνάντηση. Τα πνεύματα της εμάς είχαν τοποθετηθεί αρκετά στην ευτυχία. Κάθε πράγμα φορούσε διαφορετικό αέρα. Ο και τα άλογά του δεν φαινόταν να είναι τόσο μισοί τόσο υποτονικοί όσο πριν. Όταν κοίταξε τα φράγματα, σκέφτηκε ότι τουλάχιστον ο γέροντας πρέπει να βγει σύντομα. Και όταν γύρισε στη Χαριέτα, είδε κάτι σαν μια ματιά της άνοιξης, ένα τρυφερό χαμόγελο ακόμα και εκεί.

"θα περάσει ο κ. Μέσω του λουτρού καθώς και του ;" - ήταν μια ερώτηση, ωστόσο, η οποία δεν προείπε πολύ.

Αλλά ούτε η γεωγραφία ούτε η ηρεμία μπορούσαν να έρθουν ταυτόχρονα και η Έμμα ήταν τώρα σε χιούμορ για να αποφασίσει ότι και οι δύο πρέπει να έρθουν στο χρόνο.

Το πρωί της ενδιαφέρουσας ημέρας έφτασε, και η κ. Ο πιστός μαθητής του δεν ξεχάσει ούτε στις δέκα, ούτε στις έντεκα ή στις δώδεκα, ότι έπρεπε να το σκεφτεί στα τέσσερα.

"αγαπητέ αγαπητή φίλη μου," - είπε, σε πνευματικό πείραμα, ενώ περπατούσε κάτω από το δωμάτιό της, "πάντοτε πολύ φροντίδα για την άνεση κάθε σώματος αλλά και για τη δική σας, σας βλέπω τώρα σε όλα τα μικρά σας μυστηριώδη, πηγαίνοντας ξανά και ξανά στο δωμάτιό του, για να βεβαιωθείτε ότι όλα είναι σωστά. " το ρολόι χτύπησε δώδεκα καθώς περνούσε από την αίθουσα. "« Δέκα δώδεκα · δεν θα ξεχάσω να σκεφτώ για σας τέσσερις ώρες από εκεί · και αυτή τη φορά ίσως το πρωί ίσως ή λίγο αργότερα ίσως να σκέφτομαι τη δυνατότητα να τους καλέσω όλοι εδώ. Να τον φέρει σύντομα. "

Άνοιξε την πόρτα του σαλονιού και είδε δύο κύριους να κάθονται μαζί με τον πατέρα της. Το και το γιο του. Είχαν φτάσει μόνο λίγα λεπτά και ο κ. Ο δεν είχε τελειώσει καθόλου την εξήγηση της ειλικρινούς ότι ήταν μια μέρα πριν από την ώρα του και ο πατέρας της βρισκόταν ακόμα στο κέντρο της πολύ αστικής υποδοχής του και συγχαρητήρια, όταν εμφανίστηκε, να έχει το μερίδιο του για το παράξενο, την εισαγωγή και την ευχαρίστηση.

Η ειλικρινής Εκκλησία που τόσο πολύ μίλησε, τόσο υψηλού ενδιαφέροντος, ήταν στην πραγματικότητα μπροστά της - της παρουσιάστηκε σε αυτήν και δεν πίστευε ότι είχε πει πολλά στον έπαινο της. Ήταν ένας πολύ καλός νεαρός άνδρας. Το ύψος, ο αέρας, η διεύθυνση, όλα ήταν απροσπέλαστα και η όψη του είχε μεγάλο πνεύμα και ζωντάνια του πατέρα του. Κοίταξε γρήγορη και λογική. Ένιωσε αμέσως ότι θα έπρεπε να τον αρέσει. Και υπήρχε ένας ευγενής τρόπος ευκολίας και μια ετοιμότητα να μιλήσει, που την έπεισε ότι ήλθε να την γνωρίσει, και ότι σύντομα θα πρέπει να είναι γνωστή.

Είχε φτάσει στο προηγούμενο βράδυ. Ήταν ευχαριστημένος με την επιθυμία να φτάσει που τον είχε κάνει να αλλάξει το σχέδιό του και να ταξιδέψει νωρίτερα, αργότερα και πιο γρήγορα για να κερδίσει μισή μέρα.

"σου είπα χθες", φώναξε ο κ. «δεν είμαι σίγουρος ότι θα μπορούσα να βοηθήσω να φτάσω πιο γρήγορα από ό, τι έχει προγραμματίσει» και η ευχαρίστηση του έρχεται μέσα στους φίλους κάποιου πριν αρχίσει η ματιά, αξίζει πολύ περισσότερα από οποιαδήποτε μικρή προσπάθεια χρειάζεται ».

«είναι μεγάλη χαρά που κάποιος μπορεί να το απολαύσει», είπε ο νεαρός άνδρας, «αν και δεν υπάρχουν πολλά σπίτια που θα έπρεπε να υποθέσω μέχρι στιγμής · αλλά στο έπακρο ένιωσα ότι θα μπορούσα να κάνω κάτι».

Η λέξη σπίτι έκανε τον πατέρα του να τον κοιτάξει με φρέσκο εφησυχασμό. Η Έμμα ήταν σίγουρη ότι ήξερε πώς να κάνει τον εαυτό της ευχάριστο. Η καταδίκη ενισχύθηκε από όσα ακολούθησαν. Ήταν πολύ ευχαριστημένος με , νόμιζε ότι ήταν ένα πολύ διακεκριμένο σπίτι, δεν θα μπορούσε να επιτρέψει να είναι ακόμη και πολύ μικρό, θαύμαζε την κατάσταση, το περίπατο στο , το ίδιο το , το ακόμη περισσότερο και δήλωνε ότι πάντα ένιωθε είδος ενδιαφέροντος στη χώρα, που δεν δίνει παρά η δική του χώρα, και η μεγαλύτερη περιέργεια για την επίσκεψή της. Ότι δεν θα έπρεπε ποτέ να ήταν σε θέση να επιδοθεί τόσο φιλικά ένα συναίσθημα πριν, πέρασε ύποπτα μέσα από τον εγκέφαλο του Έμμα? Αλλά, αν ήταν ψεύδος, ήταν ευχάριστο και ευχάριστα χειριζόταν. Ο τρόπος του δεν είχε αέρα μελέτης ή υπερβολής.

Οι υποκείμευσές τους γενικά ήταν τέτοιες που ανήκαν σε μια αρχική γνωριμία. Από την πλευρά του ήταν οι έρευνες - "Ήταν μια άλογο;" -παράγοντας βόλτες; -παράγοντες περίπατοι; -είναι μια μεγάλη γειτονιά; -για το , ίσως, έδωσε αρκετή κοινωνία; -όταν υπήρχαν αρκετά πολύ όμορφα σπίτια μέσα και γύρω από αυτό. - μπάλες - είχαν μπάλες; - ήταν μια μουσική κοινωνία;

Αλλά όταν ικανοποιήθηκαν σε όλα αυτά τα σημεία και ο γνωστός τους προχώρησε αναλόγως, κατάφερε να βρει μια ευκαιρία, ενώ οι δύο πατέρες τους δεσμεύονταν μεταξύ τους, εισήγαγαν τη πεθερά του και μιλούσαν για αυτήν με τόσο όμορφο έπαινο, τόσο πολύ θερμή θαυμασμό, τόση ευγνωμοσύνη για την ευτυχία που εξασφάλισε στον πατέρα του και την πολύ ευγενική υποδοχή του, όπως και μια πρόσθετη απόδειξη για το πώς μπορεί να ευχαριστήσει - και σίγουρα σκέφτηκε ότι αξίζει τον κόπο να προσπαθήσει να την ευχαριστήσει . Δεν πρότεινε μια λέξη της επαίνους πέρα από αυτό που ήξερε ότι έπρεπε να αξίζει καλά από την κα. ; αλλά, αναμφίβολα θα μπορούσε να γνωρίζει πολύ λίγα πράγματα. Κατάλαβε τι θα ήταν ευπρόσδεκτη. Θα μπορούσε να είναι σίγουρος για τίποτα άλλο. "ο γάμος του πατέρα του," είπε, "ήταν το πιο σοφό μέτρο, κάθε φίλος πρέπει να χαίρεται σε αυτό.

Πήρε όσο πιο κοντά μπορούσε για να την ευχαριστήσει για τα πλεονεκτήματα του , χωρίς να ξεχνάει ότι στην κοινή πορεία των πραγμάτων έπρεπε μάλλον να υποθέσουμε ότι η είχε σχηματίσει το χαμένο χαρακτήρα του ξυλουργού, αντί να χάσει το ξύλο του . Και επιτέλους, σαν να αποφάσισε να προκρίνει την άποψή του εντελώς για να ταξιδέψει στο αντικείμενο του, τον τυλίγει όλα με ενθουσιασμό στη νεολαία και την ομορφιά του προσώπου της.

"κομψό, ευχάριστο τρόπο, εγώ ήμουν προετοιμασμένος για", είπε αυτός? "αλλά ομολογώ ότι, θεωρώντας κάθε πράγμα, δεν περίμενα κάτι περισσότερο από μια πολύ ανεκτική γυναίκα της συγκεκριμένης ηλικίας, δεν ήξερα ότι ήμουν να βρω μια όμορφη νεαρή γυναίκα στην κα ."

"δεν μπορείτε να δείτε υπερβολική τελειότητα στην κα για τα συναισθήματά μου", είπε η Έμμα. "ήσαστε να την μαντέψετε να είναι δεκαοκτώ, θα έπρεπε να ακούσω με ευχαρίστηση, αλλά θα ήταν έτοιμη να διαμαρτυρηθεί μαζί σας για τη χρήση τέτοιων λέξεων, μην την αφήσετε να φανταστεί ότι έχετε μιλήσει για αυτήν ως μια όμορφη νεαρή γυναίκα".

"Ελπίζω ότι θα πρέπει να γνωρίζω καλύτερα", απάντησε. "όχι, εξαρτάται από αυτό (με ένα χαλαρό τόξο), που κατά την αντιμετώπιση της κ. Πρέπει να καταλάβω ποιον θα μπορούσα να επαινέσω χωρίς να υπάρχει κίνδυνος να θεωρηθεί υπερβολικός με τους όρους μου".

Η Έμμα αναρωτιόταν εάν η ίδια υποψία για το τι θα περίμενε κανείς από το να γνωρίζει ο ένας τον άλλον, ο οποίος είχε πάρει ισχυρή κατοχή από το μυαλό του, και αν τα συγχαρητήριά του έπρεπε να θεωρηθούν ως σημάδια συναινέσεως ή αποδείξεις παραβίασης. Πρέπει να δει περισσότερα από αυτόν για να καταλάβει τους τρόπους του. Επί του παρόντος θεώρησε μόνο ότι ήταν ευχάριστο.

Δεν είχε καμία αμφιβολία για το τι κ. Η συχνά σκέφτεται. Το γρήγορο μάτι του, που ανίχνευσε ξανά και ξανά, κοιτάζοντας προς τα εμπρός με μια ευτυχισμένη έκφραση. Και ακόμα, όταν ίσως είχε αποφασίσει να μην κοιτάξει, ήταν σίγουρος ότι ακούει συχνά.

Η απόλυτη απαλλαγή του ίδιου του πατέρα του από κάθε είδους σκέψη, ολόκληρη η έλλειψη σε αυτόν για κάθε είδους διείσδυση ή υποψία ήταν μια πιο άνετη περίσταση. Ευτυχώς δεν ήταν πιο μακριά από την έγκριση του γάμου παρά από την πρόβλεψή του. - Αν και πάντοτε διαμαρτυρόταν για κάθε γάμο που είχε κανονιστεί, ποτέ δεν υπέφερε από τη σύλληψη οποιουδήποτε. Φαινόταν σαν να μην μπορούσε να σκεφτεί τόσο άσχημα για την κατανόηση δύο ατόμων ότι υποτίθεται ότι σήμαιναν να παντρευτούν μέχρις ότου αποδείχθηκαν εναντίον τους. Ευλόγησε την ευνοϊκή τύφλωση. Θα μπορούσε τώρα, χωρίς το μειονέκτημα μιας και μόνο δυσάρεστης υποθέσεως, χωρίς μια προοπτική να προχωρήσει σε τυχόν προδοσία του φιλοξενούμενου του, να δώσει τη θέση του σε όλη του τη φυσική ευγενική ευγένεια σε απαιτητικές έρευνες μετά τον κ. Κατά τη διαδρομή του,

Μια λογική επίσκεψη, ο κ. Ο άρχισε να κινείται - "πρέπει να πάει, είχε δουλειά στο στέμμα για το σανό του και πολλά δώρα για την κα στο , αλλά δεν χρειάζεται να βιάζει κανένα άλλο σώμα". Ο γιος του, πολύ καλά εκτρεφόμενος για να ακούσει την υπόδειξη, σηκώθηκε αμέσως, λέγοντας,

"καθώς συνεχίζετε να εργάζεστε, κύριε, θα επωφεληθώ της ευκαιρίας για μια επίσκεψη, η οποία πρέπει να καταβληθεί κάποια μέρα ή άλλη και επομένως μπορεί να πληρωθεί τώρα. Έχω την τιμή να γνωρίσω έναν γείτονα δική σου, (στρέφοντας στην Έμμα), μια κυρία που κατοικεί στο ή κοντά στο , μια οικογένεια με το όνομα , δεν θα έχω καμία δυσκολία, υποθέτω, στην εξεύρεση του σπιτιού, αν και , πιστεύω, δεν είναι το σωστό όνομα- θα ήθελα μάλλον να πω ή . Ξέρετε κάποια οικογένεια με αυτό το όνομα; "

"για να είμαστε βέβαιοι ότι το κάνουμε", φώναξε ο πατέρας του. "Κύριε Μπάτετς - περάσαμε το σπίτι της - έβλεπα χαμένες κούτες στο παράθυρο, αληθινό, αληθινό, γνωρίζετε τη χάσα , θυμάμαι ότι την γνωρίζατε στο και ότι είναι μια ωραία κοπέλα που την καλούν, από όλους που σημαίνει."

"δεν υπάρχει καμία ανάγκη για την κλήση μου σήμερα το πρωί", είπε ο νεαρός άνδρας. "μια άλλη μέρα θα έκαναν επίσης, αλλά υπήρχε αυτός ο βαθμός γνωριμίας στο που-"

"Ω, πηγαίνετε σήμερα, πηγαίνετε σήμερα, πηγαίνετε σήμερα, μην το αναβάλλετε, αυτό που είναι σωστό να γίνει δεν μπορεί να γίνει πολύ σύντομα και, εκτός από αυτό, πρέπει να σας δώσω μια υπαινιγμό, ειλικρινή, κάθε επιθυμία της προσοχής εδώ θα πρέπει να το αποφύγετε προσεκτικά, την είδατε με τα , όταν ήταν η ίση με κάθε σώμα με το οποίο αναμείχθηκε, αλλά εδώ είναι με μια φτωχή παλιά γιαγιά, η οποία έχει ελάχιστα να ζήσει επάνω. Να είναι μια μικρή. "

Ο γιος φάνηκε πεπεισμένος.

"άκουσα να μιλάει για τον γνωστό," είπε η Έμμα. "Είναι μια πολύ κομψή νεαρή γυναίκα."

Συμφώνησε σε αυτό, αλλά με τόσο ήσυχο «ναι», όπως την διέτρεχε σχεδόν να αμφιβάλει για την πραγματική του συναίνεση. Και όμως πρέπει να υπάρχει ένα πολύ ξεχωριστό κομμάτι κομψότητας για τον μοντέρνο κόσμο, αν η θα μπορούσε να θεωρηθεί μόνο συνήθως ταλαντούχος μαζί της.

"αν ποτέ δεν ήσαστε ιδιαίτερα χτυπημένος από τα έθιμά της πριν," είπε, "νομίζω ότι θα το κάνετε σήμερα, θα τη δείτε ωφέλιμη, θα την δείτε και θα την ακούσετε - όχι, φοβάμαι ότι δεν θα την ακούσετε καθόλου , επειδή έχει μια θεία που δεν κατέχει ποτέ τη γλώσσα της. "

"γνωρίζετε τη χαμένη , κύριε, έτσι;" είπε ο κ. Ξύλο, πάντα το τελευταίο να κάνει το δρόμο του στη συνομιλία; "έπειτα με αφήνετε να σας διαβεβαιώσω ότι θα την βρείτε μια πολύ ευχάριστη νεαρή κοπέλα, μένει εδώ για μια επίσκεψη στη γιαγιά και τη θεία της, πολύ αξιόλογους ανθρώπους, τους γνωρίζω όλη τους τη ζωή. Σε βλέπω, είμαι βέβαιος · και ένας από τους δούλους μου θα πάει μαζί σου για να σου δείξει το δρόμο ».

"Αγαπητέ κύριό μου, σε καμία περίπτωση στον κόσμο, ο πατέρας μου μπορεί να με κατευθύνει".

"αλλά ο πατέρας σου δεν πηγαίνει τόσο μακριά, πηγαίνει μόνο στο στέμμα, ακριβώς στην άλλη πλευρά του δρόμου και υπάρχουν πολλά σπίτια, ίσως να χάσεις πάρα πολύ και είναι πολύ βρώμικο περπατήστε, εκτός και αν κρατάτε το μονοπάτι · αλλά ο προπονητής μου μπορεί να σας πει πού πρέπει να περνάτε καλύτερα από το δρόμο. "

Κύριος. Ο ειλικρινής ιερέας εξακολουθεί να το μειώνει, κοιτάζοντας όσο σοβαρά μπορούσε, και ο πατέρας του έδωσε την πλούσια υποστήριξη του καλώντας "καλός φίλος μου, αυτό είναι απολύτως περιττό · ο ειλικρινής ξέρει μια λακκούβα του νερού όταν το βλέπει και όσο η κα. , μπορεί να φτάσει εκεί από το στέμμα σε ένα βήμα, βήμα, και άλμα. "

Τους επιτρεπόταν να πάνε μόνοι τους. Και με ένα εγκάρδιο νεύμα από ένα, και ένα χαριτωμένο τόξο από το άλλο, οι δύο κύριοι πήραν άδεια. Η Έμμα παρέμεινε πολύ ευχαριστημένη από αυτή την αρχή της γνωριμίας και θα μπορούσε πλέον να ασχοληθεί με το να σκεφτεί όλοι σε κάθε ώρα της ημέρας, με πλήρη εμπιστοσύνη στην άνεση τους.

Κεφάλαιο

Το επόμενο πρωί έφερε τον κ. Ειλικρινή εκκλησία. Ήρθε με την κα. , σε ποιον και στο φαινόταν να πάρει πολύ εγκάρδια. Είχε κάθεται μαζί της, φάνηκε, πιο συνηθισμένα στο σπίτι, μέχρι τη συνήθη ώρα της άσκησης. Και επειδή ήθελαν να βάλουν το περίπατο τους, να σταθεροποιηθούν αμέσως στο . "- Δεν αμφιβάλλει ότι υπήρχαν πολύ ευχάριστοι βόλτες προς κάθε κατεύθυνση, αλλά αν τον άφηναν, θα έπρεπε πάντα να γοητεύσει το ίδιο , αυτό το ευάερο, χαρούμενο, χαρούμενο - θέα το , θα είναι συνεχής έλξη του. "- , με την κα. , στάθηκε για ? Και πίστευε ότι έφερε μαζί του την ίδια κατασκευή. Περπατούσαν κατευθείαν εκεί.

Η Έμμα δεν τις περίμενε: για τον κ. , που είχε ζητήσει μισό λεπτό, για να ακούσει ότι ο γιος του ήταν πολύ όμορφος, δεν γνώριζε τίποτε για τα σχέδιά του. Και ήταν μια ευχάριστη έκπληξη γι 'αυτήν, ως εκ τούτου, να τα αντιληφθούν περπατώντας μέχρι το σπίτι μαζί, βραχίονα στο χέρι. Ήθελε να τον δει πάλι, και ειδικά για να τον δει μαζί με την κα. , από τη συμπεριφορά του στην οποία θα εξαρτιόταν η γνώμη του γι 'αυτόν. Αν ήταν ελλιπής εκεί, τίποτα δεν πρέπει να το κάνει για κάτι τέτοιο. Αλλά όταν τα είδε μαζί, έγινε απόλυτα ικανοποιημένος. Δεν ήταν απλά με ωραία λόγια ή υπερβολική φιλοφρόνηση ότι κατέβαλε το καθήκον του. Τίποτα δεν θα μπορούσε να είναι πιο σωστό ή ευχάριστο από ό, τι ο τρόπος της σε όλη της - τίποτα δεν θα μπορούσε να υποδηλώνει ευχάριστα την επιθυμία του να την θεωρήσει ως φίλο και να εξασφαλίσει την αγάπη της. Και υπήρχε αρκετός χρόνος για να σχηματίσει η Έμμα μια λογική κρίση, καθώς η επίσκεψή τους περιελάμβανε όλο το υπόλοιπο πρωί. Ήταν και οι τρεις περπατώντας μαζί για μια ώρα ή δύο-πρώτο γύρο των θραυστήρων του , και στη συνέχεια στο . Ήταν ευχαριστημένος με όλα τα πράγματα. Θαυμάστε το αρκετά για τον κ. Το αυτί του ξυλουργού. Και όταν επιλύθηκε περαιτέρω, ομολόγησε την επιθυμία του να εξοικειωθεί με ολόκληρο το χωριό και βρήκε πολύτιμο θέμα συζήτησης και ενδιαφέροντος πολύ περισσότερο από ό, τι μπορούσε να υποθέσει η Έμμα.

Μερικά από τα αντικείμενα της περιέργειάς του μίλησαν πολύ φιλόξενα συναισθήματα. Ζήτησε να γίνει το σπίτι που έζησε ο πατέρας του για τόσο πολύ καιρό και το οποίο ήταν το σπίτι του πατέρα του πατέρα του. Και με την ανάμνηση ότι μια ηλικιωμένη γυναίκα που τον νοσηλευόταν ζούσε ακόμα, περπάτησε στην αναζήτηση του εξοχικού σπιτιού από το ένα άκρο του δρόμου στο άλλο. Και αν και σε ορισμένα σημεία επιδίωξης ή παρατήρησης δεν υπήρχε θετικό πλεονέκτημα, έδειξαν, εν γένει, μια καλή θέληση προς το εν γένει, που πρέπει να είναι πολύ σαν αξία για εκείνους με τους οποίους ήταν.

Η Έμμα παρακολούθησε και αποφάσισε ότι με τέτοια συναισθήματα όπως αυτά που εμφανίστηκαν τώρα, δεν θα μπορούσε να υποτιμηθεί δίκαια ότι είχε απομακρυνθεί οικειοθελώς. Ότι δεν είχε πάρει μέρος, ούτε έκανε παρέλαση αδιανόητων επαγγελμάτων. Και αυτός ο κύριος. Ο σίγουρα δεν τον έκανε δικαιοσύνη.

Η πρώτη παύση τους βρισκόταν στο στενό πανδοχείο, ένα ασήμαντο σπίτι, αν και το κυριότερο ήταν εκείνο όπου τα ζευγάρια των μετα-άλογα κρατήθηκαν, περισσότερο για την ευκολία της γειτονιάς παρά από οποιοδήποτε τρέξιμο στο δρόμο. Και οι σύντροφοί του δεν περίμεναν να κρατηθούν από κανένα συμφέρον ενθουσιασμένο εκεί. Αλλά πέρα από αυτό έδωσαν την ιστορία του μεγάλου δωματίου που προστέθηκε εμφανώς. Είχε κατασκευαστεί πριν από πολλά χρόνια για μια αίθουσα χορού και ενώ η γειτονιά βρισκόταν σε ένα ιδιαίτερα πυκνοκατοικημένο, χορευτικό κράτος, χρησιμοποιήθηκε περιστασιακά ως τέτοιο · αλλά τέτοιες λαμπρές μέρες είχαν περάσει πολύ και τώρα ο υψηλότερος σκοπός για κάτι που ήθελε ποτέ ήταν να φιλοξενήσει ένα σφύριγμα που δημιουργήθηκε ανάμεσα στους κύριους και μισούς κύριους του τόπου. Αμέσως ενδιαφερόταν. Ο χαρακτήρας του ως σφαίρας τον έπιασε. Και αντί να μετακυλίεται, σταματάει για μερικά λεπτά στα δύο ανώτερα σκεπασμένα παράθυρα που ήταν ανοικτά, να κοιτάζει μέσα και να εξετάζει τις δυνατότητές του και να θρηνεί ότι ο αρχικός σκοπός του θα έπρεπε να έχει σταματήσει. Δεν είδε κανένα λάθος στην αίθουσα, δεν θα αναγνώριζε κανένα που πρότειναν. Όχι, ήταν αρκετά μακρύς, αρκετά ευρύς, αρκετά όμορφος. Θα κρατούσε τον ίδιο τον αριθμό για άνεση. Θα έπρεπε να έχουν μπάλες εκεί τουλάχιστον κάθε δεκαπενθήμερο μέχρι το χειμώνα. Γιατί δεν χάσατε το ξυλουργείο αναβίωσε τις πρώην καλές παλιές μέρες του δωματίου; -όποιος μπορεί να κάνει κάτι στο ! Η έλλειψη κατάλληλων οικογενειών και η πεποίθηση ότι κανένας πέραν του τόπου και των άμεσων περιχώρων του θα μπορούσε να μπει στον πειρασμό να παραστεί, αλλά δεν ήταν ικανοποιημένος. Δεν μπορούσε να πείσει ότι τόσες πολλές καλαίσθητες κατοικίες όπως είδε γύρω του, δεν μπορούσε να παράσχει επαρκείς αριθμούς για μια τέτοια συνάντηση. Και ακόμη και όταν δόθηκαν λεπτομέρειες και περιγράφηκαν οι οικογένειες, ήταν ακόμη απρόθυμος να παραδεχτεί ότι η ταλαιπωρία ενός τέτοιου μίγματος θα ήταν οποιοδήποτε πράγμα ή ότι θα υπήρχε η μικρότερη δυσκολία σε κάθε σώμα να επιστρέψει στην κατάλληλη θέση το επόμενο πρωί. Υποστήριξε σαν ένας νεαρός άντρας που λυγίζει πολύ χορεύοντας. Και η Έμμα ήταν μάλλον έκπληκτος για να δει το σύνταγμα της δυτικής κυριαρχούσε τόσο αποφασιστικά ενάντια στις συνήθειες των εκκλησιών. Φάνηκε να έχει όλη τη ζωή και το πνεύμα, τα χαρούμενα συναισθήματα και τις κοινωνικές τάσεις του πατέρα του, και τίποτα από την υπερηφάνεια ή το αποθεματικό του . Της υπερηφάνειας, πράγματι, υπήρχε, ίσως, ελάχιστα. Η αδιαφορία του για μια σύγχυση της τάξης, που συνορεύει πάρα πολύ με την ανυπαρξία του νου. Δεν θα μπορούσε να είναι δικαστής, ωστόσο, για το κακό που κρατούσε φτηνό.

Επιτέλους πείστηκε να προχωρήσει από το μπροστινό μέρος του στέμματος. Και τώρα βρισκόταν σχεδόν απέναντι από το σπίτι όπου στέγαζαν οι , η Έμμα θυμόταν την προβλεπόμενη επίσκεψή του την προηγούμενη ημέρα και τον ρώτησε αν το είχε πληρώσει.

"ναι, ω! Ναι" - απάντησε. "Θα ήθελα να το αναφέρω πολύ επιτυχημένη επίσκεψη:" Έχω δει όλες τις τρεις κυρίες και ένιωσα πάρα πολύ υποχρεωμένη για την προπαρασκευαστική σας υπόδειξη. " ο θάνατος μου, όπως ήταν, ήταν μόνο προδομένος να πληρώσω μια πολύ παράλογη επίσκεψη, δέκα λεπτά θα ήταν όλα όσα ήταν απαραίτητα, ίσως ό, τι ήταν σωστό και είχα πει στον πατέρα μου ότι σίγουρα θα ήμουν στο σπίτι πριν από αυτόν - αλλά δεν υπήρξε απομάκρυνση, χωρίς παύση · και, στην απόλυτη έκπληξή μου, βρήκα, όταν (με βρήκε πουθενά αλλού) με ένωσε εκεί τελικά, ότι είχα καθίσει πραγματικά μαζί τους σχεδόν τα τρία τέταρτα της ώρας η καλή κυρία δεν μου είχε δώσει τη δυνατότητα να διαφύγω πριν. "

"και πώς νομίζατε ότι δεν έβλεπε ;"

"άρρωστος, πάρα πολύ άσχημος, δηλαδή αν μια νεαρή κοπέλα μπορεί πάντα να αδυνατεί να κοιτάξει άρρωστα, αλλά η έκφραση είναι δύσκολα παραδεκτή, κύριε , είναι" οι γυναίκες δεν μπορούν ποτέ να φαίνονται άρρωστοι "και, σοβαρά, ανοιχτό, σχεδόν πάντα για να δώσει την εμφάνιση κακής υγείας. - μια πολύ αξιοθρήνητη έλλειψη χροιάς ».

Η Έμμα δεν θα συμφωνούσε σε αυτό και άρχισε μια ζεστή υπεράσπιση της επιδερμίδας του . "δεν ήταν σίγουρα ποτέ λαμπρή, αλλά δεν θα της επέτρεπε να έχει μια γενική ασθενική απόχρωση και υπήρχε μια μαλακότητα και λιχουδιά στο δέρμα της που έδωσε ιδιαίτερη κομψότητα στο χαρακτήρα του προσώπου της". Άκουγε με όλη την εκτίμησή του. Αναγνώρισε ότι είχε ακούσει πολλούς ανθρώπους να λένε το ίδιο - αλλά παρόλα αυτά πρέπει να ομολογήσει, ότι σε αυτόν δεν μπορεί να κάνει τίποτα για την αποκατάσταση της ανάγκης για την ωραία λάμψη της υγείας. Όπου τα χαρακτηριστικά ήταν αδιάφορα, μια ωραία χροιά έδινε ομορφιά σε όλους τους. Και όπου ήταν καλές, το αποτέλεσμα ήταν - ευτυχώς δεν χρειάζεται να επιχειρήσει να περιγράψει το αποτέλεσμα.

"Λοιπόν," είπε η Έμμα, "δεν υπάρχει αμφιβολία για τη γεύση. -Μπορείτε τουλάχιστον να την θαυμάσετε εκτός από την επιδερμίδα της."

Κούνησε το κεφάλι του και γέλασε .- "Δεν μπορώ να χωρίσω το και την επιδερμίδα του."

"την είδατε συχνά στο ; ήταν συχνά στην ίδια κοινωνία;"

Αυτή τη στιγμή πλησίαζαν τα ορφανά, και αναφώνησε βιαστικά: "αυτό πρέπει να είναι το ίδιο το κατάστημα που κάθε όργανο παρακολουθεί κάθε μέρα της ζωής του, όπως με ενημερώνει ο πατέρας μου. Από τους επτά, και έχει πάντα δουλειά στο , αν δεν είναι ενοχλητικό για σας, προσεύχεστε να πάμε μέσα, να μπορώ να αποδείξω ότι ανήκω στον τόπο, να είμαι αληθινός πολίτης του . - θα τολμήσω να πω ότι πωλούν γάντια ».

"ναι, ναι, γάντια και όλα τα πράγματα, θαυμάζω τον πατριωτισμό σου, θα είσαι λατρευτός στο , ήσασταν πολύ δημοφιλής προτού φτάσεις, γιατί ήσασταν ο γιος του , αλλά βάζατε μισή γουινέα στο . Η δημοτικότητα θα σταθεί στις δικές σας αρετές ".

Πήγαν μέσα. Και ενώ τα κομψά καλά συνδεδεμένα αγροτεμάχια των «καραβάνων των ανδρών» και του «μαύρου μαυρίσματος» έβαζαν κάτω και έδειχναν στον πάγκο, είπε- «αλλά ικετεύω τη χάρη σας, χάσατε ξυλόγλυπτα, μου μιλούσατε, είπατε κάτι ακριβώς την στιγμή της έκρηξης του , μην επιτρέψτε μου να το χάσω, σας διαβεβαιώνω ότι η μεγάλη έκταση της δημόσιας φήμης δεν θα με έκανε να τροποποιήσω για την απώλεια οποιασδήποτε ευτυχίας στην ιδιωτική ζωή ».

"Απλώς ρώτησα αν είχατε γνωρίσει πολλά από τα και το πάρτυ της στο ."

"και τώρα που καταλαβαίνω την ερώτησή σας, πρέπει να την κάνω να είναι πολύ άδικο, είναι πάντα το δικαίωμα της κυρίας να αποφασίσει για το βαθμό της γνωριμίας. Ζητώντας περισσότερα από ό, τι μπορεί να θέλει να επιτρέψει. "

"κατά τη δική μου λέξη, απαντάτε τόσο διακριτικά όσο θα μπορούσε να κάνει τον εαυτό της, αλλά η εκτίμησή της για όλα τα πράγματα αφήνει τόσο πολύ να υποθέσουμε, είναι τόσο επιφυλακτική, τόσο πολύ απρόθυμη να δώσει τις λιγότερες πληροφορίες για οποιοδήποτε σώμα, μπορείτε να πείτε τι σας αρέσει από την γνωριμία σας με αυτήν. "

"Τότε θα μιλήσω την αλήθεια, και τίποτα δεν μου ταιριάζει τόσο καλά, την συνάντησα συχνά στο , γνωρίζαμε κάμπερες λίγο στην πόλη και στο ήμασταν πολύ στην ίδια σειρά. Ο συνταγματάρχης είναι ένας πολύ ευχάριστος άνθρωπος, και η καμπάνια μου είναι μια φιλική, θερμή γυναίκα.

"γνωρίζετε την κατάσταση της ζωής του , καταλήγω, τι είναι αυτή που προορίζεται να είναι;"

"ναι- (μάλλον διστακτικά) - πιστεύω ότι το κάνω."

"παίρνεις ευαίσθητα θέματα, Έμμα", είπε η κα. Χαμογελώντας? "Θυμηθείτε ότι είμαι εδώ.-ημ. Ειλικρινής δεν ξέρει τι να πει όταν μιλάτε για την κατάστασή της στη ζωή μου θα κινηθώ λίγο πιο μακριά."

"σίγουρα ξεχάσω να το σκεφτώ", δήλωσε η Έμμα, "ότι ήταν πάντα κάτι αλλά ο φίλος μου και ο αγαπητός μου φίλος".

Φαινόταν σαν να κατανόησε πλήρως και να τιμήσει ένα τέτοιο συναίσθημα.

Όταν αγόραζαν τα γάντια και ξαναγύρισαν το κατάστημα "άκουγες ποτέ τη νεαρή κοπέλα για την οποία μιλούσαμε; είπε ο ειλικρινής εκκλησία.

"την ακούει ποτέ!" επανέλαβε Έμμα. "ξεχνάτε πόσο ανήκει στο , την άκουσα κάθε χρόνο της ζωής μας από τότε που ξεκινήσαμε και οι δύο, παίζει όμορφα".

"νομίζετε ότι έτσι, έτσι;" - ήθελα τη γνώμη κάποιου που θα μπορούσε πραγματικά να κρίνει, μου φάνηκε να παίζω καλά, δηλαδή, με μεγάλη γεύση, αλλά δεν γνωρίζω τίποτα για το θέμα. Της μουσικής, αλλά χωρίς τη μικρότερη ικανότητα ή το δικαίωμα να κρίνω τις επιδόσεις οποιουδήποτε σώματος. - Έχω συνηθίσει να ακούω την θαύμα της, και θυμάμαι μια απόδειξη της σκέψης της να παίζει καλά: ένας άνθρωπος, ένας πολύ μουσικός άνδρας και ερωτευμένη με μια άλλη γυναίκα - που ασχολείται με αυτήν - στο σημείο του γάμου - δεν θα ζητούσε ποτέ από αυτή την άλλη γυναίκα να καθίσει στο όργανο, αν η εν λόγω κυρία μπορούσε να καθίσει αντί - ποτέ δεν φαινόταν να ακούει κάποιος αν μπορούσε να ακούσετε το άλλο, αυτό που σκέφτηκα, σε έναν άνθρωπο με γνωστό μουσικό ταλέντο, ήταν κάποια απόδειξη ».

"πράγματι αποδείξεις!" είπε η Έμμα, πολύ διασκεδασμένη .- "Ο κ. Είναι πολύ μουσικός, έτσι είναι;" θα μάθουμε περισσότερα για όλους τους, σε μισή ώρα, από εσάς, από ό, τι θα χάσετε το για μισό χρόνο.

"ναι, κύριε και χαμένη ήταν τα άτομα και σκέφτηκα ότι είναι μια πολύ ισχυρή απόδειξη."

"σίγουρα - πολύ ισχυρό ήταν ότι για να είμαι κύριος της αλήθειας, πολύ ισχυρότερο από, αν είχα χάσει το , θα ήταν καθόλου ευχάριστο για μένα Δεν θα μπορούσα να δικαιολογήσω ότι ο άνθρωπος έχει περισσότερη μουσική από την αγάπη - μάτι - μια πιο οξεία ευαισθησία στους λεπτούς ήχους παρά στα συναισθήματά μου.

"ήταν ο πολύ ιδιαίτερος φίλος της, ξέρεις".

"κακή άνεση!" είπε Έμμα, γελώντας. "κάποιος θα προτιμούσε να προτιμάει κάποιος ξένος από τον πολύ ιδιαίτερο φίλο του - με έναν ξένο δεν θα ξανάρθετε πάλι - αλλά τη δυστυχία να έχεις έναν πολύ ιδιαίτερο φίλο πάντα κοντά σου, να κάνεις κάθε πράγματα καλύτερα από τον εαυτό σου! Είμαι ευτυχής που πήγε να εγκατασταθεί στην ιρλανδία ».

"έχετε δίκιο, δεν ήταν πολύ κολακευτικό να χάσετε το , αλλά πραγματικά δεν φαίνεται να το αισθάνεστε".

"τόσο πολύ το καλύτερο - ή τόσο πολύ χειρότερο: -Δεν ξέρω ποια είναι, αλλά είναι γλυκύτητα ή είναι η βλακεία στην ταχύτητα της φιλίας ή η αίσθηση της αίσθημα-υπήρχε ένα άτομο, νομίζω, που πρέπει να έχει το αισθάνθηκε: να χάσει την ίδια την , να αισθανόταν την ανάρμοστη και επικίνδυνη διάκριση.

"για το ότι δεν ..."

"ας μην φανταστείτε ότι περιμένω μια αίσθηση των αισθήσεών της από εσάς ή από οποιοδήποτε άλλο σώμα δεν είναι γνωστό σε κανέναν άνθρωπο, υποθέτω, αλλά στον εαυτό μου, αλλά αν συνέχισε να παίζει κάθε φορά που ζητήθηκε από τον κ. "Δίξον, μπορεί κανείς να μαντέψει αυτό που ένα ".

"υπήρξε μια τόσο καλή κατανόηση ανάμεσα σε όλους - άρχισε μάλλον γρήγορα, αλλά ελέγχει τον εαυτό του, πρόσθεσε," όμως, είναι αδύνατο να πω με ποιους όρους ήταν πραγματικά - πώς μπορεί να είναι όλα πίσω από τα παρασκήνια. Μπορώ μόνο να πω ότι υπήρχε ομαλότητα προς τα έξω, αλλά εσείς, που γνωρίζετε το χαμένο από ένα παιδί, πρέπει να είναι καλύτερος κριτής για τον χαρακτήρα της και για το πώς είναι πιθανό να συμπεριφερθεί σε κρίσιμες καταστάσεις, από ότι μπορώ να είμαι ».

"την γνωρίζω από ένα παιδί, αναμφίβολα, είμαστε μαζί παιδιά και γυναίκες και είναι φυσικό να υποθέσουμε ότι πρέπει να είμαστε οικεία - ότι θα έπρεπε να είχαμε πάρει ο ένας τον άλλον κάθε φορά που επισκέφτηκε τους φίλους της. Δεν ξέρω πόσο έχει συμβεί, ίσως λίγο από αυτή την κακία στο πλευρό μου, που ήταν επιρρεπής στην αηδία προς ένα τόσο εξωφρενικό κορίτσι και τόσο φώναξε όπως ήταν πάντα, από τη θεία και τη γιαγιά της και το σύνολο τους και στη συνέχεια, το απόθεμά της - ποτέ δεν θα μπορούσα να προσκολληθώ σε κάποιον τόσο επιφυλακτικό ».

"είναι πράγματι μια πιο απωστική ποιότητα," είπε. "πολλές φορές πολύ βολικό, χωρίς αμφιβολία, αλλά ποτέ δεν είναι ευχάριστο, υπάρχει ασφάλεια σε εφεδρεία, αλλά δεν υπάρχει έλξη.

"Όχι έως ότου το αποθεματικό σταματήσει προς τον εαυτό του και έπειτα η έλξη μπορεί να είναι μεγαλύτερη, αλλά πρέπει να είμαι πιο άσχημα από έναν φίλο ή από έναν ευχάριστο σύντροφο, από ότι έχω πάει ακόμα, να κάνω τον κόπο να κατακτήσει το αποθεματικό οποιουδήποτε σώματος δεν έχω λόγο να σκέφτομαι άσχημα γι 'αυτήν - όχι μόνο - εκτός από το ότι μια τέτοια ακραία και διαρκή επιφυλακτικότητα της λέξης και του τρόπου, ένας τέτοιος φόβος να δώσει μια ξεχωριστή ιδέα για οποιοδήποτε σώμα, είναι ικανό να υποδηλώνει υποψίες ότι υπάρχει κάτι για να αποκρύψει ".

Συμφωνούσε απόλυτα μαζί της: και αφού με τα πόδια μαζί τόσο πολύ και σκέφτηκε τόσο πολύ, η Έμμα αισθανόταν τόσο καλά εξοικειωμένη με τον ίδιο, ότι δύσκολα πίστευε ότι ήταν μόνο η δεύτερη συνάντησή τους. Δεν ήταν ακριβώς αυτό που περίμενε. Λιγότερο από τον άνθρωπο του κόσμου σε μερικές από τις αντιλήψεις του, λιγότερο από το χαλασμένο παιδί της τύχης, επομένως καλύτερα από ό, τι περίμενε. Οι ιδέες του φάνηκαν πιο μετριοπαθείς - τα συναισθήματά του πιο ζεστά. Ήταν ιδιαίτερα εντυπωσιασμένος από τον τρόπο που σκέφτηκε ο κύριος. Το σπίτι του , το οποίο, όπως και η εκκλησία, θα πήγαινε να κοιτάζει και δεν θα ένωσε μαζί τους να βρουν πολλά λάθη. Όχι, δεν μπορούσε να το πιστέψει ότι ήταν κακό σπίτι. Δεν ήταν ένα τέτοιο σπίτι όπως ένας άνθρωπος που έπρεπε να πονάει για την κατοχή του. Αν έπρεπε να μοιραστεί με τη γυναίκα που αγάπησε, δεν μπορούσε να σκεφτεί κανέναν άνθρωπο που να έπαυσε να έχει εκείνο το σπίτι. Πρέπει να υπάρχει αρκετός χώρος για κάθε πραγματική άνεση. Ο άνθρωπος πρέπει να είναι ένα μπλοκ που θέλει περισσότερα.

Κυρία. Ο γέλασε και είπε ότι δεν ήξερε για τι μιλούσε. Χρησιμοποιείται μόνο για ένα μεγάλο σπίτι ο ίδιος, και χωρίς ποτέ να σκεφτεί πόσα πλεονεκτήματα και καταλύματα συνδέονται με το μέγεθός του, δεν θα μπορούσε να κρίνει τις απολύσεις που αναπόφευκτα ανήκουν σε ένα μικρό. Αλλά η ίδια η Έμμα, με το μυαλό της, αποφάσισε ότι γνώριζε για ποιο λόγο μιλούσε και ότι έδειξε μια πολύ ευχάριστη τάση να εγκατασταθεί νωρίς στη ζωή και να παντρευτεί από αξιόλογα κίνητρα. Ίσως να μην γνωρίζει τις επιδρομές για την εγχώρια ειρήνη και να μην προκαλείται από το δωμάτιο του οικονόμου ή από ένα κατώτατο κουβούκλινο κιβώτιο, αλλά χωρίς αμφιβολία ένοιωσε απόλυτα ότι το δεν θα μπορούσε να τον κάνει ευτυχισμένο και ότι όποτε ήταν συνημμένο, να εγκαταλείψουν μεγάλο μέρος του πλούτου για να μπορέσουν να εγκατασταθούν έγκαιρα.

Κεφάλαιο

Η πολύ καλή γνώμη της Έμμα για την ειλικρινή ήταν λίγο ταραγμένη την επόμενη μέρα, ακούγοντας ότι είχε πάει στο Λονδίνο, απλώς να κόψει τα μαλλιά του. Ένα ξαφνικό φάνηκε να τον έπιασε στο πρωινό και είχε στείλει ένα σαλόνι και ξεκίνησε, προτίθετο να επιστρέψει στο δείπνο, χωρίς όμως να έχει μια πιο σημαντική άποψη που να φάνηκε παρά να κόψει τα μαλλιά του. Δεν υπήρχε καμία βλάβη στο ταξίδι του δεκαέξι μίλια δύο φορές πάνω σε ένα τέτοιο εμπόριο; Αλλά υπήρχε ένας αέρας φούσκας και ανοησίες σε αυτό που δεν μπορούσε να εγκρίνει. Δεν συμφωνούσε με την ορθότητα του σχεδίου, τη μετριοπάθεια εξόδου ή ακόμα και με την ανιδιοτελή ζεστασιά της καρδιάς, την οποία είχε πιστέψει να διακρίνει χθες. Ματαιοδοξία, υπερβολή, αγάπη της αλλαγής, ανησυχία της ιδιοσυγκρασίας, που πρέπει να κάνει κάτι, καλό ή κακό. Την ανυπομονησία ως προς την ευχαρίστηση του πατέρα και της κυρίας του. , αδιάφορη ως προς τον τρόπο που μπορεί να φαίνεται γενικά η συμπεριφορά του. Έγινε υπεύθυνος για όλες αυτές τις κατηγορίες. Ο πατέρας του τον κάλεσε μόνο ένα , και το θεωρούσε μια πολύ καλή ιστορία. Αλλά η κ. Η δεν την άρεσε, ήταν αρκετά ξεκάθαρη, με το πέρασμα της όσο το δυνατόν γρηγορότερα, και δεν έκανε κανένα άλλο σχόλιο από ότι «όλοι οι νέοι θα είχαν τις μικρές ιδιοτροπίες τους».

Με την εξαίρεση αυτού του μικρού στυπώματος, η Έμμα διαπίστωσε ότι η επίσκεψή της μέχρι τώρα δεν έδωσε στον φίλο της παρά μόνο καλές ιδέες γι 'αυτόν. Κυρία. Ο ήταν πολύ πρόθυμος να πει πόσο προσεκτικός και ευχάριστος ένας σύντροφος έκανε ο ίδιος-πόσο πολύ είδε να συμπαθεί στη διάθεσή του εντελώς. Φαινόταν να έχει μια πολύ ανοιχτή ψυχραιμία - σίγουρα μια πολύ χαρούμενη και ζωντανή. Δεν μπορούσε να παρατηρήσει τίποτα λάθος στις ιδέες του, πολύ σίγουρα σωστό. Μίλησε θερμά για τον θείο του, ήθελε να μιλάει γι 'αυτόν - είπε ότι θα ήταν ο καλύτερος άνθρωπος στον κόσμο, αν τον άφηναν. Και αν και δεν υπήρχε καμία σχέση με τη θεία, αναγνώρισε την ευγένεια της με ευγνωμοσύνη και φάνηκε να σημαίνει πάντα να μιλάει για αυτήν με σεβασμό. Όλα αυτά ήταν πολύ ελπιδοφόρα. Και, αλλά για μια τέτοια ατυχία φανταχτερό για το κόψιμο των μαλλιών του, δεν υπήρχε τίποτα που να τον χαρακτηρίζει ανάξιο της διακεκριμένης τιμής που του έδωσε η φαντασία του. Η τιμή, αν όχι η πραγματική αγάπη με την ίδια, να είναι τουλάχιστον πολύ κοντά της και να σωθεί μόνο από τη δική της αδιαφορία - (για την απόφαση της που δεν είχε ποτέ να παντρευτεί) - η τιμή, εν συντομία, γι 'αυτήν από όλους τους κοινούς γνωστούς.

Κύριος. , από την πλευρά του, πρόσθεσε μια αρετή στο λογαριασμό που πρέπει να έχει κάποιο βάρος. Την έδωσε να καταλάβει ότι η ειλικρινής θαύμαζε την εξαιρετικά-σκέψη της πολύ όμορφη και πολύ γοητευτική της? Και με τόσα πολλά να πει κανείς γι 'αυτόν εντελώς, βρήκε ότι δεν πρέπει να τον κρίνει σκληρά. Ως κ. Δήλωσε ο , "όλοι οι νέοι θα έχουν τις μικρές ιδιοτροπίες τους".

Υπήρχε ένα πρόσωπο μεταξύ της νέας γνωριμίας του στο , όχι τόσο επιεικώς διατεθειμένο. Σε γενικές γραμμές κρίθηκε, σε όλες τις ενορίες του και του , με μεγάλη ειλικρίνεια. Έγιναν φιλελεύθερες αποζημιώσεις για τις μικρές υπερβολές ενός τόσο όμορφου νεαρού άνδρα - εκείνου που χαμογέλασε τόσο συχνά και υποκλίθηκε τόσο καλά. Αλλά υπήρχε ένα πνεύμα μεταξύ τους για να μην μαλακώσουν, από τη δύναμη της μομφής, με τόξα ή χαμόγελα - κύριε. . Η περίσταση του είχε πει στο Χάρτφιλντ. Προς το παρόν, ήταν σιωπηλός. Αλλά η Έμμα τον άκουγε σχεδόν αμέσως μετά να λέει στον εαυτό του, πάνω σε μια εφημερίδα που κρατούσε στο χέρι του, "βουητό, μόνο ο ασήμαντος, ανόητος φίλος τον πήρα για". Είχε μισό μυαλό για να αντιδράσει. Αλλά η παρατήρηση μιας στιγμής την έπεισε ότι ειπώθηκε πραγματικά μόνο για να ανακουφίσει τα συναισθήματά του, και όχι για να προκαλέσει. Και ως εκ τούτου άφησε να περάσει.

Αν και σε μια περίπτωση οι κομιστές δεν είναι καλοί, κύριε. Και κα. Η επίσκεψη του σήμερα το πρωί ήταν ιδιαίτερα κατάλληλη από άλλη άποψη. Κάτι συνέβη ενώ ήταν στο , για να κάνει η Έμμα να θέλει τη συμβουλή της. Και, η οποία ήταν ακόμα πιο τυχερή, ήθελε ακριβώς τις συμβουλές που έδωσαν.

Αυτό ήταν το περιστατικό: - τα σκουπίδια είχαν εγκατασταθεί μερικά χρόνια στο , και ήταν πολύ καλό φιλικό προς τον άνθρωπο, φιλελεύθερο και απρόσεκτο. Αλλά, από την άλλη πλευρά, ήταν χαμηλής προέλευσης, στο εμπόριο, και μόνο μέτρια . Κατά την πρώτη είσοδό τους στη χώρα, είχαν ζήσει ανάλογα με το εισόδημά τους, ήσυχα, διατηρώντας λίγη εταιρεία και αυτό ελάχιστα ανέξοδα. Αλλά το τελευταίο ή δύο χρόνια τους είχε φέρει μια σημαντική αύξηση των μέσων - το σπίτι στην πόλη είχε αποφέρει μεγαλύτερα κέρδη και γενικά η τύχη τους είχε χαμογελάσει. Με τον πλούτο τους, οι απόψεις τους αυξήθηκαν. Τη θέλησή τους από ένα μεγαλύτερο σπίτι, την κλίση τους για περισσότερη εταιρεία. Προστέθηκαν στο σπίτι τους, στον αριθμό των υπαλλήλων τους, στις δαπάνες τους κάθε είδους. Και αυτή τη φορά ήταν, στην τύχη και το ύφος της ζωής, δεύτερο μόνο στην οικογένεια στο . Η αγάπη τους για την κοινωνία και η νέα τους τραπεζαρία, προετοίμαζαν κάθε σώμα για τη διατήρηση του δείπνου τους. Και μερικά κόμματα, κυρίως μεταξύ των ανδρών, είχαν ήδη λάβει χώρα. Οι τακτικές και καλύτερες οικογένειες της Έμμα δύσκολα θα μπορούσαν να υποθέσουν ότι θα προσκαλέσουν να προσκαλέσουν - ούτε , ούτε , ούτε . Τίποτα δεν πρέπει να την πειράζει να πάει, αν το έκαναν. Και εξέφρασε τη λύπη της για το γεγονός ότι οι γνωστές συνήθειες του πατέρα της θα έδιναν την άρνησή της λιγότερη σημασία από ό, τι θα ήθελε. Οι κόλποι ήταν πολύ αξιοσέβαστες με τον τρόπο τους, αλλά έπρεπε να διδαχθούν ότι δεν ήταν γι 'αυτούς να οργανώσουν τους όρους στους οποίους θα τους επισκέπτονταν οι ανώτερες οικογένειες. Αυτό το μάθημα, φοβόταν πολύ, θα έλαβε μόνο από τον εαυτό της. Είχε λίγη ελπίδα για τον κύριο. , κανένας από τον κ. . Και μερικά κόμματα, κυρίως μεταξύ των ανδρών, είχαν ήδη λάβει χώρα. Οι τακτικές και καλύτερες οικογένειες της Έμμα δύσκολα θα μπορούσαν να υποθέσουν ότι θα προσκαλέσουν να προσκαλέσουν - ούτε , ούτε , ούτε . Τίποτα δεν πρέπει να την πειράζει να πάει, αν το έκαναν. Και εξέφρασε τη λύπη της για το γεγονός ότι οι γνωστές συνήθειες του πατέρα της θα έδιναν την άρνησή της λιγότερη σημασία από ό, τι θα ήθελε. Οι κόλποι ήταν πολύ αξιοσέβαστες με τον τρόπο τους, αλλά έπρεπε να διδαχθούν ότι δεν ήταν γι 'αυτούς να οργανώσουν τους όρους στους οποίους θα τους επισκέπτονταν οι ανώτερες οικογένειες. Αυτό το μάθημα, φοβόταν πολύ, θα έλαβε μόνο από τον εαυτό της. Είχε λίγη ελπίδα για τον κύριο. , κανένας από τον κ. . Και μερικά κόμματα, κυρίως μεταξύ των ανδρών, είχαν ήδη λάβει χώρα. Οι τακτικές και καλύτερες οικογένειες της Έμμα δύσκολα θα μπορούσαν να υποθέσουν ότι θα προσκαλέσουν να προσκαλέσουν - ούτε , ούτε , ούτε . Τίποτα δεν πρέπει να την πειράζει να πάει, αν το έκαναν. Και εξέφρασε τη λύπη της για το γεγονός ότι οι γνωστές συνήθειες του πατέρα της θα έδιναν την άρνησή της λιγότερη σημασία από ό, τι θα ήθελε. Οι κόλποι ήταν πολύ αξιοσέβαστες με τον τρόπο τους, αλλά έπρεπε να διδαχθούν ότι δεν ήταν γι 'αυτούς να οργανώσουν τους όρους στους οποίους θα τους επισκέπτονταν οι ανώτερες οικογένειες. Αυτό το μάθημα, φοβόταν πολύ, θα έλαβε μόνο από τον εαυτό της. Είχε λίγη ελπίδα για τον κύριο. , κανένας από τον κ. . Ούτε κανένας. Τίποτα δεν πρέπει να την πειράζει να πάει, αν το έκαναν. Και εξέφρασε τη λύπη της για το γεγονός ότι οι γνωστές συνήθειες του πατέρα της θα έδιναν την άρνησή της λιγότερη σημασία από ό, τι θα ήθελε. Οι κόλποι ήταν πολύ αξιοσέβαστες με τον τρόπο τους, αλλά έπρεπε να διδαχθούν ότι δεν ήταν γι 'αυτούς να οργανώσουν τους όρους στους οποίους θα τους επισκέπτονταν οι ανώτερες οικογένειες. Αυτό το μάθημα, φοβόταν πολύ, θα έλαβε μόνο από τον εαυτό της. Είχε λίγη ελπίδα για τον κύριο. , κανένας από τον κ. . Ούτε κανένας. Τίποτα δεν πρέπει να την πειράζει να πάει, αν το έκαναν. Και εξέφρασε τη λύπη της για το γεγονός ότι οι γνωστές συνήθειες του πατέρα της θα έδιναν την άρνησή της λιγότερη σημασία από ό, τι θα ήθελε. Οι κόλποι ήταν πολύ αξιοσέβαστες με τον τρόπο τους, αλλά έπρεπε να διδαχθούν ότι δεν ήταν γι 'αυτούς να οργανώσουν τους όρους στους οποίους θα τους επισκέπτονταν οι ανώτερες οικογένειες. Αυτό το μάθημα, φοβόταν πολύ, θα έλαβε μόνο από τον εαυτό της. Είχε λίγη ελπίδα για τον κύριο. , κανένας από τον κ. . Θα λάβουν μόνο από τον εαυτό της. Είχε λίγη ελπίδα για τον κύριο. , κανένας από τον κ. . Θα λάβουν μόνο από τον εαυτό της. Είχε λίγη ελπίδα για τον κύριο. , κανένας από τον κ. .

Αλλά είχε αποφασίσει πώς να ανταποκριθεί σε αυτό το τεκμήριο τόσο πολλές εβδομάδες πριν εμφανιστεί, ότι όταν η επιδρομή έφτασε επιτέλους, την βρήκε πολύ διαφορετικά επηρεασμένη. Ο και οι είχαν λάβει την πρόσκλησή τους και κανείς δεν είχε έρθει για τον πατέρα της και τον εαυτό της. Και κα. Η που το λογιστικοποιεί με "υποθέτω ότι δεν θα πάρουν την ελευθερία μαζί σου, ξέρουν ότι δεν γευματίζεις", δεν ήταν αρκετό. Ένιωθε ότι θα ήθελε να είχε την εξουσία απόρριψης. Και στη συνέχεια, καθώς η ιδέα του συνασπισμού εκεί που συγκροτήθηκε εκεί, αποτελούμενου ακριβώς από εκείνους των οποίων η κοινωνία ήταν πολύ αγαπητή σε αυτήν, συνέβαινε ξανά και ξανά, δεν γνώριζε ότι μπορεί να μην είχε υποκύψει στον πειρασμό. Ο Χάριετ θα βρεθεί εκεί το βράδυ και οι μπασέτες. Είχαν μιλήσει γι 'αυτό καθώς περπατούσαν για την προηγούμενη μέρα, και η ειλικρινής εκκλησία είχε θλίβει σοβαρά την απουσία της. Μπορεί να μην τελειώσει το βράδυ σε χορό; ήταν θέμα του. Η γυμνή δυνατότητα να ενεργήσει ως μακρύτερος ερεθισμός στα πνεύματά της. Και η παραμονή της σε μοναχικό μεγαλείο, ακόμη και αν υποτεθεί ότι η παράλειψη πρόκειται να θεωρηθεί ως φιλοφρόνηση, ήταν μόνο κακή άνεση.

Ήταν η άφιξη αυτής της πρόσκλησης, ενώ τα δυτικά ήταν στο , γεγονός που έκανε την παρουσία τους τόσο αποδεκτή. Διότι η πρώτη παρατήρησή της, κατά την ανάγνωση της, ήταν ότι "φυσικά πρέπει να απορριφθεί", τόσο πολύ σύντομα προχώρησε να τους ρωτήσει τι της συμβούλεψε να κάνει, ότι οι συμβουλές τους για την πορεία της ήταν πολύ γρήγορες και επιτυχείς.

Ανήκε σε αυτό, θεωρώντας κάθε πράγμα, δεν ήταν απόλυτα χωρίς κλίση για το κόμμα. Τα κομμάτια εκφράστηκαν τόσο σωστά - υπήρχε τόσο μεγάλη προσοχή με τον τρόπο της - τόσο μεγάλη εκτίμηση για τον πατέρα της. "θα ζήτησαν την τιμή νωρίτερα, αλλά περίμεναν την άφιξη μιας πτυσσόμενης οθόνης από το Λονδίνο, την οποία ήλπιζαν να κρατήσουν τον κ. Από οποιοδήποτε σχέδιο αέρα και, συνεπώς, να τον ωθήσουν πιο εύκολα να τους δώσει την τιμή την εταιρεία του. " στο σύνολό της, ήταν πολύ πεπεισμένος? Και σύντομα διευθετήθηκε μεταξύ τους πώς θα μπορούσε να γίνει χωρίς να παραμεληθεί η άνεση του - πόσο σίγουρα η κ. , αν όχι η κα. , μπορεί να εξαρτάται από το να τον φέρει στην εταιρεία-κύριε. Το ξυλουργείο έπρεπε να μιλήσει σε μια συγκατάθεση της κόρης του που βγήκε στο δείπνο σε μια μέρα τώρα κοντά, και ξοδεύοντας όλη την βραδιά μακριά από αυτόν. Όσο για τη μετάβασή του, η εμάς δεν ήθελε να πιστεύει ότι είναι δυνατόν, οι ώρες θα ήταν πολύ αργά και το κόμμα ήταν πάρα πολλά. Σύντομα ήταν πολύ καλά παραιτηθεί.

"Δεν είμαι λάτρης του δείπνου-επισκέπτονται", είπε ο ίδιος- "Ποτέ δεν ήμουν, δεν είναι πλέον Έμμα." Οι αργά ώρες δεν συμφωνούν με εμάς, λυπάμαι κύριε και η κ. Έπρεπε να το έκανε. Να είναι πολύ καλύτερα αν έρθουν σε ένα απόγευμα το επόμενο καλοκαίρι και να πάρουν μαζί τους το τσάι μας - να μας πάρουν τα απογευματινά τους βόλτα, τα οποία θα μπορούσαν να κάνουν, καθώς οι ώρες μας είναι τόσο λογικές και ακόμα να επιστρέψουμε στο σπίτι χωρίς να βγαίνουμε στην υγρασία του το βράδυ, τα σκάλες ενός καλοκαιριού είναι αυτό που δεν θα εκθέσω σε κανέναν οργανισμό, όμως, καθώς είναι τόσο πολύ ευχαριστημένοι να έχουν το αγαπημένο τους Έμμα να δειπνήσουν μαζί τους και καθώς θα είστε και οι δύο και ο κ. , την φροντίδα της, δεν θέλω να την αποτρέψω, υπό την προϋπόθεση ότι ο καιρός είναι αυτός που θα έπρεπε, ούτε υγρός, ούτε κρύος ούτε θυελλώδης ". Στη συνέχεια στροφή προς την κα. , με μια ματιά της απαλής εκτίμησης - "αχ! , "καλά, κύριε," φώναξε ο κ. , "καθώς πήρα το χάσετε από το , είναι υποχρεωμένο να προμηθεύσω τη θέση της, αν μπορώ · και θα πάω να πάω σε μια στιγμή, αν το επιθυμείς».

Αλλά η ιδέα για κάτι που πρέπει να γίνει σε μια στιγμή, αυξανόταν, δεν μειωνόταν, κύριε. Ξύπνημα του ξυλουργού. Οι κυρίες ήξεραν καλύτερα πώς να το μετριάσουν. Κύριος. Ο πρέπει να είναι ήσυχος και κάθε πράγμα που είναι διατεταγμένο σκόπιμα.

Με αυτή τη θεραπεία, κύριε. Το ξυλουργείο σύντομα ήταν αρκετό για να μιλήσει ως συνήθως. "θα πρέπει να είναι ευτυχισμένος να δει την κα Βασιλάκη, είχε μεγάλη φροντίδα για την κα Βασιλική και η Έμμα έπρεπε να γράψει μια γραμμή και να την καλέσει ο θα μπορούσε να πάρει το σημείωμα, αλλά πρώτα απ 'όλα πρέπει να υπάρχει μια γραπτή απάντηση κ. . "

"θα κάνω τις δικαιολογίες μου, αγαπητέ μου, όσο το δυνατόν πιο πολιτικά, θα πείτε ότι είμαι αρκετά άκυρος και δεν πηγαίνω καθόλου και πρέπει να απορρίψω την πρόσκλησή μου να αρχίσω με τα συγχαρητήριά μου βέβαια. Δεν χρειάζεται να σου πω τι πρέπει να κάνεις Πρέπει να θυμάσαι να επιτρέπετε στον Ιάμη να ξέρει ότι η μεταφορά θα είναι επιθυμητή την Τρίτη Δεν θα έχω κανέναν φόβο για σένα μαζί του Δεν είμαστε ποτέ εκεί πάνω από τη στιγμή αλλά δεν έχω καμία αμφιβολία ότι ο θα σας πάρει με ασφάλεια και όταν θα φτάσετε εκεί θα πρέπει να του πείτε πότε θα έφτασε για σένα ξανά και θα έπρεπε να το ονομάσεις μια πρωινή ώρα. Δεν θα σας αρέσει να μένετε αργά, θα κουραστείτε πολύ όταν τελειώσει το τσάι ".

"αλλά δεν θα επιθυμούσατε να έρχομαι πριν είμαι κουρασμένος, παπά;"

"αχ, όχι, αγάπη μου, αλλά σύντομα θα κουραστείτε, θα μιλήσουμε πολύς κόσμος αμέσως, δεν θα σας αρέσει ο θόρυβος".

"αλλά, αγαπητέ κύριό μου", φώναξε ο κ. , "εάν η Έμμα έρχεται νωρίς, θα σπάσει το κόμμα."

"και δεν υπάρχει μεγάλη ζημιά αν το κάνει", δήλωσε ο κ. ΞΥΛΙΝΟ ΣΠΙΤΙ. «όσο πιο γρήγορα συντρίβεται κάθε κόμμα, τόσο το καλύτερο».

"αλλά δεν σκέφτεσαι πώς μπορεί να φανεί στα καλαμάκια, η Έμμα θα φύγει αμέσως αφού το τσάι μπορεί να προσβάλλει, είναι καλοί άνθρωποι και σκέφτονται λίγα για τις δικές τους αξιώσεις αλλά πρέπει να αισθάνονται ότι κάθε σώμα βιάζεται δεν είναι μεγάλη φιλοφρόνηση και χάσετε το ξύλο κάνει αυτό θα ήταν πιο σκεφτεί από οποιοδήποτε άλλο πρόσωπο στην αίθουσα δεν θα επιθυμούσατε να απογοητεύσετε και να εξοντώσετε τα σαλτσάρια είμαι βέβαιος κύριε φιλικό και καλό είδος ανθρώπων όπως πάντα έζησε, και οι γείτονές σας τα δέκα αυτά χρόνια. "

"Όχι, σε καμία περίπτωση στον κόσμο, κύριε , είμαι πολύ υποχρεωμένος σε σας για να μου θυμίζει, θα ήθελα να λυπάμαι πολύ για να τους δώσω οποιουσδήποτε πόνους, ξέρω τι άξιους ανθρώπους είναι. Ο δεν αγγίζει ποτέ το βύνη της βύνης, δεν θα το σκεφτόσαστε να τον κοιτάξει, αλλά είναι γελοίο-κύριλλος είναι πολύ περίεργος, όχι, δεν θα ήμουν ο τρόπος να τους δώσω οποιουσδήποτε πόνους. Είμαι βέβαιος ότι, αντί να διακινδυνεύσετε να βλάψετε τον κύριο και την κυρία, θα μείνετε λίγο περισσότερο από ό, τι θα επιθυμούσατε, δεν θα θεωρήσετε κουρασμένος, θα είστε απόλυτα ασφαλείς, ξέρετε, ανάμεσα στους φίλους σας. "

"Οχι ναι, παπά, δεν έχω κανέναν φόβο για τον εαυτό μου και δεν θα έπρεπε να έχω κακουχίες να μένω τόσο αργά όσο η κ. , αλλά για λογαριασμό σου φοβάμαι μόνο το να καθίσεις για μένα δεν φοβάμαι δεν αγαπάτε πολύ με τη θεάτ, αγαπάτε το πικέτο, ξέρετε, αλλά όταν πάει σπίτι, φοβάμαι ότι θα καθίσετε μόνοι σας, αντί να πηγαίνετε στο κρεβάτι στη συνηθισμένη ώρα σας - και η ιδέα του αυτό θα κατέστρεφε τελείως την άνεσή μου, πρέπει να μου υποσχεθείτε να μην καθίσετε ».

Έπραξε, με την προϋπόθεση ορισμένων υποσχέσεων από την πλευρά της: όπως αυτό, αν έρθει στο σπίτι κρύο, θα ήταν σίγουρο ότι θα ζεσταθεί καλά; Αν πεινάει, ότι θα πάρει κάτι για φαγητό. Ότι η δική της υπηρέτρια θα πρέπει να καθίσει για αυτήν. Και ότι ο σερλέας και ο μπάτλερ θα πρέπει να δουν ότι όλα ήταν ασφαλή στο σπίτι, όπως συνήθως.

Κεφάλαιο

Ειλικρινής εκκλησία ήρθε πάλι πίσω. Και αν κράτησε το δείπνο του πατέρα του σε αναμονή, δεν ήταν γνωστό στο ? Για την κα. Ο ήταν πολύ ανήσυχος για το γεγονός ότι ήταν αγαπημένος με τον κ. Ξύλο, να προδίδει κάθε ατέλεια που θα μπορούσε να αποκρύπτεται.

Επέστρεψε, είχε κόψει τα μαλλιά του και γέλασε τον εαυτό του με μια πολύ καλή χάρη, αλλά χωρίς να φανεί πραγματικά καθόλου ντροπή για αυτό που είχε κάνει. Δεν είχε κανένα λόγο να επιθυμεί περισσότερο τα μαλλιά του, να αποκρύψει κάθε σύγχυση του προσώπου. Δεν υπάρχει λόγος να ευχηθούν τα χρήματα που δεν έχουν δαπανηθεί, για να βελτιώσουν τα πνεύματά του. Ήταν τόσο απρόθυμος και ζωντανός όπως πάντα. Και, αφού τον έβλεπε, η Έμμα νομιμοποιήθηκε με τον εαυτό της:

"Δεν ξέρω αν θα έπρεπε να είναι έτσι, αλλά σίγουρα τα ανόητα πράγματα παύουν να είναι ανόητα αν γίνονται από τους αισθητούς ανθρώπους με κηλιδωτό τρόπο. Η κακία είναι πάντα κακία, αλλά η αλήθεια δεν είναι πάντα αηδιασμός. Ο χαρακτήρας εκείνων που το χειρίζονται, ο κ. , δεν είναι ένας ασήμαντος, ανόητος νεαρός άνδρας, αν ήταν, θα το είχε κάνει διαφορετικά, είτε θα είχε δοξάσει το επίτευγμα, είτε θα ντρεπόταν γι 'αυτό. Ήταν είτε η φαντασία ενός καστανιού, είτε η αποφυγή ενός μυαλού πολύ αδύναμου για να υπερασπιστεί τα δικά του ματαιοδοξία. - Όχι, είμαι απόλυτα σίγουρος ότι δεν είναι μικροί ή ανόητοι».

Με την Τρίτη ήρθε η ευχάριστη προοπτική να τον ξαναδώ, και για μεγαλύτερο χρονικό διάστημα από ό, τι μέχρι τώρα. Να κρίνει τα γενικά του τρόπους και, κατά συνέπεια, να μεταφράζει το νόημα των τρόπων του προς τον εαυτό του. Να μαντέψει πόσο σύντομα θα ήταν απαραίτητο γι 'αυτήν να ρίξει ψυχρότητα στον αέρα της. Και να φανταστούμε ποιες θα ήταν οι παρατηρήσεις όλων αυτών, οι οποίοι τις έβλεπαν για πρώτη φορά μαζί.

Εννοούσε να είναι πολύ χαρούμενος, παρά τη σκηνή που έθεσε ο κ. Του κοα; και χωρίς να ξεχνάμε ότι μεταξύ των αποτυχιών του κ. , ακόμη και στις ημέρες της υπέρ του, κανείς δεν την είχε ενοχλήσει περισσότερο από την τάση του να δειπνήσει με τον κ. Λάχανο.

Η άνεση του πατέρα της εξασφάλιζε επαρκώς, κύριε. Καθώς και η κα. Ο θεάδρας μπορεί να έρθει; Και το τελευταίο της ευχάριστο καθήκον, πριν φύγει από το σπίτι, ήταν να πληρώσει τα σέξι τους σε αυτούς καθώς κάθονταν μαζί μετά το δείπνο. Και ενώ ο πατέρας της παρατήρησε με αγάπη την ομορφιά του φορέματός της, να κάνει τις δυο κυρίες όλες τις τροποποιήσεις της δύναμής της, βοηθώντας τους σε μεγάλες φέτες κέικ και γεμάτα ποτήρια κρασιού, για ό, τι δεν θέλει να αρνηθεί την αυτοπεποίθησή του για το σύνταγμα ίσως να τους υποχρέωνε να ασκούν κατά τη διάρκεια του γεύματος. - είχε προσφέρει ένα πλούσιο δείπνο γι 'αυτούς. Ήθελε να μπορούσε να γνωρίζει ότι τους είχε επιτραπεί να το φάει.

Ακολούθησε μια άλλη μεταφορά στον κύριο. Την πόρτα του Κολ. Και ήταν στην ευχάριστη θέση να δει ότι ήταν κύριος. '? Για τον κ. Ο δεν είχε κανένα άλογο, είχε λίγα χρήματα και πολλή υγεία, δραστηριότητα και ανεξαρτησία, ήταν πολύ κατάλληλη, κατά την άποψη της Έμμα, για να πάρει όσο θα μπορούσε και να μην χρησιμοποιήσει τη μεταφορά του τόσο συχνά όσο έγινε ιδιοκτήτης της μονής του . Είχε τώρα την ευκαιρία να μιλήσει την εγκυρότητά της, ενώ ήταν ζεστή από την καρδιά της, γιατί σταμάτησε να την παραδώσει.

"αυτό έρχεται όπως πρέπει να κάνετε", είπε. "όπως ένας κύριος. - Είμαι πολύ χαρούμενος που σε βλέπω".

Την ευχαρίστησε, παρατηρώντας: "πόσο τυχερός θα πρέπει να φτάσουμε την ίδια στιγμή, γιατί, αν είχαμε συναντηθεί πρώτα στο σαλόνι, αμφιβάλλω αν θα με διάκρινα να είμαι πιο τζέντλεμαν από το συνηθισμένο. Ίσως να μην ξεχώρισα πώς ήρθα, με την εμφάνιση ή τον τρόπο μου ".

"ναι, πρέπει να είμαι σίγουρος ότι πρέπει να υπάρχει πάντα μια ματιά της συνείδησης ή της φασαρίας όταν οι άνθρωποι έρχονται με έναν τρόπο που γνωρίζουν ότι είναι κάτω από αυτούς" νομίζετε ότι το αποδίδετε πολύ καλά, τολμούν να πω, αλλά μαζί σας είναι ένα είδος εφιάλτης, ένας αέρας των επηρεαζόμενων αδιάφορων, πάντα το βλέπω κάθε φορά που σε συναντώ κάτω από αυτές τις συνθήκες ... Τώρα δεν έχεις τίποτα να προσπαθήσεις για ... Δεν φοβάσαι να υποτίθεται ότι ντρέπεσαι ... Δεν προσπαθείς να κοιτάς ψηλότερα από οποιουδήποτε άλλου σώματος, τώρα θα είμαι πολύ χαρούμενος που θα περπατήσω στο ίδιο δωμάτιο μαζί σου. "

"ανόητο κορίτσι!" ήταν η απάντησή του, αλλά όχι σε οργή.

Η Έμμα είχε τόσο πολλούς λόγους να είναι ικανοποιημένος με το υπόλοιπο κόμμα όσο και με τον κ. . Έγινε δεκτή με έναν εγκάρσιο σεβασμό, ο οποίος δεν μπορούσε παρά να ευχαριστήσει και έλαβε όλες τις συνέπειες που θα μπορούσε να επιθυμήσει. Όταν έφτασαν τα δυτικά, η πιο ευχάριστη εμφάνιση της αγάπης, ο ισχυρότερος θαυμασμός ήταν γι 'αυτήν, τόσο από σύζυγο όσο και από σύζυγο. Ο γιός την πλησίασε με μια χαρούμενη προθυμία που την χαρακτήρισε ως το ιδιότυπο αντικείμενο του και στο δείπνο τον βρήκε καθισμένο δίπλα της - και, όπως πίστευε σθεναρά, όχι χωρίς κάποια επιδεξιότητα στο πλευρό του.

Το πάρτι ήταν μάλλον μεγάλο, καθώς περιλάμβανε μια άλλη οικογένεια, μια σωστή οικογένεια μη εύθραυστης χώρας, την οποία είχαν τα πλεονεκτήματα της ονομασίας ανάμεσα στους γνωστούς τους και το αντρικό μέρος του κ. Την οικογένεια του , τον δικηγόρο του . Τα λιγότερο αντάξια θηλυκά επρόκειτο να έρθουν το βράδυ, με , , και ? Αλλά ήδη, κατά το δείπνο, ήταν πάρα πολύ πολυάριθμες για να είναι γενικό το θέμα της συνομιλίας. Και, ενώ η πολιτική και ο κ. Συζητήθηκε, η Έμμα μπορούσε να παραδώσει αρκετά όλη την προσοχή της στην ευχαρίστηση του γείτονά της. Ο πρώτος απομακρυσμένος ήχος στον οποίο αισθάνθηκε ότι ήταν υποχρεωμένος να παρευρεθεί, ήταν το όνομα της . Κυρία. Ο Κολ έμοιαζε να σχεδιάζει κάτι από εκείνο που αναμενόταν να είναι πολύ ενδιαφέρον. Άκουγε και το βρήκε καλά αξίζει να ακούει. Αυτό το πολύ αγαπητό μέρος της Έμμα, της φαντασίας της, έλαβε μια διασκεδαστική προσφορά. Κυρία. Ο Κοολ έλεγε ότι είχε καλέσει τους μύθους και μόλις μπήκε στην αίθουσα είχε χτυπήσει από την θέα ενός πιανίστα - ένα πολύ κομψό όργανο - όχι ένα μεγάλο, αλλά ένα τεράστιο τετράγωνο πιάνο. Και η ουσία της ιστορίας, το τέλος όλου του διαλόγου που προέκυψε από την έκπληξη, η έρευνα και τα συγχαρητήρια από την πλευρά της, καθώς και οι εξηγήσεις σχετικά με το , ήταν ότι αυτό το πιάνο έφτασε από το την προηγούμενη μέρα, στη μεγάλη έκπληξη τόσο της θείας όσο και της ανιψιάς - εντελώς απροσδόκητη. Ότι αρχικά, με το λογαριασμό του , η ίδια η ήταν αρκετά χαμένη, αρκετά μπερδεμένη για να σκεφτεί ποιος θα μπορούσε ενδεχομένως να την παραγγείλει - αλλά τώρα ήταν και οι δύο απόλυτα ικανοποιημένοι ότι θα μπορούσαν να είναι από ένα μόνο τέταρτο- να είναι από στρατόπεδο συνταγματάρχη. Ο Κοολ έλεγε ότι είχε καλέσει τους μύθους και μόλις μπήκε στην αίθουσα είχε χτυπήσει από την θέα ενός πιανίστα - ένα πολύ κομψό όργανο - όχι ένα μεγάλο, αλλά ένα τεράστιο τετράγωνο πιάνο. Και η ουσία της ιστορίας, το τέλος όλου του διαλόγου που προέκυψε από την έκπληξη, η έρευνα και τα συγχαρητήρια από την πλευρά της, καθώς και οι εξηγήσεις σχετικά με το , ήταν ότι αυτό το πιάνο έφτασε από το την προηγούμενη μέρα, στη μεγάλη έκπληξη τόσο της θείας όσο και της ανιψιάς - εντελώς απροσδόκητη. Ότι αρχικά, με το λογαριασμό του , η ίδια η ήταν αρκετά χαμένη, αρκετά μπερδεμένη για να σκεφτεί ποιος θα μπορούσε ενδεχομένως να την παραγγείλει - αλλά τώρα ήταν και οι δύο απόλυτα ικανοποιημένοι ότι θα μπορούσαν να είναι από ένα μόνο τέταρτο- να είναι από στρατόπεδο συνταγματάρχη. Ο Κοολ έλεγε ότι είχε καλέσει τους μύθους και μόλις μπήκε στην αίθουσα είχε χτυπήσει από την θέα ενός πιανίστα - ένα πολύ κομψό όργανο - όχι ένα μεγάλο, αλλά ένα τεράστιο τετράγωνο πιάνο. Και η ουσία της ιστορίας, το τέλος όλου του διαλόγου που προέκυψε από την έκπληξη, η έρευνα και τα συγχαρητήρια από την πλευρά της, καθώς και οι εξηγήσεις σχετικά με το , ήταν ότι αυτό το πιάνο έφτασε από το την προηγούμενη μέρα, στη μεγάλη έκπληξη τόσο της θείας όσο και της ανιψιάς - εντελώς απροσδόκητη. Ότι αρχικά, με το λογαριασμό του , η ίδια η ήταν αρκετά χαμένη, αρκετά μπερδεμένη για να σκεφτεί ποιος θα μπορούσε ενδεχομένως να την παραγγείλει - αλλά τώρα ήταν και οι δύο απόλυτα ικανοποιημένοι ότι θα μπορούσαν να είναι από ένα μόνο τέταρτο- να είναι από στρατόπεδο συνταγματάρχη.

"κανείς δεν μπορεί να υποθέσει τίποτε άλλο", πρόσθεσε η κ. ", και απλώς έμεινα έκπληκτος ότι θα μπορούσε να υπάρξει κάποια αμφιβολία, αλλά η , φαίνεται ότι είχε μια επιστολή από αυτούς πολύ πρόσφατα και δεν λέγεται ούτε μια λέξη γι 'αυτήν, γνωρίζει καλύτερα τους τρόπους τους, αλλά δεν πρέπει θεωρήστε τη σιωπή τους ως οποιοδήποτε λόγο για το ότι δεν έχουν νόημα να κάνουν το παρόν, μπορεί να πείσουν να την εκπλήξουν ».

Κυρία. Ο είχε πολλούς να συμφωνήσουν μαζί της. Κάθε σώμα που μίλησε για το θέμα αυτό ήταν εξίσου πεπεισμένο ότι πρέπει να προέρχεται από τον συνταγματάρχη του στρατοπέδου και, επίσης, να χαίρεται ότι είχε γίνει τέτοιο δώρο. Και υπήρχαν αρκετές έτοιμες να μιλήσουν για να επιτρέψουν στην Έμμα να σκεφτεί το δικό της τρόπο και να ακούσει ακόμα τις κας. Λάχανο.

Αλλά χθες, και συμφώνησε αρκετά μαζί μου. Μόνο ο ίδιος αγαπά ιδιαίτερα τη μουσική που δεν μπορούσε να βοηθήσει να επιδοθεί στην αγορά, ελπίζοντας ότι μερικοί από τους καλούς γείτονές μας ίσως υποχρεώνουν περιστασιακά να το χρησιμοποιήσουν καλύτερα από όσο μπορούμε. Και αυτός είναι πραγματικά ο λόγος για τον οποίο αγοράστηκε το όργανο - ή αλλιώς είμαι σίγουρος ότι πρέπει να ντρεπόμαστε γι 'αυτό. - Είμαστε με μεγάλες ελπίδες ότι θα χάσουμε το ξύλο για να το δοκιμάσουμε αυτό το βράδυ ».

Χάσετε το ξύλο έκανε τη σωστή συναίνεση; Και διαπιστώνοντας ότι τίποτα περισσότερο δεν έπρεπε να παγιδευτεί από οποιαδήποτε επικοινωνία της κας. Του Κοολ, στράφηκε στην αληθινή εκκλησία.

"γιατί χαμογελάς;" είπε.

"Ναι, γιατί το κάνεις;"

"εγώ! - ας υποθέσουμε ότι χαμογελούμαι για την ευχαρίστηση του να είναι τόσο πλούσιος και τόσο φιλελεύθερος - είναι ένα όμορφο δώρο."

"πολύ."

«Μάλλον αναρωτιέμαι ότι δεν έγινε ποτέ πριν».

"ίσως να χάσετε το δεν έχει μείνει εδώ εδώ και πολύ καιρό."

"ή ότι δεν της έδωσε τη χρήση του δικού του οργάνου - το οποίο πρέπει τώρα να κλείσει στο Λονδίνο, που δεν έχει επηρεαστεί από κανένα σώμα".

"αυτό είναι ένα , και ίσως το θεωρήσει πολύ μεγάλο για το σπίτι του κ. ."

"μπορείτε να πείτε αυτό που θέλετε - αλλά το πρόσωπό σας μαρτυρά ότι οι σκέψεις σας για το θέμα αυτό είναι πολύ σαν τη δική μου".

"Δεν ξέρω, μάλλον πιστεύω ότι μου δίνετε περισσότερη πίστη για την ακρίβεια από ό, τι αξίζω." χαμογελάω επειδή χαμογελάτε και μάλλον θα υποψιάζεστε ό, τι βρίσκω ότι υποψιάζεστε, αλλά προς το παρόν δεν βλέπω τι υπάρχει να αμφισβητήσω. Αν ο συνταγματάρχης δεν είναι το πρόσωπο, ποιος μπορεί να είναι; "

"τι λέτε στην κα ;"

"δεν είχα σκεφτεί την κυρία , πρέπει να γνωρίζει τόσο καλά όσο και ο πατέρας της, πόσο αποδεκτό θα ήταν ένα όργανο και ίσως ο τρόπος της, το μυστήριο, το παράξενο, είναι περισσότερο σαν ένα σχέδιο νεαρής γυναίκας από ένα ηλικιωμένο άτομο, είναι η κ. , τολμούν να πω ότι σας είπα ότι οι υποψίες σας θα οδηγούσαν τη δική μου ».

"αν ναι, πρέπει να επεκτείνετε τις υποψίες σας και να καταλάβετε τον κ. Διξόν σε αυτούς".

"Κύριε Διξόν - πολύ καλά, ναι, αμέσως αντιλαμβάνομαι ότι πρέπει να είναι το κοινό δώρο του κ. Και της κ. Διξόν, μιλούσαμε την άλλη μέρα, ξέρετε, ότι ήταν τόσο ζεστός και θαυμάζοντας την παράστασή της. "

Ο μητρικός αέρας τους κάνει για τους μήνες Ιανουάριο, Φεβρουάριο και Μάρτιο; οι καλές πυρκαγιές και τα καροτσάκια θα ήταν πολύ περισσότερο για το σκοπό στις περισσότερες περιπτώσεις της ευαίσθητης υγείας, και τολμούν να πω σε αυτήν. Δεν απαιτώ από εσάς να υιοθετήσετε όλες τις υποψίες μου, αν και κάνετε τόσο ευγενή μια επάγγελμα να το κάνετε αυτό, αλλά ειλικρινά σας πω τι είναι ".

"και, κατά τη γνώμη μου, έχουν έναν αέρα με μεγάλη πιθανότητα." Η προτίμηση της για τη μουσική της στο φίλο της, μπορώ να απαντήσω για την πολύ αποφασισμένη. "

"και έπειτα, έσωσε τη ζωή της, άκουσα ποτέ κάτι τέτοιο;" ένα πάρτι με νερό και με κάποιο ατύχημα έπεφτε στη θάλασσα, την έπιασε ".

«έκανα. Ήμουν εκεί - ένα από τα κόμματα».

"ήσασταν πραγματικά;" "καλά!" - αλλά δεν παρατηρήσατε τίποτα φυσικά, γιατί φαίνεται να είναι μια νέα ιδέα για σας. -Αν ήμουν εκεί, νομίζω ότι θα έπρεπε να έκανα κάποιες ανακαλύψεις.

"Τολμούν να σας πω ότι θα ήθελα, αλλά εγώ, απλά εγώ, δεν είδα τίποτα αλλά το γεγονός, ότι η ήταν σχεδόν διακεκομμένη από το σκάφος και ότι ο κύριος την έπιασε.- ήταν το έργο μιας στιγμής και αν και το επακόλουθο σοκ και ο συναγερμός ήταν πολύ μεγάλος και πολύ πιο ανθεκτικός - μάλιστα πιστεύω ότι ήταν μισή ώρα πριν κάποιος από εμάς αισθανόταν άνετα και πάλι - παρόλα αυτά, ήταν πολύ γενική η αίσθηση για κάθε πράγμα ιδιαίτερου άγχους που πρέπει να παρατηρηθεί. Ωστόσο, ότι ίσως δεν έχετε κάνει ανακαλύψεις. "

Η συνομιλία εδώ διακόπτεται. Κλήθηκαν να μοιραστούν την αμηχανία ενός μάλλον μεγάλου χρονικού διαστήματος μεταξύ των μαθημάτων και να υποχρεωθούν να είναι τόσο επίσημοι και κανονικοί όσο και οι άλλοι. Αλλά όταν το τραπέζι ήταν και πάλι ασφαλώς καλυμμένο, όταν κάθε γωνιακό πιάτο τοποθετήθηκε ακριβώς σωστά και η κατοχή και η ευκολία γενικά αποκαταστάθηκαν, είπε η Έμμα,

"Η άφιξη αυτού του πιανίσκου είναι αποφασιστική για μένα, ήθελα να μάθω λίγο περισσότερο, και αυτό μου λέει αρκετά, εξαρτάται από αυτό, σύντομα θα ακούσουμε ότι είναι δώρο από τον κ. . "

"και αν οι διξόνες πρέπει να απορρίψουν απολύτως όλες τις γνώσεις του, πρέπει να το ολοκληρώσουμε για να προέλθουμε από τα ".

"Όχι, είμαι βέβαιος ότι δεν είναι από τα ξέρει ότι δεν είναι από το , ή θα είχαν μαντέψει στην αρχή δεν θα ήταν μπερδεμένος, αν τόλμησε τους. Ίσως σας έπεισε, αλλά είμαι απόλυτα πεπεισμένος ότι ο κύριος είναι κύριος της επιχείρησης ».

"Πραγματικά μου τραυματίζεις αν υποθέσω ότι δεν είμαι πεπεισμένος, οι σκέψεις σου φέρνουν την κρίση μαζί μαζί τους, αρχικά, ενώ υποθέσατε ότι ικανοποιήσατε ότι ο στρατιώτης ήταν ο δωρητής, το έβλεπα μόνο ως πατρική ευγένεια και το θεωρούσα το πιο φυσικό αλλά όταν είπατε την κ. Διξόν, αισθάνθηκα πόσο πιο πιθανό θα έπρεπε να είναι το αφιέρωμα της ζεστής γυναικείας φιλία και τώρα δεν το βλέπω σε άλλο φως παρά ως προσφορά αγάπης ».

Δεν υπήρξε ευκαιρία να πιέσουμε το ζήτημα μακρύτερα. Η πεποίθηση φαινόταν πραγματική. Φαινόταν σαν να τον ένιωθε. Δεν είπε πια, άλλα θέματα πήραν τη σειρά τους. Και το υπόλοιπο δείπνο πέθανε. Το επιδόρπιο πέτυχε, τα παιδιά μπήκαν, και μίλησαν και θαύμαζαν εν μέσω του συνηθισμένου ποσοστού συνομιλίας. Μερικά έξυπνα πράγματα είπαν, μερικά εντελώς ανόητα, αλλά κατά πολύ το μεγαλύτερο ποσοστό ούτε το ένα ούτε το άλλο - τίποτα χειρότερο από τις καθημερινές παρατηρήσεις, τις βαρετές επαναλήψεις, τα παλιά νέα και τα βαριά αστεία.

Οι κυρίες δεν πέρασαν πολύ στο σαλόνι, πριν φτάσουν οι άλλες κυρίες, στα διαφορετικά τμήματα τους. Η εμας παρακολουθούσε την είσοδο του μικρού της φίλου. Και αν δεν μπορούσε να απολαύσει την αξιοπρέπεια και τη χάρη της, δεν θα μπορούσε μόνο να αγαπάει την ανθοφορία της γλυκύτητας και τον άτσαρο τρόπο, αλλά θα μπορούσε να χαίρεται θερμά από το φως αυτό, χαρούμενη και αναισθητική διάθεση που της επέτρεπε τόσες πολλές ανακουφιστικές λύσεις των ταλαιπωριών της απογοητευμένης αγάπης. Εκεί καθόταν - και ποιος θα είχε μαντέψει πόσα δάκρυα είχε ρίξει πρόσφατα; να είναι στην επιχείρηση, να ντυθεί όμορφα και να βλέπει άλλους όμορφα ντυμένους, να καθίσει και να χαμογελάει και να φαίνεται όμορφο και να μην λέει τίποτα, ήταν αρκετό για την ευτυχία της σημερινής ώρας. Έκανε εμφάνιση και κίνηση ανώτερη; Αλλά η Έμμα υποψιαζόταν ότι θα μπορούσε να ήταν ευτυχής να αλλάξει τα συναισθήματα με τη , πολύ χαρούμενος που αγόρασε την αποθάρρυνση της αγάπης-ναι, της αγάπης ακόμα και του κ. Μάταια-από την παράδοση της όλης επικίνδυνης ευχαρίστησης να γνωρίζει τον εαυτό της αγαπημένο από τον σύζυγο της φίλης της.

Σε τόσο μεγάλο κόμμα δεν ήταν απαραίτητο να την πλησιάσει η Έμμα. Δεν ήθελε να μιλήσει για το πιανίσκο, αισθάνθηκε πάρα πολύ στο μυστικό, να σκεφτεί την εμφάνιση περιέργειας ή ενδιαφέροντος δίκαιη και επομένως σκόπιμα φυλάσσεται από απόσταση. Αλλά από τους άλλους, το θέμα εισήχθη σχεδόν αμέσως και είδε την κοκκινωπή συνείδηση με την οποία έγιναν τα συγχαρητήρια, το ρουζ της ενοχής που συνόδευε το όνομα του "εξαιρετικού φίλου μου ".

Κυρία. Ευτυχισμένη και μουσική, ενδιαφέρεται ιδιαίτερα για την περίσταση, και η Έμμα δεν μπορούσε να βοηθήσει να είναι διασκεδασμένη στην επιμονή της στην κατοίκηση του θέματος. Και με τόσα πολλά να ρωτήσω και να πω για τον τόνο, την αφή και το πεντάλ, εντελώς ανυποψίαστο αυτής της επιθυμίας να πούμε όσο το δυνατόν λιγότερο για αυτό, κάτι που διαβάζονταν καθαρά στο πρόσωπο της δίκαιης ηρωίδας.

Σύντομα ενώθηκαν με ορισμένους από τους κυρίους. Και η πρώτη από τις πρώτες ήταν ειλικρινής . Σε περπάτησε, ο πρώτος και ο χειρότερος; Και αφού πληρώνει τα συγχαρητήριά του για να χάσει τις πύλες και την ανιψιά της, έκανε το δρόμο του απευθείας στην αντίθετη πλευρά του κύκλου, και μέχρι να βρει μια θέση δίπλα της, δεν θα καθίσει καθόλου. Η Έμμα έλεγε τι πρέπει να σκεφτεί κάθε σημερινό σώμα. Ήταν το αντικείμενο του και κάθε σώμα πρέπει να το αντιληφθεί. Τον εισήγαγε στον φίλο της, το , και, σε βολικές στιγμές μετά, άκουσε τι σκέφτονται οι άλλοι. "δεν είχε δει ποτέ τόσο όμορφο πρόσωπο και ήταν χαρούμενος με το αφελές του". Και αυτή, "μόνο για να είναι σίγουρος ότι του πλήρωσε υπερβολικά μια φιλοφρόνηση, αλλά σκέφτηκε ότι υπήρχαν κάποιες εμφανίσεις λίγο σαν τον κ. ." η Έμμα μείωσε την αγανάκτησή της,

Τα χαμόγελα της νοημοσύνης πέρασαν μεταξύ της και του κύριου, κοιτάζοντας για πρώτη φορά προς τη φανταστική φασαρία. Αλλά ήταν πολύ συνετό να αποφύγουμε την ομιλία. Της είπε ότι ήταν ανυπόμονος να φύγει από την τραπεζαρία-μισητή συνεδρίαση για πολύ καιρό - ήταν πάντα ο πρώτος που κινήθηκε όταν μπορούσε - ότι ο πατέρας του, κύριε. , κύριε. Και . , έμειναν πολύ απασχολημένοι με την επιχείρηση των ενοριών - αλλά εφ' όσον είχε διαρκή, ήταν αρκετά ευχάριστο, καθώς τους είχε βρει γενικά ένα σύνολο ευγενών και λογικών αντρών. Και μίλησε τόσο γελοία με το - σκέφτηκε ότι είναι τόσο άφθονο στις ευχάριστες οικογένειες - ότι η Έμμα άρχισε να αισθάνεται ότι είχε συνηθίσει να περιφρονεί τον τόπο μάλλον πάρα πολύ. Τον ρώτησε ως προς την κοινωνία στο - την έκταση της γειτονιάς για το , και το είδος; Και θα μπορούσε να κάνει από τις απαντήσεις του ότι, όσον αφορά το , υπήρξαν ελάχιστες συνέπειες, ότι οι επισκέψεις τους ήταν ανάμεσα σε μια σειρά από μεγάλες οικογένειες, κανένας πολύ κοντά. Και ότι ακόμα και όταν οι ημέρες ήταν σταθερές και οι προσκλήσεις έγιναν δεκτές, ήταν μια αδιαμφισβήτητη πιθανότητα ότι η κ. Δεν ήταν στην υγεία και τα πνεύματα για τη μετάβαση; Ότι έκαναν ένα σημείο να επισκεφτούν κανένα φρέσκο άτομο. Και ότι, παρόλο που είχε ξεχωριστές δεσμεύσεις, δεν ήταν χωρίς δυσκολία, χωρίς ιδιαίτερη διεύθυνση κατά περιόδους, ότι μπορούσε να ξεφύγει ή να εισαγάγει γνωριμία για μια νύχτα.

Είδε ότι το δεν θα μπορούσε να ικανοποιήσει και ότι το , το οποίο πήρε το καλύτερο δυνατό, θα μπορούσε ευλόγως να ευχαριστήσει έναν νεαρό άνδρα ο οποίος είχε μεγαλύτερη αποχώρηση από το σπίτι από ό, τι του άρεσε. Η σημασία του στο ήταν πολύ εμφανής. Δεν είχε καυχηθεί, αλλά φυσικά πρόδωσε, ότι έπεισε τη θεία του όπου ο θείος του δεν μπορούσε να κάνει τίποτα, και με το γέλιο και την παρατήρησή του, ανήκε εκεί που πίστευε (εκτός από ένα ή δύο σημεία) θα μπορούσε με τον καιρό να την πείσει σε κάθε πράγμα. Ένα από τα σημεία στα οποία η επιρροή του απέτυχε, ανέφερε στη συνέχεια. Είχε ήθελε πάρα πολύ να πάει στο εξωτερικό - ήταν πολύ πρόθυμος πράγματι να του επιτραπεί να ταξιδέψει - αλλά δεν θα το ακούσει. Αυτό είχε συμβεί το προηγούμενο έτος. Τώρα, είπε, άρχισε να μην έχει πλέον την ίδια επιθυμία.

Το ανυποψίαστο σημείο, το οποίο δεν ανέφερε, η Έμμα μάντεψε να είναι καλή συμπεριφορά στον πατέρα του.

"Έχω κάνει μια πιο άθλια ανακάλυψη", είπε, μετά από μια σύντομη παύση .- "Έχω πάει εδώ μια εβδομάδα το βράδυ το ήμισυ του χρόνου μου ποτέ δεν ήξερα τις μέρες πετούν τόσο γρήγορα, μια μέρα το βράδυ! Έχω μόλις αρχίσει να απολαμβάνω τον εαυτό μου, αλλά μόλις εξοικειωθώ με την κ. Και άλλους! -Μισώ την ανάμνηση. "

"ίσως τώρα να αρχίσετε να λυπάστε που πέρασα μια ολόκληρη μέρα, από τόσο λίγους, έχοντας κόψει τα μαλλιά σας."

"Όχι," είπε, χαμογελώντας, "αυτό δεν είναι θέμα λύπης, δεν έχω την ευχαρίστηση να βλέπω τους φίλους μου, εκτός κι αν μπορώ να πιστέψω στον εαυτό μου ότι είναι κατάλληλος για να το δεις".

Οι υπόλοιποι κύριοι ήταν τώρα στην αίθουσα, η Έμμα βρέθηκε υποχρεωμένη να γυρίσει από αυτόν για λίγα λεπτά και να ακούσει τον κύριο. Λάχανο. Όταν ο κ. Ο Κολ είχε απομακρυνθεί και η προσοχή της μπορούσε να αποκατασταθεί όπως πριν, είδε την ειλικρινή εκκλησία να κοιτάζει προσεκτικά σε ολόκληρη την αίθουσα στο , που καθόταν ακριβώς απέναντι.

"ποιο είναι το πρόβλημα;" είπε.

Αυτός άρχισε. "Σας ευχαριστώ που με ενθουσιάσατε", απάντησε. "Πιστεύω ότι ήμουν πολύ αγενής, αλλά πραγματικά λείπει η έχει κάνει τα μαλλιά της με τόσο περίεργο τρόπο - τόσο πολύ περίεργο τρόπο - ότι δεν μπορώ να κρατήσω τα μάτια μου απ'αυτήν ... Δεν έχω δει ποτέ κάτι τόσο έξυπνο! Αυτό πρέπει να είναι μια φαντασία της δικής της Βλέπω κανένας άλλος να μοιάζει με την ίδια! - πρέπει να πάω και να την ρωτήσω αν είναι ιρλανδέζικα μόδα .. Θα είμαι; -, εγώ θα δηλώσω ότι θέλω-και θα δείτε πώς το παίρνει · -εάν χρωματιστεί."

Είχε φύγει αμέσως. Και η Έμμα σύντομα τον είδε να στέκεται μπροστά στο και να μιλάει μαζί της. Αλλά όσον αφορά την επίδρασή του στη νεαρή κοπέλα, όπως είχε τοποθετηθεί με αυτοπεποίθηση ακριβώς μεταξύ τους, ακριβώς μπροστά από το , δεν θα μπορούσε να διακρίνει τίποτα.

Πριν μπορέσει να επιστρέψει στην καρέκλα του, το πήρε από την κα. .

«αυτή είναι η πολυτέλεια ενός μεγάλου κόμματος», είπε: «μπορεί κανείς να πλησιάσει κάθε σώμα και να πει όλα τα πράγματα, αγαπητέ μου Έμμα, χαίρομαι να σας μιλήσω, έκανα ανακαλύψεις και διαμόρφωση σχεδίων, απλά όπως και εσύ, και πρέπει να τους πεις, ενώ η ιδέα είναι φρέσκια. Ξέρετε πώς έλειψαν οι και η ανιψιά της;

"πώς; -να είχαν προσκληθεί, έτσι δεν ήταν;"

"Ω! Ναι - αλλά πώς μεταφέρθηκαν εδώ;" - τον τρόπο της έλευσής τους; "

"περπάτησαν, καταλήγω, πώς αλλιώς θα μπορούσαν να έρθουν;"

- αλλά με πολλές, πολλές ευχαριστίες - δεν υπήρχε καμιά ευκαιρία να μας απασχολήσει, για τον κ. Η μεταφορά του είχε φέρει, και επρόκειτο να τα πάρει ξανά στο σπίτι. Ήμουν αρκετά απογοητευμένος · - πολύ χαρούμενος, είμαι σίγουρος. Αλλά πραγματικά αρκετά περίεργο. Μια τέτοια πολύ ευγενική προσοχή - και τόσο προσεγμένη προσοχή! - τα πράγματα που τόσο λίγοι άνθρωποι θα σκεφτόταν. Και, εν συντομία, γνωρίζοντας τους συνήθεις τρόπους του, είμαι πολύ πρόθυμος να πιστεύω ότι ήταν για τη διαμονή τους η μεταφορά χρησιμοποιήθηκε καθόλου. Υποψιάζομαι ότι δεν θα είχε ένα ζευγάρι άλογα για τον εαυτό του, και ότι ήταν μόνο ως δικαιολογία για να τους βοηθήσει ». Μια τέτοια πολύ ευγενική προσοχή - και τόσο προσεγμένη προσοχή! - τα πράγματα που τόσο λίγοι άνθρωποι θα σκεφτόταν. Και, εν συντομία, γνωρίζοντας τους συνήθεις τρόπους του, είμαι πολύ πρόθυμος να πιστεύω ότι ήταν για τη διαμονή τους η μεταφορά χρησιμοποιήθηκε καθόλου. Υποψιάζομαι ότι δεν θα είχε ένα ζευγάρι άλογα για τον εαυτό του, και ότι ήταν μόνο ως δικαιολογία για να τους βοηθήσει ». Μια τέτοια πολύ ευγενική προσοχή - και τόσο προσεγμένη προσοχή! - τα πράγματα που τόσο λίγοι άνθρωπι θα σκεφτόταν. Και, εν συντομία, γνωρίζοντας τους συνήθεις τρόπους του, είμαι πολύ πρόθυμος να πιστεύω ότι ήταν για τη διαμονή τους η μεταφορά χρησιμοποιήθηκε καθόλου. Υποψιάζομαι ότι δεν θα είχε ένα ζευγάρι άλογα για τον εαυτό του, και ότι ήταν μόνο ως δικαιολογία για να τους βοηθήσει ».

"πολύ πιθανό", δήλωσε ο Έμμα- "τίποτα πιο πιθανό, δεν ξέρω κανένας άνθρωπο πιο πιθανό από τον κύριο να κάνει κάτι τέτοιο-να κάνει κάτι πραγματικά καλό-φύση, χρήσιμο, ευγενικό ή καλοπροαίρετο. Αλλά αυτός είναι πολύ ανθρώπινος · και αυτό, λαμβάνοντας υπόψη την κακή υγεία του , θα εμφανιζόταν σε περίπτωση ανθρωπιάς γι 'αυτόν · και για μια πράξη ανυποχώρητης καλοσύνης, δεν υπάρχει κανένας που θα έλεγα σε κάτι παραπάνω από Κύριε , ξέρω ότι είχε άλογα σήμερα - γιατί φτάσαμε μαζί, και τον γέλασα γι 'αυτό, αλλά δεν είπε ούτε μια λέξη που θα μπορούσε να προδώσει.

"καλά," είπε η κ. , χαμογελώντας, "σε αυτόν τον βαθμό τον αποδίδετε περισσότερο απλή, ανιδιοτελής καλοσύνη απ 'ό, τι κάνω, γιατί ενώ η μιλούσε, μια καχυποψία στράφηκε στο κεφάλι μου και ποτέ δεν κατάφερα να το βγάλω πάλι. Σκέφτομαι ότι είναι πιο πιθανό να φανεί, εν συντομία, έχω κάνει έναν αγώνα μεταξύ του κ. Και της , βλέπετε την συνέπεια της διατήρησης της επιχείρησής σας - τι σας λέτε;

"κύριο και !" είπε Έμμα. "Αγαπητή κα , πώς θα μπορούσατε να σκεφτείτε κάτι τέτοιο;" - Κύριε ! "- Δεν πρέπει να παντρευτείτε ο !" - Δεν θα είχατε πάρει λίγο από το ; δεν μπορώ καθόλου να συμφωνήσω με το γάμο του κ. Και είμαι βέβαιος ότι δεν είναι καθόλου πιθανό, είμαι έκπληκτος που πρέπει να σκεφτείτε κάτι τέτοιο ».

"αγαπητέ μου Έμμα, σου έχω πει τι με οδήγησε να το σκεφτώ, δεν θέλω τον αγώνα-δεν θέλω να τραυματίσω πολύ αγαπητό -αλλά η ιδέα μου έχει δοθεί από τις περιστάσεις και αν ο κ. Πραγματικά θέλησε να παντρευτεί, δεν θα τον άρεσε να αποφύγει το λογαριασμό του, ένα αγόρι έξι ετών, που δεν ξέρει τίποτα για το θέμα; "

"Ναι, εγώ δεν θα μπορούσα να αντέξω για να αντικατασταθεί η .-Κύριε παντρεύτηκε!" -Ναι, δεν είχα ποτέ μια τέτοια ιδέα και δεν μπορώ να την υιοθετήσω τώρα και , επίσης, όλων των γυναικών! "

"Ναι, ήταν πάντα ένα πρώτο φαβορί μαζί του, όπως γνωρίζετε πολύ καλά".

"αλλά η απροσεξία ενός τέτοιου αγώνα!"

"δεν μιλώ για τη σύνεση του, απλώς για την πιθανότητα του."

"Δεν βλέπω καμία πιθανότητα σε αυτό, εκτός και αν έχετε καλύτερη βάση από ό, τι αναφέρατε.Η καλή του φύση, η ανθρωπιά του, όπως σας λέω, θα ήταν αρκετή για να καταλάβει τα άλογα, έχει μεγάλη σημασία για τους , ξέρετε, ανεξάρτητα από τη - και είναι πάντα στην ευχάριστη θέση να τους δείξω την προσοχή, αγαπητοί μου κ. , μην το πάρετε για να ταιριάξετε - κάνετε πολύ κακή ερωμένη της μονής! Όχι, όλοι αισθάνονται εξεγέρσεις, για χάρη του, δεν θα τον έκανα τόσο τρελό.

"παράλογο, αν σας παρακαλώ - αλλά όχι τρελός, εκτός από την ανισότητα της τύχης, και ίσως μια μικρή διαφορά της ηλικίας, δεν βλέπω τίποτα ακατάλληλο."

"αλλά ο κύριος δεν θέλει να παντρευτεί, είμαι σίγουρος ότι δεν έχει την ελάχιστη ιδέα γι 'αυτό, μην το βάλετε στο κεφάλι του, γιατί να παντρευτεί ;- είναι όσο το δυνατόν πιο ευτυχισμένος από τον εαυτό του- με το αγρόκτημα του, και τα πρόβατά του, τη βιβλιοθήκη του και όλη την ενορία που διαχειρίζεται, και είναι εξαιρετικά λάτρης των παιδιών του αδελφού του, δεν έχει καμία ευκαιρία να παντρευτεί, είτε να γεμίσει το χρόνο του είτε την καρδιά του.

"αγαπητέ μου Έμμα, όσο σκέφτεται έτσι, είναι έτσι, αλλά αν αγαπά πραγματικά ..."

"δεν νοιάζεται για τη , με τον τρόπο της αγάπης, είμαι βέβαιος ότι δεν το κάνει, θα έκανε κάθε καλό γι 'αυτήν ή την οικογένειά της, αλλά ..."

"καλά," είπε η κ. , γελώντας, "ίσως το μεγαλύτερο αγαθό που θα μπορούσε να τους κάνει, θα ήταν να δώσει στον ένα τόσο αξιόλογο σπίτι".

"αν θα ήταν καλό γι 'αυτήν, είμαι σίγουρος ότι θα ήταν κακό για τον εαυτό του, μια πολύ επαίσχυντη και εξευτελιστική σχέση, πώς θα αντέξει να έχει χάσει τις πύλες που του ανήκουν;" να την στοιχειώνει η μονή και να τον ευχαριστεί όλους για την μεγάλη του καλοσύνη να παντρευτεί τον Τζέιν; "- τόσο πολύ ευγενικός και υποχρεωτικός! - αλλά ήταν πάντα τόσο καλός γείτονας!" και στη συνέχεια να πετάξει, με μισή πρόταση, στο παλιό στρουθοκάμηλο της μητέρας της », όχι ότι ήταν τόσο πολύ παλιό μεσοφόριο - γιατί ακόμα θα διαρκούσε μια μεγάλη στιγμή - και, πράγματι, πρέπει ευτυχώς να πει ότι τα στρωμνιά τους ήταν όλα πολύ δυνατός.'"

Και είχα σχεδόν ξεχάσει μια ιδέα που μου συνέβη - αυτό το πιανίσκο που έχει στείλει εδώ από κάποιον - αν και όλοι μας είμαστε τόσο ικανοποιημένοι να το θεωρήσουμε ένα δώρο από τους , μπορεί να μην είναι από τον κ. ; Δεν μπορώ να τον υποψιάσω. Νομίζω ότι είναι απλώς το πρόσωπο που το κάνει, ακόμα και χωρίς να ερωτεύεται ".

"τότε δεν μπορεί να είναι κανένας λόγος να αποδειχθεί ότι είναι ερωτευμένος, αλλά δεν νομίζω ότι είναι καθόλου πιθανό γι 'αυτόν να κάνει." Ο κ. Δεν κάνει τίποτα μυστηριωδώς ".

"Τον ακούσαμε να θρηνεί ότι δεν είχε επανειλημμένα κανένα όργανο, πιο συχνά από ότι θα έπρεπε να υποθέσω ότι μια τέτοια περίσταση θα συνέβαινε στην κοινή πορεία των πραγμάτων".

"πολύ καλά και αν είχε την πρόθεση να της δώσει μια, θα της είχε πει."

"Μπορεί να υπάρχουν κάποιες ασάφεια, αγαπητέ μου Έμμα, έχω μια πολύ ισχυρή ιδέα ότι προέρχεται από αυτόν, είμαι βέβαιος ότι ήταν ιδιαίτερα σιωπηλός όταν μας είπε η κο.

"παίρνετε μια ιδέα, κύριε , και τρέχετε μαζί της, όπως έχετε με πολλούς χρόνους να με κακιάσατε να κάνω. Δεν βλέπω κανένα σημάδι προσκόλλησης - δεν πιστεύω τίποτα από το πιάνο - και η απόδειξη μόνο θα με πείσει ότι ο κ. Ο έχει οποιαδήποτε σκέψη να παντρευτεί την . "

Αντιμετώπισαν το σημείο κάπως περισσότερο χρόνο με τον ίδιο τρόπο. Η Έμμα κερδίζει έδαφος στο μυαλό του φίλου της. Για την κα. Το ήταν το πιο χρησιμοποιημένο από τα δύο για να αποδώσει. Μέχρι μια μικρή φασαρία στο δωμάτιο τους έδειξε ότι το τσάι τελείωσε και το όργανο που προετοιμάζεται - και την ίδια στιγμή ο κύριος. Ο έρχεται να δεχτεί το δάσος να τους κάνει την τιμή να το δοκιμάσουν. Ειλικρινή εκκλησία, εκ των οποίων, με την προθυμία της συνομιλίας της με την κα. , δεν είχε δει τίποτα, εκτός από το ότι είχε βρει μια θέση από το , ακολούθησε ο κ. , να προσθέσει τις πολύ πιεστικές του υποδείξεις · και καθώς, από κάθε άποψη, η Έμμα ταιριάζει καλύτερα να ηγείται, έδωσε μια πολύ σωστή συμμόρφωση.

Γνώριζε πολύ καλά τους περιορισμούς των δικών της δυνάμεων για να προσπαθήσει περισσότερο από ό, τι θα μπορούσε να αποδώσει με πίστωση. Δεν ήθελε ούτε γεύση ούτε πνεύμα στα μικρά πράγματα που είναι γενικά αποδεκτά και θα μπορούσε να συνοδεύσει τη φωνή της καλά. Μια συνοδεία στο τραγούδι της την πήρε ευχάριστα με έκπληξη - μια δεύτερη, ελαφρώς αλλά σωστά ληφθείσα από την ειλικρινή . Η χάρη της ζητήθηκε δεόντως στο τέλος του τραγουδιού και όλα τα συνήθη πράγματα ακολούθησαν. Κατηγορήθηκε ότι είχε μια ευχάριστη φωνή και μια τέλεια γνώση της μουσικής. Το οποίο αρνήθηκε κανονικά. Και ότι δεν γνώριζε τίποτα για το θέμα και δεν είχε καθόλου φωνή, δήλωσε σθεναρά. Τραγουδούσαν πάλι μαζί. Και τότε η Έμμα θα παραιτηθεί από τη θέση της για να χάσει το , του οποίου η παράσταση, τόσο φωνητική όσο και , που ποτέ δεν μπορούσε να προσπαθήσει να κρύψει από τον εαυτό της, ήταν απείρως ανώτερη από τη δική της.

Με μικτά συναισθήματα, καθόταν σε μικρή απόσταση από τους αριθμούς γύρω από το όργανο, για να ακούσει. Ειλικρινής εκκλησία τραγούδησε και πάλι. Είχαν τραγουδήσει μαζί μία ή δύο φορές, όπως φαίνεται, στο . Αλλά το θέαμα του κ. Μεταξύ των πιο προσεκτικοί, σύντομα έσυρε το μυαλό του μισού Έμμα? Και έπεσε σε ένα τρένο σκέψης σχετικά με το θέμα της κυρίας. Οι υποψίες του , στις οποίες οι γλυκοί ήχοι των ενωμένων φωνών έδωσαν μόνο στιγμιαίες διακοπές. Τις αντιρρήσεις της προς τον κ. Ο γάμος του δεν έπεσε στο ελάχιστο. Δεν μπορούσε να δει τίποτε παρά το κακό σε αυτό. Θα ήταν μεγάλη απογοήτευση στον κ. ; κατά συνέπεια στην . Ένα πραγματικό τραυματισμό για τα παιδιά - μια πιο καταστροφική αλλαγή και υλική απώλεια για όλους τους - μια πολύ μεγάλη έκπτωση από την καθημερινή άνεση του πατέρα της - και, ως προς τον εαυτό της, δεν μπορούσε καθόλου να αντέξει την ιδέα της στο αφεντικό του . Μια κα. Για όλους τους για να δώσουν τη θέση τους! -χι-κύριε. Ο δεν πρέπει ποτέ να παντρευτεί. Ο μικρός κόμπος πρέπει να παραμείνει ο κληρονόμος του Ντόουνουελ.

Επί του παρόντος κ. Ο κοίταξε πίσω και ήρθε και κάθισε δίπλα της. Μίλησαν αρχικά μόνο για την παράσταση. Ο θαυμασμός του ήταν σίγουρα πολύ ζεστός. Αλλά σκέφτηκε, αλλά για την κα. , δεν θα την χτύπησε. Ως είδος αψίδας, όμως, άρχισε να μιλάει για την καλοσύνη του να μεταφέρει τη θεία και την ανιψιά. Και παρόλο που η απάντησή του ήταν στο πνεύμα της περικοπής του θέματος σύντομα, πίστευε ότι αυτό έδειξε μόνο την απογοήτευσή του να σταθούμε σε οποιαδήποτε καλοσύνη του δικού του.

«συχνά αισθάνομαι ανησυχία», είπε, «ότι δεν τολμούν να κάνουν τη μεταφορά μας πιο χρήσιμη σε τέτοιες περιπτώσεις .. Δεν είναι ότι δεν είμαι χωρίς την επιθυμία · αλλά ξέρετε πόσο αδύνατο ο πατέρας μου θα το θεωρούσε ότι ο θα έπρεπε να βάλει για ένα τέτοιο σκοπό. "

"πολύ έξω από το ερώτημα, αρκετά έξω από το ερώτημα," απάντησε, "αλλά πρέπει να το επιθυμείτε συχνά, είμαι σίγουρος." και χαμογέλασε με τέτοια φαινομενική ευχαρίστηση στην καταδίκη, ότι πρέπει να προχωρήσει ένα ακόμη βήμα.

"αυτό το δώρο από τις καμπάνες", είπε - "αυτή η πιανίστρα είναι πολύ ευγενική."

"ναι", απάντησε και χωρίς την ελάχιστη φαινομενική αμηχανία .- "Αλλά θα είχαν κάνει καλύτερα αν είχαν δώσει την ειδοποίησή της για αυτό." Τα εκπλήγματα είναι ανόητα πράγματα. "Η ευχαρίστηση δεν ενισχύεται και η αναστάτωση είναι συχνά σημαντική. Έχουν αναμείνει την καλύτερη κρίση στον συνταγματάρχη . "

Από εκείνη τη στιγμή, η Έμμα θα μπορούσε να πάρει τον όρκο της. Ο δεν είχε καμία ανησυχία να δώσει το όργανο. Αλλά αν ήταν εντελώς απαλλαγμένη από την ιδιόμορφη προσκόλληση - αν δεν υπήρχε πραγματική προτίμηση - παρέμεινε λίγο πιο αμφίβολη. Προς το τέλος του δεύτερου τραγουδιού της Τζέιν, η φωνή της χτύπησε.

"αυτό θα το κάνει", είπε, όταν τελείωσε, σκέφτηκε δυνατά - "έχετε τραγουδήσει αρκετό για ένα βράδυ - τώρα να είστε ήσυχοι".

Ένα άλλο τραγούδι, όμως, σύντομα ζητήθηκε. "ένα ακόμα - δεν θα φοβόταν να χάσει το σε οποιοδήποτε λογαριασμό και θα ζητούσε μόνο ένα ακόμα". Και ειλικρινής εκκλησία ακούστηκε να λέει: "Νομίζω ότι θα μπορούσατε να το διαχειριστείτε χωρίς προσπάθεια, το πρώτο μέρος είναι τόσο ασήμαντο, η δύναμη του τραγουδιού πέφτει στο δεύτερο".

Κύριος. Ο έγινε θυμωμένος.

"αυτός ο συνάδελφος," είπε, με αγανάκτηση, "δεν σκέφτεται τίποτα άλλο παρά να εκτοξεύσει τη φωνή του, αυτό δεν πρέπει να είναι". Και άγγιξε τις , οι οποίες εκείνη τη στιγμή πέρασαν κοντά - "χάσετε τα κτυπήματα, είστε τρελοί, για να αφήσετε την ανηψιά σας να τραγουδήσει τον εαυτό της φτωχικά με αυτό τον τρόπο, να πάει και να παρεμβαίνει.

Το χαμόγελο, στο πραγματικό άγχος της για τη , δεν θα μπορούσε να μείνει ευχαριστημένο, πριν προχωρήσει και έβαλε τέλος σε όλο το τραγούδι. Εδώ σταμάτησε το συναυλιακό μέρος της βραδιάς, επειδή το και το ήταν οι μόνοι νεαροί εκτελεστές της κυρίας. Αλλά σύντομα (μέσα σε πέντε λεπτά) η πρόταση του χορού-καταγωγή που κανείς δεν γνώριζε ακριβώς πού - προωθήθηκε τόσο αποτελεσματικά από τον κ. Και κα. , ότι όλα τα πράγματα απομακρύνθηκαν γρήγορα, για να δώσουν το κατάλληλο χώρο. Κυρία. Το , η πρωτεύουσα των χορογραφιών της χώρας της, καθόταν και άρχιζε ένα ακαταμάχητο βαλς. Και η ειλικρινής εκκλησία, που έρχεται με τα περισσότερα να γελούν στην Έμμα, είχε ασφαλίσει το χέρι της και την οδήγησε στην κορυφή.

Ενώ περιμένοντας τους άλλους νέους να ξεκουραστούν, η Έμμα βρήκε χρόνο, παρά τα συγχαρητήρια που έλαβε στη φωνή της και στο γούστο της, να κοιτάξει και να δει τι έγινε ο κύριος. . Αυτό θα ήταν δίκη. Δεν ήταν κανένας χορευτής γενικά. Αν ήθελε να είναι πολύ επιφυλακτικός στο να ασχολείται τώρα με την , θα μπορούσε να προειδοποιήσει κάτι. Δεν υπήρχε άμεση εμφάνιση. Όχι; μιλούσε στην κα. -κοιτούσε αδιάφορα. Η Τζέιν ρωτήθηκε από κάποιον άλλο, και μιλούσε ακόμα στην κα. Λάχανο.

Η Έμμα δεν είχε πλέον συναγερμό για τον . Το ενδιαφέρον του ήταν ασφαλές. Και οδήγησε τον χορό με γνήσιο πνεύμα και απόλαυση. Δεν θα μπορούσαν να συγκεντρωθούν περισσότερα από πέντε ζευγάρια. Αλλά η σπανιότητα και η ξαφνικότητα του το έκανε πολύ ευχάριστο και βρήκε τον εαυτό της σε ένα συνεργάτη. Ήταν ένα ζευγάρι που αξίζει να κοιτάξει κανείς.

Δύο χοροί, δυστυχώς, ήταν όλοι που θα μπορούσαν να επιτραπούν. Αυξανόταν καθυστερημένα και η χαμένη κούρσα αγωνιζόταν να φτάσει στο σπίτι, στο λογαριασμό της μητέρας της. Μετά από κάποιες προσπάθειες, επομένως, να τους επιτραπεί να ξεκινήσουν και πάλι, ήταν υποχρεωμένες να ευχαριστήσουν την κα. , κοιτάξτε θλιβερό, και έχετε κάνει.

"ίσως είναι επίσης καλά", είπε ο , καθώς παρακολούθησε την Έμμα στη μεταφορά της. "Πρέπει να είχα ρωτήσει το , και ο χαλαρός χορός της δεν θα είχε συμφωνήσει μαζί μου, μετά από δικούς σου".

Κεφάλαιο

Η Έμμα δεν μετανοούσε τη συγκατάθεσή της για να πηγαίνει στις σφαίρες. Η επίσκεψη της έδωσε πολλές ευχάριστες αναμνήσεις την επόμενη μέρα. Και όλα όσα μπορεί να υποτίθεται ότι έχει χάσει από την πλευρά της αξιοπρεπούς απομόνωσης, πρέπει να επιστραφούν σε μεγάλο βαθμό στο μεγαλείο της δημοτικότητας. Πρέπει να έχει ευχαριστήσει τους άξιους ανθρώπους, που άξιζαν να γίνουν ευτυχείς! - και άφησε ένα όνομα πίσω από αυτήν που δεν θα πεθάνει σύντομα.

Η τέλεια ευτυχία, ακόμη και στη μνήμη, δεν είναι κοινή. Και υπήρχαν δύο σημεία στα οποία δεν ήταν αρκετά εύκολο. Αμφιβάλλει αν δεν είχε παραβιάσει το καθήκον της γυναίκας από τη γυναίκα, προδίδοντας τις υποψίες της για τα συναισθήματα της στο ειλικρινές . Δεν ήταν σωστό. Αλλά ήταν τόσο έντονη η ιδέα ότι θα τη διέφυγε και η υποταγή της σε όλα όσα είπε ήταν μια φιλοφρόνηση για τη διείσδυσή της, γεγονός που δυσκόλευε να είναι σίγουρη ότι έπρεπε να κρατήσει τη γλώσσα της.

Η άλλη περίσταση της λύπης αφορούσε και την . Και εκεί δεν είχε καμία αμφιβολία. Έκανε απροσδόκητα και αναμφισβήτητα τη λύπη της για την κατωτερότητα της δικής της αναπαραγωγής και τραγουδιού. Έκανε πολύ θλιβερή θλίψη για την αδράνεια της παιδικής ηλικίας της - και κάθισε και άσκησε έντονα μια ώρα και μισή.

Τότε διακόπτεται από την είσοδο του . Και αν ο έπαινος του Χάριετ μπορούσε να την ικανοποιήσει, ίσως σύντομα θα ήταν παρηγορημένη.

"Ω! Αν θα μπορούσα να παίξω, όπως και εσείς και να χάσετε το !"

"δεν μας ταξινούν μαζί, μου παίζοντας δεν είναι περισσότερο όπως της, από μια λάμπα είναι σαν ηλιοφάνεια".

"Ω! Αγαπητέ - νομίζω ότι παίζετε το καλύτερο από τα δύο. Νομίζω ότι παίζετε τόσο καλά όπως και εγώ, είμαι σίγουρος ότι είχα πολλά να σας ακούσω, κάθε σώμα χθες το βράδυ είπε πόσο καλά παίξατε.

"όσοι γνώριζαν κάτι για αυτό, πρέπει να έχουν αισθανθεί τη διαφορά. Η αλήθεια είναι, , ότι το παιχνίδι μου είναι αρκετά καλό για να επαινεθεί, αλλά η είναι πολύ πέρα από αυτό."

"Πάντα θα σκέφτομαι ότι παίζεις τόσο καλά όπως και ότι, αν υπάρχει κάποια διαφορά, κανείς δεν θα το βρει ποτέ." Ο κ. Είπε πόση γεύση είχατε και ο κ. Μίλησε πολύ για το γούστο σας και ότι αποτίμησε την γεύση πολύ περισσότερο από την εκτέλεση. "

"! Αλλά η έχει και τα δύο, ."

"Είσαι σίγουρος ότι είδα ότι είχε εκτέλεση, αλλά δεν ήξερα ότι είχε καμιά γεύση, κανείς δεν μίλησε γι 'αυτό και μισώ το ιταλικό τραγούδι.- Δεν υπάρχει καμία κατανόηση μιας λέξης γι' αυτό εκτός κι αν παίζει τόσο πολύ καλά, ξέρεις, δεν είναι τίποτα περισσότερο από ότι είναι υποχρεωμένο να κάνει, γιατί θα πρέπει να διδάξει .. Τα αναρωτιούνται χθες το βράδυ αν θα έρθει σε οποιαδήποτε μεγάλη οικογένεια πώς σκέφτηκε ότι τα κοίταξε;

"όπως συμβαίνει πάντα - πολύ χυδαίο".

«μου είπαν κάτι», είπε χαριέτα μάλλον διστακτικά. "αλλά δεν έχει καμία συνέπεια."

Η Έμμα ήταν υποχρεωμένη να ρωτήσει τι της είχαν πει, αν και φοβόταν ότι θα παράγει τον κ. .

"μου είπαν - ο κ. Μάρτιν έτρωγε μαζί τους το τελευταίο σαββατοκύριακο".

"Ω!"

"ήρθε στον πατέρα τους με κάποια δουλειά και τον ζήτησε να μείνει για δείπνο."

"Ω!"

"μιλούσαν πολύ γι 'αυτόν, ειδικά για την . Δεν ξέρω τι εννοούσε, αλλά με ρώτησε αν σκέφτηκα ότι πρέπει να πάω και να μείνω εκεί πάλι το καλοκαίρι."

"σήμαινε να είναι άγρια περίεργος, ακριβώς όπως ένα τέτοιο πρέπει να είναι."

"δήλωσε ότι ήταν πολύ ευχάριστη την ημέρα που έτρωγε εκεί, κάθισε δίπλα της στο δείπνο, και ο σκέφτεται ότι τα δύο θα ήταν πολύ ευτυχής να τον παντρευτούν".

"πολύ πιθανό - νομίζω ότι είναι, χωρίς εξαίρεση, τα πιο χυδαία κορίτσια στο ."

Ο Χάριετ είχε δουλειά στο δρόμο. - Η Έμμα το θεωρούσε πιο συνετό να πάει μαζί της. Μια άλλη τυχαία συνάντηση με τους μαρτίνους ήταν δυνατή και στην παρούσα της κατάσταση θα ήταν επικίνδυνη.

Ο Χάριετ, ο οποίος μπόρεσε να μιλήσει από όλα τα πράγματα και μάλιστα μίλησε για μισή λέξη, ήταν πάντα πολύ μακρύς σε μια αγορά. Και ενώ εξακολουθούσε να κρέμεται από μουσουλίνες και να αλλάζει το μυαλό της, η Έμμα πήγε στην πόρτα για διασκέδαση. - Δεν μπορούσαμε να ελπίζουμε από την κυκλοφορία ακόμη και του πιο πολυσύχναστου τμήματος του . Απλά περπατώντας βιαστικά, κύριε. Αφήνοντας τον εαυτό του στην πόρτα του γραφείου, κύριε. Τα αμαξίδια που ήρθαν από την άσκηση, ή ένα αδέσποτο επιστολόχαρτο σε ένα πονηρό μουλάρι, ήταν τα πιο ζωντανά αντικείμενα που μπορούσε να υποθέσει ότι περίμενε. Και όταν τα μάτια της έπεφταν μόνο στον κισσό με το δίσκο του, μια τακτοποιημένη ηλικιωμένη γυναίκα που ταξίδευε από το κατάστημα με το πλήρες καλάθι της, δύο μάχες για ένα βρώμικο οστό και μια σειρά από χαϊδευτικά παιδιά γύρω από το μικρό παράθυρο του αρτοποιού, , ήξερε ότι δεν είχε κανένα λόγο να διαμαρτυρηθεί και ήταν αρκετά διασκεδασμένος. Αρκετά ακόμα για να σταθεί στην πόρτα. Ένα μυαλό ζωντανό και άνετο, μπορεί να κάνει με το να μην δει τίποτα, και δεν μπορεί να δει τίποτα που δεν απαντά.

Κοίταξε κάτω από τον δρόμο του ραντ. Η σκηνή διευρύνεται. Εμφανίστηκαν δύο άτομα. Κυρία. Και ο γαμπρός της. Περπατούσαν στο · - στο φυσικά. Εντούτοις, σταμάτησαν, κατά πρώτο λόγο, στην κ. '? Το σπίτι του οποίου ήταν λίγο πιο κοντά από το . Και όλοι τους χτύπησαν, όταν η Έμμα έπιασε το μάτι τους. - Άρχισαν αμέσως και έρχονταν μπροστά της. Και η ευχάριστη δέσμευση του χθες φάνηκε να δίνει νέα ευχαρίστηση στην παρούσα συνάντηση. Κυρία. Η της πληροφόρησε ότι θα καλέσει τους , για να ακούσει το νέο όργανο.

"γιατί η σύντροφος μου μου λέει," είπε, "ότι υποσχέθηκα απολύτως χτες τη νύχτα ότι θα έρθω σήμερα το πρωί, δεν ήξερα ότι εγώ ο ίδιος δεν ήξερα ότι είχα καθορίσει μια μέρα, αλλά όπως αυτός λέει ότι έκανα, θα πάω τώρα. "

"και ενώ η κ. Πληρώνει την επίσκεψή της, μπορεί να μου επιτραπεί, ελπίζω", είπε ο , "να ενωθούμε με το κόμμα σας και να την περιμένουμε στο - αν πάτε σπίτι."

Κυρία. Ο ήταν απογοητευμένος.

"Νόμιζα ότι ήθελε να πάει μαζί μου, θα ήταν πολύ ευχαριστημένοι."

"εγώ θα πρέπει να είμαι αρκετά στο δρόμο, αλλά, ίσως, ίσως να είμαι εξίσου με τον τρόπο που εδώ δάπεδο φαίνεται σαν να μην με θέλησε .. Η θεία μου πάντα με στέλνει όταν είναι ψώνια. Και να χάσει το ξυλόγλυπτο σπίτι μοιάζει σαν να μπορούσε να πει το ίδιο.

"Είμαι εδώ χωρίς δική μου δουλειά", δήλωσε η Έμμα. "περιμένω μόνο τον φίλο μου, πιθανότατα θα έχει κάνει σύντομα και στη συνέχεια θα πάμε σπίτι, αλλά καλύτερα να πάτε με την κα και να ακούσετε το όργανο".

"καλά, αν το συμβουλεύετε." (αλλά με ένα χαμόγελο) αν ο στρατιώτης του στρατοπέδου θα έπρεπε να έχει απασχολήσει έναν απρόσεκτο φίλο και αν θα είχε αδιάφορο τόνο - τι θα πω, δεν θα έχω καμία υποστήριξη στην κ. Μπορεί να κάνει πολύ καλά από μόνη της, μια δυσάρεστη αλήθεια θα ήταν ευχάριστη μέσα από τα χείλη της, αλλά είμαι η πιο αθλιότατη ύπαρξη στον κόσμο σε ένα πολιτικό ψεύδος ».

«Δεν πιστεύω ότι κάτι τέτοιο», απάντησε η Έμμα .- «Είμαι πεπεισμένος ότι μπορείς να είσαι όσο πιο ξέφρενος είναι ο γείτονάς σου, όταν είναι απαραίτητο · αλλά δεν υπάρχει κανένας λόγος να υποθέσουμε ότι το όργανο είναι αδιάφορο. Καταλάβαινα τη γνώμη του χθες το βράδυ. "

«έλα μαζί μου», είπε η κα. , "αν δεν είναι πολύ δυσάρεστο σε σας, δεν χρειάζεται να μας κρατήσει μακριά, θα πάμε στο αργότερα θα τους ακολουθήσουμε στο .Θα πραγματικά επιθυμείτε να καλέσετε μαζί μου θα αισθανθεί τόσο μεγάλη προσοχή και πάντα πίστευα ότι το εννοούσες ».

Δεν μπορούσε να πει τίποτα άλλο. Και με την ελπίδα του Χάρτφιλντ να τον ανταμείψει, επέστρεψε με την κα. Στην κα. Πόρτα του . Η Έμμα τους παρακολούθησε και στη συνέχεια εντάχθηκε στο στην ενδιαφέρουσα κονσόλα, προσπαθώντας με όλη τη δύναμη του μυαλού της να την πείσει ότι εάν ήθελε απλό μουσελίνα δεν ήταν καθόλου χρήσιμο να κοιτάξει κανείς. Και ότι μια μπλε κορδέλα, ακόμα και τόσο όμορφη, δεν θα συνέχιζε ποτέ να ταιριάζει με το κίτρινο μοτίβο της. Επιτέλους, όλα ήταν εγκατεστημένα, ακόμη και στον προορισμό του αγροτεμαχίου.

"πρέπει να το στείλω στην κυρία του Θεοδάρδου, κυρία;" ρώτησε η κ. "Ναι, όχι, ναι, όχι μόνο, η μοτοσικλέτα μου είναι στο , όχι, θα το στείλεις στο , αν σου ευχαριστείς, αλλά τότε, η κα Θωμάς θα το θέλει να το δει." θα ήθελα να πάρω το σπίτι με το φόρεμα στο σπίτι κάθε μέρα, αλλά θα ήθελα αμέσως την κορδέλα - έτσι θα έπρεπε καλύτερα να πάει στο - τουλάχιστον η κορδέλα ... Θα μπορούσατε να το φτιάξετε σε δύο δέματα, κύριε ;

"δεν αξίζει, ενώ, , να δώσουν τη δουλειά για το πρόβλημα των δύο αγροτεμαχίων".

"δεν είναι πια."

"Δεν υπάρχει πρόβλημα στον κόσμο, κυρία," είπε η υποχρέωσή μου. Πέρασμα.

"Ω, αλλά μάλλον θα το έκανα μάλλον μόνο σε ένα, τότε, αν σας παρακαλώ, θα τα στείλετε όλα στην κα." Θεοδωρή "- Δεν ξέρω - Όχι, νομίζω, λείπει το ξυλουργείο. Έστειλε στο Χάρτφιλντ και το πήρε σπίτι με μένα τη νύχτα. Τι συμβουλεύεις; "

"ότι δεν δίνεις άλλο μισό δευτερόλεπτο στο θέμα ... Στο Χάρτφιλντ, αν σας παρακαλώ, κ. ."

", αυτό θα είναι πολύ καλύτερο", δήλωσε ο Χάριετ, αρκετά ικανοποιημένος, "δεν θα ήθελα καθόλου να το έστειλα στην κ. ."

Φωνές προσέγγισαν το κατάστημα - ή μάλλον μια φωνή και δύο κυρίες: κυρία. Και τους συναντήθηκαν στην πόρτα.

"Αγαπητέ μου ξυλόγλυπτα", είπε ο τελευταίος, "είμαι απλά διασκεδασμένος για να ζητήσω την εύνοια σας να έρθει και να καθίσετε μαζί μας λίγο και να μας δώσετε τη γνώμη σας για το καινούργιο μας εργαλείο, εσείς και η . Κάνεις κάτι, χαίρεσαι ο Σμίθ; "Σας ευχαριστώ πολύ." Και παρακαλούσα την κ. Να έρθει μαζί μου, για να είμαι βέβαιος ότι θα πετύχω ".

"Ελπίζω ότι η κ. Και η είναι ..."

- το πριτσόν βγήκε, ξέρεις, σήμερα το πρωί. -όπως πολύ υποχρεωτικό! -για τη μητέρα μου δεν είχε καμία χρήση των γυαλιών της- δεν μπορούσαν να τα βάλουν. Και, με το αντίο, κάθε σώμα θα έπρεπε να έχει δύο ζευγάρια γυαλιά? Θα πρέπει πράγματι. Η Τζέιν είπε έτσι. Εγώ σήμαινα να τους μεταφέρει στον το πρώτο πράγμα που έκανα, αλλά κάτι ή άλλο με εμπόδισε όλο το πρωί? Το πρώτο πράγμα, τότε το άλλο, δεν λέει τι, ξέρετε. Σε μια στιγμή ήρθε να πει ότι σκέφτηκε η καμινάδα κουζίνας ήθελε σαρωτικές. Ω, είπε εγώ, δεν έρχονται με τα κακά νέα σας για μένα. Εδώ είναι το πριτσίνια των γυαλιών της ερωμένης σας. Τότε τα ψημένα μήλα ήρθαν στο σπίτι, η κα. Το τους έστειλε από το αγόρι της. Είναι εξαιρετικά πολιτικές και υποχρεωτικές για εμάς, τους τοίχους, πάντα - έχω ακούσει μερικούς ανθρώπους να λένε ότι η κα. Μπορεί να είναι άκαρδος και να δώσει μια πολύ αγενής απάντηση, αλλά δεν γνωρίσαμε ποτέ τίποτα, αλλά τη μεγαλύτερη προσοχή από αυτά. Και δεν μπορεί να είναι για την αξία του έθιμά μας τώρα, για ποια είναι η κατανάλωσή μας από ψωμί, ξέρετε; μόνο τρεις από εμάς. - Εκτός από την αγαπημένη αυτή τη στιγμή - και δεν τρώει πραγματικά - κάνει ένα τόσο συγκλονιστικό πρωινό, θα φοβόσαστε αρκετά αν το είδατε. Δεν τολμώ να αφήσω τη μητέρα μου να μάθει πόσο λίγο τρώει - έτσι λέω ένα πράγμα και έπειτα λέω άλλο, και περνάει μακριά. Αλλά για μέση της μέρας πεινάει και δεν υπάρχει τίποτα που της αρέσει τόσο καλά όπως αυτά τα ψητά μήλα και είναι εξαιρετικά υγιεινό, γιατί πήρα την ευκαιρία την άλλη μέρα να ρωτήσω τον κ. ; Τον γνώρισα στο δρόμο. Όχι ότι είχα οποιαδήποτε αμφιβολία πριν-τόσο συχνά έχω ακούσει κύριε. Συνιστά ένα ψημένο μήλο. Πιστεύω ότι είναι ο μόνος τρόπος που ο κ. Πιστεύει ότι τα φρούτα είναι απολύτως υγιεινά. Έχουμε, ωστόσο, πολύ συχνά. Κάνει μια εξαιρετική μήλο-ζυμαρικά. Καλά, κύριε. , έχετε επικρατήσει, ελπίζω, και αυτές οι κυρίες θα μας υποχρεώσουν. "

Η Έμμα θα ήταν "πολύ χαρούμενη να περιμένει την κ. , κλπ." και έκαναν επιτέλους να φύγουν από το κατάστημα, χωρίς μεγαλύτερη καθυστέρηση από τις ,

"πώς το κάνεις, η κ. Μου ικετεύω τη χάρη σας, δεν σας είχα δει ποτέ πριν, ακούω ότι έχετε μια γοητευτική συλλογή από νέες κορδέλες από την πόλη ... Η επέστρεψε χαρούμενη χθες, ευχαριστώ, τα γάντια κάνουν πολύ καλά - μόνο λίγο πολύ μεγάλο για τον καρπό, αλλά η τα παίρνει μέσα. "

"τι μιλούσα;" είπε, ξεκινώντας ξανά όταν ήταν όλοι στο δρόμο.

Η Έμμα αναρωτήθηκε για το τι θα επιδιορθώσει.

"δηλώνω ότι δεν μπορώ να θυμηθώ αυτό που μιλούσα για τα γυαλιά της μητέρας μου, τόσο πολύ υποχρεωτικό για τον κ. ! Είπε ότι «νομίζω ότι μπορώ να στερεώσω το πριτσίνι · μου αρέσει υπερβολικά μια δουλειά τέτοιου είδους» - την οποία γνωρίζετε ότι του έδειξε να είναι τόσο πολύ ... Πράγματι πρέπει να πω ότι, όπως είχα ακούσει γι 'αυτόν πριν και πολύ, όπως περίμενα, ξεπερνά πάρα πολύ κάθε πράγμα .... Σας συγχαίρω, κύριε , πολύ θερμά, φαίνεται ότι όλα τα πιο αγαπημένα γονέα θα μπορούσαν ... 'Ω!' είπε, «μπορώ να στερεώσω το πριτσίνι, μου αρέσει υπερβολικά μια δουλειά αυτού του είδους». Δεν θα ξεχάσω ποτέ τον τρόπο του και όταν έβγαλα τα ψημένα μήλα από την ντουλάπα και ελπίζω ότι οι φίλοι μας θα ήταν τόσο υποχρεωτικοί ώστε να πάρουν μερικούς, "!" είπε άμεσα, «δεν υπάρχει τίποτα στο δρόμο των φρούτων μισό τόσο καλό, και αυτά είναι τα ωραιότερα εμφυτευμένα σπιτικά μήλα που είδα ποτέ στη ζωή μου ». Ότι, ξέρεις, ήταν τόσο πολύ .... Και είμαι βέβαιος ότι με τον τρόπο του δεν ήταν φιλοφρόνηση. Πράγματι είναι πολύ ευχάριστα μήλα, και η κα. Το τα κάνει πλήρη δικαιοσύνη - μόνο δεν τα έχουμε ψηλά περισσότερο από δύο φορές, και ο κ. Ξυλουργείο μας έκανε να υποσχεθούμε να τις έχουν κάνει τρεις φορές - αλλά χάσετε το ξύλο θα είναι τόσο καλό που δεν το αναφέρω. Τα ίδια τα μήλα είναι το πολύ ωραιότατο είδος για το ψήσιμο, πέραν μιας αμφιβολίας. Όλα από το -μερ. Την πιο φιλελεύθερη προσφορά του . Μας στέλνει ένα σάκο κάθε χρόνο. Και σίγουρα δεν υπήρχε ποτέ τέτοιο κρασί μήλο οπουδήποτε ως ένα από τα δέντρα του - πιστεύω ότι υπάρχουν δύο από αυτά. Η μητέρα μου λέει ότι ο οπωρώνας ήταν πάντα διάσημος στις νεώτερες μέρες της. Αλλά ήμουν πολύ σοκαρισμένος την άλλη μέρα-για τον κ. Κάλεσε ένα πρωί, και η τζέιν έφαγε αυτά τα μήλα, μιλήσαμε γι 'αυτά και είπαμε πόσο τους απολάμβανε, και ρώτησε αν δεν φτάσαμε στο τέλος του αποθέματός μας. «Είμαι βέβαιος ότι πρέπει να είσαι», είπε, «και θα σας στείλω άλλη προμήθεια. Γιατί έχω πολύ περισσότερα από ό, τι μπορώ ποτέ να χρησιμοποιήσω. Επιτρέψτε μου να κρατήσει μεγαλύτερη ποσότητα από το συνηθισμένο φέτος. Θα σας στείλω και πάλι, προτού να γίνουν καλοί για τίποτα ». Οπότε ζητούσα ότι δεν θα ήθελε - καθώς πραγματικά δεν είχαμε φύγει, δεν θα μπορούσα να πω απόλυτα ότι είχαμε πάρα πολλά αριστερά - ήταν μάλιστα μόνο μισή ντουζίνα. Αλλά πρέπει να είναι όλα κρατημένα για ? Και δεν μπορούσα καθόλου να φέρει ότι θα έπρεπε να μας στέλνει περισσότερα, τόσο φιλελεύθερα όπως είχε ήδη. Και η Τζέιν είπε το ίδιο. Και όταν έφυγε, σχεδόν έτρεξε με μένα - όχι, δεν έπρεπε να πω κατήγγειλα, γιατί δεν είχαμε ποτέ καμιά μάχη στη ζωή μας. Αλλά ήταν αρκετά αναξιοπαθούντα που είχα την κυριότητα των μήλων ήταν σχεδόν πάει? Ήθελε να τον έκανα να πιστεύει ότι είχαμε πάρα πολλούς αριστερούς. Ω, είπε εγώ, αγαπητέ μου, είπα όσο μπορούσα. Ωστόσο, το ίδιο βράδυ ο ήρθε με ένα μεγάλο καλάθι με μήλα, το ίδιο είδος μήλων, ένα μπουλς τουλάχιστον, και ήμουν πολύ υποχρεωμένος, πήγα κάτω και μίλησα με τον και είπε κάθε πράγμα, όπως εσύ μπορεί να υποθέσει. Ο είναι τόσο παλιά γνωστός! Είμαι πάντα χαρούμενος που τον βλέπω. Αλλά, βέβαια, βρήκα έπειτα από το , ότι είπε ότι ήταν όλα τα μήλα του είδους αυτού ο κύριος είχε; Τους είχε φέρει όλα - και τώρα ο κύριος του δεν είχε αφήσει κανένας να ψήσει ή να βράσει. Ο Ουίλιαμ δεν φαινόταν να τον πει ο ίδιος, ήταν τόσο χαρούμενος που σκέφτηκε ότι ο κύριος του είχε πουλήσει τόσα πολλά. Για το , ξέρετε, σκέφτεται περισσότερο από τον δάσκαλό του " από ό, τι οποιοδήποτε πράγμα. Αλλά η κ. Ο χέζ, είπε, ήταν πολύ απογοητευμένος για το γεγονός ότι όλοι τους είχαν αποσταλεί. Δεν μπόρεσε να αντέξει ότι ο δάσκαλός της δεν θα πρέπει να είναι σε θέση να έχει άλλη μια μήλο-τάρτα αυτή την άνοιξη. Είπε σε αυτό το κομμάτι, αλλά δεν το πείραξε και μην το πείτε τίποτα για αυτό, για την κα. Τα ρούχα θα ήταν μερικές φορές σταυρωμένα, και όσο πωλούσαν τόσες πολλές σακούλες, δεν σήμαινε ποιος έφαγε το υπόλοιπο. Και έτσι μου είπε ο , και ήμουν πραγματικά υπερβολικά σοκαρισμένος! Δεν θα είχα τον κ. Ξέρει τίποτα για αυτό για τον κόσμο! Θα ήταν τόσο πολύ .... Ήθελα να το κρατήσω από τη γνώση του ; Αλλά, δυστυχώς, το είχα αναφέρει πριν μάθω. " δεν μπόρεσε να αντέξει ότι ο δάσκαλός της δεν θα πρέπει να είναι σε θέση να έχει άλλη μια μήλο-τάρτα αυτή την άνοιξη. Είπε σε αυτό το κομμάτι, αλλά δεν το πείραξε και μην το πείτε τίποτα για αυτό, για την κα. Τα ρούχα θα ήταν μερικές φορές σταυρωμένα, και όσο πωλούσαν τόσες πολλές σακούλες, δεν σήμαινε ποιος έφαγε το υπόλοιπο. Και έτσι μου είπε ο , και ήμουν πραγματικά υπερβολικά σοκαρισμένος! Δεν θα είχα τον κ. Ξέρει τίποτα για αυτό για τον κόσμο! Θα ήταν τόσο πολύ .... Ήθελα να το κρατήσω από τη γνώση του ; Αλλά, δυστυχώς, το είχα αναφέρει πριν μάθω. " δεν μπόρεσε να αντέξει ότι ο δάσκαλός της δεν θα πρέπει να είναι σε θέση να έχει άλλη μια μήλο-τάρτα αυτή την άνοιξη. Είπε σε αυτό το κομμάτι, αλλά δεν το πείραξε και μην το πείτε τίποτα για αυτό, για την κα. Τα ρούχα θα ήταν μερικές φορές σταυρωμένα, και όσο πωλούσαν τόσες πολλές σακούλες, δεν σήμαινε ποιος έφαγε το υπόλοιπο. Και έτσι μου είπε ο , και ήμουν πραγματικά υπερβολικά σοκαρισμένος! Δεν θα είχα τον κ. Ξέρει τίποτα για αυτό για τον κόσμο! Θα ήταν τόσο πολύ .... Ήθελα να το κρατήσω από τη γνώση του ? Αλλά, δυστυχώς, το είχα αναφέρει πριν μάθω. " Δεν θα είχα τον κ. Ξέρει τίποτα για αυτό για τον κόσμο! Θα ήταν τόσο πολύ .... Ήθελα να το κρατήσω από τη γνώση του ? Αλλά, δυστυχώς, το είχα αναφέρει πριν μάθω. " Δεν θα είχα τον κ. Ξέρει τίποτα για αυτό για τον κόσμο! Θα ήταν τόσο πολύ .... Ήθελα να το κρατήσω από τη γνώση του ? Αλλά, δυστυχώς, το είχα αναφέρει πριν μάθω. "

Οι χαμένες μπότες είχαν μόλις φτιάξει, καθώς άνοιξε την πόρτα. Και οι επισκέπτες της περπατούσαν στον επάνω όροφο χωρίς να έχουν τακτική αφήγηση για να παρακολουθήσουν, ακολουθούμενη μόνο από τους ήχους της κακοδιατηρημένης καλής θέλησής της.

"προσεύχεστε να φροντίσετε, κ. , υπάρχει ένα βήμα στην στροφή, προσεύχεστε να προσέξετε, χάσετε το ξύλο, η δική μας είναι μάλλον μια σκοτεινή σκάλα - μάλλον πιο σκοτεινή και στενότερη από όσο θα μπορούσε κανείς να επιθυμήσει. Είμαι πολύ ανήσυχος, είμαι σίγουρος ότι χτυπήσατε το πόδι σας.

Κεφάλαιο

Η εμφάνιση του μικρού καθιστικού κατά την είσοδό τους ήταν η ίδια η ηρεμία. Κυρία. Το κορίτσι, στερημένος από τη συνηθισμένη εργασία του, κοιμάται από τη μια πλευρά της φωτιάς, το λαϊκό , σε ένα τραπέζι κοντά της, το πιο ακανόνιστα κατειλημμένο για τα γυαλιά της, και τη , στέκονταν με την πλάτη τους σε αυτούς, επιδιώκοντας την πιανόφωρα.

Απασχολημένος όπως ήταν, ωστόσο, ο νεαρός άνδρας ήταν ακόμα σε θέση να επιδείξει μια πιο χαρούμενη όψη για να δούμε πάλι Έμμα.

"αυτό είναι μια ευχαρίστηση," είπε, με μια χαμηλή φωνή ", έρχεται τουλάχιστον δέκα λεπτά νωρίτερα από ό, τι είχα υπολογίσει. Με βρίσκεσαι προσπαθώντας να είμαι χρήσιμο, πες μου αν νομίζεις ότι θα πετύχω."

"τι!" είπε η κ. , "δεν το έχετε τελειώσει ακόμα; δεν θα κερδίζατε ένα πολύ καλό βιοπορισμό σαν εργαζόμενος αργυροχόος με αυτόν τον ρυθμό".

"Δεν έχω δουλέψει αδιάκοπα", μου απάντησε, "βοηθούσα το προσπαθώντας να κάνει το όργανο να σταθεί σταθερά, δεν ήταν αρκετά σταθερό, μια ανομοιομορφία στο πάτωμα, πιστεύω ότι βλέπετε ότι έχουμε σφηνωθεί ένα το πόδι με το χαρτί, αυτό ήταν πολύ καλός από εσάς να πείσετε να έρθει, φοβόμουν σχεδόν ότι θα βιαζόμασταν στο σπίτι. "

Έφτασε ότι πρέπει να καθίσει από αυτόν. Και απασχολήθηκε επαρκώς για να κοιτάξει το καλύτερο ψημένο μήλο γι 'αυτήν και να προσπαθήσει να την βοηθήσει ή να τον συμβουλεύσει στο έργο του μέχρι που η ήταν έτοιμη να καθίσει πάλι στην πιανίσκο. Ότι δεν ήταν άμεσα έτοιμη, η Έμμα υποψιάστηκε να προκύψει από την κατάσταση των νεύρων της. Δεν είχε ακόμη το όργανο αρκετό καιρό για να το αγγίξει χωρίς συγκίνηση. Πρέπει να λογοδοτεί στην δύναμη της απόδοσης. Και η Έμμα δεν θα μπορούσε παρά να συγκινήσει αυτά τα συναισθήματα, ανεξάρτητα από την προέλευσή τους, και δεν θα μπορούσε παρά να αποφασίσει να μην τα εκθέσει ξανά στον πλησίον της.

Τελικά άρχισε ο Τζέιν και παρόλο που τα πρώτα μπάρ ήταν ανεπαίσθητα, οι εξουσίες του οργάνου έγιναν σταδιακά με πλήρη δικαιοσύνη. Κυρία. Ο είχε χαρούμενος πριν και ήταν χαρούμενος πάλι. Ο Εμμας εντάχθηκε σε όλη της την έπαινο. Και η πιάνο, με κάθε σωστή διάκριση, προφέρεται ότι είναι απόλυτα από την υψηλότερη υπόσχεση.

«όποιος μπορεί να απασχολήσει τον στρατιωτικό στρατόπεδο», είπε ο , με ένα χαμόγελο στο Έμμα, «το άτομο δεν έχει επιλέξει άρρωστο», άκουσα μια πολύ καλή γεύση από τον στο και η απαλότητα των ανώτερων σημειώσεων είμαι βέβαιος ότι είναι ακριβώς αυτό που ο ίδιος και όλος αυτός ο κόμπος θα βραβεύσει ιδιαίτερα, τολμούν να πω, παραλείψα το , ότι είτε έδωσε στον φίλο του πολύ μικρές οδηγίες είτε έγραψε στον ευρύ ξύλο τον εαυτό του.

Η Τζέιν δεν κοίταξε. Δεν ήταν υποχρεωμένη να ακούσει. Κυρία. Η είχε μιλήσει μαζί της την ίδια στιγμή.

"δεν είναι δίκαιο," είπε η Έμμα, σε ένα ψίθυρο? "η δική μου ήταν τυχαία εικασία, μην την τρομάζετε".

Κούνησε το κεφάλι του με ένα χαμόγελο και έμοιαζε σαν να είχε ελάχιστες αμφιβολίες και ελάχιστο έλεος. Σύντομα άρχισε ξανά,

"πόσο οι φίλοι σας στην Ιρλανδία πρέπει να απολαμβάνουν την ευχαρίστησή σας με αυτή την ευκαιρία, παραλείψτε " Τολμούν να λένε ότι συχνά σκέφτονται για σας και αναρωτιέμαι ποια θα είναι η ημέρα, η ακριβής ημέρα του οργάνου έρχεται στο χέρι. Ο γνωρίζει ότι η επιχείρηση θα προχωρήσει μόνο αυτή τη στιγμή; -Θα φανταστείτε ότι είναι η συνέπεια μιας άμεσης προμήθειας από αυτόν ή ότι μπορεί να έχει στείλει μόνο μια γενική κατεύθυνση, μια εντολή αόριστη ως προς το χρόνο, να εξαρτάται από απρόβλεπτες και ευκολίες; "

Σταμάτησε. Δεν μπορούσε παρά να ακούσει. Δεν μπορούσε να αποφύγει να απαντήσει,

"μέχρι να έχω μια επιστολή από τον συνταγματάρχη ", είπε, με φωνή αναγκαστικής ηρεμίας, "δεν μπορώ να φανταστώ τίποτα με καμιά εμπιστοσύνη, πρέπει να είναι όλα εικασίες".

"εικασία-, μερικές φορές μια υπόθεση εικασίες, και μερικές φορές ένα εικασίες λάθος." Θα ήθελα να υποθέτω πόσο σύντομα θα κάνω αυτό το πριτσίνια αρκετά σταθερό. "ποια ανοησία μιλάει, χάσετε , όταν σκληρά στην εργασία, αν μιλάμε καθόλου; - οι πραγματικοί εργάτες σου υποθέτω ότι κρατούν τις γλώσσες τους αλλά εμείς οι κύριοι εργάτες, αν παίρνουμε μια λέξη- , είπε κάτι για εικασίες ... Εκεί έχω κάνει τη χαρά μου, κυρία,) για την αποκατάσταση των γυαλιών σας, που θεραπεύονται για το παρόν. "

Ευχαρίστησε θερμά τόσο η μητέρα όσο και η κόρη. Για να διαφύγει λίγο από τον τελευταίο, πήγε στο πιάνο και ζήτησε να χάσει το , ο οποίος ακόμα καθόταν σε αυτό, να παίζει κάτι περισσότερο.

"αν είστε πολύ ευγενικοί," είπε, "θα είναι ένας από τους βαλς που χορεύαμε χθες το βράδυ - μην τους ξαναζήσω, δεν τους άρεσε όπως έκανα, φάνηκε κουρασμένος όλη την ώρα. Ήμασταν ευτυχείς ότι δεν χόρευαμε πλέον, αλλά θα έδινα κόσμους - όλους τους κόσμους που θα έπρεπε ποτέ να δώσει - για άλλη μισή ώρα ".

Έπαιξε.

"τι ευτυχία είναι να ακούσετε μια μουσική πάλι που έχει κάνει κάποιος ευτυχισμένη! -αν σφάλμα όχι ότι χόρευε στο ."

Κοίταξε προς τα πάνω για λίγο, χρωματισμένο βαθιά, και έπαιξε κάτι άλλο. Πήρε κάποια μουσική από μια καρέκλα κοντά στην πιάνου και στρέφοντας στην Έμμα, είπε:

"Εδώ είναι κάτι πολύ νέο για μένα, ξέρετε αυτό;" -Κεκμερ .- και εδώ είναι ένα νέο σύνολο ιρλανδικών μελωδιών, που από ένα τέτοιο τέταρτο θα περίμενε κανείς ότι όλα αυτά στάλθηκαν με το όργανο. , δεν ήταν; -Εν γνώριζε ότι η δεν θα μπορούσε να έχει μουσική εδώ.Το τιμά αυτό το κομμάτι της προσοχής ιδιαίτερα · το φανερώνει ότι ήταν τόσο επιμελώς από την καρδιά τίποτα βιαστικά δεν έκανε τίποτα ατελές. Την ώθησαν ".

Η Έμμα θέλησε να είναι λιγότερο επιτηδευμένη, αλλά δεν μπορούσε να βοηθήσει να είναι διασκεδασμένη; Και όταν κοίταξε το βλέμμα της προς την πιάστηκε τα χαλάσματα ενός χαμόγελου, όταν είδε ότι με όλο το βαθύ ρουζ της συνείδησης, υπήρχε ένα χαμόγελο μυστικής απόλαυσης, είχε λιγότερο επιφυλακτικότητα στη διασκέδαση και πολύ λιγότερη κόπωση σε σχέση με αυτήν. - Αυτή η συμπαθητική, όρθια, τέλεια φαινόταν να απολαμβάνει πολύ κατακριτέα συναισθήματα.

Έφερε όλη τη μουσική σε αυτήν και το κοίταξαν μαζί. - Η Έμμα εκμεταλλεύτηκε την ευκαιρία να ψιθυρίσει,

"μιλάς πολύ καθαρά, πρέπει να σε καταλάβει".

"Ελπίζω να το κάνει, θα την καταλάβαινα, δεν με νοιάζει κανείς για το νόημά μου".

"αλλά πραγματικά, είμαι εντελώς ντροπή, και επιθυμώ δεν είχα πάρει ποτέ την ιδέα."

"είμαι πολύ χαρούμενος που το κάνατε, και ότι μου το γνωστοποίησε, έχω τώρα ένα κλειδί για όλα τα περίεργα της βλέμματα και τρόπους, αφήστε την ντροπή της, αν κάνει λάθος, θα πρέπει να το αισθανθεί".

"δεν είναι εντελώς χωρίς αυτό, νομίζω."

"Δεν βλέπω πολλά σημάδια γι 'αυτό. Παίζει αυτό το ρομπόν αυτή τη στιγμή - το αγαπημένο του".

Λίγο αργότερα έχασε τις πύλες, περνούσε κοντά στο παράθυρο, περιέγραψε τον κ. Στο άλογο όχι μακριά.

Ο κ. Δηλώνω ότι πρέπει να του μιλήσω αν είναι δυνατόν απλώς να τον ευχαριστήσω δεν θα ανοίξω το παράθυρο εδώ θα σου έδινε όλο το κρύο αλλά μπορώ να πάω στο δωμάτιο της μητέρας μου που ξέρω. Θα έρθει όταν ξέρει ποιος είναι εδώ, πολύ ευχάριστος για να συναντήσετε όλοι σας έτσι!

Ήταν στο διπλανό θάλαμο ενώ μιλούσε ακόμα και άνοιξε το κιβώτιο εκεί, αμέσως κάλεσε τον κ. Η προσοχή του και κάθε συλλαβή της συζήτησης τους ακούστηκε σαφώς από τους άλλους, σαν να είχε περάσει μέσα στο ίδιο διαμέρισμα.

"πώς κάνεις;" - πώς να το κάνετε; "πολύ καλά, ευχαριστώ, σας υποχρέωσα για τη μεταφορά χθες το βράδυ, ήμασταν ακριβώς στην ώρα, η μητέρα μου είναι έτοιμη για εμάς. Ελάτε να βρείτε κάποιους φίλους εδώ ».

Έτσι άρχισε να χτυπάει; και ο κ. Ο φαινόταν αποφασισμένος να ακουστεί με τη σειρά του, γιατί για τους πιο αποφασιστικούς και χειρότερους είπε,

"πώς είναι η ανιψιά σας, ;" - θέλω να ρωτήσω για όλους εσάς, αλλά ιδιαίτερα για την ανιψιά σας, πώς είναι η ; "" Ελπίζω ότι δεν είχε κρυώσει χτες τη νύχτα. "πώς είναι αυτή τη μέρα; είναι."

Και η ήταν υποχρεωμένη να δώσει μια άμεση απάντηση προτού να την ακούσει σε κάτι άλλο. Οι ακροατές διασκεδάζονταν. Και κα. Ο έδωσε στο Έμμα ένα ιδιαίτερο νόημα. Αλλά η Έμμα κούνησε ακόμα το κεφάλι της με σταθερό σκεπτικισμό.

"τόσο υποχρεωμένος σε σας! -και πολύ υποχρεωμένος σε σας για τη μεταφορά," συνέχισε .

Έκοψε την σύντομη με,

"Πάω στο . Μπορώ να κάνω κάτι για σένα;"

"Ω, αγαπητέ, , είσαι εσύ;", λέει ο την άλλη μέρα ότι ήθελε κάτι από το .

"η κ. Έχει υπηρέτες να στείλουν. Μπορώ να κάνω κάτι για σένα;"

"Όχι, σου ευχαριστώ, αλλά έρχεσαι, ποιος νομίζεις ότι είναι εδώ;" παραβλέπει το ξυλόγλυπτο τέχνασμα και το χαμένο σίδερο, τόσο ευγενικό ώστε να καλέσει να ακούσει τη νέα πιανθοφόρο, να βάλει το άλογό σου στο στέμμα και να έρθει μέσα. "

"Λοιπόν," είπε, με εκούσιο τρόπο, "για πέντε λεπτά, ίσως."

"και εδώ είναι και η κ. Και ο κ. !" - πολύ ευχάριστο, τόσοι πολλοί φίλοι! "

"όχι, όχι τώρα, σας ευχαριστώ, δεν θα μπορούσα να μείνω δύο λεπτά, πρέπει να πάω στο όσο πιο γρήγορα μπορώ".

"Ω, έρχονται μέσα. Θα είναι πολύ χαρούμενοι που θα σας δουν".

"όχι, όχι, το δωμάτιό σας είναι αρκετά γεμάτο, θα καλέσω μια άλλη μέρα και θα ακούσω το πιάνο."

"Λοιπόν, λυπάμαι πολύ!" Ωχ, κύριε , τι ένα χαριτωμένο πάρτι χθες το βράδυ, πόσο εξαιρετικά ευχάριστο - ήθελες ποτέ να δεις τέτοιο χορό; "- δεν ήταν ευχάριστο; ποτέ δεν είδε τίποτα ίσο με αυτό. "

"αληθινά πολύ ευχάριστο, δεν μπορώ να πω τίποτα λιγότερο, γιατί υποθέτω ότι δεν υπάρχει ξύλο και ο κ. Ακούει κάθε πράγμα που περνάει και (αυξάνοντας τη φωνή του ακόμα περισσότερο) δεν βλέπω γιατί να χάσετε το δεν πρέπει να αναφερθεί και εγώ Πιστεύω ότι χαλαρώνουν οι χοροί πολύ καλά και η κ. Είναι ο καλύτερος καλλιτέχνης , χωρίς εξαίρεση στην Αγγλία, τώρα, αν οι φίλοι σου έχουν κάποια ευγνωμοσύνη, θα σου πω κάτι πολύ δυνατό για σένα και για μένα σε αντάλλαγμα. Αλλά δεν μπορώ να μείνω για να το ακούσω. "

"Ω! Κύριε , ένα λεπτό περισσότερο, κάτι με συνέπεια - τόσο σοκαρισμένο! - και εγώ είμαστε τόσο σοκαρισμένοι για τα μήλα!"

"τι είναι το θέμα τώρα;"

"να σκεφτείς ότι σου έστειλες όλα τα μήλα σου στο κατάστημα σου είπατε ότι είχατε πάρα πολλούς, και τώρα δεν έχετε απομείνει, πραγματικά είμαστε τόσο συγκλονισμένοι!", δήλωσε ο εδώ. Δεν το έχω κάνει, πράγματι δεν θα έπρεπε να είναι αχ! Αυτός είναι μακριά δεν μπορεί ποτέ να αντέξει για να ευχαριστήσει αλλά σκέφτηκα ότι θα είχε τώρα και θα ήταν κρίμα να μην αναφέραμε .... Καλά, (επιστρέφοντας στο δωμάτιο), δεν κατάφερα να πετύχω, ο κ. Δεν μπορεί να σταματήσει, θα πάει στο , με ρώτησε αν μπορούσε να κάνει κάτι ... "

"ναι," είπε ο , "ακούσαμε τις ευγενικές του προσφορές, ακούσαμε κάθε πράγμα."

"Ω, ναι, αγαπητέ μου, τολμούν να πω ότι μπορεί, επειδή ξέρετε, η πόρτα ήταν ανοιχτή και το παράθυρο ήταν ανοιχτό και ο κ. Μίλησε δυνατά, πρέπει να έχετε ακούσει όλα τα πράγματα για να είστε σίγουροι." τίποτα για εσένα στο ; είπε αυτός, οπότε μόλις ανέφερα .... , χάστε ξυλουργείο, πρέπει να πάτε; -για να φαίνεται, αλλά μόλις έρθετε - τόσο πολύ σας υποχρεώνει. "

Η Έμμα βρήκε πραγματικά την ώρα να είναι στο σπίτι. Η επίσκεψη είχε διαρκέσει πολύ. Και εξετάζοντας τα ρολόγια, τόσο μεγάλο μέρος του πρωινού θεωρήθηκε ότι έχει φύγει, ότι η κ. Η και η σύντροφος της που πήρε άδεια επίσης, θα μπορούσαν να επιτρέψουν μόνο να περπατήσουν με τις δύο νεαρές κυρίες στις πύλες του , προτού ξεκινήσουν για .

Κεφάλαιο

Μπορεί να γίνει χωρίς να χορεύετε εξ ολοκλήρου. Έχουν γίνει γνωστά παραδείγματα για τους νέους που περνούν πολλούς, πολλούς μήνες διαδοχικά, χωρίς να είναι σε καμία περιγραφή οποιασδήποτε σφαίρας και δεν προκαλείται υλικός τραυματισμός ούτε στο σώμα ούτε στο μυαλό - αλλά όταν αρχίζει μια αρχή - όταν οι ευτυχίες της ταχείας κίνησης έχουν μία φορά ήταν, αν και ελαφρώς, αισθάνθηκε - πρέπει να είναι ένα πολύ βαρύ σύνολο που δεν ζητάει περισσότερα.

Ο αληθινός ιερέας είχε χορτάσει μια φορά στο και θέλησε να χορέψει ξανά. Και την τελευταία μισή ώρα ενός βραδιού που ο κ. Ήταν πεπεισμένη να περάσει με την κόρη του σε , πέρασε από τους δύο νέους σε σχέδια σχετικά με το θέμα. Η ειλικρινής ήταν η πρώτη ιδέα. Και ο μεγαλύτερος ζήλος του να το επιδιώξει. Γιατί η κυρία ήταν ο καλύτερος κριτής για τις δυσκολίες, και η πιο απαιτητική για διαμονή και εμφάνιση. Αλλά ακόμα είχε αρκετή κλίση για να δείξει πάλι στους ανθρώπους πόσο υπέροχα ο κύριος. Το λαϊκό τσαρλίσκο και το χαριτωμένο ξυλόγλυπτο χόρεψε - για να κάνει αυτό που δεν χρειάζεται να κοκκινίζει για να συγκριθεί με την - και μάλιστα για απλό χορό, χωρίς κανένα από τα κακά βοηθήματα της ματαιοδοξίας - για να τον βοηθήσει πρώτα να βγει έξω από το δωμάτιο για να δούμε τι θα μπορούσε να γίνει για να κρατήσει - και στη συνέχεια να λάβει τις διαστάσεις του άλλου σαλόνι, με την ελπίδα να ανακαλύψει, παρ' όλα αυτά ο κύριος. Η θα μπορούσε να πει για το ίδιο ακριβώς μέγεθος, ότι ήταν λίγο μεγαλύτερος.

Την πρώτη του πρόταση και το αίτημά του, ότι ο χορός ξεκίνησε στον κ. Θα έπρεπε να τελειώσει εκεί ο χορευτής - να συγκεντρωθεί το ίδιο κόμμα και ο ίδιος μουσικός να συναντηθεί, να συναντηθεί με την πιο ευχάριστη συναίνεση. Κύριος. Η εισήλθε στην ιδέα με απόλυτη απόλαυση, και η κ. Η πρόθυμα ανέλαβε να παίξει για όσο χρονικό διάστημα θα ήθελαν να χορέψουν. Και η ενδιαφέρουσα απασχόληση που ακολούθησε, να υπολογίζουμε ακριβώς ποιος θα υπήρχε και να κατανείμει την απαραίτητη κατανομή του χώρου σε κάθε ζευγάρι.

"εσείς και η , και χάσετε το , θα είναι τρία, και τα δύο χαμένα πέντε", είχε επαναληφθεί πολλές φορές. "και θα υπάρξουν οι δύο , οι νέοι , ο πατέρας μου, και εγώ, εκτός από τον κύριο , ναι, αυτό θα είναι αρκετό για την ευχαρίστηση εσείς και , και , θα είναι τρεις, και πέντε κορίτσια θα έχουν αρκετό χώρο. "

Αλλά σύντομα ήρθε να είναι από τη μία πλευρά,

"αλλά θα υπάρχει καλό περιθώριο για πέντε ζευγάρια;" - πραγματικά δεν νομίζω ότι θα υπάρξει. "

Σε μια άλλη,

"και τελικά, πέντε ζευγάρια δεν αρκούν για να το αξίζουν ενώ πρέπει να σηκωθούμε, πέντε ζευγάρια δεν είναι τίποτα, όταν κανείς το σκέφτεται σοβαρά γι 'αυτό, δεν θα κάνει για να προσκαλέσει πέντε ζευγάρι, μπορεί να επιτραπεί μόνο ως σκέψη του στιγμή."

Κάποιος είπε ότι η αναμενόταν στον αδελφό της και πρέπει να προσκληθεί με τα υπόλοιπα. Κάποιος άλλος πίστευε την κα. Ο γιλμπέρ θα είχε χορτάσει την άλλη βραδιά, αν της είχε ζητηθεί. Μια λέξη τέθηκε για ένα δεύτερο νεαρό ? Και επιτέλους, κύριε. Το ονομάζοντας μια οικογένεια ξαδέλφων που πρέπει να συμπεριληφθεί και ένα άλλο πολύ παλιά γνωριμία που δεν μπορούσε να μείνει έξω, έγινε μια βεβαιότητα ότι τα πέντε ζευγάρια θα ήταν τουλάχιστον δέκα και μια πολύ ενδιαφέρουσα εικασία με ποιον τρόπο θα μπορούσαν να είναι απορριφθεί.

Οι πόρτες των δύο δωματίων ήταν ακριβώς απέναντι. "μπορεί να μην χρησιμοποιούν και τα δύο δωμάτια και να χορεύουν στο πέρασμα;" φαινόταν το καλύτερο σχέδιο. Και όμως δεν ήταν τόσο καλό, αλλά πολλοί από αυτούς ήθελαν ένα καλύτερο. Η Έμμα είπε ότι θα ήταν δύσκολη? Κυρία. Ο βρισκόταν σε αγωνία για το δείπνο. Και ο κ. Εναντίον του σοβαρά, με το σκορ της υγείας. Τον έκανε τόσο πολύ δυσαρεστημένο, πράγματι, ότι δεν μπορούσε να εμπεδωθεί.

"Ω! Όχι", είπε. "θα ήταν το ακραίο της αναξιοπρεπούς, δεν θα μπορούσα να το αντέξω για το Έμμα!" - η αίμα δεν είναι ισχυρή, θα έπαιρνε ένα φοβερό κρύο, έτσι θα ήταν φτωχή μικρή , έτσι θα ήταν όλοι, , να μην τους αφήσεις να μιλήσουν για ένα τέτοιο άγριο πράγμα, να προσεύχεσαι μην τους αφήσεις να μιλήσουν γι 'αυτό, ότι ο νεαρός άνδρας (μιλώντας κατώτερος) είναι πολύ ανυποψίαστος, μην πείτε στον πατέρα του, αλλά αυτός ο νεαρός δεν είναι ακριβώς το πράγμα. Έχει ανοίξει τις πόρτες πολύ συχνά σήμερα το βράδυ, και τους κρατάει ανοιχτό πολύ αδιάφορα, δεν σκέφτεται το σχέδιο, δεν θέλω να σας βάλω εναντίον του, αλλά πράγματι δεν είναι το πράγμα! "

Κυρία. Η λυπούσε για μια τέτοια κατηγορία. Ήξερε τη σημασία της, και είπε κάθε πράγμα στη δύναμή της να το κάνει μακριά. Κάθε πόρτα έκλεισε τώρα, το σχέδιο διέλευσης εγκαταλείφθηκε, και το πρώτο σχέδιο του χορού μόνο στην αίθουσα στην οποία καταφεύγουν ξανά. Και με μια τέτοια καλή θέληση για την ειλικρινή εκκλησία, ότι ο χώρος που μόλις ένα τέταρτο της ώρας θεωρήθηκε ότι αρκεί για πέντε ζευγάρια, προσπαθούσε τώρα να φτιαχτεί αρκετά για δέκα.

"Ήμασταν πολύ μαγευτικοί", είπε. "επιτρέψαμε περιττή αίθουσα, δέκα ζευγάρι μπορεί να σταθεί εδώ πολύ καλά".

Το Έμμα ξεχνούσε. "θα ήταν ένα πλήθος - ένα θλιβερό πλήθος και τι θα μπορούσε να είναι χειρότερο από το χορό χωρίς χώρο για να γυρίσει;"

"πολύ αληθινό", απάντησε βαριά. "ήταν πολύ κακό." αλλά συνέχισε να μετράει και τελείωσε με,

"Νομίζω ότι θα υπάρξει πολύ ανεκτός χώρος για δέκα ζευγάρια".

"Όχι, όχι, δεν είναι τίποτα να είναι μακρύτερα από την ευχαρίστηση από το χορό σε ένα πλήθος - και ένα πλήθος σε ένα μικρό δωμάτιο!"

"δεν υπάρχει καμία άρνηση", απάντησε. "Συμφωνώ μαζί σας ακριβώς, ένα πλήθος σε ένα μικρό δωμάτιο-χάσετε το ξύλο, έχετε την τέχνη του να δώσει φωτογραφίες σε λίγα λόγια. Εξαιρετική, πολύ εξαίσια! -, ωστόσο, έχοντας προχωρήσει μέχρι τώρα, δεν είναι πρόθυμος να δώσει θα ήταν μια απογοήτευση για τον πατέρα μου - και εντελώς - δεν το ξέρω - είμαι μάλλον της άποψης ότι δέκα ζευγάρι θα μπορούσαν να παραμείνουν εδώ πολύ καλά ».

Η Έμμα αντιλαμβανόταν ότι η φύση της γοητείας της ήταν λίγο αυτοεπιθυμητή και ότι θα προτιμούσε να αντιταχθεί παρά να χάσει την ευχαρίστηση να χορέψει μαζί της. Αλλά πήρε την φιλοφρόνηση και τα συγχώρησε τα υπόλοιπα. Εάν σκόπευε ποτέ να τον παντρευτεί, ίσως αξίζει να σταματήσει και να εξετάσει και να προσπαθήσει να καταλάβει την αξία της προτίμησής του και το χαρακτήρα της ψυχραιμίας του. Αλλά για όλους τους σκοπούς της γνωριμίας τους, ήταν αρκετά συμπαθητικός.

Πριν από τα μέσα της επόμενης μέρας, ήταν στο . Και μπήκε στην αίθουσα με ένα τόσο ευχάριστο χαμόγελο που πιστοποίησε τη συνέχεια του προγράμματος. Σύντομα φάνηκε ότι ήρθε να ανακοινώσει μια βελτίωση.

"Λοιπόν, χάστε το ξύλο", άρχισε σχεδόν αμέσως, "η κλίση σας για χορό δεν φοβήθηκε πολύ, ελπίζω, από τα τρόμο των μικρών δωματίων του πατέρα μου, φέρω μια νέα πρόταση για το θέμα: ο πατέρας μου, που περιμένει μόνο την εγκυρότητά σου να ενεργήσουμε. Μπορώ να ελπίζω ότι η τιμή του χεριού σας για τους δύο πρώτους χορούς αυτής της μικρής προβαλλόμενης σφαίρας, θα δοθεί, όχι σε , αλλά στο στεφάνι;

"το στέμμα!"

"Ναι, αν εσείς και ο κ. Δεν βλέπετε καμία αντίρρηση και εμπιστεύομαι ότι δεν μπορείτε, ο πατέρας μου ελπίζει ότι οι φίλοι του θα είναι τόσο ευγενικοί ώστε να τον επισκεφθούν εκεί, καλύτερα καταλύματα, μπορεί να τους υποσχεθεί, και όχι λιγότερο ευγνώμονες υποδοχής παρά είναι η δική του ιδέα .. Η δεν βλέπει καμία αντίρρηση σε αυτό, υπό την προϋπόθεση ότι είστε ικανοποιημένοι ... Αυτό είναι που όλοι αισθανόμαστε ... Ω! Ήσασταν απολύτως σωστός !, δέκα ζευγάρι, σε οποιοδήποτε από τα δωμάτια των , θα ήταν αναξιόπιστοι ! - είχα την αίσθηση ότι ήσασταν όλο το χρόνο, αλλά ήμουν πολύ ανήσυχος για να εξασφαλίσω ότι ο καθένας θα ήθελε να αποδώσει, δεν είναι καλή ανταλλαγή;

"μου φαίνεται ένα σχέδιο που κανείς δεν μπορεί να αντιταχθεί, αν ο κ. Και ο κ. Δεν το θεωρώ αξιοθαύμαστο και, όσο μπορώ να απαντήσω για τον εαυτό μου, θα είναι πολύ ευτυχισμένη-φαίνεται ότι η μόνη βελτίωση που θα μπορούσε να είναι ο παπάς, δεν νομίζετε ότι είναι μια εξαιρετική βελτίωση; "

Ήταν υποχρεωμένη να το επαναλάβει και να το εξηγήσει, προτού κατανοηθεί πλήρως. Και έπειτα, καθώς ήταν αρκετά καινούργιοι, οι παραστάσεις ήταν απαραίτητες για να γίνουν αποδεκτές.

"Όχι, σκέφτηκε πολύ μακριά από μια βελτίωση - ένα πολύ κακό σχέδιο - πολύ χειρότερο από το άλλο." Ένα δωμάτιο σε ένα πανδοχείο ήταν πάντοτε υγρό και επικίνδυνο, δεν ήταν ποτέ αεριζόμενο ή κατάλληλο να κατοικηθεί. Είχε καλύτερο χορό σε δεν είχε ποτέ στην αίθουσα στο στέμμα στη ζωή του-δεν γνώριζε τους ανθρώπους που το κρατούσαν από το θέαμα -χι δεν-ένα πολύ κακό σχέδιο.Θα πιάσει χειρότερα κρυολογήματα στο στέμμα από οπουδήποτε."

«Θα ήθελα να παρατηρήσω, κύριε», δήλωσε ο , «ότι μια από τις μεγάλες συστάσεις αυτής της αλλαγής θα ήταν ο πολύ μικρός κίνδυνος να πάρει ψυχρό οποιοδήποτε σώμα - τόσο μικρότερο κίνδυνο στην κορώνα απ 'ό, τι σε ! Μπορεί να έχει λόγο να λυπηθεί για την αλλαγή, αλλά κανείς άλλος δεν μπορούσε. "

"Κύριε," είπε ο κύριος. , μάλλον θερμά, "εσείς είναι πολύ λάθος αν υποθέσετε ότι ο κ. Είναι αυτός ο χαρακτήρας." Ο κ. Ανησυχεί εξαιρετικά όταν κάποιος από εμάς είναι άρρωστος, αλλά δεν καταλαβαίνω πώς μπορεί να είναι το δωμάτιο στο στέμμα ασφαλέστερο για σας από το σπίτι του πατέρα σας. "

"από την ίδια την περίσταση του να είναι μεγαλύτερη, κύριε, δεν θα έχουμε καμία ευκαιρία να ανοίξουμε τα παράθυρα καθόλου - όχι μια φορά το βράδυ και είναι αυτή η φοβερή συνήθεια να ανοίγουμε τα παράθυρα αφήνοντας στον κρύο αέρα πάνω σε θερμαινόμενα σώματα, (όπως γνωρίζετε καλά, κύριε) κάνει την κακοτυχία. "

"ανοίξτε τα παράθυρα!" - αλλά σίγουρα, κύριε , κανείς δεν θα σκεφτόταν να ανοίξει τα παράθυρα σε κανείς δεν θα μπορούσε να είναι τόσο φρόνιμη ποτέ δεν άκουσα κάτι τέτοιο χορεύοντας με ανοιχτά παράθυρα! Ούτε η κα (κακή που ήταν) θα υποφέρουν. "

"αχ! Κύριε, αλλά ένας νεαρός άνευ αντικειμένου, μερικές φορές βγαίνει πίσω από ένα παράθυρο-κουρτίνα, και ρίχνει ένα φύλλο, χωρίς να υποπτεύεται.

"Έχετε πράγματι, κύριε;" - μου μίλησε, δεν θα μπορούσα ποτέ να το υποθέσω, αλλά ζω από τον κόσμο και συχνά εκπλήσσομαι σε αυτό που ακούω, ωστόσο, αυτό κάνει τη διαφορά και, ίσως, όταν έρθουμε για να το μιλήσω - αλλά αυτά τα πράγματα απαιτούν μια μεγάλη προσοχή δεν μπορεί κανείς να επιλύσει επάνω τους σε μια βιασύνη, αν ο κ. Και η κα θα είναι τόσο υποχρεωτικό να καλέσετε εδώ ένα πρωί, μπορούμε να το μιλήσουμε πάνω, και να δούμε τι μπορεί να γίνει. "

"αλλά, δυστυχώς, κύριε, ο χρόνος μου είναι τόσο περιορισμένος ..."

"Ω!" «θα έχω αρκετό χρόνο για να μιλήσω για όλα τα πράγματα ... Δεν υπάρχει καθόλου βιασύνη» αν μπορεί να φανεί ότι είναι στο στέμμα, ο παπάς, θα είναι πολύ βολικό για τα άλογα θα είναι τόσο κοντά το δικό τους σταθερό. "

"έτσι θα είναι, αγαπητέ μου, αυτό είναι ένα σπουδαίο πράγμα, όχι ότι ο διαμαρτύρεται ποτέ, αλλά είναι σωστό να χάνουμε τα άλογά μας όταν μπορούμε ... Αν θα μπορούσα να είμαι σίγουρος για τα δωμάτια που ήταν καλά αεριζόμενα - αλλά η κα. Να το πιστέψω, δεν το ξέρω, ακόμα και από το βλέμμα ".

"Μπορώ να απαντήσω για όλα τα πράγματα της φύσης αυτής, κύριε, γιατί θα είναι κάτω από τη φροντίδα της κας , η κ. Αναλαμβάνει να κατευθύνει το σύνολο".

"εκεί, παπά!" "Τώρα πρέπει να είμαστε ικανοποιημένοι, αγαπητή μας κ. , η οποία είναι η ίδια η προσοχή." Δεν θυμάστε τι λέει ο κ. Πριν από τόσα χρόνια, όταν είχα την ιλαρά; για να τυλίξετε το χαμένο Έμμα, δεν χρειάζεται να έχετε κανένα φόβο, κύριε. " πόσο συχνά σας άκουσα να μιλάτε γι 'αυτό σαν μια τέτοια φιλοφρόνηση! "

"πολύ, αλήθεια, ο κ. Το έλεγε έτσι δεν θα το ξεχάσω ποτέ, κακή μικρή Έμμα, ήταν πολύ κακή με την ιλαρά, δηλαδή θα ήταν πολύ κακή, αλλά για την μεγάλη προσοχή του ήρθε τέσσερα πολλές φορές την ημέρα για μια εβδομάδα, είπε, από την πρώτη, ήταν ένα πολύ καλό είδος - που ήταν μεγάλη μας άνεση, αλλά η ιλαρά είναι ένα τρομερό παράπονο, ελπίζω κάθε φορά που οι φτωχοί οι μικρότεροι της ισαβέλλας έχουν την ιλαρά, θα στείλει . "

«ο πατέρας μου και η κ. Βρίσκονται στην κορυφή αυτή τη στιγμή», είπε ο », εξετάζοντας τις δυνατότητες του σπιτιού, τους άφησα εκεί και ήρθα στο , ανυπόμονος για τη γνώμη σας και ελπίζοντας ότι μπορεί να πεισθείς μαζί τους και να δώσετε τις συμβουλές σας επί τόπου, θα ήθελα να το πω και από τις δύο, θα ήταν η μεγαλύτερη ευχαρίστηση για αυτούς, αν μου επιτρέπετε να σας παρακολουθήσω εκεί, δεν μπορούν να κάνουν τίποτε ικανοποιητικά χωρίς εσάς.

Η Έμμα ήταν πιο ευτυχισμένη που κλήθηκε σε ένα τέτοιο συμβούλιο. Και ο πατέρας της, που επιδιώκουν να το σκέφτονται όλα ενώ ήταν φύγει, οι δύο νέοι ξεκίνησαν μαζί χωρίς καθυστέρηση για το στέμμα. Υπήρχαν κύριοι. Και κα. ; ευτυχής να την δουν και να λάβουν την εγκυρότητά της, πολύ απασχολημένος και πολύ χαρούμενος με τον διαφορετικό τρόπο τους. Αυτή, σε κάποια μικρή αγωνία; Και αυτός, βρίσκοντας κάθε πράγμα τέλειο.

"Έμμα," είπε, "αυτό το χαρτί είναι χειρότερο από όσο περίμενα ... Κοιτάζω σε μέρη που βλέπεις ότι είναι τρομερά βρώμικο και ο υαλοπίνακας είναι πιο κίτρινος και καταραμένος από κάθε πράγμα που θα μπορούσα να φανταστώ».

"αγαπητέ μου, είσαι πολύ ιδιαίτερη", είπε ο σύζυγός της. "τι σημαίνει αυτό που σημαίνει ότι δεν θα δείτε τίποτα από το φως των κεριών, θα είναι τόσο καθαρό όσο και τα φτερά από το φως των κεριών.

Οι κυρίες εδώ μάλλον ανταλλάσσουν τα βλέμματα που σήμαιναν, «οι άντρες ποτέ δεν ξέρουν πότε τα πράγματα είναι βρώμικα ή όχι». Και οι κύριοι ίσως σκέφτονταν ο καθένας για τον εαυτό του, "οι γυναίκες θα έχουν τις μικρές τους ανοησίες και περιττές φροντίδες".

Όμως, προέκυψε μία αμηχανία, την οποία οι κύριοι δεν περιφρονούσαν. Θεωρούσε ένα δωμάτιο δείπνου. Κατά τη στιγμή που χτίστηκε η αίθουσα χορού, τα δείπνα δεν είχαν τεθεί υπό αμφισβήτηση. Και μια μικρή παρακαταθήκη, ήταν η μόνη προσθήκη. Τι έπρεπε να γίνει; αυτή η αίθουσα καρτών θα ήταν επιθυμητή ως αίθουσα καρτών τώρα. Ή, αν οι κάρτες βολικά είχαν ψηφιστεί περιττές από τους τέσσερις εαυτούς τους, ακόμα δεν ήταν πολύ μικρό για οποιοδήποτε άνετο δείπνο; ένα άλλο δωμάτιο με πολύ μεγαλύτερο μέγεθος θα μπορούσε να εξασφαλιστεί για το σκοπό αυτό. Αλλά βρισκόταν στο άλλο άκρο του σπιτιού και πρέπει να περάσει ένα μακρύ περίεργο πέρασμα για να φτάσει σε αυτό. Αυτό έκανε μια δυσκολία. Κυρία. Το φοβόταν τα σχέδια για τους νέους σε αυτό το χωριό. Και ούτε η Έμμα ούτε οι κύριοι θα μπορούσαν να ανεχτούν την προοπτική να είναι γεμάτοι δυστυχώς στο δείπνο.

Κυρία. Η πρότεινε να μην έχει κανείς κανονικό δείπνο. Απλά σάντουιτς, κ.α., που βρίσκονται στο μικρό δωμάτιο. Αλλά αυτό θεωρήθηκε ως μια άθλια πρόταση. Ένας ιδιωτικός χορός, χωρίς να καθίσει για να δειπνήσει, προφέρεται μια περίφημη απάτη στα δικαιώματα των ανδρών και των γυναικών; Και κα. Η δεν πρέπει να μιλήσει πάλι για αυτό. Έπειτα πήρε μια άλλη γραμμή σκοπιμότητας και κοιτάζοντας το αμφίβολο δωμάτιο, παρατηρούσε,

"Δεν νομίζω ότι είναι τόσο μικρό, δεν θα είμαστε πολλοί, ξέρετε".

Και ο κ. Ταυτόχρονα, περπατώντας βιαστικά με μακρά βήματα μέσα από το πέρασμα, φώναζε,

"μιλάτε πολύ για το μήκος αυτού του χωρίου, αγαπητέ μου, δεν είναι απλώς τίποτα, και όχι το ελάχιστο βύθισμα από τις σκάλες".

"Εύχομαι", είπε η κ. ", θα μπορούσαμε να γνωρίζουμε ποια ρύθμιση θα θέλαμε γενικά οι φιλοξενούμενές μας, να κάνουμε ό, τι θα ήταν γενικότερα ευχάριστο πρέπει να είναι ο στόχος μας - αν μπορούσαμε να πούμε τι θα ήταν αυτό.

"ναι, πολύ αληθινό", φώναξε ειλικρινής, "πολύ αληθινό, θέλεις τις απόψεις των γειτόνων σου, δεν σε αναρωτιέμαι αν κάποιος θα μπορούσε να διαπιστώσει ποιος είναι ο κύριος από αυτούς - για παράδειγμα, δεν είναι μακριά. Θα ήθελα να τους καλέσω ή να χάσω τις πτήσεις - είναι ακόμα κοντά - και δεν ξέρω αν η δεν είναι τόσο πιθανό να καταλάβει τις κλίσεις του υπόλοιπου λαού όσο και κάθε σώμα ... Νομίζω ότι θέλουμε ένα μεγαλύτερο συμβούλιο ας υποθέσουμε ότι πηγαίνω και προσκαλώ να έρθω να έρθω μαζί μας; "

"καλά - αν σας παρακαλώ", είπε η κα. Μάλλον διστάζει, "αν νομίζετε ότι θα είναι χρήσιμη."

"δεν θα πάρετε τίποτα για το σκοπό από ", είπε Έμμα. "αυτή θα είναι όλη η ευχαρίστηση και η ευγνωμοσύνη, αλλά δεν θα σας πει τίποτα, δεν θα ακούσει ούτε καν τις ερωτήσεις σας, δεν βλέπω κανένα πλεονέκτημα στη διαβούλευση ."

"αλλά αυτή είναι τόσο διασκεδαστικό, τόσο εξαιρετικά διασκεδαστικό! Είμαι πολύ ευχαριστημένος με την ακοή να μιλήσει μιλώντας και δεν χρειάζεται να φέρω όλη την οικογένεια, ξέρετε".

Εδώ ο κ. Ο τους ενώνει, και όταν ακούει αυτό που προτάθηκε, του έδωσε την αποφασιστική του έγκριση.

"Ναι, κάνε, φράξω - πάω και φέρω να χάσω και αφήνω να τελειώσω το θέμα αμέσως, θα απολαύσει το σχέδιο, είμαι βέβαιος και δεν ξέρω κάποιον προπαγανιστή που μας δείχνει πώς να απομακρύνουμε τις δυσκολίες. Να φέρουμε τις παραλείψεις, να μεγαλώνουμε λίγο ωραία, να είμαστε ένα σταθερό μάθημα για το πώς να είμαστε ευτυχείς, αλλά να τους προσφέρουμε και τα δύο.

"Τόσο ο κύριος, μπορεί η παλιά κυρία;" ...

"η ηλικιωμένη κυρία, όχι, η νεαρή κοπέλα, για να είμαι σίγουρος, θα σκεφτώ ένα μεγάλο μπλόκο, ειλικρινής, αν φέρετε τη θεία χωρίς την ανιψιά".

"Σας παρακαλώ να συγχαρώ, κύριε, δεν άκουσα αμέσως, χωρίς αμφιβολία, αν το επιθυμείτε, θα προσπαθήσω να τα πείσω και τα δύο". Και μακριά έτρεξε.

Πολύ πριν εμφανιστεί ξανά, παρακολουθώντας τη σύντομη, τακτοποιημένη, ζωηρά κινούμενη θεία και την κομψή ανιψιά της, -γ. Ο , σαν μια γλυκιά γυναίκα και μια καλή σύζυγος, είχε εξετάσει πάλι το πέρασμα και βρήκε τα κακά του πολύ λιγότερο από ό, τι είχε υποθέσει πριν - πράγματι πολύ μικρός. Και εδώ τελείωσε η δυσκολία λήψης αποφάσεων. Όλα τα υπόλοιπα, τουλάχιστον με την εικασία, ήταν απόλυτα ομαλά. Όλες οι μικρές ρυθμίσεις του τραπέζι και της καρέκλας, τα φώτα και η μουσική, το τσάι και το δείπνο, έγιναν οι ίδιοι. Ή έμειναν ως απλά μικρά αντικείμενα που πρέπει να διευθετηθούν ανά πάσα στιγμή μεταξύ της κας. Και κ. .-κάθε προσκεκλημένος οργανισμός, ήταν σίγουρα να έρθει? Είχε ήδη γράψει στο να προτείνει διαμονή λίγες μέρες πέρα από το δεκαπενθήμερο του, το οποίο δεν θα μπορούσε να απορριφθεί. Και ένας υπέροχος χορός ήταν να είναι.

Το πιο εγκάρδιο, όταν έφτασε η , συμφώνησε ότι πρέπει. Ως σύμβουλος δεν ήθελε. Αλλά ως εγκληματίας (πολύ πιο ασφαλής χαρακτήρας), ήταν πραγματικά ευπρόσδεκτη. Η εγκυρότητά της, ταυτόχρονα γενική και λεπτή, ζεστή και αδιάκοπη, δεν μπορούσε παρά να ευχαριστήσει. Και για μια άλλη μισή ώρα όλοι περπατούσαν από και προς και από πίσω, μεταξύ των διαφόρων δωματίων, μερικοί από τους οποίους υποδεικνύονταν, μερικοί παρακολουθούσαν και όλοι ευχαριστούσαν ευτυχώς το μέλλον. Το πάρτι δεν διαλύθηκε χωρίς η Έμμα να είναι θετικά ασφαλισμένη για τους δύο πρώτους χορούς από τον ήρωα της βραδιάς, ούτε χωρίς τον κύριο κ. Ο ψιθυρίζει στη σύζυγό του, "την έχει ζητήσει, αγαπητέ μου, αυτό είναι σωστό, ήξερα ότι θα ήταν!"

Κεφάλαιο

Ένα πράγμα μόνο θέλησε να κάνει την προοπτική της μπάλας εντελώς ικανοποιητική για την Έμμα-που έχει καθοριστεί για μια ημέρα εντός του χορηγούμενου όρου της παραμονής του στο ? Για, παρά τον κ. Η εμπιστοσύνη της δεν μπορούσε να το θεωρήσει τόσο αδύνατο ώστε οι εκκλησιαστικές εκκλησίες να μην επιτρέψουν στον ανιψιό τους να παραμείνει μια μέρα πέρα από το δεκαπενθήμερο του. Αλλά αυτό δεν κρίθηκε εφικτό. Οι προετοιμασίες πρέπει να πάρουν το χρόνο τους, τίποτα δεν θα μπορούσε να είναι έτοιμο μέχρι την τρίτη εβδομάδα και για λίγες μέρες πρέπει να σχεδιάζουν, να προχωρούν και να ελπίζουν σε αβεβαιότητα - με κίνδυνο - κατά τη γνώμη της, τον μεγάλο κίνδυνο όλα είναι μάταια.

Ωστόσο, ήταν ευγενικός, ευγενικός στην πραγματικότητα, αν όχι στη λέξη. Η επιθυμία του να παραμείνει μακρύτερα προφανώς δεν μου άρεσε. Αλλά δεν ήταν αντίθετη. Όλα ήταν ασφαλή και ευημερούσα. Και καθώς η απομάκρυνση μιας ανησυχίας γενικά καθιστά τον δρόμο για έναν άλλο, η Έμμα, που τώρα είναι σίγουρη για την μπάλα της, άρχισε να υιοθετεί ως τον επόμενο πόνο. Προκαλώντας την αδιαφορία του γι 'αυτό. Είτε διότι δεν χορεύονταν, είτε διότι το σχέδιο είχε σχηματιστεί χωρίς να του ζητηθεί η γνώμη του, φαινόταν αποφασισμένος να μην τον ενδιαφέρει, αποφασισμένος ενάντια στη συναρπαστική του περιέργεια ή να του δώσει οποιαδήποτε μελλοντική διασκέδαση. Στην εθελοντική επικοινωνία της, η Έμμα δεν θα μπορούσε να δεχτεί άλλη απάντηση, "πολύ καλά αν οι δυτικοί πιστεύουν ότι αξίζει να είσαι καθόλου αυτό το πρόβλημα για λίγες ώρες θορυβώδους ψυχαγωγίας, δεν έχω τίποτα να πω εναντίον της, αλλά ότι δεν θα πείσουν τις απολαύσεις για μένα. Να είμαι εκεί δεν θα μπορούσα να αρνηθώ και θα κρατήσω όσο πιο ξύπνιο μπορώ αλλά θα ήμουν μάλλον στο σπίτι, κοιτάζοντας τον λογαριασμό της εβδομάδας του πολύ μάλλον ομολογώ ευχαρίστηση βλέπω να χορεύω! Πράγματι - ποτέ δεν το βλέπω - δεν ξέρω ποιος κάνει. - Ο καλός χορός, πιστεύω, σαν αρετή, πρέπει να είναι δική του ανταμοιβή. Όσοι στέκονται συνήθως σκέφτονται κάτι πολύ διαφορετικό.

Αυτό το Έμμα θεώρησε ότι είχε ως στόχο της? Και την έκανε πολύ θυμωμένη. Δεν ήταν σε φιλοφρόνηση στο , ωστόσο, ότι ήταν τόσο αδιάφορη, ή τόσο αγανακτισμένος? Δεν ήταν καθοδηγούμενος από τα συναισθήματά του στην καταδίκη της μπάλας, γιατί απολάμβανε τη σκέψη του σε ένα εξαιρετικό βαθμό. Έκανε την εμψυχωμένη-ανοιχτή καρδιά της - είπε οικειοθελώς · -

"Ω! Χωρίς το ξύλο, ελπίζω ότι τίποτα δεν μπορεί να συμβεί για να εμποδίσει την μπάλα, τι απογοήτευση θα ήταν! Ανυπομονώ για αυτό, εγώ, με πολύ μεγάλη ευχαρίστηση."

Δεν ήταν να υποχρεωθεί η , επομένως, ότι θα προτιμούσε την κοινωνία του . Όχι! - Αυτός ήταν όλο και περισσότερο πεπεισμένος ότι η κ. Η ήταν αρκετά λανθασμένη σε αυτή την υπόθεση. Υπήρχε μια μεγάλη φιλική και συμμονετική προσκόλληση στο πλευρό του - αλλά καμία αγάπη.

Αλίμονο! Δεν υπήρχε σύντομα αναψυχή για διαμάχες με τον κ. . Δύο ημέρες χαρούμενης ασφάλειας ακολουθήθηκαν αμέσως από την υπερβολική ρίψη κάθε πράγματος. Μια επιστολή έφτασε από τον κ. Να παροτρύνει την άμεση επιστροφή του ανιψιού του. Κυρία.

Ο Τσόρτσιλ δεν ήταν καλά - πάρα πολύ άσχημα για να κάνει χωρίς αυτόν. Είχε βρεθεί σε μια πολύ ταλαιπωρημένη κατάσταση (όπως είπε ο σύζυγός της) όταν γράφει στον ανιψιό της δύο μέρες πριν, αν και από τη συνηθισμένη απροθυμία της να δώσει πόνο και τη συνεχή συνήθεια να μην σκέφτεται ποτέ τον εαυτό της, δεν την είχε αναφέρει. Αλλά τώρα ήταν πάρα πολύ άρρωστος για να φάει, και πρέπει να τον ζητήσει να ξεκινήσει για το χωρίς καθυστέρηση.

Η ουσία αυτής της επιστολής διαβιβάστηκε στην Έμμα, σε σημείωμα από την κα. , αμέσως. Όσον αφορά τη μετάβασή του, ήταν αναπόφευκτη. Πρέπει να φύγει μέσα σε λίγες ώρες, αν και δεν αισθάνεται κανένα πραγματικό συναγερμό για τη θεία του, για να μειώσει την απογοήτευσή του. Γνώριζε τις ασθένειές της. Δεν συνέβη ποτέ, αλλά για δική της ευκολία.

Κυρία. "ότι θα μπορούσε μόνο να αφήσει τον εαυτό του χρόνο να βιαστεί στο , μετά το πρωινό, και να πάρει άδεια από τους λίγους φίλους εκεί που θα μπορούσε να υποθέσει ότι θα νιώθουν κάποιο ενδιαφέρον γι 'αυτόν και ότι θα μπορούσε να αναμένεται στο πολύ σύντομα".

Αυτό το άθλια σημείωμα ήταν το φινάλε του πρωινού του Έμμα. Όταν μόλις είχε διαβάσει, δεν υπήρχε τίποτα, αλλά θρηνούσαν και αναφωνούσαν. Η απώλεια της μπάλας - η απώλεια του νεαρού άνδρα - και όλα όσα μπορεί να αισθάνεται ο νεαρός άνδρας! - ήταν πάρα πολύ άθλια! - τόσο ευχάριστο βράδυ όπως θα ήταν! - κάθε σώμα τόσο χαρούμενο! Και αυτή και η σύντροφός της το πιο ευτυχισμένο! - "Είπα ότι θα ήταν έτσι", ήταν η μόνη παρηγοριά.

Τα συναισθήματα του πατέρα του ήταν αρκετά ξεχωριστά. Σκέφτηκε κυρίως την κα. Την ασθένεια του και ήθελε να μάθει πώς αντιμετωπίστηκε. Και όσον αφορά την μπάλα, ήταν συγκλονιστικό να απογοητεύσει το αγαπημένο Έμμα. Αλλά όλοι θα ήταν ασφαλέστεροι στο σπίτι.

Η Έμμα ήταν έτοιμη για τον επισκέπτη αρκετό καιρό πριν εμφανιστεί. Αλλά αν αυτό αντανακλάται καθόλου στην ανυπομονησία του, η θλιβερή του εμφάνιση και η ολική έλλειψη πνευμάτων όταν έρχεται μπορεί να τον εξαγοράσει. Αισθάνθηκε ότι πάει πολύ μακριά για να μιλήσει γι 'αυτό. Η καταστροφή του ήταν πιο εμφανής. Καθόταν πραγματικά χαμένη στη σκέψη για τα πρώτα λεπτά? Και όταν ο ίδιος ανατριχότανε, ήταν μόνο να πούμε,

"από όλα τα φρικτά πράγματα, η άδεια είναι η χειρότερη."

"αλλά θα έρθετε και πάλι," είπε η Έμμα. "αυτό δεν θα είναι η μοναδική σας επίσκεψη σε ."

"Αχ!" - (κουνώντας το κεφάλι του) - την αβεβαιότητα του πότε μπορώ να επιστρέψω! - Θα προσπαθήσω γι 'αυτό με ζήλο! - αυτό θα είναι το αντικείμενο όλων των σκέψεων και των φροντίδων μου - και αν ο θείος και ο θείος μου η θεία πηγαίνει στην πόλη αυτή την άνοιξη-αλλά φοβάμαι-δεν ανακατεύωσαν την περασμένη άνοιξη-φοβάμαι ότι είναι ένα έθιμο για πάντα. "

"η φτωχή μπάλα μας πρέπει να παραιτηθεί."

"αχ! Η μπάλα!" - γιατί περιμέναμε για κάτι; -γιατί δεν αδράξουμε την ευχαρίστηση ταυτόχρονα; -όπως συχνά είναι η ευτυχία που καταστρέφεται από προετοιμασία, ανόητη προετοιμασία! -εσείς μας είπατε ότι θα ήταν έτσι. , γιατί είσαι πάντα τόσο σωστός; "

"πράγματι, λυπάμαι πολύ που είμαι σωστός σε αυτό το παράδειγμα. Θα προτιμούσα πολύ να είμαι χαρούμενος παρά σοφός".

"αν μπορώ να έρθω και πάλι, έχουμε ακόμα να έχουμε τη μπάλα μας, ο πατέρας μου εξαρτάται από αυτό, μην ξεχνάτε τη δέσμευσή σας".

Η Έμμα κοίταξε ευγενικά.

"ένα δεκαπενθήμερο όπως ήταν!" συνέχισε; "κάθε μέρα πιο πολύτιμη και πιο ευχάριστη από την προηγούμενη μέρα!" - κάθε μέρα που με καθιστούσε λιγότερο κατάλληλη για να φέρει οτιδήποτε άλλο, ευτυχείς εκείνους που μπορούν να παραμείνουν στο ! "

"καθώς μας κάνουμε τόσο μεγάλη δικαιοσύνη τώρα", είπε η Έμμα, γελώντας, "εγώ θα ήθελα να ρωτήσω, αν δεν έφτασες λίγο αμφίβολα κατά την πρώτη φορά, δεν ξεπερνούμε τις προσδοκίες σας, είμαι βέβαιος ότι κάνουμε. Σίγουρα δεν περίμεναν πολύ να μας αρέσουν, δεν θα είχες πάει τόσο πολύ για να έρθεις, αν είχε μια ευχάριστη ιδέα για το . "

Γελούσε μάλλον συνειδητά. Και αν και αρνήθηκε το συναίσθημα, η Έμμα ήταν πεπεισμένη ότι ήταν έτσι.

"και πρέπει να είστε από αυτό το πρωί;"

"Ναι, ο πατέρας μου είναι μαζί μου εδώ: θα πρέπει να περπατήσουμε πίσω μαζί και πρέπει να είμαι αμέσως μακριά. Είμαι σχεδόν φοβισμένος ότι κάθε στιγμή θα τον φέρει".

"δεν είναι πέντε λεπτά για να χάσετε ακόμα και για τους φίλους σας να χάσετε το και τις ;" "πόσο άτυχος!"

"ναι - έχω καλέσει εκεί, περνώντας την πόρτα, το σκέφτηκα καλύτερα, ήταν σωστό να το κάνω, πήγα μέσα για τρία λεπτά και κρατήθηκα από την απουσία της , ήταν έξω και το ένιωσα αδύνατο να μην περιμένει μέχρι που μπήκε μέσα Είναι μια γυναίκα που μπορεί κάποιος, ότι κάποιος πρέπει να γελάσει, αλλά αυτό δεν θα ήθελε να ελαφρύς ήταν καλύτερα να πληρώσω την επίσκεψή μου, τότε "

Δίστασε, σηκώθηκε, περπάτησε σε ένα παράθυρο.

"εν συντομία," είπε, "ίσως, χάσετε το ξύλο-νομίζω ότι δύσκολα μπορεί να είναι αρκετά χωρίς υποψία" -

Την κοίταξε, σαν να θέλει να διαβάσει τις σκέψεις της. Δεν ήξερε τίποτα να πει. Φαινόταν σαν πρόδρομος για κάτι απολύτως σοβαρό, το οποίο δεν ήθελε. Αναγκάζοντας τον εαυτό της να μιλήσει, επομένως, με την ελπίδα να το βάλει, είπε ήρεμα,

"είστε αρκετά δεξιά, ήταν φυσικό να πληρώσετε την επίσκεψή σας, τότε" -

Ήταν σιωπηλός. Πίστευε ότι την έβλεπε. Πιθανώς να αντικατοπτρίζει αυτό που είπε και να προσπαθεί να καταλάβει τον τρόπο. Άκουσε τον αναστεναγμό. Ήταν φυσικό γι 'αυτόν να αισθάνεται ότι είχε λόγο να αναστενάζει. Δεν μπορούσε να την πιστέψει να τον ενθαρρύνει. Μερικές αμήχανες στιγμές πέρασαν, και κάθισε και πάλι. Και με πιο αποφασιστικό τρόπο είπε,

"Ήταν κάτι που αισθάνομαι ότι όλος ο υπόλοιπος χρόνος μου θα μπορούσε να δοθεί στο . Η εκτίμησή μου για το είναι πολύ ζεστή" -

Σταματούσε πάλι, σηκώθηκε ξανά, και φάνηκε αρκετά ντροπιασμένος. - τον ερωτεύτηκε περισσότερο από ό, τι είχε υποθέσει η εμάς. Και ποιος μπορεί να πει πώς θα μπορούσε να τελειώσει, αν ο πατέρας του δεν είχε κάνει την εμφάνισή του; κύριος. Ξύλο σύντομα ακολούθησε? Και η αναγκαιότητα της άσκησης τον έκανε να συνθέσει.

Λίγες ακόμη λεπτά, όμως, ολοκλήρωσαν την παρούσα δίκη. Κύριος. , πάντοτε σε εγρήγορση όταν έπρεπε να γίνει η επιχείρηση, και ως ανίκανος να αναβάλει κάθε κακό που ήταν αναπόφευκτο, από την πρόβλεψη οποιουδήποτε αμφίβολης, είπε, «ήρθε η ώρα να πάω». Και ο νεαρός άνδρας, αν και μπορούσε και αναστάτωσε, δεν μπορούσε παρά να συμφωνήσει, να πάρει άδεια.

«θα ακούσω για όλους σας», είπε. "αυτή είναι η βασική μου παρηγοριά, θα ακούσω για κάθε πράγμα που συμβαίνει μεταξύ σας, έχω εμπλακεί στην κ. Να ανταποκριθεί μαζί μου, ήταν τόσο ευγενική ώστε να την υποσχεθώ, η ευλογία ενός γυναικείου ανταποκριτή, όταν κάποιος ενδιαφέρεται πραγματικά για την απουσία, θα μου πει όλα τα πράγματα.

Ένα πολύ φιλικό κούνημα του χεριού, ένα πολύ σοβαρό "αντίο", έκλεισε την ομιλία και η πόρτα σύντομα έκλεισε την ειλικρινή εκκλησία. Σύντομη ήταν η ειδοποίηση - σύντομη η συνάντησή τους. Είχε φύγει; και η Έμμα αισθάνθηκε τόσο λυπημένη για το κομμάτι και πρόβλεψε τόσο μεγάλη απώλεια για τη μικρή τους κοινωνία από την απουσία της, ώστε να αρχίσει να φοβάται ότι είναι πολύ λυπημένος και αισθάνεται πάρα πολύ.

Ήταν μια θλιβερή αλλαγή. Συναντούσαν σχεδόν κάθε μέρα από την άφιξή του. Σίγουρα η ύπαρξή του σε είχε δώσει το μεγάλο πνεύμα στις δύο τελευταίες εβδομάδες- απερίγραπτο πνεύμα? Την ιδέα, την προσδοκία να τον δεις που είχε φέρει κάθε πρωί, τη διαβεβαίωση των προσοχών του, τη ζωντάνια του, τα κίνητρά του! Ήταν ένα πολύ ευτυχισμένο δεκαπενθήμερο, και η λάθος πρέπει να είναι η βύθιση από αυτήν στην κοινή πορεία του ημέρες. Για να ολοκληρώσει κάθε άλλη σύσταση, είχε σχεδόν πει ότι της αγάπησε. Ποια δύναμη ή ποια σταθερότητα της αγάπης μπορεί να υποστεί, ήταν ένα άλλο σημείο. Αλλά επί του παρόντος δεν μπορούσε να αμφιβάλει για το γεγονός ότι είχε ένα ζεστό θαυμασμό, μια συνειδητή προτίμηση του εαυτού του. Και αυτή η πείθεια, ενωμένη με όλα τα υπόλοιπα, την έκανε να σκεφτεί ότι πρέπει να είναι λίγο ερωτευμένη μαζί του,

"Πρέπει σίγουρα," είπε. "αυτή η αίσθηση αταξίας, κούρασης, ηλιθιότητας, αυτή η κακομεταχείριση για να καθίσετε και να απασχολήσω τον εαυτό μου, αυτό το αίσθημα του καθενός είναι θαμπό και αδέξιος για το σπίτι!" - πρέπει να είμαι ερωτευμένος "θα έπρεπε να είμαι το πιο περίεργο πλάσμα στον κόσμο αν δεν ήταν - τουλάχιστον για λίγες εβδομάδες - καλά - κακό σε μερικούς είναι πάντα καλός για τους άλλους - θα έχω πολλούς άλλους θρήνους για την μπάλα, αν όχι για ειλικρινή αλλά ο κ. Θα είναι ευχαριστημένος. Το βράδυ με τον αγαπημένο του λυρίνι του, αν του αρέσει. "

Κύριος. Ο , όμως, δεν έδειξε θριαμβευτική ευτυχία. Δεν μπορούσε να πει ότι συγνώμη από μόνο του. Η πολύ χαρούμενη εμφάνισή του θα τον αντέκρουσε αν είχε. Αλλά είπε, και πολύ σταθερά, ότι συγνώμη για την απογοήτευση των άλλων, και με μεγάλη ευγένεια πρόσθεσε,

"εσύ, Έμμα, που έχεις τόσο λίγες ευκαιρίες να χορέψεις, είσαι πραγματικά από τύχη, είσαι πολύ τυχερός!"

Λίγες μέρες πριν είδε τη , να κρίνει την ειλικρινή της λύπη σε αυτή τη θλιβερή αλλαγή. Αλλά όταν συναντήθηκαν, η ψυχραιμία της ήταν απεχθής. Ήταν ιδιαίτερα κακό, όμως, υποφέρει από πονοκέφαλο σε κάποιο βαθμό, που έκανε τη θεία της να δηλώσει, ότι είχε λάβει χώρα η μπάλα, δεν σκέφτηκε ότι ο θα μπορούσε να την παρακολουθήσει. Και ήταν φιλανθρωπική οργάνωση να καταλογίσει μερικές από την αδιανόητη αδιαφορία της για τη χαλάρωση της κακής υγείας.

Κεφάλαιο

Η Έμμα συνέχισε να μην έχει καμία αμφιβολία για την αγάπη της. Οι ιδέες της ποικίλλουν μόνο ως προς το πόσο. Στην αρχή, σκέφτηκε ότι ήταν μια καλή συμφωνία? Και μετά, αλλά λίγο. Είχε μεγάλη χαρά να ακούσει ειλικρινή μίλησε για? Και, για χάρη του, μεγαλύτερη ευχαρίστηση από ποτέ να βλέπει τον κ. Και κα. ; πολύ συχνά σκέφτηκε γι 'αυτόν, και αρκετά ανυπόμονος για μια επιστολή, ότι μπορούσε να ξέρει πώς ήταν, πώς ήταν τα πνεύματά του, πώς ήταν η θεία του, και ποια ήταν η πιθανότητα να έρθει σε πάλι αυτή την άνοιξη. Αλλά, από την άλλη πλευρά, δεν μπορούσε να αναγνωρίσει ότι ήταν δυσαρεστημένος, ούτε, μετά το πρώτο πρωί, να είναι λιγότερο διάθεση για απασχόληση απ 'ό, τι συνήθως. Ήταν ακόμα απασχολημένος και χαρούμενος. Και, ευχάριστα όπως ήταν, θα μπορούσε ακόμα να τον φανταστεί να έχει ελαττώματα. Και μακρύτερα, αν και το σκεφτόμουν τόσο πολύ και, καθώς κάθισε να σχεδιάζει ή να εργάζεται, σχηματίζοντας χίλια διασκεδαστικά σχέδια για την πρόοδο και το κλείσιμο της προσήλωσής τους, φαντάζοντας ενδιαφέροντα διαλόγους και επινοώντας κομψά γράμματα. Το συμπέρασμα κάθε φανταστικής διακήρυξης από την πλευρά του ήταν ότι αρνήθηκε. Η αγάπη τους ήταν πάντα να υποχωρήσουν σε φιλία. Κάθε πράγμα τρυφερό και γοητευτικό ήταν να σημάνει το χωρισμό τους; Αλλά εξακολουθούσαν να χωρίζουν. Όταν έγινε λογική γι 'αυτό, την χτύπησε ότι δεν θα μπορούσε να είναι πολύ ερωτευμένη. Διότι παρά την προηγούμενη και σταθερή της αποφασιστικότητα να μην εγκαταλείψει ποτέ τον πατέρα της, ποτέ να μην παντρευτεί, μια ισχυρή προσκόλληση σίγουρα πρέπει να παράγει περισσότερο αγώνα απ 'ό, τι μπορούσε να προβλέψει στα συναισθήματά της. Το συμπέρασμα κάθε φανταστικής διακήρυξης από την πλευρά του ήταν ότι αρνήθηκε. Η αγάπη τους ήταν πάντα να υποχωρήσουν σε φιλία. Κάθε πράγμα τρυφερό και γοητευτικό ήταν να σημάνει το χωρισμό τους; Αλλά εξακολουθούσαν να χωρίζουν. Όταν έγινε λογική γι 'αυτό, την χτύπησε ότι δεν θα μπορούσε να είναι πολύ ερωτευμένη. Διότι παρά την προηγούμενη και σταθερή της αποφασιστικότητα να μην εγκαταλείψει ποτέ τον πατέρα της, ποτέ να μην παντρευτεί, μια ισχυρή προσκόλληση σίγουρα πρέπει να παράγει περισσότερο αγώνα απ 'ό, τι μπορούσε να προβλέψει στα συναισθήματά της. Το συμπέρασμα κάθε φανταστικής διακήρυξης από την πλευρά του ήταν ότι αρνήθηκε. Η αγάπη τους ήταν πάντα να υποχωρήσουν σε φιλία. Κάθε πράγμα τρυφερό και γοητευτικό ήταν να σημάνει το χωρισμό τους; Αλλά εξακολουθούσαν να χωρίζουν. Όταν έγινε λογική γι 'αυτό, την χτύπησε ότι δεν θα μπορούσε να είναι πολύ ερωτευμένη. Διότι παρά την προηγούμενη και σταθερή της αποφασιστικότητα να μην εγκαταλείψει ποτέ τον πατέρα της, ποτέ να μην παντρευτεί, μια ισχυρή προσκόλληση σίγουρα πρέπει να παράγει περισσότερο αγώνα απ 'ό, τι μπορούσε να προβλέψει στα συναισθήματά της.

"Δεν βρίσκομαι να χρησιμοποιώ τη λέξη θυσία," είπε .- "σε καμία από τις έξυπνες απαντήσεις μου, τα ευαίσθητα αρνητικά μου, υπάρχει κάποια υπαινιγμός για να κάνει μια θυσία. Υποψιάζομαι ότι δεν είναι πραγματικά που είναι απαραίτητο για την ευτυχία μου, τόσο το καλύτερο, σίγουρα δεν θα πείσω τον εαυτό μου να αισθάνομαι περισσότερο από όσο κάνω, είμαι αρκετά αγάπης, θα ήμουν λυπημένος που είμαι περισσότερο.

Στο σύνολό της, ήταν εξίσου ευχαριστημένη με την άποψή της για τα συναισθήματά του.

- σε κάθε περίπτωση, το θέμα, με λίγα λόγια, με ευχαριστεί πολύ που η ευτυχία μου δεν εμπλέκεται περισσότερο - θα ξανακάνω πολύ καλά μετά από λίγο - και τότε θα είναι κάτι καλό. Γιατί λένε ότι κάθε σώμα είναι ερωτευμένο μια φορά στη ζωή τους και θα αποχωρήσω εύκολα ".

Όταν η επιστολή του προς την κα. Ο έφτασε, η Έμμα είχε την παρατήρηση του. Και το διάβασε με ένα βαθμό ευχαρίστησης και θαυμασμού που την έκανε να αρχίσει να αρχίζει το κεφάλι της πάνω από τις αισθήσεις της, και νομίζει ότι είχε υποτιμήσει τη δύναμή τους. Ήταν μια μακρά και καλά γραπτή επιστολή, δίνοντας τα στοιχεία του ταξιδιού και των συναισθημάτων του, εκφράζοντας όλη την αγάπη, την ευγνωμοσύνη και τον σεβασμό που ήταν φυσικό και έντιμο και περιγράφοντας κάθε εξωτερικό και τοπικό πράγμα που θα μπορούσε να υποτεθεί ότι ήταν ελκυστικό, με πνεύμα και ακρίβεια. Κανένα ύποπτο δεν ευδοκιμεί τώρα από συγγνώμη ή ανησυχία. Ήταν η γλώσσα του πραγματικού συναίσθηματος προς την κα. ; και η μετάβαση από το στο , η αντίθεση μεταξύ των θέσεων σε μερικές από τις πρώτες ευλογίες της κοινωνικής ζωής ήταν αρκετά αρκετή για να δείξει πόσο έντονα αισθανόταν, και πόσα περισσότερα θα μπορούσαν να ειπωθούν, αλλά για τους περιορισμούς της ευπρέπειας - η γοητεία του δικού της ονόματος δεν ήταν επιθυμητή. Να χάσετε το ξυλόγλυπτο τέμπλο, να εμφανίζεται περισσότερο από μία φορά, και ποτέ χωρίς μια ευχάριστη σύνδεση, είτε μια φιλοφρόνηση για το γούστο της, είτε μια ανάμνηση για αυτά που είπε; Και την τελευταία φορά της συνάντησής της, το μάτι της, αδιαφανές όπως ήταν με ένα τέτοιο ευρύ στενόμακρο γάντι, μπορούσε ακόμα να διακρίνει την επίδραση της επιρροής της και να αναγνωρίσει τη μεγαλύτερη φιλοφρόνηση ίσως όλων των μεταφερθέντων. Συμπιεσμένο στην πολύ χαμηλή κενή γωνία ήταν αυτά τα λόγια- «δεν είχα μια ελεύθερη στιγμή την Τρίτη, όπως γνωρίζετε, για τον όμορφο μικρό φίλο του ξυλουργού του ξυλουργού, προσεύχομαι να κάνω τις δικαιολογίες μου και να τη βοηθήσω». Αυτό, η Έμμα δεν μπορούσε να αμφιβάλει, ήταν όλα για τον εαυτό της. Ο Χάριετ θυμήθηκε μόνο από το να είναι φίλος της. Οι πληροφορίες και οι προοπτικές του σχετικά με την εφαρμογή δεν ήταν ούτε χειρότερες ούτε καλύτερες από τις προβλέψεις. Κυρία. Ανακάμψει, και δεν τόλμησε ακόμη, ακόμη και με τη φαντασία του, να καθορίσει μια στιγμή για να έρχονται σε και πάλι.

Ευχάριστο και ενθαρρυντικό όπως ήταν και το γράμμα στο υλικό μέρος, τα συναισθήματά του, που ακόμα βρήκε, όταν ήταν διπλωμένο και επέστρεψε στην κα. , ότι δεν είχε προσθέσει καμία διαρκή ζεστασιά, που θα μπορούσε ακόμα να κάνει χωρίς τον συγγραφέα και ότι πρέπει να μάθει να κάνει χωρίς αυτήν. Οι προθέσεις της ήταν αμετάβλητες. Η απόρριψή της απλώς έγινε πιο ενδιαφέρουσα με την προσθήκη ενός σχεδίου για την επακόλουθη παρηγοριά και ευτυχία. Η ανάμνηση του Χάριετ και οι λέξεις που το ντύθηκαν, ο «όμορφος μικρός φίλος», πρότειναν σε αυτήν την ιδέα ότι η Χάριετ την διαδέχθηκε με τις αγάπες του. Ήταν αδύνατο; -όχι- αναμφισβήτητα ήταν πολύ κατώτερη του στην κατανόηση; Αλλά είχε χτυπήσει πάρα πολύ με την ομορφιά του προσώπου της και τη ζεστή απλότητα του τρόπου της.

"Δεν πρέπει να το σταθώ", είπε .- "Δεν πρέπει να το σκέφτομαι, ξέρω τον κίνδυνο να επιδοκιμάσω τέτοιες εικασίες, αλλά άλλα πράγματα ξέσπασαν και όταν σταματήσουμε να φροντίζουμε ο ένας τον άλλον όπως κάνουμε τώρα, θα είναι ο τρόπος να μας επιβεβαιώσουμε σε αυτό το είδος αληθινής φιλελεύθερης φιλίας που μπορώ ήδη να προσβλέπω με ευχαρίστηση ».

Ήταν καλό να έχουμε μια άνεση στο κατάστημα για λογαριασμό της Χάρρυτ, αν και θα ήταν ίσως συνετό να αφήσουμε το φανταχτερό άγγιγμα να σπάνε. Για το κακό σε αυτό το τρίμηνο ήταν κοντά. Καθώς η άφιξη του ιερέα του Τσαρλς είχε διαδεχθεί τον κ. Η δέσμευση του στη συζήτηση του , καθώς το τελευταίο ενδιαφέρον είχε εξαντλήσει το πρώτο, έτσι τώρα μετά την εξαφάνιση του , κύριε. Οι ανησυχίες του έλαβαν την πιο ακαταμάχητη μορφή. Ονομάστηκε η ημέρα του γάμου του. Θα ήταν σύντομα ανάμεσα σε αυτούς ξανά. Κύριος. Τον Έλτον και τη νύφη του. Δεν υπήρχε σχεδόν χρόνος να μιλήσουμε για την πρώτη επιστολή από το πριν ο "κ. Και η νύφη του" ήταν στο στόμα κάθε σώματος και η ειλικρινής ξεχάστηκε. Η Έμμα αρρωστήθηκε στον ήχο. Είχε τρεις εβδομάδες ευτυχής απαλλαγής από τον κ. ; και το μυαλό του Χάριετ, ήταν πρόθυμος να ελπίζει, είχε πρόσφατα κερδίσει δύναμη. Με τον κ. Η μπάλα του τουλάχιστον, υπήρξε μεγάλη ανυπαρξία σε άλλα πράγματα. Αλλά ήταν πλέον πολύ προφανές ότι δεν είχε επιτύχει μια τέτοια κατάσταση ηρεμίας που θα μπορούσε να σταθεί ενάντια στην πραγματική προσέγγιση - νέα μεταφορά, κουδούνισμα και όλα.

Ο φτωχός χάρυαρ βρισκόταν σε ένα πνεύμα πνευμάτος που απαιτούσε όλες τις σκέψεις και τις κακές σκέψεις και τις προσοχές κάθε είδους που μπορούσε να δώσει η Έμμα. Η Έμμα θεώρησε ότι δεν μπορούσε να κάνει πάρα πολλά γι 'αυτήν, ότι η είχε το δικαίωμα σε όλη της την εφευρετικότητα και την υπομονή της. Αλλά ήταν σκληρή δουλειά για να είναι πάντα πειστική χωρίς να παράγει κανένα αποτέλεσμα, για πάντα συμφωνημένο, χωρίς να μπορεί να κάνει τις απόψεις τους ίδιες. Ο Χάριετ άκουσε υποτελικά και είπε «ήταν πολύ αληθινό - ήταν ακριβώς όπως περιγράφει το ξυλόγλυπτο τέταρτο - δεν άξιζε να το σκεφτόμαστε - και δεν θα το σκεφτόταν πια» αλλά δεν μπορούσε να κάνει καμία αλλαγή στο θέμα και η την επόμενη μισή ώρα την είδαν ως ανήσυχοι και ανήσυχοι για τους όπως και πριν. Επιτέλους η Έμμα της επιτέθηκε σε άλλο έδαφος.

"επιτρέποντας στον εαυτό σας να είναι τόσο κατειλημμένη και τόσο δυσαρεστημένος για το γάμο του κ. , , είναι η ισχυρότερη εκτίμησή που μπορείτε να με κάνετε δεν θα μπορούσατε να μου δώσετε μεγαλύτερη υπευθυνότητα για το λάθος που έπεσε μέσα. Δεν το ξέχασα, σας διαβεβαιώνω.-εξαπάτησα τον εαυτό μου, σας εξαπάτησα πολύ δυστυχώς -και θα είναι μια οδυνηρή αντανάκλαση για μένα για πάντα ... Μην με φανταστείτε να κινδυνεύετε να το ξεχάσετε ».

Ο Χάριετ αισθάνθηκε αυτό πάρα πολύ για να φωνάξει περισσότερα από λίγα λόγια από ένα θαυμαστικό θαυμασμό. Η Έμμα συνέχισε,

"Δεν έχω πει, να ασκήσετε τον εαυτό σας για χάρη μου, σκεφτείτε λιγότερο, μιλήστε λιγότερο για τον κ. Για χάρη μου, γιατί για χάρη σας, θα ήθελα να γίνει αυτό, για το τι είναι πιο σημαντικό από την άνεσή μου, τη συνήθεια της αυτο-διοίκησης σε σας, την εξέταση του καθήκοντός σας, την προσοχή στην αξιοπιστία, την προσπάθεια να αποφύγετε τις υποψίες των άλλων, να σώσετε την υγεία και την πίστη σας και να αποκαταστήσετε την ηρεμία σας. Που σας πιέζω, είναι πολύ σημαντικό - και λυπάμαι που είμαι ότι δεν μπορείτε να τα αισθανθείτε επαρκώς για να ενεργήσετε επάνω σε αυτά.Η σωτηρία μου από τον πόνο είναι πολύ δευτερεύουσα θεώρηση.Θα θέλω να σώσετε τον εαυτό σας από μεγαλύτερο πόνο. Μπορεί μερικές φορές να αισθανόμουν ότι η Χάριετ δεν θα ξεχάσει τι οφείλεται -ή μάλλον τι θα ήταν καλό από μένα. "

Αυτή η έκκληση για την αγάπη της έκανε περισσότερα από όλα τα υπόλοιπα. Η ιδέα της επιθυμίας ευγνωμοσύνης και εκτίμησης για το χαμένο ξύλο, τον οποίο πραγματικά αγάπησε εξαιρετικά, την έκανε για λίγη ώρα άθλια και όταν η βία της θλίψης ήταν παρηγορημένη, εξακολουθούσε να είναι αρκετά ισχυρή για να προωθήσει το σωστό και να την στηρίξει πολύ υποφερτά.

"εσύ, που ήταν ο καλύτερος φίλος που είχα ποτέ στη ζωή μου - θέλεις ευγνωμοσύνη σε σένα!" - κανείς δεν είναι ίσος με εσένα! "- φροντίζω για κανέναν όπως κάνω για σένα! ! "

Τέτοιες εκφράσεις, βοηθούμενες όπως ήταν από κάθε πράγμα που έδειχνε και τρόπος, έκαναν την Έμμα να αισθάνεται ότι δεν είχε αγαπήσει ποτέ τόσο πολύ τη , ούτε αξιολόγησε την αγάπη της τόσο πολύ πριν.

"δεν υπάρχει γοητεία ίση με την τρυφερότητα της καρδιάς", είπε αργότερα στον εαυτό της. "δεν υπάρχει τίποτα που να συγκρίνεται με αυτό, η ζεστασιά και η τρυφερότητα της καρδιάς, με ένα στοργικό και ανοιχτό τρόπο, θα νικήσουν όλη την καθαρότητα του κεφαλιού στον κόσμο, για έλξη, είμαι βέβαιος ότι θα είναι. Ο αγαπητός μου πατέρας, τόσο αγαπητός μου, που δίνει στην ισραηλιά όλη τη δημοτικότητά της. - Δεν το έχω - αλλά ξέρω πώς να το κερδίσω και να το σέβομαι - ο Χάριετ είναι ο ανώτερος μου σε όλη τη γοητεία και την ευτυχία που δίνει. Δεν θα σε άλλαζα για τη σαφέστερη, πιο μακρυνή, καλύτερη γυναίκα που αναπνέει ... Η ψυχρότητα ενός ! - χαρριέ αξίζει εκατό τέτοια - και για μια γυναίκα - μια σύζυγος ενός λογικού ανδρός - είναι ανεκτίμητη δεν αναφέρω ονόματα αλλά ευτυχισμένος ο άνθρωπος που αλλάζει Έμμα για ! "

Κεφάλαιο

Κυρία. Ο εμφανίστηκε για πρώτη φορά στην εκκλησία: αν και η αφοσίωση θα μπορούσε να διακοπεί, η περιέργεια δεν μπορούσε να ικανοποιηθεί από μια νύφη σε ένα , και πρέπει να αφεθεί για τις επισκέψεις σε μορφή που θα έπρεπε τότε να πληρωθούν, για να διευθετήσει αν ήταν πολύ όμορφη πράγματι, ή μόνο μάλλον όμορφο, ή δεν είναι καθόλου όμορφο.

Η Έμμα είχε συναισθήματα, λιγότερο περιέργεια από ό, τι της υπερηφάνειας ή της ευπρέπειας, για να κάνει την αποφασιστικότητά της να μην είναι η τελευταία που θα πληρώσει τα σέβη της. Και έφτιαξε ένα σημείο της να πάει μαζί της, ότι το χειρότερο της επιχείρησης θα μπορούσε να περάσει από το συντομότερο δυνατό.

Δεν μπορούσε να εισέλθει ξανά στο σπίτι, δεν μπορούσε να βρεθεί στην ίδια αίθουσα με την οποία είχε με τέτοια ματαιοδοξία να υποχωρήσει πριν από τρεις μήνες, να αποκολλήσει την μπότα της χωρίς να ξαναθυμήσει. Χίλιες κακές σκέψεις θα επαναληφθούν. Τα συγχαρητήρια, τις φάρσες και τις τρομερές ατέλειες. Και δεν έπρεπε να υποθέσουμε ότι η κακή δεν πρέπει να ξαναπάρει. Αλλά συμπεριφέρθηκε πολύ καλά και ήταν μάλλον χλωμό και σιωπηλό. Η επίσκεψη ήταν βέβαια σύντομη. Και υπήρχε τόσο πολλή αμηχανία και κατοχή του νου για να το συντομεύσει, ότι η Έμμα δεν θα επέτρεπε στον εαυτό της να σχηματίσει μια γνώμη της κυρίας, και σε καμία περίπτωση να μην δώσει ένα, πέρα από τους όρους που δεν είχαν νόημα να είναι "κομψά ντυμένοι, πολύ ευχάριστο ".

Δεν της άρεσε πολύ. Δεν θα βιαζόταν να βρει λάθος, αλλά υποψιαζόταν ότι δεν υπήρχε κομψότητα - αλλά όχι κομψότητα - ήταν σχεδόν βέβαιος ότι για μια νέα γυναίκα, έναν ξένο, μια νύφη, υπήρχε πάρα πολύ ευκολία. Το πρόσωπό της ήταν αρκετά καλό. Το πρόσωπό της δεν είναι ακατανόητο; Αλλά ούτε το χαρακτηριστικό, ούτε ο αέρας, ούτε η φωνή ούτε ο τρόπος ήταν κομψά. Η Έμμα πίστευε ότι τουλάχιστον θα έμοιαζε έτσι.

Όπως για τον κ. , τα οφέλη του δεν εμφανίστηκαν - αλλά όχι, δεν θα επέτρεπε από τον εαυτό του ένα βιαστικό ή πνευματώδη λόγο για τα κίνητρά του. Ήταν μια αμήχανη τελετή ανά πάσα στιγμή να λαμβάνουν επισκέψεις γάμου και ένας άνδρας έπρεπε να είναι όλοι χάρις για να αθωωθεί καλά μέσα από αυτό. Η γυναίκα ήταν καλύτερη. Μπορεί να έχει τη βοήθεια των καλών ρούχων και το προνόμιο της κακουχίας, αλλά ο άνθρωπος είχε μόνο τη δική του καλή αίσθηση να εξαρτάται από. Και όταν εξέτασε πόσο ιδιαιτέρως άτυχος φτωχός κύριος. Ο βρισκόταν στο ίδιο δωμάτιο με τη γυναίκα που μόλις παντρεύτηκε, τη γυναίκα που ήθελε να παντρευτεί και τη γυναίκα από την οποία αναμενόταν να παντρευτεί, πρέπει να του επιτρέψει να έχει το δικαίωμα να φαίνεται τόσο λίγο σοφός , και να είναι τόσο πολύ επηρεασμένο, και όσο λίγο πολύ εύκολο θα μπορούσε να είναι.

"Λοιπόν, λείπει το ξυλουργείο," είπε ο , όταν είχαν εγκαταλείψει το σπίτι, και αφού περιμέναμε μάταια να ξεκινήσει ο φίλος της, "Λοιπόν, λείπει το ξυλουργείο (με ένα απαλό αναστεναγμό), τι σκέφτεσαι γι 'αυτήν;" - δεν είναι πολύ γοητευτική; "

Υπήρξε λίγο δισταγμός στην απάντηση του Έμμα.

"Ω! Ναι-πολύ-μια πολύ ευχάριστη νεαρή γυναίκα."

"Νομίζω ότι η όμορφη, πολύ όμορφη".

"πολύ ωραία ντυμένος, πράγματι, ένα εντυπωσιακά κομψό φόρεμα".

"Δεν είμαι καθόλου απογοητευμένος που θα έπρεπε να ερωτευτεί".

"Όχι, δεν υπάρχει τίποτα που να απογοητεύει το ένα από όλα - μια όμορφη τύχη και ήρθε στο δρόμο του."

"τολμούν να πω," επέστρεψε , αναστενάζοντας και πάλι, "τολμούν να πω ότι ήταν πολύ συνδεδεμένη με αυτόν."

"ίσως μπορεί, αλλά δεν είναι η μοίρα όλων των ανθρώπων να παντρευτούν τη γυναίκα που τον αγαπάει καλύτερα", λέει ο ίσως ήθελε σπίτι και σκέφτηκε ότι αυτή είναι η καλύτερη προσφορά που θα μπορούσε να έχει.

"ναι," είπε σκληρά ο , "και καλά θα μπορούσε, κανείς δεν θα μπορούσε ποτέ να έχει ένα καλύτερο ... Καλά, τους εύχομαι ευχαριστημένοι από όλη μου την καρδιά ... Και τώρα, χάσετε το ξύλο, δεν νομίζω ότι θα το δουν ξανά να τους δει. Είναι εξίσου ανώτερος όπως ποτέ - αλλά είναι παντρεμένος, ξέρεις, είναι κάτι πολύ διαφορετικό, όχι, πράγματι, λείπει το ξυλόγλυπτο τέταρτο, δεν χρειάζεται να φοβάσαι · μπορώ να τον καθίσω και να τον θαυμάσω τώρα χωρίς μεγάλη δυστυχία. Δεν έχει αποβάλει τον εαυτό του, είναι μια τέτοια άνεση! -είναι μια γοητευτική νεαρή γυναίκα, ακριβώς αυτό που του αξίζει, ευτυχισμένο πλάσμα, την αποκαλούσε «». Πόσο ευχάριστη! "

Όταν η επίσκεψη επέστρεψε, η Έμμα έκανε το μυαλό της. Τότε θα μπορούσε να δει περισσότερα και να κρίνει καλύτερα. Από το γεγονός της Χάριετ να μην είναι στο , και ο πατέρας της είναι παρών για να ασχοληθεί με τον κ. , είχε ένα τέταρτο μιας ώρας από τη συνομιλία της κυρίας για τον εαυτό της και μπορούσε να την παρακολουθήσει με σύνεση. Και το τέταρτο μιας ώρας την έπεισε αρκετά. Ο ήταν μια μάταιη γυναίκα, εξαιρετικά ικανοποιημένη από τον εαυτό της, και σκεπτόμενος πολύ για τη δική της σημασία. Ότι σκόπευε να λάμψει και να είναι πολύ ανώτερη, αλλά με τρόπους που είχαν διαμορφωθεί σε ένα κακό σχολείο, περίεργο και οικείο. Ότι όλες οι έννοιές της αντλήθηκαν από ένα σύνολο ανθρώπων και ένα στυλ ζωής. Ότι αν όχι ανόητο ήταν άγνοια, και ότι η κοινωνία της θα έκανε σίγουρα ο κ. Δεν είναι καλό.

Θα ήταν ένας καλύτερος αγώνας. Αν δεν ήταν σοφός ή εκλεπτυσμένος, θα τον είχε συνδέσει με εκείνους που ήταν. Αλλά λείπει ο , ίσως να υποτίθεται ότι από την εύκολη μανία της, ήταν το καλύτερο της σειράς της. Ο πλούσιος αδελφός κοντά στο Μπρίστολ ήταν η υπερηφάνεια της συμμαχίας και ο τόπος και τα καροτσάκια του ήταν η υπερηφάνεια του.

Το πρώτο θέμα μετά την τοποθέτησή του ήταν το τριαντάφυλλο σφενδάμου, "ο αδελφός μου το κάθισμα του θηλασμού" - μια σύγκριση του με το . Οι βάσεις του Χάρτφιλντ ήταν μικρές, αλλά τακτοποιημένες και όμορφες. Και το σπίτι ήταν μοντέρνο και καλά κτισμένο. Κυρία. Ο φάνηκε ευνοϊκά εντυπωσιασμένος από το μέγεθος του δωματίου, την είσοδο και όλα όσα μπορούσε να δει ή να φανταστεί. "πολύ όπως το σφενδάμι σφενδάμου!" - αυτό ήταν πολύ εντυπωσιασμένο από την ομοιότητα! - αυτό το δωμάτιο ήταν το ίδιο το σχήμα και το μέγεθος της αίθουσας πρωινού στο σφενδάμνου, το αγαπημένο δωμάτιο της αδελφής του ". Ήταν έφεση .- "δεν ήταν εκπληκτικά όπως; -μπορούσε πραγματικά να φανταστεί τον εαυτό της στο σφενδάμνου."

"και η σκάλα - ξέρετε, καθώς ήρθα, έχω παρατηρήσει πόσο πολύ σαν τη σκάλα ήταν τοποθετημένη ακριβώς στο ίδιο μέρος του σπιτιού, πραγματικά δεν θα μπορούσα να βοηθήσω να αναφωνήσω, σας διαβεβαιώνω, χάσετε το ξύλο, είναι πολύ ευχάριστο για μένα, για να θυμίσω έναν τόπο που είμαι τόσο εξαιρετικά μερικός όπως το σφενδάμι, έχω περάσει τόσους πολλούς ευτυχισμένους μήνες εκεί (με λίγη απορία από το συναίσθημα), ένας γοητευτικός τόπος, αναμφισβήτητα, κάθε σώμα που το βλέπει είναι χτυπημένο με την ομορφιά του, αλλά για μένα, ήταν αρκετά σπίτι, όποτε μεταμοσχεύεστε, όπως και εγώ, χάσετε το ξυλουργείο, θα καταλάβετε πόσο πολύ ευχάριστο είναι να συναντήσετε με οτιδήποτε πράγμα σαν αυτό που έχει μείνει πίσω. Αυτό είναι ένα από τα κακά του γάμου ».

Η Έμμα έκανε μια ελαφρά απάντηση όσο μπορούσε. Αλλά ήταν αρκετό για την κα. , που ήθελε μόνο να μιλάει μόνη της.

"τόσο εξαιρετικά όπως το σφενδάμι και δεν είναι απλώς το σπίτι - οι βάσεις, σας διαβεβαιώνω, όσο μπορούσα να παρατηρήσω, είναι εντυπωσιακά όπως οι δάφνες στο σφενδάμι είναι στην ίδια αφθονία όπως εδώ, και στέκονται πολύ με τον ίδιο τρόπο - ακριβώς απέναντι από το γκαζόν και έβλεπα ένα ωραίο μεγάλο δέντρο, με ένα πάγκο γύρω από αυτό, το οποίο με έβαλε τόσο ακριβώς στο μυαλό μου, ο αδελφός μου και η αδελφή μου θα μαγεμένοι με αυτό τον τόπο. Οι ίδιοι οι λόγοι είναι πάντα ευχαριστημένοι με οποιοδήποτε πράγμα με το ίδιο στυλ. "

Ο Έμμα αμφέβαλε την αλήθεια αυτού του συναισθήματος. Είχε μια υπέροχη ιδέα ότι οι άνθρωποι που είχαν εκτεταμένους λόγους εαυτούς νοιάζονται πολύ λίγα για τους εκτεταμένους λόγους οποιουδήποτε άλλου σώματος. Αλλά δεν άξιζε να επιτεθεί ένα σφάλμα τόσο διπλό βαμμένο, και ως εκ τούτου είπε μόνο σε απάντηση,

"όταν έχετε δει περισσότερα από αυτή τη χώρα, φοβάμαι ότι θα σκεφτείτε ότι έχετε υπερτιμήσει το .

", ναι, είμαι πολύ ενήμερος γι 'αυτό είναι ο κήπος της Αγγλίας, ξέρετε." είναι ο κήπος της Αγγλίας ".

"ναι, αλλά δεν πρέπει να στηρίξουμε τους ισχυρισμούς μας για αυτή τη διάκριση. Πολλές επαρχίες πιστεύω ότι ονομάζονται κήπος της Αγγλίας, καθώς και ".

"όχι, δεν μου αρέσει", απάντησε η κα. , με ένα πολύ ικανοποιημένο χαμόγελο. "Ποτέ δεν άκουσα κανένα νομό, αλλά ο το έλεγε έτσι".

Το Έμμα σιωπά.

"ο αδελφός και η αδερφή μου μας έχουν υποσχεθεί μια επίσκεψη την άνοιξη ή το καλοκαίρι στο απομακρυσμένο", συνέχισε η κα. ; "και θα είναι η ώρα μας για να εξερευνήσουμε ... Ενώ είναι μαζί μας, θα διερευνήσουμε πολλά, τολμώ να πω ότι θα έχουν το - τους, το οποίο κρατά τέλεια τέσσερα και επομένως, χωρίς να λέει τίποτα της μεταφοράς μας θα πρέπει να είμαστε σε θέση να εξερευνήσουμε πολύ καλά τις διαφορετικές ομορφιές, θα ήθελαν να έρθουν στο σαλόνι τους, νομίζω, σε εκείνη την εποχή του χρόνου ... Πράγματι, όταν έρθει η ώρα, θα προτείνω σίγουρα να φέρουν το -που θα είναι τόσο πολύ προτιμότερο, όταν οι άνθρωποι μπαίνουν σε μια όμορφη χώρα αυτού του είδους, ξέρετε, χάσετε το ξύλο, φυσικά επιθυμείτε να δουν όσο το δυνατόν περισσότερα και ο κ. Θηλάς είναι πολύ λάτρης της εξερεύνησης. Διερευνήθηκε στο βασιλιά ' - δύο φορές το περασμένο καλοκαίρι, με αυτόν τον τρόπο, πιο ευχάριστα, αμέσως μετά την πρώτη τους έχοντας το -. Έχετε πολλά πάρτι αυτού του είδους εδώ, υποθέτω, χάσετε το ξύλο, κάθε καλοκαίρι; "

"όχι, όχι αμέσως εδώ, είμαστε μάλλον εκτός από τις πολύ εντυπωσιακές ομορφιές που προσελκύουν τα είδη των κομματιών που μιλάτε και είμαστε ένα πολύ ήσυχο σύνολο ανθρώπων, πιστεύω, περισσότερο διατεθειμένοι να μένουν στο σπίτι από το να ασχολούνται σχέδια χαράς. "

"αχ! Δεν υπάρχει τίποτα σαν να μένεις στο σπίτι για πραγματική άνεση ... Κανείς δεν μπορεί να είναι πιο αφοσιωμένος στο σπίτι από όσο είμαι εγώ ήμουν μια αρκετά παροιμία γι 'αυτό στο ." Πολλές φορές έχει είπε, όταν πρόκειται να , πραγματικά δεν μπορώ να πάρω αυτό το κορίτσι από το σπίτι, πρέπει να πάω από μόνος μου, αν και μισώ να κολλήσω στο - χωρίς σύντροφο αλλά , πιστεύω, με τη δική της καλή θέληση, δεν θα ανέβαινε ποτέ πέρα από το πάρκο. Πολλές φορές το έχει πει και δεν είμαι υπέρμαχος ολόκληρης απομόνωσης, νομίζω ότι, αντίθετα, όταν οι άνθρωποι κλείνουν αποκλειστικά από την κοινωνία, είναι πολύ κακό πράγμα και είναι πολύ προτιμότερο να αναμειγνύεται στον κόσμο σε ένα σωστό βαθμό, χωρίς να ζουν σε αυτό είτε πάρα πολύ ή πολύ λίγα. Καταλαβαίνω τέλεια την κατάστασή σας, ωστόσο, (κοιτάζοντας το δάσος), η κατάσταση της υγείας του πατέρα σου πρέπει να είναι ένα μεγάλο μειονέκτημα. Γιατί δεν δοκιμάζει το μπάνιο; επιτρέψτε μου να συστήσω μπάνιο σε σας. Σας διαβεβαιώνω ότι δεν έχω καμία αμφιβολία για το να το κάνει ο κ. Ξύλο καλό. "

"ο πατέρας μου το δοκίμασε περισσότερο από μία φορά, παλαιότερα, αλλά χωρίς να έχει κανένα όφελος και ο κ. , του οποίου το όνομα, τολμώ να πω, δεν είναι άγνωστο σε εσάς, δεν αντιλαμβάνεται ότι θα ήταν πολύ πιθανό να είναι χρήσιμο τώρα. "

"αχ! Αυτό είναι πολύ κρίμα γιατί σας διαβεβαιώνω, χάσετε το ξύλο, όπου τα ύδατα συμφωνούν, είναι θαυμάσια η ανακούφιση που δίνουν στη ζωή του λουτρού μου, έχω δει τέτοια παραδείγματα! Και είναι τόσο χαρούμενος ότι δεν μπορεί να αποτύχει να είναι χρήσιμο στο πνεύμα του ξυλουργού, το οποίο, καταλαβαίνω, μερικές φορές είναι πολύ καταθλιπτικό και όσον αφορά τις συστάσεις του σε εσάς, δεν νομίζω ότι χρειάζεται να πάρω πολλούς πόνους για να τις σταθώ. Του λουτρού για τους νέους είναι αρκετά γενικά κατανοητό.είναι μια γοητευτική εισαγωγή για σας, που έχουν ζήσει τόσο απομονωμένη μια ζωή και θα μπορούσα αμέσως να σας εξασφαλίσω μερικές από τις καλύτερες κοινωνία στο χώρο.τη γραμμή από μένα θα σας φέρει ένα λίγη γνωριμία και ο φίλος μου, κ. Πέρδικας, η κυρία με την οποία πάντα κατοικούσαμε όταν βρισκόμουν στο μπάνιο, θα ήταν πολύ ευτυχής να σας δείξει κάθε προσοχή,και θα ήταν το ίδιο πρόσωπο για σας να πάτε στο κοινό με. "

Ήταν όσο θα μπορούσε να αντέξει το Έμμα, χωρίς να είναι αγενής. Την ιδέα ότι είναι χρεωμένη στην κα. Για αυτό που ονομάζονταν εισαγωγή - της πηγαίνει στο κοινό υπό την αιγίδα ενός φίλου της κας. Ο Έλτον - πιθανώς κάποια χυδαία, χίμαιρη χήρα, η οποία, με τη βοήθεια ενός συνοικιστή, έκανε μια βάρδια για να ζήσει! - η αξιοπρέπεια του χαμένου ξύλου, του Χάρτφιλντ, βυθίστηκε πράγματι!

Όμως, συγκρατήθηκε από οποιαδήποτε από τις κατηγορίες που θα μπορούσε να δώσει και μόνο ευχαρίστησε την κα. ? "αλλά το μπάνιο τους δεν ήταν καθόλου βέβαιο και δεν ήταν απόλυτα πεπεισμένο ότι το μέρος θα μπορούσε να την ταιριάξει καλύτερα από τον πατέρα της". Και στη συνέχεια, για να αποτρέψει μακρύτερα οργή και αγανάκτηση, άλλαξε άμεσα το θέμα.

"Δεν ρωτάω αν είστε μουσικός, κύριε Ελτον, σε αυτές τις περιπτώσεις, ο χαρακτήρας μιας κυρίας γενικά προηγείται της και το γνωρίζει από καιρό ότι είστε ανώτερος ερμηνευτής".

Και εκφράζοντας τους φόβους του μήπως η αποχώρησή του είναι δυσάρεστη · και η κατωτερότητα του σπιτιού - γνωρίζοντας ό, τι είχα συνηθίσει - φυσικά δεν ήταν εντελώς ανυπόφορη. Όταν μιλούσε για αυτό με τον τρόπο αυτό, ειλικρινά είπα ότι ο κόσμος θα μπορούσε να δώσει τα κόμματα, τις μπάλες, τα παιχνίδια - γιατί δεν φοβόμουν να συνταξιοδοτηθώ. Ευλογημένος με τόσους πολλούς πόρους μέσα μου, ο κόσμος δεν ήταν απαραίτητος για μένα. Θα μπορούσα να κάνω πολύ καλά χωρίς αυτό. Σε όσους δεν είχαν πόρους ήταν κάτι διαφορετικό. Αλλά οι πόροι μου με έκαναν αρκετά ανεξάρτητο. Και όσον αφορά τα δωμάτια μικρότερου μεγέθους από αυτά που είχα συνηθίσει, πραγματικά δεν μπορούσα να το σκεφτώ. Ήλπιζα ότι ήμουν απόλυτα ίση με οποιαδήποτε θυσία αυτής της περιγραφής. Σίγουρα είχα συνηθίσει σε κάθε πολυτέλεια στο ? Αλλά τον διαβεβαίωσα ότι δύο καροτσάκια δεν ήταν απαραίτητα για την ευτυχία μου, ούτε ήταν ευρύχωρα διαμερίσματα. «αλλά,» είπα εγώ, «για να είμαι ειλικρινής, δεν νομίζω ότι μπορώ να ζήσω χωρίς κάτι μουσικής κοινωνίας. Δεν είναι προϋπόθεση για τίποτα άλλο. Αλλά χωρίς μουσική, η ζωή θα ήταν κενή για μένα. "

"δεν μπορούμε να υποθέσουμε ότι ο κ. Θα δίσταζε να σας διαβεβαιώσει ότι υπήρξε μια πολύ μουσική κοινωνία στο και ελπίζω ότι δεν θα διαπιστώσετε ότι έχει ξεπεράσει την αλήθεια περισσότερο από ότι μπορεί να χαιρετιστεί, εξέταση του κίνητρο. "

"Όχι, δεν έχω καμιά αμφιβολία σε αυτό το κεφάλι, είμαι ευτυχής που βρίσκομαι σε έναν τέτοιο κύκλο, ελπίζω ότι θα έχουμε πολλές γλυκές μικρές συναυλίες μαζί ... Νομίζω, χάσετε το ξύλο, εσείς και εγώ πρέπει να δημιουργήσουμε ένα μουσικό κλαμπ, και να έχουν τακτικές εβδομαδιαίες συναντήσεις στο σπίτι σας ή το δικό μας, δεν θα είναι ένα καλό σχέδιο; Εάν ασκούμε τον εαυτό μας, νομίζω ότι δεν θα είμαστε μακριά από την έλλειψη συμμάχων, κάτι τέτοιο θα ήταν ιδιαίτερα επιθυμητό για μένα, όπως ένα κίνητρο για να με κρατήσω στην πράξη · για τις παντρεμένες γυναίκες, ξέρετε - υπάρχει μια θλιβερή ιστορία εναντίον τους, γενικά, αλλά είναι πολύ ικανοί να εγκαταλείψουν τη μουσική ».

"αλλά εσείς, που είναι τόσο πολύ λάτρης του - δεν υπάρχει κίνδυνος, σίγουρα;"

"ελπίζω όχι, αλλά πραγματικά όταν κοιτάζω γύρω από την γνωριμία μου, τρέμω, η έχει παραιτηθεί εξ ολοκλήρου από τη μουσική - ποτέ δεν αγγίζει το όργανο - αν και έπαιζε γλυκά και το ίδιο μπορεί να λεχθεί και η κ. - πέρδικα, που ήταν - και των δύο , τώρα πτηνό και η κ. Και περισσότερα από αυτά που μπορώ να απαριθμήσω - με το λόγο μου αρκεί να βάλω ένα στο φόβο. Πραγματικά ξεκινώ τώρα να κατανοώ ότι μια παντρεμένη γυναίκα έχει πολλά πράγματα να της προσελκύσει την προσοχή της. Πιστεύω ότι ήμουν μισή ώρα σήμερα το πρωί να σκιάσω με την οικονόμο μου »."

"αλλά όλα αυτά του είδους", δήλωσε η Έμμα, "θα είναι σύντομα σε τόσο τακτική τρένο ..."

"καλά," είπε η κ. , γελώντας, "θα δούμε."

Η Έμμα, που την βρήκε τόσο αποφασισμένη, παραμένοντας στη μουσική της, δεν είχε τίποτα άλλο να πει. Και, μετά από μια στιγμή παύσης, κ. Ο επέλεξε ένα άλλο θέμα.

"Έχουμε καλεί σε ," είπε, "και τους βρήκε και οι δύο στο σπίτι και πολύ ευχάριστους ανθρώπους που φαίνονται να είναι. Μου αρέσει εξαιρετικά., ο κ. Φαίνεται ένα εξαιρετικό πλάσμα-ένα πολύ αγαπημένο πρώτης τάξεως μαζί μου ήδη, σας διαβεβαιώνω και φαίνεται τόσο αληθινά καλό - υπάρχει κάτι τόσο μητρικό και ευγενικό για την ίδια, που κερδίζει σε ένα άμεσα.

Η Έμμα ήταν σχεδόν υπερβολικά έκπληκτη για να απαντήσει. Αλλά η κ. Ο περίμενε ελάχιστα την καταφατική πριν συνεχίσει.

«έχοντας καταλάβει τόσο πολύ, ήμουν μάλλον έκπληκτος για να την βρω τόσο σαν κυρία, αλλά είναι πραγματικά η κυρία.»

"Τα καλοκαίρια της ," δήλωσε η Έμμα, "ήταν πάντα ιδιαίτερα καλοί, η ευπρέπεια, η απλότητα και η κομψότητα τους θα τους έκαναν το ασφαλέστερο μοντέλο για κάθε νεαρή γυναίκα".

"και ποιος νομίζετε ότι ήρθε όταν βρισκόμασταν εκεί;"

Η Έμμα ήταν αρκετά χαμένη. Ο τόνος υπονοούσε κάποια παλιά γνωριμία και πώς θα μπορούσε να μαντέψει;

"!" συνεχιζόμενες ημέρες. ; "ο ίδιος ο !" - δεν ήταν τυχερός; -για να μην βρεθεί εκείνη την άλλη μέρα, δεν τον είχα δει ξανά, και βέβαια, όπως τόσο ένας φίλος του κ. . Μεγάλη συγγνώμη, ο φίλος μου είχε αναφερθεί τόσο συχνά ότι ήμουν πραγματικά ανυπόμονος να τον δω και πρέπει να κάνω το μου δικαιοσύνη λέγοντας ότι δεν χρειάζεται να ντρεπόμαστε για τον φίλο του είναι αρκετά ο κύριος. Μου αρέσει πάρα πολύ. Σίγουρα, νομίζω, ένας άνθρωπος πολύ σαν τζέντλεμαν ».

Ευτυχώς, ήταν πλέον καιρός να φύγουμε. Ήταν μακριά; Και η Έμμα θα μπορούσε να αναπνεύσει.

"ανυπόφορη γυναίκα!" ήταν το άμεσο θαυμαστικό της. "χειρότερα από ό, τι είχα υποθέσει, απολύτως αναξιόπιστο!" ! "- δεν θα μπορούσα να το πιστέψω, !, τον είδαμε ποτέ στη ζωή της πριν και να τον καλέσετε ! Με τον κύριο ε., με το καρό σπόσό της και τους πόρους της, και όλους τους αιώνες της προτίμησης και της κακομεταχειρίσματος, πραγματικά να ανακαλύψω ότι ο κ. Είναι ένας κύριος, αμφιβάλλω αν θα επιστρέψει την φιλοφρόνηση και να το ανακαλύψω να είμαι κυρία, δεν θα μπορούσα να το πιστέψω και να προτείνω να ενωθούμε μαζί και να δημιουργήσουμε μια μουσική λέσχη, θα φανταζόμαστον ότι ήμασταν φίλοι και οι κ. ! Εγώ θα πρέπει να είμαι μια κυρία, χειρότερη και χειρότερη, ποτέ δεν συναντήθηκα με την ίση μου, πολύ πέρα από τις ελπίδες μου. Το αποθαρρύνεται από οποιαδήποτε σύγκριση. Ω! Τι θα της έλεγε ειλικρινής ναός, αν ήταν εδώ; πόσο θυμωμένος και πόσο εκτρέπεται θα ήταν! Αχ! Εκεί σκέφτομαι άμεσα. Πάντα το πρώτο πρόσωπο που πρέπει να σκεφτεί! Πώς μπορώ να βρω τον εαυτό μου έξω! Ειλικρινής εκκλησιασμός έρχεται ως τακτικά στο μυαλό μου! "-

Όλα αυτά έτρεχαν τόσο ξεκάθαρα μέσα από τις σκέψεις της, ότι από τη στιγμή που ο πατέρας της είχε κανονίσει, μετά από την κίνηση της απομάκρυνσης των , και ήταν έτοιμος να μιλήσει, ήταν πολύ ανεκτά ικανός να παρευρεθεί.

"λοιπόν, αγαπητέ μου", ξεκίνησε σκόπιμα, "αν δεν το είχαμε δει ποτέ πριν, φαίνεται να είναι μια πολύ όμορφη νεαρή κοπέλα και τολμούν να πω ότι ήταν πολύ ευχαριστημένος από σας, μιλάει λίγο πολύ γρήγορα. Η ταχύτητα της φωνής υπάρχει που μάλλον πονάει το αυτί αλλά πιστεύω ότι είμαι ωραία δεν μου αρέσουν οι παράξενες φωνές και κανείς δεν μιλάει σαν εσένα και ο φτωχός λείπει το όμως φαίνεται πολύ υποχρεωτική και όμορφη νεαρή κοπέλα και χωρίς καμία αμφιβολία θα τον κάνει μια πολύ καλή σύζυγο, αν και νομίζω ότι έπρεπε καλύτερα να μην παντρευτεί, έκανα τις καλύτερες δικαιολογίες για να μην μπορούσα να περιμένω σε αυτόν και την κ. Σε αυτή την ευτυχισμένη περίσταση, είπα ότι ήλπιζα Θα έπρεπε να είμαι κατά τη διάρκεια του καλοκαιριού, αλλά θα έπρεπε να είχα πάει νωρίτερα, να μην περιμένω μια νύφη είναι πολύ .αλλά δεν μου αρέσει η γωνία στην πλατεία φεριχτότητας. "

"Τολμούν να πω ότι οι απολογίες σας έγιναν αποδεκτές, κύριε κύριε σας ξέρει."

"ναι: αλλά μια νεαρή κοπέλα-μια νύφη-θα έπρεπε να πληρώσω τα σέξι μου σε αυτήν, ει δυνατόν, ήταν πολύ ανεπαρκής".

"αλλά, αγαπητός μου παπάς, δεν είσαστε φίλος σε γάμο και για ποιο λόγο θα πρέπει να είστε τόσο ανήσυχοι να πληρώσετε τα σέξι σας για μια νύφη δεν θα έπρεπε να σας συστήσει συμβουλές προς εσάς Είναι ενθαρρυντικό να παντρευτείτε αν κάνετε τόσο πολύ από αυτούς."

"Όχι, αγαπητέ μου, ποτέ δεν ενθάρρυναν κανένα σώμα να παντρευτεί, αλλά θα ήθελα πάντα να δώσω κάθε δυνατή προσοχή σε μια κυρία - και μια νύφη, ειδικά, δεν πρέπει ποτέ να παραμεληθεί. Ξέρετε, αγαπητέ μου, είναι πάντα ο πρώτος στην εταιρεία, ας είναι οι άλλοι ποιος μπορεί. "

"καλά, ο παπάς, αν αυτό δεν είναι ενθάρρυνση για να παντρευτείς, δεν ξέρω τι είναι και δεν έπρεπε ποτέ να περίμενα να δανείζεις τις κυρώσεις σου σε τέτοια δολώματα-δόλωμα για κακές νεαρές κυρίες".

"αγαπητέ μου, δεν με καταλαβαίνετε, αυτό είναι θέμα απλής κοινής ευγένειας και καλής αναπαραγωγής και δεν έχει καμία σχέση με την ενθάρρυνση των ανθρώπων να παντρευτούν".

Έμα είχε κάνει. Ο πατέρας της γινόταν νευρικός και δεν μπορούσε να την καταλάβει. Το μυαλό της επέστρεψε στην κα. Τα αδικήματα του , και πολύ και πολύ καιρό, την κατέλαβαν.

Κεφάλαιο

Η Έμμα δεν ήταν υποχρεωμένη, με οποιαδήποτε επακόλουθη ανακάλυψη, να αποσύρει την κακή της γνώμη της κυρίας. . Η παρατήρησή της ήταν αρκετά σωστή. Όπως η κα. Ο της φάνηκε σε αυτή τη δεύτερη συνέντευξη, όπως εμφανίστηκε κάθε φορά που συναντήθηκαν ξανά, αυτοσκοπός, υποτιθέμενος, εξοικειωμένος, άγνοια και άσχημος. Είχε μια μικρή ομορφιά και ένα μικρό επίτευγμα, αλλά τόσο μικρή κρίση που σκέφτηκε ότι έρχεται με ανώτερη γνώση του κόσμου, να ζωντανέψει και να βελτιώσει μια γειτονιά της χώρας. Και συνειδητοποίησε ότι οι χαριτωμένοι χόουκινς είχαν κρατήσει μια τέτοια θέση στην κοινωνία, όπως η κ. Η συνέπεια του θα μπορούσε να ξεπεράσει.

Δεν υπήρχε λόγος να υποθέσουμε ότι ο κύριος. Ο σκέφτηκε διαφορετικά από τη σύζυγό του. Δεν φάνηκε απλώς ευτυχής μαζί της, αλλά υπερήφανος. Είχε τον αέρα να συγχαρεί τον εαυτό του για να φέρει μια τέτοια γυναίκα στο , καθώς κανένας να χάσει το ξύλο μπορεί να είναι ίσος. Και το μεγαλύτερο μέρος της νέας γνωριμίας της, διατεθειμένη να επαινέσει ή όχι με τη συνήθεια να κρίνει, ακολουθώντας την κατεύθυνση της καλής θέλησης της ή λαμβάνοντας ως δεδομένο ότι η νύφη πρέπει να είναι τόσο έξυπνη και ευχάριστη όσο αυτή δήλωνε , ήταν πολύ ικανοποιημένοι. Έτσι ώστε η κ. Ο έπαινος του πέρασε από το ένα στόμα στο άλλο όπως θα έπρεπε να κάνει, χωρίς να παραλείπει κανείς από το , ο οποίος συνέχισε αμέσως την πρώτη του συνεισφορά και μίλησε με μια καλή χάρη της "πολύ ευχάριστης και πολύ κομψής ντυμένης".

Από ένα σεβασμό π. Ο έγινε ακόμα χειρότερος από ότι είχε εμφανιστεί στην αρχή. Τα συναισθήματά της άλλαξαν προς την Έμμα.-προσβεβλημένος, πιθανότατα, από τη μικρή ενθάρρυνση με την οποία συναντήθηκαν οι προτάσεις της οικειότητας, επέστρεψε με τη σειρά της και σταδιακά έγινε πολύ πιο κρύο και μακρινό. Και παρόλο που το αποτέλεσμα ήταν ευχάριστο, η κακή βούληση που την παρήγαγε αυξανόταν αναγκαστικά η αντίθεση του Έμμα. - και ο κ. ', ήταν δυσάρεστες προς την . Ήταν χαϊδεμένος και αμελής. Η Έμμα ελπίζει ότι πρέπει να λειτουργήσει γρήγορα η θεραπεία του . Αλλά οι αισθήσεις που θα μπορούσαν να προκαλέσουν μια τέτοια συμπεριφορά τους έπεσαν σε πολύ μεγάλο βαθμό. - Δεν αμφισβητήθηκε ότι η προσκόλληση του κακού ήταν μια προσφορά στη συζυγική ανεξιθρησκία και το δικό της μερίδιο στην ιστορία, κάτω από έναν λιγότερο ευνοϊκό για αυτήν χρώμα το πιο χαλαρωτικό σε αυτόν, κατά πάσα πιθανότητα δόθηκε επίσης. Ήταν, φυσικά, το αντικείμενο της κοινής τους αντίληψης. -Όταν δεν είχαν τίποτα άλλο να πει, πρέπει πάντα να είναι εύκολο να ξεκινήσετε να κακοποιείτε το χαμένο ξύλο. Και η εχθρότητα που δεν τόλμησε να δείξει σε ανοιχτή έλλειψη σεβασμού προς αυτήν, βρήκε ένα ευρύτερο άνοιγμα στην περιφρονητική θεραπεία της Χαριέ.

Κυρία. Πήρε μια μεγάλη φαντασία να ? Και από την πρώτη. Όχι μόνο όταν μια κατάσταση πολέμου με μια νεαρή κυρία υποτίθεται ότι συνιστά το άλλο, αλλά από την πρώτη. Και δεν ήταν ικανοποιημένος από το να εκφράσει ένα φυσικό και λογικό θαυμασμό - αλλά χωρίς προσποίηση ή ένσταση ή προνόμιο, πρέπει να θέλει να την βοηθήσει και να τη συντροφεύσει. - πριν η Έμμα χάσει την εμπιστοσύνη της και περίπου την τρίτη φορά της συνάντησής τους, άκουσα όλα τα μηνύματα. Του ιπποδρομιού σχετικά με το θέμα.-

"η είναι απολύτως γοητευτική, χάσετε το ξύλο." "Είμαι πολύ χαρούμενος για την .- ένα γλυκό, ενδιαφέρον πλάσμα, τόσο ήπιο και κυρίαρχο - και με τέτοια ταλέντα!" - Σας διαβεβαιώνω ότι νομίζω ότι έχει εξαιρετικά ταλέντα. Να πει ότι παίζει εξαιρετικά καλά γνωρίζω αρκετή μουσική για να μιλήσω σίγουρα γι 'αυτό το σημείο αυτή είναι απολύτως γοητευτική θα γελάσετε με τη ζεστασιά μου αλλά από τη δική μου λέξη δεν μιλώ τίποτα παρά .- και η κατάσταση της υπολογίζεται έτσι ώστε να επηρεάσει ένα ξύλινο σπίτι, πρέπει να ασκηθούμε και να προσπαθήσουμε να κάνουμε κάτι γι 'αυτήν, πρέπει να την φέρει προς τα εμπρός, δεν πρέπει να υπομείνει τέτοιο ταλέντο όπως το δικό της. Άκουσε τις γοητευτικές γραμμές του ποιητή,

«πλήρης πολλά λουλούδια γεννιούνται για να κοκκινίζουν αόρατο,

«και να σπαταλά το άρωμά της στον αέρα της ερήμου».

Δεν πρέπει να τους επιτρέψουμε να επαληθευτούν στο γλυκό . "

"Δεν μπορώ να σκεφτώ ότι υπάρχει κίνδυνος", ήταν η ήρεμη απάντηση της Έμμα- "και όταν γνωρίζετε καλύτερα την κατάσταση της και καταλαβαίνετε τι είναι το σπίτι της, με τον συνταγματάρχη και την καμπάνα, δεν έχω ιδέα ότι θα υποθέστε ότι τα ταλέντα της είναι άγνωστα. "

"Ωχ, αλλά αγαπητέ δάσκαλο, αυτή τη στιγμή είναι σε τέτοια αποχώρηση, τέτοια αψία, έτσι ρίχνονται μακριά.- όσα πλεονεκτήματα που μπορεί να έχει απολαύσει με τα είναι τόσο φανερά στο τέλος και νομίζω ότι αισθάνεται αυτό. Είναι πολύ ανήσυχος και σιωπηλός, μπορεί κανείς να δει ότι αισθάνεται την επιθυμία της ενθάρρυνσης, μου αρέσει το καλύτερο γι'αυτό πρέπει να ομολογήσω ότι είναι μια σύσταση για μένα είμαι ένας μεγάλος υποστηρικτής της ταραχώδους - και είμαι βέβαιος δεν το συναντά καν συχνά - αλλά σε εκείνους που είναι καθόλου κατώτεροι, είναι εξαιρετικά προδιάθεση. "Σας διαβεβαιώνω ότι η είναι ένας πολύ ευχάριστος χαρακτήρας και με ενδιαφέρει περισσότερο από όσο μπορώ να εκφράσω".

"φαίνεται ότι αισθάνεστε πολύ - αλλά δεν γνωρίζω πώς εσείς ή ο καθένας από τους γνωστούς εδώ, οποιοσδήποτε από εκείνους που την έχουν γνωρίσει περισσότερο από τον εαυτό σας, μπορεί να της δείξει οποιαδήποτε άλλη προσοχή"

Το σφενδάμι θα είναι πιθανότατα το μοντέλο μου περισσότερο από ό, τι θα έπρεπε να είναι - γιατί δεν επηρεάζουμε καθόλου την ισότητα του αδερφού μου, κύριε. Θηλάζοντας, σε εισόδημα. Ωστόσο, το ψήφισμά μου έχει ληφθεί για να παρατηρήσει την . Θα την πάρω σίγουρα πολύ συχνά στο σπίτι μου, θα τη θέσω όπου θέλει, θα έχει μουσικά κόμματα για να βγάλει τα ταλέντα της και θα είναι συνεχώς στο ρολόι για μια επιλέξιμη κατάσταση. Η γνωριμία μου είναι τόσο εκτεταμένη, ότι δεν έχω καμία αμφιβολία να ακούω κάτι που να την ταιριάζει σύντομα - θα την παρουσιάσω, φυσικά, ιδιαίτερα στον αδελφό και την αδελφή μου όταν έρθουν σε μας. Είμαι βέβαιος ότι θα την αρέσει πάρα πολύ. Και όταν εξοικειωθεί λίγο με αυτούς, οι φόβοι της θα χαλαρώσουν εντελώς, γιατί πραγματικά δεν υπάρχει τίποτα ούτε με τους τρόπους, αλλά με το τι είναι ιδιαίτερα συμφιλιωτικό.

"κακή !" - σκέφτηκε Έμμα .- "δεν το άξιες αυτό, μπορεί να έχετε κάνει λάθος σε σχέση με τον κύριο , αλλά αυτό είναι μια τιμωρία πέρα από αυτό που μπορεί να αξίσετε!" - την καλοσύνη και την προστασία της κυρίας. ! - " και ". Ας μην υποθέσω ότι τολμά να περάσει, με το ξύλινο σπίτι μου! "- αλλά για την τιμή μου, δεν φαίνεται να υπάρχει κανένα όριο για τη γλαφυρότητα της γλώσσας αυτής της γυναίκας!"

Η Έμμα δεν έπρεπε να ακούει ξανά τέτοιες παραισθήσεις - σε όλες που απευθύνονταν αποκλειστικά στον εαυτό της - τόσο απογοητευτικά διακοσμημένο με ένα "αγαπητό ξύλινο σπίτι". Η αλλαγή στην κα. Η πλευρά του εμφανίστηκε λίγο αργότερα, και αφέθηκε ειρηνικά - ούτε αναγκάστηκε να είναι ο πολύ ιδιαίτερος φίλος της κας. , ούτε, κάτω από την κα. Την καθοδήγηση του , την πολύ ενεργή προστάτιδα της , και μόνο να μοιράζεται με άλλους με ένα γενικό τρόπο, να γνωρίζει τι έγινε αισθητό, τι διαλογιστεί, τι έγινε.

Κοίταξε με λίγη διασκέδαση. - Η ευγνωμοσύνη του για την κα. Οι προσοχές του στο ήταν στο πρώτο στυλ της απληστίας απλότητα και ζεστασιά. Ήταν μια από τις αξίες της - η πιο ευχάριστη, ευχάριστη, ευχάριστη γυναίκα - εξίσου επιτυχημένη και καυχησιασμένη όπως η κα. Σήμαινε να ληφθεί υπόψη. Το μοναδικό παράπονο της

Έμμα ήταν ότι η πρέπει να δεχτεί αυτές τις επιφυλάξεις και να ανεχτεί την κα. Όπως φάνηκε να κάνει. Άκουγε για το περπάτημα της με τα , που καθόταν με τους , ξοδεύοντας μια μέρα με τους ! Αυτό ήταν εκπληκτικό! -Δεν μπορούσε να πιστέψει ότι είναι δυνατόν η γεύση ή η υπερηφάνεια της να αντέξει μια τέτοια κοινωνία και φιλία, όπως η φεστιβάλ έπρεπε να προσφέρει.

"είναι ένα αίνιγμα, ένα αίνιγμα!" είπε: "... Να θέλεις να παραμείνεις εδώ μήνες μετά το μήνα, κάτω από κάθε είδους απολύσεις ... Και τώρα να πιάσεις την αποθάρρυνση της ειδοποίησης της κ. Και την πτώση της συνομιλίας της, αντί να επιστρέψεις στους ανώτερους συντρόφους που πάντα την αγάπησαν με μια τέτοια πραγματική, γενναιόδωρη αγάπη ».

Η τζέιν είχε έρθει στο για τρεις μήνες. Οι κάμπελς είχαν φύγει στην Ιρλανδία για τρεις μήνες. Αλλά τώρα οι κάμπελς είχαν υποσχεθεί στην κόρη τους να παραμείνουν τουλάχιστον μέχρι το καλοκαίρι και φτάνουν φρέσκιες προσκλήσεις για να τους ενταχθούν εκεί. Σύμφωνα με την - όλα προέρχονταν από την -γ. Ο δξόν είχε γράψει πιο επιμελώς. Θα έπεφτε, αλλά θα πήγαινε, θα βρεθούν μέσα, οι υπάλληλοι θα έστειλαν, οι φίλοι θα έτρεχαν - καμία δυσκολία ταξιδιού δεν θα επέτρεπε να υπάρχει. Αλλά ακόμα την είχε αρνηθεί!

"πρέπει να έχει κάποιο κίνητρο, πιο ισχυρό από ό, τι φαίνεται, για να αρνηθεί αυτή την πρόσκληση", ήταν το συμπέρασμα της Έμμα. "πρέπει να είναι κάτω από κάποιο είδος έκτακτης ανάγκης, είτε από τα είτε από τον εαυτό της, υπάρχει μεγάλος φόβος, μεγάλη προσοχή, μεγάλη ευκρίνεια κάπου - δεν πρέπει να είναι με τα δξόνια, το διάταγμα εκδίδεται από κάποιον. Συμφωνεί να είναι με τους ; -Είναι ένα αρκετά ξεχωριστό γρίφο. "

Όταν μιλούσε με το θαυμασμό της σε αυτό το μέρος του θέματος, πριν από τους λίγους που γνώριζαν τη γνώμη της για την κα. , κύριε. Ο απέτρεψε αυτή τη συγνώμη για την .

"δεν μπορούμε να υποθέσουμε ότι έχει μεγάλη απόλαυση στη φεστιβάλ, αγαπητέ μου Έμμα - αλλά είναι καλύτερο από το να είμαι πάντα στο σπίτι, η θεία της είναι ένα καλό πλάσμα, αλλά, ως συνεχής σύντροφος, πρέπει να είναι πολύ κουραστικό. Τι λείπει το , πριν καταδικάσουμε τη γεύση της για αυτό που πηγαίνει ».

"έχετε δίκιο, κ. ", είπε ο κ. "η χαρά είναι τόσο ικανή όσο κανείς από εμάς να διαμορφώσουμε μια δίκαιη γνώμη της κ. , θα μπορούσε να έχει επιλέξει με ποιον να συσχετίσει, δεν θα την είχε επιλέξει αλλά (με ένα χαμόγελο που μιλούσε στο Έμμα) λαμβάνει προσοχή από την κ. , την οποία κανένας άλλος δεν την πληρώνει ».

Έμμα θεώρησε ότι η κ. Η της έδωσε μια στιγμιαία ματιά. Και ήταν η ίδια χτυπημένη από τη ζεστασιά της. Με ένα αχνό ρουζ, απάντησε επί του παρόντος,

"Τέτοιες επιφυλάξεις όπως η κ. , θα έπρεπε να φανταστώ, θα ήταν μάλλον αηδιαστική απ 'ό, τι να ικανοποιήσω τις προσκλήσεις του κ. , θα έπρεπε να φανταστώ κάτι, αλλά να προσκαλώ".

"Δεν πρέπει να αναρωτιέμαι", είπε η κα. , "αν η έπρεπε να έχει τραβηχτεί πέρα από τη δική της κλίση, με την προθυμία της θείας να δεχτεί την ευγένεια της κας για την. Η δική της καλή αίσθηση θα είχε υπαγορεύσει, παρά την πολύ φυσική επιθυμία μιας μικρής αλλαγής ".

Και οι δύο ένιωθαν μάλλον ανήσυχοι να τον ακούσουν να μιλήσει ξανά. Και μετά από λίγα λεπτά σιωπή, είπε, "άλλο πράγμα πρέπει να ληφθεί υπόψη - η κ. Δεν μιλάει για να χάσει το καθώς μιλάει γι 'αυτήν ... Όλοι γνωρίζουμε τη διαφορά μεταξύ των αντωνυμάτων που αυτός και αυτή και εσύ, ο σαφέστερος που μιλάμε μεταξύ μας, όλοι αισθανόμαστε την επιρροή για κάτι πέρα από την κοινή ευγένεια στην προσωπική επαφή μας με τον άλλον - κάτι που εμφάνιζε νωρίτερα, δεν μπορούμε να δώσουμε σε κανένα σώμα τα δυσάρεστα υπαινιγμούς ότι μπορεί να είχαμε γεμίσει την προηγούμενη ώρα, αισθανόμαστε τα πράγματα με διαφορετικό τρόπο και εκτός από τη λειτουργία αυτό, ως γενική αρχή, μπορεί να είστε βέβαιος ότι η θαυμάζει την κ. Από την υπεροχή της, τόσο του νου όσο και του τρόπου · και ότι, πρόσωπο με πρόσωπο, η κυρία την αντιμετωπίζει με όλο τον σεβασμό στον οποίο έχει αξίωση. Μια τέτοια γυναίκα όπως η πιθανώς ποτέ δεν έπεσε στην κ. 'Πριν από τον τρόπο-και κανένας βαθμός ματαιοδοξίας δεν μπορεί να την εμποδίσει να αναγνωρίσει τη δική της συγκριτική λιτότητα στην πράξη, αν όχι στη συνείδηση »."

"Ξέρω πόσο πολύ σκέφτεστε την ", δήλωσε η Έμμα. Το μικρό κότσι ήταν στις σκέψεις της και ένα μείγμα συναγερμού και λιχουδιάς την έκανε να διαψεύδει τι άλλο να πει.

«ναι», απάντησε, «κάθε σώμα μπορεί να ξέρει πόσο πολύ σκέφτομαι γι 'αυτήν».

"και όμως," είπε η Έμμα, αρχίζοντας βιαστικά και με μια αψίδα, αλλά σύντομα σταμάτησε - ήταν καλύτερο, ωστόσο, να γνωρίζουμε το χειρότερο με τη μία - βιάστηκε "και όμως, ίσως, μπορεί να μην γνωρίζετε τον εαυτό σας πώς Είναι εξαιρετικά η έκταση του θαυμασμού σας μπορεί να σας οδηγήσει με μια έκπληξη κάποια μέρα ή άλλο. "

Κύριος. Ο ήταν σκληρός στη δουλειά στα κατώτερα κουμπιά των παχιών δερμάτινων γκέιτς και είτε η προσπάθεια να τους πάρει μαζί, είτε κάποια άλλη αιτία, έφερε το χρώμα στο πρόσωπό του, όπως απάντησε,

"Ω, είσαι εκεί;" αλλά είσαι δυστυχώς πίσω, ο κύριος μου έδωσε μια υπόδειξη πριν από έξι εβδομάδες ".

Σταμάτησε. - Η κόρη του έβλεπε το πόδι της. , και δεν γνώριζε τον εαυτό της τι να σκεφτεί. Σε μια στιγμή πήγε -

"που ποτέ δεν θα μπορώ να σας διαβεβαιώσω, παραλείψτε , τολμούν να πω, δεν θα με αν είχα να την ρωτήσω - και είμαι πολύ σίγουρος ότι ποτέ δεν θα την ρωτήσω".

Η Έμμα επέστρεψε την πίεση του φίλου της με ενδιαφέρον. Και ήταν αρκετά ευχαριστημένος για να αναφωνήσει,

"δεν είσαι μάταιος, κύριε , θα το πω για σένα".

Δεν φαινόταν να την ακούει. Ήταν προσεκτικός - και με τρόπο που δεν του έδειξε ευχαρίστηση, αμέσως μετά είπε:

"έτσι έχετε διευθετήσει ότι θα πρέπει να παντρευτώ ;"

"δεν έχω πράγματι δεν το έχετε πειράξει πάρα πολύ για να φτιάξετε αγώνα, για να υποθέσω ότι θα λάβω μια τέτοια ελευθερία μαζί σας ... Αυτό που είπα μόλις τώρα δεν σήμαινε τίποτα", λέει ένα τέτοιο πράγμα, φυσικά, χωρίς καμιά ιδέα για ένα σοβαρό νόημα, όχι, με τη δική μου λέξη δεν έχω τη μικρότερη επιθυμία να παντρευτείς την ή οποιουδήποτε σώματος, δεν θα έρχεσαι να καθίσεις μαζί μας με αυτό τον άνετο τρόπο αν είσαι παντρεμένος ».

Κύριος. Ο ξανασκεφτόταν. Το αποτέλεσμα της οργής του ήταν "όχι, Έμμα, δεν σκέφτομαι ότι η έκταση του θαυμασμού μου γι 'αυτήν θα με πάρει ποτέ με έκπληξη. - Δεν είχε ποτέ μια σκέψη γι' αυτήν με αυτόν τον τρόπο, σας διαβεβαιώνω". Και σύντομα αργότερα, "η είναι μια πολύ γοητευτική νεαρή γυναίκα - αλλά ούτε και η είναι τέλεια, έχει ένα σφάλμα, δεν έχει την ανοικτή ιδιοσυγκρασία που ένας άντρας θα επιθυμούσε σε μια γυναίκα".

Η Έμμα δεν μπορούσε παρά να χαρεί να ακούσει ότι είχε ένα σφάλμα. "Λοιπόν," είπε, "και σύντομα σιωπήσατε τον κ. , υποθέτω;"

"ναι, πολύ σύντομα, μου έδωσε μια ήσυχη υπαινιγμό, του είπα ότι ήταν λάθος, μου ζήτησε χάρη και δεν είπε πια, ο δεν θέλει να είναι πιο σοφός ή πιο δυνατός από τους γείτονές του".

Δεν μπορώ να φανταστώ ότι δεν θα προσβάλει συνεχώς τον επισκέπτη της με επαίνους, ενθάρρυνση και προσφορές υπηρεσίας. Ότι δεν θα περιγράφει συνεχώς τις θαυμάσιες προθέσεις της, από την παροχή μίας μόνιμης κατάστασης στην συμπεριλαμβανόμενη της σε εκείνα τα ευχάριστα εξερευνητικά κόμματα που θα λάβουν χώρα στο - ».

"η αισθάνεται", είπε ο κ. - "εγώ δεν την κατηγορώ για την έλλειψη αίσθησης, οι ευαισθησίες της, εγώ υποψιάζομαι, είναι ισχυρές - και την ψυχραιμία της εξαιρετική με την δύναμη της ανεκτικότητας, της υπομονής, του αυτοελέγχου αλλά θέλει ανοιχτότητας, νομίζω, από ό, τι ήταν παλιά - και μου αρέσει μια ανοιχτή ιδιοσυγκρασία. Καμία σκέψη πέρα. "

"καλά, κ. ," είπε θριαμβευτικά η Έμμα όταν τους άφησε, "τι λέτε τώρα για το γάμο του κ. Με τη ;"

"Γιατί, πραγματικά, αγαπητέ Έμμα, λέω ότι είναι τόσο πολύ κατειλημμένη από την ιδέα να μην την ερωτευτείς, ότι δεν πρέπει να αναρωτιέμαι αν θα τελειώσει το να είσαι έτσι επιτέλους. "

Κεφάλαιο

Κάθε σώμα μέσα και γύρω από το που είχε επισκεφθεί ποτέ τον κ. , ήταν διατεθειμένη να του δώσει προσοχή στο γάμο του. Γεύματα και βραδινά γεύματα έγιναν γι 'αυτόν και την κυρία του. Και οι προσκλήσεις κυλούσαν τόσο γρήγορα που είχε σύντομα την ευχαρίστηση να συλλάβει ότι ποτέ δεν είχαν μια απεμπλοκή ημέρα.

"Βλέπω πώς είναι," είπε. "βλέπω τι ζωή είμαι να οδηγήσω ανάμεσα σε σας, μετά από τη δική μου λέξη, θα είμαστε απολύτως αποστασιοποιημένοι, μοιάζουμε πραγματικά με τη μόδα, αν αυτό ζει στη χώρα, δεν είναι τίποτα πάρα πολύ τρομερό", από τη Δευτέρα μέχρι το Σάββατο, εγώ Σας διαβεβαιώνω ότι δεν έχουμε ξεχασμένη μέρα! - Μια γυναίκα με λιγότερους πόρους από ό, τι έχω, δεν χρειάζεται να είμαι σε χαμένη θέση. "

Καμία πρόσκληση δεν ήξερε τίποτα σε αυτήν. Οι συνήθειες του λουτρού της έκαναν απογευματινά πάρτι τέλεια φυσικά για αυτήν, και το σφενδάμνου είχε δώσει μια γεύση για δείπνα. Ήταν λίγο συγκλονισμένη από την έλλειψη δύο αίθουσες συσκέψεων, από την κακή προσπάθεια να γκρεμίσουμε, και δεν υπήρχε πάγος στα κόμματα των καρτών του . Κυρία. , κυρία. Περί, κ. Ο θεάδρντ και άλλοι, ήταν πολύ καλός πίσω από τη γνώση του κόσμου, αλλά σύντομα θα τους έδειχνε πως πρέπει να τακτοποιούνται όλα τα πράγματα. Κατά τη διάρκεια της άνοιξης θα πρέπει να επιστρέψει τις ευγνωμοσύνη της από ένα πολύ ανώτερο κόμμα - στο οποίο τα τραπέζια της κάρτας θα πρέπει να εκτίθενται με ξεχωριστά κεριά και αδιάσπαστα πακέτα με το πραγματικό στυλ - και περισσότεροι σερβιτόροι που ασχολούνται με το βράδυ από το δικό τους ίδρυμα θα μπορούσε να παράσχει, να μεταφέρει τα αναψυκτικά ακριβώς στην κατάλληλη ώρα, και στη σωστή σειρά.

Η Έμμα, εν τω μεταξύ, δεν μπορούσε να ικανοποιηθεί χωρίς δείπνο στο για τους . Δεν πρέπει να κάνουν λιγότερο από τους άλλους, ή θα πρέπει να εκτίθενται σε απεχθές υποψίες και να φαντάζονται ικανές να είναι θλιβερή δυσαρέσκεια. Ένα δείπνο πρέπει να υπάρχει. Αφού ο Έμμα είχε μιλήσει για αυτό για δέκα λεπτά, κύριε. Το ξυλουργείο δεν αισθάνθηκε καμία απροθυμία και έκανε μόνο τη συνηθισμένη δήλωση ότι δεν καθόταν στον πάτο του τραπέζι ο ίδιος, με τη συνηθισμένη τακτική δυσκολία να αποφασίσει ποιος πρέπει να το κάνει γι 'αυτόν.

Τα άτομα που θα προσκληθούν, δεν χρειάζονται λίγη σκέψη. Εκτός από τους , πρέπει να είναι οι δυτικοί και ο κ. ; μέχρι στιγμής ήταν όλα φυσικά -και δεν ήταν καθόλου αναπόφευκτο να ζητηθεί από το φτωχό μικρό να κάνει το όγδοο: -ή όμως αυτή η πρόσκληση δεν δόθηκε με την ίδια ικανοποίηση και σε πολλούς λογαριασμούς η Έμμα ήταν ιδιαίτερα ευχαριστημένη από την απαίτηση του να είναι επιτρέπεται να το απορρίψει. "δεν προτιμούσε να είναι στην επιχείρηση του περισσότερο από ότι θα μπορούσε να βοηθήσει, δεν ήταν ακόμη σε θέση να τον δει μαζί και τη χαρούμενη ευτυχισμένη σύζυγό του, χωρίς να αισθάνεται άβολα, αν δεν χάλασε το ξύλο, θα προτιμούσε να μένει στο σπίτι. " ήταν ακριβώς αυτό που θα ήθελε η εμάς, αν το θεώρησε αρκετά πιθανό να το επιθυμούσε. Ήταν ευχαριστημένη από τη στάση του μικρού φίλου της - για σθένος που γνώριζε ότι ήταν σε αυτήν να παραιτηθεί από την ύπαρξη της εταιρείας και να μείνει στο σπίτι. Και τώρα θα μπορούσε να προσκαλέσει το πρόσωπο που πραγματικά ήθελε να κάνει την όγδοη, .- από την τελευταία συζήτηση με την κα. Και . , ήταν πιο συνειδητή-πληγείσα για από ό, τι είχε συχνά. Τα λόγια του ζούσαν μαζί της. Είχε πει ότι η έλαβε τις υποσχέσεις από την κα. Που κανείς άλλος δεν την πληρώνει. Είχε πει ότι η έλαβε τις υποσχέσεις από την κα. Που κανείς άλλος δεν την πληρώνει. Είχε πει ότι η έλαβε τις υποσχέσεις από την κα. Που κανείς άλλος δεν την πληρώνει.

"αυτό είναι πολύ αληθινό," είπε, "τουλάχιστον όσο αφορά σε μένα, το οποίο σήμαινε - και είναι πολύ επαίσχυντο - της ίδιας εποχής - και πάντα γνωρίζοντας της - έπρεπε να είμαι περισσότερο δεν θα με αρέσει ποτέ τώρα, αλλά την παρατήρησα πολύ περισσότερο από ό, τι έκανα ».

Κάθε πρόσκληση ήταν επιτυχής. Ήταν όλα απελευθερωμένοι και όλοι ευχαριστημένοι. - Το προπαρασκευαστικό ενδιαφέρον αυτού του δείπνου, ωστόσο, δεν είχε τελειώσει ακόμα. Μια περίσταση μάλλον άτυχη συνέβη. Οι δύο μεγαλύτεροι ιππότες είχαν προσκληθεί να πληρώσουν την παππά τους και τη θεία τους μια επίσκεψη μερικές εβδομάδες την άνοιξη και ο τραπεζίτης τους τώρα πρότεινε να τους φέρει και να μένουν μια ολόκληρη μέρα στο Χάρτφιλντ - που μια μέρα θα ήταν η ίδια ημέρα αυτού του κόμματος. -Οι επαγγελματικές του υποχρεώσεις δεν επέτρεπαν την αναβολή του, αλλά τόσο ο πατέρας όσο και η κόρη ήταν διαταραγμένοι από το γεγονός που συνέβη. Κύριος. Το ξύλο θεωρούσε οκτώ άτομα στο δείπνο μαζί ως το μέγιστο που τα νεύρα του θα μπορούσαν να αντέξουν - και εδώ θα ήταν η ένατη - και η Έμμα συλλάβει ότι θα ήταν ένα ενάμισυ πολύ από το χιούμορ να μη μπορέσει να έρθει ακόμη και στο για σαράντα οκτώ ώρες χωρίς να πέσει με δείπνο.

Παρηγορούσε τον πατέρα της καλύτερα από ό, τι μπορούσε να αισθάνεται άνετα, εκπροσωπώντας το αν και σίγουρα θα τα έκανε εννέα, αλλά πάντα είπε τόσο λίγα, ότι η αύξηση του θορύβου θα ήταν πολύ ασήμαντη. Σκέφτηκε ότι στην πραγματικότητα είναι μια θλιβερή ανταλλαγή για τον εαυτό της, να τον έχει με την σοβαρή του εμφάνιση και την απρόθυμη συνομιλία εναντίον της, αντί του αδελφού του.

Το γεγονός ήταν ευνοϊκότερο για τον κ. Ξύλο παρά για να Έμμα. Ο ήρθε. Αλλά κύριε. Το κλήθηκε απροσδόκητα στην πόλη και πρέπει να απουσιάζει την ίδια μέρα. Θα μπορούσε να τους προσφερθεί το βράδυ, αλλά σίγουρα όχι στο δείπνο. Κύριος. Το ξυλουργείο ήταν εντελώς άνετο. Και το βλέποντας έτσι, με την άφιξη των μικρών αγοριών και τη φιλοσοφική ψυχραιμία του αδελφού του ακούγοντας τη μοίρα του, έβγαλε τον επικεφαλής της κακομεταχείρισης του Έμμα.

Ήρθε η μέρα, το πάρτι συγκεντρώθηκε ακριβά, και ο κ. Ο φαινόταν νωρίς για να αφιερώσει τον εαυτό του στην επιχείρηση να είναι ευχάριστη. Αντί να τραβήξει τον αδερφό του σε ένα παράθυρο, ενώ περιμένονταν για δείπνο, μιλούσε για να χάσει το . Κυρία. Ο , τόσο κομψός όσο η δαντέλα και τα μαργαριτάρια, την έβλεπαν, κοίταζε σιωπηλά - θέλοντας να παρατηρήσει αρκετά για πληροφορίες της Ιζαμπέλα - αλλά η ήταν μια παλιά γνωριμία και ένα ήσυχο κορίτσι και θα μπορούσε να μιλήσει μαζί της. Την είχε συναντήσει πριν από το πρωινό, καθώς επέστρεφε από μια βόλτα με τα μικρά αγόρια, όταν είχε μόλις αρχίσει να βρέχει. Ήταν φυσικό να έχουμε κάποιες πολιτικές ελπίδες για το θέμα και είπε,

"Ελπίζω ότι δεν ήμασταν πολύ χαρούμενοι, χάσατε το , σήμερα το πρωί ή είμαι σίγουρος ότι πρέπει να έχετε βρέξει."

"Πήγα μόνο στο ταχυδρομείο", είπε, "και έφτασε στο σπίτι πριν από τη βροχή ήταν πολύ. Είναι καθημερινό εγχείρημά μου .. Πάντα φέρω τα γράμματα όταν είμαι εδώ, σώζει τα προβλήματα, και είναι κάτι για να πάρετε με μια βόλτα πριν από το πρωινό με κάνει καλό. "

"δεν είναι μια βόλτα στη βροχή, θα πρέπει να φανταστούμε."

"Όχι, αλλά δεν βροχή εντελώς όταν έβγαλα."

Κύριος. Ο χαμογέλασε και απάντησε,

"δηλαδή, εσείς επιλέξατε να περπατήσετε, επειδή δεν ήσαστεν έξι μέτρα από την πόρτα σας όταν είχα την ευχαρίστηση να σας συναντήσω και ο και ο είχαν δει περισσότερες σταγόνες από ό, τι μπορούσαν να μετρήσουν πολύ πριν, το γραφείο έχει μια μεγάλη γοητεία σε μια περίοδο της ζωής μας, όταν έχετε ζήσει στην εποχή μου, θα αρχίσετε να σκέφτεστε γράμματα δεν αξίζει ποτέ να περάσετε από τη βροχή για.

Υπήρχε ένα μικρό ρουστίκ, και έπειτα αυτή η απάντηση,

"δεν πρέπει να ελπίζω να βρίσκομαι πάντα όπως βρίσκεστε, μέσα σε κάθε αγαπητή σχέση και επομένως δεν μπορώ να περιμένω ότι απλά μεγαλώνοντας θα πρέπει να με κάνει αδιάφορο για τις επιστολές".

"αδιάφορη! Αχ, δεν σκέφτηκα ποτέ ότι θα μπορούσατε να γίνετε αδιάφοροι, γράμματα δεν είναι θέμα αδιαφορίας, είναι γενικά μια πολύ θετική κατάρα".

"μιλάτε για επιστολές επιχειρήσεων, μου είναι επιστολές φιλίας".

"εγώ συχνά τους σκέφτηκα το χειρότερο από τα δύο", απάντησε . "Η επιχείρηση, ξέρετε, μπορεί να φέρει χρήματα, αλλά η φιλία σχεδόν ποτέ δεν κάνει".

"αχ! Δεν είστε σοβαροί τώρα ξέρω τον κύριο πάρα πολύ καλά είμαι πολύ σίγουρος ότι καταλαβαίνει την αξία της φιλίας καθώς και οποιουδήποτε σώματος μπορώ εύκολα να πιστέψω ότι τα γράμματα είναι πολύ λίγα σε σας, αλλά δεν είναι η δική σου οντότητα δέκα χρόνια μεγαλύτερος από τον εαυτό μου που κάνει τη διαφορά, δεν είναι η ηλικία, αλλά η κατάσταση, έχετε κάθε όργανο που αγαπάτε πάντα, πιθανότατα δεν θα ξαναγίνει και επομένως μέχρι να έχω πέρασε όλες μου τις αισθήσεις, ένα ταχυδρομείο, νομίζω, πρέπει πάντα να έχει την εξουσία να με τραβήξει έξω, σε χειρότερο καιρό από σήμερα. "

«όταν μίλησα για την αλλαγή σας από την εποχή, από την πρόοδο των ετών», είπε ο , «σήμαινα να υπονοώ τη μεταβολή της κατάστασης που συνήθως φέρνει ο χρόνος, θεωρώ ότι συμπεριλαμβάνεται και ο άλλος. Από κάθε προσκόλληση που δεν ανήκει στον καθημερινό κύκλο - αλλά αυτή δεν είναι η αλλαγή που είχα στην αντίληψή μου για σας ... Ως παλιός φίλος, θα μου επιτρέψετε να ελπίζω, να χάσετε το , ότι δέκα χρόνια μπορεί να έχετε τόσα συγκεντρωμένα αντικείμενα έχω."

Ήταν ευγενικά είπε, και πολύ μακριά από την προσβολή. Μια ευχάριστη "ευχαριστώ" φαινόταν να το γελάσει, αλλά ένα κοκκινίλα, ένα χνούδι που χτύπησε, ένα δάκρυ στο μάτι, έδειξε ότι αισθανόταν πέρα από ένα γέλιο. Η προσοχή της υποστηρίχθηκε τώρα από τον κ. Ξύλο, ο οποίος, σύμφωνα με το δικό του έθιμο σε τέτοιες περιπτώσεις, κάνοντας τον κύκλο των καλεσμένων του και πληρώνοντας τα ιδιαίτερά του συγχαρητήρια στις κυρίες, τελείωσε μαζί του - και με όλη του την ήρεμη αστικοποίηση, είπε,

"Λυπάμαι πολύ που ακούω, παραλείποντας το , το γεγονός ότι βγαίνεις σήμερα το βράδυ στη βροχή .. Οι νεαρές κυρίες πρέπει να φροντίσουν τον εαυτό τους.- οι νεαρές κυρίες είναι ευαίσθητα φυτά πρέπει να φροντίσουν την υγεία τους και την επιδερμίδα τους αγαπητέ μου, άλλαξατε τις κάλτσες σας; "

"ναι, κύριε, έκανα πράγματι, και είμαι πολύ υποχρεωμένος από την καλοσύνη σου για μένα".

"η αγαπημένη μου αλήθεια, οι νεαρές κυρίες είναι πολύ σίγουρες για την φροντίδα τους. -Ελπίζω ότι η καλή σου πατρίδα και η θεία σου είναι καλά, είναι μερικοί από τους πολύ παλιούς φίλους μου, ευχόμαστε ότι η υγεία μου μου επέτρεψε να γίνω καλύτερος γείτονας. Μας κάνουμε μεγάλη τιμή σήμερα, είμαι βέβαιος ότι η κόρη μου και εγώ είμαστε και οι δύο πολύ λογικοί της καλοσύνης σας και έχουμε τη μεγαλύτερη ικανοποίηση να σας δούμε στο ».

Ο ευγενικός, ευγενικός γέρος μπορεί να καθίσει και να αισθάνεται ότι είχε κάνει το καθήκον του και έκανε κάθε δίκαιη κυρία ευπρόσδεκτη και εύκολη.

Μέχρι αυτή τη φορά, ο περίπατος στη βροχή είχε φτάσει σε μάρκες. , και οι αντιπαραθέσεις της ανοίχτηκαν τώρα με την .

"Αγαπητέ μου , τι ακούω αυτό;" -με το ταχυδρομείο στη βροχή! -αυτό δεν πρέπει να είναι, σας διαβεβαιώνω.- λυπηρό κορίτσι, πώς θα μπορούσατε να κάνετε κάτι τέτοιο; -είναι ένα σημάδι δεν ήμουν εκεί για να φροντίζω εσένα ».

Η Τζέιν τη διαβεβαίωσε πολύ με βεβαιότητα ότι δεν είχε πιάσει κανένα κρύο.

"Ω, μη μου πείτε, είσαι πραγματικά ένα πολύ λυπηρό κορίτσι και δεν ξέρεις πώς να φροντίζεις τον εαυτό σου - στο ταχυδρομείο, μάλιστα, κ. , άκουσες κάτι τέτοιο; να ασκήσει θετικά την εξουσία μας. "

"η συμβουλή μου", είπε η κα. Δυστυχώς και πειστικά, "σίγουρα αισθάνομαι τον πειρασμό να δώσω." " , δεν πρέπει να τρέχετε τέτοιους κινδύνους" - υπεύθυνη όπως και σε σοβαρά κρυολογήματα, πράγματι θα έπρεπε να είστε ιδιαίτερα προσεκτικοί, ειδικά αυτή τη στιγμή του έτους. Η άνοιξη πάντα πιστεύω ότι απαιτεί περισσότερο από την κοινή φροντίδα καλύτερα να περιμένετε μια ώρα ή δύο ή ακόμα και μισή ημέρα για τις επιστολές σας, αντί να διατρέχετε τον κίνδυνο να φέρετε ξανά τον βήχα σας τώρα δεν αισθάνεστε ότι είχατε; βεβαιωθείτε ότι είστε πάρα πολύ λογικοί, φαίνεται ότι δεν θα κάνατε κάτι τέτοιο πάλι. "

"Ω! Δεν θα κάνει κάτι τέτοιο και πάλι", επανήλθε με ανυπομονησία η κ. . "δεν θα της επιτρέψουμε να κάνει κάτι τέτοιο ξανά:" - και κυλάει σημαντικά - "πρέπει να υπάρξει κάποια ρύθμιση, πρέπει πράγματι να μιλήσω με τον κ. Ο. Ο άνθρωπος που παραδίδει τα γράμματα μας κάθε πρωί οι άνθρωποι μας ξεχνάμε το όνομά του) θα σας ρωτήσουν και για να σας φέρουν σε σας, που θα αποτρέψουν όλες τις δυσκολίες που γνωρίζετε και από εμάς πραγματικά πιστεύω, αγαπητή μου , δεν μπορείς να μην αισθάνεσαι να δεχτείς αυτή τη στέγαση ».

"είστε εξαιρετικά ευγενικοί", είπε ο . "αλλά δεν μπορώ να εγκαταλείψω τον πρώιμο περίπατό μου. Σας συμβουλεύω να βρίσκομαι έξω από την πόρτα όσο μπορώ, πρέπει να περπατήσω κάπου και το ταχυδρομείο να είναι ένα αντικείμενο και με το λόγο μου δεν έχω πάει ποτέ κακό το πρωί πριν. "

"η αγαπητή μου , δεν το λέω πια, το πράγμα είναι αποφασισμένο, δηλαδή (το γέλιο επηρεάζεται) στο βαθμό που μπορώ να το υποθέσω για να κάνω κάτι χωρίς τη συνύπαρξη του κυρίου μου και του κυρίου μου. Πρέπει να είμαι προσεκτικός ως προς τον τρόπο με τον οποίο εκφράζουμε τον εαυτό μας, αλλά κάνω τον εαυτό μου κολακεύει, αγαπητή μου , ότι η επιρροή μου δεν έχει εξαντληθεί πλήρως, αν δεν συναντήσω χωρίς ανυπέρβλητες δυσκολίες.

«με συγχωρείτε», είπε ειλικρινά ο Τζέιν, «δεν μπορώ με κανέναν τρόπο να συμφωνήσω σε μια τέτοια ρύθμιση, τόσο άσκοπα ενοχλητική για τον υπάλληλό σας» αν η αποστολή δεν ήταν για μένα ευχαρίστηση, θα μπορούσε να γίνει, όπως συμβαίνει πάντα όταν είμαι όχι εδώ, από τη γιαγιά μου. "

"Ω! Αγαπητέ μου, αλλά τόσο πολύ πρέπει να κάνει η !" και είναι μια ευγένεια να απασχολούν τους άντρες μας ".

Η Τζέιν έμοιαζε σαν να μην σήμαινε να κατακτηθεί. Αλλά αντί να απαντήσει, άρχισε να μιλάει και πάλι στον κύριο. .

"το ταχυδρομείο είναι μια θαυμάσια εγκατάσταση!" είπε .- "η τακτικότητα και η αποστολή της! Αν κάποιος σκέφτεται για όλα όσα πρέπει να κάνει, και όλα όσα κάνει τόσο καλά, είναι πραγματικά εκπληκτικό!"

"είναι σίγουρα πολύ καλά ρυθμισμένη."

"τόσο σπάνια ότι οποιαδήποτε αμέλεια ή σφάλμα εμφανίζεται! Τόσο σπάνια ότι ένα γράμμα, μεταξύ των χιλιάδων που συνεχώς περνάει για το βασίλειο, μεταφέρεται ακόμη και λάθος - και όχι ένα εκατομμύριο, υποθέτω, στην πραγματικότητα έχασε! Η ποικιλία των χεριών και τα κακά χέρια, που πρόκειται να αποκρυπτογραφηθούν, αυξάνει το θαύμα ».

"οι υπάλληλοι γίνονται εμπειρογνώμονες από συνήθεια - πρέπει να ξεκινούν με κάποια ταχύτητα όρασης και χεριού και η άσκηση τους βελτιώνει." Εάν θέλετε οποιαδήποτε περαιτέρω εξήγηση, "συνέχισε αυτός χαμογελώντας", πληρώνονται γι 'αυτό. Μεγάλη χωρητικότητα, το κοινό πληρώνει και πρέπει να εξυπηρετείται καλά ".

Οι ποικιλίες χειρογράφου συζητήθηκαν μακρύτερα και οι συνήθεις παρατηρήσεις έγιναν.

"Έχω ακούσει ότι επιβεβαίωσε", δήλωσε ο , "ότι το ίδιο είδος γραφής συχνά επικρατεί σε μια οικογένεια και όπου ο ίδιος δάσκαλος διδάσκει είναι φυσικό, αλλά για το λόγο αυτό πρέπει να φανταστώ ότι η ομοιότητα πρέπει να είναι κυρίως που είναι περιορισμένη στα θηλυκά, επειδή τα αγόρια έχουν πολύ λίγη διδασκαλία μετά από μικρή ηλικία και μπορούν να προσκυνήσουν σε οποιοδήποτε χέρι που μπορούν να πάρουν ", λέει ο και η Έμμα, γράφω πάρα πολύ.

"ναι," είπε διστακτικά ο αδελφός του, "υπάρχει μια ομοιότητα. Ξέρω τι εννοείς - αλλά το χέρι της Έμμα είναι το ισχυρότερο".

"η και η Έμμα γράφουν τόσο όμορφα", δήλωσε ο κ. ΞΥΛΙΝΟ ΣΠΙΤΙ; "και πάντοτε έκαναν και το κακό κα " - με μισό αναστεναγμό και μισό χαμόγελο σε αυτήν.

«Δεν έχω δει ποτέ χειρόγραφες τραγουδιστές» - άρχισε η αίμα, κοιτάζοντας επίσης την κα. ; αλλά σταμάτησε, όταν αντιλήφθηκε ότι η κ. Η παρευρέθηκε σε κάποιον άλλο - και η παύση έδωσε το χρόνο της να προβληματιστεί, "τώρα, πώς θα τον παρουσιάσω;" - είμαι άνηχος να μιλήσω αμέσως το όνομά του πριν από όλους αυτούς τους ανθρώπους; είναι απαραίτητο να χρησιμοποιήσω κάθε φράση κυκλικής διασταύρωσης - ο φίλος σου του - ο ανταποκριτής σου στο - που θα ήταν ο τρόπος, υποθέτω, αν ήμουν πολύ κακός.-όχι, μπορώ να πω το όνομά του χωρίς τη μικρότερη δυσφορία. - τώρα για αυτό. "

Κυρία. Ο αποσύρθηκε και η Έμμα ξεκίνησε πάλι - "ο κ. Γράφει ένα από τα καλύτερα χέρια των κυρίων που έχω δει ποτέ".

«Δεν το θαυμάζω», είπε ο κύριος. . "Είναι πολύ μικρή - θέλει δύναμη. Είναι σαν τη γραφή μιας γυναίκας".

Αυτό δεν υποβλήθηκε ούτε από κυρία. Τον δικαίωσαν εναντίον της βασιλείας. "Όχι, δεν ήθελε ποτέ δύναμη-δεν ήταν ένα μεγάλο χέρι, αλλά πολύ σαφές και σίγουρα ισχυρό, δεν είχε κα. Οποιαδήποτε επιστολή για την παραγωγή της;" όχι, είχε ακούσει από αυτόν πολύ πρόσφατα, αλλά αφού απάντησε στην επιστολή, το έβαλε μακριά.

"αν βρισκόμασταν στην άλλη αίθουσα", είπε η Έμμα, "αν είχα το γραφείο μου, είμαι βέβαιος ότι θα μπορούσα να φτιάξω ένα δείγμα, έχω μια σημείωση του. -Δεν θυμάσαι, κα , που τον απασχολούσε να γράψω για μένα μια μέρα; "

"επέλεξε να πει ότι εργάστηκε" -

"καλά, καλά, έχω αυτό το σημείωμα και μπορεί να το δείξει μετά το δείπνο για να πείσει τον κύριο ."

"Ω, όταν ένας χαρούμενος νεαρός άνδρας, όπως ο κ. Ξηρά, "γράφει σε μια δίκαιη κυρία όπως το , θα βάλει βέβαια το καλύτερό του".

Το δείπνο ήταν στο τραπέζι. Ο Ελτον, πριν να μιλήσει, ήταν έτοιμος. Και πριν από το . Το ξυλουργείο είχε φτάσει στην αίτησή της να του επιτραπεί να την παραδώσει στο τραπεζαρία, έλεγε -

"πρέπει να πάω πρώτα; πραγματικά ντρέπομαι πάντα να οδηγώ τον δρόμο."

Η μέριμνα της τζέιν για να πάρει τα δικά της γράμματα δεν είχε ξεφύγει από το Έμμα. Είχε ακούσει και είδε όλα αυτά. Και αισθάνθηκε κάποια περιέργεια για να μάθει αν ο βρεγμένος περίπατος αυτού του πρωινού είχε παραγάγει οποιοδήποτε. Υποψιαζόταν ότι είχε. Ότι δεν θα αντιμετώπιζε τόσο αποφασιστικά αλλά με την πλήρη προσδοκία της ακρόασης από έναν πολύ αγαπητό και ότι δεν ήταν μάταιη. Σκέφτηκε ότι υπήρχε ένας αέρας μεγαλύτερης ευτυχίας από το συνηθισμένο - μια λάμψη τόσο της επιδερμίδας όσο και των πνευμάτων.

Θα μπορούσε να κάνει μια έρευνα ή δύο, όσον αφορά την αποστολή και τη δαπάνη των ιρλανδικών μηνυμάτων · - ήταν στο τέλος της γλώσσας της - αλλά απείχε. Ήταν αρκετά αποφασισμένη να μην κάνει μια λέξη που να βλάπτει τα συναισθήματα του . Και ακολούθησαν τις άλλες κυρίες από την αίθουσα, με το χέρι στο χέρι, με εμφάνιση καλής θέλησης να γίνει εξαιρετικά η ομορφιά και η χάρη του καθενός.

Κεφάλαιο

Όταν οι κυρίες επέστρεψαν στο σαλόνι μετά το δείπνο, η Έμμα δεν κατάφερε να αποφύγει να κάνουν δύο ξεχωριστά κόμματα - με τόσο μεγάλη επιμονή στην κρίση και στην συμπεριφορά τους άρρωστος. Ο στρέφει την και τον εαυτό της. Αυτή και η κ. Ήταν υποχρεωμένοι να είναι σχεδόν πάντα είτε μιλούν μαζί ή σιωπηλοί μαζί. Κυρία. Ο Ελτον δεν τους άφησε καμία επιλογή. Αν η την κατέστρεψε για λίγο, σύντομα άρχισε ξανά. Και αν και πολλά που πέρασαν μεταξύ τους ήταν σε ένα μισό-ψίθυρο, ειδικά στην κα. Πλευρά, δεν υπήρχε καμία αποφυγή γνώσης των κύριων θεμάτων τους: τα ταχυδρομικά γραφεία-αλίευση κρύο-επιστήμονες επιστολές-και η φιλία, ήταν από μακρού υπό συζήτηση; Και σε αυτούς διαδέχτηκε ένα, το οποίο πρέπει να είναι τουλάχιστον εξίσου δυσάρεστο για τις έρευνες του αν είχε ακούσει για οποιαδήποτε κατάσταση που πιθανόν να την ταιριάζει, και τα επαγγέλματα των κυριών. Η διαλογισμένη δραστηριότητα του .

"Εδώ έρχεται ο Απρίλιος!" είπε, "είμαι αρκετά ανήσυχος για σας. Ο Ιούνιος θα είναι σύντομα εδώ."

"αλλά ποτέ δεν έχω καθορίσει τον Ιούνιο ή οποιοδήποτε άλλο μήνα - απλά περίμενα το καλοκαίρι γενικά".

"αλλά έχετε ακούσει πραγματικά για τίποτα;"

"Δεν έχω καν κάνει καμία έρευνα, δεν θέλω να κάνω ακόμα".

«Αγαπητέ μου, δεν μπορούμε να ξεκινήσουμε πολύ νωρίς · δεν γνωρίζετε τη δυσκολία να προμηθευτείτε ακριβώς το επιθυμητό πράγμα».

"Δεν γνωρίζω!" είπε , κουνώντας το κεφάλι? "αγαπητή κ. , ποιος μπορεί να το σκέφτηκε όπως έκανα;"

"αλλά δεν έχετε δει τόσα πολλά από τον κόσμο όπως έχω, δεν ξέρετε πόσοι υποψήφιοι υπάρχουν πάντα για τις πρώτες καταστάσεις, έβλεπα μια τεράστια διαφορά από αυτή στην γειτονιά στρογγυλή σφενδάμνου. , η κ. , είχε ένα τέτοιο άπειρο των εφαρμογών · κάθε σώμα ήταν ανήσυχο να είναι στην οικογένειά της, γιατί κινείται στον πρώτο κύκλο κεριά-κεριά στην σχολική αίθουσα, μπορεί να φανταστείτε πόσο επιθυμητό! "Το κορίτσι είναι αυτό που θα ήθελα περισσότερο να σε δω."

"ο συνταγματάρχης και η καμπάνα πρέπει να είναι και πάλι στην πόλη με το καλοκαίρι", δήλωσε ο . "πρέπει να περάσω λίγο χρόνο μαζί τους, είμαι βέβαιος ότι θα το θέλουν" -προκειμένου να είμαι πιθανώς χαρούμενος να διαθέσω τον εαυτό μου, αλλά δεν θα ήθελα να σας ευχηθώ να κάνετε τον κόπο να κάνετε οποιαδήποτε έρευνα αυτή τη στιγμή ".

"φοβούμαι ... Ξέρεις τις σκόνες σου φοβάσαι να με δώσεις κόπο αλλά σας διαβεβαιώνω, αγαπητή μου , οι δύσκολα μπορεί να ενδιαφέρονται περισσότερο για εσάς απ 'ό, τι είμαι εγώ θα γράψω στην κ. Πέρδικα σε μια μέρα ή δύο, και θα της δώσει μια αυστηρή ευθύνη για να είναι στην αναζήτηση για οποιοδήποτε πράγμα επιλέξιμο. "

"Σας ευχαριστώ, αλλά θα προτιμούσα να μην αναφέρατε το θέμα σε αυτήν, μέχρι που η ώρα να πλησιάσει, δεν θέλω να δώσω κανένα πρόβλημα στο σώμα".

"αλλά το αγαπημένο μου παιδί, ο καιρός έρχεται κοντά, εδώ είναι ο Απρίλιος και ο Ιούνιος, ή ακόμα και ο Ιούλιος, είναι πολύ κοντά, με τέτοια δουλειά να πετύχουμε μπροστά μας.Η απειρία σου πραγματικά με διασκεδάζει μια κατάσταση όπως σου αξίζει, και οι φίλοι σας θα χρειάζονταν για σας, δεν είναι καθημερινό γεγονός, δεν αποκτάται μια στιγμή μια ειδοποίηση, πράγματι, πράγματι, πρέπει να αρχίσουμε να ρωτήσουμε άμεσα. "

"με συγχωρείτε, κύριε, αλλά αυτό δεν είναι σε καμία περίπτωση η πρόθεσή μου, δεν κάνω καμία έρευνα από μόνη μου και θα πρέπει να λυπούμαι που έκανα κάποιο από τους φίλους μου, όταν είμαι αρκετά αποφασισμένος ως προς το χρόνο, δεν είμαι καθόλου φοβούνται να είναι μακροχρόνια άνεργοι, υπάρχουν θέσεις στην πόλη, γραφεία, όπου η έρευνα θα παράγει σύντομα κάτι - γραφείο για την πώληση - όχι ακριβώς ανθρώπινη σάρκα - αλλά ανθρώπινη διάνοια ».

"Ω, αγαπημένη μου ανθρώπινη σάρκα, με σοκάρεις, αν με εννοείς να μιλάς στο εμπόριο σκλάβων, σας διαβεβαιώνω ότι ο θηλασμός ήταν πάντα ένας φίλος στην κατάργηση".

"Δεν εννοούσα, δεν σκέφτηκα το εμπόριο των δουλεμπόρων", απάντησε ο . «το κυβερνητικό εμπόριο, σας διαβεβαιώνω, ήταν όλα αυτά που είχα στην αντίληψή μου · πολύ διαφορετικά σίγουρα ως προς την ενοχή εκείνων που το μεταφέρουν · αλλά όσον αφορά τη μεγαλύτερη δυστυχία των θυμάτων, δεν ξέρω πού βρίσκεται. Θέλω μόνο να πω ότι υπάρχουν διαφημιστικά γραφεία και ότι με την υποβολή αίτησης σε αυτά δεν θα είχα καμία αμφιβολία για σύντομη συνάντηση με κάτι που θα έκανε ".

"κάτι που θα έκανε!" επανειλημμένα κ. . ", που μπορεί να ταιριάζει στις ταπεινές σας ιδέες του εαυτού σας - γνωρίζω ποιο μέτριο πλάσμα είστε, αλλά δεν θα ικανοποιήσει τους φίλους σας για να σας προσφέρουμε κάτι που μπορεί να προσφέρει, οποιαδήποτε κατώτερη, συνήθης κατάσταση, σε μια οικογένεια δεν κινείται σε ένα συγκεκριμένο κύκλο, ή μπορεί να εντοπίσει τις κομψότητες της ζωής. "

"είστε πολύ υποχρεωμένοι, αλλά για όλα αυτά, είμαι πολύ αδιάφορος, δεν θα ήταν κανένας στόχος για μένα να είμαι με τους πλούσιους · οι αλλοιώσεις μου, νομίζω, θα ήταν μόνο μεγαλύτερες · θα έπρεπε να υποφέρω περισσότερο από τη σύγκριση. Η οικογένεια των κυρίων είναι ό, τι πρέπει να το κάνω. "

"Ξέρω ότι σε γνωρίζω, θα τα πήγαινες με κάτι, αλλά θα είναι λίγο πιο ωραίο και είμαι βέβαιος ότι τα καλά θα είναι στο πλευρό μου, με τα ανώτερα ταλέντα σου, έχετε το δικαίωμα να να κινηθείτε στον πρώτο κύκλο, μόνο οι μουσικές σας γνώσεις θα σας επιτρέπουν να ονομάζετε τους δικούς σας όρους, να έχετε όσα δωμάτια επιθυμείτε και να αναμειγνύετε στην οικογένεια όσο εσείς επιλέγετε - αυτό δεν είναι - δεν ξέρω - αν γνωρίζατε η άρπα, μπορείς να κάνεις όλα αυτά, είμαι πολύ σίγουρος, αλλά τραγουδάς καθώς παίζεις · -γυαλιά, πιστεύω ότι μπορείς, ακόμα και χωρίς την άρπα, να καθορίσεις για αυτό που επέλεξες · και πρέπει και θα είναι υπέροχα , τιμητικά και άνετα εγκαταστάθηκαν πριν από το ή έχω κάποια ξεκούραση. "

"μπορείτε να ταξινομήσετε την απόλαυση, την τιμή και την άνεση μιας τέτοιας κατάστασης μαζί", δήλωσε ο , "είναι αρκετά σίγουροι ότι θα είναι ίσοι, ωστόσο, είμαι πολύ σοβαρός που δεν επιθυμεί κάτι να επιχειρηθεί προς το παρόν για εγώ είμαι εξαιρετικά υποχρεωμένος σε εσάς, κύριε , είμαι υποχρεωμένος σε οποιοδήποτε όργανο που αισθάνεται για μένα, αλλά είμαι αρκετά σοβαρός που δεν επιθυμώ τίποτα να γίνει μέχρι το καλοκαίρι ... Για δύο ή τρεις μήνες περισσότερο θα μείνω εκεί που είμαι, και όπως είμαι. "

"Και είμαι και πολύ σοβαρός, σας διαβεβαιώνω", απάντησε η κα. , "στην επίλυση να είναι πάντα στο ρολόι, και απασχολώντας τους φίλους μου για να παρακολουθήσουν επίσης, ότι τίποτα πραγματικά αδύνατο να περάσει μας".

Σε αυτό το στυλ έτρεξε επάνω? Ποτέ δεν σταμάτησε καθόλου από κάτι μέχρι τον κ. Ξύλο εισήλθε στο δωμάτιο? Η ματαιοδοξία της είχε τότε μια αλλαγή αντικειμένου, και η Έμμα την άκουσε να λέει στον ίδιο μισό-ψίθυρο να ,

Αλλά η φυσική μου γεύση είναι για απλότητα. Ένα απλό ύφος του φόρεμα είναι τόσο απείρως προτιμητέο από το λεπτό. Αλλά είμαι αρκετά στη μειονότητα, πιστεύω. Λίγοι άνθρωποι φαίνεται να εκτιμούν την απλότητα του φόρεματος, - η εμφάνιση και η λεπτότητα είναι κάθε πράγμα. Έχω κάποια ιδέα να βάλω μια τέτοια περικοπή όπως αυτό στο λευκό μου και το ασήμι ποπλί. Νομίζετε ότι θα φανεί καλά; "

Ολόκληρο το πάρτι ήταν μόνο επανασυναρμολογημένο στο σαλόνι όταν ο κ. Ο έκανε την εμφάνισή του μεταξύ τους. Είχε επιστρέψει σε ένα αργό δείπνο και πήγε στο μόλις τελείωσε. Ήταν πολύ αναμενόμενο από τους καλύτερους κριτές, για να το πείραξε - αλλά υπήρξε μεγάλη χαρά. Κύριος. Ήταν σχεδόν τόσο ευτυχής που τον βλέπει τώρα, όπως θα ήταν θλιβερό να τον δούμε πριν. Ο ήταν απλώς γεμάτος έκπληξη - ότι ένας άνδρας που θα μπορούσε να περάσει ήρεμα το βράδυ στο σπίτι του μετά από μια μέρα επιχειρηματικής δραστηριότητας στο Λονδίνο, θα έπρεπε να ξεκινήσει ξανά και να περπατήσει μισό μίλι στο σπίτι ενός άλλου άνδρα για χάρη του μια μεικτή εταιρεία μέχρι την ώρα του ύπνου, να τελειώσει την ημέρα του στις προσπάθειες ευγένειας και του θορύβου των αριθμών, ήταν μια περίσταση για να τον χτυπήσει βαθιά. Έναν άνθρωπο ο οποίος ήταν σε κίνηση από τις οκτώ το πρωί και ίσως να ήταν ακόμα ακίνητος, ο οποίος είχε μιλήσει πολύ και μπορούσε να ήταν σιωπηλός, ο οποίος είχε βρεθεί σε περισσότερα από ένα πλήθος και μπορούσε να ήταν μόνος - αυτός ο άνθρωπος, να εγκαταλείψει την ηρεμία και την ανεξαρτησία της φωτιάς του και το βράδυ ενός ψυχρού η αλαζονική μέρα του Απριλίου εξαντλείται πάλι στον κόσμο! -κατά τον άγγιγμα του δακτύλου του, πήρε αμέσως τη σύζυγό του, θα υπήρχε ένα κίνητρο. Αλλά ο ερχομός του πιθανότατα θα παρατείνει αντί να διαλύσει το κόμμα. Ο τον κοίταξε με έκπληξη, τότε σήκωσε τους ώμους του και είπε, «δεν θα μπορούσα να το πιστέψω ακόμη και από αυτόν». -Μπορεί αυτός με ένα άγγιγμα του δακτύλου του να πάρει αμέσως τη σύζυγό του, θα υπήρχε ένα κίνητρο. Αλλά ο ερχομός του πιθανότατα θα παρατείνει αντί να διαλύσει το κόμμα. Ο τον κοίταξε με έκπληξη, τότε σήκωσε τους ώμους του και είπε, «δεν θα μπορούσα να το πιστέψω ακόμη και από αυτόν». -Μπορεί αυτός με ένα άγγιγμα του δακτύλου του να πάρει αμέσως τη σύζυγό του, θα υπήρχε ένα κίνητρο. Αλλά ο ερχομός του πιθανότατα θα παρατείνει αντί να διαλύσει το κόμμα. Ο τον κοίταξε με έκπληξη, τότε σήκωσε τους ώμους του και είπε, «δεν θα μπορούσα να το πιστέψω ακόμη και από αυτόν».

Κύριος. Εν τω μεταξύ, απόλυτα ανυπέρβλητη από την αγανάκτηση που ήταν συναρπαστική, ευτυχισμένη και χαρούμενη ως συνήθως, και με όλο το δικαίωμα να είναι κύριος ομιλητής, που μια μέρα που πέρασε οπουδήποτε από το σπίτι δίνει, έκανε τον εαυτό του ευχάριστο μεταξύ των υπόλοιπων. Και έχοντας ικανοποιήσει τις έρευνες της συζύγου του για το δείπνο του, πείνοντάς της ότι καμία από τις προσεκτικές κατευθύνσεις της προς τους υπηρέτες δεν είχε ξεχαστεί και εξαπλώθηκε στο εξωτερικό ό, τι δημόσια είδε είχε ακούσει, προχώρησε σε μια οικογενειακή επικοινωνία, η οποία, που απευθύνεται στην κα., δεν είχε τη μικρότερη αμφιβολία ότι ήταν πολύ ενδιαφέρουσα για κάθε σώμα του δωματίου. Της έδωσε μια επιστολή, ήταν από την ειλικρίνεια και τον εαυτό της. Είχε συναντηθεί με τον τρόπο του και είχε την ελευθερία να το ανοίξει.

"διαβάστε το, διαβάστε αυτό," είπε, "θα σας δώσει ευχαρίστηση, μόνο μερικές γραμμές - δεν θα σας πάρουν πολύ, διαβάστε το στο Έμμα."

Οι δύο κυρίες το κοίταξαν μαζί. Και κάθισε χαμογελώντας και μιλούσε μαζί τους όλη την ώρα, με μια φωνή λίγο υποτονική, αλλά πολύ ακούραστη σε κάθε σώμα.

"καλά, έρχεται, βλέπετε καλά μηνύματα, νομίζω ... Καλά, τι λέτε σε αυτό;" "Είπα πάντα ότι θα είναι εδώ σύντομα σύντομα, έτσι δεν ήμουν; να σας πω πάντα και δεν θα με πιστευόσαστε; -στην πόλη την επόμενη εβδομάδα, βλέπετε -το αργότερο, τολμώ να πω ότι είναι τόσο ανυπόμονος όσο ο μαύρος κύριος όταν πρέπει να γίνει κάτι, πιθανότατα θα να είναι εκεί το πρωί ή το Σάββατο ως προς την ασθένειά της, τίποτα φυσικά, αλλά είναι εξαιρετικό να έχουμε ειλικρινή ανάμεσά μας, τόσο κοντά στην πόλη, θα μείνουν καλά όταν έρθουν και θα να είναι το ήμισυ του χρόνου μαζί μας, αυτό είναι ακριβώς αυτό που ήθελα καλά, αρκετά καλά νέα, έτσι δεν το έχετε τελειώσει έχει Έμμα το διαβάσει όλα τα θέσει επάνω, το θέσει επάνω θα έχουμε μια καλή συζήτηση για κάποια άλλη στιγμή, αλλά δεν θα το κάνει τώρα.θα αναφέρω απλώς την περίσταση στους άλλους με έναν κοινό τρόπο. "

Κυρία. Ο ήταν ευχάριστα ευχαριστημένος με την ευκαιρία. Τα βλέμματά της και τα λόγια της δεν είχαν τίποτα να τα συγκρατήσουν. Ήταν ευτυχισμένη, ήξερε ότι ήταν χαρούμενη και ήξερε ότι έπρεπε να είναι ευτυχισμένη. Τα συγχαρητήριά της ήταν ζεστά και ανοιχτά. Αλλά η Έμμα δεν μπορούσε να μιλήσει τόσο άπταιστα. Ήταν λίγο κατειλημμένη για να ζυγίσει τα συναισθήματά της και προσπαθώντας να καταλάβει το βαθμό της ταραχής της, το οποίο σκέφτηκε ότι ήταν σημαντικό.

Κύριος. Ο , όμως, πολύ πρόθυμος να είναι πολύ προσεκτικός, πολύ επικοινωνιακός για να θέλει άλλους να μιλήσουν, ήταν πολύ ικανοποιημένος με αυτό που είπε και σύντομα απομακρύνθηκε για να κάνει τους υπόλοιπους φίλους του ευτυχισμένους με μια μερική επικοινωνία για το τι ολόκληρο το δωμάτιο πρέπει να έχετε ήδη ακούσει.

Ήταν καλά ότι πήρε τη χαρά κάθε σώματος ως δεδομένη, ή ίσως να μην είχε σκεφτεί ούτε ο κ. Ξύλο ή κύριο. Ιδιαίτερα ευχαριστημένοι. Ήταν οι πρώτοι, μετά την κα. Και Έμμα, για να γίνουν ευτυχισμένοι · -από αυτούς θα είχε χάσει το , αλλά ήταν τόσο βαθιά σε συζήτηση με τον , ότι θα ήταν πολύ θετική μια διακοπή. Και βρίσκοντας τον εαυτό του κοντά στην κα. , και η προσοχή της αποσυνδεθεί, άρχισε αναγκαστικά σχετικά με το θέμα μαζί της.

Κεφάλαιο

"Ελπίζω ότι σύντομα θα έχω την ευχαρίστηση να σας συστήσω το γιο μου", δήλωσε ο κ. .

Κυρία. Ο Έλτον, πολύ πρόθυμος να υποθέσει ένα ιδιαίτερο κομπλιμέντο που την σκόπευε με μια τέτοια ελπίδα, χαμογέλασε πολύ ευγενικά.

"Έχετε ακούσει για μια συγκεκριμένη ειλικρινή , υποθέτω," συνέχισε- "και τον γνωρίζετε ότι είναι γιος μου, αν και δεν φέρει το όνομά μου."

"ναι, και θα είμαι πολύ χαρούμενος στην γνωριμία του, είμαι βέβαιος ότι ο κ. Δεν θα χάσει χρόνο για να τον καλέσει και θα έχουμε και οι δύο μεγάλη χαρά να τον δούμε στη φετινή περιοδεία".

"είστε πολύ υποχρεωτικός.-ειλικρινής θα είναι εξαιρετικά χαρούμενος, είμαι βέβαιος.- πρόκειται να είναι στην πόλη την επόμενη εβδομάδα, αν όχι νωρίτερα, έχουμε την ειδοποίηση για αυτό σε μια επιστολή σήμερα-έχω συναντήσει τα γράμματα στο δρόμο μου αυτό το πρωί, και βλέποντας το χέρι του γιου μου, υποτίθεται ότι θα το ανοίξει - αν και δεν μου απευθυνόταν - ήταν η κ. , είναι ο κύριος ανταποκριτής του, σας διαβεβαιώνω.

"και έτσι ανοίξατε απολύτως ό, τι ήταν σκηνοθετημένη σε αυτήν! ! . - (γέλια επηρεασμένα) πρέπει να διαμαρτυρηθώ ενάντια σε αυτό.-ένα πιο επικίνδυνο προηγούμενο πράγματι! -Παρακαλώ δεν θα αφήσετε τους γείτονές σας να ακολουθήσουν το παράδειγμα σας. Λέξη μου, αν αυτό είναι που πρέπει να περιμένω, οι παντρεμένες γυναίκες πρέπει να αρχίσουν να ασκούν τους εαυτούς μας! "-χ! Ο κ. , δεν θα μπορούσα να το πίστευα!

"εμείς, οι άντρες είμαστε λυπημένοι, πρέπει να φροντίζετε τον εαυτό σας, κυρία ." - αυτή η επιστολή μας λέει - είναι μια σύντομη επιστολή - γραμμένη σε μια βιασύνη, απλώς να μας κάνει να δούμε - μας λέει ότι είναι όλοι έρχεται κατευθείαν στην πόλη, για λογαριασμό του - δεν ήταν καθόλου ολόκληρος ο χειμώνας και σκέφτεται ότι είναι πολύ κρύο γι 'αυτήν - κι έτσι όλοι θα μετακινηθούν νότια χωρίς απώλεια χρόνου ".

"πράγματι!" - από το , νομίζω ότι το είναι στο ; "

"ναι, είναι περίπου εκατόν ενενήντα μίλια από το Λονδίνο, ένα σημαντικό ταξίδι".

"ναι, κατά τη γνώμη μου, πολύ σημαντικό, εξήντα πέντε μίλια μακρύτερα από το σπήλαιο σφενδάμνου στο Λονδίνο, αλλά ποια είναι η απόσταση, κύριε , σε ανθρώπους μεγάλης τύχης;" - θα εκπλαγείτε να ακούσετε πώς ο αδελφός μου, κ. Το θηλασμό, μερικές φορές πετάει περίπου, δεν θα με πιστέψεις - αλλά δύο φορές σε μία εβδομάδα, ο ίδιος και ο κ. Πήγαν στο Λονδίνο και ξανά με τέσσερα άλογα ».

"το κακό της απόστασης από το ", δήλωσε ο κ. ", είναι ότι η , όπως καταλαβαίνουμε, δεν κατάφερε να εγκαταλείψει τον καναπέ για μια εβδομάδα μαζί.Στη τελευταία επιστολή της φρανκ, παραπονέθηκε, είπε, ότι ήταν πολύ αδύναμος για να μπει στο ωδείο χωρίς να έχει και τα δύο το χέρι και ο θείος του! Αυτό, ξέρετε, μιλάει ένα μεγάλο βαθμό αδυναμίας - αλλά τώρα είναι τόσο ανυπόμονος να είναι στην πόλη, ότι σημαίνει να κοιμάται μόνο δύο νύχτες στο δρόμο - έτσι ειλικρινά γράφει λέξη. Έχετε εξαιρετικά σύνταγμα, κύριε , πρέπει να μου χορηγήσετε αυτό. "

"Όχι, πράγματι, δεν θα σας παραχωρήσω τίποτα, παίρνω πάντα το μέρος του δικού μου φύλου, πράγμα που πραγματικά σας δίνω ειδοποίηση - θα με βρείτε ένα τρομερό ανταγωνιστή σε αυτό το σημείο. Σας διαβεβαιώνω, αν ήξερα πώς αισθάνεται η Σέλινα σε σχέση με τον ύπνο σε ένα πανδοχείο, δεν θα περίμενε κανείς ότι η κάνει απίστευτες προσπάθειες για να την αποφύγει. Την καλοσύνη της, ταξιδεύει πάντα με τα δικά της φύλλα, μια εξαιρετική προφύλαξη, κάνει η κ. Το ίδιο πράγμα; "

"εξαρτάται από αυτό, η κ. Κάνει όλα τα πράγματα που κάθε άλλη ωραία κυρία έκανε ποτέ ... Η δεν θα είναι δεύτερη σε οποιαδήποτε κυρία στη γη για" -

Κυρία. Με ανυπομονησία παρεμβολή με,

"Οχι, κύριε , μην με συγχωρείτε, η δεν είναι μια ωραία κυρία, σας διαβεβαιώνω, μην ξεφύγετε από μια τέτοια ιδέα".

"δεν είναι αυτή; τότε δεν είναι κανένας κανόνας για την κ. , η οποία είναι εξίσου μια λεπτή κυρία όπως κάθε άλλο όργανο βλέπει ποτέ".

Κυρία. Ο άρχισε να σκέφτεται ότι είχε κάνει λάθος στην απογοήτευση τόσο θερμά. Δεν ήταν καθόλου το αντικείμενο της να πιστεύει ότι η αδελφή της δεν ήταν ωραία κυρία. Ίσως υπήρχε έλλειψη πνεύματος στο προσκήνιο της - και σκέφτεται με ποιον τρόπο έπρεπε καλύτερα να αποσυρθεί, όταν ο κ. Η συνέχισε.

"Η κ. Δεν είναι πολύ καλή μου χάρη, όπως μπορεί να υποψιάζεστε - αλλά αυτό είναι πολύ μεταξύ μας, είναι πολύ λάτρης της ειλικρινούς, και γι 'αυτό δεν θα μιλούσα άρρωστος γι' αυτήν. Αλλά αυτό είναι πάντα από μόνη της, δεν θα έλεγα έτσι σε κάθε σώμα, κύριε Ελτον, αλλά δεν έχω μεγάλη πίστη στην ασθένεια της κ. . "

"Αν είναι πραγματικά άρρωστος, γιατί να μην πάει στο μπάνιο, κύριε ;" στο λουτρό ή στο ; " "το έχει πάρει στο κεφάλι της που το είναι πάρα πολύ κρύο γι 'αυτήν. Το γεγονός είναι, υποθέτω, ότι έχει κουραστεί από το , έχει πλέον περισσότερο χρόνο ακινητοποιημένο εκεί από ότι ήταν πριν, και αρχίζει να Θέλετε να αλλάξετε, είναι μια θέση συνταξιούχων, μια ωραία θέση, αλλά πολύ συνταξιούχος. "

"όπως το σφενδάμι σφενδάμου, τολμούν να πω ότι τίποτα δεν μπορεί να σταθεί πιο αποσυρμένο από το δρόμο απ 'ό, τι η καλλιέργεια του σφενδάμνου μια τέτοια τεράστια φυτεία γύρω από αυτό φαίνεται φραγμένη από κάθε πράγμα στην πιο πλήρη αποχώρηση. Μάλλον δεν έχει υγεία ή πνεύματα όπως η για να απολαύσει αυτό το είδος της απομόνωσης ή, ίσως να μην έχει αρκετούς πόρους στον εαυτό της για να είναι κατάλληλος για μια ζωή στη χώρα .. Λέω πάντα ότι μια γυναίκα δεν μπορεί να έχει πάρα πολλούς πόρους και αισθάνομαι πολύ ευγνώμων ότι έχω τόσους πολλούς εαυτούς ώστε να είμαι αρκετά ανεξάρτητος από την κοινωνία. "

"ειλικρινής ήταν εδώ το Φεβρουάριο για ένα δεκαπενθήμερο."

"οπότε θυμάμαι ότι άκουσα, θα βρει μια προσθήκη στην κοινωνία του όταν θα έρθει και πάλι, δηλαδή, αν υποθέτω ότι μπορώ να κάνω τον εαυτό μου μια προσθήκη, αλλά ίσως να μην έχει ακούσει ποτέ ότι υπάρχει ένα τέτοιο πλάσμα ο κόσμος."

Αυτό ήταν πολύ δυνατά μια κλήση για μια φιλοφρόνηση να περάσει από, και ο κ. , με μια πολύ καλή χάρη, αμέσως αναφώνησε,

«η αγαπημένη μου κυρία, κανείς εκτός από τον εαυτό σας θα μπορούσε να φανταστεί κάτι τέτοιο πιθανό, δεν ακούστηκε από σας!» - Πιστεύω ότι τα γράμματα της κ. Είναι γεμάτα πολύ λίγα από την κ. .

Είχε κάνει το καθήκον του και μπορούσε να επιστρέψει στο γιο του.

«όταν μας άφησε ειλικρινή», συνέχισε, «ήταν αρκετά αβέβαιο πότε θα μπορούσαμε να τον δούμε και πάλι, γεγονός που κάνει τα νέα της ημέρας διπλά ευπρόσδεκτα ... Ήταν εντελώς απροσδόκητο», δηλαδή είχα πάντα την ισχυρή πειθώ ότι θα ήταν και πάλι εδώ σύντομα, ήμουν βέβαιος ότι κάτι ευνοϊκό θα έφτανε - αλλά κανείς δεν με πίστευε, αλλά και ο κ. Ήταν τόσο τρομακτικώς αποκρουστικοί »πώς θα μπορούσε να καταφέρει να έρθει και πώς θα μπορούσε να υποτεθεί ότι ο θείος και η θεία του θα τον έκαναν και πάλι· ' και ούτω καθεξής - ένιωθα πάντα ότι κάτι θα συνέβαινε προς όφελός μας και έτσι, όπως βλέπατε, έχω παρατηρήσει, κύριε, κατά τη διάρκεια της ζωής μου ότι αν τα πράγματα συμβαίνουν ένα μήνα, είναι σίγουρα να διορθώσω την επόμενη. "

"πολύ αληθινό, κύριε, είναι απολύτως αληθινό, είναι ακριβώς αυτό που έλεγα σε ένα συγκεκριμένο κύριο στην εταιρεία κατά τις ημέρες της θρησκείας, όταν, επειδή τα πράγματα δεν πήγαν αρκετά σωστά, δεν προχώρησαν με όλη την ταχύτητα που ταιριάζει τα συναισθήματά του, ήταν ικανός να είναι στην απόγνωση, και αναφώνησε ότι ήταν σίγουρος σε αυτό το ρυθμό θα ήταν ίσως πριν από το φόρεμα του κρόκου του υμμένου θα μας έφερνε για εμάς ... Οι πόνοι είχα για να διαλύσω αυτές τις ζοφερές ιδέες και να δώσω την πιο χαρούμενη θέα, τη μεταφορά - είχαμε απογοητεύσεις για τη μεταφορά - ένα πρωί, θυμάμαι, ήρθε σε μένα σε απόγνωση.

Σταμάτησε από μια ελαφρά εφαρμογή βήχα και ο κ. Η εκμεταλλεύτηκε την ευκαιρία να συνεχιστεί.

Και σε οποιαδήποτε ώρα, μπορεί να μην είναι πιο φιλική προς την ευτυχία παρά να τον έχει πραγματικά στο σπίτι. Νομίζω ότι είναι έτσι. Νομίζω ότι είναι η κατάσταση του νου που δίνει το μεγαλύτερο πνεύμα και απόλαυση. Ελπίζω ότι θα είστε ευχαριστημένοι με το γιο μου. Αλλά δεν πρέπει να περιμένετε ένα θαύμα. Γενικά θεωρείται ένας καλός νεαρός άνδρας, αλλά μην περιμένετε ένα θαύμα. Κυρία. Η μελαγχολία του γι 'αυτόν είναι πολύ μεγάλη και, όπως μπορεί να υποθέσετε, είναι πιο ευχάριστο για μένα. Νομίζει ότι κανείς δεν είναι ίσος με αυτόν. " όπως μπορείτε να υποθέσετε, πιο ευχάριστο για μένα. Νομίζει ότι κανείς δεν είναι ίσος με αυτόν. " όπως μπορείτε να υποθέσετε, πιο ευχάριστο για μένα. Νομίζει ότι κανείς δεν είναι ίσος με αυτόν. "

"και σας διαβεβαιώνω, κύριε , δεν έχω καμία αμφιβολία ότι η άποψή μου θα είναι σίγουρα υπέρ του." Έχω ακούσει τόσο πολύ για τον έπαινο του κ. .- Παράλληλα είναι δίκαιο να παρατηρήσετε ότι είμαι ένας από εκείνους που πάντα κρίνουν για τον εαυτό τους, και δεν είναι σιωπηλά καθοδηγούμενοι από άλλους. Σας δίνω ειδοποίηση ότι όπως βρίσκω το γιο σου, έτσι θα κρίνω γι 'αυτόν - δεν είμαι κολαστήρας ».

Κύριος. Ο σκέφτηκε.

Δεν έχει δίκαιη προσποίηση οικογένειας ή αίματος. Δεν ήταν κανείς όταν την παντρεύτηκε, μόλις τη κόρη ενός κύριου. Αλλά από τότε που μετατράπηκε σε εκκλησιασμό, έχει ξεπεράσει όλους τους ισχυρούς και ισχυρούς ισχυρισμούς: αλλά στον εαυτό της, σας διαβεβαιώνω ότι είναι ένα ξεκίνημα ».

Πάντα λέω ότι υπάρχει κάτι θορυβώδες στον ήχο: αλλά τίποτα περισσότερο δεν είναι γνωστό θετικά για τους , αν και πολλά πράγματα σας διαβεβαιώνω ότι είστε ύποπτοι. Και όμως με τα κίνητρά τους προφανώς πιστεύουν ότι είναι ίσοι ακόμη και με τον αδερφό μου, κύριε. Θηλασμό, που συμβαίνει να είναι ένας από τους πλησιέστερους γείτονές τους. Είναι απείρως άσχημη. Κύριος. Που έχει περάσει έντεκα χρόνια κάτοικος σε καλλιέργειες σφενδάμου και του οποίου ο πατέρας το είχε πριν από αυτόν - πιστεύω, τουλάχιστον - είμαι σχεδόν βέβαιος ότι ο παλαιός κύριος. Ο θηλασμός είχε ολοκληρώσει την αγορά πριν από το θάνατό του. " ο οποίος ήταν έντεκα χρόνια κάτοικος στο και ο πατέρας του το είχε πριν από αυτόν - πιστεύω, τουλάχιστον - είμαι σχεδόν βέβαιος ότι ο παλιός κύριος. Ο θηλασμός είχε ολοκληρώσει την αγορά πριν από το θάνατό του. " ο οποίος ήταν έντεκα χρόνια κάτοικος στο και ο πατέρας του το είχε πριν από αυτόν - πιστεύω, τουλάχιστον - είμαι σχεδόν βέβαιος ότι ο παλιός κύριος. Ο θηλασμός είχε ολοκληρώσει την αγορά πριν από το θάνατό του. "

Διακόπηκαν. Το τσάι έφτανε γύρω, και ο κ. Ο , έχοντας πει όλα όσα ήθελε, σύντομα εκμεταλλεύτηκε την ευκαιρία να περπατήσει μακριά.

Μετά το τσάι, κύριε. Και κα. , και ο κ. Ο κάθισε με τον κ. Ξύλο σε κάρτες. Τα υπόλοιπα πέντε έμειναν στις δικές τους δυνάμεις, και η Έμμα αμφέβαλε ότι πήγαιναν πολύ καλά. Για τον κ. Ο φαινόταν ελάχιστα διατεθειμένος για συνομιλία. Κυρία. Ο ήθελε να ειδοποιήσει, που κανείς δεν είχε την τάση να πληρώσει, και ήταν η ίδια με μια ανησυχία πνευμάτων που θα την είχαν κάνει να προτιμά να είναι σιωπηλός.

Κύριος. Ο αποδείχθηκε πιο ομιλητικός από τον αδελφό του. Έπρεπε να τα αφήσει νωρίς την επόμενη μέρα. Και σύντομα άρχισε με-

"καλά, Έμμα, εγώ δεν πιστεύω ότι έχω κάτι περισσότερο να πω για τα αγόρια αλλά έχετε την επιστολή της αδελφής σας και όλα τα πράγματα είναι σε πλήρη έκταση εκεί μπορούμε να είμαστε σίγουροι.Η χρέωση μου θα ήταν πολύ πιο συνοπτική από αυτή της , και πιθανότατα όχι πολύ στο ίδιο πνεύμα · όλα όσα πρέπει να προτείνω να περιληφθούν, να μην τα χαλάσουν και να μην το κάνουν φυσικά ».

"Ελπίζω να ικανοποιήσω και εσείς και τα δύο", δήλωσε η Έμμα, "γιατί θα κάνω όλη μου τη δύναμη για να τους ευχαριστήσω, η οποία θα είναι αρκετή για την και η ευτυχία πρέπει να αποκλείει την ψεύτικη επιείκεια και το φυσικό".

"και αν τα βρείτε ενοχλητικά, πρέπει να τα στείλετε ξανά στο σπίτι".

"αυτό είναι πολύ πιθανό, έτσι νομίζετε, έτσι δεν είναι;"

"Ελπίζω ότι γνωρίζω ότι μπορεί να είναι υπερβολικά θορυβώδες για τον πατέρα σας - ή ακόμα και να είναι κάποιο βάρος για εσάς, αν οι επισκέψεις σας στις συνεργασίες συνεχίζουν να αυξάνονται όσο έχουν κάνει πρόσφατα".

"αυξάνουν!"

"σίγουρα, πρέπει να είσαι λογικός ότι το τελευταίο εξάμηνο έχει κάνει μεγάλη διαφορά στον τρόπο ζωής σου."

"διαφορά! Δεν είμαι πράγματι δεν είμαι."

"δεν υπάρχει καμία αμφιβολία ότι είστε περισσότερο αφοσιωμένοι με την εταιρεία από ό, τι παλαιότερα, μάρτυρες αυτή την εποχή, εδώ κατεβαίνω για μία μόνο μέρα και είσαστε δεσμευμένοι με δείπνο! Πριν από λίγο καιρό, όλα τα γράμματα που έδωσαν στην Ιζαμπέλα έφεραν μια αναφορά σε φρέσκα γεύματα, δείπνα στους κ. Ή μπάλες στο στέμμα. Η οποία είναι πολύ δύσκολη, η μόνη δουλειά που κάνει μόνος σου, είναι πολύ μεγάλη. "

«ναι», είπε γρήγορα ο αδελφός του, «είναι όλα τα πράγματα».

"πολύ καλά - και όπως υποθέτω, δεν είναι πιθανό να έχουν λιγότερη επιρροή από ό, τι μέχρι τώρα, μου φαίνεται σαν ένα πιθανό πράγμα, Έμμα, ότι ο και ο μπορεί να μείνουν μερικές φορές στο δρόμο και αν είναι, ζητώ μόνο να τους στείλετε σπίτι. "

"όχι", φώναξε ο κ. ", που δεν πρέπει να είναι η συνέπεια, ας στείλουμε στο , σίγουρα θα είμαι ελεύθερος".

«με το λόγο μου», αναφώνησε η Έμμα, «με διασκεδάζετε» θα ήθελα να μάθω πόσες από τις πολυάριθμες δεσμεύσεις μου γίνονται χωρίς την ύπαρξή σας στο κόμμα · και γιατί υποτίθεται ότι υπάρχει κίνδυνος να θέλει να ασχοληθεί με τον ελεύθερο χρόνο τα μικρά αγόρια, αυτά τα καταπληκτικά μυαλά μου - αυτά που ήταν - φαγητό μια φορά με τα κορίτσια - και μίλησε για μια μπάλα που δεν έλαβε χώρα ποτέ - μπορώ να σας καταλάβω - (κουνώντας τον κύριο) σε συνάντηση με τόσους πολλούς φίλους σας αμέσως, σας ευχαριστεί πάρα πολύ για να περάσετε απαρατήρητο, αλλά εσείς (που στρέφονται στον κύριο), που ξέρουν πόσο πολύ, πολύ σπάνια είμαι πάντα δύο ώρες από το , γιατί πρέπει να προβλέπετε μια τέτοια έκπληξη για μένα, δεν μπορώ να φανταστώ και όσο για τα αγαπημένα μου μικρά αγόρια, πρέπει να πω ότι αν η θεία Έμμα δεν έχει χρόνο για αυτούς,δεν νομίζω ότι θα ταιριάζουν πολύ καλύτερα με τον θείο του , ο οποίος απουσιάζει από το σπίτι για πέντε ώρες από όπου απουσιάζει - και που, όταν είναι στο σπίτι, είτε διαβάζει τον εαυτό του είτε διευθετεί τους λογαριασμούς του.

Κύριος. Ο φαινόταν να μην προσπαθεί να χαμογελάσει. Και πέτυχε χωρίς δυσκολία, την κα. Ο Ελτον αρχίζει να του μιλάει.

Όγκος

Κεφάλαιο

Μια πολύ μικρή ήρεμη αντανάκλαση ήταν αρκετή για να ικανοποιήσει την εμμά ως προς τη φύση της αναστάτωσής της όταν άκουσε αυτή την είδηση της ειλικρινής εκκλησίας. Σύντομα ήταν πεπεισμένη ότι δεν ήταν για τον εαυτό της αισθάνθηκε καθόλου ανήσυχος ή αμήχανος; Ήταν για αυτόν. Η δική της προσκόλλησή της είχε υποχωρήσει σε ένα απλό τίποτα. Δεν άξιζε να σκεφτόμαστε - αλλά εάν αυτός, ο οποίος ήταν αναμφίβολα πάντα τόσο πολύ ερωτευμένος με τα δύο, επρόκειτο να επιστρέψει με την ίδια ζεστασιά του αισθήματος που είχε πάρει, θα ήταν πολύ τρομακτικό. Αν δεν έπρεπε να τον είχε κρύψει ένας χωρισμός δύο μηνών, υπήρχαν κίνδυνοι και κακοί μπροστά της: - η μέριμνα γι 'αυτόν και για τον εαυτό της θα ήταν απαραίτητη. Δεν σήμαινε να ξαναμπλέκονται τα δικά της προβλήματα και θα ήταν υποχρεωμένη να αποφύγει οποιαδήποτε ενθάρρυνση του.

Ήθελε να μπορεί να τον κρατήσει από μια απόλυτη δήλωση. Αυτό θα ήταν τόσο οδυνηρό συμπέρασμα της σημερινής τους γνωριμίας! Και παρ 'όλα αυτά, δεν θα μπορούσε να βοηθήσει μάλλον να προβλέψει κάτι αποφασιστικό. Αισθάνθηκε σαν να μην περάσει η άνοιξη χωρίς να φέρει μια κρίση, ένα γεγονός, κάτι που θα αλλάξει την παρούσα σύνθετη και γαλήνια κατάσταση της.

Δεν ήταν πολύ μακρύς, αν και μάλλον μακρύτερος από τον κύριο. Που είχε προβλέψει η , προτού να έχει τη δύναμη να σχηματίζει κάποια άποψη για τα συναισθήματα του . Η οικογένεια δεν ήταν στην πόλη πολύ σύντομα όπως φανταζόταν, αλλά βρισκόταν στο πολύ σύντομα αργότερα. Έτρεξε για δυο ώρες. Δεν μπορούσε ακόμη να κάνει περισσότερα. Αλλά καθώς προερχόταν αμέσως από το στο , θα μπορούσε να ασκήσει όλη της τη γρήγορη παρατήρηση και να καθορίσει γρήγορα τον τρόπο με τον οποίο επηρεάστηκε και πώς πρέπει να ενεργήσει. Συναντήθηκαν με τη μέγιστη φιλικότητα. Δεν υπήρχε καμία αμφιβολία για τη μεγάλη του χαρά που την είδε. Αλλά είχε σχεδόν άμεση αμφιβολία για τη φροντίδα της για τη δική της, όπως είχε κάνει, για το ότι αισθάνθηκε την ίδια τρυφερότητα στον ίδιο βαθμό. Τον κοίταξε καλά. Ήταν σαφές ότι ήταν λιγότερο ερωτευμένος από ό, τι είχε. Απουσία,

Ήταν σε υψηλά πνεύματα. Ως έτοιμος να μιλήσει και να γελάσει όπως πάντα, και φάνηκε ευτυχής να μιλήσει για την προηγούμενη επίσκεψή του και να ξανασυμβεί σε παλιές ιστορίες: και δεν ήταν χωρίς ανησυχία. Δεν ήταν στην ηρεμία του ότι διάβαζε τη συγκριτική διαφορά του. Δεν ήταν ήρεμος. Τα πνεύματά του φαινόταν φρεσκάδα. Υπήρχε ανησυχία γι 'αυτόν. Ζωντανός όπως ήταν, φαινόταν μια ζωντάνια που δεν ικανοποιούσε τον εαυτό του. Αλλά αυτό που αποφάσισε η πίστη της στο θέμα, ήταν η διαμονή του μόνο ένα τέταρτο της ώρας, και βιάζεται να κάνει άλλες κλήσεις στο . "είχε δει μια ομάδα παλιάς γνωριμίας στο δρόμο καθώς περνούσε - δεν είχε σταματήσει, δεν θα σταματούσε για κάτι περισσότερο από μια λέξη - αλλά είχε τη ματαιοδοξία να σκέφτεται ότι θα ήταν απογοητευμένοι αν δεν καλέσει και πολύ καθώς ήθελε να παραμείνει περισσότερο στο , πρέπει να βιαστεί. " δεν είχε καμία αμφιβολία για το αν ήταν λιγότερο ερωτευμένη - αλλά ούτε τα ταραγμένα πνεύματά του ούτε η βιασύνη του έμοιαζαν σαν μια τέλεια θεραπεία. Και μάλλον είχε την τάση να πιστεύει ότι εμπεριείχε φόβο της επιστρεφόμενης εξουσίας της, και μια διακριτική απόφαση να μην εμπιστευτεί τον εαυτό της με το μακρύ της.

Αυτή ήταν η μοναδική επίσκεψη από την ειλικρινή εκκλησία κατά τη διάρκεια δέκα ημερών. Συχνά ελπίζει, προτίθεται να έρθει - αλλά πάντα αποτράπηκε. Η θεία του δεν μπορούσε να αντέξει να τον αφήσει να την αφήσει. Αυτός ήταν ο δικός του λογαριασμός στο . Αν ήταν ειλικρινής, αν ήθελε πραγματικά να έρθει, θα έπρεπε να συναχθεί ότι η κ. Η απομάκρυνση του στο Λονδίνο δεν είχε καμιά εξυπηρέτηση στο εσκεμμένο ή νευρικό μέρος της διαταραχής της. Ότι ήταν πραγματικά άρρωστος ήταν πολύ σίγουρος. Είχε δηλώσει τον εαυτό του πεπεισμένο, σε . Αν και πολλά μπορεί να είναι φανταχτερά, δεν μπορούσε να αμφιβάλει, όταν κοίταξε πίσω, ότι ήταν σε ασθενέστερη κατάσταση υγείας από ό, τι ήταν πριν από μισό χρόνο. Δεν πίστευε ότι θα προχωρούσε από κάτι που η φροντίδα και το φάρμακο δεν θα μπορούσε να αφαιρέσει, ή τουλάχιστον ότι δεν θα είχε πολλά χρόνια ύπαρξης μπροστά της. Αλλά δεν μπορούσε να επικρατήσει,

Σύντομα φάνηκε ότι το Λονδίνο δεν ήταν το μέρος γι 'αυτήν. Δεν μπορούσε να αντέξει το θόρυβο της. Τα νεύρα της ήταν υπό συνεχή ερεθισμό και πόνο. Και μέχρι το τέλος των δέκα ημερών, η επιστολή του ανιψιού της σε κοινοποίησε μια αλλαγή του σχεδίου. Επρόκειτο να απομακρυνθούν αμέσως στον . Κυρία. Ο είχε συστήσει την ιατρική ικανότητα ενός επιφανή ατόμου εκεί και είχε διαφορετικά μια φαντασία για τον τόπο. Ένα έτοιμο-επιπλωμένο σπίτι σε ένα αγαπημένο σημείο ασχολήθηκε, και πολλά οφέλη αναμένεται από την αλλαγή.

Η Έμμα άκουσε ότι η ειλικρίνεια έγραψε στα υψηλότερα πνεύματα αυτής της ρύθμισης και φάνηκε να εκτιμά πλήρως την ευλογία να έχουν δίμηνο μπροστά του μια τόσο κοντινή γειτονιά σε πολλούς αγαπημένους φίλους - γιατί το σπίτι είχε ληφθεί για το Μάιο και τον Ιούνιο. Της είπαν ότι τώρα έγραψε με τη μεγαλύτερη εμπιστοσύνη ότι ήταν συχνά μαζί τους, σχεδόν όσο συχνά θα ήθελε.

Η εμάς είδε τον κ. Ο κατάλαβε αυτές τις χαρούμενες προοπτικές. Την εξέταζε σαν την πηγή της ευτυχίας που πρόσφεραν. Ήλπιζε ότι δεν ήταν έτσι. Δύο μήνες πρέπει να το φέρει στην απόδειξη.

Κύριος. Η ευτυχία του ήταν αδιαμφισβήτητη. Ήταν πολύ ευχαριστημένος. Ήταν η ίδια η περίσταση που θα ήθελε. Τώρα, θα ήταν πραγματικά ειλικρινής στη γειτονιά τους. Τι ήταν εννέα μίλια με έναν νεαρό άνδρα; - μια ώρα βόλτα. Θα έρχονταν πάντοτε. Η διαφορά σε σχέση με τον και το Λονδίνο ήταν αρκετή για να κάνει όλη τη διαφορά να τον βλέπει πάντα και να τον βλέπει ποτέ. Δεκαέξι μίλια, δεκαοκτώ - πρέπει να είναι πλήρης δεκαοκτώ στο δρόμο του Μάντσεστερ - ήταν ένα σοβαρό εμπόδιο. Ήταν ποτέ σε θέση να ξεφύγει, η μέρα θα δαπανηθεί για να έρθει και να επιστρέψει. Δεν υπήρχε καμία άνεση στο να τον έχεις στο Λονδίνο. Θα μπορούσε επίσης να είναι σε ? Αλλά ο ήταν η μεγάλη απόσταση για εύκολη συνουσία. Καλύτερα από ό,τι πιο κοντά!

Ένα καλό πράγμα αμέσως ήρθε σε μια βεβαιότητα από αυτή την απομάκρυνση, -η μπάλα στο στέμμα. Δεν είχε ξεχαστεί πριν, αλλά σύντομα είχε αναγνωριστεί μάταια να προσπαθήσει να καθορίσει μια μέρα. Τώρα, ωστόσο, ήταν απολύτως απαραίτητο. Κάθε παρασκεύασμα επαναλήφθηκε και πολύ σύντομα μετά την απομάκρυνση των ιερέων από τον πλούτο, με λίγες γραμμές από την ειλικρίνεια, λέγοντας ότι η θεία του αισθάνθηκε ήδη πολύ καλύτερη για την αλλαγή και ότι δεν είχε καμία αμφιβολία ότι μπορούσε να τους προσχωρήσει για είκοσι χρόνια, τέσσερις ώρες σε κάθε δεδομένη στιγμή, τους ώθησε να ονομάσουν όσο το δυνατόν νωρίτερα μια μέρα.

Κύριος. Η μπάλα του έπρεπε να είναι ένα πραγματικό πράγμα. Ένα πολύ λίγα αύριο στέκονταν ανάμεσα στους νέους ανθρώπους του και της ευτυχίας.

Κύριος. Το ξυλουργείο παραιτήθηκε. Η εποχή του χρόνου ελαφρύνει τον κακό γι 'αυτόν. Μπορεί να ήταν καλύτερη για κάθε πράγμα από το Φεβρουάριο. Κυρία. Ο έμεινε για να περάσει το βράδυ στο , ο είχε την κατάλληλη ειδοποίηση και ελπίζαμε με αυθαίρετο τρόπο ότι ούτε αγαπητέ μικρά ούτε αγαπητός μικρό θα είχε οποιοδήποτε πράγμα με αυτά, ενώ η αγαπημένη Έμμα είχε φύγει.

Κεφάλαιο

Δεν σημειώθηκε κακοτυχία, και πάλι για να αποφευχθεί η μπάλα. Την ημέρα πλησίασε, την ημέρα έφτασε? Και μετά από ένα πρωινό κάποιου άγχους που παρακολουθούσε, ο αληθινός ιερέας, με όλη τη βεβαιότητα του εαυτού του, έφτασε πριν από το δείπνο, και όλα ήταν ασφαλή.

Καμία δεύτερη συνάντηση δεν είχε υπάρξει ακόμα μεταξύ του και της Έμμα. Το δωμάτιο στο στέμμα ήταν να το δει κανείς · - αλλά θα ήταν καλύτερο από μια κοινή συνάντηση σε ένα πλήθος. Κύριος. Η ήταν τόσο σοβαρή στις προσκλήσεις της για την άφιξή της εκεί όσο το δυνατόν συντομότερα, για να πάρει τη γνώμη της για την άνεση και την άνεση των δωματίων πριν να φτάσουν τα άλλα άτομα, ότι δεν θα μπορούσε να τον αρνηθεί και πρέπει να περάσουν κάποιο ήσυχο διάστημα στην εταιρεία του νεαρού άνδρα. Έπρεπε να μεταφέρει το και πήγαιναν στην κορώνα σε εύθετο χρόνο, το πάρτι ακριβώς μπροστά τους.

Ο ειλικρινής εκκλησία φάνηκε να ήταν στο ρολόι. Και παρόλο που δεν είπε πολλά, τα μάτια του δήλωσαν ότι σκόπευε να έχει ένα υπέροχο βράδυ. Όλοι περπατούσαν μαζί, για να δουν ότι όλα ήταν όπως θα έπρεπε. Και μέσα σε λίγα λεπτά ενώθηκαν με τα περιεχόμενα ενός άλλου φορέα, το οποίο η Έμμα δεν μπορούσε να ακούσει τον ήχο από την αρχή, χωρίς μεγάλη έκπληξη. "τόσο αδικαιολόγητα νωρίς!" αυτή θα αναφωνήσει? Αλλά αυτή τη στιγμή διαπίστωσε ότι ήταν μια οικογένεια παλιών φίλων, που έρχονταν, όπως και η ίδια, με ιδιαίτερη επιθυμία, για να βοηθήσουν τον κ. Η κρίση του . Και ακολουθήθηκαν τόσο πολύ από μια άλλη μεταφορά ξαδερφητών, που είχαν προσκληθεί να έρθουν νωρίς με την ίδια διακριτική σοβαρότητα, στο ίδιο εμπόδιο,

Η Έμμα αντιλαμβανόταν ότι η γεύση της δεν ήταν η μοναδική γεύση στην οποία ο κ. Ο εξαρτάται και αισθάνθηκε ότι το να είσαι το αγαπημένο και οικείο ενός ανθρώπου που είχε τόσους πολλούς στενούς και εμπιστευτικούς, δεν ήταν η πρώτη διάκριση στην κλίμακα της ματαιοδοξίας. Του άρεσε τα ανοικτά του τρόπους, αλλά λίγο λιγότερο ανοιχτόχρωμο θα τον έκανε υψηλότερο χαρακτήρα. - Γενική καλοσύνη, αλλά όχι γενική φιλία, έκανε έναν άνθρωπο αυτό που έπρεπε να είναι - θα μπορούσε να φανταστεί έναν τέτοιο άνδρα. Ολόκληρο το πάρτι περπάτησε, κοίταξε και επαίνεσε ξανά. Και έπειτα, έχοντας τίποτα άλλο να κάνει, σχημάτισαν ένα είδος μισού κύκλου γύρω από τη φωτιά, να παρατηρήσουν στους διάφορους τρόπους τους, μέχρι να ξεκινήσουν άλλα θέματα, που, αν και μπορεί, μια πυρκαγιά το βράδυ ήταν ακόμα πολύ ευχάριστη.

Η Έμμα διαπίστωσε ότι δεν ήταν κύριος. Το λάθος της ότι ο αριθμός των δημοτικών συμβούλων δεν ήταν ακόμα μεγαλύτερος. Είχαν σταματήσει στην κα. Την πόρτα του να προσφέρει τη χρήση της μεταφοράς τους, αλλά η θεία και η ανιψιά έπρεπε να φέρονται από τους .

Η ειλικρινής στέκεται δίπλα της, αλλά όχι σταθερά. Υπήρξε μια ανησυχία, η οποία έδειξε ένα μυαλό όχι άνετα. Κοιτούσε, πήγαινε στην πόρτα, προσέχοντας για τον ήχο άλλων αμαξιδίων, για να ξεκινήσει η νοσηλεύτρια ή φοβόταν να είναι πάντα κοντά της.

Κυρία. Ο Ελτον μίλησε. «Νομίζω ότι πρέπει να είναι εδώ σύντομα», είπε. "Έχω μεγάλη περιέργεια να δω την κ. , άκουσα τόσα πολλά της, δεν μπορεί να είναι μεγάλη, νομίζω, πριν έρθει".

Μια ακρόαση ακούστηκε. Ήταν σε κίνηση αμέσως? Αλλά επιστρέφοντας, είπε,

"ξεχνάω ότι δεν την γνωρίζω, δεν έχω δει ποτέ ούτε τον κ. Ούτε την κ. , δεν έχω καμία δουλειά για να προχωρήσω".

Κύριος. Και κα. Εμφανίστηκε? Και όλα τα χαμόγελα και οι ιδιότητες πέρασαν.

"αλλά χάσετε τις κωμοπόλεις και παραλείψτε το !" είπε ο κ. , κοιτάζοντας. "σκεφτήκαμε ότι θα τους φέρετε".

Το λάθος ήταν ελαφρύ. Η μεταφορά τους στάλθηκε τώρα. Η Έμμα θέλησε να μάθει ποια είναι η πρώτη άποψη της για την κα. Μπορεί να είναι? Πώς επηρεάστηκε από τη μελέτη της κομψότητας του φορέματός της και τα χαμόγελα της ευγένειας. Ήταν αμέσως προκριματικός για να σχηματίσει μια γνώμη, δίνοντάς της την πολύ σωστή προσοχή, μετά την εισαγωγή είχε περάσει.

Μέσα σε λίγα λεπτά το καράβι επέστρεψε - κάποιος μίλησε για βροχή. - "Θα δούμε ότι υπάρχουν ομπρέλες, κύριε," είπε ειλικρινά στον πατέρα του: "η δεν πρέπει να ξεχαστεί:" και μακριά πήγε. Κύριος. Ακολουθούσε. Αλλά η κ. Ο τον κράτησε, να τον ικανοποιήσει με τη γνώμη του γιου του. Και έτσι ξεκίνησε τόσο έντονα, ότι ο ίδιος ο νεαρός άνδρας, αν και δεν κινείται αργά, δεν μπορούσε να βγει από την ακοή.

"ένας πολύ καλός νεαρός άνδρας, κύριε , ξέρετε ότι σας είπα ειλικρινά ότι πρέπει να σχηματίσω τη δική μου γνώμη και είμαι ευτυχής να πω ότι είμαι πολύ ευχαριστημένος με τον ίδιο - μπορεί να με πιστέψετε. Να τον σκέφτεσαι ένας πολύ όμορφος νεαρός άνδρας και τα χαρίσματά του είναι ακριβώς αυτό που μου αρέσει και εγκρίνω - τόσο αληθινά ο κύριος, χωρίς την ελάχιστη εγωκενότητα ή κουταβινισμό - πρέπει να ξέρετε ότι έχω μια τεράστια αντιπαράθεση για τα κουτάβια - μια μεγάλη φρίκη γι 'αυτούς. Δεν ανέχτηκα ποτέ στο αχυρώνα σφενδάμου, ούτε ο θηλασμός ούτε εγώ είχαμε υπομονή ποτέ μαζί τους και χρησιμοποιήσαμε μερικές φορές για να πούμε πολύ κοφτερά πράγματα, η , η οποία είναι σχεδόν ήπια, έφερε πολύ καλύτερα μαζί τους ».

Ενώ μίλησε για το γιο του, κύριε. Η προσοχή του ήταν αλυσοδεμένη. Αλλά όταν έφτασε στο σφενδάμι, θα μπορούσε να θυμηθεί ότι υπήρχαν κυρίες που μόλις έφθασαν να παρακολουθήσουν και με χαρούμενα χαμόγελα πρέπει να βιαστούν μακριά.

Κυρία. Ο Έλτον στράφηκε στην κα. . "Δεν έχω καμία αμφιβολία ότι είναι η μεταφορά μας με τις και , ο αμαξοστοιχός μας και τα άλογα είναι τόσο εξαιρετικά γρήγορα!" - Πιστεύω ότι οδηγούμε ταχύτερα από οποιοδήποτε σώμα. "- Τι ευχαρίστηση είναι να στείλετε το κάθισμα ενός φίλου! Καταλαβαίνω ότι ήσαστε τόσο ευγενικοί που προσφέρατε, αλλά άλλη μια φορά θα είναι απολύτως περιττό, μπορεί να είστε σίγουροι ότι θα φροντίζω πάντα για αυτούς ».

Χαμογελαστά και παραλείποντας το , συνοδευόμενοι από τους δύο κύριους, μπήκαν μέσα στο δωμάτιο. Και κα. Ο Έλτον φάνηκε να το σκέφτεται τόσο πολύ ως καθήκον της. Να τους παραλάβει. Οι χειρονομίες και οι κινήσεις της θα μπορούσαν να γίνουν κατανοητές από οποιονδήποτε έβλεπε όπως το Έμμα. Αλλά τα λόγια της, τα λόγια του κάθε σώματος, χάθηκαν σύντομα κάτω από την αδιάκοπη ροή της , που μιλούσε και δεν είχε τελειώσει την ομιλία της πολλά λεπτά μετά την είσοδό της στον κύκλο της φωτιάς. Καθώς άνοιξε η πόρτα ακούστηκε,

"τόσο πολύ σας υποχρεώνω!" - δεν βρέχει καθόλου, τίποτα δεν σημαίνει ... Δεν με νοιάζει για τον εαυτό μου, αρκετά παχύ παπούτσια και η δηλώνει καλά! (μόλις βρισκόταν μέσα στην πόρτα) καλά αυτό είναι λαμπρό πράγματι - αυτό είναι αξιοθαύμαστο! - εξαιρετικά φτιαγμένο, κατά τη δική μου λέξη, τίποτα δεν θέλει, δεν θα μπορούσε να το φαντάζεσαι - τόσο καλά φωτισμένο! -, , ! -έχει δει ποτέ κάτι; , θα έπρεπε πραγματικά να είχατε λάμπα του .Ο καλός σόκς δεν θα ξέρει ξανά το δικό της δωμάτιο .. Την είδα την ώρα που ήρθα μέσα στην είσοδο: "Ω, κύριε ", είπε -αλλά είχα δεν υπάρχει χρόνος για περισσότερα. " Τον πληρούσε τώρα από την κα. .- "πολύ καλά, ευχαριστώ, κύριε, ελπίζω ότι είστε αρκετά καλά, πολύ χαρούμενος που το ακούτε, φοβούμενος ότι μπορεί να έχετε πονοκέφαλο! - να βλέπετε να περνάτε τόσο συχνά και να γνωρίζετε πόσο κόπο πρέπει να έχουν. Ευτυχής να το ακούσει. Αχ! Αγαπητή κυρία. , τόσο υποχρέωσή σας για τη μεταφορά!- εξαιρετικό χρόνο. Και είμαι έτοιμος. Δεν κράτησε τα άλογα για μια στιγμή. Πιο άνετη μεταφορά. -χ! Και είμαι βέβαιος ότι οι ευχαριστίες μας οφείλονται σε εσάς, κύριε. , με αυτό το σκορ. Κυρία. Ο είχε πολύ ευγενικά αποστείλει ένα ένα σημείωμα, ή θα έπρεπε να είχαμε - αλλά δύο τέτοιες προσφορές σε μια μέρα! -όπου ήταν τέτοιοι γείτονες. Είπα στη μητέρα μου, «κατά το λόγο μου, κυρία-». Ευχαριστώ, η μητέρα μου είναι εξαιρετικά καλά. Πήγε στον κύριο. Ξυλουργείο. Την έκανα να πάρει το σάλι της - γιατί τα βράδια δεν είναι ζεστά - τα μεγάλα νέα της σάλι. Το γαμήλιο δώρο της ντιξόν. - τόσο το είδος της να σκεφτεί τη μητέρα μου! Αγοράσατε στο , ξέρετε - κύριε. Επιλογή της . Υπήρχαν άλλες τρεις, λέει η Τζέιν, την οποία δίσταζαν για κάποιο χρονικό διάστημα. Ο συνταγματάρχης προτιμούσε μια ελιά. Αγαπημένη μου , είσαι σίγουρος ότι δεν υγράς τα πόδια σου; -ήταν μόνο μια σταγόνα ή δύο, αλλά τόσο φοβάμαι: -και κύριε. Η ειλικρινής εκκλησία ήταν τόσο μεγάλη - και υπήρχε ένα χαλί για να πατήσει επάνω-δεν θα ξεχάσω ποτέ την ακραία ευγένεια του. Κύριος. Ειλικρινής εκκλησία, πρέπει να σου πω ότι τα γυαλιά της μητέρας μου δεν ήταν ποτέ σφάλματα, το πριτσίνι δεν βγήκε ξανά. Η μητέρα μου συχνά μιλάει για την καλή σας φύση. ¶Δεν είμαστε συχνά, μιλάμε για τον κ. Ειλικρινή εκκλησία; εδώ λείπει το ξυλουργείο. - Αγαπητέ δάσκαλο, πώς το κάνεις; - Πολύ καλά σου ευχαριστώ πολύ καλά. Αυτό είναι συνάντηση αρκετά σε νεράιδα-τόπος! - αυτό μετασχηματισμό! -Μπορεί να μην συγχαρώ, ξέρω (κοιτάζοντας Έμμα πιο εφησυχαστικά) -όπως θα ήταν αγενής-αλλά με τη δική μου λέξη, , κοιτάζετε-πώς σας αρέσει η ' μαλλιά; είστε δικαστής. Το έκανε όλα αυτά.

Υπέροχο πώς κάνει τα μαλλιά της! -Όχι κομμωτήριο από το Λονδίνο, νομίζω ότι θα μπορούσε -αχ! . Δηλώνω-και η κ. . Πρέπει να πάει και να μιλήσει στο . Και κα. Για μια στιγμή. - πώς το κάνετε; πώς το κάνεις; - πολύ καλά, σου ευχαριστώ. Αυτό είναι ευχάριστο, έτσι δεν είναι; -που είναι αγαπητέ κύριε. ; -! Νατος. Μην τον ενοχλείτε. Πολύ καλύτερα απασχολούνται μιλώντας στις νέες κυρίες. Πώς το κάνεις, κύριε. Πλούταρντ; - Είδα εσύ την άλλη μέρα καθώς περνούσες μέσα από τις πόλεις. Οφού, διαμαρτύρομαι! - και καλός κύριος. Και ας χάσουμε την καρολίνα - μια τέτοια ομάδα φίλων! - και ο κ. Και ο κ. ! - πώς το κάνεις; πώς όλοι κάνεις; -καλή, καλά, είμαι πολύ υποχρεωμένος σε σας. Ποτέ καλύτερα. - Δεν ακούω άλλο κιβώτιο; - ποιος μπορεί να είναι αυτός; - Πολύ πιθανόν οι αντάξιοι τύποι. - Με το λόγο μου, αυτό είναι γοητευτικό να στέκεστε ανάμεσα σε τέτοιους φίλους! Και μια τέτοια ευγενική φωτιά! - είμαι πολύ καβουρδισμένος. Δεν καφέ, Σας ευχαριστώ, για μένα - μην πάρετε ποτέ καφέ. - Ένα μικρό τσάι, αν σας παρακαλώ, κύριε, μέχρι και αντίο, - μην βιαστείτε! Εδώ έρχεται. Κάθε πράγμα τόσο καλό! "

Ειλικρινής εκκλησία επέστρεψε στο σταθμό του από Έμμα; Και μόλις οι χαμένες μπουστάδες ήμασταν ήσυχοι, βρήκε τον εαυτό της αναγκαστικά να ακούει τον λόγο του κ. Και , οι οποίοι στέκονταν λίγο πίσω από την. - ήταν προσεκτικός. Αν ήθελε επίσης, δεν μπορούσε να προσδιορίσει. Μετά από ένα καλό πλήθος φιλοφρονήσεων να στο φόρεμά της και να δούμε, φιλοφρονήσεις πολύ ήσυχα και σωστά ληφθεί, κυρία. Ο ήταν προφανώς θέλησε να επιδοκιμάσει τον εαυτό του -και ήταν, "πώς σου αρέσει το φόρεμά μου;" πώς σου αρέσει η φινέτσα μου; "- πώς έχει κάνει τα μαλλιά μου;" - με πολλές άλλες σχετικές ερωτήσεις, όλοι απάντησαν με ευγένεια ασθενούς . Κυρία. Ο Έλτον είπε τότε: "Κανείς δεν μπορεί να σκέφτεται λιγότερο από το φόρεμα σε γενικές γραμμές από ότι εγώ - αλλά σε μια τέτοια περίπτωση, όταν όλα τα μάτια του σώματος είναι τόσο πάνω μου, και σε φιλοφρονισμό στους δυτικούς - που δεν έχω καμία αμφιβολία δίνουν αυτή την μπάλα κυρίως για να μου κάνουν τιμή - δεν θα ήθελα να είμαι κατώτερος από τους άλλους. Και βλέπω πολύ λίγα μαργαριτάρια στην αίθουσα εκτός από τη δική μου. - Έτσι, ο είναι χορευτής της πρωτεύουσας, καταλαβαίνω. - Θα δούμε αν τα στυλ μας ταιριάζουν - ένας λεπτός νεαρός είναι σίγουρα ειλικρινής . Μου αρέσει πολύ καλά ".

Αυτή τη στιγμή η ειλικρίνεια άρχισε να μιλάει τόσο έντονα, ότι η Έμμα δεν μπορούσε παρά να φανταστεί ότι είχε ακούσει τις δικές της εγκωμίες και δεν ήθελε να ακούσει περισσότερο - και οι φωνές των κυριών πνιγόταν για λίγο, μέχρι μια άλλη αναστολή έφερε τους κ. Οι ήχοι του είναι και πάλι ξεκάθαρα προς τα εμπρός. Ο είχε μόλις ενταχθεί και η γυναίκα του αναφώνησε,

"Ω! Μας βρήκατε επιτέλους, έχετε, στην απομόνωσή μας;" Ήταν αυτή η στιγμή λέγοντας , σκέφτηκα ότι θα αρχίσετε να είστε ανυπόμονοι για τα νέα μας. "

"!" - επαναλαμβανόμενος εκκλησιαστικός ιερέας με έκπληξη και δυσαρέσκεια. - "αυτό είναι εύκολο - αλλά η δεν το απορρίπτει, υποθέτω".

"πώς σου αρέσει η κ. ;" είπε ο Έμμα με ψιθυριστό.

"καθόλου."

"είσαι αχάριστος."

"ανόητο!" - τι εννοείς; " τότε αλλάζοντας από ένα συνοφρύωμα σε ένα χαμόγελο - "όχι, μην μου πείτε - δεν θέλω να μάθω τι εννοείς - πού είναι ο πατέρας μου - πότε πρέπει να αρχίσουμε να χορεύουμε;"

Η Έμμα δύσκολα θα μπορούσε να τον καταλάβει. Έμοιαζε με ένα περίεργο χιούμορ. Έφυγε για να βρει τον πατέρα του, αλλά γρήγορα γύρισε ξανά μαζί με τον κ. Και κα. . Είχε συναντηθεί μαζί τους σε μια μικρή περίπλοκη κατάσταση, η οποία πρέπει να τεθεί πριν από την Έμμα. Είχε μόλις συμβεί στην κυρία. Ότι η κ. Ο πρέπει να κληθεί να ξεκινήσει την μπάλα. Ότι θα το περίμενε. Που παρεμπόδισαν όλες τις επιθυμίες τους να δώσουν αυτή τη διάκριση. - Η Έμμα άκουσε τη θλιβερή αλήθεια με σθένος.

"και τι πρέπει να κάνουμε για έναν κατάλληλο συνεργάτη γι 'αυτήν;" είπε ο κ. . "αυτή θα πρέπει να σκεφτεί ειλικρινής πρέπει να την ρωτήσω".

Η ειλικρινή μετατράπηκε αμέσως σε Έμμα, για να διεκδικήσει την προηγούμενη υπόσχεσή της. Και καυχήθηκε τον εαυτό του έναν αφοσιωμένο άνθρωπο, τον οποίο ο πατέρας του κοίταξε την πιο τέλεια έγκριση του - και φάνηκε τότε ότι η κ. Ο ήθελε να χορέψει με την κα. Τον εαυτό του, και ότι η επιχείρησή τους ήταν να βοηθήσει να τον πείσει σε αυτό, το οποίο έγινε αρκετά σύντομα. Και κ. Έλτον οδήγησε τον δρόμο, κύριε. Ειλικρινής εκκλησία και λείπει το ξύλο. Η Έμμα πρέπει να υποβληθεί σε δεύτερη θέση στην κα. , αν και πάντα θεωρούσε την μπάλα ως ιδιαιτέρως γι 'αυτήν. Ήταν σχεδόν αρκετό για να κάνει τη σκέψη της να παντρευτεί. Κυρία. Είχε αναμφισβήτητα το πλεονέκτημα, αυτή τη στιγμή, με ματαιοδοξία εντελώς ικανοποιημένος? Γιατί αν και είχε την πρόθεση να ξεκινήσει με την ειλικρινή εκκλησία, δεν μπορούσε να χάσει την αλλαγή. Κύριος. Ο μπορεί να είναι ανώτερος του γιου του. - Παρά το μικρό τρίψιμο, ωστόσο, η Έμμα χαμογέλασε με απόλαυση, ευχαριστημένος που είδε το αξιοσέβαστο μήκος του σετ καθώς σχημάτιζε και αισθάνθηκε ότι είχε τόσες πολλές ώρες ασυνήθιστης γιορτής μπροστά της. - Ήταν περισσότερο ενοχλημένος από τον κ. Ο δεν χορεύει παρά με τίποτα άλλο. -όταν υπήρχε, ανάμεσα στους αγωνιζόμενους, όπου δεν έπρεπε να είναι. Θα έπρεπε να χορεύει, να μην ταξινομεί τον εαυτό του με τους συζύγους και τους πατέρες και τους παίκτες που υποκρίνονταν να παριστάνουν ενδιαφέρον για το χορό μέχρι να φτιαχτούν τα ελαστικά τους, τόσο νέοι όσο κοίταζε! Έχουν φανεί σε μεγαλύτερο πλεονέκτημα ίσως οπουδήποτε, απ'όπου βρισκόταν. Ο ψηλός, σταθερός, όρθιος αριθμός του, ανάμεσα στις ογκώδεις μορφές και στους ώμους των ηλικιωμένων ανδρών, ήταν όπως το Έμμα που αισθάνθηκε ότι πρέπει να τραβήξει τα μάτια του κάθε σώματος. Και, εκτός από το δικό της συνεργάτη, δεν υπήρχε κανένας ανάμεσα σε ολόκληρη τη σειρά νεαρών ανδρών που θα μπορούσαν να συγκριθούν με τον ίδιο. - Κινούσε μερικά βήματα πιο κοντά και αυτά τα λίγα βήματα αρκούσαν για να αποδείξουν πόσο γοητευτικός τρόπος, με ποια φυσική χάρη έπρεπε να χόρευε, θα έπαιρνε το πρόβλημα. Όποτε έβλεπε το μάτι του, τον ανάγκασε να χαμογελάσει. Αλλά σε γενικές γραμμές έβλεπε σοβαρή. Ήθελε να αγαπάει καλύτερα μια αίθουσα χορού, και θα μπορούσε να αρέσει η ειλικρινή εκκλησία καλύτερα. - φάνηκε συχνά την παρατηρώντας. Δεν πρέπει να κολακεύει τον εαυτό της ότι σκέφτηκε το χορό της, αλλά αν επικρίνει τη συμπεριφορά της, δεν αισθάνθηκε φοβισμένος. Δεν υπήρχε τίποτα σαν φλερτ μεταξύ της και του συνεργάτη της. Φαίνονταν περισσότερο σαν χαρούμενοι, εύκολους φίλους, από τους εραστές. Ότι ο αληθινός τσόρτσιλ σκέφτηκε λιγότερα από ό, τι είχε κάνει, ήταν αδιαμφισβήτητο. Και αυτά τα λίγα βήματα ήταν αρκετά για να αποδείξουν πόσο τρελός τρόπος, με τη φυσική χάρη που έπρεπε να χόρευε, θα έπαιρνε το πρόβλημα. Όποτε έριξε το μάτι του, τον ανάγκασε να χαμογελάσει. Αλλά σε γενικές γραμμές έβλεπε σοβαρή. Ήθελε να αγαπάει καλύτερα μια αίθουσα χορού, και θα μπορούσε να αρέσει η ειλικρινή εκκλησία καλύτερα. - φάνηκε συχνά την παρατηρώντας. Δεν πρέπει να κολακεύει τον εαυτό της ότι σκέφτηκε το χορό της, αλλά αν επικρίνει τη συμπεριφορά της, δεν αισθάνθηκε φοβισμένος. Δεν υπήρχε τίποτα σαν φλερτ μεταξύ της και του συνεργάτη της. Φαινόταν περισσότερο σαν χαρούμενοι, εύκολους φίλους, από τους εραστές. Ότι ο αληθινός τσόρτσιλ σκέφτηκε λιγότερα από ό, τι είχε κάνει, ήταν αδιαμφισβήτητο. Και αυτά τα λίγα βήματα ήταν αρκετά για να αποδείξουν πόσο τρελός τρόπος, με τη φυσική χάρη που έπρεπε να χόρευε, θα έπαιρνε το πρόβλημα. Όποτε έριξε το μάτι του, τον ανάγκασε να χαμογελάσει. Αλλά σε γενικές γραμμές έβλεπε σοβαρή. Ήθελε να αγαπάει καλύτερα μια αίθουσα χορού, και θα μπορούσε να αρέσει η ειλικρινή εκκλησία καλύτερα. - φάνηκε συχνά την παρατηρώντας. Δεν πρέπει να κολακεύει τον εαυτό της ότι σκέφτηκε το χορό της, αλλά αν επικρίνει τη συμπεριφορά της, δεν αισθάνθηκε φοβισμένος. Δεν υπήρχε τίποτα σαν φλερτ μεταξύ της και του συνεργάτη της. Φαινόταν περισσότερο σαν χαρούμενοι, εύκολους φίλους, από τους εραστές. Ότι ο αληθινός τσόρτσιλ σκέφτηκε λιγότερα από ό, τι είχε κάνει, ήταν αδιαμφισβήτητο. Τον ανάγκασε να χαμογελάσει. Αλλά σε γενικές γραμμές έβλεπε σοβαρή. Ήθελε να αγαπάει καλύτερα μια αίθουσα χορού, και θα μπορούσε να αρέσει η ειλικρινή εκκλησία καλύτερα. - φάνηκε συχνά την παρατηρώντας. Δεν πρέπει να κολακεύει τον εαυτό της ότι σκέφτηκε το χορό της, αλλά αν επικρίνει τη συμπεριφορά της, δεν αισθάνθηκε φοβισμένος. Δεν υπήρχε τίποτα σαν φλερτ μεταξύ της και του συνεργάτη της. Φαινόταν περισσότερο σαν χαρούμενοι, εύκολους φίλους, από τους εραστές. Ότι ο αληθινός τσόρτσιλ σκέφτηκε λιγότερα από ό, τι είχε κάνει, ήταν αδιαμφισβήτητο. Τον ανάγκασε να χαμογελάσει. Αλλά σε γενικές γραμμές έβλεπε σοβαρή. Ήθελε να αγαπάει καλύτερα μια αίθουσα χορού, και θα μπορούσε να αρέσει η ειλικρινή εκκλησία καλύτερα. - φάνηκε συχνά την παρατηρώντας. Δεν πρέπει να κολακεύει τον εαυτό της ότι σκέφτηκε το χορό της, αλλά αν επικρίνει τη συμπεριφορά της, δεν αισθάνθηκε φοβισμένος. Δεν υπήρχε τίποτα σαν φλερτ μεταξύ της και του συνεργάτη της. Φαινόταν περισσότερο σαν χαρούμενοι, εύκολους φίλους, από τους εραστές. Ότι ο αληθινός τσόρτσιλ σκέφτηκε λιγότερα από ό, τι είχε κάνει, ήταν αδιαμφισβήτητο. Φαινόταν περισσότερο σαν χαρούμενοι, εύκολους φίλους, από τους εραστές. Ότι ο αληθινός τσόρτσιλ σκέφτηκε λιγότερα από ό, τι είχε κάνει, ήταν αδιαμφισβήτητο. Φαινόταν περισσότερο σαν χαρούμενοι, εύκολους φίλους, από τους εραστές. Ότι ο αληθινός τσόρτσιλ σκέφτηκε λιγότερα από ό, τι είχε κάνει, ήταν αδιαμφισβήτητο.

Η μπάλα προχώρησε ευχάριστα. Τις αγωνίες που περιμένουν, την αδιάκοπη φροντίδα των κυριών. , δεν είχαν πεταχτεί. Κάθε σώμα φαινόταν ευτυχισμένος. Και ο έπαινος του να είναι μια ευχάριστη μπάλα, η οποία σπάνια χορηγείται μέχρι να σταματήσει η μπάλα, δόθηκε κατ 'επανάληψη στην αρχή της ύπαρξης αυτού. Των πολύ σημαντικών, πολύ ρεκόρ γεγονότων, δεν ήταν πιο παραγωγική από ό, τι συνήθως. Υπήρχε ένα, όμως, που η Έμμα σκέφτηκε κάτι - οι δύο τελευταίοι χοροί πριν το δείπνο ξεκίνησαν και ο δεν είχε σύντροφο - η μόνη νεαρή κοπέλα που καθόταν - και έτσι η ισότητα ήταν μέχρι τώρα ο αριθμός των χορευτών, πως θα μπορούσε να υπάρχει κάποιος απεμπλακεί ήταν το θαύμα! - αλλά το θαύμα του Έμμα μειώθηκε σύντομα αργότερα, βλέποντας τον κύριο. Περίπου. Δεν θα ζητούσε από τον Χάρι να χορέψει αν ήταν δυνατόν να αποφευχθεί:

Η διαφυγή, όμως, δεν ήταν το σχέδιό του. Ήρθε στο τμήμα της αίθουσας όπου συγκεντρώνονταν οι κάτοικοι, μίλησε σε μερικούς και περπάτησε μπροστά τους, σαν να έδειχνε την ελευθερία του και την απόφασή του να το διατηρήσει. Δεν παρέλιψε να είναι μερικές φορές απευθείας πριν από την , ή μιλώντας σε εκείνους που ήταν κοντά της. -Η Έμμα το είδε. Δεν χορευόταν ακόμη. Εργάζονταν από τον πυθμένα και είχε ως εκ τούτου αναψυχή για να κοιτάξει γύρω και με το να γυρνάει λίγο το κεφάλι της το είδε όλα. Όταν βρισκόταν στο μισό της σκηνής, όλη η ομάδα ήταν ακριβώς πίσω της και δεν θα επέτρεπε πλέον στα μάτια της να προσέχουν. Αλλά κύριε. Ο ήταν τόσο κοντά, ότι άκουγε κάθε συλλαβή ενός διαλόγου που μόλις έγινε μεταξύ του και της κας. ; και αντιλήφθηκε ότι η σύζυγός του, που στέκετο αμέσως πάνω της, όχι μόνο δεν ακούει, αλλά ακόμη και να τον ενθαρρύνετε από τις σημαντικές ματιές. - οι ευγενείς, ευγενείς. Ο είχε αφήσει το κάθισμά του να τον συνοδεύσει και να πει, "δεν χορεύεις, κύριε ;" στην οποία η άμεση απάντησή του ήταν "πολύ εύκολα, κυρία , αν θα χορέψετε μαζί μου".

"εγώ! -! -θα ήθελα να σας πάρει έναν καλύτερο συνεργάτη από τον εαυτό μου. Δεν είμαι κανένας χορευτής."

"αν η κυρία επιθυμεί να χορέψει", είπε, "θα είμαι πολύ ευχαριστημένος, είμαι βέβαιος -η, αν και αρχίζει να αισθάνεται τον εαυτό μου μάλλον έναν παλιό παντρεμένο άνδρα, και ότι οι μέρες που χορεύουν τελείωσαν, θα μου έδινε πολύ μεγάλη ευχαρίστηση ανά πάσα στιγμή να αντέξω με έναν παλιό φίλο όπως η κ. . "

"η κυρία δεν σημαίνει να χορέψει, αλλά υπάρχει μια νεαρή κοπέλα απεμπλοκή που θα πρέπει να είμαι πολύ χαρούμενος που βλέπω χορό- ." "Μην το είχατε παρατηρήσει." "Είστε εξαιρετικά υποχρεωμένοι - και αν δεν ήμουν ένας παλιός παντρεμένος άνδρας." "Αλλά οι μέρες που χορεύουν τελειώνουν, κ. , θα με συγχωρήσετε. Θα πρέπει να είναι πολύ ευχαριστημένοι, σύμφωνα με τις οδηγίες σας - αλλά οι μέρες που χορεύουν τελειώνουν. "

Κυρία. Η δεν είπε πια. Και η Έμμα θα μπορούσε να φανταστεί με ποια έκπληξη και θνησιμότητα πρέπει να επιστρέψει στο κάθισμά της. Αυτό ήταν κύριε. ! Το φιλόξενο, υποχρεωτικό, ευγενικό κύριο. . - κοίταξε για μια στιγμή; Είχε προσχωρήσει ο κ. Σε μικρή απόσταση και προετοίμαζε τακτοποιημένη συνομιλία, ενώ μεταξύ αυτού και της συζύγου του πέρασαν χαμόγελα υψηλής χαράς.

Δεν θα κοίταζε ξανά. Η καρδιά της ήταν σε μια λάμψη, και φοβόταν ότι το πρόσωπό της θα μπορούσε να είναι τόσο ζεστό.

Σε μια άλλη στιγμή μια πιο ευτυχισμένη ματιά την έπιασε ·
- κύριε. Κορυφαίος στο σύνολο! -όταν ήταν πιο , σπάνια πιο ευχαριστημένος, από εκείνη τη στιγμή. Ήταν ευχαρίστηση και ευγνωμοσύνη, τόσο για τη Χάριετ όσο και για τον εαυτό της, και θέλησε να τον ευχαριστήσει. Και αν και πολύ μακριά για ομιλία, το πρόσωπό της είπε πολύ, αμέσως μόλις θα μπορούσε να πιάσει το μάτι του ξανά.

Ο χορός του αποδείχτηκε ακριβώς αυτό που είχε πιστέψει, εξαιρετικά καλός. Και ο Χάριετ θα φαινόταν σχεδόν τυχερός, αν δεν ήταν για τη σκληρή κατάσταση των πραγμάτων πριν και για την απόλυτη απόλαυση και πολύ μεγάλη αίσθηση της διάκρισης που ανακοίνωσαν τα χαρούμενα χαρακτηριστικά της. Δεν είχε πεταχτεί πάνω της, οριοθετούσε ψηλότερα από ποτέ, πέταξε πιο κάτω στη μέση και ήταν σε συνεχή πορεία χαμόγελου.

Κύριος. Ο είχε υποχωρήσει στην αίθουσα του , κοιτάζοντας (Έμμα έμπιστος) πολύ ανόητος. Δεν σκέφτηκε ότι ήταν τόσο σκληρή όσο η σύζυγός του, αν και μεγάλωνε πολύ σαν την · - μίλησε μερικά από τα συναισθήματά της, παρατηρώντας ακουστικά στο σύντροφό της,

" έχει κρίμα για την κακή μικρή !" - πολύ καλή-φύση, δηλώνω. "

Δείπνο ανακοινώθηκε. Η κίνηση άρχισε. Και οι χαμένες μπότες μπορεί να ακουστούν από εκείνη τη στιγμή, χωρίς διακοπή, μέχρι να καθίσει στο τραπέζι και να πάρει το κουτάλι της.

Και ποιοι ήταν οι συνεργάτες σας. 'Ω!' είπε εγώ, «δεν θα προλάβω ? Άφησα το χορό της με τον κ. ; θα αγαπήσει να σας πει όλα αυτά για μένα το πρωί: ο πρώτος συνεργάτης της ήταν ο κ. , δεν ξέρω ποιος θα την ρωτήσει επόμενη, ίσως κύριε. . ' αγαπητέ κύριό μου, είστε υπερβολικά υποχρεωτικός. -Υπάρχει κανένας που δεν θα προτιμούσατε; -Δεν είμαι ανυπόμονος. Κύριε, είσαι πολύ ευγενικός. Με τη λέξη μου, σε ένα βραχίονα, και εγώ από την άλλη! - Σταματήστε, σταματήστε, ας σταθεί λίγο πίσω, κυρία. Πηγαίνει? Αγαπητή κυρία. , πόσο κομψή είναι η εμφάνιση! - όμορφη δαντέλα! - Τώρα όλοι ακολουθούμε στο τρένο της. Η βασίλισσα της βραδιάς! -Εδώ, βρισκόμαστε στο πέρασμα. Δύο βήματα, , φροντίστε τα δύο βήματα. Ω! Όχι, υπάρχει μόνο ένα. Καλά, ήμουν πεπεισμένος ότι υπήρχαν δύο. Πόσο πολύ περίεργο! Ήμουν πεπεισμένος ότι υπήρχαν δύο, και υπάρχει μόνο ένα. Ποτέ δεν είδα τίποτα ίσο με την άνεση και τα στυλ-κεριά παντού. - Σας έλεγα για τη γιαγιά σας, , - υπήρξε μια μικρή απογοήτευση. - τα ψημένα μήλα και μπισκότα, άριστα στο δρόμο τους, ξέρετε. Αλλά υπήρχε ένα λεπτό από γλυκό ψωμί και κάποια σπαράγγια έφερε στην αρχή, και καλός κύριος. Ξύλο, δεν σκέφτονται τα σπαράγγια αρκετά βρασμένα αρκετά, έστειλε όλα έξω και πάλι. Τώρα δεν υπάρχει τίποτα που η γιαγιά αγαπά καλύτερα από το γλυκό και τα σπαράγγια - γι 'αυτό ήταν μάλλον απογοητευμένη, αλλά συμφωνήσαμε ότι δεν θα μιλούσαμε σε κανένα σώμα, φοβούμενοι ότι θα έφτανε στο δάσος, που θα ανησυχούσε τόσο πολύ! - καλά, αυτό είναι λαμπρό! Είμαι όλοι έκπληξη! Δεν θα μπορούσα να υποθέσω τίποτα! - τόσο κομψότητα και αφθονία! - Δεν έχω δει τίποτα σαν αυτό από τότε - καλά, πού θα καθίσουμε; Πού θα καθίσουμε; οπουδήποτε, έτσι ώστε η να μην είναι σε σχέδιο. Όπου κάθομαι δεν έχει καμία συνέπεια. Ω! Συνιστούμε αυτή την πλευρά; -Είμαι σίγουρος, κύριε. -μόνο φαίνεται πολύ καλό, αλλά ακριβώς όπως σας αρέσει. Αυτό που κατευθύνετε σε αυτό το σπίτι δεν μπορεί να είναι λάθος. Αγαπητή , πώς θα θυμηθούμε ποτέ τα μισά πιάτα για τη γιαγιά; σούπα πάρα πολύ! Ευλόγησε με! Δεν πρέπει να βοηθώ τόσο σύντομα, αλλά το μυρίζει εξαιρετικά, και δεν μπορώ να βοηθήσω την αρχή ".

Η Έμμα δεν είχε την ευκαιρία να μιλήσει στον κ. Μέχρι το δείπνο? Αλλά, όταν ήταν όλοι στην αίθουσα εκδηλώσεων ξανά, τα μάτια της τον προσκάλεσαν να έλθει σε επαφή μαζί της και να ευχαριστηθεί. Ήταν ζεστός στην εκλαΐκευση του κ. Συμπεριφορά του ; ήταν αδικαιολόγητη αγένεια. Και κα. Το βλέμμα του έλαβε επίσης το οφειλόμενο ποσοστό μομφής.

"στόχος τους ήταν να τραυματίσουν περισσότερο από τον ", δήλωσε. "Έμμα, γιατί είναι αυτοί οι εχθροί σου;"

Κοίταξε με χαμογελαστή διείσδυση. Και, χωρίς να λάβει απάντηση, πρόσθεσε, "δεν πρέπει να θυμώνεται με σας, υποψιάζομαι, ό, τι μπορεί να είναι." - σ 'αυτό το σκεπτικό, δεν λέτε τίποτα, βέβαια, αλλά ομολογήστε, Έμμα, ότι ήθελε να παντρεύετε το Χάριετ. "

"έκανα", απάντησε Έμμα, "και δεν μπορούν να με συγχωρήσουν."

Κούνησε το κεφάλι του. Αλλά υπήρχε ένα χαμόγελο απόλαυσης με αυτό, και μόνο ο ίδιος είπε,

"Δεν θα σας πειράξει, σας αφήνω στις δικές σας σκέψεις."

"μπορείς να με εμπιστεύεσαι με τέτοιους πλαδαρούς;" κάνει το μάταιο πνεύμα μου να μου πεις ποτέ ότι κάνω λάθος; "

"όχι το μάταιο πνεύμα σου, αλλά το σοβαρό σου πνεύμα." Αν κάποιος σου οδηγήσει λάθος, είμαι βέβαιος ότι ο άλλος σου το λέει. "

"εγώ κάνω τον εαυτό μου για να είμαι απολύτως λάθος στο κύριο , υπάρχει μια λίμνη γι 'αυτόν που ανακαλύψατε, και που δεν είχα: και είμαι απόλυτα πεπεισμένος ότι είναι ερωτευμένος με . Παράξενα λάθη! "

"και σε αντάλλαγμα για την αναγνώρισή σας τόσο πολύ, θα σας κάνω την δικαιοσύνη να λέτε ότι θα έχετε επιλέξει γι 'αυτόν καλύτερο από ό, τι επέλεξε για τον εαυτό του. -Η έχει κάποιες πρώτες ιδιότητες, τις οποίες η κ. Είναι εντελώς χωρίς, μια απρόσμενη, ενιαία, ατέλειωτη κοπέλα-απείρως να προτιμάται από οποιονδήποτε άνθρωπο με νόημα και γεύση σε μια γυναίκα όπως η κ. , βρήκα το πιο συζητήσιμο από όσο περίμενα.

Το Έμμα ήταν εξαιρετικά ευχαριστημένο. - Διακόπηκαν από τη φασαρία του κ. Το κάλεσε κάθε σώμα να αρχίσει να χορεύει ξανά.

"Ελλειστε το ξύλο, χάσετε την ορχήστρα, παραλείψτε το , τι κάνεις όλοι;" - Αποκτήστε το Έμμα, ορίστε τους συντρόφους σας το παράδειγμα: κάθε σώμα είναι τεμπέλης, κάθε σώμα κοιμάται! "

"είμαι έτοιμος", είπε η Έμμα, "όποτε θέλω."

"με ποιον θα χορέψετε;" ρώτησε ο κ. .

Δίστασε μια στιγμή και στη συνέχεια απάντησε: "μαζί σου, αν με ρωτήσεις".

"θα σας?" είπε, προσφέροντας το χέρι του.

"πράγματι θα το καταλάβετε ότι μπορείτε να χορέψετε και ξέρετε ότι δεν είμαστε πραγματικά τόσο αδελφός και αδελφή ώστε να μην είναι καθόλου ακατάλληλοι".

"αδελφός και αδελφή, όχι."

Κεφάλαιο

Αυτή η μικρή εξήγηση με τον κ. Έδωσε Έμμα σημαντική ευχαρίστηση. Ήταν μια από τις ευχάριστες αναμνήσεις της μπάλας, την οποία περπατούσε για το γκαζόν το επόμενο πρωί για να απολαύσει. - Ήταν εξαιρετικά ευτυχής που είχαν φτάσει σε τόσο καλή κατανόηση όσον αφορά τους , και ότι οι απόψεις τους τόσο του συζύγου όσο και της συζύγου ήταν τόσο όμοια. Και ο έπαινος του , η παραχώρηση του προς όφελός του, ήταν ιδιαιτέρως ευχάριστη. Η αδιαφορία των ελλών, η οποία για λίγα λεπτά απειλούσε να καταστρέψει το υπόλοιπο της βραδιάς της, υπήρξε η αφορμή για μερικές από τις υψηλότερες ικανοποιήσεις της. Και ανυπομονούσε άλλο ευτυχές αποτέλεσμα - τη θεραπεία της παραφροσύνης του Χάριετ. - Από τη συζήτηση του Χάριετ για την περίσταση πριν εγκαταλείψουν την αίθουσα χορού, είχε μεγάλες ελπίδες. Φαινόταν σαν να ξαφνικά άνοιξαν τα μάτια της, και της δόθηκε η δυνατότητα να δει τον κύριο. Ο δεν ήταν το ανώτερο πλάσμα που τον πίστευε. Ο πυρετός τελείωσε και η Έμμα θα μπορούσε να φιλοξενήσει λίγο φόβο ότι ο παλμός θα επιταχυνθεί και πάλι από ζημιογόνο ευγένεια. Εξαρτάται από τα κακά συναισθήματα των για την προμήθεια όλης της πειθαρχίας της έντονης παραμέλησης που θα μπορούσε να είναι πιο απαιτητική. -Χάριε ορθολογικός, ειλικρινής όχι πολύ ερωτευμένος και ο κ. Δεν θέλουν να διαμαρτυρηθούν μαζί της, πόσο πολύ χαρούμενος ένα καλοκαίρι πρέπει να είναι μπροστά της! Ειλικρινή δεν είναι πάρα πολύ στην αγάπη, και ο κ. Δεν θέλουν να διαμαρτυρηθούν μαζί της, πόσο πολύ χαρούμενος ένα καλοκαίρι πρέπει να είναι μπροστά της! Ειλικρινή δεν είναι πάρα πολύ στην αγάπη, και ο κ. Δεν θέλουν να διαμαρτυρηθούν μαζί της, πόσο πολύ χαρούμενος ένα καλοκαίρι πρέπει να είναι μπροστά της!

Δεν έπρεπε να δει ειλικρινή σήμερα το πρωί. Της είχε πει ότι δεν μπορούσε να δεχτεί την ευχαρίστηση να σταματήσει στο Χάρτφιλντ, καθώς έπρεπε να είναι στο σπίτι μέχρι τα μέσα της ημέρας. Δεν το εξέφρασε τη λύπη του.

Έχοντας τακτοποιήσει όλα αυτά τα θέματα, τα κοίταξε και τα έβαλε όλα στα δικαιώματα, γυρνούσε απλά στο σπίτι με αποσταγμένα τα οινοπνευματώδη ποτά για τα αιτήματα των δύο μικρών αγοριών, καθώς και της τους, όταν το μεγάλο σιδερένιο σκούπισμα - άνοιξε μια πύλη και εισήγαγαν δύο άτομα, τα οποία δεν περίμενε ποτέ να βλέπει μαζί - το αληθινό εκκλησάκι, με τη χάρυα να ακουμπάει στο χέρι του - στην πραγματικότητα χάρυα! - μια στιγμή αρκούσε για να την πείσει ότι είχε συμβεί κάτι εξαιρετικό. Ο Χάριετ φαινόταν άσπρος και φοβισμένος και προσπαθούσε να το φωνάξει. - Οι σιδερένιες πύλες και η μπροστινή πόρτα δεν ήταν είκοσι ναυπηγεία, και οι τρεις ήταν σύντομα στην αίθουσα και ο Χάριετ αμέσως βυθισμένος σε μια καρέκλα έπεσε μακριά.

Μια νεαρή κοπέλα που λιποθυμεί, πρέπει να ανακτηθεί. Πρέπει να απαντηθούν ερωτήσεις και να εξηγηθούν εκπλήξεις. Τέτοιες εκδηλώσεις είναι πολύ ενδιαφέρουσες, αλλά η αγωνία τους δεν μπορεί να διαρκέσει πολύ. Λίγα λεπτά έκανε το Έμμα εξοικειωμένο με το σύνολο.

, και χάσετε , μια άλλη αίθουσα συνεδριάσεων στην κυρία. Ο θεάδρντ, ο οποίος βρισκόταν επίσης στη σφαίρα, είχε βγει μαζί και πήρε δρόμο, τον δρόμο , ο οποίος, αν και προφανώς αρκετά δημόσιος για ασφάλεια, τους είχε προκαλέσει συναγερμό - περίπου μισό μίλι από το , ξαφνικά στροφή, και βαθιά σκιασμένη από τα φτερά σε κάθε πλευρά, έγινε για μια σημαντική έκταση πολύ συνταξιούχος? Και όταν οι νεαρές κυρίες είχαν προχωρήσει σε κάποιο βαθμό, είχαν ξαφνικά αντιληφθεί σε μικρή απόσταση μπροστά τους, σε ένα ευρύτερο κομμάτι από πράσινο δίπλα στο πλευρό, ένα κόμμα τσιγγάνων. Ένα παιδί στο ρολόι, ήρθε προς αυτούς να ικετεύσουν? Και χάθηκε ο , φοβισμένος υπερβολικά, έδωσε μια μεγάλη κραυγή και κάλεσε τον να την ακολουθήσει, έτρεξε σε μια απότομη τράπεζα, έσφιξε ένα ελαφρύ στην κορυφή και έκανε το καλύτερο του δρόμου από μια σύντομη περικοπή στο . Αλλά η κακή δεν μπορούσε να ακολουθήσει. Είχε υποφέρει πολύ από κράμπες μετά το χορό και η πρώτη της προσπάθεια να ανεβάσει την τράπεζα έφερε μια τέτοια επιστροφή από αυτήν που την έκανε απολύτως ανίσχυρη - και σε αυτήν την κατάσταση, και με μεγάλη φόβο, ήταν υποχρεωμένη να παραμείνει.

Πώς θα έπρεπε να συμπεριφέρθηκαν οι τυχοδιώκτες, αν οι νεαροί κυρίες ήταν πιο θαρραλέοι, πρέπει να είναι αμφίβολοι. Αλλά μια τέτοια πρόσκληση για επίθεση δεν θα μπορούσε να αντισταθεί. Και η Χάριετ επιτέθηκε σύντομα από μισή ντουζίνα παιδιά, με επικεφαλής μια μεγάλη γυναίκα και ένα σπουδαίο αγόρι, όλα έντονα και αχρήστου στο βλέμμα, αν και όχι απολύτως σε λέξη. - όλο και πιο φοβισμένος, αμέσως τους υποσχέθηκε χρήματα και βγάζοντας το πορτοφόλι της, τους έδωσε ένα , και τους ζήτησε να μην θέλουν περισσότερα ή να χρησιμοποιήσουν την άρρωστη της. - Τότε ήταν σε θέση να περπατήσει, αν και αργά, και απομακρυνόταν - αλλά η τρομοκρατία και το πορτοφόλι της ήταν πολύ δελεαστικό, και ακολουθήθηκε ή μάλλον περιβάλλεται από ολόκληρη την συμμορία, απαιτώντας περισσότερο.

Σε αυτήν την κατάσταση ο Τσόρτσιλ της ειλικρινής την βρήκε, τρέμοντας και προετοιμάζοντας, έντονα και πονηρά. Από μια πολύ τυχερή ευκαιρία η αποχώρησή του από το είχε καθυστερήσει, ώστε να τον φέρει σε βοήθεια σε αυτήν την κρίσιμη στιγμή. Η ευχαρίστηση του πρωινού τον ώθησε να περπατήσει προς τα εμπρός και να αφήσει τα άλογά του να τον συναντήσουν με έναν άλλο δρόμο, ένα μίλι ή δύο πέρα από το - και να συμβεί να δανειστεί ένα ψαλίδι το προηγούμενο βράδυ της και να ξεχάσει για να τους αποκαταστήσει, ήταν υποχρεωμένος να σταματήσει στην πόρτα της και να πάει για λίγα λεπτά: ήταν επομένως αργότερα από ό, τι σκόπευε. Και με τα πόδια, ήταν αόρατη από όλο το κόμμα μέχρι σχεδόν κοντά τους. Ο τρόμος που δημιουργούσε η γυναίκα και το αγόρι στη Χαρριέ ήταν τότε το δικό τους μέρος. Τους είχε αφήσει εντελώς φοβισμένοι. Και ο Χάριετ προσκολλώντας με ανυπομονησία σε αυτόν, και δεν μπόρεσε να μιλήσει, είχε αρκετή δύναμη για να φτάσει στο Χάρτφιλντ, πριν ξεπεράσει τα πνεύματά της. Ήταν η ιδέα του να την φέρει στο : δεν είχε σκεφτεί κανένα άλλο μέρος.

Αυτό ήταν το ποσό ολόκληρης της ιστορίας, της επικοινωνίας του και της μόλις ανακτούσε τα αισθήματά της και την ομιλία της. Δεν τόλμησε να παραμείνει περισσότερο από το να την δει καλά. Αυτές οι πολλές καθυστερήσεις δεν τον άφησαν άλλο λεπτό να χάσει. Και η Έμμα δεσμεύεται να δώσει τη διαβεβαίωση της ασφάλειάς της στην κυρία. , και ειδοποίηση ότι υπάρχει ένα τέτοιο σύνολο ανθρώπων στη γειτονιά στον κύριο. , ξεκίνησε, με όλες τις ευγνώμονες ευλογίες που θα μπορούσε να εξηγήσει για τον φίλο της και τον εαυτό της.

Μια τέτοια περιπέτεια όπως αυτή, ένας υπέροχος νεαρός άνδρας και μια όμορφη νεαρή γυναίκα που ρίχτηκαν μαζί με αυτόν τον τρόπο, θα μπορούσε να αποτύχει να προτείνει ορισμένες ιδέες στη ψυχρότερη καρδιά και στον πιο σταθερό εγκέφαλο. Έτσι σκέφτηκε Έμμα, τουλάχιστον. Θα μπορούσε ένας γλωσσολόγος, ένας γραμματέας, να μπορούσε ακόμη και ένας μαθηματικός να δει αυτό που έκανε, να έχει δει την εμφάνισή του μαζί και να ακούσει την ιστορία του, χωρίς να αισθάνεται ότι οι συνθήκες ήταν δουλειές για να τους κάνουν ιδιαιτέρως ενδιαφέρουσες; πολύ περισσότερο πρέπει ένας φαντασιολόγος, όπως και ο ίδιος, να πυρπολήσει με εικασίες και προνοητικότητα! - ιδιαίτερα με μια τέτοια πρόβλεψη, όπως το μυαλό της είχε ήδη κάνει.

Ήταν ένα εξαιρετικό πράγμα! Τίποτα τέτοιο δεν είχε συμβεί ποτέ σε οποιαδήποτε νεαρή κυρία στο χώρο, μέσα στη μνήμη της. Δεν υπήρχε ξανά ησυχία, δεν υπήρχε συναγερμός αυτού του είδους - και τώρα αυτό είχε συμβεί στον ίδιο τον άνθρωπο και την ώρα που ο άλλος αυτός άνθρωπος αναγκάστηκε να περάσει για να τη διασώσει - ήταν σίγουρα εξαιρετική! , όπως έπραξε, την ευνοϊκή κατάσταση του μυαλού καθενός σε αυτή την περίοδο, την χτύπησε περισσότερο. Ήθελε να πάρει το καλύτερο της προσκόλλησής του στον εαυτό της, απλά αναρρώνει από τη μανία της για τον κ. . Φαινόταν σαν να ήταν όλα τα πράγματα ενωμένα για να υποσχεθούν οι πιο ενδιαφέρουσες συνέπειες. Δεν ήταν δυνατόν το περιστατικό να μην συνιστά έντονα το ένα στο άλλο.

Στη συζήτηση λίγων λεπτών που είχε ακόμα μαζί του, ενώ ο Χάριετ ήταν εν μέρει ανυπόφορος, είχε μιλήσει για την τρομοκρατία, την αθωότητά της, τη θλίψη της καθώς κατέλαβε και συγκρατήθηκε στο χέρι του, με ευαισθησία ευχάριστη και ευχαριστημένη. Και μόλις επιτέλους, αφού είχε δοθεί η δήλωση του Χάριετ, είχε εκφράσει την αγανάκτησή του για την αποτρόπαια αλαζονεία της με τους πιο ζεστούς όρους. Κάθε πράγμα ήταν να πάρει τη φυσική του πορεία, ωστόσο, ούτε ώθησε ούτε βοήθησε. Δεν θα ανακατέψει ένα βήμα, ούτε θα ρίξει μια υπόδειξη. Όχι, είχε αρκετή παρέμβαση. Δεν μπορεί να υπάρξει βλάβη σε ένα σχέδιο, ένα απλό παθητικό σύστημα. Δεν ήταν παρά μια ευχή. Πέρα από αυτό δεν θα προχωρήσει σε καμία περίπτωση.

Το πρώτο ψήφισμα της Έμμα ήταν να κρατήσει τον πατέρα της από τη γνώση του τι είχε περάσει - γνωρίζοντας το άγχος και τον συναγερμό που θα επέτρεπε: αλλά σύντομα θεώρησε ότι η απόκρυψη πρέπει να είναι αδύνατη. Μέσα σε μισή ώρα ήταν γνωστή σε όλο το . Ήταν το ίδιο το γεγονός να εμπλακούν όσοι μιλούν περισσότερο, τους νέους και τους χαμηλός. Και όλοι οι νέοι και οι υπηρέτες στη θέση τους ήταν σύντομα στην ευτυχία των τρομακτικών ειδήσεων. Η μπάλα της τελευταίας νύχτας φάνηκε χαμένη στους τσιγγάνους. Κακός κύριος. Το ξύλο ξύπνησε καθώς καθόταν και, όπως είχε προβλέψει η εμάς, δεν θα ικανοποιούσε κανείς χωρίς την υπόσχεσή του να ξαναγίνει πέρα από τα θάμνους ξανά. Ήταν λίγη άνεση σε αυτόν που πολλές έρευνες μετά από τον εαυτό του και χάσετε το ξυλουργείο (γιατί οι γείτονές του ήξεραν ότι του άρεσε να διερωτηθεί), καθώς και οι , έρχονταν κατά τη διάρκεια της υπόλοιπης ημέρας. Και είχε την ευχαρίστηση να επιστρέψει για απάντηση, ότι ήταν όλοι αδιάφοροι - που, αν και δεν ήταν ακριβώς αλήθεια, επειδή ήταν απολύτως καλά, και η όχι πολύ διαφορετικά, η Έμμα δεν θα παρέμβει. Είχε γενικώς μια δυστυχισμένη κατάσταση υγείας για το παιδί ενός τέτοιου άνδρα, επειδή γνώριζε ελάχιστα τι ήταν η δυσφήμιση. Και αν δεν εφευρέσει ασθένειες γι 'αυτήν, δεν θα μπορούσε να κάνει τίποτα σε ένα μήνυμα.

Οι τσιγγάνικοι δεν περίμεναν τις πράξεις της δικαιοσύνης. Έσβησαν σε βιασύνη. Οι νεαροί κυρίες του θα μπορούσαν να έχουν περπατήσει πάλι με ασφάλεια πριν ξεκινήσει ο πανικός τους και όλη η ιστορία συρρικνώθηκε σύντομα σε ένα θέμα ελάχιστης σημασίας, αλλά για την Έμμα και τους ανιψιούς της: -στη φαντασία της διατήρησε το έδαφός της και ο και ο ήταν ακόμα ζητώντας καθημερινά την ιστορία του Χαρριέ και των τσιγγάνων και εξακολουθώντας να επιδεικνύει το δικαίωμά της αν διέφερε το παραμικρό από την αρχική αιτιολογική σκέψη.

Κεφάλαιο

Μια πολύ λίγες μέρες πέρασαν μετά από αυτή την περιπέτεια, όταν η Χάριετ ήρθε ένα πρωί στο Έμμα με ένα μικρό δέμα στο χέρι της και αφού καθόταν και δίσταζε, άρχισε:

«χάσετε το ξύλο - αν είστε ελεύθερος - έχω κάτι που θα ήθελα να σας πω - ένα είδος εξομολόγησης - και τότε, ξέρετε, θα τελειώσει».

Η Έμμα ήταν μια πολύ μεγάλη έκπληξη. Αλλά την παρακαλούσε να μιλήσει. Υπήρξε μια σοβαρότητα στον τρόπο της Χάρριτ που την προετοίμαζε, τόσο πολύ όσο τα λόγια της, για κάτι περισσότερο από απλό.

"είναι καθήκον μου και είμαι βέβαιος ότι είναι η επιθυμία μου", συνέχισε, "να μην έχουμε αποθεματικά μαζί σας για αυτό το θέμα. Καθώς είμαι ευτυχώς αρκετά μεταβαλλόμενο πλάσμα με σεβασμό, είναι πολύ κατάλληλο να έχετε το δεν θέλω να πω περισσότερα από ό,τι είναι αναγκαίο - είμαι πολύ ντροπιασμένος που έδωσα τη θέση μου όπως έκανα και τολμούν να πω ότι με καταλαβαίνεις ».

"ναι," είπε η Έμμα, "ελπίζω να το κάνω."

«πώς θα μπορούσα να φανταστώ τόσο καιρό ...», φώναξε θερμά ο . "φαίνεται σαν τρέλα! Δεν βλέπω τίποτα καθόλου εξαιρετικό σε αυτόν τώρα - δεν με νοιάζει αν τον συναντά ή όχι - εκτός από το ότι από τα δύο δεν θα τον έβλεπα - και μάλιστα θα πήγαινα οποιαδήποτε απόσταση γύρω από να τον αποφεύγω - αλλά δεν ζηλεύω τη γυναίκα του στο ελάχιστο · δεν θαυμάζω ούτε τη φθόνο της, όπως έκανα: είναι πολύ γοητευτική, τολμούν να πω, και όλα αυτά, αλλά νομίζω ότι είναι πολύ κακή και δυσάρεστη Δεν θα ξεχάσω ποτέ την εμφάνισή της την άλλη νύχτα! Όμως, σας διαβεβαιώνω, χάσετε το ξυλουργείο, δεν της εύχομαι τίποτα κακό. Όχι, ας είναι τόσο χαρούμενοι μαζί, δεν θα μου πείσουν άλλη στιγμή. Εσείς που μιλούσα αλήθεια, τώρα θα καταστρέψω - αυτό που θα έπρεπε να είχα καταστρέψει εδώ και πολύ καιρό - τι δεν έπρεπε ποτέ να κρατήσω - το ξέρω πολύ καλά (κοκκινίζοντας, καθώς μιλούσε) - ωστόσο, τώρα θα καταστρέψω όλα - και είναι συγκεκριμένη επιθυμία να το κάνετε με την παρουσία σας, ώστε να μπορείτε να δείτε πόσο ορθολογικός καλλιεργώ. Δεν μπορείς να μαντέψεις τι κατέχει αυτό το δέμα; »είπε με συνειδητή ματιά.

"δεν είναι το λιγότερο στον κόσμο. -έχει ποτέ σου δώσει κάτι;"

"δεν μπορώ να τα ονομάσω δώρα αλλά είναι πράγματα που έχω εκτιμήσει πάρα πολύ".

Κράτησε το δέμα απέναντί της και η Έμμα διάβαζε τις λέξεις πολύτιμους θησαυρούς στην κορυφή. Η περιέργειά της ήταν πολύ ενθουσιασμένη. Ο Χάριτ ξεδιπλώθηκε το δέμα και κοίταξε με ανυπομονησία. Μέσα σε αφθονία ασημένιου χαρτιού, ήταν ένα πολύ μικρό κιβώτιο μεταφοράς εμπορευμάτων, το οποίο άνοιξε ο Χάριετ: ήταν καλυμμένο με το πιο μαλακό βαμβάκι. Αλλά, εκτός από το βαμβάκι, η Εμμά είδε μόνο ένα μικρό κομμάτι γλάστρας.

"τώρα," είπε ο Χάριετ, "πρέπει να θυμηθείτε."

"όχι, πράγματι δεν το κάνω."

"αγαπητέ μου! Δεν θα έπρεπε να το σκέφτηκα ότι θα μπορούσατε να ξεχάσετε τι πέρασε σε αυτό το δωμάτιο σχετικά με το δικαστήριο, μια από τις τελευταίες στιγμές που συναντήσαμε ποτέ σε αυτό!" - ήταν πολύ λίγες μέρες πριν είχα την πληγή μου λαιμό-λίγο πριν ο κ. Ήρθε-νομίζω ότι το βράδυ. -Δεν θυμάσαι ότι κόβει το δάχτυλό του με τη νέα σου αξεσουάρ και το σύστημά σου για το δικαστήριο; - όμως, καθώς δεν είχε κανείς για σένα, και ήξερα ότι ήθελες να με προμηθεύσεις · και έτσι πήρα το δικό μου και έκοψα ένα κομμάτι · αλλά ήταν πολύ μεγάλο και το έκοψε μικρότερο και συνέχισε να παίζει λίγο χρόνο με αυτό που έμεινε πριν μου έδωσε πίσω μου και έτσι, με την ανοησία μου, δεν θα μπορούσα να βοηθήσω να κάνω ένα θησαυρό γι 'αυτό - το έβαλα ποτέ χωρίς να το χρησιμοποιήσω και το κοίταξα από καιρό σε εκείνο το μεγάλο κέφι ».

"αγαπημένο μου Χάριρι!" έριξε το χέρι μπροστά στο πρόσωπό της και πηδώντας, «με κάνει να ντρέπομαι περισσότερο από τον εαυτό μου απ 'ό, τι μπορώ να αντέξω, θυμάμαι ... Ξανά, το θυμάμαι όλα τώρα, όλα, εκτός από το να σώζεις αυτό το κειμήλιο - δεν ήξερα τίποτα από ότι μέχρι αυτή τη στιγμή, αλλά το κόψιμο του δακτύλου, και το συνιστώμενο δικαστήριο μου, λέγοντας ότι δεν είχα κανέναν για μένα! -χ! Τις αμαρτίες μου, τις αμαρτίες μου! - και έχω άφθονο όλη την ώρα στην τσέπη μου! Τα άχρηστα κόλπα μου - αξίζω να είμαι κάτω από ένα συνεχές ρουσούκι όλη την υπόλοιπη ζωή μου - καλά - (ξαπλώνουμε και πάλι) - να κάνουμε κάτι άλλο; "

"και είχατε πραγματικά κάποιο χέρι στον εαυτό σας; είμαι βέβαιος ότι ποτέ δεν το υποψιάστηκα, το κάνατε τόσο φυσικά".

"και έτσι βάζετε αυτό το κομμάτι του δικαστηρίου-χάρη για χάρη του!" είπε η Έμμα, ανακάμπτει από την κατάσταση της ντροπής και το συναίσθημά της χωρίζεται ανάμεσα στο θαύμα και τη διασκέδαση. Και κρυφά πρόσθεσε στον εαυτό της: «Κύριε να με ευλογήσει! Πότε θα έπρεπε ποτέ να σκεφτόμουν να βάλω από βαμβάκι ένα κομμάτι από το δικαστήριο που δεν είχε τραβήξει ο αληθινός ιερέας ... Ποτέ δεν είχα ίση με αυτό».

"εδώ," συνέχισε ξανά το χάρυρι, στρέφοντας ξανά στο κουτί της, "εδώ είναι κάτι ακόμα πιο πολύτιμο, εννοώ ότι αυτό ήταν πιο πολύτιμο, επειδή αυτό ήταν που κάποτε ανήκε σε αυτόν, το οποίο ποτέ δεν έκανε το δικαστήριο."

Η Έμμα ήταν πολύ πρόθυμη να δει αυτόν τον ανώτερο θησαυρό. Ήταν το τέλος ενός παλιού μολυβιού, το μέρος χωρίς κανένα μόλυβδο.

"αυτό ήταν πραγματικά του", δήλωσε ο Χάριετ .- "δεν θυμάστε ένα πρωί;" - ναι, τολμούν να πω ότι δεν το κάνετε, αλλά ένα πρωί - ξεχνώ ακριβώς την ημέρα - αλλά ίσως ήταν η Τρίτη ή η Τετάρτη πριν από εκείνο το βράδυ , ήθελε να κάνει ένα μνημόνιο στο βιβλίο τσέπης του, ήταν για μπύρα μπύρας, ο κ. Του είχε πει κάτι για τη ζύμωση ερυθρελάτης και ήθελε να το βάλει κάτω αλλά όταν έβγαλε το μολύβι του, υπήρξε τόσο μικρός μόλυβδος που σύντομα το έκοψε όλα μακριά και δεν θα το έκανε, έτσι εσείς τον δανείσατε άλλο, και αυτό έμεινε στο τραπέζι ως καλό για τίποτα, αλλά το έχω κρατήσει το μάτι σε αυτό και, μόλις το τόλμησα, το πιάσα, και ποτέ δεν χώρισα με αυτό πάλι από εκείνη τη στιγμή. "

«το θυμάμαι», φώναξε Έμμα. "θυμάμαι τέλεια αυτό.- μιλάμε για ερυθρελάτη-μπύρα.-Ω! Ναι-κύριε και λέω και οι δύο ότι μας άρεσε και ο κ. Φαίνεται να αποφάσισε να μάθει να το αρέσει πάρα πολύ. Ο κ. Στέκεται εδώ, δεν ήταν; Έχω μια ιδέα ότι στέκεται εδώ. "

"αχ! Δεν ξέρω δεν μπορώ να θυμηθώ - είναι πολύ περίεργο, αλλά δεν μπορώ να θυμηθώ - ο κ. Καθόταν εδώ, θυμάμαι, πολλά για το πού είμαι τώρα"

"καλά, συνεχίστε."

"δεν έχω τίποτα περισσότερο να σας δείξω, ή να πω - εκτός από το ότι τώρα θα τα πετάξω και τα δύο πίσω από τη φωτιά, και θα ήθελα να με δεις να το κάνω".

"ο φτωχός αγαπητός μου Χάριε!" και βρήκατε πραγματικά την ευτυχία να αξιολογείτε αυτά τα πράγματα; "

"ναι, απλά όπως ήμουν!" - αλλά είμαι αρκετά ντροπή για αυτό τώρα, και ευχόμαστε να ξεχάσω τόσο εύκολα όσο μπορώ να τους κάψει. Ήξερα ότι ήταν - αλλά δεν είχε αρκετό ψήφισμα για να χωρίσει μαζί τους. "

"αλλά, , είναι απαραίτητο να καεί το δικαστήριο-δεν έχω μια λέξη να πω για το κομμάτι του παλιού μολύβι, αλλά το δικαστήριο- μπορεί να είναι χρήσιμη."

«Θα είμαι πιο ευτυχισμένος να το καίνω», απάντησε ο .
"Έχει μια δυσάρεστη ματιά σε μένα, πρέπει να
απαλλαγούμε από κάθε πράγμα.-εκεί πηγαίνει, και υπάρχει
ένα τέλος, ευχαριστώ τον ουρανό!" του κ. . "

"και όταν," σκέφτηκε Έμμα, "θα υπάρξει μια αρχή του κ. ;"

Είχε σύντομα λόγο για να πιστέψει ότι η αρχή είχε ήδη
γίνει και δεν μπορούσε παρά να ελπίζει ότι ο τσιγγάνος, αν
και δεν είχε πει τίποτα, θα μπορούσε να αποδειχθεί ότι
έκανε χάρυρι. - περίπου ένα δεκαπενθήμερο μετά τον
συναγερμό, επαρκή εξήγηση και αρκετά απροσδιόριστο. Η
Έμμα δεν το σκέφτηκε αυτή τη στιγμή, η οποία έκανε τις
πληροφορίες που έλαβε πιο πολύτιμες. Απλώς είπε, κατά
τη διάρκεια κάποιου ασυνήθιστου , "καλά, , κάθε φορά που
θα παντρευτείτε θα σας συμβουλεύσει να το κάνετε και
έτσι" - και δεν σκέφτηκα τίποτα περισσότερο από αυτό,
μέχρι μετά από μια στιγμή σιωπής άκουσε λένε σε πολύ
σοβαρό τόνο, «δεν θα παντρευτώ ποτέ».

Τότε η Έμμα κοίταξε και αμέσως είδε πως ήταν. Και μετά
από μια στιγμή συζήτησης, σχετικά με το εάν πρέπει να
περάσει απαρατήρητο ή όχι, απάντησε,

"ποτέ δεν παντρεύεται!" - αυτό είναι ένα νέο ψήφισμα. "

"Είναι όμως αυτό που δεν θα αλλάξω ποτέ".

Μετά από ένα άλλο σύντομο δισταγμό, "ελπίζω να μην
προχωρήσει από-ελπίζω ότι δεν είναι σε φιλοφρόνηση για
τον κ. ;"

"Ο κ. Πράγματι!" "Οχι!" και η Έμμα μπορούσε να πιάσει
τα λόγια, "τόσο ανώτερη από τον κ. !"

Στη συνέχεια πήρε περισσότερο χρόνο για εξέταση. Δεν θα έπρεπε να προχωρήσει μακρύτερα; Θα έπρεπε να την αφήσει να περάσει και να μην υποψιάζεται τίποτα; Ίσως ο Χάριετ να σκεφτεί την κρύα ή θυμωμένη της αν το έκανε; ή ίσως αν ήταν απόλυτα σιωπηλός, θα μπορούσε να οδηγήσει μόνο τη να της ζητήσει να ακούσει πάρα πολύ. Και εναντίον οποιουδήποτε πράγματος, όπως μια τέτοια αδιαφορία, όπως μια τέτοια ανοικτή και συχνή συζήτηση για τις ελπίδες και τις πιθανότητες, ήταν απόλυτα επιλυμένη. - πίστευε ότι θα ήταν πιο συνετό να πει και να ξέρει αμέσως, όλα όσα εκείνος ήθελε να πει και ξέρω. Η απλή διαπραγμάτευση ήταν πάντα καλύτερη. Είχε προηγουμένως καθορίσει πόσο μακριά θα προχωρούσε, σε οποιαδήποτε εφαρμογή αυτού του είδους. Και θα ήταν ασφαλέστερο και για τους δύο, να επιταχυνθεί ο λογικός νόμος του ίδιου του εγκεφάλου. - αποφασίστηκε και έτσι μίλησε -

«το , εγώ δεν θα επηρεάσω την αμφισβήτηση του νόηματός σας» το ψήφισμά σας, ή μάλλον η προσδοκία σας ότι δεν θα παντρευτείτε ποτέ, προκύπτει από μια ιδέα ότι ο άνθρωπος που προτιμάτε θα ήταν υπερβολικά ο ανώτερός σας στην κατάσταση να σκεφτείτε - δεν είναι έτσι;

"Ωχ, χάστε το ξύλινο σπίτι, πιστέψτε με ότι δεν έχω το τεκμήριο να υποθέσω - πράγματι δεν είμαι τόσο τρελός - αλλά μου είναι ευχαρίστηση να τον θαυμάσω σε απόσταση - και να σκεφτώ την άπειρη υπεροχή του σε όλα τα υπόλοιπα τον κόσμο, με την ευγνωμοσύνη, το θαύμα και το σεβασμό, τα οποία είναι τόσο κατάλληλα, ειδικά σε μένα ".

"Δεν είμαι καθόλου έκπληκτος σε σας, . Η υπηρεσία που σας έδωσαν ήταν αρκετή για να ζεστάνετε την καρδιά σας".

"η εξυπηρέτηση! Ω! Ήταν μια τόσο αναπόφευκτη υποχρέωση! - η ίδια η ανάμνηση και όλα αυτά που αισθάνθηκα εκείνη τη στιγμή - όταν τον είδα να έρχεται - το ευγενές βλέμμα του - και η αθλιότητά μου πριν από μια τέτοια αλλαγή! Μια τέτοια αλλαγή από την τέλεια δυστυχία στην τέλεια ευτυχία! "

Και υπάρχουν αντιρρήσεις και εμπόδια πολύ σοβαρού χαρακτήρα. Αλλά ακόμα, , έχουν γίνει πιο θαυμάσια πράγματα, έχουν υπάρξει αγώνες μεγαλύτερης ανισότητας. Αλλά φροντίστε τον εαυτό σας. Δεν θα σε έκανα πολύ αυριανή. Αν και μπορεί να τελειώσει, να είστε βέβαιοι ότι θα αυξήσετε τις σκέψεις σας σ 'αυτόν, είναι ένα σήμα καλής γεύσης που πάντα θα ξέρω πώς να εκτιμήσω ".

Η Χάριετ άκουσε το χέρι της με σιωπηλή και υποτακτική ευγνωμοσύνη. Η Έμμα ήταν πολύ αποφασισμένη να σκεφτεί μια τέτοια συνημμένη όχι κακό για τον φίλο της. Η τάση της θα ήταν να αυξήσει και να τελειοποιήσει το μυαλό της - και πρέπει να την σώζει από τον κίνδυνο υποβάθμισης.

Κεφάλαιο

Σε αυτή την κατάσταση των συστημάτων, τις ελπίδες και τη συνύπαρξη, ο Ιούνιος άνοιξε στο . Στο γενικά δεν έφερε καμία ουσιαστική αλλαγή. Οι ηγέτες εξακολουθούσαν να μιλάνε για μια επίσκεψη από τους θηλάζοντες και για τη χρήση του -. Και η ήταν ακόμα στη γιαγιά της. Και καθώς η επιστροφή των στρατοπέδων από την Ιρλανδία καθυστέρησε πάλι, και ο Αύγουστος, αντί για το καλοκαίρι, που είχε καθοριστεί γι 'αυτό, ήταν πιθανό να παραμείνει εκεί πλήρης δύο μήνες περισσότερο, υπό την προϋπόθεση τουλάχιστον ότι ήταν σε θέση να νικήσει την κα. Της δραστηριότητας του στην υπηρεσία της και να αποφύγει να βιαστούμε σε μια ευχάριστη κατάσταση ενάντια στη θέλησή της.

Κύριος. , ο οποίος, για κάποιον λόγο που ήταν γνωστός στον εαυτό του, είχε σίγουρα λάβει μια πρώιμη ανυπαρξία στην ειλικρινή , αυξανόταν μόνο για να τον αντιπαθήσει περισσότερο. Άρχισε να τον υποπτεύεται για κάποια διπλή διαπραγμάτευση στην προσπάθειά του για το Έμμα. Ότι Έμμα ήταν το αντικείμενο του εμφανίστηκε αδιαμφισβήτητο. Κάθε πράγμα το δήλωσε. Τις δικές του επισημάνσεις, τις υποδείξεις του πατέρα του, τη σιωπηρή σιωπή της πεθεράς του. Όλα ήταν ενωμένα. Λόγια, συμπεριφορά, διακριτικότητα και αδιακρισία, είπε στην ίδια ιστορία. Αλλά ενώ τόσοι πολλοί τον αφιέρωσαν στην Έμμα, και η ίδια η Έμμα τον έκανε να χάρυε, κύριε. Ο άρχισε να τον υποπτεύεται με κάποια τάση να αστράφτει με την . Δεν μπορούσε να το καταλάβει. Αλλά υπήρχαν συμπτώματα νοημοσύνης μεταξύ τους - σκέφτηκε έτσι τουλάχιστον - συμπτώματα θαυμασμού από την πλευρά του, η οποία, αφού παρατηρούσε κάποτε, δεν μπορούσε να πείσει τον εαυτό του να σκεφτεί εντελώς κενό στο νόημα, ωστόσο θα ήθελε να ξεφύγει από οποιαδήποτε λάθη φαντασίας του Έμμα. Δεν ήταν παρούσα όταν άρχισε η υποψία. Γευμάτισε με την οικογένεια , και , στα '; και είχε δει μια ματιά, περισσότερο από ένα και μόνο βλέμμα, στην , η οποία, από τον θαυμαστή της , φάνηκε κάπως εκτός τόπου. Όταν ήταν και πάλι στην επιχείρησή τους, δεν μπορούσε να θυμηθεί αυτά που είχε δει. Ούτε θα μπορούσε να αποφύγει τις παρατηρήσεις οι οποίες, αν δεν ήταν σαν το κακό και η φωτιά του στο λυκόφως, η οποία, από τον θαυμαστή του χαμένου ξύλου, έμοιαζε κάπως εκτός τόπου.

Όταν ήταν και πάλι στην επιχείρησή τους, δεν μπορούσε να θυμηθεί αυτά που είχε δει. Ούτε θα μπορούσε να αποφύγει τις παρατηρήσεις οι οποίες, αν δεν ήταν σαν το κακό και η φωτιά του στο λυκόφως, η οποία, από τον θαυμαστή του χαμένου ξύλου, έμοιαζε κάπως εκτός τόπου. Όταν ήταν και πάλι στην επιχείρησή τους, δεν μπορούσε να θυμηθεί αυτά που είχε δει. Ούτε θα μπορούσε να αποφύγει τις παρατηρήσεις οι οποίες, αν δεν ήταν σαν το κακό και η φωτιά του στο λυκόφως,

"εγώ ο ίδιος δημιουργώ αυτό που είδα"

Τον έφεραν ακόμη πιο έντονη υποψία ότι υπήρχε κάτι ιδιωτικής αγάπης, ακόμη και ιδιωτικής κατανόησης, ανάμεσα στο και το .

Είχε περάσει μια μέρα μετά το δείπνο, όπως έκανε πολύ συχνά, για να περάσει τη βραδιά του στο . Η Έμμα και η επρόκειτο να περπατήσουν. Τους ένωσε. Και όταν επέστρεψαν, έπεσαν με ένα μεγαλύτερο κόμμα, οι οποίοι, όπως και οι ίδιοι, έκριναν ότι ήταν σκόπιμο να πάρουν την άσκησή τους νωρίς, καθώς ο καιρός απειλούσε τη βροχή. Κύριος. Και κα. Το και ο γιος τους, οι και η ανιψιά της, που συναντήθηκαν τυχαία. Όλοι ενωμένοι. Και όταν έφτασε στις πύλες του , η Έμμα, που ήξερε ότι ήταν ακριβώς το είδος της επίσκεψης που θα ήταν ευπρόσδεκτη στον πατέρα της, τους πίεσε να πάνε και να πίνουν τσάι μαζί του. Το κομματικό πάρτι συμφώνησε αμέσως με αυτό. Και μετά από μια αρκετά μακρά ομιλία από το , το οποίο λίγοι άνθρωποι άκουσαν, βρήκε επίσης την πιθανότητα να δεχτεί την πιο υποχρεωτική πρόσκληση του αγαπημένου δασικού ξυλουργού.

Καθώς έμπαιναν στο έδαφος, κύριε. Περρι πέρασε με άλογο. Οι κύριοι μιλούσαν για το άλογό του.

"από το αντίο", είπε ο ειλικρινής στην κα. Επί του παρόντος, "τι έγινε το σχέδιο του κ. Για την εγκατάσταση της μεταφοράς του;"

Κυρία. Ο κοίταξε έκπληκτος και είπε: "Δεν ήξερα ότι είχε ποτέ τέτοιο σχέδιο."

"Ναι, το είχα από εσάς, μου έγραψες λέξη πριν από τρεις μήνες".

"εμένα αδύνατο!"

"πράγματι το κάνατε, το θυμάμαι τέλεια, το αναφέρατε ως αυτό που θα έπρεπε να είναι σύντομα, η κ. Είπε σε κάποιον και ήταν πολύ ευχαριστημένη γι 'αυτό, λόγω της πειθούς της, καθώς σκέφτηκε ότι ήταν έξω ο κακός καιρός τον έκανε πολύ κακό, πρέπει να το θυμάσαι τώρα; "

"μετά από τη δική μου λέξη δεν το άκουσα μέχρι στιγμής."

"ποτέ ποτέ! Πραγματικά, ποτέ!" - μου μάλιστα, πώς θα μπορούσε να είναι; "- τότε πρέπει να το ονειρευόμουν - αλλά ήμουν απόλυτα πεπεισμένος - , περπατάς σαν να ήταν κουρασμένος. Σπίτι."

"τι είναι αυτό; τι είναι αυτό;" είπε ο κ. "για το απίθανο και το αμαξάκι;" ο πρόκειται να εγκαταστήσει τη μεταφορά του, ειλικρινά είμαι ευτυχής ότι μπορεί να το αντέξει οικονομικά, το είχατε από τον εαυτό του, αν είχατε εσείς; "

«όχι, κύριε», απάντησε ο γιος του, γελώντας, «φαινόταν να το είχα από κανέναν.» - πολύ περίεργο! »- πραγματικά πείστηκε ότι η κ. Το ανέφερε σε μια από τις επιστολές της, με όλα αυτά τα στοιχεία - αλλά όπως δηλώνει ότι ποτέ δεν άκουσε ποτέ μια συλλαβή της, φυσικά πρέπει να ήταν ένα όνειρο, είμαι ένας μεγάλος ονειροπόλος, ονειρεύομαι κάθε σώμα στο όταν είμαι μακριά - και όταν έχω πάει μέσω των ιδιαίτερων φίλων μου, τότε θα αρχίσω να ονειρεύομαι τον κύριο και την κ.. "

«Είναι περίεργο, όμως», δήλωσε ο πατέρας του, «ότι θα έπρεπε να είχατε ένα τόσο συνηθισμένο όνειρο για ανθρώπους που δεν ήταν πολύ πιθανό να σκεφτόσαστε στο .. Ο έβαλε τη μεταφορά του και η σύζυγός του τον πείραξε αυτό, από τη φροντίδα για την υγεία του - ακριβώς αυτό που θα συμβεί, δεν έχω καμία αμφιβολία, κάποια στιγμή ή άλλο, μόνο λίγο πρόωρο τι ένας αέρας της πιθανότητας περνάει μερικές φορές μέσα από ένα όνειρο και σε άλλους, ποιο σωρό παραλογισμών είναι ειλικρινής, το όνειρό σου σίγουρα φανερώνει ότι το είναι στις σκέψεις σου όταν είσαι απούσα, Έμμα, είσαι ένας μεγάλος ονειροπόλος, σκέφτομαι;

Η Έμμα δεν είχε ακούσει. Είχε βιασθεί πριν από τους καλεσμένους της για να προετοιμάσει τον πατέρα της για την εμφάνισή τους, και ήταν πέρα από την προσιτότητα του κ. Το υπαινιγμό του.

Που μας λέει όταν φτάσαμε στο σπίτι; ξεχάσω εκεί που περπατούσαμε - είναι πολύ πιθανό να βγούμε. Ναι, νομίζω ότι ήταν σε. Κυρία. Ο Περί ήταν πάντα ιδιαίτερα αγαπητός της μητέρας μου - πράγματι δεν ξέρω ποιος δεν είναι - και την είπε με την εμπιστοσύνη της. Δεν είχε καμία αντίρρηση να μας λέει, βέβαια, αλλά δεν επρόκειτο να υπερβεί: και, από εκείνη τη μέρα σε αυτό, ποτέ δεν το ανέφερα σε μια ψυχή που ξέρω. Την ίδια στιγμή, δεν θα απαντήσω θετικά επειδή δεν έχω βάλει ποτέ μια υπόδειξη, γιατί ξέρω ότι μερικές φορές φεύγω από κάτι πριν καταλάβω. Είμαι ομιλητής, ξέρετε. Είμαι μάλλον ένας ομιλητής? Και τώρα και έπειτα έχω αφήσει κάτι να μου ξεφύγει που δεν πρέπει. Δεν είμαι σαν ? Εύχομαι να ήμουν. Θα απαντήσω γι 'αυτό ποτέ δεν πρόδωσε το λιγότερο πράγμα στον κόσμο. Πού είναι; -! Λίγο πίσω. Θυμηθείτε τέλεια τη κα. Περρύ έρχεται.

Εισέρχονταν στην αίθουσα. Κύριος. Τα μάτια του είχαν προηγηθεί της με μια ματιά στο . Από το πρόσωπο του , όπου πίστευε ότι είδε την σύγχυση να καταστέλλεται ή να γελάει, είχε γυρίσει ακούσια στις δικές του. Αλλά ήταν πράγματι πίσω, και πολύ απασχολημένος με το σάλι της. Κύριος. Οι δυο άλλοι κύριοι περίμεναν την πόρτα να την αφήσει να περάσει. Κύριος. Ο ιππότης υποψιαζόταν με την ειλικρινή εκκλησία την αποφασιστικότητα να τραβήξει το μάτι της - φαινόταν να την παρακολουθεί επιμελώς - μάταια, ωστόσο, αν ήταν έτσι - η πέρασε μεταξύ τους στην αίθουσα και δεν κοίταξε ούτε.

Δεν υπήρχε χρόνος για περαιτέρω παρατήρηση ή εξήγηση. Το όνειρο πρέπει να φέρει, και ο κ. Ο πρέπει να πάρει το κάθισμά του με τους υπόλοιπους γύρω από το μεγάλο σύγχρονο κυκλικό τραπέζι το οποίο η Έμμα είχε εισαγάγει στο και το οποίο μόνο η Έμμα μπορούσε να έχει την εξουσία να τοποθετήσει εκεί και να πείσει τον πατέρα της να χρησιμοποιήσει αντί του μικρού μεγέθους στον οποίο δύο από τα καθημερινά γεύματά του είχαν γεμίσει για σαράντα χρόνια. Το τσάι πέρασε ευχάριστα και κανείς δεν φαινόταν να βιάζεται.

«χάσετε το ξύλο», είπε ο , αφού εξέτασε ένα τραπέζι πίσω του, το οποίο θα μπορούσε να φτάσει καθώς καθόταν, «οι ανιψίοι σας έπαιρναν τα αλφάβητα τους - το κουτί των γραμμάτων τους - έμεναν εδώ. Ένα είδος θαυμάσιας βραδιάς, που θα έπρεπε να αντιμετωπίζεται σαν το χειμώνα από το καλοκαίρι, είχαμε μεγάλη διασκέδαση με αυτά τα γράμματα το πρωί.

Η Έμμα ήταν ευχαριστημένη με τη σκέψη. Και με την παραγωγή του κουτιού, το τραπέζι γρήγορα διασκορπίστηκε με αλφάβητα, τα οποία κανένας δεν φάνηκε τόσο πολύ διατεθειμένος να χρησιμοποιήσει ως τους δύο εαυτούς του. Ταχέως σχημάτιζαν λόγια μεταξύ τους ή για οποιοδήποτε άλλο σώμα που θα ήταν αμηχανία. Η ησυχία του παιχνιδιού το έκανε ιδιαίτερα κατάλληλο για τον κ. Ξυλουργείο, ο οποίος συχνά ήταν αναξιοπαθούντα από το πιο ζωντανό είδος, το οποίο ο κ. Ο είχε περιστασιακά εισάγει και τώρα που καθόταν ευτυχώς καμένος στο θρήνο, με τρυφερή μελαγχολία, πάνω από την αποχώρηση των «φτωχών μικρών αγοριών», ή με ειλικρινή παρατήρηση, καθώς ανέλαβε κάθε αδέσποτη επιστολή κοντά του, πόσο όμορφα είχε γράψει η Έμμα το.

Ο αληθινός ιερέας έβαλε μια λέξη πριν από την . Έδωσε μια μικρή ματιά γύρω από το τραπέζι και έβαλε τον εαυτό της σε αυτό. Ο ειλικρινής ήταν δίπλα στην Έμμα, απέναντι σε αυτούς - και ο κ. Τοποθετημένο έτσι ώστε να τα δει όλα? Και ήταν ο στόχος του να βλέπει όσο μπορούσε, με ελάχιστη εμφανή παρατήρηση. Η λέξη ανακαλύφθηκε και με ένα αχνό χαμόγελο απομακρύνθηκε. Εάν προοριζόταν να αναμειχθεί αμέσως με τους άλλους και να θαφτεί από την όραση, θα έπρεπε να κοίταξε στο τραπέζι αντί να κοιτούσε ακριβώς απέναντι, γιατί δεν ήταν αναμεμειγμένο. Και , πρόθυμοι μετά από κάθε φρέσκο λέξη, και δεν βρήκαν κανέναν, το πήραν άμεσα και έπεσαν στη δουλειά. Καθόταν από τον κ. , και γύρισε προς αυτόν για βοήθεια. Η λέξη ήταν σφάλμα. Και όπως ο Χάριετ διακήρυξε εξωφρενικά, υπήρχε ένα ρουζ στο μάγουλο του Τζειν που του έδιδε ένα νόημα που δεν φαινόταν αλλιώς. Κύριος. Συνδέονται με το όνειρο? Αλλά πώς θα μπορούσε να είναι όλα, ήταν πέρα από την κατανόησή του. Πώς η λιχουδιά, η διακριτική ευχέρεια του αγαπημένου του θα μπορούσε να είχε τόσο κοιμάται! Φοβόταν ότι πρέπει να υπάρχει κάποια αποφασισμένη συμμετοχή. Η ανυπακοή και η διπλή διαπραγμάτευση φαινόταν να τον συναντάμε σε κάθε στροφή. Αυτά τα γράμματα δεν ήταν παρά το όχημα για γκόλντρα και τέχνασμα. Ήταν ένα παιχνίδι παιδιού, που επέλεξε να αποκρύψει ένα βαθύτερο παιχνίδι στο κομψό εκκλησάκι.

Με μεγάλη αγανάκτηση συνέχισε να τον παρατηρεί. Με μεγάλη ανησυχία και δυσπιστία, να παρατηρήσει και τους δύο τυφλούς συντρόφους του. Είδε μια σύντομη λέξη που προετοίμαζε για το Έμμα και της έδωσε μια ματιά πονηρή και γελοία. Είδε ότι η Έμμα σύντομα το έβγαλε και το βρήκε πολύ διασκεδαστικό, αν και ήταν κάτι που έκρινε ότι ήταν σωστό να φαίνεται να υποτιμούσε. Επειδή είπε, "ανοησίες! Για ντροπή!" άκουσε την ειλικρινή επόμενη λέει, με μια ματιά προς την , "θα το δώσω σε αυτήν-θα το κάνω;" - και όπως άκουσα καθαρά την Έμμα να την αντιτάξει με την πρόθυμη γέλιο ζεστασιά. "Όχι, όχι, δεν πρέπει, δεν θα πρέπει, πράγματι."

Έγινε όμως. Αυτός ο χαρούμενος νεαρός άνδρας, ο οποίος φαινόταν να αγαπάει χωρίς να αισθάνεται και να συνιστά τον εαυτό του χωρίς να παραδεχτεί, παρέδωσε άμεσα τη λέξη να χάσει το και με ένα συγκεκριμένο βαθμό αθόρυβης νοοτροπίας την ώθησε να τη μελετήσει. Κύριος. Η υπερβολική περιέργεια του να ξέρει τι μπορεί να είναι αυτή η λέξη, τον έκανε να εκμεταλλευτεί κάθε δυνατή στιγμή για να το βγάλει το βλέμμα προς το μέρος του, και δεν ήταν πολύ πριν το είδε να είναι διξόν. Η αντίληψη του φάνηκε να συνοδεύει τον. Η κατανόησή της ήταν σίγουρα πιο ίση με τη συγκαλυμμένη έννοια, την ανώτερη νοημοσύνη, των πέντε γραμμάτων που είχαν τακτοποιηθεί έτσι. Ήταν προφανώς δυσαρεστημένος. Κοίταξε και είδε τον εαυτό της να βλέπει, να ξανάρει πιο βαθιά από ό, τι είχε ποτέ αντιληφθεί και λέγοντας μόνο "δεν ήξερα ότι επιτρέπονται τα ονόματα" έσπρωξε τις επιστολές με ακόμη και ένα θυμωμένο πνεύμα και κοίταξε αποφασισμένο να προσληφθεί από καμία άλλη λέξη που θα μπορούσε να προσφερθεί. Το πρόσωπό της αποτράπηκε από εκείνους που είχαν κάνει την επίθεση και γύρισε προς τη θεία της.

«Αχ, πολύ αληθινό, αγαπητέ μου», φώναξε ο τελευταίος, αν και η δεν είχε μιλήσει μια λέξη- «ήθελα να πω ακριβώς το ίδιο πράγμα είναι καιρός να πάμε πράγματι. Η γιαγιά θα μας ψάχνει, αγαπητέ κύριό σας, είστε πολύ υποχρεωμένοι, πρέπει πραγματικά να σας ευχηθώ καλή νύχτα. "

Η εγρήγορση της Τζέιν στη μετακίνηση, την έδειξε τόσο έτοιμη όσο είχε προκαταλάβει η θεία της. Αυτή ήταν αμέσως επάνω, και θέλοντας να εγκαταλείψει το τραπέζι; Αλλά τόσοι πολλοί κινούνταν επίσης, ότι δεν μπορούσε να ξεφύγει. Και ο κ. Ο σκέφτηκε ότι είδε μια άλλη συλλογή γραμμάτων που τον έδιωξε με άγχος προς την, και σάρωσε αποφασιστικά τη μη εξεζητημένη του. Εκείνη την εποχή έψαχνε για το εκκλησιασμό του σάλι-φράγκου, που έβλεπε επίσης-ήταν όλο το σούρουπο, και το δωμάτιο ήταν σε σύγχυση; Και πώς χωρίζονται, κύριε. Δεν μπορούσε να πει.

Παρέμεινε στο μετά από όλα τα υπόλοιπα, τις σκέψεις του γεμάτες από όσα είχε δει. Τόσο γεμάτο, ότι όταν τα κεριά ήρθαν να βοηθήσουν τις παρατηρήσεις του, πρέπει - ναι, πρέπει σίγουρα, σαν φίλος, ένας άγχος φίλος, να δώσει κάποια εθνική συμβουλή, να της ρωτήσει κάποια ερώτηση. Δεν μπορούσε να την δει σε κατάσταση τέτοιας επικινδυνότητας, χωρίς να προσπαθήσει να τη συντηρήσει. Ήταν καθήκον του.

"προσεύχομαι, Έμμα," είπε, "μπορεί να ρωτήσω σε ποια ήταν η μεγάλη διασκέδαση, ο οδυνηρός τσίμπημα του τελευταίου λόγου που σου δόθηκε και έλειψα ; είδα τη λέξη και περίεργο να μάθω πώς θα μπορούσε να είναι τόσο πολύ διασκεδαστικό για το ένα, και τόσο πολύ θλιβερό για το άλλο. "

Το Έμμα ήταν εξαιρετικά συγκεχυμένο. Δεν μπορούσε να αντέξει να του δώσει την αληθινή εξήγηση. Διότι, αν και οι υποψίες της δεν απομακρύνθηκαν με κανένα τρόπο, ήταν πραγματικά ντροπιασμένη να τους έχει μεταδώσει ποτέ.

"Ω!" φώναξε με προφανή αμηχανία, "όλα δεν σήμαιναν τίποτα, ένα απλό αστείο ανάμεσα στους εαυτούς μας".

"το αστείο," απάντησε βαριά, "φαινόταν περιορισμένος σε εσάς και τον κ. ."

Ήλπιζε να μιλήσει ξανά, αλλά δεν το έκανε. Θα προτιμούσε να ασχολείται με κάτι παρά να μιλάει. Κάθισε λίγος αμφιβολία. Μια ποικιλία κακών διέφυγε το μυαλό του. Παρεμβολές - άσκοπη παρέμβαση. Η σύγχυση της Έμμα, και η αναγνωρισμένη οικειότητα, φάνηκε να δηλώνει την αγάπη της αφοσιωμένη. Αλλά θα μιλήσει. Το χρωμάτισε γι'αυτήν, να διακινδυνεύσει οποιοδήποτε πράγμα που θα μπορούσε να εμπλακεί σε μια ανεπιθύμητη παρέμβαση, παρά την ευημερία της. Να συναντήσετε κάτι, αντί να θυμάστε την παραμέληση σε μια τέτοια αιτία.

"αγαπητέ μου Έμμα", είπε επιτέλους, με σοβαρή καλοσύνη, "νομίζεις ότι καταλαβαίνεις τέλεια το βαθμό γνωριμίας ανάμεσα στον κύριο και την κυρία για την οποία μιλάμε;"

"ανάμεσα στο κύριο ιερωμένο και το ;" Ναι, τέλεια. "Γιατί το κάνετε αμφιβολία;

"Ποτέ δεν είχατε ποτέ λόγο να πιστεύετε ότι την θαύμαζε ή ότι θα την θαύμαζε;"

"ποτέ ποτέ!" φώναξε με μια πιο ανοικτή προθυμία - «ποτέ, για το εικοστό μέρος μιας στιγμής, μου έλαβε μια τέτοια ιδέα και πώς θα μπορούσε να έρθει στο μυαλό σου».

"Πρόσφατα φανταζόμουν ότι είδα συμπτώματα συσχέτισης μεταξύ τους - ορισμένες εκφραστικές εμφανίσεις, τις οποίες δεν πίστευα ότι έπρεπε να είναι δημόσιες».

"Ω, με διασκεδάζεις υπερβολικά ... Χαίρομαι που βρίσκει ότι μπορείς να εγγυηθείς ότι θα αφήσεις τη φαντασία σου να περιπλανηθεί - αλλά δεν θα το κάνει - λυπάμαι πολύ που σε κρύβω στο πρώτο σου δοκίμιο - αλλά δεν θα το κάνει. Ανάμεσα σε αυτά, σας διαβεβαιώνω, και οι εμφανίσεις που σας έχουν πιάσει προέκυψαν από κάποιες περίεργες περιστάσεις - συναισθήματα μάλλον εντελώς διαφορετικής φύσης - είναι αδύνατο να εξηγηθεί: υπάρχει μια πολύ περίεργη υπόθεση, αλλά το μέρος που είναι ικανό να μεταδοθεί, το οποίο έχει νόημα, είναι ότι είναι τόσο μακριά από οποιαδήποτε προσκόλληση ή θαυμασμό ο ένας για τον άλλον, όπως μπορεί να είναι οποιαδήποτε δύο όντα στον κόσμο, δηλαδή, υποθέτω ότι είναι γι 'αυτό πλευρά, και μπορώ να απαντήσω για την ύπαρξή του έτσι του. Θα απαντήσω για την αδιαφορία του κυρίου. "

Μίλησε με μια εμπιστοσύνη που κυριάρχησε, με ικανοποίηση που σιωπά, κύριε. . Ήταν σε ομοφυλόφιλα πνεύματα και θα είχε παρατείνει τη συζήτηση, θέλοντας να ακούσει τις λεπτομέρειες των υποψιών του, κάθε εμφάνιση που περιγράφει και όλα τα άκρα και τα γεγονότα μιας περίστασης που την άρεσε πολύ: αλλά η ευθυμία του δεν ανταποκρίνονταν στη δική της. Βρήκε ότι δεν θα μπορούσε να είναι χρήσιμο και τα συναισθήματά του ήταν πάρα πολύ ενοχλημένα για να μιλήσουν. Ότι δεν μπορεί να ενοχληθεί σε έναν απόλυτο πυρετό, από τη φωτιά που ο κ. Οι τρυφερές συνήθειες του ξυλουργού απαιτούσαν σχεδόν κάθε βράδυ καθ 'όλη τη διάρκεια του χρόνου, λίγο αργότερα πήρε μια βιαστική άδεια και περπάτησε σπίτι στην δροσιά και τη μοναξιά του μονάρχου .

Κεφάλαιο

Μετά από πολύ καιρό να τρέφονται με ελπίδες για μια γρήγορη επίσκεψη από τον κ. Και κα. Το θηλασμό, ο κόσμος του βρετανικού κόσμου ήταν υποχρεωμένος να υπομείνει το θάνατο της ακοής που δεν θα μπορούσε να έρθει μέχρι το φθινόπωρο. Καμία τέτοια εισαγωγή καινοτομιών δεν θα μπορούσε να εμπλουτίσει τα πνευματικά τους καταστήματα σήμερα. Στην καθημερινή ανταλλαγή ειδήσεων, πρέπει να περιορίζονται και πάλι στα άλλα θέματα με τα οποία, για λίγο, η έλευση των θηλαζόντων ήταν ενωμένη, όπως οι τελευταίοι λογαριασμοί της κας. , της οποίας η υγεία φαινόταν καθημερινά να παρέχει μια διαφορετική έκθεση, και η κατάσταση της κυρίας. , της οποίας η ευτυχία ήταν να ελπίζουμε ότι θα μπορούσε τελικά να αυξηθεί με την άφιξη ενός παιδιού, καθώς όλοι οι γείτονές της ήταν με την προσέγγιση του.

Κυρία. Ο Έλτον ήταν πολύ απογοητευμένος. Ήταν η καθυστέρηση της μεγάλης ευχαρίστησης και παρέλασης. Οι εισαγωγές και οι συστάσεις της πρέπει να περιμένουν όλοι και κάθε προγραμματισμένο κόμμα να μιλάει ακόμα. Έτσι σκέφτηκε αρχικά - αλλά μια μικρή σκέψη την έπεισε ότι δεν χρειάζεται να αναβληθεί κάθε πράγμα. Γιατί δεν πρέπει να εξερευνήσουν στο λόφο του κουτιού, αν και οι θηλάζοντες δεν έρχονται; θα μπορούσαν να πάνε και πάλι μαζί τους το φθινόπωρο. Ήταν διευθετημένο ότι έπρεπε να πάνε στο λόφο. Ότι υπήρχε ένα τέτοιο κόμμα ήταν γνωστό εδώ και πολύ καιρό: είχε δώσει ακόμη και την ιδέα ενός άλλου. Η Έμμα δεν είχε βρεθεί ποτέ στο λόφο. Ήθελε να δει τι κάθε σώμα που βρέθηκε τόσο καλά αξίζει να δει, και αυτή και ο κ. Ο είχε συμφωνήσει να δοκιμάσει ένα ωραίο πρωινό και να το οδηγήσει εκεί. Δύο ή τρεις ακόμη από τους επιλεγέντες μόνο θα γίνονταν δεκτοί να τους προσχωρήσουν,

Αυτό ήταν τόσο πολύ κατανοητό μεταξύ τους, ότι η Έμμα δεν μπορούσε παρά να αισθανθεί κάποια έκπληξη, και μια μικρή δυσαρέσκεια, ακούγοντας από τον κύριο. Ότι είχε προτείνει στην κυρία. , όπως την απέτυχε ο αδελφός και η αδελφή της, ότι τα δύο κόμματα πρέπει να ενωθούν και να πάνε μαζί. Και ότι ως κ. Ο είχε πολύ εύκολα προσχωρήσει σε αυτό, οπότε επρόκειτο να είναι, αν δεν είχε καμία αντίρρηση. Τώρα, καθώς η αντίρρησή της δεν ήταν παρά η πολύ μεγάλη της αντίθεση της κας. , εκ των οποίων ο κ. Ο πρέπει να είναι ήδη εντελώς ενήμερος, δεν άξιζε να προωθηθεί ξανά: - δεν θα μπορούσε να γίνει χωρίς να τον κατηγορήσει, που θα έδινε πόνο στη σύζυγό του. Και έτσι βρέθηκε υποχρεωμένη να συναινέσει σε μια ρύθμιση στην οποία θα είχε κάνει πολλά για να αποφύγει. Μια ρύθμιση η οποία πιθανώς θα την εκθέσει ακόμη και στην υποβάθμιση του να λέγεται ότι είναι της κας. Το πάρτι του ! Κάθε συναίσθημα παραβιάστηκε. Και η ανεκτικότητα της εξωτερικής της υποβολής άφησε ένα βαρύ καθυστέρηση οφειλόμενο σε μυστική αυστηρότητα στις σκέψεις της για την άκαρπη καλή θέληση του κ. Η ψυχραιμία του δυτικού.

"χαίρομαι που εγκρίνεις αυτό που έχω κάνει", είπε πολύ άνετα. "αλλά σκέφτηκα ότι θα κάνατε τέτοια σχέδια όπως αυτά δεν είναι τίποτα χωρίς αριθμούς δεν μπορεί κανείς να έχει ένα μεγάλο μέρος ένα πάρτι ένα μεγάλο πάρτι εξασφαλίζει τη δική του διασκέδαση και αυτή είναι μια καλή φύση γυναίκα μετά από όλα δεν θα μπορούσε να την αφήσει έξω. "

Η Έμμα δεν αρνήθηκε τίποτα από αυτά φωναχτά, και δεν συμφώνησε σε κανένα από αυτά ιδιωτικά.

Ήταν τώρα στα μέσα του Ιουνίου και ο καιρός είναι καλός. Και κα. Ο αυξανόταν ανυπόμονος να ονομάσει την ημέρα και να εγκατασταθεί με τον κ. Ως για περιστέρι-πίτες και κρύο αρνί, όταν ένα κουτσός-άλογο έριξε κάθε πράγμα σε θλιβερή αβεβαιότητα. Μπορεί να είναι εβδομάδες, ίσως να είναι λίγες μόνο μέρες, πριν το άλογο χρησιμοποιηθεί. Αλλά δεν μπορούσαν να αποστασιοποιηθούν οι προετοιμασίες και ήταν όλη η μελαγχολική στασιμότητα. Κυρία. Οι πόροι του ήταν ανεπαρκείς για μια τέτοια επίθεση.

"δεν είναι αυτό το πιο κακό, ;" "Και ο καιρός για εξερεύνηση!" Αυτές οι καθυστερήσεις και απογοητεύσεις είναι αποτρόπαιες, τι θα κάνουμε; "Το έτος θα φθαρεί με αυτό το ρυθμό, και τίποτα δεν έγινε πριν από αυτή τη φορά το περασμένο έτος, σας διαβεβαιώνω ότι είχαμε είχε ένα ευχάριστο εξερευνητικό πάρτι από το μέχρι τους βασιλιάδες . "

"θα έπρεπε να εξερευνήσεις καλύτερα για να το κάνεις", απάντησε ο κύριος. . "που μπορεί να γίνει χωρίς άλογα, έρχονται και τρώνε τις φράουλες μου, ωριμάζουν γρήγορα".

Αν ο κ. Ο δεν άρχισε σοβαρά, ήταν υποχρεωμένος να προχωρήσει έτσι, γιατί η πρότασή του ήταν πιασμένη με απόλαυση. Και το "Ω! Θα μου άρεσε όλα τα πράγματα", δεν ήταν καθαρότερο από τα λόγια. Ο ήταν διάσημος για τα κρεβάτια με φράουλα, τα οποία φάνηκαν ως πρόσκληση για πρόσκληση. Τα λάχανου-κρεβάτια θα ήταν αρκετό για να δελεάσει την κυρία, που ήθελε μόνο να πάει κάπου. Του υποσχέθηκε ξανά και ξανά να έρθει - πολύ πιο συχνά από ό, τι αμφισβήτησε - και ήταν εξαιρετικά ικανοποιημένος από μια τέτοια απόδειξη οικειότητας, ένα τέτοιο διακριτικό φιλοφρόσθιο όπως επέλεξε να το εξετάσει.

"μπορεί να εξαρτάται από μένα", είπε. "Σίγουρα θα έρθει, θα ονομάσουμε την ημέρα σας και θα έρθω. Θα μου επιτρέψετε να φέρω την ;"

"Δεν μπορώ να ονομάσω μια μέρα", είπε, "μέχρι να μιλήσω με άλλους που θα ήθελα να σας συναντήσω".

"Ω, αφήστε όλα αυτά σε μένα μόνο να μου δώσετε ένα βιβλίο-.-Είμαι κυρίαρχος, ξέρετε, είναι το κόμμα μου, θα φέρω φίλους μαζί μου".

«Ελπίζω να φέρετε τον », είπε: «αλλά δεν θα σας ενοχλήσω να δώσετε άλλες προσκλήσεις».

"Ω! Τώρα κοιτάζετε πολύ πονηρά αλλά εξετάζετε - δεν χρειάζεται να φοβάστε να μεταβιβάσετε την εξουσία σε μένα Δεν είμαι νεαρή κοπέλα για την προτίμηση της Η παντρεμένη γυναίκα μπορεί να είναι εξουσιοδοτημένη με ασφάλεια. Όλα σε μένα, θα προσκαλέσω τους καλεσμένους σας. "

"όχι" - απάντησε ήρεμα - "υπάρχει μόνο μια παντρεμένη γυναίκα στον κόσμο που μπορώ ποτέ να επιτρέψω να προσκαλέσω όσους φιλοξενούμενους ευχαριστεί για να ζήσουν και αυτό είναι ..."

"-Μ., , υποθέτω", διακόπτει η κ. , μάλλον εξευτελισμένος.

"- " -και μέχρι να είναι στην ύπαρξη, εγώ θα διαχειριστώ τα θέματα αυτά εγώ. "

"αχ είσαι ένα περίεργο πλάσμα!" φώναξε, ικανοποιημένος που δεν έχει κανείς προτίμησε τον εαυτό της - "είσαι χιούμορς και μπορεί να σου πω τι σου αρέσει ... Αρκετά ... Καλά, θα φέρω μαζί μου- και η θεία της-τα υπόλοιπα αφήνω Δεν έχω καμία αντίρρηση για να συναντήσω την οικογένεια του Χάρτφιλντ, μην το καταλαβαίνετε, ξέρω ότι είστε συνημμένοι σε αυτούς ".

"σίγουρα θα τα συναντήσετε αν μπορώ να κυριαρχήσω και θα κάνω κλήση σε στο σπίτι μου".

"αυτό είναι εντελώς περιττό, βλέπω κάθε μέρα: -όπως σας αρέσει, πρόκειται να είναι ένα πρωινό σχήμα, γνωρίζετε, , ένα απλό πράγμα, θα φορέσω ένα μεγάλο καπό και θα φέρω ένα από τα μικρά μου καλάθια που κρέμονται στο μπράτσο μου εδώ, πιθανότατα αυτό το καλάθι με ροζ κορδέλα τίποτα δεν μπορεί να είναι πιο απλό, βλέπετε και η θα έχει μια τέτοια άλλη δεν πρέπει να υπάρχει μορφή ή παρέλαση ένα είδος τσιγγάνικου πάρτι πρέπει να περπατήσουμε τους κήπους σας, να μαζέψουμε τους εαυτούς μας και να καθίσουμε κάτω από τα δέντρα - και οτιδήποτε άλλο θέλετε να δώσετε, θα είναι όλα έξω από τις πόρτες - ένα τραπέζι απλωμένο στη σκιά, ξέρεις όλα τα πράγματα φυσικά και απλά όπως δεν είναι η ιδέα σας; "

"η ιδέα μου για το απλό και το φυσικό θα είναι να έχουμε το τραπέζι απλωμένο στην τραπεζαρία, τη φύση και την απλότητα των κυρίων και των κυριών, με τους υπαλλήλους και τα έπιπλα τους, νομίζω ότι παρατηρείται καλύτερα από τα γεύματα στις πόρτες όταν είστε κουρασμένοι να τρώτε φράουλες στον κήπο, θα υπάρχει κρύο κρέας στο σπίτι. "

"καλά-όπως σας παρακαλώ, μόνο δεν έχετε μια μεγάλη εκδήλωση και, με το αντίο, μπορεί η εγώ ή ο οικονόμος μου να σας χρησιμεύσει με την άποψή μας; -για να είμαι ειλικρινής, . Να μιλήσετε με τα κορίτσια, ή να επιθεωρήσετε τίποτα ... "

"Δεν έχω την ελάχιστη επιθυμία γι 'αυτό, σας ευχαριστώ."

"καλά - αλλά αν προκύψουν δυσκολίες, η οικονόμο μου είναι εξαιρετικά έξυπνη".

«Θα απαντήσω γι 'αυτό, ότι η δική μου θεωρεί ότι είναι γεμάτη τόσο έξυπνη και θα απορρίψει οποιαδήποτε βοήθεια του σώματος».

"Θα ήθελα να είχαμε ένα γαϊδουράκι, το πράγμα θα ήταν για όλους μας να έρθουμε σε γαϊδουράκια, , , και εγώ - και το περπατώντας δίπλα μου πραγματικά πρέπει να μιλήσω μαζί του για την αγορά ενός γαϊδουριού. Σκέφτομαι ότι είναι ένα είδος αναγκαίας · επειδή, αφήστε μια γυναίκα να έχει τόσα πολλά χρήματα, δεν είναι δυνατόν να είναι πάντα σιωπηλός στο σπίτι · και πολύ μακριές βόλτες, ξέρετε - το καλοκαίρι υπάρχει σκόνη, και το χειμώνα υπάρχει βρωμιά. "

"δεν θα βρείτε ούτε ανάμεσα στο και το , η λωρίδα δεν είναι ποτέ σκονισμένη και τώρα είναι απολύτως στεγνή, έρχεστε σε ένα γαϊδουράκι, ωστόσο, αν το προτιμάτε, μπορείτε να δανειστείτε την κυρία . Να είναι όσο το δυνατόν πιο γούστο. "

"ότι είμαι βέβαιος ότι θα ήθελα να σας κάνω δικαιοσύνη, καλό φίλε μου, κάτω από αυτό το ιδιόμορφο είδος ξηρού, αμβλύ τρόπο, ξέρω ότι έχετε την πιο ζεστή καρδιά, όπως λέω κύριε, είστε ένας εμπεριστατωμένος χιούμορς. "Πιστεύω, κύριε , είμαι απόλυτα λογικός για την προσοχή μου σε όλο αυτό το σχέδιο. Έχετε χτυπήσει το ίδιο πράγμα για να με ευχαριστήσετε".

Κύριος. Ο είχε άλλο λόγο να αποφύγει ένα τραπέζι στη σκιά. Θέλησε να πείσει τον κύριο. Ξύλο, καθώς και Έμμα, να ενταχθούν στο κόμμα; Και ήξερε ότι για να έχει κάποιος από αυτούς να κάθεται έξω από τις πόρτες για να φάει θα τον αναγκαστούσε αναπόφευκτα. Κύριος. Το ξύλο δεν πρέπει, κάτω από το περίφημο πρόγευμα μιας πρωινής οδήγησης, και μια ώρα ή δύο που ξοδεύεται στο ναυπηγείο, να απομακρυνθεί από τη μανία του.

Κλήθηκε με καλή πίστη. Καμία φρικαλεμένη φρίκη δεν τον έπιασε για την εύκολη ευπιστία του. Έκανε συγκατάθεση. Δεν είχε περάσει δύο χρόνια. «Κάποια πολύ ωραία πρωινά, ο ίδιος, και η Έμμα και η , θα μπορούσαν να πάνε πολύ καλά και θα μπορούσε να καθίσει ακόμα με την κα , ενώ τα αγαπημένα κορίτσια περπατούσαν γύρω από τους κήπους, δεν υποτίθεται ότι θα μπορούσαν να είναι βρεγμένα τώρα. Μέρα της μέρας, θα ήθελε να δει το παλιό σπίτι και πάλι υπερβολικά και θα πρέπει να είναι πολύ ευτυχής να συναντήσει τον κύριο κ. Και οποιονδήποτε άλλο από τους γείτονές του - δεν μπορούσε να αντιληφθεί καθόλου τις αντιρρήσεις του και ο Χάρι και ο Χάριετ πήγαν εκεί πολύ ωραίο πρωινό, το σκέφτηκε πολύ καλά από τον κ. Για να τους προσκαλέσει - πολύ ευγενικοί και ευαίσθητοι - πολύ πιο έξυπνοι από το φαγητό - δεν τους άρεσε να το φαγητό ».

Κύριος. Ο ήταν τυχερός στην πιο έτοιμη συναίνεση του κάθε σώματος. Η πρόσκληση ήταν παντού τόσο καλά δεκτή, ότι φαινόταν σαν, όπως η κ. , όλοι έλαβαν το σχέδιο ως ιδιαίτερη φιλοφρόνηση για τον εαυτό τους. - Η Έμμα και η δήλωσαν πολύ μεγάλες προσδοκίες από την ευχαρίστηση από αυτό. Και ο κ. Ο , αηδιασμένος, υποσχέθηκε να πάρει ειλικρινείς για να τους ενώσει, ει δυνατόν. Μια απόδειξη της εγκυρότητας και της ευγνωμοσύνης που θα μπορούσαν να είχαν απαλλαγεί από. Ο ήταν υποχρεωμένος να πει ότι θα πρέπει να τον ευχαριστεί. Και ο κ. Η προσφέρθηκε να μην χάσει χρόνο γραπτώς και να μην αφιερώσει κανένα επιχείρημα για να τον αναγκάσει να έρθει.

Εν τω μεταξύ, το κορώδες άλογο ανάκτησε τόσο γρήγορα, ότι το κόμμα στο λόφο του κιβωτίου ήταν και πάλι ευτυχισμένο. Και επιτέλους ο εγκαταστάθηκε για μια μέρα, και ο λόφος του κιβωτίου για το επόμενο, - ο καιρός εμφανίστηκε ακριβώς σωστός.

Κάτω από έναν λαμπερό ήλιο στη μέση, σχεδόν στο καλοκαίρι, κύριε. Το ξύλο μεταφέρθηκε με ασφάλεια με τη μεταφορά του, με ένα παράθυρο προς τα κάτω, για να συμμετάσχει σε αυτό το πάρτι -. Και σε ένα από τα πιο άνετα δωμάτια του μοναστηριού, ειδικά προετοιμασμένα γι 'αυτόν από μια πυρκαγιά όλο το πρωί, ήταν ευτυχώς τοποθετημένος, αρκετά στην ευκολία του, έτοιμος να μιλήσει με ευχαρίστηση για το τι είχε επιτευχθεί και συμβουλεύει κάθε σώμα να έρθει και να καθίσετε και να μην ζεσταίνετε. Ο , ο οποίος φαινόταν να έχει περπατήσει εκεί με σκοπό να κουραστεί, και να καθίσει όλη την ώρα μαζί του, παρέμεινε, όταν όλοι οι άλλοι προσκαλέστηκαν ή πείστηκαν έξω, ο ασθενής ακροατής και συμπαθής του.

Ήταν τόσο πολύ καιρό που η Έμμα βρισκόταν στο αβαείο, ότι μόλις ικανοποιήθηκε από την άνεση του πατέρα της, ήταν ευτυχής να τον αφήσει και να κοιτάξει γύρω της. Πρόθυμη να αναζωογονήσει και να διορθώσει τη μνήμη της με πιο συγκεκριμένη παρατήρηση, ακριβέστερη κατανόηση ενός σπιτιού και λόγους που πρέπει πάντα να είναι τόσο ενδιαφέρον για αυτήν και για όλη της την οικογένεια.

Ατελή στο αίμα και την κατανόηση. - κάποια λάθη της ψυχραιμίας του είχαν. Αλλά η είχε συνδεθεί παντού. Δεν τους έδωσε άντρες ούτε ονόματα ούτε τόπους που θα μπορούσαν να προκαλέσουν ρουζ. Αυτά ήταν ευχάριστα συναισθήματα και περπατούσε και τα απολάμβανε μέχρι που ήταν απαραίτητο να κάνουν όπως έκαναν οι άλλοι και να συλλέγουν τα κρεβάτια με φράουλα - ολόκληρο το κόμμα συγκεντρώθηκε, εκτός από την ειλικρινή εκκλησία, που αναμενόταν κάθε στιγμή από τον . Και κα. Ο Ελτον, σε όλη της τη συσκευή ευτυχίας, το μεγάλο καπό και το καλάθι της, ήταν πολύ έτοιμος να οδηγήσει το δρόμο στη συγκέντρωση, αποδοχή ή μιλώντας-φράουλες και μόνο οι φράουλες μπορούσαν πλέον να θεωρηθούν ή να μιλήσουν. Στην Αγγλία - το αγαπημένο του κάθε σώματος - πάντα υγιεινό - αυτά τα ωραιότερα κρεβάτια και τα καλύτερα είδη - ευχάριστο να συγκεντρωθεί για ένα '

Για μισή ώρα, η συνομιλία ήταν διακοπτόμενη μόνο μία φορά από την κα. , που βγήκε, με τη φροντίδα της μετά τον γαμπρό της, να ρωτήσει αν ήρθε - και ήταν λίγο ανήσυχος. - είχε κάποιους φόβους για το άλογό του.

Τα καθίσματα ανεκτά στη σκιά βρέθηκαν. Και τώρα η Έμμα ήταν υποχρεωμένη να ακούσει τι κα. Και μιλούσαν για-μια κατάσταση, μια πιο επιθυμητή κατάσταση, ήταν υπό αμφισβήτηση. Κυρία. Ο είχε λάβει ειδοποίηση γι 'αυτό το πρωί και βρισκόταν σε ριπές. Δεν ήταν με την κα. Το θηλασμό, δεν ήταν με την κα. Χάλια, αλλά με ευγένεια και λαμπρότητα έπεσε μόνο από αυτά: ήταν με έναν ξάδελφο της κας. Καμάρι, μια γνωριμία της κας. Θηλάζοντας, μια κυρία γνωστή στο αχυρώνα σφενδάμου. Ευχάριστο, γοητευτικό, ανώτερο, πρώτους κύκλους, σφαίρες, γραμμές, τάξεις, κάθε πράγμα - και η κα. Ο ήταν άγριος για να έχει την προσφορά κλειστή αμέσως - από την πλευρά της, όλα ήταν η ζεστασιά, η ενέργεια και ο θρίαμβος - και θετικά αρνήθηκε να πάρει το αρνητικό φίλο της, αν και η συνέχισε να τη διαβεβαιώνει ότι δεν θα συμμετάσχει επί του παρόντος Οτιδήποτε, επαναλαμβάνοντας τα ίδια κίνητρα που είχε ακούσει για να προτρέψει. Ο επέμεινε να είναι εξουσιοδοτημένος να γράψει μια συγκατάθεση από τη θέση του αύριο. - πώς ο Τζέιν μπορούσε να το φέρει καθόλου, ήταν έκπληκτος με την Έμμα. - κοίταξε ενοχλημένος, μίλησε έντονα - και επιτέλους, με μια απόφαση δράσης ασυνήθιστη για της πρότεινε την απομάκρυνση .- "δεν έπρεπε να περπατήσουν; δεν θα τους έδιναν οι κηπουροί οι κήποι-όλοι οι κήποι; -επιθυμούσε να δει όλη την έκταση" - η καταλληλότητα του φίλου της φάνηκε περισσότερο από ότι μπορούσε να αντέξει. Δεν πρέπει να περπατήσουν; δεν θα είμαι κύριος. Ο ιππότης τους έδειξε τους κήπους-όλους τους κήπους; -Ήθελε να δει όλη την έκταση. "- Η καταλληλότητα του φίλου της φάνηκε περισσότερο από ότι μπορούσε να αντέξει. Δεν πρέπει να περπατήσουν; δεν θα είμαι κύριος. Ο ιππότης τους έδειξε τους κήπους-όλους τους κήπους; -Ήθελε να δει όλη την έκταση. "- Η καταλληλότητα του φίλου της φάνηκε περισσότερο από ότι μπορούσε να αντέξει.

Έκανε ζεστη; και αφού περπατούσαν κάποια στιγμή στους κήπους με διάσπαρτα, διασκορπισμένο τρόπο, μόλις τρία μαζί, ακολουθούσαν ο ένας τον άλλο χωρίς να παραβλέπουν την υπέροχη σκιά μιας ευρείας λεωφόρου , η οποία εκτείνεται πέρα από τον κήπο σε ίση απόσταση από τον ποταμό, φάνηκε ο τερματισμός των πεδίων ευχαρίστησης. Τίποτα άλλο από μια θέα στο τέλος πάνω από ένα χαμηλό πέτρινο τοίχο με ψηλούς πυλώνες, που φαινόταν ότι, στην ανέγερσή τους, θα έδιναν την εμφάνιση μιας προσέγγισης στο σπίτι, που δεν υπήρχε ποτέ εκεί. Αντίθετα, όπως ήταν και η γεύση ενός τέτοιου τερματισμού, ήταν από μόνη της ένας γοητευτικός περίπατος και η θέα που την έκλεισε ήταν εξαιρετικά όμορφη. Η σημαντική κλίση, σχεδόν στα πόδια της οποίας βρισκόταν η μονή, βαθμιαία απέκτησε μια πιο απότομη μορφή πέραν των λόγων της ·

Ήταν μια γλυκιά όψη γλυκιά στο μάτι και το μυαλό. , αγγλικά πολιτισμός, αγγλικά άνεση, βλέποντας κάτω από έναν ήλιο φωτεινό, χωρίς να είναι καταπιεστικό.

Σε αυτή τη βόλτα και τον κ. Έμμα. Ο βρήκε όλους τους άλλους συναρμολογημένους. Και προς αυτή την άποψη αμέσως αντιλήφθηκε ο κ. Και διακριτά από τα υπόλοιπα, οδηγώντας ήσυχα το δρόμο. Κύριος. Και ! - ήταν ένα περίεργο --? Αλλά ήταν ευτυχής να το δει. - Υπήρχε μια εποχή που θα την περιφρονούσε ως σύντροφος και θα γυρίσει από αυτήν με μικρή τελετή. Τώρα φάνηκαν σε ευχάριστη συνομιλία. Υπήρχε και χρόνος όταν η Έμμα θα ήταν λυπηρό να δει σε ένα σημείο τόσο ευνοϊκό για το εργοστάσιο μύλων αβαείων. Αλλά τώρα δεν φοβόταν. Θα μπορούσε να εξεταστεί με ασφάλεια με όλες τις προσθήκες της ευημερίας και της ομορφιάς, τα πλούσια βοσκοτόπια της, τα σμήνη της εξάπλωσής της, τον οπωρώνα σε άνθηση και την ελαφριά στήλη του καπνού που ανέβαινε. - Προσχώρησε στον τοίχο, γύρω. Έδωσε το χέρι πληροφορίες σχετικά με τις μορφές της γεωργίας κλπ. Και η Έμμα έλαβε ένα χαμόγελο που έμοιαζε να λέει, "αυτά είναι τα δικά μου ενδιαφέροντα, έχω το δικαίωμα να μιλήσω για τέτοια θέματα, χωρίς να είμαι ύποπτος για την εισαγωγή του " Δεν τον υποψιαζόταν. Ήταν πάρα πολύ παλιά μια ιστορία. - Ο Ρόμπερτ Μάρτιν κατά πάσα πιθανότητα έπαψε να σκέφτεται τη Χάρριτ. - Έκαναν μερικές στροφές μαζί κατά μήκος της βόλτας. - Η σκιά ήταν πιο αναζωογονητική, και η εμάς το βρήκε το πιο ευχάριστο μέρος της ημέρας.

Η επόμενη αφαίρεση ήταν στο σπίτι. Θα πρέπει όλοι να πάνε και να φάνε - και όλοι ήταν καθισμένοι και απασχολημένοι, και ακόμα δεν είχαμε την τιμή να είμαστε ειλικρινείς. Κυρία. Ο κοίταξε και κοίταξε μάταια. Ο πατέρας του δεν θα ήταν ανήσυχος και γέλασε τους φόβους του. Αλλά δεν μπορούσε να θεραπευτεί να επιθυμεί να χωρίσει με τη μαύρη φοράδα του. Είχε εκφράσει τον εαυτό του να έρχεται, με περισσότερο από κοινή βεβαιότητα. «η θεία του ήταν τόσο πολύ καλύτερη, που δεν είχε αμφιβολία ότι θα τα πήγαινε». Η κατάσταση του , όμως, όπως πολλοί ήταν έτοιμοι να την υπενθυμίσει, υπέστησαν τέτοια ξαφνική μεταβολή που θα μπορούσε να απογοητεύσει τον ανιψιό της στην πιο λογική εξάρτηση - και η κ. Ο πείστηκε τελικά να πιστέψει, ή να πει, ότι πρέπει να είναι με κάποια επίθεση από την κα. Ότι είχε εμποδιστεί έρχονται. - Η Έμμα κοίταξε το ενώ το θέμα ήταν υπό εξέταση.

Το κρύο ρεφτάρισμα τελείωσε και το κόμμα έπρεπε να βγει για άλλη μια φορά για να δει τι δεν είχε δει ακόμη, τα παλιά ιππασία ιχθυοκαλλιέργειες. Ίσως να φτάσει μέχρι το τριφύλλι, το οποίο έπρεπε να αρχίσει να κόβει την αύριο ή, εν πάση περιπτώσει, να έχει την ευχαρίστηση να είναι ζεστό και να μεγαλώνει ξανά δροσερό. Ξύλο, που είχε ήδη πάρει το μικρό του γύρο στο ψηλότερο τμήμα των κήπων, όπου δεν φανταζόταν κανείς από το ποτάμι ούτε από αυτόν, δεν αναδεύεται πια. Και η κόρη του αποφάσισε να παραμείνει μαζί του, αυτή η κα. Η θα μπορούσε να πείσει τον σύζυγό της για την άσκηση και την ποικιλία που το πνεύμα της φαινόταν να χρειαζόταν.

Κύριος. Ο είχε κάνει όλη την εξουσία του για τον κ. Ψυχαγωγία του ξυλουργού. Τα βιβλία των χαρακτικών, τα συρτάρια των μεταλλίων, των καμεών, των κοραλλιών, των κελυφών και κάθε άλλης οικογενειακής συλλογής μέσα στα ερμάρια του είχαν προετοιμαστεί για τον παλιό φίλο του, και η καλοσύνη είχε απαντήσει τέλεια. Κύριος. Το ξύλο ήταν εξαιρετικά διασκεδαστικό. Κυρία. Ο τα έδειχνε όλα σε αυτόν και τώρα θα τους έδειχνε όλα σε Έμμα · - δεν έχει καμία άλλη ομοιότητα με ένα παιδί, παρά με μια απόλυτη γεύση για αυτό που είδε, γιατί ήταν αργός, σταθερός και αλλά πριν αρχίσει αυτή η δεύτερη αναζήτηση, η Εμμά μπήκε στην αίθουσα για χάρη της ελεύθερης παρατήρησης της εισόδου και του εδάφους του σπιτιού - και δεν υπήρχε, όταν εμφανίστηκε η , ερχόμενος γρήγορα μέσα από τον κήπο, και με ένα βλέμμα της απόδραση. - λίγο που περίμενε να συναντήσει το χαμένο ξύλο τόσο σύντομα, ξεκίνησε αρχικά. Αλλά χάσετε το ξυλουργείο ήταν το ίδιο πρόσωπο που αναζητούσε.

«θα είσαι τόσο ευγενής», είπε, «όταν μου λείπει, για να πω ότι είμαι πάει σπίτι; -χω να πάω αυτή τη στιγμή .- η θεία μου δεν γνωρίζει πόσο αργά είναι, ούτε πόσο καιρό έχουμε απουσία - αλλά είμαι βέβαιος ότι θα είμαστε ήθελε και είμαι αποφασισμένος να πάω άμεσα.-Δεν έχω πει τίποτα γι 'αυτό σε οποιοδήποτε σώμα, θα έδινε μόνο πρόβλημα και δυσκολία, μερικοί πηγαίνουν στις λίμνες, και κάποιοι στο περπατώντας με ασβέστη, μέχρι να έρθουν όλοι, δεν θα χάσω, και όταν το κάνουν, θα έχετε την καλοσύνη να πείτε ότι έφυγα; "

"σίγουρα, αν το επιθυμείτε - αλλά δεν πρόκειται να περπατήσετε μόνο στο ;"

"ναι - τι πρέπει να με βλάψει;" - περπατώ γρήγορα, θα είμαι στο σπίτι σε είκοσι λεπτά.

"αλλά είναι πάρα πολύ μακριά, πράγματι, να περπατάς μόνος σου, ας πάει μαζί σου ο υπηρέτης του πατέρα σου - επιτρέψτε μου να παραγγείλω τη μεταφορά, μπορεί να είναι γύρω σε πέντε λεπτά".

"ευχαριστώ, ευχαριστώ - αλλά σε καμία περίπτωση." Θα προτιμούσα να περπατήσω "- και για μένα να φοβάμαι να περπατάμε μόνοι!" -οι, ποιος μπορεί σύντομα να φρουρεί τους άλλους! "

Μίλησε με μεγάλη ανησυχία. Και η Έμμα απάντησε πολύ αισθητά, "αυτό δεν μπορεί να είναι λόγος να εκτίθεται σε κίνδυνο τώρα, πρέπει να διατάξω τη μεταφορά, η ζέστη θα ήταν ακόμη και ο κίνδυνος."

«είμαι», - απάντησε - «είμαι κουρασμένος · αλλά δεν είναι το είδος της κόπωσης - το γρήγορο περπάτημα θα με αναζωογονήσει.» - χάνουμε ξυλόγλυπτο ξύλο, όλοι γνωρίζουμε κάποιες φορές τι είναι να κουραστείτε στα οινοπνευματώδη. Να εξομολογηθείτε, να εξαντληθείτε, η μεγαλύτερη ευγένεια που μπορείτε να μου δείξετε, θα είναι να με αφήσετε να έχω τον δικό μου δρόμο και μόνο να πω ότι έχω φύγει όταν είναι απαραίτητο ».

Η Έμμα δεν είχε άλλη λέξη να αντιταχθεί. Το είδε όλα. Και εισήλθε στα συναισθήματά της, προωθούσε την εγκατάλειψή της στο σπίτι αμέσως και την παρακολούθησε με ασφάλεια με τον ζήλο ενός φίλου. Το κοίλο της βλέμμα ήταν ευγνώμονο - και τα λόγια της, «ας χάσουμε το ξύλο, την άνεση να είμαστε μερικές φορές μόνοι» - φαινόταν να ξεσπάει από μια υπερπληρωμένη καρδιά και να περιγράφει κάπως τη συνεχή αντοχή που πρέπει να ασκηθεί από αυτήν, μερικοί από αυτούς που αγαπούσαν την καλύτερη.

"ένα τέτοιο σπίτι, πράγματι μια τέτοια θεία!" είπε η Έμμα, καθώς επέστρεψε ξανά στην αίθουσα. "εγώ σας λυπάμαι και όσο μεγαλύτερη ευαισθησία προδίδετε από τις απλές φρικαλεότητες τους, τόσο περισσότερο θα σας αρέσει".

Η Τζέιν δεν είχε χάσει το ένα τέταρτο της ώρας και είχαν πετύχει μόνο κάποιες απόψεις του αγίου. Τη θέση της Βενετίας, όταν εισήλθε ειλικρινή στην αίθουσα. Η Έμμα δεν είχε σκέφτεται γι 'αυτόν, είχε ξεχάσει να το σκεφτεί - αλλά ήταν πολύ χαρούμενος που τον είδε. Κυρία. Η θα ήταν άνετη. Η μαύρη φοράδα ήταν ατιμώρητη. Ήταν σωστοί που είχαν ονομάσει την κα. Ως αιτία. Είχε κρατηθεί από μια προσωρινή αύξηση της ασθένειας σε αυτήν? Μια νευρική κρίση, η οποία είχε διαρκέσει μερικές ώρες - και είχε παραιτηθεί από κάθε σκέψη να έρθει, μέχρι πολύ αργά - και αν ήξερε πόσο ζεστό θα έπρεπε να έχει και πόσο αργά, με όλη τη βιασύνη του, πρέπει να είναι, πίστευε ότι δεν έπρεπε να έρθει καθόλου. Η θερμότητα ήταν υπερβολική. Δεν είχε υποφέρει ποτέ από κάτι τέτοιο - σχεδόν το επιθυμούσε να έχει μείνει στο σπίτι - τίποτα δεν τον σκότωσε σαν ζέστη - θα μπορούσε να αντέξει σε οποιοδήποτε βαθμό κρύο, κλπ., αλλά η θερμότητα ήταν ανυπόφορη - και καθόταν, στη μεγαλύτερη δυνατή απόσταση από τα ελαφρά υπολείμματα του κ. Πυρκαγιά του ξυλουργού, που φαινόταν πολύ αξιοθρήνητη.

"σύντομα θα είστε πιο δροσεροί, αν καθίσετε ακίνητοι", είπε η Έμμα.

"το συντομότερο θα είμαι πιο δροσερός θα γυρίσω πίσω, θα μπορούσα να είμαι πολύ κακός για μένα - αλλά ένα τέτοιο σημείο είχε γίνει από τον ερχομό μου θα πάνε σύντομα υποθέτω ολόκληρο το κόμμα να σπάσει. Ήρθα- τρέλα σε τέτοιους καιρούς! - κακή τρέλα! "

Η Έμμα άκουσε και κοίταξε και συνειδητοποίησε σύντομα ότι η κατάσταση της ειλικρινής εκκλησίας μπορεί να οριστεί καλύτερα από τη ρητή φράση ότι είναι εκτός χιούμορ. Μερικοί άνθρωποι ήταν πάντα σταυρός όταν ήταν ζεστός. Αυτό μπορεί να είναι το σύνταγμά του. Και καθώς ήξερε ότι το φαγητό και το ποτό ήταν συχνά η θεραπεία αυτών των τυχαίων καταγγελιών, πρότεινε να πάρει κάποιο αναψυκτικό. Θα βρεθεί αφθονία κάθε πράγμα στην τραπεζαρία-και εκείνη έδειξε ανθρώπινα την πόρτα.

"όχι - δεν έπρεπε να φάει, δεν ήταν πεινασμένος, θα τον έκανε θερμότερο μόνο". Σε δύο λεπτά, όμως, έβαλε το δικό του χάρισμα. Και μουρμούρισε κάτι για την ερυθρελάτη, έφυγε. Η Έμμα επέστρεψε όλη της την προσοχή στον πατέρα της, λέγοντας μυστικά -

"Είμαι ευτυχής που έχω κάνει την αγάπη με τον ίδιο, δεν θα ήθελα ένας άνθρωπος που είναι τόσο σύντομα από ένα ζεστό πρωινό.

Είχε φύγει αρκετά για να έχει ένα πολύ άνετο γεύμα και επέστρεψε όλο το καλύτερο που ήταν αρκετά δροσερό - και, με καλούς τρόπους, όπως τον εαυτό του - που μπορούσε να τραβήξει μια καρέκλα κοντά τους, να ενδιαφέρεται για την απασχόλησή τους. Και λυπούμαι, με έναν λογικό τρόπο, ότι θα πρέπει να είναι τόσο αργά. Δεν ήταν στα καλύτερα του πνεύματα, αλλά φαινόταν να προσπαθεί να τα βελτιώσει. Και, τελικά, έκανε τον εαυτό του να μιλάει ανοησία πολύ ευχάριστα. Έψαχναν πάνω από τις απόψεις σε .

"μόλις η θεία μου γίνει καλά, θα πάω στο εξωτερικό", είπε. "δεν θα είμαι ποτέ εύκολος μέχρι να έχω δει κάποια από αυτά τα μέρη, θα έχετε τα σκίτσα μου, κάποια στιγμή ή άλλο, για να κοιτάξω -ή η περιήγησή μου για να διαβάσω- ή το ποίημά μου θα κάνω κάτι για να εκθέσω τον εαυτό μου".

"αυτό μπορεί να είναι - αλλά όχι με σκίτσα στο ., ποτέ δεν θα πάτε στο , ο θείος και η θεία σου ποτέ δεν θα σου επιτρέψουν να φύγεις από την Αγγλία".

"Μπορεί να προκληθεί και να πάει πάρα πολύ, ένα ζεστό κλίμα μπορεί να συνταγογραφηθεί γι 'αυτήν ... Έχω πάνω από μισή προσδοκία ότι όλοι μας πηγαίνουμε στο εξωτερικό ... Σας διαβεβαιώνω ότι έχω ... Αισθάνομαι μια δυνατή πεποίθηση, σήμερα το πρωί, να είμαι στο εξωτερικό θα έπρεπε να ταξιδεύω, είμαι κουρασμένος να μην κάνω τίποτα, θέλω μια αλλαγή, είμαι σοβαρός, παραλείπω το ξυλουργείο, ό, τι και τα διεισδυτικά σου μάτια μπορεί να φαντάζουν - είμαι άρρωστος από την Αγγλία - και θα το αφήσω αύριο, θα μπορούσε."

"είστε άρρωστοι της ευημερίας και της επιείκειας, δεν μπορείτε να εφεύρουν λίγες δυσκολίες για τον εαυτό σας και να είστε ευχαριστημένοι να μείνετε;"

"είμαι άρρωστος από την ευημερία και την επιείκεια! Είσαι αρκετά λάθος, δεν βλέπω τον εαυτό μου ούτε ως ευημερούσα ούτε επιδοκιμασμένη, είμαι ματαιωμένος σε κάθε υλικό πράγμα, δεν θεωρώ τον εαυτό μου καθόλου τυχερό πρόσωπο".

«δεν είσαι τόσο άθλιας, όπως όταν ήρθες για πρώτη φορά, πάει και τρώει και πίνει λίγο περισσότερο, και θα κάνεις πολύ καλά .. Μια άλλη φέτα κρύο κρέας, ένα άλλο βάζο από και νερό, θα σε κάνει σχεδόν ίσο με τους υπόλοιπους. "

"δεν θα ανακατευθώ, θα καθίσω κοντά σου, είσαι η καλύτερη μου θεραπεία".

"θα πάμε στο βράχο στο κουτί το πρωί, θα έρθεις μαζί μας, δεν είναι , αλλά θα είναι κάτι για έναν νεαρό άνδρα που δεν θέλει μια αλλαγή, θα μείνεις και θα πάμε μαζί μας".

"όχι, σίγουρα όχι, θα πάω σπίτι στο δροσερό το βράδυ."

"αλλά μπορείτε να έρθετε και πάλι στη δροσιά του πρωινού το πρωί."

"όχι - δεν θα αξίζει τον κόπο ενώ αν έρθω, θα είμαι σταυρός".

"τότε προσευχηθείτε να μείνετε στο ."

"αλλά αν το κάνω, θα μείνω ακόμα πιο πέρα. Δεν μπορώ ποτέ να αναγκαστώ να σκέφτομαι όλους εκεί έξω χωρίς εμένα".

"αυτά είναι δυσκολίες που πρέπει να τακτοποιήσετε μόνοι σας, να πείτε το δικό σας βαθμός σταυρότητας, δεν θα σας πιέσω πια".

Το υπόλοιπο μέρος του κόμματος τώρα επέστρεφε και σύντομα συγκεντρώθηκαν όλοι. Με μερικούς υπήρχε μεγάλη χαρά με την θέα του ειλικρινή ? Άλλοι το πήραν πολύ σύντομα. Αλλά υπήρξε μια πολύ γενική δυσφορία και διαταραχή για την εξαφάνιση της εξηγείται. Ότι ήρθε η ώρα να πάει κάθε σώμα, κατέληξε στο θέμα. Και με μια σύντομη τελική ρύθμιση για το σχήμα της επόμενης ημέρας, χωρίστηκαν. Η μικρή κλίση του να αποκλείσει τον εαυτό του αυξήθηκε τόσο πολύ, ότι τα τελευταία του λόγια για το Έμμα ήταν,

"καλά, αν θέλετε να μείνω και να γίνω μέλος στο πάρτι, θα το κάνω".

Χαμογέλασε την αποδοχή της. Και τίποτα λιγότερο από μια κλήση από τον ήταν να τον πάρει πίσω πριν από το επόμενο βράδυ.

Κεφάλαιο

Είχαν μια πολύ ωραία μέρα για το λόφο του κιβωτίου. Και όλες οι άλλες εξωτερικές συνθήκες διακανονισμού, διαμονής και ακρίβειας ήταν υπέρ ενός ευχάριστου πάρτι. Κύριος. Ο σκηνοθέτησε το σύνολο, υπηρετώντας με ασφάλεια ανάμεσα στο Χάρτφιλντ και τη φρουρά, και κάθε σώμα ήταν εγκαίρως. Η Έμμα και η πήγαν μαζί. Να χάσεις την κόρη σου και την ανιψιά της, με τους ; οι κύριοι με άλογο. Κυρία. Ο παρέμεινε με τον κ. ΞΥΛΙΝΟ ΣΠΙΤΙ. Τίποτα δεν ήταν επιθυμητό αλλά ήταν ευτυχισμένο όταν φτάνουν εκεί. Επτά μίλια ταξίδεψαν με προσδοκία για απόλαυση και κάθε σώμα είχε μια έκρηξη θαυμασμού κατά την πρώτη άφιξη. Αλλά στο γενικό ποσό της ημέρας υπήρχε έλλειψη. Υπήρχε μια ματαίωση, μια διαμάχη, μια έλλειψη συνέντευξης, που δεν μπορούσε να ξεπεραστεί. Διαχωρίζονται πάρα πολύ σε πάρτι. Οι περπατούσαν μαζί. Κύριος. Ο ανέλαβε την αποτυχία του και της . Και η Έμμα και η ανήκαν στην ειλικρινή . Και ο κ. Η προσπάθησε, μάταια, να τους κάνει να εναρμονιστούν καλύτερα. Φάνηκε αρχικά μια τυχαία διαίρεση, αλλά ποτέ δεν άλλαξε ουσιαστικά. Κύριος. Και κα. Ο , πράγματι, δεν έδειξε καμία απροθυμία να αναμειγνύεται και να είναι όσο ευχάριστο όσο μπορούσε. Αλλά κατά τη διάρκεια των δύο ολόκληρων ωρών που πέρασαν στο λόφο, φαινόταν μια αρχή διαχωρισμού μεταξύ των άλλων κομμάτων, πολύ ισχυρή για οποιεσδήποτε καλές προοπτικές ή για οποιαδήποτε ψυχρή συσσώρευση ή για οποιοδήποτε χαρούμενο κύριο. , για να αφαιρέσετε. Φαινόταν μια αρχή διαχωρισμού μεταξύ των άλλων κομμάτων, πολύ ισχυρή για οποιεσδήποτε καλές προοπτικές, ή οποιαδήποτε ψυχρή ταξινόμηση, ή οποιοδήποτε χαρούμενο κύριο. , για να αφαιρέσετε. Φαινόταν μια αρχή διαχωρισμού μεταξύ των άλλων κομμάτων, πολύ ισχυρή για οποιεσδήποτε καλές προοπτικές, ή οποιαδήποτε ψυχρή ταξινόμηση, ή οποιοδήποτε χαρούμενο κύριο. , για να αφαιρέσετε.

Στην αρχή ήταν απόλυτα παχουλός για το Έμμα. Ποτέ δεν είχε δει ειλικρινή τόσο σιωπηλή και ηλίθια. Δεν είπε τίποτα για να ακούσει - κοίταξε χωρίς να δει - θαύμαζε χωρίς νοημοσύνη - άκουγε χωρίς να ξέρει τι είπε. Ενώ ήταν τόσο θαμπό, δεν ήταν περίεργο το ότι η θα πρέπει να είναι βαρετή εξίσου. Και ήταν και οι δύο ανεπιθύμητοι.

Όταν όλοι κάθισαν, ήταν καλύτερο. Για το γούστο της πολύ καλύτερα, γιατί ο αληθινός μεγάλωσε ομιλητικός και ομοφυλόφιλος, καθιστώντας το πρώτο του αντικείμενο. Κάθε ιδιαίτερη προσοχή που μπορούσε να καταβληθεί, της καταβλήθηκε. Να την διασκεδάσουν και να είναι ευχάριστη στα μάτια της, φάνηκε όλο αυτό που νοιαζόταν - και η Έμμα, χαρούμενη να ζωντανέψει, να μην λυπάται να κολακεύει, να ήταν ομοφυλόφιλη και εύκολη και να του έδωσε όλη την φιλική ενθάρρυνση, την αποδοχή χαριτωμένο, που είχε δώσει ποτέ στην πρώτη και πιο ζωντανή περίοδο της γνωριμίας τους. Αλλά η οποία τώρα, κατά την εκτίμησή της, δεν σήμαινε τίποτα, αν και στην κρίση των περισσότερων ανθρώπων που αναζητούν σε αυτό πρέπει να είχε μια τέτοια εμφάνιση, όπως καμία αγγλική λέξη, αλλά θα μπορούσε να περιγράψει πολύ καλά. "Κύριε Τσαρλς και χάσετε το ξύλο φλερτάρω μαζί υπερβολικά." ανοιχτούσαν στη φράση αυτή - και την απομάκρυνε σε μια επιστολή προς το σφενδάμι από μια κυρία, στην ιρλανδία από μια άλλη. Όχι ότι η Έμμα ήταν ομοφυλόφιλος και ανυπόληπτος από κάθε πραγματική ευτυχία. Ήταν μάλλον επειδή αισθάνθηκε λιγότερο ευτυχισμένος από ό, τι περίμενε. Γελούσε επειδή ήταν απογοητευμένη. Και παρόλο που τον άρεσε για την προσοχή του, και τα σκέφτηκε όλα, είτε σε φιλία, θαυμασμό, ή παιχνιδιάρικο, εξαιρετικά συνετό, δεν κέρδισαν την καρδιά της. Τον σκόπευε ακόμα για τον φίλο της. Είτε σε φιλία, θαυμασμό, ή παιχνιδιάρικο, εξαιρετικά συνετό, δεν κέρδισαν την καρδιά της. Τον σκόπευε ακόμα για τον φίλο της. Είτε σε φιλία, θαυμασμό, ή παιχνιδιάρικο, εξαιρετικά συνετό, δεν κέρδισαν την καρδιά της. Τον σκόπευε ακόμα για τον φίλο της.

«πόσο είμαι υποχρεωμένος σε σας», είπε, «για να μου πείτε ότι έρχομαι σήμερα - αν δεν ήταν για σας, θα έπρεπε σίγουρα να είχα χάσει όλη την ευτυχία αυτού του κόμματος. Μακριά ξανά. "

"Ναι, ήσασταν πολύ σταυρός και δεν ξέρω τι γίνεται, εκτός από το ότι ήσαστε πολύ αργά για τις καλύτερες φράουλες, ήμουν ένας φίλος φίλος περισσότερο από εσάς άξιζε, αλλά ήσαστε ταπεινός, παρακαλούσατε σκληρά να σας δοθεί εντολή να έρθετε. "

"Μην πείτε ότι ήμουν σταυρός, ήμουν κουρασμένος, η θερμότητα με ξεπέρασε".

"είναι θερμότερος σήμερα."

"όχι στα συναισθήματά μου. Είμαι απόλυτα άνετα σήμερα."

"είστε άνετοι επειδή είστε υπό εντολή."

"εντολή σας; -."

"ίσως σας προτίμησα να το πείτε έτσι, αλλά εννοούσα την αυτοδιοίκησή σας, είχατε, κατά κάποιο τρόπο ή άλλο, σπασμένα όρια χθες και ξεφύγετε από τη δική σας διοίκηση, αλλά σήμερα επιστρέφετε πάλι - και όπως δεν μπορώ πάντα μαζί σας, είναι καλύτερο να πιστεύετε την ψυχραιμία σας κάτω από τη δική σας εντολή και όχι από τη δική μου. "

"έρχεται στο ίδιο πράγμα, δεν μπορώ να αποκτήσω αυτοδιοίκηση χωρίς κίνητρο, μου παραγγείλετε, είτε μιλάτε είτε όχι, και μπορείτε να είστε πάντα μαζί μου, είστε πάντα μαζί μου".

"που χρονολογείται από τις τρεις το βράδυ, η αέναη επιρροή μου δεν θα μπορούσε να ξεκινήσει νωρίτερα, ή δεν θα είχατε ξεπεράσει το χιούμορ πριν".

"Τρίτη, χθες, αυτή είναι η ημερομηνία σας. Σκέφτηκα ότι σε είχα δει πρώτα τον Φεβρουάριο."

"η γοητεία σου είναι πραγματικά αναξιόπιστη, αλλά (μειώνοντας τη φωνή της) - κανείς δεν μιλά εκτός από τους εαυτούς μας και είναι πάρα πολύ να μιλάμε για ανοησίες για την ψυχαγωγία επτά σιωπηλών ανθρώπων".

«Δεν λέω τίποτα για το οποίο ντρέπομαι», απάντησε με ζωντανή επιμονή. "Σας έβλεπα πρώτα τον Φεβρουάριο, ας με ακούνε κάθε σώμα στο λόφο, αν μπορούσαν, ας πηδήξω από το ένα άκρο και έλαβα το μυαλό μου. Και στη συνέχεια ψιθυρίζω- "οι σύντροφοί μας είναι υπερβολικά ηλίθιοι, τι θα κάνουμε για να τους αναζωογονήσουμε;" "Οποιεσδήποτε ανοησίες θα εξυπηρετήσουν, θα μιλήσουν, κυρίες και κύριοι, είμαι διατεθειμένος να χάσει το ξυλουργείο (που, όπου και αν είναι, προεδρεύει) ότι επιθυμεί να μάθει τι σκέφτεστε όλοι; "

Μερικοί γέλασαν και απάντησαν καλομαθητικά. Είπε πολλά. Κυρία. Ο Έλτον πέρναγε στην ιδέα της προεδρίας του δασικού ξυλουργού. Κύριος. Η απάντηση του ήταν η πιο ξεχωριστή.

"χάσετε το ξυλουργικό σίγουρο ότι θα ήθελε να ακούσει αυτό που όλοι είμαστε σκεπτόμενοι;"

«αχ, όχι», έγραψε το Έμμα, γελώντας τόσο απρόσεκτα όσο θα μπορούσε - «σε καμία περίπτωση στον κόσμο», είναι το τελευταίο πράγμα που θα ήμουν το κύριο βάρος μόλις τώρα, ας ακούσω κάτι και όχι τι Όλοι σκέφτονται, δεν θα πω αρκετά, υπάρχουν ίσως ένα ή δύο (βλέποντας τον κ.

Και τον), των οποίων οι σκέψεις ίσως να μην φοβόμουν να γνωρίζουν.

«είναι ένα είδος πράγμα», φώναξε η κα. Ρητά ", κάτι που δεν θα έπρεπε να είχα την προτίμησή μου να ρωτήσω. Αν και, ίσως, ως σκηνοθέτης του κόμματος - ποτέ δεν ήμουν σε κανέναν κύκλο - εξερευνώμενα κόμματα - νεαρές κυρίες - παντρεμένες γυναίκες ..."

Οι μούχλες της ήταν κυρίως στο σύζυγό της. Και μουρμούρισε, απαντώντας,

"πολύ αληθινό, αγάπη μου, πολύ αληθινό, ακριβώς έτσι, πράγματι - αρκετά ανήκουστο - αλλά μερικές κυρίες λένε κάτι, καλύτερα να το περάσετε σαν ένα αστείο, κάθε σώμα ξέρει τι σας οφείλεται".

"δεν θα το κάνει", ψιθύρισε ειλικρινά ο Έμμα. "κυρίες και κύριοι, εγώ παραγγέλλω τη δουλειά μου για να πω ότι παραιτείται από το δικαίωμά της να γνωρίζει ακριβώς τι μπορεί να σκεφτεί όλοι και απαιτεί μόνο κάτι πολύ διασκεδάζοντας με τον καθένα από εμάς, γενικά, εδώ είναι επτά από εσάς, εκτός από τον εαυτό μου (που, με μεγάλη ευχαρίστηση λέει, είμαι πολύ διασκεδαστική ήδη), και ζητά από τον καθένα σας είτε ένα πράγμα πολύ έξυπνο, πεζά ή στίχο, πρωτότυπο ή επαναλαμβανόμενο - ή δύο πράγματα μετριοπαθώς έξυπνα - ή τρία πράγματα πολύ θαμπό πραγματικά και αναλαμβάνει να γελάσει καρδιάς σε όλους τους ».

"πολύ ωραία", αναφώνησε ο κ. Μπάτσε, "τότε δεν χρειάζεται να ανησυχώ". Αυτό θα κάνει μόνο για μένα, ξέρετε, θα είμαι βέβαιος να πω τρία θαμπό πράγματα μόλις ανοίξω ποτέ το στόμα μου, δεν θα ήμουν (κοιτάζοντας γύρω με την πιο καλοδιατηρημένη εξάρτηση από τη σύμφωνη γνώμη κάθε σώματος) - δεν πιστεύετε όλοι ότι θα το κάνω; "

Η Έμμα δεν μπόρεσε να αντισταθεί.

"αχ! ', αλλά μπορεί να υπάρχει μια δυσκολία, χάρη μου - αλλά θα είστε περιορισμένοι ως προς τον αριθμό μόνο τρεις με τη μία."

Χαμογελαστά, παραπλανημένος από την τελετουργική τελετή του τρόπου της, δεν έλαβε αμέσως το νόημά της. Αλλά, όταν έσπασε πάνω της, δεν μπορούσε να θυμηθεί, αν και ένα ελαφρύ ρουζ έδειξε ότι θα μπορούσε να τον πονέσει.

"ναι, βλέπω τι σημαίνει, (γυρίζοντας στον κύριο ,) και θα προσπαθήσω να κρατήσω τη γλώσσα μου, πρέπει να κάνω τον εαυτό μου πολύ δυσάρεστο, ή δεν θα είπε κάτι τέτοιο σε έναν παλιό φίλο. "

"Μου αρέσει το σχέδιό σας", φώναξε ο κ. . "συμφωνώ, συμφώνησα, θα κάνω το καλύτερό μου, φτιάχνω ένα αίνιγμα, πώς θα υπολογίσει ένα αίνιγμα;"

"χαμηλό, φοβάμαι, κύριε, πολύ χαμηλό", απάντησε ο γιος του, "- αλλά θα είμαστε επιεικής - ειδικά σε όποιον οδηγεί τον δρόμο".

"όχι, όχι," είπε η Έμμα, "δεν θα υποτιμήσει το χαμηλό, ένα χάδι του κ. Θα τον καθαρίσει και τον επόμενο γείτονά του ... Έλα, κύριε, προσεύχεστε να με ακούσετε».

«αμφιβάλλω ότι είναι πολύ έξυπνος», είπε ο κ. . "είναι πάρα πολύ πραγματικό, αλλά εδώ είναι." - τι γράμματα του αλφαβήτου υπάρχουν εκεί που εκφράζουν την τελειότητα;
"

"τι δύο γράμματα! -εκφράζω την τελειότητα! Είμαι βέβαιος ότι δεν ξέρω".

"αχ! Ποτέ δεν θα μαντέψετε, εσείς, (για το Έμμα), είμαι σίγουρος, ποτέ δεν θα μαντέψει." - θα σας πω, και-α--.- καταλαβαίνετε; "

Η κατανόηση και η ικανοποίηση συγκεντρώθηκαν. Θα μπορούσε να είναι ένα πολύ αδιάφορο κομμάτι του πνεύματος, αλλά η Έμμα βρήκε πολλά για να γελάσει και να απολαύσει σε αυτήν - και έτσι έκανε ειλικρινή και .-Δεν φαινόταν να αγγίζει το υπόλοιπο μέρος εξίσου; Κάποιοι φαινόταν πολύ ανόητοι γι 'αυτό, και ο κ. Είπε σοβαρά,

"αυτό εξηγεί το είδος της έξυπνης πράγμα που είναι επιθυμητό, και ο κ. Έχει κάνει πολύ καλά για τον εαυτό του, αλλά πρέπει να έχει χτυπήσει κάθε άλλο σώμα.Η επιθεώρηση δεν θα έπρεπε να έρθει τόσο σύντομα".

"Ω! Για τον εαυτό μου, εγώ διαμαρτύρονται πρέπει να δικαιολογηθεί", είπε η κα. ; "Δεν μπορώ πραγματικά να προσπαθήσω - δεν είμαι καθόλου ευχαριστημένος από τα πράγματα. Είχα ένα ακροτικό μετά που έστειλε σε μένα με το δικό μου όνομα, το οποίο δεν ήμουν καθόλου ικανοποιημένος με το ... Ξέρω από ποιον ήρθε από ένα αποτρόπαιο κουτάβι - γνωρίζετε ποιοι εννοώ (κουνώντας στον σύζυγό της) αυτά τα πράγματα είναι πολύ καλά στα Χριστούγεννα, όταν κάποιος κάθεται γύρω από τη φωτιά · αλλά αρκετά εκτός τόπου, κατά τη γνώμη μου, όταν κάποιος εξερευνά τη χώρα το καλοκαίρι, το πρέπει να με συγχωρήσει, δεν είμαι ένας από εκείνους που έχουν πνευματώδη πράγματα σε κάθε υπηρεσία του σώματος, δεν προσποιούμαι ότι είμαι πνεύμα, έχω πολύ ζωηρότητα με τον δικό μου τρόπο, αλλά πραγματικά πρέπει να μου επιτρέπετε για να κρίνω πότε να μιλήσω και πότε να κρατήσω τη γλώσσα μου, περάστε μας, αν σας παρακαλώ, κύριε , περάστε κύριε, , και εγώ.

"ναι, ναι, προσεύχεστε να με περάσετε", πρόσθεσε ο σύζυγός της, με ένα είδος χαλαρής συνείδησης. "Δεν έχω τίποτα να πω ότι μπορεί να διασκεδάσει το χαμένο ξύλο, ή οποιαδήποτε άλλη νεαρή κοπέλα, έναν παλιό παντρεμένο άνδρα - αρκετά καλό για τίποτα.

"με όλη μου την καρδιά, είμαι πραγματικά κουρασμένος να εξερευνώ τόσο πολύ καιρό σε ένα σημείο, έλα, , πάρτε το άλλο μου χέρι".

Η Τζέιν το αρνήθηκε, ωστόσο, και ο σύζυγος και η γυναίκα αποχώρησαν. "ευτυχισμένο ζευγάρι!" είπε η ειλικρινής εκκλησία, μόλις άκουγαν: - "πόσο καλά ταιριάζουν μεταξύ τους!" - πολύ τυχεροί-παντρεύονταν όπως έκαναν, σε μια γνωριμία που σχηματίστηκε μόνο σε δημόσιο χώρο! -για γνώρισαν μόνο ο ένας τον άλλον, σκέφτομαι , λίγες εβδομάδες στο λουτρό, ιδιαιτέρως τυχεροί! -για κάθε πραγματική γνώση της διάθεσης ενός ατόμου που μπορεί να δώσει το λουτρό ή κάποιο δημόσιο μέρος, δεν είναι τίποτε, δεν μπορεί να υπάρξει γνώση, μόνο βλέποντας γυναίκες τα δικά τους σπίτια, ανάμεσα στο δικό τους σκηνικό, όπως συμβαίνει πάντα, ότι μπορείτε να διαμορφώσετε οποιαδήποτε δίκαιη κρίση, εν πάση περιπτώσει, όλα είναι εικασία και τύχη - και γενικά θα είναι κακή τύχη. Μια σύντομη γνωριμία, και την οδήγησε όλη την υπόλοιπη ζωή του! "

Να χάσετε το , ο οποίος σπάνια μίλησε πριν, εκτός από τους συνομιλητές του, μίλησε τώρα.

"τέτοια πράγματα συμβαίνουν, αναμφισβήτητα." - σταμάτησε από ένα βήχα. Ο εγκάρδιος τσόρτσιλ γύρισε προς την κατεύθυνση της να ακούσει "μιλούσες," είπε, σοβαρά. Ανέκτησε τη φωνή της.

«Θα παρατηρούσα μόνο ότι, παρόλο που κάποιες δυσάρεστες περιστάσεις εμφανίζονται μερικές φορές τόσο στους άντρες όσο και στις γυναίκες, δεν μπορώ να φανταστώ ότι είναι πολύ συχνές, μπορεί να προκύψει μια βιαστική και περιφρονητική συσχέτιση - αλλά γενικά είναι καιρός να ανακάμψει αργότερα. Θα ήθελα να εννοώ ότι σημαίνει ότι μπορεί να είναι μόνο αδύναμοι, αδιάφοροι χαρακτήρες (η ευτυχία των οποίων πρέπει πάντα να βρίσκεται στο έλεος της τύχης), οι οποίοι θα υποφέρουν από μια ατυχή γνωριμία ως ταλαιπωρία, μια καταπίεση για πάντα ».

Δεν έδωσε απάντηση. Απλώς κοίταξε και υποκλίθηκε σε υποταγή. Και σύντομα αργότερα είπε, με ζωντανό τόνο,

"Καλά, έχω τόσο λίγη εμπιστοσύνη στη δική μου κρίση, ότι κάθε φορά που παντρεύω, ελπίζω ότι κάποιο σώμα θα γοητεύσει τη σύζυγό μου για μένα." Θα στραφείς σε μια γυναίκα για μένα; Θα ήθελα οποιοδήποτε όργανο που έχει επιλεγεί από εσάς, να φροντίζετε για την οικογένεια, ξέρετε (με ένα χαμόγελο στον πατέρα του) να βρείτε κάποιο σώμα για μένα δεν είμαι σε καμία βιασύνη, να την υιοθετήσω, να την εκπαιδεύσω ».

"και να την κάνει σαν τον εαυτό μου."

"με κάθε τρόπο, αν μπορείτε."

"πολύ καλά, αναλαμβάνω την επιτροπή, θα έχετε μια όμορφη γυναίκα."

"θα πρέπει να είναι πολύ ζωντανή και να έχει χαζιά μάτια, δεν νοιάζομαι για τίποτα άλλο, θα πάω στο εξωτερικό για μερικά χρόνια - και όταν θα επιστρέψω, θα έρθω σε σας για τη γυναίκα μου.

Η Έμμα δεν κινδύνευε να ξεχάσει. Ήταν μια επιτροπή για να αγγίξει κάθε αγαπημένο συναίσθημα. Δεν θα είναι το ίδιο το πλάσμα που περιγράφεται; τα χαμογελαστά μάτια εξαιρούνται, δύο χρόνια περισσότερο θα μπορούσαν να την κάνουν ό, τι θέλησε. Θα μπορούσε να έχει ακόμη χαρτί στις σκέψεις του αυτή τη στιγμή. Ποιος θα μπορούσε να πει; η αναφορά στην εκπαίδευση της φαινόταν να την υπονοεί.

"Τώρα, κυρία," είπε η τζέιν στη θεία της, "θα μιλήσουμε με την κ. ;"

"αν σας παρακαλώ, αγαπητοί μου, με όλη μου την καρδιά είμαι έτοιμος να είμαι έτοιμος να πάω μαζί της, αλλά αυτό θα το κάνει εξίσου καλά θα την προσκυνήσουμε σύντομα ... Εκεί είναι - όχι, αυτός είναι άλλος αυτή είναι μία από τις κυρίες στο ιρλανδικό κόμμα αυτοκινήτου, δεν είναι καθόλου η ίδια της. -Καλά, δηλώνω ... "

Αποχώρησαν, ακολούθησαν σε μισό λεπτό από τον κ. . Κύριος. , ο γιος του, η Έμμα και η , παρέμειναν μόνο. Και τα πνεύματα του νεαρού άνδρα τώρα ανήλθαν σε ένα γήπεδο σχεδόν δυσάρεστο. Ακόμη και η Έμμα τελικά κουράστηκε από κολακεία και αγάπη, και ήθελε να περπατήσει ήσυχα με κάποιον από τους άλλους, ή να κάθεται σχεδόν μόνος, και αρκετά ανυπόμονος, στην ήρεμη παρατήρηση των όμορφων απόψεων κάτω από αυτήν. Η εμφάνιση των υπαλλήλων που τους έβλεπαν να δίνουν ειδοποίηση για τα βαγόνια ήταν ένα χαρούμενο θέαμα. Και ακόμη και τη φασαρία της συλλογής και της προετοιμασίας να αναχωρήσει, και η μέριμνα της κας. Ο για να έχει την πρώτη του μεταφορά, ήταν ευτυχισμένοι υπομείνει, με την προοπτική του ήσυχου σπιτιού οδήγησης που ήταν να κλείσει τις πολύ αμφισβητήσιμες απολαύσεις αυτής της ημέρας ευχαρίστησης. Ένα τέτοιο άλλο σχήμα, που αποτελείται από τόσους πολλούς κακούς ανθρώπους,

Ενώ περίμενε τη μεταφορά, διαπίστωσε ότι ο κ. Από την πλευρά της. Κοίταξε γύρω, σαν να δει ότι κανείς δεν ήταν κοντά, και στη συνέχεια είπε,

"Έμμα, πρέπει να σας μιλήσω για άλλη μια φορά όπως έχω συνηθίσει: ένα προνόμιο μάλλον αντέχει περισσότερο από επιτρέπεται, ίσως, αλλά πρέπει να το χρησιμοποιήσω ακόμα." Δεν μπορώ να σας δω να ενεργείτε λανθασμένα, χωρίς ανατροπή. Δεν μπορείς να χάσεις το θάρρος σου, πώς μπορείς να είσαι τόσο πονηρός στο πνεύμα σου σε μια γυναίκα του χαρακτήρα, της ηλικίας και της κατάστασής της;

Ο ΈΜΜΑ θυμήθηκε, κοκκινισμένος, λυπούσε, αλλά προσπάθησε να το γελάσει.

"Ναι, πώς θα μπορούσα να βοηθήσω να λέω τι έκανα;" - κανείς δεν θα μπορούσε να το βοήθησε, δεν ήταν τόσο κακό, τολμούν να πω ότι δεν με καταλάβαινε ".

"Σας διαβεβαιώνω ότι έκανε, αισθάνθηκε το πλήρες νόημά σας, έχει μιλήσει γι 'αυτό από τότε που επιθυμώ να μπορούσατε να έχετε ακούσει πώς μίλησε γι' αυτό - με τι ειλικρίνεια και γενναιοδωρία ... Θα ήθελα να είχατε ακούσει να τιμήσει την ανοχή σας, να είναι σε θέση να πληρώσει τις προσοχές της, όπως ήταν για πάντα να λαμβάνετε από τον εαυτό σας και τον πατέρα σας, όταν η κοινωνία της πρέπει να είναι τόσο . "

"Ω!" "ξέρω ότι δεν υπάρχει ένα καλύτερο πλάσμα στον κόσμο, αλλά πρέπει να επιτρέψετε, ότι αυτό που είναι καλό και αυτό που είναι γελοίο είναι δυστυχώς αναμειγμένο σε αυτήν".

Πολλοί από τους οποίους (σίγουρα μερικοί) θα καθοδηγούσαν απόλυτα τη θεραπεία της. - αυτό δεν είναι ευχάριστο για εσάς, την εμάς - και είναι πολύ μακριά από ευχάριστο για μένα. Αλλά πρέπει, εγώ, θα σου πω αλήθειες ενώ μπορώ. Ικανοποιημένος με την απόδειξη του εαυτού σας τον φίλο σας με πολύ πιστή συμβουλή και την εμπιστοσύνη ότι θα περάσετε κάποια στιγμή ή άλλος μεγαλύτερη δικαιοσύνη από ότι μπορείτε να κάνετε τώρα ».

Ενώ μιλούσαν, προχωρούσαν προς τη μεταφορά. Ήταν έτοιμο. Και πριν μιλήσει ξανά, την παρέδωσε, είχε παρερμηνεύσει τα συναισθήματα που είχαν αποτρέψει το πρόσωπό της και τη γλώσσα της ακίνητη. Συνδυάστηκαν μόνο με θυμό ενάντια στον εαυτό της, θνησιμότητα και βαθιά ανησυχία. Δεν μπόρεσε να μιλήσει. Και όταν μπήκε στο φορείο, βυθίστηκε για μια στιγμή να ξεπεράσει - και στη συνέχεια να κατηγορήσει τον εαυτό της ότι δεν είχε πάρει άδεια, δεν έκανε καμία αναγνώριση, χωρίστηκε σε φαινομενική θολερότητα, κοίταξε έξω με φωνή και χέρι πρόθυμο να δείξει μια διαφορά. Αλλά ήταν πολύ αργά. Είχε απομακρυνθεί, και τα άλογα ήταν σε κίνηση. Συνέχισε να κοιτάζει πίσω, αλλά μάταια. Και σύντομα, με ό, τι φαίνεται ασυνήθιστα ταχύτητα, βρισκόταν στο μισό του λόφου και κάθε πράγμα άφησε πίσω του. Ήταν πολύ ενοχλημένος πέρα από αυτό που θα μπορούσε να είχε εκφράσει - σχεδόν πέρα από αυτό που θα μπορούσε να κρύψει. Ποτέ δεν αισθάνθηκε τόσο αναστατωμένος, εξευτελισμένος, θλιμμένος, σε κάθε περίσταση της ζωής της. Αυτή ήταν πιο βίαια βολή. Η αλήθεια αυτής της εκπροσώπησης δεν υπήρξε άρνηση. Την ένιωθε στην καρδιά της. Πώς θα μπορούσε να ήταν τόσο βάναυση, τόσο σκληρή για να χάσει τις κωμοπόλεις! Πώς θα μπορούσε να έχει εκδηλωθεί σε μια τόσο άσχημη γνώμη σε οποιαδήποτε αποτίμησε! Και πώς τον υποτάσσει να την αφήσει χωρίς να λέει μια λέξη ευγνωμοσύνης, συμμαχίας, κοινής ευγένειας! Πώς θα μπορούσε να έχει εκδηλωθεί σε μια τόσο άσχημη γνώμη σε οποιαδήποτε αποτίμησε! Και πώς τον υποτάσσει να την αφήσει χωρίς να λέει μια λέξη ευγνωμοσύνης, συμμαχίας, κοινής ευγένειας! Πώς θα μπορούσε να έχει εκδηλωθεί σε μια τόσο άσχημη γνώμη σε οποιαδήποτε αποτίμησε! Και πώς τον υποτάσσει να την αφήσει χωρίς να λέει μια λέξη ευγνωμοσύνης, συμμαχίας, κοινής ευγένειας!

Ο χρόνος δεν τη συνθέτουν. Καθώς αντανακλούσε περισσότερο, φαινόταν να αισθάνεται περισσότερο. Δεν ήταν ποτέ τόσο καταθλιπτική. Ευτυχώς δεν ήταν απαραίτητο να μιλήσουμε. Υπήρχε μόνο , ο οποίος δεν φαινόταν να είναι πνευματικός ο ίδιος, ακανθώδης και πολύ πρόθυμος να σιωπήσει. Και η Έμμα αισθάνθηκε ότι τα δάκρυα που τρέχουν στα μάγουλά της σχεδόν σε όλη τη διαδρομή στο σπίτι, χωρίς να έχουν κανένα πρόβλημα να τα ελέγξουν, έκτακτα όπως ήταν.

Κεφάλαιο

Η αθλιότητα ενός σχεδίου στο λόφο του κουτιού ήταν στις σκέψεις του Έμμα όλο το βράδυ. Πώς θα μπορούσε να θεωρηθεί από το υπόλοιπο κόμμα, δεν μπορούσε να πει. Αυτοί, στα διαφορετικά σπίτια τους και στους διαφορετικούς τρόπους τους, ίσως να το κοιτάζουν με χαρά. Αλλά κατά την άποψή της, ήταν ένα πρωί πιο εντελώς ανακριβές, πιο εντελώς άσκοπη από την εποικοδομητική ικανοποίησή του και περισσότερο να αποθαρρύνεται με ανάμνηση από ό, τι είχε περάσει ποτέ. Ένα ολόκληρο βράδυ από το - με τον πατέρα της, ήταν ευτυχία σε αυτό. Εκεί, όντως, έδινε πραγματική ευχαρίστηση, γιατί εκεί έδινε τις πιο γλυκές ώρες των είκοσι τεσσάρων στην άνεση του. Και αισθάνεται ότι, ανυπόστατος, όπως και ο βαθμός της αγαπημένης του αγάπης και της σεβασμού της εκτίμησης, δεν θα μπορούσε, στη γενική συμπεριφορά της, να είναι ανοιχτή σε οποιαδήποτε σοβαρή επίκριση. Ως κόρη, ελπίζει ότι δεν ήταν χωρίς καρδιά. Ελπίζονταν ότι κανείς δεν θα μπορούσε να της πει, "πώς θα μπορούσατε να είστε τόσο αδιάφοροι με τον πατέρα σας;" "Πρέπει, θα σας πω αλήθειες όσο μπορώ." δεν θα πρέπει ποτέ ξανά να πάτε - όχι, ποτέ! Αν η προσοχή, στο μέλλον, θα μπορούσε να εξαλείψει το παρελθόν, θα μπορούσε να ελπίζει να συγχωρεθεί. Ήταν συχνά αμέλεια, η συνείδησή της την είπε έτσι. Αμέλεια, ίσως, περισσότερο στη σκέψη από το γεγονός. Απεχθές, δυσάρεστο. Αλλά δεν πρέπει να είναι πια. Με τη ζεστασιά της αληθινής περιφρόνησης, θα την καλέσει το επόμενο πρωί και θα έπρεπε να είναι η αρχή, από την πλευρά της, μιας τακτικής, ίσης και ευγενής συνουσίας. Η συνείδησή της το είπε έτσι. Αμέλεια, ίσως, περισσότερο στη σκέψη από το γεγονός. Απεχθές, δυσάρεστο. Αλλά δεν πρέπει να είναι πια. Με τη ζεστασιά της αληθινής περιφρόνησης, θα την καλέσει το επόμενο πρωί και θα έπρεπε να είναι η αρχή, από την πλευρά της, μιας τακτικής, ίσης και ευγενής συνουσίας. Η συνείδησή της το είπε έτσι. Αμέλεια, ίσως, περισσότερο στη σκέψη από το γεγονός. Απεχθές, δυσάρεστο. Αλλά δεν πρέπει να είναι πια. Με τη ζεστασιά της αληθινής περιφρόνησης, θα την καλέσει το επόμενο πρωί και θα έπρεπε να είναι η αρχή, από την πλευρά της, μιας τακτικής, ίσης και ευγενής συνουσίας.

Ήταν εξίσου αποφασισμένη όταν ήρθε η μέρα και πήγε νωρίς, ώστε να μην την εμποδίσει τίποτα. Δεν ήταν απίθανο, σκέφτηκε, να δει τον κύριο. Στο δρόμο της; Ή, ίσως, θα μπορούσε να έρθει κατά τη διάρκεια της επίσκεψής της. Δεν είχε καμία αντίρρηση. Δεν θα ντρεπόταν για την εμφάνιση της πεποίθησης, τόσο δίκαια και αληθινά δική της. Τα μάτια της ήταν προς την κατεύθυνση της αγάπης καθώς περπατούσε, αλλά δεν τον είδε.

«οι κυρίες ήταν όλοι στο σπίτι». Δεν είχε ποτέ χαρούσει για τον ήχο πριν, ούτε ποτέ εισήλθε στο πέρασμα ούτε έφτασε μέχρι τις σκάλες, με οποιαδήποτε επιθυμία να δώσει ευχαρίστηση, αλλά με την ανάθεση υποχρέωσης ή την εξαγωγή της, εκτός από την επακόλουθη γελοιοποίηση.

Υπήρξε μια φασαρία στην προσέγγισή της. Μια πολύ κίνηση και μιλάμε. Άκουσε τη φωνή της, κάτι έπρεπε να γίνει σε μια βιασύνη. Η κοπέλα φαινόταν φοβισμένη και αδέξια. Ήλπιζε ότι θα ήταν ευχάριστη να περιμένει μια στιγμή, και στη συνέχεια την έστειλε πολύ νωρίς. Η θεία και η ανιψιά έμοιαζαν να διαφεύγουν στο παρακείμενο δωμάτιο. Είχε μια ξεχωριστή ματιά, κοιτάζοντας εξαιρετικά άρρωστος; Και, πριν την κλείσει η πόρτα, άκουσε τις μπερδεμένες λέξεις: "καλά, αγαπητέ μου, θα πω ότι βάζετε στο κρεβάτι και είμαι βέβαιος ότι είστε αρκετά άρρωστος".

Κακές παλιάς κυρίας. Τα θύματα, τα πολιτικά και ταπεινά ως συνήθως, έμοιαζε σαν να μην καταλάβαινε καλά τι συνέβαινε.

"φοβάμαι ότι η δεν είναι πολύ καλή," είπε, "αλλά δεν ξέρω, μου λένε ότι είναι καλά, τολμούν να πω ότι η κόρη μου θα είναι εδώ σήμερα, χάσετε το ξυλουργείο, ελπίζω να βρείτε μια καρέκλα. Δεν είχα πάει, είμαι ελάχιστα ικανός - έχω καρέκλα, κυρία; καθάζετε όπου σας αρέσει; Είμαι βέβαιος ότι θα είναι εδώ σήμερα. "

Η Έμμα έβλεπε σοβαρά ότι θα το έκανε. Είχε ένα φόβο μιας στιγμής να παραμείνει μακριά από αυτήν. Αλλά η ερχόταν σύντομα - «πολύ χαρούμενη και υποχρεωμένη» - αλλά η συνείδηση της Έμμα της είπε ότι δεν υπήρχε η ίδια ευχάριστη ευελιξία με την προηγούμενη ευκολία εμφάνισης και τρόπου. Μια πολύ φιλική έρευνα μετά την , όπως ελπίζει, θα μπορούσε να οδηγήσει το δρόμο σε μια επιστροφή παλαιών συναισθημάτων. Η αφή έμοιαζε άμεση.

Αν ήθελες να δεις τι πονοκέφαλο έχει. Όταν κάποιος είναι σε μεγάλο πόνο, ξέρετε ότι δεν μπορεί κανείς να αισθανθεί οποιαδήποτε ευλογία, όπως μπορεί να αξίζει. Είναι όσο το δυνατόν χαμηλότερη. Για να την κοιτάξουμε, κανείς δεν θα σκεφτόταν πόσο ευτυχισμένη και χαρούμενη είναι να εξασφαλίσει μια τέτοια κατάσταση. Θα την δικαιολογήσεις ότι δεν έρχεται σε εσένα - δεν είναι σε θέση - πήγε στο δωμάτιό της - θέλω να ξαπλώσει στο κρεβάτι. «αγαπητέ μου», είπα εγώ, «θα σας πω ότι βάζεστε στο κρεβάτι:» αλλά, όμως, δεν είναι; Περπατάει γύρω από το δωμάτιο. Αλλά, τώρα που έχει γράψει τα γράμματά της, λέει ότι σύντομα θα είναι καλά. Αυτή θα είναι πολύ συγνώμη για να χάσετε να σας βλέπω, χάσετε το ξύλο, αλλά η καλοσύνη σας θα την δικαιολογήσει. Κρατήσατε περιμένοντας την πόρτα - ήμουν αρκετά ντροπιασμένος - αλλά κατά κάποιο τρόπο υπήρξε μια μικρή φασαρία - γιατί έτσι συνέβη ότι δεν είχαμε ακούσει το χτύπημα, και μέχρι να βρεθείτε στη σκάλες, δεν γνωρίζαμε ότι έρχεται κάποιο σώμα. «είναι μόνο η κ. , είπε, "εξαρτάται από αυτό. Κανείς άλλος δεν θα έρθει τόσο νωρίς ». «καλά,» είπε, «πρέπει να βρεθεί κάποιος χρόνος ή άλλο, και ίσως να είναι και τώρα». Αλλά στη συνέχεια μπήκε η και είπε ότι είσαι εσύ. 'Ω!' είπε, «είναι χαμένη ξύλινη κατοικία: είμαι σίγουρη ότι θα την θελήσετε να τη δείτε». «Δεν βλέπω κανέναν», είπε. Και επάνω πήρε, και θα πάει μακριά; Και αυτό μας έκανε να σε κρατάμε περιμένοντας - και πολύ λυπηρό και ντροπιασμένο. «αν πρέπει να πάτε, αγαπητέ μου», είπε, «πρέπει, και θα σας πω ότι βάζετε στο κρεβάτι». Πρέπει να βρεθεί κάποιος χρόνος ή άλλο, και ίσως να είναι και τώρα. " αλλά στη συνέχεια μπήκε η και είπε ότι είσαι εσύ. 'Ω!' είπε, «είναι χαμένη ξύλινη κατοικία: είμαι σίγουρη ότι θα την θελήσετε να τη δείτε». «Δεν βλέπω κανέναν», είπε. Και επάνω πήρε, και θα πάει μακριά? Και αυτό μας έκανε να σε κρατάμε περιμένοντας - και πολύ λυπηρό και ντροπιασμένο. «αν πρέπει να πάτε, αγαπητέ μου», είπε, «πρέπει, και θα σας πω ότι βάζετε στο κρεβάτι». Πρέπει να βρεθεί κάποιος χρόνος ή άλλο, και ίσως να είναι και τώρα. " αλλά στη συνέχεια μπήκε η και είπε ότι είσαι εσύ. 'Ω!' είπε, «είναι χαμένη ξύλινη κατοικία: είμαι σίγουρη ότι θα την θελήσετε να τη δείτε». «Δεν βλέπω κανέναν», είπε. Και επάνω πήρε, και θα πάει μακριά? Και αυτό μας έκανε να σε κρατάμε περιμένοντας - και πολύ λυπηρό και ντροπιασμένο. «αν πρέπει να πάτε, αγαπητέ μου», είπε, «πρέπει, και θα σας πω ότι βάζετε στο κρεβάτι».

Η Έμμα ενδιαφέρθηκε πολύ ειλικρινά. Η καρδιά της είχε μεγαλώσει πολύ μακρυά προς την . Και αυτή η εικόνα των παρόντων παθήσεών της ενήργησε ως θεραπεία οποιασδήποτε πρώην γενναιόδωρης καχυποψίας και δεν της άφησε τίποτε άλλο παρά κρίμα. Και η ανάμνηση των λιγότερο δίκαιων και λιγότερο ευγενών αισθήσεων του παρελθόντος, την υποχρέωσαν να παραδεχτεί ότι η θα μπορούσε φυσικά να επιλύσει τη δουλειά της. Η οποιονδήποτε άλλο σταθερό φίλο, όταν δεν μπορεί να αντέξει να δει τον εαυτό της. Μίλησε καθώς αισθανόταν με σοβαρή λύπη και μεράκι - ειλικρινά επιθυμώντας ότι οι περιστάσεις που συγκέντρωσε από το να είναι τώρα πραγματικά αποφασισμένες, θα μπορούσαν να είναι τόσο για το πλεονέκτημα όσο και για την άνεση του . "πρέπει να είναι μια σκληρή δίκη για όλους τους, είχε καταλάβει ότι θα καθυστερούσε μέχρι την επιστροφή του συνταγματάρχη ."

"τόσο πολύ καλό!" απάντησε . "αλλά είστε πάντα ευγενικοί."

Δεν υπήρχε τέτοιο "πάντα". Και για να ξεπεράσει την φοβερή ευγνωμοσύνη της, η Έμμα έκανε την άμεση έρευνα -

"όπου -μπορεί να ρωτήσω;"

"σε μια μικρή γυναίκα που είναι πολύ όμορφη και πιο όμορφη για να έχει την ευθύνη για τα τρία μικρά κορίτσια της - για τα παιδιά της, που είναι απολαυστικά, αδύνατο να καταλήξει σε κάθε κατάσταση που θα μπορούσε να είναι πιο γεμάτη από άνεση, αν, εκτός από την οικογένεια του θηλάζοντος, αλλά η κ. Μικρή Ψυχή είναι οικεία και με τους δύο, και στην ίδια γειτονιά: - ζει μόλις τέσσερα μίλια από το δάσος του σφενδάμου.

"η κυρία , υποθέτω, ήταν το πρόσωπο στο οποίο οφείλει ο - "

"ναι, η καλή μας κ. , ο πιο ανυπόφορος, αληθινός φίλος, δεν θα δεχόταν άρνηση, δεν θα άφηνε να πει ο Τζέιν,« όχι ». Όταν η πρώτη φορά που ακούστηκε γι 'αυτήν, (ήταν μια μέρα πριν από χθες, το πρωί που ήμασταν στο) όταν ο το άκουσε για πρώτη φορά, αποφασίστηκε να μην αποδεχθεί την προσφορά και για τους λόγους που αναφέρατε, ακριβώς όπως λέτε ότι είχε αποφασίσει να κλείσει με τίποτα μέχρι την επιστροφή του συνταγματάρχη και τίποτα δεν θα έπρεπε να την οδηγήσει σε οποιαδήποτε δέσμευση αυτή τη στιγμή -και έτσι είπε στην κ. Ξανά και ξανά- και είμαι βέβαιος ότι δεν είχα περισσότερη ιδέα ότι θα αλλάξει το μυαλό της - αλλά αυτή η καλή κ. , της οποίας η κρίση δεν την αποτυγχάνει ποτέ, έβλεπε μακρύτερα από ό, τι έκανα ... Δεν είναι κάθε σώμα που θα είχε ξεχωρίσει με τέτοιο τρόπο όπως έκανε και αρνείται να πάρει την απάντηση του ; αλλά δήλωσε θετικά ότι δεν θα γράψει χθες τέτοια άρνηση, όπως την εύρισε η . Θα περίμενε - και, αρκετά βέβαια, χθες το απόγευμα, όλα ήταν εγκατεστημένα ώστε η να πάει. Με μεγάλη έκπληξη! Δεν είχα την ελάχιστη ιδέα! - πήρε την κα. Κατά μέρος, και της είπε αμέσως, ότι με τη σκέψη για τα πλεονεκτήματα της κυρίας. Μικρή κατάσταση, είχε φτάσει στο ψήφισμα για την αποδοχή της. -Δεν γνώριζα μια λέξη από το μέχρι που όλα ήταν εγκατεστημένα. "

"περάσατε το βράδυ με την κ. ;"

"ναι, όλοι εμείς, η κ. Θα μας έφτασε, είχε εγκατασταθεί έτσι, πάνω στο λόφο, ενώ περπατούσαμε με τον κύριο " πρέπει όλοι να περάσετε την βραδιά σας μαζί μας ", είπε - θετικά πρέπει να έχετε έρθει όλοι. "

"Ο κ. Ήταν εκεί, επίσης;"

"Όχι, όχι ο κ. , το αρνήθηκε από την πρώτη και αν και σκέφτηκα ότι θα έρθει, γιατί η κ. Δήλωσε ότι δεν θα τον αφήσει μακριά, δεν το έκανε - αλλά η μητέρα μου και η και εγώ, ήταν όλοι εκεί, και ένα πολύ ευχάριστο βράδυ που είχαμε, φίλοι αυτού του είδους, ξέρετε, χάσετε το ξύλο, πρέπει να βρίσκετε πάντοτε ευχάριστο, αν και κάθε σώμα φαινόταν μάλλον ακανόνιστο μετά το πάρτι του πρωινού, ακόμη και η ευχαρίστηση, ξέρετε, είναι κουραστική και δεν μπορούμε να πούμε ότι κάποιο από αυτά φαινόταν να το απολάμβανε πολύ, όμως θα το θεωρώ πάντα ένα πολύ ευχάριστο πάρτι και θα αισθάνομαι εξαιρετικά υποχρεωμένος στους φιλικούς φίλους που με συμπεριέλαβαν σε αυτό».

"παραλείψτε , υποθέτω, αν και δεν το γνωρίζατε, είχε κάνει το μυαλό της όλη την ημέρα;"

"Τολμούν να πω ότι είχε."

"Όποτε μπορεί να έρθει η ώρα, πρέπει να είναι ανεπιθύμητη για την ίδια και όλους τους φίλους της - αλλά ελπίζω ότι η αφοσίωσή της θα έχει κάθε δυνατή προσπάθεια - εννοώ, ως προς το χαρακτήρα και τα κίνητρα της οικογένειας".

"Σας ευχαριστώ, αγαπητέ δάσκαλο, ναι, πράγματι, υπάρχει κάτι στον κόσμο που μπορεί να την κάνει ευτυχισμένη σε αυτό, εκτός από τα θηλάζοντα και τα καυλιάκια, δεν υπάρχει ένα τέτοιο άλλο νηπιαγωγείο, τόσο φιλελεύθερο και κομψό, σε όλες τις μέρες. Η γνωριμία του , η μικρή γυναίκα, η πιο ευχάριστη γυναίκα - ένα στυλ ζωής σχεδόν ίσο με το -και όσο για τα παιδιά, εκτός από τα μικρά θηλάσματα και τα μικρά καστανιά, δεν υπάρχουν τέτοια κομψά γλυκά παιδιά οπουδήποτε. Με τέτοιο σεβασμό και καλοσύνη! - δεν θα είναι τίποτα άλλο παρά ευχαρίστηση, μια ζωή ευχαρίστησης ... - και το μισθό της! - Δεν μπορώ πραγματικά να αποφύγετε να ονομάσετε το μισθό της σε σας, χάσετε το ξύλο, ακόμα και εσείς, χρησιμοποιείτε όπως είστε σε μεγάλα ποσά, δύσκολα θα πίστευε ότι θα μπορούσαν να δοθούν τόσα πολλά σε έναν νέο άνθρωπο όπως η ".

"Αχ! ", αν τα άλλα παιδιά είναι καθόλου όπως αυτό που θυμάμαι ότι είμαι ο ίδιος, θα πρέπει να σκεφτώ πέντε φορές το ποσό εκείνου που έχω ακούσει ποτέ ονομασμένο ως μισθό σε τέτοιες περιπτώσεις, που κέρδισα πολύ. "

"είσαι τόσο ευγενής στις ιδέες σου!"

"και όταν λείπει το να σε αφήσει;"

"πολύ σύντομα, πολύ σύντομα, πράγματι, αυτό είναι το χειρότερο από αυτό, μέσα σε ένα δεκαπενθήμερο, κ. Μικρόψαρο είναι σε μια μεγάλη βιασύνη, η φτωχή μητέρα μου δεν ξέρει πώς να το αντέξει, έτσι λοιπόν, προσπαθώ να το βγάλω από αυτήν σκέψεις, και να πω, ελάτε κυρία, μην μας αφήστε να το σκεφτούμε πια »._

"οι φίλοι της πρέπει όλοι να λυπηθούν για να την χάσουν και δεν θα λυθεί ο συνταγματάρχης και η κ. Ότι έχει εμπλακεί πριν από την επιστροφή τους;"

Είμαι βέβαιος ότι, αν βγει από όλα. Και ο φτωχός γιος του ήρθε να μιλήσει στον κύριο. Για ανακούφιση από την ενορία. Ο ίδιος είναι πολύ καλά να κάνει τον εαυτό του, ξέρεις, να είναι επικεφαλής στο στέμμα, πιο οσφρητικός και κάθε τέτοιο πράγμα, αλλά ακόμα δεν μπορεί να κρατήσει τον πατέρα του χωρίς βοήθεια. Και έτσι, όταν ο κ. Ο επέστρεψε, μας είπε τι του είπε ο , και έπειτα βγήκε για το σαλόνι που είχε σταλεί σε για να πάρει ο κ. Ειλικρινής εκκλησία προς τον πλούτμοντ. Αυτό συνέβη πριν από το τσάι. Ήταν μετά το τσάι ότι η μίλησε στην κα. . " ο επέστρεψε, μας είπε τι του είπε ο , και έπειτα βγήκε για το σαλόνι που είχε σταλεί σε για να πάρει ο κ. Ειλικρινής εκκλησία προς τον πλούτμοντ. Αυτό συνέβη πριν από το τσάι. Ήταν μετά το τσάι ότι η μίλησε στην κα. . " ο επέστρεψε, μας είπε τι του είπε ο , και έπειτα βγήκε για το σαλόνι που είχε σταλεί σε για να πάρει ο κ. Ειλικρινής εκκλησία προς τον πλούτμοντ. Αυτό συνέβη πριν από το τσάι. Ήταν μετά το τσάι ότι η μίλησε στην κα. . "

Η δύσκολα θα έδινε χρόνο στο Έμμα να πει πόσο τέλεια ήταν νέα αυτή η περίσταση. Αλλά χωρίς να υποθέτουμε ότι θα μπορούσε να αγνοεί κάποια από τα στοιχεία του κ. Η εγκάρδια εκκλησία πηγαίνει, προχώρησε να τους δώσει όλα, δεν είχε καμία συνέπεια.

Τι ο κ. Ο Έλτον είχε μάθει από τον πιο ενδιαφέροντα για το θέμα αυτό, που ήταν η συσσώρευση των γνώσεων του ιδιοκτήτη και η γνώση των υπηρέτρων στις καμπάνες, ότι ένας αγγελιοφόρος είχε έρθει από τον πλούτμοντ αμέσως μετά την επιστροφή του κόμματος από το λόφο του κιβωτίου - το οποίο αγγελιοφόρος, όμως, δεν ήταν τίποτε άλλο από το αναμενόμενο. Και αυτός ο κύριος. Ο είχε στείλει τον ανιψιό του λίγες γραμμές, περιέχοντας, συνολικά, μια ανεκτή εκτίμηση της κας. Και μόνο που του εύχεται να μην καθυστερήσει να επιστρέψει νωρίς το επόμενο πρωί νωρίς. Αλλά ο κ. Ο αληθινός ιερέας είχε αποφασίσει να μεταβεί απευθείας στο σπίτι, χωρίς να περιμένει καθόλου και το άλογό του φαινόταν να έχει κρυώσει, ο είχε αποσταλεί αμέσως για το στεφάνι της στέμματος και ο στενοχώρος είχε ξεχωρίσει και είδε να περάσει, έναν καλό ρυθμό και την οδήγηση πολύ σταθερή.

Δεν υπήρχε τίποτα σε όλα αυτά ούτε για έκπληξη ούτε για ενδιαφέρον και έβλεπε την προσοχή της Έμμα μόνο καθώς ενώθηκε με το θέμα που είχε ήδη απασχολήσει το μυαλό της. Η αντίθεση ανάμεσα στην κα. Η σημασία του στον κόσμο, και η , την χτύπησαν. Το ένα ήταν το κάθε πράγμα, το άλλο τίποτα - και καθόταν να μιλάει για τη διαφορά της μοίρας της γυναίκας και αρκετά ασυνείδητο για το τι τα μάτια της ήταν σταθερά, μέχρι να ανακαλυφθεί από το ρητό της ,

"Ναι, βλέπω τι σκέφτεσαι, το πιανίσκο ... Τι πρέπει να γίνει γι 'αυτό;" "Αλήθεια, η κακή αγαπημένη μιλούσε γι' αυτό τώρα" - "πρέπει να πάτε", είπε. Δεν θα έχετε καμία δουλειά εδώ - αφήστε την να μείνει, ωστόσο, "είπε αυτή", δώστε την κατοικία μέχρι να επιστρέψει ο συνταγματάρχης θα το μιλήσω γι 'αυτόν θα εγκατασταθεί για μένα θα με βοηθήσει όλες τις δυσκολίες μου. »- και μέχρι σήμερα, πιστεύω ότι δεν γνωρίζει αν ήταν το παρόν του ή η κόρη του».

Τώρα η Έμμα ήταν υποχρεωμένη να σκεφτεί την πιανθοφόρο; Και η ανάμνηση όλων των πρώην φανταστικών και αθέμιτων εικασιών της ήταν τόσο μικρή ευχάριστη, που σύντομα επέτρεψε να πιστέψει ότι η επίσκεψή της ήταν αρκετά μεγάλη. Και, με μια επανάληψη κάθε πράγμα που θα μπορούσε να αποτολμήσει να πει για τις καλές ευχές που αισθάνθηκε πραγματικά, πήρε άδεια.

Κεφάλαιο

Οι σκεπτόμενοι διαλογισμοί της εμάς, καθώς περπατούσε στο σπίτι, δεν διακόπτονταν. Αλλά όταν μπήκε στο σαλόνι, βρήκε εκείνους που πρέπει να την αναστήσουν. Κύριος. Και είχαν φτάσει κατά τη διάρκεια της απουσίας της, και καθόταν με τον πατέρα της. Ο σηκώθηκε αμέσως, και με τρόπο αποφασιστικά πιο βαρύ από το συνηθισμένο, είπε,

"Δεν θα πάω μακριά χωρίς να σας δω, αλλά δεν έχω χρόνο για να διαθέσω και γι 'αυτό πρέπει τώρα να πάει κατευθείαν. Πάω στο Λονδίνο, να περάσω μερικές μέρες με τον και την . , εκτός από την «αγάπη», την οποία κανείς δεν μεταφέρει;

"τίποτα δεν είναι, αλλά δεν είναι αυτό ένα ξαφνικό σχέδιο;"

"ναι-μάλλον-έχω σκεφτεί λίγο χρόνο."

Η Έμμα ήταν σίγουρη ότι δεν την είχε συγχωρήσει. Κοίταξε αντίθετα από τον εαυτό του. Ο χρόνος, όμως, σκέφτηκε, θα του έλεγε ότι πρέπει να είναι και πάλι φίλοι. Ενώ στάθηκε, σαν να νόμιζε να πάει, αλλά όχι - ο πατέρας της άρχισε τις έρευνές του.

"καλά, αγαπητέ μου, και φτάσατε εκεί με ασφάλεια" - και πώς βρήκατε τον άξιο παλιό μου φίλο και την κόρη της; "Τολμούν να πω ότι πρέπει να σας υποχρέωναν πολύ για την ερχόμενη συναυλία. Κύριε πρεσβύτερα, κύριε , όπως σας είπα πριν, είναι πάντα τόσο προσεκτικός σε αυτούς! "

Το χρώμα της εμάς ενισχύθηκε από αυτόν τον άδικο έπαινο. Και με ένα χαμόγελο, και το κούνημα του κεφαλιού, το οποίο μίλησε πολύ, κοίταξε τον κ. . - Φαινόταν σαν να υπήρχε μια στιγμιαία εντύπωση προς όφελός της, σαν τα μάτια της να έλαβαν την αλήθεια από την δική της, και όλα εκείνα που είχαν περάσει καλά στα συναισθήματά της ήταν ταυτόχρονα πιασμένα και τιμημένα. - Τη κοίταξε με μια λάμψη. Ήταν ευχάριστα ικανοποιημένη - και σε μια άλλη στιγμή ακόμα περισσότερο, με μια μικρή κίνηση περισσότερο από την κοινή φιλικότητα από την πλευρά της - πήρε το χέρι της - είτε δεν είχε κάνει την πρώτη κίνηση, δεν μπορούσε να πει - ίσως, το έδωσαν μάλλον - αλλά πήρε το χέρι της, το πίεσε και σίγουρα ήταν στο σημείο να το μεταφέρει στα χείλη του - όταν, από κάποια φαντασία ή άλλο, άφησε ξαφνικά να φύγει. Ένα , γιατί θα έπρεπε να αλλάξει το μυαλό του, όταν δεν έγινε, δεν μπορούσε να το αντιληφθεί. - Θα είχε κρίνει καλύτερα, σκέφτηκε, αν δεν είχε σταματήσει. - Ωστόσο, η πρόθεση ήταν αδιαμφισβήτητη. Και αν οι τρόποι του είχαν γενικά τόσο λίγη γοητεία, ή αλλιώς συνέβη, αλλά σκέφτηκε ότι τίποτα δεν έγινε περισσότερο - ήταν μαζί του, τόσο απλής αλλά τόσο αξιοπρεπούς φύσης - δεν μπορούσε παρά να θυμηθεί την προσπάθεια με μεγάλη ικανοποίηση. Μίλησε τόσο τέλεια ευχαρίστηση. - Άφησε αμέσως αμέσως μετά - πάει σε μια στιγμή. Πάντοτε μετακόμισε με την εγρήγορση ενός νου που δεν μπορούσε ούτε να αναποφάσισται ούτε να αποκατασταθεί, αλλά τώρα φαινόταν ξαφνικότερο από το συνηθισμένο στην εξαφάνισή του. Και αν οι τρόποι του είχαν γενικά τόσο λίγη γοητεία, ή αλλιώς συνέβη, αλλά σκέφτηκε ότι τίποτα δεν έγινε περισσότερο - ήταν μαζί του, τόσο απλής αλλά τόσο αξιοπρεπούς φύσης - δεν μπορούσε παρά να θυμηθεί την προσπάθεια με μεγάλη ικανοποίηση. Μίλησε τόσο τέλεια ευχαρίστηση. - Άφησε αμέσως αμέσως μετά - πάει σε μια στιγμή. Πάντοτε μετακόμισε με την εγρήγορση ενός νου που δεν μπορούσε ούτε να αναποφάσισται ούτε να αποκατασταθεί, αλλά τώρα φαινόταν ξαφνικότερο από το συνηθισμένο στην εξαφάνισή του. Και αν οι τρόποι του είχαν γενικά τόσο λίγη γοητεία, ή αλλιώς συνέβη, αλλά σκέφτηκε ότι τίποτα δεν έγινε περισσότερο - ήταν μαζί του, τόσο απλής αλλά τόσο αξιοπρεπούς φύσης - δεν μπορούσε παρά να θυμηθεί την προσπάθεια με μεγάλη ικανοποίηση. Μίλησε τόσο τέλεια ευχαρίστηση. - Άφησε αμέσως αμέσως μετά - πάει σε μια στιγμή. Πάντοτε μετακόμισε με την εγρήγορση ενός νου που δεν μπορούσε ούτε να αναποφάσισται ούτε να αποκατασταθεί, αλλά τώρα φαινόταν ξαφνικότερο από το συνηθισμένο στην εξαφάνισή του.

Η Έμμα δεν μπορούσε να λυπηθεί για το γεγονός ότι είχε χάσει τις πτώσεις, αλλά ήθελε να την είχε αφήσει δέκα λεπτά νωρίτερα · θα ήταν μεγάλη χαρά να μιλήσω για την κατάσταση του με τον κ. .-ούτε θα ήθελε να λυπηθεί ότι θα έπρεπε να πάει στην πλατεία , γιατί γνώριζε πόσο επωφελήθηκε η επίσκεψή του - αλλά ίσως να είχε συμβεί σε μια καλύτερη στιγμή - και ότι θα το γνώριζε περισσότερο, θα ήταν ευχάριστο - έχουν χωρίσει πολλούς φίλους, ωστόσο. Δεν μπορούσε να εξαπατηθεί ως προς το νόημα του προσώπου του και την ατελείωτη γοητεία του - όλα έγιναν για να τη διαβεβαιώσουν ότι είχε ανακάμψει πλήρως την καλή του άποψη - είχε καθίσει μαζί τους μισή ώρα, βρήκε. Ήταν κρίμα που δεν είχε επιστρέψει νωρίτερα!

Με την ελπίδα να εκτρέπονται οι σκέψεις του πατέρα του από τη δυσάρεστη κατάσταση του κ. Ο θα πάει στο Λονδίνο. Και πηγαίνει τόσο ξαφνικά; Και το άλογο, το οποίο γνώριζε ότι θα ήταν πολύ κακό. Η Έμμα ανακοίνωσε τα νέα της σχετικά με τη και η εξάρτησή της από το αποτέλεσμα ήταν δικαιολογημένη. Προσέφερε έναν πολύ χρήσιμο έλεγχο, - ενδιαφερόμενο, χωρίς να τον ενοχλεί. Είχε πολύ καιρό αποφασίσει να κάνει έξω ως κυβερνήτης, και θα μπορούσε να μιλήσει για αυτό χαρούμενα, αλλά κύριε. Ο που πήγε στο Λονδίνο ήταν ένα απρόσμενο πλήγμα.

"Είμαι πολύ ευτυχής, πράγματι, αγαπητέ μου, για να ακούσω ότι πρέπει να είναι τόσο άνετα διευθετημένος." Η κ. Είναι πολύ καλή-φύση και ευχάριστη, και τολμούν να πω ότι η γνωριμία της είναι ακριβώς αυτό που πρέπει να είναι. Μια ξηρή κατάσταση και ότι η υγεία της θα πρέπει να ληφθεί μέριμνα, θα έπρεπε να είναι ένα πρώτο αντικείμενο, καθώς είμαι βέβαιος ότι η φτωχή αδυναμία του ήταν πάντα μαζί μου, ξέρεις, αγαπητέ μου, αυτή θα είναι αυτή η νέα κυρία τι χάσαμε στο για εμάς και ελπίζω ότι θα είναι καλύτερα σε ένα σεβασμό και να μην προκληθεί να φύγει αφού έχει παραμείνει στο σπίτι της τόσο πολύ καιρό ».

Την επόμενη μέρα έφερε είδηση από τον για να ρίξει όλα τα πράγματα στο φόντο. Ένα ρητό έφτασε σε να ανακοινώσει το θάνατο της κας. ! Αν και ο ανιψιός της δεν είχε ιδιαίτερο λόγο να επισπεύσει πίσω της, δεν είχε ζήσει πάνω από έξι και τρεις ώρες μετά την επιστροφή του. Μια ξαφνική κατάσχεση διαφορετικής φύσης από κάτι που προκάλεσε η γενική της κατάσταση, την είχε μεταφέρει μετά από μια σύντομη πάλη. Η μεγάλη κα. Δεν ήταν πια.

Αισθανόταν ότι τέτοια πράγματα πρέπει να γίνονται αισθητά. Κάθε σώμα είχε ένα βαθμό βαρύτητας και θλίψης. Ευαισθησία προς τους αναχωρημένους, φροντίδα για τους επιζώντες φίλους. Και, σε εύλογο χρονικό διάστημα, περιέργεια να γνωρίζει πού θα θάφτηκε. Ο χρυσοχόος μας λέει ότι όταν η όμορφη γυναίκα σκαρφαλώνει στην αηδία, δεν έχει τίποτα να κάνει παρά να πεθάνει. Και όταν σκαρφαλώνει για να είναι δυσάρεστη, είναι εξίσου συνιστώμενη ως μια σαφέστερη δυσφήμιση. Κυρία. , μετά από δυσαρέσκεια τουλάχιστον είκοσι πέντε χρόνια, μιλούσε τώρα με συμπαθητικές αποζημιώσεις. Σε ένα σημείο ήταν δικαιολογημένη. Δεν είχε ποτέ γίνει δεκτό για σοβαρή ασθένεια. Η εκδήλωση αθωώθηκε της όλη της φαντασίας και όλου του εγωισμού των φανταστικών καταγγελιών.

«κακή κ. , χωρίς αμφιβολία, είχε υποφέρει πάρα πολύ: περισσότερο από οποιοδήποτε άλλο υποθετικό όργανο είχε υποθέσει - και ένας συνεχής πόνος θα δοκιμάσει την ιδιοσυγκρασία, ήταν ένα λυπηρό γεγονός - ένα μεγάλο σοκ - με όλα τα λάθη της, ο κ. Τσόρτσιλ δεν μπορεί να την κάνει χωρίς την κυρία του, ο κ. Τσόρτσιλ δεν θα το βγάλει ποτέ ». Ο κούνησε το κεφάλι του και κοίταξε σοβαρά και είπε: "Αχ! Φτωχή γυναίκα, που θα το είχε σκεφτεί!" και αποφάσισε ότι το πένθος του πρέπει να είναι όσο το δυνατόν πιο όμορφο. Και η σύζυγός του καθόταν ανατριχιάζοντας και νομιμοποιούσε τις ευρείες γόβες της με μια συνειδητότητα και καλή λογική, αληθινή και σταθερή. Πώς θα επηρεάσει την ειλικρίνεια ήταν από τις πρώτες σκέψεις και των δύο. Ήταν επίσης πολύ πρώιμη κερδοσκοπία με την Έμμα. Ο χαρακτήρας της κας. , η θλίψη του συζύγου της - το μυαλό της τις κοίταζε με δέος και συμπόνια - και στη συνέχεια αναπαύεται με ελαφριά συναισθήματα για το πόσο ειλικρινής μπορεί να επηρεαστεί από το γεγονός, πόσο ωφέλησε, πόσο απελευθερωμένος. Είδε σε μια στιγμή όλα τα πιθανά καλά. Τώρα, μια προσκόλληση στο δεν θα είχε τίποτα να συναντήσει. Κύριος. , ανεξάρτητα από τη σύζυγό του, φοβήθηκε από κανέναν. Ένας εύκολος, καθοδηγητής άνθρωπος, που πρέπει να πείθει σε οποιοδήποτε πράγμα από τον ανιψιό του. Όλα όσα απομένουν να είναι επιθυμητά ήταν ότι ο ανιψιός πρέπει να σχηματίσει την προσκόλληση, καθώς, με όλη την καλή του θέληση στην υπόθεση, η Έμμα δεν μπορούσε να αισθανθεί καμία βεβαιότητα ότι έχει ήδη σχηματιστεί. Ανεξάρτητα από τη σύζυγό του, δεν φοβόταν κανείς. Ένας εύκολος, καθοδηγητής άνθρωπος, που πρέπει να πείθει σε οποιοδήποτε πράγμα από τον ανιψιό του. Όλα όσα απομένουν να είναι επιθυμητά ήταν ότι ο ανιψιός πρέπει να σχηματίσει την προσκόλληση, καθώς, με όλη την καλή του θέληση στην υπόθεση, η Έμμα δεν μπορούσε να αισθανθεί καμία βεβαιότητα ότι έχει ήδη σχηματιστεί. Ανεξάρτητα από τη σύζυγό του, δεν φοβόταν κανείς. Ένας εύκολος, καθοδηγητής άνθρωπος, που πρέπει να πείθει σε οποιοδήποτε πράγμα από τον ανιψιό του. Όλα όσα απομένουν να είναι επιθυμητά ήταν ότι ο ανιψιός πρέπει να σχηματίσει την προσκόλληση, καθώς, με όλη την καλή του θέληση στην υπόθεση, η Έμμα δεν μπορούσε να αισθανθεί καμία βεβαιότητα ότι έχει ήδη σχηματιστεί.

Ο Χάριριτ συμπεριφέρθηκε εξαιρετικά καλά με την ευκαιρία, με μεγάλη αυτοεξυπηρέτηση. Τι πάντα μπορεί να αισθάνεται με πιο φωτεινή ελπίδα, δεν πρόδωσε τίποτα. Η Έμμα ήταν ευχαριστημένη, να τηρήσει μια τέτοια απόδειξη με ενισχυμένο χαρακτήρα της και απέφυγε από οποιαδήποτε παραίτηση που θα μπορούσε να θέσει σε κίνδυνο τη διατήρησή της. Μιλούσαν, λοιπόν, από την κα. Θανάτου του με αμοιβαία ανοχή.

Σύντομα γράμματα από την ειλικρίνεια παραλήφθηκαν σε , ανακοινώνοντας όλα όσα ήταν άμεσα σημαντικά για την κατάσταση και τα σχέδιά τους. Κύριος. Ήταν καλύτερο από το αναμενόμενο. Και η πρώτη απομάκρυνσή τους, κατά την αναχώρηση της κηδείας για το Γιορκσάιρ, έπρεπε να είναι στο σπίτι ενός πολύ παλιού φίλου στο , στον οποίο ο κ. Ο είχε υποσχεθεί μια επίσκεψη τα τελευταία δέκα χρόνια. Επί του παρόντος, δεν υπήρχε τίποτα για το Χάριετ. Οι καλές ευχές για το μέλλον ήταν όλες εκείνες που θα μπορούσαν να γίνουν ακόμα από την πλευρά της Έμμα.

Ήταν μια πιό πιεστική ανησυχία να επισημάνει την , των οποίων οι προοπτικές έκλειναν, ενώ η άνοιξε και των οποίων οι δεσμεύσεις δεν επέτρεπαν καθυστερήσεις σε κανέναν στο , που ήθελε να επιδείξει την καλοσύνη της - και με το Έμμα εξελίχθηκε σε μια πρώτη ευχή. Δεν είχε σθεναρή λύπη παρά για το κρυολόγημά της. Και ο άνθρωπος, τον οποίο είχε παραμελήσει τόσο πολλούς μήνες, ήταν τώρα αυτός στον οποίο θα έδινε κάθε διάκριση σεβασμού ή συμπάθειας. Ήθελε να είναι χρήσιμο γι 'αυτήν. Ήθελε να επιδείξει αξία για την κοινωνία της και να καταθέσει σεβασμό και εκτίμηση. Αποφάσισε να επικρατήσει σε αυτήν για να περάσουν μια μέρα στο . Μια σημείωση γράφτηκε για να την προτρέψει. Η πρόσκληση απορρίφθηκε και με ένα προφορικό μήνυμα. "η δεν ήταν αρκετά καλή για να γράψει" και όταν ο κ. Που ονομάζεται στο , το ίδιο πρωί, φάνηκε ότι ήταν τόσο αδιάφορη ώστε να έχει επισκεφτεί, αν και με δική της συγκατάθεση, από μόνη της, και ότι υπέφερε από έντονους πονοκεφάλους και νευρικό πυρετό σε κάποιο βαθμό, γεγονός που τον έκανε να αμφιβάλει για το ενδεχόμενο να πάει κυρία. Στο προτεινόμενο χρόνο. Η υγεία της έμοιαζε προς το παρόν εντελώς διαταραγμένη - η όρεξη έλειπε αρκετά - και παρόλο που δεν υπήρχαν απολύτως ανησυχητικά συμπτώματα, τίποτα δεν έπληξε το πνευμονικό παράπονο, που ήταν η μόνιμη ανησυχία της οικογένειας, ο Περί ήταν ανήσυχος γι 'αυτήν. Σκέφτηκε ότι είχε αναλάβει περισσότερο από ό, τι ήταν ισότιμο με, και ότι την αισθάνθηκε τόσο από μόνη της, αν και δεν θα το είχε. Τα πνεύματά της έμοιαζαν ξεπερασμένα. Το παρόν σπίτι της, που δεν μπορούσε παρά να παρατηρήσει, ήταν δυσμενής για μια νευρική διαταραχή: -κατασκευαστεί πάντα σε ένα δωμάτιο; - θα το ήθελε αλλιώς - και η καλή θεία της, αν και ο πολύ παλιός φίλος της, πρέπει να αναγνωρίσει ότι δεν είναι ο καλύτερος σύντροφος για ένα άκυρο από αυτή την περιγραφή. Η φροντίδα και η προσοχή της δεν μπορούσαν να αμφισβητηθούν. Στην πραγματικότητα, ήταν πάρα πολύ μεγάλη. Φοβόταν πολύ το γεγονός ότι η προέκυψε περισσότερο από κακό από το καλό από αυτούς. Η Έμμα άκουσε με την πιο θερμή ανησυχία. Το έθιξε όλο και περισσότερο, και κοίταξε γύρω από την επιθυμία να ανακαλύψει κάποιο τρόπο να είναι χρήσιμη. Να την πάρει - είτε μόνο μια ώρα ή δύο - από τη θεία της, να της δώσει την αλλαγή της ατμόσφαιρας και της σκηνής και μια ήσυχη λογική συζήτηση, ακόμη και για μια ώρα ή δύο, και το επόμενο πρωί έγραψε πάλι για να πει, με την πιο συναρπαστική γλώσσα που θα μπορούσε να δώσει εντολή, να την καλέσει στη μεταφορά σε οποιαδήποτε ώρα που θα ονόμαζε η - αναφέροντας ότι είχε τον κ. Η γνώμη της, υπέρ μιας τέτοιας άσκησης για τον ασθενή του. Η απάντηση ήταν μόνο σε αυτή τη σύντομη σημείωση:

"χάστε τα συγχαρητήρια και τις ευχαριστίες του, αλλά είναι αρκετά ανόμοια σε οποιαδήποτε άσκηση".

Η Έμμα θεώρησε ότι το δικό της σημείωμα άξιζε κάτι καλύτερο. Αλλά ήταν αδύνατο να διαμαρτυρηθούν με λόγια, των οποίων η τρεμούχα ανισότητα έδειξε τόσο απλά την αδιαφορία και σκέφτηκε μόνο πώς θα μπορούσε να αντισταθμίσει καλύτερα αυτή την απροθυμία να δει ή να βοηθήσει. Παρά την απάντηση, διέταξε τη μεταφορά και οδήγησε στην κα. Με την ελπίδα ότι η τζειν θα την προτρέψει να την ακολουθήσει - αλλά δεν θα το έκανε - οι παραλήπτες ήρθαν στην πόρτα του μεταφορέα, με όλη την ευγνωμοσύνη, συμφωνώντας με τον πιο σοβαρό τρόπο να σκέφτονται ότι ο αερισμός μπορεί να είναι της μέγιστης υπηρεσίας - και κάθε πράγμα που το μήνυμα μπορούσε να κάνει ήταν δοκιμασμένο - αλλά όλα μάταια. Η ήταν υποχρεωμένη να επιστρέψει χωρίς επιτυχία. Η Τζέιν ήταν αρκετά απίστευτη. Η απλή πρόταση της εξόδου φαινόταν να την χειροτερεύει. - Η Έμμα εύχεται να την είχε δει και να δοκιμάσει τις δικές της δυνάμεις. Αλλά,

Η Έμμα δεν ήθελε να ταξινομηθεί με την κα. , η κ. Περίς, και η κ. Που θα αναγκάζονταν οπουδήποτε. Ούτε μπορούσε να αισθάνεται ο ίδιος το δικαίωμα της προτίμησης - υπέβαλε επομένως και μόνο αμφισβήτησε τις απογοητευτικές αποτυχίες ως προς την όρεξη και τη διατροφή της μητέρας της, την οποία λαχταρούσε για να μπορέσει να βοηθήσει. Σε αυτό το θέμα οι φτωχοί λάτρεις ήταν πολύ δυσαρεστημένοι και πολύ επικοινωνιακοί. Η Τζέιν δεν θα φάει τίποτα: -Πλα. Συνιστώμενη θρεπτική τροφή; Αλλά κάθε πράγμα που μπορούσαν να διοικούν (και ποτέ δεν είχε οποιοδήποτε σώμα τόσο καλό γείτονες) ήταν δυσάρεστο.

Έμμα, όταν έφτασε στο σπίτι, κάλεσε την οικονόμος απευθείας, σε μια εξέταση των καταστημάτων της; Και κάποιος αραρούτης εξαιρετικής ποιότητας αποστάλθηκε γρήγορα για να χάσει τις πτήσεις με μια πιο φιλική σημείωση. Σε μισή ώρα επέστρεψε ο αραρούτης, με χίλιες ευχαριστίες από τις χαμένες μπερδεμένες, αλλά «η αγαπημένη τζέη δεν θα ικανοποιηθεί χωρίς να της αποσταλεί πίσω · ήταν κάτι που δεν μπορούσε να πάρει- και, επιπλέον, επέμενε να λέει, ότι δεν ήταν καθόλου άσχετο με τίποτα ».

Όταν η Έμμα μετά άκουσε ότι η είχε δει περιπλανιέται στα λιβάδια, σε κάποια απόσταση από το , το απόγευμα της ίδιας της ημέρας που είχε, υπό την ένσταση ότι ήταν ανύπαρκτη σε οποιαδήποτε άσκηση, τόσο άρρηκτα αρνήθηκε να βγει με της στην αμαξοστοιχία, δεν θα είχε καμία αμφιβολία - βάζοντας τα πάντα μαζί - εκείνη η αποφασίστηκε να μην λάβει καλοσύνη από αυτήν. Συγνώμη, λυπάμαι πολύ. Η καρδιά της θλίφθηκε για μια κατάσταση που φάνηκε, αλλά το πιο θλιβερό από αυτό το είδος ερεθισμού των πνευμάτων, ασυνέπεια της δράσης, και ανισότητα των δυνάμεων; Και την εξημέρωσε ότι της δόθηκε τόσο λίγη πίστωση για το σωστό συναίσθημα ή ότι ήταν τόσο άξιοι ως φίλος, αλλά είχε την παρηγοριά ότι γνώριζε ότι οι προθέσεις της ήταν καλές και ότι μπορούσαν να πούν στον εαυτό της,

Κεφάλαιο

Ένα πρωί, περίπου δέκα μέρες μετά την κα. Το θάρρος του , ο Έμμα κλήθηκε κάτω από τον κ. , που "δεν μπορούσε να μείνει πέντε λεπτά και ήθελε να μιλήσει ιδιαίτερα μαζί της" - τη συναντήθηκε στην πόρτα του σαλονιού, και μόλις τη ρώτησε πώς το έκανε, με το φυσικό κλειδί της φωνής του, βυθίστηκε αμέσως, ανύπαρκτη από τον πατέρα της,

"μπορείτε να έρθετε σε οποιαδήποτε στιγμή σήμερα το πρωί; -, αν είναι δυνατόν.η θέλει να σας δει, πρέπει να σας δούμε."

"δεν είναι καλά;"

"Όχι, όχι, ελάχιστα αναστατωμένος, θα είχε παραγγείλει τη μεταφορά και θα έρθει σε σένα, αλλά πρέπει να σε δει μόνος σου και ότι ξέρεις ... (κουνώντας στον πατέρα της) Έλα;"

"Σίγουρα αυτή τη στιγμή, εάν σας παρακαλώ, είναι αδύνατο να αρνηθείτε αυτό που ζητάτε με τέτοιο τρόπο, αλλά τι μπορεί να είναι το θέμα;

"εξαρτάται από μένα - αλλά δεν θέτω άλλες ερωτήσεις, θα το ξέρεις όλα με την πάροδο του χρόνου, το πιο ασυγχώρητο εγχείρημα!

Για να μαντέψει τι σημαίνει αυτό, ήταν αδύνατο ακόμα και για το Έμμα. Κάτι πραγματικά σημαντικό φάνηκε να αναγγέλλεται από την εμφάνισή του. Αλλά, καθώς ο φίλος της ήταν καλά, προσπάθησε να μην είναι ανήσυχος και να το διευθετήσει με τον πατέρα της, ότι θα την πήγαινε τώρα, αυτή και ο κ. Ήταν σύντομα έξω από το σπίτι μαζί και στο δρόμο τους με έναν γρήγορο ρυθμό για .

"τώρα," - είπε η Έμμα, όταν ήταν αρκετά πέρα από τις πύλες σκούπισμα, - "τώρα κύριε , με ενημερώστε τι συνέβη."

"όχι, όχι," - απάντησε με σοβαρότητα .- "Μην με ρωτάς, υποσχέθηκα στη σύζυγό μου να την αφήσει όλα σ 'αυτήν, θα σε σπάσει σε εσένα καλύτερα από όσο μπορώ." Μην νιώθετε ανυπόμονος, Έμμα. Όλα βγαίνουν πολύ σύντομα ».

«σπάστε το σε μένα», φώναξε Έμμα, στέκεται ακόμα με τρομοκρατία .- "καλό θεός!" - κ. , πες μου αμέσως - κάτι συνέβη στην πλατεία . Αυτή τη στιγμή τι είναι. "

"όχι, πράγματι εσείς κάνετε λάθος." -

"ο κ. Δεν ασχολείται με μένα." - εξετάστε πόσα από τα αγαπημένα μου φίλαθρα βρίσκονται τώρα στην πλατεία , ποια από αυτά είναι; "- σας χρεώ από όλα όσα είναι ιερά, όχι να προσπαθήσετε να αποκρύψετε".

"μετά από το λόγο μου, Έμμα." -

"γιατί δεν είναι η τιμή σου - γιατί δεν λέει για την τιμή σου ότι δεν έχει τίποτα να κάνει με κανένα από αυτά; καλοί ουρανοί - τι μπορεί να είναι για μένα, που δεν σχετίζεται με κάποιον από αυτή την οικογένεια ; "

"για την τιμή μου", είπε πολύ σοβαρά, "δεν το κάνει, δεν είναι στο μικρότερο βαθμό που συνδέεται με οποιοδήποτε ανθρώπινο ον με το όνομα του ".

Το θάρρος του Έμμα επέστρεψε και περπάτησε.

"έκανα λάθος", συνέχισε, "μιλώντας για το γεγονός ότι σας έσπασε, δεν θα έπρεπε να χρησιμοποιήσω την έκφραση, στην πραγματικότητα, δεν σας αφορά - αφορά μόνο τον εαυτό μου - αυτό είναι, ελπίζουμε. ! - εν συντομία, αγαπητέ μου Έμμα, δεν υπάρχει καμία ευκαιρία να είμαι τόσο ανήσυχος γι 'αυτό, δεν λέω ότι δεν είναι μια δυσάρεστη επιχείρηση - αλλά τα πράγματα μπορεί να είναι πολύ χειρότερα.-αν περπατήσουμε γρήγορα, σύντομα θα είμαστε σε . "

Η Έμμα βρήκε ότι πρέπει να περιμένει. Και τώρα χρειάστηκε λίγη προσπάθεια. Δεν ρώτησε λοιπόν άλλες ερωτήσεις, απλώς χρησιμοποίησε το δικό της φανταχτερό της, και που σύντομα της έδειξε την πιθανότητα να ανησυχούν κάποια χρήματα - κάτι που μόλις έρχεται στο φως, δυσάρεστος χαρακτήρας στις συνθήκες της οικογένειας - κάτι που η αργά γεγονότα στον είχαν προωθήσει. Η φαντασία της ήταν πολύ δραστήρια. Ίσως μισοί φυσικά παιδιά - και φτωχή ειλικρινή αποκοπή! - αυτό, αν και πολύ ανεπιθύμητο, δεν θα ήταν θέμα αγωνίας γι 'αυτήν. Ενέπνευσε λίγο περισσότερο από μια κινούμενη περιέργεια.

"Ποιος είναι αυτός ο κύριος με άλογο;" είπε, καθώς προχώρησαν - μιλώντας περισσότερο για να βοηθήσουν τον κύριο. Για να κρατήσει το μυστικό του, παρά με οποιαδήποτε άλλη άποψη.

"Δεν ξέρω." - ένα από τα .-Δεν είναι ειλικρινής-δεν είναι ειλικρινής, σας διαβεβαιώνω ότι δεν θα τον δείτε, είναι στο μισό δρόμο για αυτή τη φορά.

"Έχει τότε ο γιος σου μαζί σου;"

"Ω! Ναι, δεν ήξερες;" καλά, καλά, δεν πειράζει. "

Για μια στιγμή ήταν σιωπηλός. Και έπειτα πρόσθεσε, σε έναν τόνο πολύ πιο φρουρημένο και γελοίο,

"ναι, η ειλικρινή ήρθε σήμερα το πρωί, απλά να μας ρωτήσετε πώς κάναμε".

Έσπευσαν και βιάστηκαν γρήγορα - "καλά, αγαπητέ μου", είπε, καθώς μπήκαν στην αίθουσα - "την έφερα και τώρα ελπίζω ότι θα είναι σύντομα καλύτερος, θα σας αφήσω μαζί. Δεν θα είναι καθόλου χρήσιμη καθυστέρηση, δεν θα μείνεις μακριά, αν με θέλεις ».- και η Έμμα τον άκουσε ευδιάκριτα να προσθέσει, με χαμηλότερο τόνο, πριν βγει από την αίθουσα -« είμαι τόσο καλός όσο ο λόγος μου. Δεν έχει την ελάχιστη ιδέα. "

Κυρία. Ο φαινόταν τόσο άρρωστος και είχε τόσο πολλούς κινδύνους, ότι η ανησυχία του Έμμα αυξήθηκε. Και τη στιγμή που ήταν μόνοι, με ανυπομονησία είπε,

"Τι είναι ο αγαπητός μου φίλος; κάτι πολύ δυσάρεστος, βρίσκει, έχει συμβεί - με ενημερώνει απευθείας τι είναι αυτό, περπατούσα με αυτόν τον τρόπο σε πλήρη αγωνία ... Και οι δύο αποθαρρύνουμε την αγωνία. Η δική μου θα συνεχίσει περισσότερο, θα σας κάνει καλό να μιλάτε για τη δυστυχία σας, ό, τι και αν είναι.

"δεν έχετε καμία ιδέα;" είπε η κ. Με φωνητική φωνή. "δεν μπορείτε εσείς, αγαπητέ σας Έμμα, να μην μπορείτε να φανταστείτε τι πρέπει να ακούσετε;"

"όσον αφορά το ότι αφορά το ιερό ιεροσόκ, νομίζω."

"έχετε δίκιο, αυτό σχετίζεται με αυτόν και θα σας πω απευθείας". (επανάληψη της δουλειάς της και φαινομενικά αποφασισμένη κατά της ανεύρεσης) "έχει βρεθεί εδώ το πρωί, σε μια εξαιρετική δουλειά, είναι απίθανο να εκφράσει το παράπονό μας, ήρθε να μιλήσει στον πατέρα του για ένα θέμα - να ανακοινώσει ένα συνημμένο-"

Σταμάτησε να αναπνέει. Η Έμμα σκέφτηκε πρώτα για τον εαυτό της και στη συνέχεια για το .

"κάτι περισσότερο από μια προσκόλληση, πράγματι," συνέχισε η κα. ; "μια δέσμευση - μια θετική δέσμευση." - τι θα λέγατε, Έμμα - τι θα πει ο καθένας, όταν είναι γνωστό ότι η ειλικρινής και η είναι αφοσιωμένοι -ήν, ότι έχουν από καιρό εμπλακεί! "

Ο ίδιος μάλιστα πήγε με έκπληξη - και, φρικιασμένος, αναφώνησε,

" ! - καλός Θεός, δεν είσαι σοβαρός; δεν το εννοείς;"

"ίσως να εκπλαγείτε", επέστρεψε η κ. , εξακολουθεί να αποτρέπει τα μάτια της, και να μιλάει με προθυμία, ότι η Έμμα θα μπορούσε να έχει χρόνο για να ανακάμψει - "ίσως να εκπλαγείτε, αλλά είναι ακόμα έτσι ... Υπήρξε μια σοβαρή δέσμευση μεταξύ τους από τον Οκτώβριο που σχηματίστηκε στο , και κρατούσε ένα μυστικό από κάθε σώμα, όχι ένα πλάσμα που το γνώριζε αλλά και οι ίδιοι - ούτε οι καμπάδες, ούτε η οικογένειά του ούτε η δική του - είναι τόσο υπέροχο, που παρόλο που είναι απόλυτα πεπεισμένο για το γεγονός, είναι ακόμα απίστευτο για τον εαυτό μου. Δεν το πιστεύω. - Νόμιζα ότι τον ήξερα. "

Η μνήμη της μοιράστηκε ανάμεσα σε δύο ιδέες - τις δικές της πρώην συνομιλίες μαζί της για τη χαρά του , και κακή - και για κάποιο χρονικό διάστημα μπορούσε μόνο να αναφωνήσει και να απαιτήσει επιβεβαίωση, επαναλαμβανόμενη επιβεβαίωση.

"καλά", είπε επιτέλους, προσπαθώντας να ανακάμψει. «αυτή είναι μια περίσταση που πρέπει να σκεφτώ τουλάχιστον μισή μέρα, πριν μπορώ να την καταλάβω.» τι συνέβη σε όλη της τη διάρκεια του χειμώνα πριν κάποιος ήρθε στο ;

"που έχει εμπλακεί από τον Οκτώβριο, έχει μυστική σχέση με τον εαυτό μου, με έχει τραυματιστεί πολύ, έχει ενοχλήσει πάρα πολύ τον πατέρα του, ένα μέρος της συμπεριφοράς του δεν μπορούμε να το δικαιολογήσουμε".

Η Έμμα σκέφτηκε μια στιγμή και στη συνέχεια απάντησε: "Δεν θα προσποιηθώ ότι δεν σας καταλαβαίνω και για να σας δώσω όλη την ανακούφιση από τη δύναμή μου, να είστε σίγουροι ότι κανένα τέτοιο φαινόμενο δεν ακολούθησε την προσοχή του σε μένα, όπως εσείς ανησυχείτε".

Κυρία. Ο κοίταξε ψηλά, φοβόταν να πιστέψει. Αλλά η όψη της Έμμα ήταν σταθερή όσο τα λόγια της.

"ότι μπορεί να έχετε λιγότερες δυσκολίες να πιστέψετε αυτή την υπερηφάνεια, για την παρούσα άψογη αδιαφορία μου", συνέχισε, "θα σας πω ακόμα, ότι υπήρχε μια περίοδος στο πρώτο μέρος της γνωριμίας μας, όταν τον άρεσε, όταν ήταν πολύ διατεθειμένος να συνδεθεί με αυτόν-κανείς, ήταν συνημμένος-και πώς καταλήγει να σταματήσει, είναι ίσως το θαύμα, ευτυχώς, όμως, έπαυσε .. Έχω πραγματικά για κάποιο διάστημα παρελθόν, για τουλάχιστον αυτούς τους τρεις μήνες, δεν μπορεί να με νοιάζει, μπορεί να με πιστέψετε, κ. , αυτή είναι η απλή αλήθεια ".

Κυρία. Η τη φίλησε με δάκρυα χαράς. Και όταν βρήκε τη ρητορική, τη διαβεβαίωσε, ότι αυτή η διαμαρτυρία την είχε κάνει πιο καλή από ότι θα μπορούσε να κάνει κάτι άλλο στον κόσμο.

"Ο κ. Θα είναι σχεδόν τόσο ανακουφισμένος όσο και εγώ," είπε. "σε αυτό το σημείο ήμασταν άθλια, ήταν η επιθυμία μας για αγάπη να είστε προσκολλημένοι ο ένας στον άλλο - και είμαστε πεπεισμένοι ότι ήταν έτσι." - Φανταστείτε τι αισθανόμαστε στο λογαριασμό σας ".

"Έχω δραπετεύσει και αυτό θα έπρεπε να διαφύγω, μπορεί να είναι ένα ζήτημα ευγνώμων για τον εαυτό σου και τον εαυτό μου, αλλά αυτό δεν τον απαλλάσσει, κ. , και πρέπει να πω ότι τον θεωρώ πολύ ευθύνεται. Να έρθει ανάμεσα μας με αγάπη και πίστη εμπλεκόμενος και με τόσο πολύ αποστασιοποιημένους τρόπους; σε τι βαθμό έπρεπε να προσπαθήσει να ευχαριστήσει, όπως σίγουρα έκανε - να ξεχωρίσει κάθε νεαρή γυναίκα με έμμονη προσοχή, όπως σίγουρα έκανε - ενώ πραγματικά αν μπορούσε να πει τι θα μπορούσε να κάνει; - πώς θα μπορούσε να πει ότι μπορεί να μην με κάνει να τον ερωτευόμουν; - πολύ λάθος, πολύ λάθος.

"από κάτι που είπε, αγαπητέ μου Έμμα, μάλλον φαντάζομαι ..."

"και πώς θα μπορούσε να αντέξει μια τέτοια συμπεριφορά! Η ψυχραιμία με έναν μάρτυρα να κοιτάζει, ενώ επανειλημμένες προσεγγίσεις προσφέρουν σε μια άλλη γυναίκα, μπροστά στο πρόσωπό της, και να μην το παραπονιέται." - αυτός είναι ένας βαθμός χαλάρωσης, που δεν μπορώ ούτε να καταλάβω ούτε Σεβασμός."

"υπήρχαν παρεξηγήσεις μεταξύ τους, η Έμμα", δήλωσε ρητά, δεν είχε χρόνο να εξηγήσει πολλά, ήταν εδώ μόνο ένα τέταρτο μιας ώρας και σε κατάσταση αναταραχής που δεν επέτρεπε την πλήρη χρήση ακόμη και των οπότε θα μπορούσε να παραμείνει - αλλά ότι υπήρξαν παρεξηγήσεις που είπε σίγουρα ότι η σημερινή κρίση φαίνεται να προκλήθηκε από αυτούς και ότι αυτές οι παρεξηγήσεις πιθανόν να προκύψουν από την παράτυπη συμπεριφορά του.

"ανάρμοστο! ! - είναι πάρα πολύ ήρεμη μια μομφή πολύ, πολύ πέρα από την ακαταλληλότητα! -ό τον έχει βυθίσει, δεν μπορώ να πω πώς τον έχει βυθίσει κατά τη γνώμη μου έτσι σε αντίθεση με ό, τι πρέπει να είναι ένας άνθρωπος! Της αυστηρής ακεραιότητας, της αυστηρής τήρησης της αλήθειας και της αρχής, της περιφρόνησης του κόλπου και της λιτότητας, την οποία ένας άνθρωπος πρέπει να εμφανίζει σε κάθε συναλλαγή της ζωής του ».

"ναι, αγαπητέ Έμμα, τώρα πρέπει να παίξω το ρόλο του, γιατί αν και έκανε λάθος σε αυτό το παράδειγμα, τον γνωρίζω για αρκετό καιρό για να απαντήσει γιατί έχει πολλές, πάρα πολλές, καλές ιδιότητες και ..."

"Θεέ μου!" δεν μου άρεσε να την παρακολουθώ ... »,« η κ. Μάντριχτ, και η τζέιν στην πραγματικότητα στο σημείο να πηγαίνει ως κυβερνήτης »τι θα μπορούσε να σημαίνει με μια τόσο φρικτή αδιαφορία για να την υποφέρει για να ασχοληθεί με τον εαυτό της» να την υποφέρει ακόμα και να το σκεφτεί ένα μέτρο! "

"δεν γνώριζε τίποτα γι 'αυτό, η Έμμα, σε αυτό το άρθρο μπορώ να τον εξοφλήσω πλήρως, ήταν ιδιωτικό ψήφισμα της δικής του, που δεν της είχε κοινοποιηθεί - ή τουλάχιστον δεν είχε επικοινωνήσει με κάποιον τρόπο να φέρουμε την πεποίθηση." - μέχρι χθες, ξέρω είπε ότι ήταν στο σκοτάδι για τα σχέδιά της, έσκασε πάνω του, δεν ξέρω πώς, αλλά με κάποια επιστολή ή μήνυμα - και ήταν η ανακάλυψη αυτού που έκανε, του ίδιου του έργου της, το οποίο τον προσδιόρισε να έρθει αμέσως, να το βρει στον θείο του, να ρίξει τον εαυτό του στην καλοσύνη του και, εν συντομία, να θέσει τέρμα στην άθλια κατάσταση της απόκρυψης που είχε συνεχίσει τόσο πολύ ».

Η Έμμα άρχισε να ακούει καλύτερα.

«θα ήθελα να τον ακούσω σύντομα», συνέχισε ο κ. . "μου είπε να χωρίσει, σύντομα θα γράψει και μίλησε με τρόπο που μου έδωσε πολλά στοιχεία που δεν μπορούσαν να δοθούν τώρα, ας περιμένουμε λοιπόν για αυτή την επιστολή, μπορεί να φέρει πολλές απαλλαγές. Μπορεί να κάνει πολλά πράγματα κατανοητά και συγγνώμη που δεν πρέπει πλέον να γίνουν κατανοητά, μην αφήνουμε να είμαστε αυστηροί, μην αφήνουμε να βιαζόμαστε για να τον καταδικάσουμε, ας υπομείνουμε, πρέπει να τον αγαπώ και τώρα που εγώ είμαι ικανοποιημένος σε ένα σημείο, το ένα ουσιαστικό σημείο, είμαι ειλικρινά ανήσυχος για το ότι όλα είναι καλά και έτοιμοι να ελπίζω ότι μπορεί. Και οι δύο πρέπει να έχουν υποστεί πολλά μέσα από ένα τέτοιο σύστημα αιρέσεων και απόκρυψης ».

«τα δεινά του», απάντησε ξηραίως, «δεν φαίνεται να τον έκαναν πολύ κακό» και πώς το πήρε ο κ. ;

"πολύ ευνοϊκά για τον ανιψιό του - έδωσε τη συγκατάθεσή του με ελάχιστη δυσκολία, συνειδητοποίησε τι συνέβησαν τα γεγονότα μιας εβδομάδας σε αυτή την οικογένεια, ενώ η κακή κυρία έζησε, υποθέτω ότι δεν θα υπήρχε ελπίδα, ευκαιρία, δυνατότητα Αλλά δεν είναι καθόλου τα κατάλοιπα της στην οικογενειακή καμάρα, από ό, τι ο σύζυγός της είναι πεπεισμένος να ενεργεί ακριβώς απέναντι από αυτό που θα χρειαζόταν.όσο ευλογία είναι, όταν η υπερβολική επιρροή δεν επιβιώνει στον τάφο! Με πολύ μικρή πειθώ. "

"αχ!" σκέφτηκε Έμμα, "θα έκανε ό, τι για το ."

"αυτό ήταν εγκατεστημένο χθες το βράδυ και η ειλικρινή έκλεισε με το φως αυτό το πρωί, σταμάτησε στο , στα φώτα του, μου αρέσει, λίγο καιρό - και έπειτα ήρθε επάνω, αλλά βιαζόταν τόσο γρήγορα να επιστρέφει στον θείο του , για τον οποίο είναι πλέον απαραίτητος από ποτέ, ότι, όπως σας λέω, θα μπορούσε να μείνει με μας, αλλά μόλις ένα τέταρτο της ώρας. - ήταν πολύ αναστατωμένος - πολύ, πράγματι - σε βαθμό που τον έκανε να εμφανιστεί πολύ διαφορετικό πλάσμα από κάτι που είχα δει ποτέ πριν. - Εκτός από όλα τα υπόλοιπα, υπήρξε το σοκ να βρεθεί τόσο άσχημα, που δεν είχε καμία προηγούμενη υποψία - και υπήρξε κάθε εμφάνιση του αφού αισθάνθηκα πολύ. "

"και πιστεύετε πραγματικά ότι η υπόθεση έχει συνεχιστεί με τέτοια τέλεια ακτινοβολία;" Οι καμπάνες, οι διξόνες, δεν έκαναν κανένα από αυτά να γνωρίζουν τη δέσμευση; "

Η Έμμα δεν μπόρεσε να μιλήσει το όνομα του χωρίς ένα μικρό ρουστίκ.

"κανένας, όχι ένας, δήλωσε θετικά ότι ήταν γνωστό ότι δεν υπάρχει στον κόσμο, αλλά οι δυο τους."

"καλά", δήλωσε η Έμμα, "υποθέτω ότι θα γινόμαστε σταδιακά συμφιλιωμένοι με την ιδέα και τους εύχομαι πολύ ευχαριστημένοι, αλλά θα σκέφτομαι πάντοτε ένα πολύ αποτρόπαιο είδος διαδικασίας, τι ήταν μόνο ένα σύστημα υποκρισίας και εξαπάτησης , -Η κατεύθυνση και την προδοσία - να έρθει κανείς μαζί μας με επαγγελματισμούς ανοιχτότητας και απλότητας · και τέτοια μυστική ένωση να μας κρίνει όλους! -Εφείς έχουμε, ολόκληρο το χειμώνα και την άνοιξη, τελείως ξεγεμισμένοι, φαντάζοντάς μας όλοι σε μια ισότιμη βάση της αλήθειας και της τιμής, με δυο ανθρώπους μέσα μας που μπορεί να έχουν μεταφέρει, να συγκρίνουν και να κάθονται στην κρίση για τα συναισθήματα και τα λόγια που δεν είχαν ποτέ σκοπό να ακούσουν και οι δύο - πρέπει να έχουν συνέπεια, εάν έχουν ακούσει ο ένας τον άλλον μιλήσει με τρόπο που δεν είναι απολύτως ευχάριστο! "

"Είμαι πολύ εύκολο σε αυτό το κεφάλι", απάντησε η κα. . "Είμαι πολύ σίγουρος ότι ποτέ δεν είπα τίποτα ούτε στον άλλον, που και οι δύο ίσως δεν άκουσαν".

"Είσαι στην τύχη." Η μοναδική σου σφραγίδα ήταν περιορισμένη στο αυτί μου, όταν φανταστήκατε ένα συγκεκριμένο φίλο μας ερωτευμένο με την κυρία ".

"αληθινό, αλλά όπως πάντα είχα μια πολύ καλή γνώμη για το , ποτέ δεν θα μπορούσα, υπό οποιαδήποτε σφάλμα, να μίλησα γι 'αυτήν και για να μιλήσω άσχημα γι' αυτόν, εκεί θα πρέπει να είμαι ασφαλής".

Αυτή τη στιγμή ο κ. Ο εμφανίστηκε σε μικρή απόσταση από το παράθυρο, προφανώς στο ρολόι. Η σύζυγός του τον έδωσε ένα βλέμμα που τον κάλεσε. Και, ενώ έμπαινε, πρόσθεσε: "τώρα, αγαπητό Έμμα, επιτρέψτε μου να σας παρακαλέσω να πείτε και να κοιτάξετε κάθε πράγμα που μπορεί να θέσει την καρδιά του άνετα και να τον κλίνει να είναι ικανοποιημένος με τον αγώνα. Αυτό -και, πράγματι, σχεδόν κάθε πράγμα μπορεί να ειπωθεί δίκαια προς όφελός της, δεν είναι μια σχέση για να ικανοποιήσει- αλλά αν ο κ. Δεν το νοιώθει αυτό, γιατί να το κάνουμε; και μπορεί να είναι μια πολύ τυχερή περίσταση γι 'αυτόν, για ειλικρινή, εννοώ ότι θα έπρεπε να είχε προσκολληθεί σε ένα κορίτσι τέτοιας σταθερότητας χαρακτήρα και καλής κρίσης, όπως πάντα έδωσα την πίστη του - και εξακολουθώ να είμαι διατεθειμένος να την πιστέψω, παρά τη μεγάλη αυτή απόκλιση από τον αυστηρό κανόνα του δικαιώματος.

"πολύ, πράγματι!" ρώτησε Έμμα. "αν μια γυναίκα μπορεί ποτέ να δικαιολογηθεί για να σκέφτεται μόνο για τον εαυτό της, βρίσκεται σε μια κατάσταση όπως η ." Κάτι τέτοιο μπορεί κανείς σχεδόν να πει ότι «ο κόσμος δεν είναι ο κόσμος ούτε ο νόμος του κόσμου».

Συνάντησε τον κ. Στην είσοδό του, με χαμογελαστό πρόσωπο, αναφωνώντας,

"ένα πολύ όμορφο τέχνασμα που με παίζεις, με τη λέξη μου, αυτή ήταν μια συσκευή, υποθέτω, στον αθλητισμό με την περιέργειά μου και την άσκηση του ταλέντου μου να μαντέψω, αλλά πραγματικά με φοβόσαστε. Τουλάχιστον, και εδώ, αντί να είναι ένα θέμα συλλυπητηρίων, αποδεικνύεται ότι είναι ένα συγχαρητήριο. - Σας συγχαίρω, κύριε , με όλη μου την καρδιά, για την προοπτική να έχετε ένα από τα πιο όμορφα και πετυχημένες νέες γυναίκες στην Αγγλία για την κόρη σου. "

Μια ματιά ή δύο μεταξύ του και της συζύγου του, τον έπεισε ότι όλα ήταν εξίσου σωστά όπως αυτή διακήρυξε αυτή η ομιλία. Και η ευτυχισμένη επίδραση στα πνεύματά του ήταν άμεση. Ο αέρας και η φωνή του ανάκτησαν τη συνηθισμένη τους ταχύτητα: τον κούνησε με καρδιά και με ευγνωμοσύνη από το χέρι και εισήλθε στο θέμα με τρόπο που αποδεικνύει ότι τώρα ήθελε μόνο χρόνο και πείσμα να μην σκεφτεί ότι η δέσμευση δεν ήταν πολύ κακό. Οι σύντροφοί του πρότειναν μόνο αυτό που θα μπορούσε να ανακουφίσει την έλλειψη περισυλλογής ή ομαλές αντιρρήσεις. Και από τη στιγμή που είχαν μιλήσει όλοι μαζί και είχε μιλήσει ξανά με την Έμμα, στο βάδισμά τους πίσω στο , έγινε απόλυτα συμφιλιωμένος και όχι πολύ μακριά από το να σκεφτεί το καλύτερο πράγμα που θα μπορούσε να είναι ειλικρινής έχω κάνει.

Κεφάλαιο

", κακή !" - αυτά ήταν τα λόγια? Σε αυτά έρχονταν οι βασανιστικές ιδέες τις οποίες η Έμμα δεν μπορούσε να απαλλαγεί και η οποία αποτελούσε την πραγματική δυστυχία της επιχείρησης σε αυτή. Ο ειλικρινής εκκλησία είχε συμπεριφερθεί πολύ άρρωστος από τον εαυτό του - πολύ άρρωστος από πολλές απόψεις - αλλά δεν ήταν τόσο η συμπεριφορά του όσο η δική της, που την έκανε τόσο θυμωμένη μαζί του. Ήταν το ξύσιμο που την είχε τραβήξει σε λογαριασμό του Χάριετ, που έδωσε το πιο βαθύ χρώμα στην αμαρτία του. Να είναι για δεύτερη φορά το χαστούκι της παρανοήσεις και κολακεία της. Κύριος. Ο είχε προφητικά μιλήσει, όταν είπε κάποτε: "Έμμα, δεν είσαι φίλος στο ." - Φοβόταν ότι δεν είχε κάνει τίποτα παρά να υποτιμηθεί - ήταν αλήθεια ότι δεν έπρεπε να κατηγορήσει τον εαυτό της, στην περίπτωση αυτή όπως στην πρώτη, με το να είναι ο μοναδικός και πρωτότυπος συγγραφέας της κακοποίησης. Με την παρουσίαση τέτοιων συναισθημάτων που διαφορετικά δεν θα μπορούσαν ποτέ να έχουν εισέλθει στη φαντασία του Χάριετ. Γιατί η είχε αναγνωρίσει τον θαυμασμό της και την προτίμηση της ειλικρινούς προτού να της είχε δώσει μια υπαινιγμό για το θέμα. Αλλά αισθάνθηκε εντελώς ένοχος ότι ενθάρρυνε όσα μπορεί να έχει καταστείλει. Θα μπορούσε να είχε αποτρέψει την επιείκεια και την αύξηση αυτών των συναισθημάτων. Η επιρροή της θα ήταν αρκετή. Και τώρα ήταν πολύ συνειδητή ότι έπρεπε να τους εμπόδισε. - Εκείνη ένιωθε ότι διακινδυνεύει την ευτυχία του φίλου της για τους πιο ανεπαρκείς λόγους. Η κοινή λογική θα την είχε κατευθύνει να πει στη Χάριετ, ότι δεν πρέπει να αφήνει τον εαυτό της να σκέφτεται γι 'αυτόν και ότι υπήρχαν πεντακόσιες πιθανότητες σε ένα εναντίον της πάντα φροντίζοντάς της γι' αυτήν - "αλλά με κοινή λογική", πρόσθεσε,

Ήταν πολύ θυμωμένος με τον εαυτό της. Αν δεν μπορούσε να θυμηθεί και την ειλικρινή εκκλησία, θα ήταν τρομακτικό. -όπως και για τη , θα μπορούσε τουλάχιστον να ανακουφίσει τα συναισθήματά της από οποιαδήποτε σημερινή μέριμνα για λογαριασμό της. Θα ήταν αρκετά άγχος? Δεν χρειάζεται πλέον να είναι δυσαρεστημένος για τη , των οποίων τα προβλήματα και η κακή υγεία της οποίας έχει, φυσικά, την ίδια προέλευση, πρέπει εξίσου να υποβληθούν σε θεραπεία - οι ημέρες της ασάφειας και του κακού τελείωναν - σύντομα θα ήταν καλή και ευτυχισμένη

, και ευημερούσα. - Η Έμμα μπορούσε τώρα να φανταστεί γιατί οι δικές της προσοχές είχαν υποτιμηθεί. Αυτή η ανακάλυψη έθεσε πολλά μικρότερα θέματα ανοιχτά. Χωρίς αμφιβολία, ήταν από ζήλια - στα μάτια της Τζέιν ήταν αντίπαλος. Και θα μπορούσε να αποτραπεί κάθε πράγμα που θα μπορούσε να προσφέρει βοήθεια ή σεβασμό. Ένας αερισμός στο φορείο του θα ήταν το ράφι, και το βαρούρο από την αποθήκη του πρέπει να είναι δηλητήριο. Καταλάβαινε όλα αυτά. Και όσο το μυαλό της μπορούσε να απεμπλακεί από την αδικία και τον εγωισμό θυμωμένων συναισθημάτων, αναγνώρισε ότι η δεν θα είχε ούτε υψόμετρο ούτε ευτυχία πέρα από την έρημο της. Αλλά η κακή ήταν μια τέτοια επιβλητική χρέωση! Υπήρχε λίγη συμπάθεια για να σώζεται για οποιοδήποτε άλλο σώμα. Η Έμμα φοβήθηκε δυστυχώς ότι αυτή η δεύτερη απογοήτευση θα ήταν πιο σοβαρή από την πρώτη. Λαμβάνοντας υπόψη τις πολύ ανώτερες απαιτήσεις του αντικειμένου, θα έπρεπε. Και κρίνοντας με την προφανώς ισχυρότερη επίδρασή της στο μυαλό του Χάριετ, δημιουργώντας αποθεματικό και αυτοκατασκευή, θα έπρεπε - πρέπει να επικοινωνήσει την οδυνηρή αλήθεια, ωστόσο, και το συντομότερο δυνατό. Μια διαταγή της αδελφότητας ήταν μεταξύ του κ. Τα δυτικά λόγια. "προς το παρόν, η όλη υπόθεση έπρεπε να είναι απόλυτα μυστικό. Κύριος. Ο κ. Τσόρτσιλ είχε κάνει κάτι τέτοιο, ως ένδειξη σεβασμού προς τη σύζυγο που είχε χάσει πολύ πρόσφατα. Και όλοι οι οργανισμοί παραδέχθηκαν ότι δεν είναι τίποτα περισσότερο από ό, τι οφείλεται στη διάθεση. »- είχε υποσχεθεί η Έμμα, αλλά η πρέπει να εξαιρεθεί, ήταν το ανώτερο καθήκον της.

Παρά την ενοχλητικότητά της, δεν μπορούσε να βοηθήσει να αισθάνεται σχεδόν γελοία, ότι θα έπρεπε να έχει το ίδιο θλιβερό και ευαίσθητο γραφείο που θα έπαιζε από τη Χάριετ. Η είχε μόλις περάσει από τον εαυτό της. Η νοημοσύνη, που της είχε ανακοινωθεί τόσο άβολα, τώρα ήταν να αναγγείλει αγωνία σε μια άλλη. Η καρδιά της χτύπησε γρήγορα το άκουσμα και τη φωνή του . Έτσι, υποτίθεται, είχε κακές γυναίκες. Η αισθάνθηκε όταν έφτασε στο δρόμο. Θα μπορούσε το γεγονός της αποκάλυψης να φέρει ίση ομοιότητα! - αλλά, δυστυχώς, δεν θα υπήρχε καμία πιθανότητα.

"Λοιπόν, χάσετε ξύλο!" φώναξε , έρχεται με ανυπομονησία στο δωμάτιο- "δεν είναι αυτή η πιο περίεργη είδηση που υπήρξε ποτέ;"

"ποιες ειδήσεις εννοείτε;" απάντησε Έμμα, αδυνατεί να μαντέψει, με τη ματιά ή τη φωνή, αν θα μπορούσε πράγματι να έχει λάβει οποιαδήποτε υπαινιγμό.

"για την , άκουσα ποτέ κάτι τόσο περίεργο;" - δεν χρειάζεται να φοβάσαι να το κατέχεις σε μένα, γιατί ο κ. Μου είπε τον εαυτό μου, τον συνάντησα μόλις τώρα, μου είπε ότι ήταν ένα μεγάλο μυστικό · και επομένως δεν πρέπει να σκέφτομαι να το αναφέρω σε οποιοδήποτε σώμα αλλά σε εσένα, αλλά είπε ότι το ήξερες ».

"τι σου είπε ο κ. ;" - είπε η Έμμα, ακόμα αμηχανία.

", μου είπε όλα αυτά γι 'αυτό το και ο κ. Πρόκειται να παντρευτούν και ότι έχουν ασχοληθεί ιδιωτικά με τον άλλον εδώ και πολύ καιρό.

Ήταν πράγματι τόσο περίεργο. Η συμπεριφορά του ήταν τόσο εξαιρετικά περίεργη, που η Έμμα δεν ήξερε πώς να το καταλάβει. Ο χαρακτήρας της εμφανίστηκε απολύτως αλλάξει. Φαινόταν να προτείνει να μην ανακατεύει ή να απογοητεύει ή να προκαλεί ιδιαίτερη ανησυχία στην ανακάλυψη. Η Έμμα την κοίταξε, δεν μπόρεσε να μιλήσει.

"είχατε κάποια ιδέα," φώναξε ο Χάριετ, "ότι είναι ερωτευμένος μαζί της;" ίσως, ίσως - εσείς (που κοκκινίζετε καθώς μιλούσε) που μπορεί να δει στην καρδιά κάθε σώματος, αλλά κανένας άλλος ... "

"κατά τη γνώμη μου," είπε η Έμμα, "αρχίζω να αμφιβάλλω ότι έχω ένα τέτοιο ταλέντο, μπορείς να με ρωτήσεις σοβαρά, , αν τον φαντάστηκα ότι ήταν συνδεδεμένος με μια άλλη γυναίκα την ίδια στιγμή που ήμουν - σιωπηλά, αν όχι ανοιχτά - να σας ενθαρρύνω να δώσετε τη θέση σας στα δικά σας συναισθήματα - ποτέ δεν είχα την παραμικρή υποψία, μέχρι την τελευταία ώρα, του κ. Που έχει το λιγότερο υπόψη για το .μπορεί να είστε σίγουροι ότι αν είχα, σας προειδοποίησε ανάλογα. "

"μου!" φώναξε , χρωματισμός, και έκπληκτος. "γιατί πρέπει να με προειδοποιήσει; -Δεν νομίζετε ότι με νοιάζει για τον κ. ."

«χαίρομαι που σας ακούω να μιλάτε τόσο σκληρά για το θέμα», απάντησε Έμμα χαμογελώντας. "αλλά δεν θέλεις να αρνηθείς ότι υπήρχε χρόνος - και όχι πολύ μακρινός - όταν μου έδινε λόγο να καταλάβεις ότι τον έκανες για μένα".

"ποτέ! Αγαπητέ δάσκαλο, πώς θα μπορούσατε έτσι να με συγχωρήσετε;" στροφή μακριά.

"Ερριέτα!" έκανα μια φωνή, έκανα μια φωνή, έκανα μια φωνή, έκανα μια φωνή,

Δεν μπορούσε να μιλήσει άλλη λέξη. Και καθόταν, περιμένοντας με έντονο τρόμο μέχρι να απαντήσει ο Χάριετ.

Χάριετ, που στέκετο σε κάποια απόσταση και με πρόσωπο που γυρίζει από αυτήν, δεν είπε αμέσως τίποτα. Και όταν μίλησε, ήταν σε μια φωνή σχεδόν τόσο ταραγμένη όσο και η Έμμα.

«δεν θα έπρεπε να το έχω καταλάβει», ξεκίνησε, «ότι θα μπορούσατε να με παρεξηγήσατε, γνωρίζω ότι συμφωνήσαμε ποτέ να μην το ονομάσουμε - αλλά αν σκεφτόταν πόσο άπειρα είναι σε κάθε άλλο σώμα, δεν θα έπρεπε να το πίστευα ότι είναι δυνατόν θα ήθελα να υποθέσω ότι θα ήθελα να εννοώ οποιοδήποτε άλλο πρόσωπο κύριε εκκλησία, πράγματι δεν ξέρω ποιος θα τον έβλεπε ποτέ στην εταιρεία του άλλου ελπίζω να έχω μια καλύτερη γεύση από το να σκεφτώ τον κ. , που είναι σαν κανείς στο πλευρό του και ότι θα έπρεπε να είχες τόσο λάθος, είναι εκπληκτικό! - Είμαι βέβαιος, αλλά επειδή πίστευα ότι εντελώς εγκεκριμένος και εννοούσε να με ενθαρρύνει στην προσκόλλησή μου, θα έπρεπε να το θεωρούσα αρχικά πολύ μεγάλο ένα τεκμήριο σχεδόν, για να τολμήσω να το σκεφτώ. Αρχικά, αν δεν μου είπε ότι είχαν γίνει περισσότερα θαυμάσια πράγματα,ότι υπήρξαν αγώνες μεγαλύτερων ανισοτήτων (αυτοί ήταν οι ίδιοι οι λόγοι σου) - δεν θα έπρεπε να τολμήσω να δώσω τη θέση μου - δεν θα έπρεπε να το έχω καταλάβει - αλλά αν εσύ, που τον γνώριζες πάντα ... "

"Ερριέτα!" έκανα μια φωνή για το Έμμα, συλλέγοντας τον εαυτό μου αποφασιστικά - "ας καταλάβουμε ο ένας τον άλλον τώρα, χωρίς την πιθανότητα μακρύτερου λάθους ... Μιλάτε για τον κ. ;"

"για να είμαι βέβαιος ότι είμαι, ποτέ δεν θα μπορούσα να έχω μια ιδέα για οποιοδήποτε άλλο σώμα - και έτσι σκέφτηκα ότι ήξερες .. Όταν μιλήσαμε γι 'αυτόν, ήταν όσο το δυνατόν σαφέστερο".

"δεν είναι καθόλου", επέστρεψε Έμμα, με αναγκαστική ηρεμία, "για όλα αυτά που είπατε στη συνέχεια, μου φάνηκε ότι σχετίζω με ένα διαφορετικό πρόσωπο, θα μπορούσα σχεδόν να ισχυριστώ ότι είχατε ονομάσει κύριο . Ο αληθινός ιερέας σας είχε καταστήσει υπεύθυνο για την προστασία σας από τις τσιγγάνες ».

"Ω! Χάσετε ξύλο, πώς ξεχνάτε!"

"αγαπητέ μου , θυμάμαι απόλυτα την ουσία του τι είπα με την ευκαιρία. Σας είπα ότι δεν αναρωτιόμουν την προσκόλλησή σας · ότι λαμβάνοντας υπόψη την υπηρεσία που σας είχε καταστήσει, ήταν εξαιρετικά φυσικό: -και συμφωνήσατε να το , εκφράζοντας τον εαυτό σας πολύ θερμά ως προς την αίσθηση της υπηρεσίας σας, και αναφέροντας ακόμη και ποιες ήταν οι αισθήσεις σας για να τον δείτε να έρχεται προς τη διάσωσή σας - η εντύπωση είναι ισχυρή στη μνήμη μου ».

"Ω, αγαπητέ," είπε ο Χάριετ, "τώρα θυμάμαι τι εννοείς, αλλά σκέφτηκα κάτι πολύ διαφορετικό εκείνη την εποχή, δεν ήταν οι τσιγγάνοι-δεν ήταν ο κ. Που εννοούσα. Κάποιες ανυψώσεις) σκεφτόμουν μια πολύ πιο πολύτιμη περίσταση - ο ερχομός του κ. Και μου ζήτησε να χορέψω, όταν ο κ. Δεν θα μπορούσε να σταθεί μαζί μου και όταν δεν υπήρχε άλλος συνεργάτης στην αίθουσα. Αυτή ήταν η ευγενής καλοσύνη και γενναιοδωρία · αυτή ήταν η υπηρεσία που με έκανε να αρχίσω να αισθάνομαι πόσο ανώτερος ήταν σε κάθε άλλη ύπαρξη πάνω στη γη ».

"Θεέ μου!" "έκανα μια έκπληξη!", φώναξε Έμμα, "αυτό ήταν ένα πολύ ατυχές και πιο λυπηρό λάθος!" τι πρέπει να γίνει; "

"δεν θα με ενθάρρυνε τότε, αν με καταλάβετε; τουλάχιστον, όμως, δεν μπορώ να είμαι χειρότερη από ό, τι έπρεπε να είμαι, αν ο άλλος ήταν ο άνθρωπος και τώρα είναι δυνατόν ..."

Σταμάτησε για λίγα λεπτά. Η Έμμα δεν μπόρεσε να μιλήσει.

"Δεν αναρωτιέμαι, παραλείψτε το ξυλουργείο," συνέχισε, "ότι θα πρέπει να αισθανθείτε μεγάλη διαφορά μεταξύ των δύο, ως προς εμένα ή ως προς οποιοδήποτε σώμα, πρέπει να σκεφτείτε μία πεντακόσια εκατομμύρια φορές πάνω από εμένα από την άλλη. Ελπίζω να χάσετε το ξυλουργείο, αυτό που υποθέτετε -όπως αλλόκοτα όπως μπορεί να φαίνεται- αλλά γνωρίζετε ότι ήταν τα δικά σας λόγια, ότι είχαν γίνει πιο θαυμάσια πράγματα, είχαν υπάρξει αγώνες μεγαλύτερης ανισότητας από ό, τι μεταξύ του κ. Και εμού και, ως εκ τούτου, φαίνεται ότι κάτι τέτοιο μπορεί να έχει συμβεί και πριν - και αν θα έπρεπε να είμαι τόσο τυχερός, πέρα από την έκφραση - αν ο κ. Θα έπρεπε - αν δεν πειράζει την ανισότητα, Ελπίζω, αγαπητέ ξυλουργός, δεν θα θέσετε τον εαυτό σας εναντίον του και θα προσπαθήσετε να αντιμετωπίζετε δυσκολίες, αλλά είστε πολύ καλός για αυτό, είμαι βέβαιος. "

Ο Χάριε στάθηκε σε ένα από τα παράθυρα. Η Έμμα γύρισε για να την κοιτάξει με έκπληξη και, βιαστικά,

"Έχετε κάποια ιδέα ότι ο κύριος επιστρέφει την αγάπη σας;"

«ναι», απάντησε χαριέτα, αλλά όχι με φόβο- «πρέπει να πω ότι έχω».

Τα μάτια της Έμμα αποσύρθηκαν αμέσως. Και καθόταν σιωπηλά διαλογίζοντας, σε μια σταθερή στάση, για λίγα λεπτά. Λίγα λεπτά ήταν αρκετά για να γνωρίσει την καρδιά της. Ένα μυαλό σαν το δικό της, μόλις άνοιξε σε καχυποψία, έκανε ταχεία πρόοδο. Άγγιξε - αναγνώρισε - αναγνώρισε όλη την αλήθεια. Γιατί ήταν τόσο χειρότερο ότι ο Χάριετ θα έπρεπε να είναι ερωτευμένος με τον κ. , παρά με την ειλικρινή ; γιατί ήταν το κακό τόσο τρομακτικά αυξημένο από το ότι η έχει κάποια ελπίδα για μια επιστροφή; Πέρασε μέσα της, με την ταχύτητα ενός βέλους, εκείνος ο κύριος. Δεν πρέπει να παντρευτεί κανείς παρά μόνο τον εαυτό της!

Η δική της συμπεριφορά, όπως και η δική της καρδιά, ήταν μπροστά της στα ίδια λίγα λεπτά. Το είδε όλα με μια σαφήνεια που ποτέ δεν την είχε ευλογήσει πριν. Πόσο άσχημα είχε ενεργήσει από ! Πόσο ασυνείδητο, πόσο αόριστο, πόσο παράλογο είναι το πόσο άδικο ήταν η συμπεριφορά της! Τι τύφλωση, ποια τρέλα την οδήγησε! Την χτύπησε με τρομακτική δύναμη και ήταν έτοιμη να της δώσει κάθε κακό όνομα στον κόσμο. Ένα μέρος του σεβασμού για τον εαυτό της, εντούτοις, παρά όλα αυτά τα μειονεκτήματα - κάποια ανησυχία για την εμφάνισή της και μια ισχυρή αίσθηση της δικαιοσύνης από τη Χάρι (δεν θα χρειαζόταν συμπόνια για την κοπέλα που πίστευε ότι αγαπούσε ο κύριος. -αλλά η δικαιοσύνη απαιτούσε ότι δεν θα έπρεπε να είναι δυσαρεστημένη από οποιαδήποτε ψυχρότητα τώρα), έδωσε Έμμα την απόφαση να καθίσει και να υπομείνει μακρύτερα με ηρεμία, με ακόμη και προφανή ευγένεια. - για το δικό της πλεονέκτημα, πράγματι, ήταν σκόπιμο να διερευνηθεί η μέγιστη έκταση των ελπίδων του Χάριετ. Και η Χάριετ δεν είχε κάνει τίποτα για να χάσει το ενδιαφέρον και το ενδιαφέρον που είχε τόσο οικειοθελώς σχηματιστεί και διατηρηθεί - ή να αξίζει να τον απογοητεύσει ο άνθρωπος, του οποίου οι συμβουλές δεν είχαν ποτέ οδηγήσει τη δικαιοσύνη της. - παράγοντας από την αντανάκλαση, γύρισε πάλι στο Χαρριέ και, με μια πιο ελκυστική προφορά, ανανέωσε τη συνομιλία. Για το θέμα που το είχε παρουσιάσει για πρώτη φορά, την υπέροχη ιστορία της , που ήταν αρκετά βυθισμένη και χαμένη. - Κανείς από αυτούς δεν σκέφτηκε, αλλά ο κύριος. Και οι ίδιοι. Και η Χάριετ δεν είχε κάνει τίποτα για να χάσει το ενδιαφέρον και το ενδιαφέρον που είχε τόσο οικειοθελώς σχηματιστεί και διατηρηθεί - ή να αξίζει να τον απογοητεύσει ο άνθρωπος, του οποίου οι συμβουλές δεν είχαν ποτέ οδηγήσει τη δικαιοσύνη της. - παράγοντας από την αντανάκλαση, γύρισε πάλι στο Χαρριέ και, με μια πιο ελκυστική προφορά, ανανέωσε τη συνομιλία. Για το θέμα που το είχε παρουσιάσει για πρώτη φορά, την υπέροχη ιστορία της , που ήταν αρκετά βυθισμένη και χαμένη. - Κανείς από αυτούς δεν σκέφτηκε, αλλά ο κύριος. Και οι ίδιοι. Και η Χάριετ δεν είχε κάνει τίποτα για να χάσει το ενδιαφέρον και το ενδιαφέρον που είχε τόσο οικειοθελώς σχηματιστεί και διατηρηθεί - ή να αξίζει να τον απογοητεύσει ο άνθρωπος, του οποίου οι συμβουλές δεν είχαν ποτέ οδηγήσει τη δικαιοσύνη της. - παράγοντας από την αντανάκλαση, γύρισε πάλι στο Χαρριέ και, με μια πιο ελκυστική προφορά, ανανέωσε τη συνομιλία. Για το θέμα που το είχε παρουσιάσει για πρώτη φορά, την υπέροχη ιστορία της , που ήταν αρκετά βυθισμένη και χαμένη. - Κανείς από αυτούς δεν σκέφτηκε, αλλά ο κύριος. Και οι ίδιοι. Που ήταν αρκετά βυθισμένο και χαμένο. - Κανείς από αυτούς δεν σκέφτηκε, αλλά ο κύριος. Και οι ίδιοι. Που ήταν αρκετά βυθισμένο και χαμένο. - Κανείς από αυτούς δεν σκέφτηκε, αλλά ο κύριος. Και οι ίδιοι.

Ο Χάριετ, που στεκόταν σε καμία δυστυχισμένη ονειροπόληση, ήταν πολύ χαρούμενος που κλήθηκε από αυτό, με τον τώρα ενθαρρυντικό τρόπο ενός τέτοιου δικαστή και ενός φίλου σαν το χαμόγελο του ξυλουργού και απλώς ήθελε πρόσκληση να δώσει την ιστορία της ελπίζει με μεγάλη, αν και τρέμοντας απόλαυση. - Τα τρεμούλια της Έμμα, όπως ρώτησε, και όπως άκουγε, ήταν καλύτερα κρυμμένα από το , αλλά δεν ήταν λιγότερα. Η φωνή της δεν ήταν ασταθής. Αλλά το μυαλό της ήταν σε όλη τη διαταραχή ότι μια τέτοια εξέλιξη του εαυτού, μια τέτοια έκρηξη απειλητικού κακού, μια τέτοια σύγχυση ξαφνικών και αμηχανίας συναισθημάτων, πρέπει να δημιουργήσει. - άκουγε με πολύ εσωτερική ταλαιπωρία, αλλά με μεγάλη εξωτερική υπομονή, με την ' λεπτομέρεια- μεθοδικό, ή καλά οργανωμένο, ή πολύ καλά παραδομένο, δεν θα μπορούσε να αναμένεται να είναι? Αλλά περιείχε, όταν χωρίζεται από όλη την αδυναμία και την ταυτολογία της αφήγησης, μια ουσία να βυθίζει το πνεύμα της - ειδικά με τις επιβεβαιωτικές συνθήκες, τις οποίες η μνήμη της έφερε υπέρ του κ. Την πιο βελτιωμένη άποψη του της .

Ο Χάριετ είχε συνειδητοποιήσει μια διαφορά στη συμπεριφορά του από εκείνους τους δύο αποφασιστικούς χορούς. - Η Έμμα γνώριζε ότι είχε, με την ευκαιρία αυτή, βρεθεί πολύ ανώτερη από την προσδοκία του. Από εκείνο το βράδυ, ή τουλάχιστον από τη στιγμή που η γυναίκα δεν την ενθάρρυνε να σκεφτεί τον εαυτό της, ο Χάριετ είχε αρχίσει να σκέφτεται να μιλάει πολύ περισσότερο απ 'ό, τι είχε συνηθίσει και να έχει πράγματι πολύ διαφορετικό τρόπο προς αυτήν. Ένας τρόπος καλοσύνης και γλυκύτητας! - Κατανεμήθηκα όλο και περισσότερο. Όταν όλοι περπατούσαν μαζί, έρχονταν τόσο συχνά και περπατούσαν δίπλα της και μιλούσαν τόσο ευχάριστα! - φαινόταν να θέλει να την γνωρίσει. Η Έμμα γνώριζε ότι συνέβαινε πάρα πολύ. Παρατηρούσε συχνά την αλλαγή, σχεδόν στην ίδια έκταση. -Χρίριτ επανέλαβε εκφρασμένες εγκρίσεις και επαίνους από αυτόν - και η Έμμα τους θεώρησε ότι ήταν σε στενή συμφωνία με αυτό που γνώριζε για τη γνώμη του για το . Την επαίνεσε για την ύπαρξή της χωρίς τέχνη ή επιδεξιότητα, επειδή είχε απλά, ειλικρινή, γενναιόδωρα συναισθήματα. - Ήξερε ότι είδε τέτοιες συστάσεις στο Χάριετ. Είχε κατοικήσει πάνω τους σε αυτήν πολλές φορές - πολλά που έζησαν στη μνήμη του Χάριετ, πολλά μικρά στοιχεία της ειδοποίησης που είχε πάρει από αυτόν, μια ματιά, μια ομιλία, μια απομάκρυνση από μια καρέκλα στην άλλη, ένα κομπλιμέντο υπονοούμενο, η προτίμησή του συνήχθη, ήταν απαρατήρητη, διότι δεν ήταν υποτιμημένη, από το Έμμα. Περιστάσεις που θα μπορούσαν να φουσκώσουν σε μια μισή ώρα σχέσεων και περιείχαν πολλαπλές αποδείξεις σε εκείνη που τους είχε δει, είχαν περάσει άγνωστες από εκείνη που τους άκουσε τώρα. Αλλά τα δύο τελευταία γεγονότα που πρέπει να αναφερθούν, όταν εισήλθε για πρώτη φορά, είπε ότι δεν μπορούσε να μείνει πέντε λεπτά - και της είχε πει, κατά τη διάρκεια της συνομιλίας τους, ότι αν και πρέπει να πάει στο Λονδίνο, ήταν πολύ ενάντια στην κλίση του που έφυγε από το σπίτι, ήταν πολύ περισσότερο (όπως αισθάνθηκε Έμμα) από ό, τι είχε αναγνωρίσει σε αυτήν. Ο ανώτερος βαθμός εμπιστοσύνης προς τη Χάριετ, που αυτό το άρθρο σημάδεψε, έδωσε έντονο πόνο.

Όσον αφορά το πρώτο από τα δύο περιστατικά, έκανε, μετά από λίγη αντανάκλαση, να θέσει την ακόλουθη ερώτηση. "δεν είναι δυνατόν, ότι όταν ρωτήσατε, όπως σκέφτεστε, για την κατάσταση των συμπαθειών σας, θα μπορούσε να μιλήσει στον κ. - θα μπορούσε να έχει το ενδιαφέρον του κ. Εν όψει;" αλλά ο απέρριψε την υποψία με το πνεύμα.

"Κύριε μαρτίν, δεν υπήρχε κανένας υπαινιγμός του κ. Μάρτιν, ελπίζω να γνωρίζω καλύτερα τώρα από το να φροντίζω τον κ. Μαρτίνο ή να είμαι ύποπτος για αυτό".

Όταν η Χάριετ είχε κλείσει τα αποδεικτικά της στοιχεία, έκανε έκκληση στο αγαπημένο της ξυλουργείο, να πει αν δεν είχε καλή βάση για ελπίδα.

«ποτέ δεν θα έπρεπε να το σκεφτώ αρχικά», είπε, «αλλά για σένα, μου είπες να τον παρατηρήσω προσεκτικά και να αφήσω τη συμπεριφορά του να είναι ο κανόνας της δικής μου - κι έτσι έχω. Αισθάνομαι ότι μπορεί να τον αξίζουν και ότι αν με κάνει να με πείσει, δεν θα είναι τίποτα τόσο υπέροχο. "

Τα πικρά συναισθήματα που προκαλούσε αυτή η ομιλία, τα πολλά πικρά συναισθήματα, έκαναν τη μέγιστη δυνατή προσπάθεια από την πλευρά του Έμμα, για να της επιτρέψουν να πει σε απάντηση,

", θα προσπαθήσω μόνο να δηλώσω, ότι ο κ. Είναι ο τελευταίος άνθρωπος στον κόσμο, που σκόπιμα θα έδινε σε κάθε γυναίκα την ιδέα της αίσθησης της για την περισσότερο από ότι πραγματικά κάνει".

Η Χάριετ φαινόταν έτοιμη να προσκυνήσει τον φίλο της για μια πρόταση τόσο ικανοποιητική. Και η εμάς σώθηκε μόνο από τις λύπες και την αγάπη, που εκείνη τη στιγμή θα ήταν τρομακτική μετάνοια, από τον ήχο των βημάτων του πατέρα της. Ερχόταν από την αίθουσα. Ο Χάριετ ήταν πολύ αναστατωμένος για να τον συναντήσει. «δεν μπορούσε να συνθέσει τον εαυτό της - ο κ. Θα ανησυχούσε - θα έπρεπε να πάει καλύτερα» - με την πιο ενθουσιασμένη ενθάρρυνση από τον φίλο της, ως εκ τούτου, πέρασε από μια άλλη πόρτα - και τη στιγμή που είχε φύγει, αυτό ήταν η αυθόρμητη έκρηξη των συναισθημάτων του Έμμα: "Ω Θεός που δεν την είχα δει ποτέ!"

Η υπόλοιπη μέρα, την επόμενη νύχτα, ήταν αρκετά δύσκολο για τις σκέψεις της - ήταν μπερδεμένη εν μέσω της σύγχυσης όλων όσων της έσπευσαν μέσα στις τελευταίες ώρες. Κάθε στιγμή είχε φέρει ένα νέο παράπονο. Και κάθε έκπληξη πρέπει να είναι θέμα ταπείνωσης της. - πώς να το καταλάβεις όλα! Πώς να καταλάβεις τις εξαπάθειες που ασκούσε έτσι στον εαυτό της και να ζεις κάτω από τα! - τα λάθη, την τύφλωση του δικού της κεφαλιού και της καρδιάς της - καθόταν ακόμα, περπατούσε, προσπάθησε το δικό της δωμάτιο, προσπάθησε το θάμνο - σε κάθε θέση, σε κάθε στάση, αντιλήφθηκε ότι είχε ενεργήσει πιο αδύναμα. Ότι είχε επιβληθεί από άλλους σε ένα πιο ακανθώδες βαθμό; Ότι είχε επιβάλει στον εαυτό της σε ένα βαθμό ακόμα πιο πεθαίνουν; Ότι ήταν άθλια, και πιθανότατα θα βρεθεί αυτή την ημέρα, αλλά η αρχή της αθλιότητας.

Να καταλάβει, να καταλάβει πλήρως την καρδιά της, ήταν η πρώτη προσπάθεια. Σε εκείνο το σημείο πήγε κάθε στιγμή αναψυχής που οι ισχυρισμοί του πατέρα της επάνω της επιτρέπονται, και κάθε στιγμή της ακούσιας απουσίας μυαλού.

Πόσο καιρό είχε ο κ. Ήταν τόσο αγαπητό σε αυτήν, όπως κάθε συναίσθημα τον κήρυξε τώρα να είναι; όταν είχε την επιρροή του, άρχισε μια τέτοια επιρροή; - όταν κατάφερε να βρεθεί εκείνη η θέση στην αγάπη της, ποιος ειλικρινής εκκλησία είχε κάποτε, για μικρό χρονικό διάστημα, καταλάβαινε; συνέκρινε τα δύο, τα οποία συγκρινόταν με αυτά, όπως πάντα βρίσκονταν στην εκτίμησή της, από τη στιγμή που η τελευταία της γνώριζε - και όπως έπρεπε να συγκριθεί ανά πάσα στιγμή με την ίδια, αν είχε - ! Είχε, κατά οποιονδήποτε ευτυχισμένο ευτυχία, της έβλαψε, να εισαγάγει τη σύγκριση. - Είδε ότι ποτέ δεν υπήρξε μια εποχή που δεν το θεωρούσε ο κύριος. Ως απείρως ανώτερος, ή όταν η εκτίμησή του γι'αυτήν δεν ήταν απείρως η πιο αγαπητή. Είδε, ότι με το να πείσει τον εαυτό της, με το φανταχτερό της, ενεργώντας αντίθετα, ήταν εντελώς ψευδής,

Αυτό ήταν το συμπέρασμα της πρώτης σειράς προβληματισμού. Αυτή ήταν η γνώση του εαυτού της, στο πρώτο ερώτημα διερεύνησης, το οποίο έφτασε. Και χωρίς να φτάσει πολύ για να φτάσει σε αυτήν - ήταν πιο θλιβερά αγανακτισμένος. Ντρέπεται για κάθε αίσθηση αλλά για εκείνη που αποκαλύπτεται σε αυτήν - η αγάπη της για τον κ. . - κάθε άλλο μέρος του μυαλού της ήταν αηδιαστικό.

Με ανελέητη ματαιοδοξία, αν πίστευε στον εαυτό της στο μυστικό των συναισθημάτων κάθε σώματος. Με απρόσφορη αλαζονεία που προτείνεται να οργανώσει το πεπρωμένο κάθε σώματος. Αποδείχτηκε ότι ήταν καθολικά λανθασμένη. Και δεν είχε κάνει τίποτε - γιατί είχε κάνει κακό. Είχε φέρει το κακό στη Χάριετ, για τον εαυτό της και φοβόταν πάρα πολύ, στον κ. .-ήταν αυτό το πιο άνιση από όλες τις συνδέσεις που πρέπει να λάβει χώρα, για την πρέπει να στηριχτεί όλη τη μομφή να του έχει δώσει μια αρχή; Για την προσκόλλησή του, πρέπει να πιστέψει ότι παράγεται μόνο από τη συνείδηση του - και ακόμη και αν δεν συνέβαινε αυτό, δεν θα είχε γνωρίσει ποτέ παρά για την ανόησή της.

Κύριος. Και ! - Ήταν μια ένωση για να απομακρύνετε όλα τα τέρατα τέρας. - Η προσκόλληση του και της έγινε συνηθισμένη, άσχημη, γεμάτη από συγκρίσεις, συναρπαστική χωρίς έκπληξη, χωρίς καμία διαφορά, που δεν έδωσε τίποτα να πει ή σκέψη. Και ! - τόσο ύψος στο πλευρό της! Μια τέτοια υποτίμηση του! Ήταν φρικτή η Έμμα να σκέφτεται πώς πρέπει να τον βυθίσει στη γενική γνώμη, να προβλέψει τα χαμόγελα, τα σπαθιά, τη χαρά που θα προκαλούσε με δικά του έξοδα. Την αποθάρρυνση και την περιφρόνηση του αδελφού του, τις χίλιες ενοχλήσεις στον εαυτό του. - θα μπορούσε να είναι; ήταν αδύνατο. Και όμως ήταν πολύ μακριά από το αδύνατο. Ήταν μια νέα περίσταση για έναν άνθρωπο με πρωτότυπες ικανότητες να αιχμαλωτίζεται από πολύ κατώτερες δυνάμεις; ήταν καινούργιο για έναν, ίσως πολύ απασχολημένο να αναζητήσει,

Ω! Αν δεν έφερε ποτέ Χάρρυτ μπροστά! Αν την είχε αφήσει εκεί που έπρεπε και εκεί που της είπε ότι θα έπρεπε - δεν θα ήταν, με μια ανόητη που δεν μπορούσε να εκφράσει καμία γλώσσα, εμπόδισε να παντρευτεί τον απαράδεκτο νεαρό που θα την έκανε ευτυχισμένη και αξιοσέβαστη στη γραμμή η ζωή στην οποία θα έπρεπε να ανήκει - όλα θα ήταν ασφαλή. Καμία από αυτές τις τρομακτικές συνέπειες δεν θα ήταν.

Πώς ο θα μπορούσε ποτέ να είχε το τεκμήριο να θέσει τις σκέψεις του στον κύριο. ! - πώς θα μπορούσε να τολμήσει να φανταστεί τον εαυτό του τον επιλεγμένο ενός τέτοιου ανθρώπου, μέχρι που πραγματικά το διαβεβαίωσε! - αλλά η Χάριετ ήταν λιγότερο ταπεινή, είχε λιγότερες ασπάζες απ 'ό, τι προηγουμένως - η κατωτερότητα της, είχε φανεί πιο λογικό από το κύριο. Ο πρέπει να σκοντάψει να την παντρευτεί, από ό, τι φαίνεται τώρα από τον κ. '.-δυστυχώς! Δεν ήταν αυτό το δικό της πάρα πολύ; ο οποίος είχε πονάει να δώσει τις ιδέες του Χάριρι για την αυτοσυνειδησία αλλά τον εαυτό του; -ή που η ίδια είχε τη διδάξει, να ανυψώσει τον εαυτό του αν ήταν δυνατόν και ότι οι ισχυρισμοί της ήταν σπουδαίοι σε μια υψηλή κοσμική εγκατάσταση; που ήταν ταπεινά, έγιναν μάταια, ήταν και η ίδια.

Κεφάλαιο

Μέχρι τώρα που απειλήθηκε με την απώλεια της, η Έμμα δεν είχε ξέρει ποτέ πόσο από την ευτυχία της εξαρτιόταν από το να είναι πρώτος με τον κ. , πρώτα σε ενδιαφέρον και στοργή. - ικανοποιημένος ότι ήταν έτσι, και αισθάνθηκε ότι οφείλεται, είχε απολαύσει χωρίς προβληματισμό; Και μόνο με το φόβο να αντικατασταθεί, βρήκε πόσο απίστευτα σημαντικό ήταν. - μακρύς, πολύ μακρύς, ένιωθε ότι ήταν πρώτος. Διότι δεν είχε δικές του θηλυκές συνδέσεις, υπήρχε μόνο η Ιζαμπέλα των οποίων οι ισχυρισμοί θα μπορούσαν να συγκριθούν με τις δικές της, και πάντα γνώριζε ακριβώς πόσο πολύ αγάπησε και κοίταζε την ισπανία. Ήταν η ίδια μαζί του για πολλά χρόνια. Δεν την άξιζε. Ήταν συχνά αμέλεια ή διεστραμμένη, παρακινούσε τις συμβουλές του, ή μάλιστα προπαγανδισμένα αντίθετα, άσχημα από τα μισά του πλεονεκτήματα, και αγωνιζόταν μαζί του επειδή δεν αναγνώριζε την ψευδή και παρανοϊκή εκτίμησή της για τη δική της - αλλά ακόμα, από οικογενειακή προσκόλληση και συνήθεια και απόλυτη αριστεία του μυαλού, τον αγάπησε και την παρακολουθούσε από ένα κορίτσι, με μια προσπάθεια να την βελτίωσή της και την ανησυχία της για τη σωστή της άσκηση, την οποία δεν διέθετε κανένα άλλο πλάσμα. Παρά τα ελαττώματά της, ήξερε ότι ήταν αγαπητός σε αυτόν. Δεν θα μπορούσε να πει, πολύ αγαπητό; -όταν οι εισηγήσεις ελπίδας, που πρέπει να ακολουθήσουν εδώ, παρουσίαζαν τον εαυτό τους, δεν θα μπορούσε να υποθέσει να τις απολαύσει. Ο Χάριτ Σμιθ θα μπορούσε να σκεφτεί ότι δεν είναι ανάξιος να είναι ιδιαιτέρως, αποκλειστικά, πάθος αγαπούσε ο κύριος. . Δεν μπορούσε. Δεν μπορούσε να κολακεύσει τον εαυτό της με οποιαδήποτε τύχη τύφλωσης στην προσκόλλησή της σε αυτήν. Είχε λάβει πολύ πρόσφατη απόδειξη της αμεροληψίας της. -Όπως σοκαρισμένος είχε από τη συμπεριφορά της να χάσει ! Πόσο άμεσα, πόσο έντονα είχε εκφραστεί σε αυτήν για το θέμα αυτό - όχι πολύ έντονα για το αδίκημα - αλλά πολύ μακριά, υπερβολικά έντονη για να εκδώσει από κάθε αίσθηση μαλακότερη από την ορθή δικαιοσύνη και την καθαρή καλή θέληση. - δεν είχε καμία ελπίδα, τίποτα που δεν αξίζει το όνομα της ελπίδας, ότι θα μπορούσε να έχει αυτό το είδος της αγάπης για τον εαυτό της που ήταν τώρα υπό αμφισβήτηση? Αλλά υπήρχε μια ελπίδα (κατά καιρούς μια ελαφριά, κατά καιρούς πολύ ισχυρότερη), ότι η Χάριετ θα μπορούσε να εξαπατήσει τον εαυτό της και να υπερισχύσει την εκτίμησή της γι 'αυτήν. - ευχόμαστε ότι πρέπει, για χάρη της, να είναι η συνέπεια τίποτα για τον εαυτό της, αλλά η εναπομένουσα μόνο του όλη τη ζωή του. Θα μπορούσε να είναι ασφαλής γι 'αυτό, μάλιστα, ποτέ να μην παντρευτεί καθόλου, πίστευε ότι θα πρέπει να είναι απόλυτα ικανοποιημένος. - ας συνεχίσει τον ίδιο κύριο. Σε αυτήν και τον πατέρα της, το ίδιο κύριο. Σε όλο τον κόσμο; Ας μη χάσουν το και το τίποτα από τη πολύτιμη επαφή τους με τη φιλία και την εμπιστοσύνη και η ειρήνη τους θα εξασφαλιστεί πλήρως. Ο γάμος στην πραγματικότητα δεν θα έκανε γι 'αυτήν. Θα ήταν ασυμβίβαστο με αυτό που οφειλόταν στον πατέρα της και με αυτό που ένιωθε γι 'αυτόν. Τίποτα δεν πρέπει να την χωρίσει από τον πατέρα της. Δεν θα παντρευτεί, έστω κι αν το ρώτησαν ο κύριος. .

Θα πρέπει να είναι η φλογερή επιθυμία της να απογοητεύσει το . Και ελπίζαμε ότι, όταν θα μπορούσαν να τα δουν ξανά μαζί, θα μπορούσε τουλάχιστον να είναι σε θέση να διαπιστώσει ποιες είναι οι πιθανότητες γι 'αυτό - θα πρέπει να τις δει από εδώ και πέρα με την πλησιέστερη τήρηση. Και δυστυχώς, όπως μέχρι σήμερα παρερμηνεύει ακόμη και εκείνα που παρακολουθούσε, δεν ήξερε πώς να παραδεχτεί ότι θα μπορούσε να τυφλωθεί εδώ - αναμενόταν κάθε μέρα. Η δύναμη της παρατήρησης θα δοθεί σύντομα-τρομερά σύντομα εμφανίστηκε όταν οι σκέψεις της ήταν σε μία πορεία. Εν τω μεταξύ, αποφάσισε να μη δει το . - δεν θα έκανε καμιά από αυτές καλή, δεν θα έκανε το θέμα κακό, να μιλήσει για αυτό μακρύτερα. - αποφασίστηκε να μην είναι πεπεισμένη, εφ 'όσον μπορεί να αμφιβάλει, και παρόλα αυτά δεν είχε καμία εξουσία να αντιτάσσεται στη σιγουριά του . Να μιλήσει θα ήταν μόνο να ερεθίσει. -Σε της έστειλε, λοιπόν, ευγενικά, αλλά αποφασιστικά, να ικετεύσει ότι δεν θα έρθει, επί του παρόντος, στο Χάρτφιλντ. Αναγνωρίζοντας ότι είναι η πεποίθησή της, ότι θα έπρεπε να αποφεύγεται καλύτερα κάθε εμπεριστατωμένη συζήτηση ενός θέματος. Και ελπίζοντας ότι εάν λίγες μέρες είχαν επιτραπεί να περάσουν πριν ξανασυναντηθούν, εκτός από την εταιρεία άλλων - αντιτάχθηκαν μόνο σε ένα -- - θα μπορούσαν να ενεργήσουν σαν να είχαν ξεχάσει τη χθεσινή συνομιλία .- υπέβαλε, και εγκρίθηκε, και ήταν ευγνώμων.

Αυτό το σημείο ήταν απλά διευθετημένο, όταν ένας επισκέπτης έφθασε για να σπάσει τις σκέψεις του Έμμα λίγο από το ένα θέμα που είχε απορροφήσει τους, ύπνο ή ξύπνημα, τις τελευταίες εικοσιτέσσερις ώρες. Η οποία καλούσε την κόρη της να εκλέγει και πήρε το σπίτι της στο σπίτι, σχεδόν εξίσου καθήκον της Έμμα, όπως και στην ευχαρίστηση στον εαυτό της, να συσχετίσει όλα τα στοιχεία μιας τόσο ενδιαφέρουσας συνέντευξης.

Κύριος. Η την είχε συνοδεύσει στην κα. , και πέρασε το μερίδιό του αυτής της ουσιαστικής προσοχής πιο ? Αλλά εκείνη την εποχή που είχε προκαλέσει το για να συμμετάσχει σε αυτήν σε έναν αερισμό, τώρα επέστρεψε με πολύ περισσότερα να πω, και πολύ περισσότερο να πω με ικανοποίηση, από το ένα τέταρτο της ώρας που πέρασε στην κα. Η αίθουσα του , με όλη την επιβάρυνση των αμήχανων συναισθημάτων, θα μπορούσε να προσφέρει.

Μια μικρή εμμονή είχε το Έμμα. Και έκανε το μεγαλύτερο μέρος της, ενώ ο φίλος της συνέδεσε. Κυρία. Η είχε ξεκινήσει να πληρώσει την επίσκεψη σε μια μεγάλη αναταραχή ο ίδιος? Και πρώτα απ'όλα θέλησε να μην πάει καθόλου, να επιτρέπεται απλώς να γράφει για να χάσει το και να αναβάλει αυτό το τελετουργικό κάλεσμα μέχρι να περάσει λίγος χρόνος και ο κ. Ο θα μπορούσε να συμφιλιωθεί με το γεγονός ότι η δέσμευση έγινε γνωστή. Δεδομένου ότι, θεωρώντας κάθε πράγμα, σκέφτηκε ότι μια τέτοια επίσκεψη δεν θα μπορούσε να πληρωθεί χωρίς να οδηγήσει σε αναφορές: - αλλά ο κύριος. Ο είχε σκέφτεται διαφορετικά. Ήταν εξαιρετικά ανήσυχος για να επιδείξει την έγκριση του να χάσει το και την οικογένειά του και δεν κατάλαβε ότι οποιαδήποτε υποψία θα μπορούσε να ενθουσιαστεί από αυτό. Ή αν ήταν, ότι θα είχε οποιαδήποτε συνέπεια. Για "αυτά τα πράγματα," παρατήρησε, "πάντα πήρε περίπου." η Έμμα χαμογέλασε, και αισθάνθηκε ότι ο κύριος. Ο είχε πολύ καλό λόγο να το πει. Είχαν πάει, σε σύντομο χρονικό διάστημα και πολύ μεγάλη ήταν η προφανής αγωνία και σύγχυση της κυρίας. Δεν μπόρεσε να μιλήσει μια λέξη, και κάθε ματιά και δράση έδειξαν πόσο βαθιά έπασχε από τη συνείδηση. Η ήρεμη, αισθησιακή ικανοποίηση της γηραιάς κυρίας και η ριψοκίνδυνη απόλαυση της κόρης της - που αποδείχτηκε πολύ χαρούμενη για να μιλήσει ως συνήθως, ήταν μια ικανοποιητική, αλλά σχεδόν επηρεαστική σκηνή. Ήταν τόσο τόσο αληθινοί στην ευτυχία τους, τόσο ανιδιοτελείς σε κάθε αίσθηση. Σκέφτηκα τόσο πολύ από ? Τόσο πολύ από κάθε σώμα, και τόσο λίγα από τον εαυτό τους, ότι κάθε ευγενική αίσθηση δούλευε γι 'αυτούς. Να χάσετε την πρόσφατη ασθένεια του είχε προσφέρει μια δίκαιη επίκληση για την κα. Να την καλέσει σε έναν αερισμό? Είχε πάρει πίσω και μειώθηκε στην αρχή, αλλά, όταν πατημένος είχε παραδώσει? Και, κατά τη διάρκεια της πορείας τους, κα. Η είχε, με απαλή ενθάρρυνση, ξεπέρασε τόσο πολύ την αμηχανία της, που την οδήγησε να μιλήσει για το σημαντικό θέμα. Συγγνώμη για την φαινομενικά αμήχανη σιωπή τους στην πρώτη τους υποδοχή και την πιο ζεστή έκφραση της ευγνωμοσύνης που αισθάνθηκε πάντα απέναντι στον εαυτό της και τον κ. , πρέπει απαραίτητα να ανοίξει το αίτιο. Αλλά όταν τέθηκαν αυτές οι εκρήξεις, είχαν μιλήσει για ένα μεγάλο μέρος της παρούσας και της μελλοντικής κατάστασης της δέσμευσης. Κυρία. Η ήταν πεπεισμένη ότι μια τέτοια συζήτηση πρέπει να είναι η μεγαλύτερη ανακούφιση από τη σύντροφό της, που είχε καταλάβει μέσα στο μυαλό της όπως όλα τα πράγματα ήταν τόσο καιρό και ήταν πολύ ευχαριστημένος από όλα όσα είπε σχετικά με το θέμα. Να ξεπεράσει τόσο πολύ την αμηχανία της, να την φέρει σε επαφή με το σημαντικό θέμα. Συγγνώμη για την φαινομενικά αμήχανη σιωπή τους στην πρώτη τους υποδοχή και την πιο ζεστή έκφραση της ευγνωμοσύνης που αισθάνθηκε πάντα απέναντι στον εαυτό της και τον κ. , πρέπει απαραίτητα να ανοίξει το αίτιο. Αλλά όταν τέθηκαν αυτές οι εκρήξεις, είχαν μιλήσει για ένα μεγάλο μέρος της παρούσας και της μελλοντικής κατάστασης της δέσμευσης. Κυρία. Η ήταν πεπεισμένη ότι μια τέτοια συζήτηση πρέπει να είναι η μεγαλύτερη ανακούφιση από τη σύντροφό της, που είχε καταλάβει μέσα στο μυαλό της όπως όλα τα πράγματα ήταν τόσο καιρό και ήταν πολύ ευχαριστημένος από όλα όσα είπε σχετικά με το θέμα. Να ξεπεράσει τόσο πολύ την αμηχανία της, να την φέρει σε επαφή με το σημαντικό θέμα. Συγγνώμη για την φαινομενικά αμήχανη σιωπή τους στην πρώτη τους υποδοχή και την πιο ζεστή έκφραση της ευγνωμοσύνης που αισθάνθηκε πάντα απέναντι στον εαυτό της και τον κ. , πρέπει απαραίτητα να ανοίξει το αίτιο. Αλλά όταν τέθηκαν αυτές οι εκρήξεις, είχαν μιλήσει για ένα μεγάλο μέρος της παρούσας και της μελλοντικής κατάστασης της δέσμευσης. Κυρία. Η ήταν πεπεισμένη ότι μια τέτοια συζήτηση πρέπει να είναι η μεγαλύτερη ανακούφιση από τη σύντροφό της, που είχε καταλάβει μέσα στο μυαλό της όπως όλα τα πράγματα ήταν τόσο καιρό και ήταν πολύ ευχαριστημένος από όλα όσα είπε σχετικά με το θέμα. Και τις θερμότερες εκφράσεις της ευγνωμοσύνης που αισθάνθηκε πάντα απέναντι στον εαυτό της και τον κύριο. , πρέπει απαραίτητα να ανοίξει το αίτιο. Αλλά όταν τέθηκαν αυτές οι εκρήξεις, είχαν μιλήσει για ένα μεγάλο μέρος της παρούσας και της μελλοντικής κατάστασης της δέσμευσης. Κυρία. Η ήταν πεπεισμένη ότι μια τέτοια συζήτηση πρέπει να είναι η μεγαλύτερη ανακούφιση από τη σύντροφό της, που είχε καταλάβει μέσα στο μυαλό της όπως όλα τα πράγματα ήταν τόσο καιρό και ήταν πολύ ευχαριστημένος από όλα όσα είπε σχετικά με το θέμα. Και τις θερμότερες εκφράσεις της ευγνωμοσύνης που αισθάνθηκε πάντα απέναντι στον εαυτό της και τον κύριο. , πρέπει απαραίτητα να ανοίξει το αίτιο. Αλλά όταν τέθηκαν αυτές οι εκρήξεις, είχαν μιλήσει για ένα μεγάλο μέρος της παρούσας και της μελλοντικής κατάστασης της δέσμευσης. Κυρία. Η ήταν πεπεισμένη ότι μια τέτοια συζήτηση πρέπει να είναι η μεγαλύτερη ανακούφιση από τη σύντροφό της, που είχε καταλάβει μέσα στο μυαλό της όπως όλα τα πράγματα ήταν τόσο καιρό και ήταν πολύ ευχαριστημένος από όλα όσα είπε σχετικά με το θέμα.

"για τη δυστυχία του τι είχε υποστεί, κατά τη διάρκεια της απόκρυψης τόσων πολλών μηνών", συνέχισε η κα. "δεν θα πω ότι από τότε που μπήκα στη δέσμευση δεν είχα κάποιες χαρούμενες στιγμές αλλά μπορώ να πω ότι δεν έχω γνωρίσει ποτέ την ευλογία ενός ήσυχου ώρα: '- και το χαραγμένο χείλος, η Έμμα, που το έλεγε, ήταν μια βεβαίωση που ένιωθα στην καρδιά μου.'

"φτωχό κορίτσι!" είπε Έμμα. "Πιστεύει λοιπόν ότι είναι λάθος, τότε, επειδή έχετε συναινέσει σε μια ιδιωτική δέσμευση;"

"το λάθος, κανένας, πιστεύω, δεν μπορεί να την κατηγορήσει περισσότερο από ό, τι είναι διατεθειμένη να κατηγορήσει τον εαυτό της." Η συνέπεια, είπε, "είναι μια κατάσταση αέναης πόνος για μένα και έτσι πρέπει, αλλά μετά από όλη την τιμωρία αυτό το παράπτωμα μπορεί να φέρει, δεν είναι ακόμα λιγότερο κακή συμπεριφορά ο πόνος δεν είναι εκκαθάριση δεν μπορώ ποτέ να είμαι ανελέητος, έχω ενεργήσει αντίθετα με όλη μου την αίσθηση του δικαιώματος και την τυχερή σειρά ότι όλα τα πράγματα έχουν πάρει και η καλοσύνη είμαι τώρα που λαμβάνω, είναι που δεν μου λέει η συνείδησή μου. «Μη φανταστείτε, κυρία», συνέχισε, «ότι μου διδάχθηκα λάθος» μην αφήνετε να προβληματιστούν οι αρχές ή η φροντίδα των φίλων που με έφεραν επάνω μου »το λάθος ήταν το δικό μου και εγώ βεβαιώνω εσύ αυτό, με όλη την δικαιολογία ότι οι παρούσες περιστάσεις μπορεί να φαίνονται να δίνουν,

"φτωχό κορίτσι!" είπε πάλι Έμμα. "Τον άρεσε τότε υπερβολικά, υποθέτω ότι θα έπρεπε να προέρχεται μόνο από την προσκόλληση, να μπορεί να οδηγηθεί να δημιουργήσει τη δέσμευση, η αγάπη της πρέπει να έχει υπερβεί την κρίση της".

"Ναι, δεν έχω καμία αμφιβολία ότι είναι εξαιρετικά συνδεδεμένη με αυτόν".

«Φοβάμαι», επέστρεψε η Έμμα, αναστενάζοντας, «που πρέπει να είχα συμβάλει συχνά να την κάνει δυσαρεστημένη».

"από την πλευρά σας, την αγάπη μου, έγινε πολύ αθώα, αλλά μάλλον είχε κάτι τέτοιο στις σκέψεις της, όταν μιλούσε για τις παρεξηγήσεις που μας έδωσε προηγούμενες συμβουλές, μια φυσική συνέπεια του κακού που είχε εμπλακεί , "είπε", ήταν να την καταστήσει αδικαιολόγητη, η συνείδηση του να το έκανε κακό, την είχε εκθέσει σε χίλιες έρευνες και την έκανε να είναι καταθλιπτική και ευερέθιστη σε ένα βαθμό που έπρεπε - ήταν δύσκολο γι 'αυτόν «δεν έκανα τα επιδόματα», είπε, «που θα έπρεπε να το έκανα, για την ιδιοσυγκρασία και τα πνεύματά του - για τα ευχάριστα πνεύματά του και για την ευθυμία, για το παιχνιδιάρικο της διάθεσης που, υπό οποιεσδήποτε άλλες συνθήκες, είμαι βέβαιος ότι ήταν τόσο μαγευτικό για μένα, όπως ήταν στην αρχή ». Τότε άρχισε να μιλάει για σας, και της μεγάλης καλοσύνης που την είχατε παρουσιάσει κατά τη διάρκεια της ασθένειάς της. Και με ένα κοκκίνισμα που μου έδειξε πως ήταν όλα συνδεδεμένα, με ζήτησε, κάθε φορά που είχα την ευκαιρία, να σας ευχαριστήσω - δεν θα μπορούσα να σας ευχαριστήσω πάρα πολύ - για κάθε επιθυμία και κάθε προσπάθεια να την κάνει καλό. Ήταν λογικό ότι δεν είχατε λάβει ποτέ την κατάλληλη αναγνώριση από τον εαυτό της. "

"αν δεν την ήξερα να είναι ευτυχισμένη τώρα", είπε η Έμμα, σοβαρά, "η οποία, παρά το κάθε μικρό μειονέκτημα της σχολαστικής συνείδησής της, πρέπει να είναι, δεν θα μπορούσα να αντέξω αυτές τις ευχαριστίες" -, ! , εάν υπήρχε ένας λογαριασμός που καταρτίστηκε από το κακό και το καλό που έχω χάσει ! -για να ελέγξω τον εαυτό μου και να προσπαθώ να είμαι πιο ζωντανός, αυτό πρέπει να ξεχαστεί. Ενδιαφέρουσες λεπτομέρειες που την έδειξαν στο μέγιστο πλεονέκτημα, είμαι βέβαιος ότι είναι πολύ καλό - ελπίζω ότι θα είναι πολύ χαρούμενος, είναι κατάλληλο ότι η τύχη θα πρέπει να είναι στο πλευρό του, γιατί νομίζω ότι η αξία θα είναι όλη της. "

Ένα τέτοιο συμπέρασμα δεν θα μπορούσε να περάσει αναπάντητα από την κα. . Σκέφτηκε καλά ειλικρινής σχεδόν σε κάθε άποψη. Και, επιπλέον, τον αγάπησε πάρα πολύ, και η υπεράσπισή της ήταν επομένως σοβαρή. Μιλούσε με πολλούς λόγους, και τουλάχιστον ίσα αγάπη - αλλά είχε πάρα πολλά να πείσει για την προσοχή Έμμα; Ήρχισε σύντομα να πλατεία ή να ; Ξέχασε να προσπαθήσει να ακούσει; Και όταν η κ. Η τελείωσε με "δεν έχουμε ακόμα την επιστολή που είμαστε τόσο ανήσυχοι για, ξέρετε, αλλά ελπίζω ότι θα έρθει σύντομα", ήταν υποχρεωμένη να σταματήσει πριν απαντήσει και επιτέλους υποχρεώθηκε να απαντήσει τυχαία, πριν θα μπορούσε να υπενθυμίσει σε ποιο γράμμα ήταν αυτό που ήταν τόσο ανήσυχοι.

"είσαι καλά, Έμμα μου;" ήταν η κ. Την αποσπασματική ερώτηση του .

"Ω, τέλεια, είμαι πάντα καλά, ξέρετε, σιγουρευτείτε ότι θα μου δώσετε τη νοημοσύνη της επιστολής το συντομότερο δυνατό".

Κυρία. Οι επικοινωνίες της έφεραν το Έμμα με περισσότερη τροφή για δυσάρεστο προβληματισμό, αυξάνοντας την εκτίμηση και την συμπόνια και την αίσθηση της προηγούμενης αδικίας απέναντι στο . Πικρά εκφράζει τη λύπη της για το ότι δεν είχε αναζητήσει μια πιο κοντινή γνωριμία μαζί της, και κοκκίνισε για τα ζωντανά συναισθήματα που ήταν σίγουρα, σε κάποιο βαθμό, η αιτία. Είχε ακολουθήσει τον κ. Γνωστές επιθυμίες του , καταβάλλοντας αυτή την προσοχή για να χάσετε το , το οποίο ήταν κάθε τρόπο της οφειλόμενος. Αν είχε προσπαθήσει να την γνωρίσει καλύτερα. Αν είχε κάνει το ρόλο της προς την οικειότητα? Αν είχε καταβάλει προσπάθεια να βρει έναν φίλο εκεί αντί για τον Χάριτ Σμιθ. Πρέπει, κατά πάσα πιθανότητα, να έχει μείνει μακριά από κάθε πόνο που την πίεζε τώρα. -η γέννηση, οι ικανότητες και η μόρφωση, είχε επισημάνει το ένα ως συνεργάτη γι 'αυτήν, με ευγνωμοσύνη. Και το άλλο - τι ήταν; - υποτασσόταν ακόμα ότι δεν είχαν γίνει ποτέ φιλικοί φίλοι? Ότι δεν είχε ποτέ δεχθεί την εμπιστοσύνη της σε αυτό το σημαντικό ζήτημα - το οποίο ήταν πολύ πιθανό - ακόμα, γνωρίζοντάς το όπως έπρεπε, και όπως θα έπρεπε, θα έπρεπε να έχει διατηρηθεί από τις απεχθή υποψίες μιας ακατάλληλης προσκόλλησης στον κύριο. Διξόν, την οποία δεν είχε μόνο τόσο ανόητη μόδα και αγκυροβόλησε τον εαυτό της, αλλά είχε τόσο απρόσμενα να μεταδώσει. Μια ιδέα την οποία φοβόταν πολύ ότι είχε γίνει αντικείμενο σωματικής δυσφορίας στη λεπτότητα των συναισθημάτων της τζέιν, από την αλαζονεία ή την απροσεξία της ειλικρινής εκκλησίας. Από όλες τις πηγές του κακού που περιβάλλουν την πρώην, από την έλευση της στο , ήταν πεπεισμένη ότι πρέπει να είναι η ίδια χειρότερη. Πρέπει να ήταν ένας διαρκή εχθρός. Ποτέ δεν θα μπορούσαν να είναι και οι τρεις μαζί, χωρίς να έχει μαχαιρώσει την ειρήνη του σε χίλιες περιπτώσεις. Και στο λόφο του κιβωτίου, ίσως, ήταν η αγωνία ενός μυαλού που δεν θα μπορούσε να αντέξει περισσότερο.

Το βράδυ της ημέρας ήταν πολύ μακρύς και μελαγχολικός στο . Ο καιρός πρόσθεσε ό, τι θα μπορούσε να χαλάσει. Μια κρύα θυελλώδης βροχή έπεσε και δεν εμφανίσθηκε τίποτα από τον Ιούλιο, αλλά στα δέντρα και τους θάμνους, που ο άνεμος απολιπούσε, και η διάρκεια της ημέρας, η οποία έκανε τόσο σκληρά τα αξιοθέατα τα πιο ορατά.

Ο καιρός επηρέασε ο κ. Ξύλο, και θα μπορούσε μόνο να κρατηθεί ανεκτικός άνετα με σχεδόν αδιάκοπη προσοχή από την πλευρά της κόρης του, και από τις ασκήσεις που ποτέ δεν είχαν κοστίσει το μισό της τόσο πολύ πριν. Την υπενθύμισε για την πρώτη τους πενθήμερη --, το βράδυ της κας. Τη γαμήλια ημέρα του . Αλλά κύριε. Ο είχε περπατήσει στη συνέχεια, λίγο μετά το τσάι, και έσπασε κάθε φανταχτερό φαγητό. Αλίμονο! Τέτοιες απολαυστικές αποδείξεις για την έλξη του Χάρτφιλντ, όπως αυτές οι μετακινήσεις που μεταδίδονται, θα μπορούσαν σύντομα να τελειώσουν. Η εικόνα που είχε αντλήσει από τις απολήψεις του πλησιάζοντος χειμώνα είχε αποδειχθεί λανθασμένη. Κανένας φίλος δεν τους είχε εγκαταλείψει, καμία χαρά δεν είχε χαθεί. - αλλά οι προφητείες της που φοβόταν ότι δεν θα αντιμετώπιζαν παρόμοιες αντιφάσεις. Την προοπτική πριν από αυτήν τώρα, απειλούσε έναν βαθμό που δεν θα μπορούσε να διαλυθεί τελείως - ίσως να μην είναι ακόμη μερικώς φωτισμένο. Αν όλα έλαβαν χώρα μεταξύ των κύκλων των φίλων της, το πρέπει να είναι συγκριτικά ερημωμένο. Και έφυγε για να συγχαρώ τον πατέρα της με τα πνεύματα μόνο της χαμένης ευτυχίας.

Το παιδί που γεννιέται σε πρέπει να είναι μια ισοπαλία εκεί ακόμα πιο ακριβό από τον εαυτό του; Και κα. Η καρδιά και ο χρόνος του θα κατακτηθούν από αυτό. Θα πρέπει να την χάσουν. Και, πιθανώς, σε μεγάλο βαθμό, και ο σύζυγός της. Και έλειπε , ήταν λογικό να υποθέσουμε, θα πάψει σύντομα να ανήκουν στο . Θα ήταν παντρεμένοι και θα εγκατασταθούν είτε κοντά είτε κοντά στην πόλη. Όλα όσα ήταν καλά θα αποσυρθούν. Και αν σε αυτές τις απώλειες, θα πρέπει να προστεθεί η απώλεια του αγροκτήματος, τι θα παραμείνει ευχάριστο ή ορθολογικής κοινωνίας που θα τους φτάσει; κύριος. Να μην έρχεται πια εκεί για την άνετη νύχτα του - να μην περπατάει καθόλου σε όλες τις ώρες, σαν να ήταν πάντα πρόθυμος να αλλάξει το σπίτι του για το δικό τους! - πώς ήταν να υπομείνει; και αν θα χάνονταν γι 'αυτούς για χάρη; αν έπρεπε να σκεφτεί στη συνέχεια, ως εύρεση στην κοινωνία του ό, τι ήθελε. Αν ο Χάριετ ήταν ο επιλεγμένος, ο πρώτος, ο αγαπητός, ο φίλος, η σύζυγος στην οποία έψαχνε όλες τις καλύτερες ευλογίες της ύπαρξης. Τι θα μπορούσε να αυξήσει την αθλιότητα του Έμμα αλλά την αντανάκλαση που δεν ήταν ποτέ πολύ μακριά από το μυαλό της, ότι ήταν το δικό της έργο;

Όταν ήρθε σε τέτοιο διάβημα, δεν κατάφερε να αποφύγει την αρχή ή το βαρύ αναστεναγμό ή ακόμα και να περπατήσει για το δωμάτιο για μερικά δευτερόλεπτα και η μόνη πηγή από την οποία θα μπορούσε να είναι κάτι όπως η παρηγοριά ή η ψυχραιμία ήταν η λύση της καλής συμπεριφοράς της και η ελπίδα ότι, όσο κατώτερος από το πνεύμα και την ευθυμία θα μπορούσε να είναι ο επόμενος και κάθε μελλοντικός χειμώνας της ζωής της στο παρελθόν, θα την βρίσκει ακόμα πιο λογική, πιο εξοικειωμένη με τον εαυτό της , και αφήστε τη λιγότερο να μετανιώσετε όταν είχε φύγει.

Κεφάλαιο

Ο καιρός συνεχίστηκε το ίδιο σχεδόν το επόμενο πρωί. Και η ίδια μοναξιά, και η ίδια μελαγχολία, φαινόταν να βασιλεύει στο Χάρτφιλντ - αλλά το απόγευμα έκλεισε? Ο άνεμος άλλαξε σε ένα μαλακότερο τρίμηνο. Τα σύννεφα μεταφέρθηκαν. Ο ήλιος εμφανίστηκε. Ήταν πάλι καλοκαίρι. Με όλη την προθυμία που δίνει μια τέτοια μετάβαση, η Έμμα αποφάσισε να βγει έξω το συντομότερο δυνατόν. Ποτέ δεν είχε την εξαίσια θέα, τη μυρωδιά, την αίσθηση της φύσης, ήρεμη, ζεστή, και λαμπρή μετά από μια καταιγίδα, ήταν πιο ελκυστική γι 'αυτήν. Ευχαρίστησε για την ηρεμία που θα μπορούσαν να εισαγάγουν σταδιακά. Και στο κ. Ο ερχόταν σύντομα μετά το δείπνο, με μια ξεκούραστη ώρα για να δώσει στον πατέρα της, δεν έχασε χρόνο να βιάζεται στο θάμνο. - εκεί, με αποσταγμένα τα οινοπνευματώδη ποτά και τις σκέψεις λίγο ανακουφισμένη, είχε πάρει μερικές στροφές, . Περνώντας μέσα από την πόρτα του κήπου, και έρχονται προς την. - Ήταν η πρώτη απόδειξη της επιστροφής του από το Λονδίνο. Είχε σκεφτεί γι 'αυτόν την προηγούμενη στιγμή, αναμφισβήτητα δεκαέξι μίλια μακρινά. - υπήρχε χρόνος μόνο για την ταχύτερη ρύθμιση του νου. Πρέπει να συλλεχθεί και να ηρεμήσει. Σε μισό λεπτό ήταν μαζί. Το «πώς δουλεύεις» ήταν ήσυχα και περιορισμένα σε κάθε πλευρά. Ρώτησε από τους αμοιβαίους φίλους τους. Ήταν όλοι καλά - όταν τους άφησε; - μόνο εκείνο το πρωί. Θα έπρεπε να είχε μια βόλτα. -Να ήθελε να περπατήσει μαζί της, βρήκε. "μόλις είχε κοιτάξει στην τραπεζαρία, και όπως δεν ήθελε εκεί, προτιμούσε να είναι έξω από τις πόρτες." - σκέφτηκε ότι ούτε κοίταξε ούτε μίλησε χαρούμενα. Και η πρώτη πιθανή αιτία για αυτό, που προτάθηκε από τους φόβους της, ήταν,

Περπατούσαν μαζί. Ήταν σιωπηλός. Σκέφτηκε ότι την έβλεπε συχνά και προσπαθούσε για μια πληρέστερη άποψη του προσώπου της απ 'ότι την ταιριάζει να δώσει. Και αυτή η πίστη δημιούργησε άλλο φόβο. Ίσως ήθελε να μιλήσει μαζί της, για την προσκόλλησή του στη Χάριετ. Ίσως να παρακολουθούσε την ενθάρρυνση για να ξεκινήσει. - Δεν κατάφερε, δεν θα μπορούσε να νιώσει την ισορροπία να οδηγήσει το δρόμο σε οποιοδήποτε τέτοιο θέμα. Πρέπει να το κάνει ο ίδιος. Αλλά δεν μπορούσε να αντέξει αυτή τη σιωπή. Μαζί του ήταν το πιο αφύσικο. Σκέφτηκε - αποφασίστηκε - και, προσπαθώντας να χαμογελάσει, άρχισε -

"έχετε μερικές ειδήσεις για να ακούσετε, τώρα επιστρέφετε, που θα σας εκπλήξουν."

"έχω;" είπε ήσυχα και την κοίταξε. "από ποια φύση;"

"Ω! Η καλύτερη φύση στον κόσμο-ένας γάμος."

Αφού περίμενε μια στιγμή, σαν να ήταν σίγουρος ότι δεν σκόπευε να πει τίποτα άλλο, απάντησε,

"Αν εννοείς το και το , το έχω ακούσει ήδη."

"πως είναι δυνατόν;" φώναξε Έμμα, γυρίζοντας τα λαμπερά μάγουλά του προς αυτόν. Διότι, ενώ μίλησε, συνέβη σε αυτήν ότι μπορεί να είχε καλέσει στην κα. Ο θεάτριντ στο δρόμο του.

"Είχα λίγες γραμμές για την επιχείρηση ενοριών από τον κ. Σήμερα το πρωί και στο τέλος τους μου έδωσε μια σύντομη περιγραφή του τι συνέβη".

Η Έμμα ήταν αρκετά ανακουφισμένη και θα μπορούσε να πει σήμερα, με λίγο περισσότερη ψυχραιμία, "ίσως να είχατε λιγότερη έκπληξη από οποιονδήποτε από εμάς, γιατί είχατε τις υποψίες σας. - Δεν έχω ξεχάσει ότι κάποτε προσπαθήσατε να μου δώσετε προσοχή. - Θα ήθελα να το είχα παρακολουθήσει - αλλά- (με βυθισμένη φωνή και ένα βαρύ αναστεναγμό) φαίνεται να είχα καταδικαστεί στην τύφλωση ».

Για μια στιγμή ή δύο δεν ειπώθηκε τίποτα, και ήταν ανυποψίαστο να ενθουσιάσει ένα ιδιαίτερο ενδιαφέρον, μέχρι που βρήκε το χέρι της τραβηγμένο μέσα του, και πίεσε την καρδιά του, και τον άκουγε να λέει έτσι με τόνο μεγάλης ευαισθησίας, μιλώντας χαμηλά ,

«ο χρόνος, η αγαπημένη μου μνήμη, ο χρόνος θα θεραπεύσει την πληγή» - η δική σας εξαιρετική αίσθηση - οι προσπάθειές σας για χάρη του πατέρα σας - γνωρίζω ότι δεν θα επιτρέψετε στον εαυτό σας ». Το χέρι της πιέστηκε και πάλι, προσθέτοντας, σε μια πιο σπασμένη και συγκλονισμένη προφορά, «τα συναισθήματα της πιο θερμής φιλονικίας - αγανάκτησης - αφελούς απατεώνας!» - και με έναν πιο δυναμικό, πιο σταθερό τόνο, συμπέρανε με: «σύντομα θα είναι θα είναι σύντομα στο Γιορκσάιρ, λυπάμαι γι 'αυτήν, αξίζει μια καλύτερη μοίρα ».

Ο Έμμα τον κατανόησε. Και αμέσως μόλις θα μπορούσε να ανακάμψει από το πτερυγισμό της ευχαρίστησης, ενθουσιασμένη από μια τέτοια προσφορά, απάντησε,

"είσαι πολύ ευγενικός - αλλά εσύ είσαι λάθος - και πρέπει να σε βάλω σωστός." - δεν είμαι στην απουσία αυτού του είδους συμπόνιας, η τύφλωσή μου σε ό, τι συνέβαινε, με οδήγησε να ενεργήσω από αυτούς με έναν τρόπο που πρέπει πάντα να ντρέπομαι και ήμουν πολύ ανόητος πειρασμός να πω και να κάνω πολλά πράγματα που μου επιτρέπουν να ανοίγω δυσάρεστες εικασίες, αλλά δεν έχω κανένα άλλο λόγο να λυπάμαι που δεν ήμουν στο μυστικό νωρίτερα ».

"Έμμα!" μου φώναξε με ανυπομονησία "είσαι, πράγματι;" - αλλά τον εαυτό σου τον έλεγχο- "όχι, όχι, εγώ σας καταλαβαίνω - συγχωρέστε μου - είμαι ευτυχής που μπορείτε να πείτε τόσο πολύ - δεν είναι αντικείμενο λύπης, πράγματι, και δεν θα είναι πολύ μακρύ, ελπίζω, πριν γίνει αυτή η αναγνώριση περισσότερο από το λόγο σας - τυχεροί που οι αγάπες σας δεν ήταν μακρύτερα μπλεγμένες! -Δεν μπορούσα ποτέ να ομολογήσω, από τις τακτικές σας, να διαβεβαιώσω ότι στο βαθμό που αισθάνθηκες - θα μπορούσα να είμαι σίγουρος ότι υπήρχε μια προτίμηση - και μια προτίμηση που δεν τον πίστευα ποτέ να τον αξίζει - είναι μια ντροπή για το όνομα του ανθρώπου - και είναι αυτός να ανταμειφθεί με αυτό γλυκιά νεαρή γυναίκα; -, , θα είσαι ένα άθλιο πλάσμα. "

"κύριε ", είπε η Έμμα, προσπαθώντας να είναι ζωντανή, αλλά πραγματικά μπερδεμένη - "είμαι σε μια εξαιρετική κατάσταση, δεν μπορώ να σας αφήσω να συνεχίσετε το λάθος σας και, ίσως, επειδή τα ταλέντα μου έδωσαν μια τέτοια εντύπωση, εγώ έχουν τόσο πολλούς λόγους να ντρεπόμαστε να ομολογήσω ότι ποτέ δεν είχα καθόλου συνδεθεί με το πρόσωπο που μιλάμε, καθώς θα ήταν φυσικό για μια γυναίκα να αισθάνεται ομολογώντας ακριβώς το αντίστροφο - αλλά ποτέ δεν το έχω ».

Άκουγε σε τέλεια σιωπή. Την επιθυμούσε να μιλήσει, αλλά δεν θα το έκανε. Υποτίθεται ότι πρέπει να πει περισσότερα προτού δικαιούται την ευγένειά του. Αλλά ήταν δύσκολο να υποχρεωθούμε να μειώσουμε τον εαυτό της κατά τη γνώμη του. Συνέχισε, ωστόσο.

Και τώρα μπορώ να κατανοήσω ανόθευτα τη συμπεριφορά του. Ποτέ δεν ήθελε να με προσκολλήσει. Ήταν απλώς τυφλός να αποκρύψει την πραγματική του κατάσταση με έναν άλλο. - ήταν το αντικείμενο του να τυφλώνει όλα γύρω του. Και κανείς, είμαι σίγουρος, δεν θα μπορούσε να είναι περισσότερο τυφλά από τον εαυτό μου - εκτός από το ότι δεν ήμουν τυφλός - ότι ήταν καλή τύχη μου - ότι, τελικά, ήμουν κάπως ή άλλο ασφαλής από αυτόν. "

Είχε ελπίδες για μια απάντηση εδώ - για μερικά λόγια να πει ότι η συμπεριφορά της ήταν τουλάχιστον κατανοητή. Αλλά ήταν σιωπηλός. Και, στο βαθμό που θα μπορούσε να κρίνει, βαθιά στη σκέψη. Επιτέλους, και ανεκτά στο συνηθισμένο τόνο του, είπε,

"Δεν είχα ποτέ μια υψηλή γνώμη για την ειλικρινή εκκλησία. Μπορώ όμως να υποθέσω ότι μπορεί να τον υποτιμήσω, η γνωριμία μου με τον ίδιο ήταν ελάχιστη." Και ακόμα κι αν δεν τον υποτιμούσα μέχρι τώρα, και με μια τέτοια γυναίκα έχει μια ευκαιρία - δεν έχω κανένα κίνητρο για να τον εύχομαι άρρωστος - και για χάρη της, της οποίας η ευτυχία θα εμπλακεί στον καλό χαρακτήρα και τη συμπεριφορά του, σίγουρα θα τον εύχομαι καλά ».

"Δεν έχω καμία αμφιβολία ότι είναι ευτυχισμένοι μαζί", είπε η Έμμα. «Πιστεύω ότι είναι πολύ αμοιβαία και ειλικρινά συνδεδεμένοι».

"Είναι ένας πιο τυχερός άνθρωπος!" επέστρεψε ο κ. , με ενέργεια. "τόσο νωρίς στη ζωή - στις τρεις και είκοσι μια περίοδος, όταν, αν ένας άντρας πιάνει μια σύζυγο, γενικά γλύφει άρρωστος, στα τρία είκοσι να έχει πάρει ένα τέτοιο βραβείο! Τι χρόνια ευτυχία στον άνθρωπο, Όλοι οι ανθρώπινοι υπολογισμοί έχουν μπροστά του! - εξασφάλισαν την αγάπη μιας τέτοιας γυναίκας - την αδιάκριτη αγάπη, γιατί ο χαρακτήρας της φημίζεται για την ανιδιοτέλεια της, κάθε πράγμα υπέρ του, - η κατάσταση της κατάστασης - εννοώ, όσον αφορά την κοινωνία , και όλες οι συνήθειες και οι τρόποι που είναι σημαντικοί · η ισότητα σε όλα τα σημεία αλλά και η μία - και αυτή, αφού η καθαρότητα της καρδιάς της δεν πρέπει να αμφισβητηθεί, όπως πρέπει να αυξήσει την ευτυχία του, γιατί θα είναι του να παραχωρήσει το μόνο τα πλεονεκτήματα που θέλει. - ένας άνθρωπος θα ήθελε πάντα να δώσει σε μια γυναίκα ένα καλύτερο σπίτι από αυτό που την παίρνει. Και εκείνος που μπορεί να το κάνει, όπου δεν υπάρχει καμία αμφιβολία για την εκτίμησή της, πρέπει, νομίζω, να είναι ο πιο ευτυχισμένος από τους θνητούς. - Ο είναι, πράγματι, το αγαπημένο της περιουσίας. Κάθε πράγμα αποδεικνύεται για το καλό του - συναντάμε με μια νεαρή γυναίκα σε ένα πότισμα, κερδίζει την αγάπη της, δεν μπορεί να την κουράσει ούτε με αμέλεια - και αν ο ίδιος και όλη η οικογένειά του αναζήτησαν τον κόσμο για μια τέλεια σύζυγο γι 'αυτόν , δεν θα μπορούσαν να βρουν την ανώτερη της. -Η θεία του είναι στο δρόμο. -Η θεία του πεθαίνει. -Έχει μόνο να μιλήσει. -Οι φίλοι του είναι πρόθυμοι να προωθήσουν την ευτυχία του. -Έχρησε κάθε σώμα άσχημα. Όλοι χαίρονται να τον συγχωρήσουν - είναι πράγματι ένας τυχερός άνθρωπος! "

"μιλάς σαν να τον ζηλεύεις".

"και τον ζηλεύω, Έμμα, από ένα σημείο είναι το αντικείμενο του φθόνου μου".

Η Έμμα δεν μπορούσε να πει τίποτα άλλο. Φαινόταν να είναι μέσα σε μισή πρόταση χάρυρι και η άμεση αίσθηση της ήταν να αποτρέψει το θέμα, ει δυνατόν. Έκανε το σχέδιό της. Θα μιλούσε για κάτι εντελώς διαφορετικό - τα παιδιά στην πλατεία . Και περίμενε μόνο να αρχίσει η αναπνοή, όταν ο κ. Την έκπληξη, λέγοντας,

"δεν θα με ρωτήσετε ποιο είναι το σημείο του φθόνου - είστε αποφασισμένοι, βλέπω, να μην έχετε περιέργεια -

είστε σοφοί - αλλά δεν μπορώ να είμαι σοφός Έμμα, πρέπει να σας πω τι δεν θα ζητήσετε, αν και θα ήθελα να το επιθυμήσω την επόμενη στιγμή. "

"Ω, τότε, μην το μιλήσετε, μην το μιλήσετε", φώναξε με ανυπομονησία. "πάρτε λίγο χρόνο, σκεφτείτε, μην δεσμεύεστε".

"Σας ευχαριστώ", είπε, με έμφαση σε βαθύ θάνατο, και δεν ακολούθησε άλλη συλλαβή.

Η Έμμα δεν μπορούσε να αντέξει να του δώσει πόνο. Ήθελε να την εμπιστευτεί - ίσως να τη συμβουλευτεί - να το κοστίσει ό, τι θα έκανε, θα άκουγε. Μπορεί να βοηθήσει στην επίλυσή του ή να τον συμβιβάσει. Θα μπορούσε να δώσει απλά έπαινο στον Χάριετ ή, εκπροσωπούμενος σε αυτόν την ανεξαρτησία του, να τον ανακουφίσει από αυτή την κατάσταση αναποφασιστικότητας, η οποία πρέπει να είναι πιο απαράδεκτη από οποιαδήποτε εναλλακτική λύση σε ένα τέτοιο μυαλό σαν τον δικό του. - είχαν φτάσει στο σπίτι.

"πηγαίνετε μέσα, υποθέτω;" είπε.

"όχι" - απάντησε η Έμμα - αρκετά επιβεβαιωμένη από τον καταθλιπτικό τρόπο με τον οποίο εξακολουθούσε να μιλάει - "Θα ήθελα να κάνω μια άλλη στροφή." Ο κ. Δεν έχει φύγει ". Και αφού προχώρησα μερικά βήματα, πρόσθεσε: «Σας σταμάτησα αδυσώπητα, τώρα, κύριε , και, φοβάμαι, σας έδωσε πόνο ... Αλλά αν θέλετε να μου μιλήσετε ανοιχτά ως φίλος, ή να ρωτήσετε την άποψή μου για οτιδήποτε μπορεί να έχετε στην περισυλλογή - ως φίλος, μάλιστα, μπορείτε να μου διατάξετε.- Θα ακούσω ό, τι θέλεις .. Θα σου πω ακριβώς τι σκέφτομαι ».

"ως φίλος!" - επανειλημμένα ο κ. .- "Έμμα, που φοβάμαι ότι είναι μια λέξη-όχι, δεν έχω επιθυμία-, ναι, γιατί θα πρέπει να διστάσω;" Έχω πάει πάρα πολύ μακριά για την απόκρυψη. "-Έμμα, δέχομαι την προσφορά σας-έκτακτη όπως μπορεί να φαίνεται, το αποδέχομαι και να αναφερθώ σε εσάς ως φίλο. - Πείτε μου λοιπόν, δεν έχω καμία πιθανότητα να πετύχω ποτέ; "

Σταμάτησε με την σοβαρότητα του να κοιτάξει την ερώτηση και η έκφραση των ματιών του την εξουδετέρωσε.

«η αγαπημένη μου κόρη», είπε, «για το αγαπητό σας θα είστε πάντοτε, ανεξάρτητα από την εκδήλωση της συζήτησης αυτής της ώρας, αγαπημένη μου, αγαπημένη μου Έμμα - πείτε μου αμέσως, πείτε« όχι », αν πρόκειται να ειπωθεί. -Μπορούσε πραγματικά να πει τίποτα .- "είσαι σιωπηλός", φώναξε, με μεγάλη κινούμενη εικόνα. "απόλυτα σιωπηλή! Προς το παρόν δεν ζητώ πια".

Η Έμμα ήταν σχεδόν έτοιμη να βυθιστεί κάτω από τη διέγερση αυτής της στιγμής. Ο φόβος να ξυπνήσει από το πιο ευτυχισμένο όνειρο, ήταν ίσως το πιο εμφανές συναίσθημα.

"Δεν μπορώ να κάνω ομιλίες, Έμμα:" σύντομα επανέλαβε? Και με έναν τόνο τόσο ειλικρινή, αποφασισμένη, κατανοητή τρυφερότητα, όπως ήταν ανεκτικά πεπεισμένη .- "Αν σας άρεσε λιγότερο, ίσως μπορώ να μιλήσω γι 'αυτό περισσότερο, αλλά ξέρετε τι είμαι - δεν ακούτε τίποτα παρά αλήθεια από μένα - Σας κατηγόρησα και σας διδάξω, και το έχετε φέρει, όπως δεν θα το είχε φέρει καμία άλλη γυναίκα στην Αγγλία. - Αντέξτε με τις αλήθειες που θα σας πω τώρα, αγαπημένο Έμμα, όπως και εσείς έχετε μαζί σας. Ο τρόπος, ίσως, μπορεί να έχει τόσο λίγα για να τους συνιστώ, ο Θεός ξέρει, είμαι ένας πολύ αδιάφορος εραστής

- αλλά με καταλαβαίνετε - ναι, βλέπετε, καταλαβαίνετε τα συναισθήματά μου - και θα τα επιστρέψετε αν μπορείτε. Σήμερα, ζητώ μόνο να ακούσω, μια φορά για να ακούσεις τη φωνή σου ».

Ενώ μιλούσε, το μυαλό της Έμμα ήταν πιο απασχολημένο και, με όλη την υπέροχη ταχύτητα της σκέψης, κατάφερε - και χωρίς να χάσει μια λέξη - να πιάσει και να κατανοήσει την ακριβή αλήθεια του συνόλου. Για να δει ότι οι ελπίδες του Χάριετ ήταν εντελώς αβάσιμες, ένα λάθος, μια αυταπάτη, τόσο πλήρης ψευδαίσθηση όσο κάθε δική της - αυτή η δεν ήταν τίποτα. Ότι ήταν όλα τα ίδια. Ότι ό, τι είχε πει σε σχέση με τη Χαρριέ, είχε ληφθεί ως γλώσσα των δικών της συναισθημάτων. Και ότι η αναταραχή της, οι αμφιβολίες της, η απροθυμία της, η αποθάρρυνση της, είχαν όλα ληφθεί ως αποθάρρυνση από τον εαυτό της. - και όχι μόνο υπήρχε χρόνος για αυτές τις πεποιθήσεις, με όλη τη λάμψη της ευθυμίας τους. Ήταν καιρός να χαρούμε ότι το μυστικό της Χάρριτζ δεν είχε ξεφύγει από αυτήν και να επιλύσει ότι δεν χρειάζεται και δεν πρέπει. -Ήταν όλη η υπηρεσία που μπορούσε τώρα να κάνει τον φτωχό φίλο της. Γιατί για οποιοδήποτε από εκείνο τον ηρωισμό του συναισθήματος που θα μπορούσε να την ώθησε να τον παρακινήσει να μεταφέρει την αγάπη του από τον εαυτό της στη Χάριετ, όπως απείρως άξιος του δυο - ή ακόμα και του πιο απλού βαθμού διαχωρισμού του να τον αρνείται αμέσως και για ποτέ, χωρίς να υποσχεθεί κανένα κίνητρο, γιατί δεν μπορούσε να παντρευτεί και τα δύο, η Έμμα δεν το είχε. Ένιωσε για τον Χάριετ, με πόνο και με λύπη. Αλλά καμία πτήση γενναιοδωρίας δεν τρελαίνεται, αντιτιθέμενη σε όλα αυτά που θα μπορούσαν να είναι πιθανά ή λογικά, μπήκε στον εγκέφαλό της. Είχε οδηγήσει τον φίλο της στο παρασκήνιο, και θα ήταν μια καταδίκη της για πάντα. Αλλά η κρίση της ήταν εξίσου ισχυρή με τα συναισθήματά της και τόσο ισχυρή όσο είχε προηγουμένως, στην καταδίκη κάθε τέτοιας συμμαχίας γι 'αυτόν, όπως οι περισσότεροι άνισοι και εξευτελιστικοί. Ο τρόπος της ήταν σαφής, αν και όχι αρκετά ομαλός. -Μέλα τότε μίλησε, επειδή ήταν τόσο υποτιμημένος. -Τι είπε; -Ακριβώς τι θα έπρεπε, βέβαια. Μια κυρία πάντα κάνει - είπε αρκετά για να δείξει ότι δεν χρειάζεται να είναι απόγνωση - και να τον καλέσει να πει περισσότερα τον εαυτό του. Είχε απογοητεύσει σε μια περίοδο; Είχε λάβει μια τέτοια διαταγή σε προειδοποίηση και σιωπή, για το χρόνο που συντρίβει κάθε ελπίδα - είχε αρχίσει αρνούμενος να τον ακούσει - η αλλαγή ήταν ίσως κάπως ξαφνική - η πρότασή της να πάρει άλλη μια στροφή, την ανανέωση της συνομιλίας την οποία μόλις είχε τερματίσει, ίσως να είναι λίγο έκτακτη! - αισθάνθηκε την ασυνέπεια της. Αλλά κύριε. Ο ήταν τόσο υποχρεωμένος ώστε να το βγάλει και να μην αναζητήσει περαιτέρω εξηγήσεις. Είχε απογοητεύσει σε μια περίοδο; Είχε λάβει μια τέτοια διαταγή σε προειδοποίηση και σιωπή, για το χρόνο που συντρίβει κάθε ελπίδα - είχε αρχίσει αρνούμενος να τον ακούσει - η αλλαγή ήταν ίσως κάπως ξαφνική - η πρότασή της να πάρει άλλη μια στροφή, την ανανέωση της συνομιλίας την οποία μόλις είχε τερματίσει, ίσως να είναι λίγο έκτακτη! - αισθάνθηκε την ασυνέπεια της. Αλλά κύριε. Ο ήταν τόσο υποχρεωμένος ώστε να το βγάλει και να μην αναζητήσει περαιτέρω εξηγήσεις. Είχε απογοητεύσει σε μια περίοδο; Είχε λάβει μια τέτοια διαταγή σε προειδοποίηση και σιωπή, για το χρόνο που συντρίβει κάθε ελπίδα - είχε αρχίσει αρνούμενος να τον ακούσει - η αλλαγή ήταν ίσως κάπως ξαφνική - η πρότασή της να πάρει άλλη μια στροφή, την ανανέωση της συνομιλίας την οποία μόλις είχε τερματίσει, ίσως να είναι λίγο έκτακτη! - αισθάνθηκε την ασυνέπεια της. Αλλά κύριε. Ο ήταν τόσο υποχρεωμένος ώστε να το βγάλει και να μην αναζητήσει περαιτέρω εξηγήσεις.

Σπανίως, πολύ σπάνια, η πλήρης αλήθεια ανήκει σε οποιαδήποτε αποκάλυψη του ανθρώπου. Σπάνια μπορεί να συμβεί ότι κάτι δεν είναι λίγο συγκεκαλυμμένο, ή λίγο λάθος; Αλλά όπου, όπως στην προκειμένη περίπτωση, αν και η συμπεριφορά είναι εσφαλμένη, τα συναισθήματα δεν είναι, μπορεί να μην είναι πολύ υλικά. Ο δεν μπορούσε να καταλογίσει στο Έμμα μια πιο συγκλονιστική καρδιά από αυτήν που κατείχε, ή μια καρδιά πιο διατεθειμένη να δεχτεί τον δικό του.

Στην πραγματικότητα, ήταν εντελώς ανυπόφορη για την επιρροή του. Την είχε ακολουθήσει στο θάμνο χωρίς ιδέα να το δοκιμάσει. Είχε έρθει, με την αγωνία του για να δει πώς έφερε την ειλικρινή εμπλοκή του Τσόρτσιλ, χωρίς εγωιστική άποψη, καθόλου άποψη, αλλά με προσπάθεια, αν του επέτρεπε να ανοίξει, να την καταπραΰνει ή να την συμβουλεύει. Την εργασία της στιγμής, την άμεση επίδραση αυτού που άκουσε, στα συναισθήματά του. Η ευχάριστη διαβεβαίωση της απόλυτης αδιαφορίας της για την ειλικρινή εκκλησία, της καρδιάς που είχε αποκόψει εντελώς από αυτή, είχε γεννήσει την ελπίδα, ότι με τον καιρό θα μπορούσε να κερδίσει τον εαυτό της την αγάπη της - αλλά δεν υπήρχε παρούσα ελπίδα - αυτός είχε μόνο, με τη στιγμιαία κατάκτηση της προθυμίας για την κρίση, επιδίωξε να ειπωθεί ότι δεν απαγόρευε την προσπάθειά της να την συνδέσει.

Η αλλαγή της ήταν ίση. - Η μισή ώρα είχε δώσει στον καθένα την ίδια πολύτιμη βεβαιότητα ότι ήταν αγαπημένη, είχε ξεκαθαρίσει από τον καθένα τον ίδιο βαθμό άγνοιας, ζήλισης ή δυσπιστίας. - από την πλευρά του, υπήρξε μακροχρόνια ζήλια, παλιά ως άφιξη ή ακόμα και προσδοκία, από την ειλικρινή εκκλησία. - είχε ερωτευτεί την εμκή και ζήλευε την ειλικρινή εκκλησία από περίπου την ίδια εποχή, ένα αίσθημα πιθανότατα τον διαφωτίζει ως προς το άλλο. Ήταν η ζήλια της ειλικρινής εκκλησίας που τον είχε πάρει από τη χώρα. Το κόμμα του λόφου του κιβωτίου τον είχε αποφασίσει να φύγει. Θα εξοικονομούσε τον εαυτό του από την επανεξέταση τέτοιων επιτρεπόμενων, ενθαρρυνόμενων προσεγγίσεων - είχε πάει να μάθει να είναι αδιάφορη - αλλά είχε πάει σε λάθος μέρος. Υπήρχε πάρα πολλή εγχώρια ευτυχία στο σπίτι του αδελφού του. Η γυναίκα φορούσε πολύ φιλική μορφή σε αυτήν. Η ισπανία μοιάζει πάρα πολύ με την Έμμα-που διαφέρει μόνο σε εκείνες τις εντυπωσιακές κατωτερότητες, που πάντα έφεραν τον άλλον σε λαμπρότητα μπροστά του, για πολλά που έχουν γίνει, ακόμα και αν ο χρόνος ήταν μεγαλύτερος - είχε παραμείνει, όμως, έντονα, μέρα-μέχρι που η θέση του πρωινού είχε μεταφέρει την ιστορία της .- τότε, με την ευχαρίστηση που πρέπει να γίνει αισθητή, εκείνη που δεν είχε την έκπληξη να αισθανθεί, αφού ποτέ δεν πίστευε ότι ο ειλικρινής Χριστός δεν άξιζε καθόλου την Έμμα, ήταν εκεί τόσο πολύ χαρούμενη μέριμνα, τόσο έντονο άγχος γι 'αυτήν, ότι δεν μπορούσε πλέον να μείνει. Είχε οδηγήσει σπίτι μέσα από τη βροχή? Και είχε περάσει αμέσως μετά το δείπνο, για να δει πως αυτό το πιο γλυκό και καλύτερο από όλα τα πλάσματα, άψογα παρά τα ελαττώματά της, έφερε την ανακάλυψη. Που πάντα έφερε τον άλλον σε λαμπρότητα μπροστά του, για πολλά που έχουν γίνει, ακόμα και αν ο χρόνος του ήταν μακρύτερος. - είχε μείνει, ωστόσο, δυναμικά, μέρα με τη μέρα - μέχρι που η θέση αυτή το πρωί είχε μεταφέρει την ιστορία του - τότε, με την ευχαρίστηση που πρέπει να αισθάνεται κανείς, την οποία δεν νιώθει να αισθάνεται, αφού ποτέ δεν πίστευε ότι ο ειλικρινής Τσαρλς δεν άξιζε καθόλου την Έμμα, υπήρχε τόση προσοχή, τόσο έντονη ανησυχία γι 'αυτήν, δεν θα μπορούσε πλέον να παραμείνει. Είχε οδηγήσει σπίτι μέσα από τη βροχή? Και είχε περάσει αμέσως μετά το δείπνο, για να δει πως αυτό το πιο γλυκό και καλύτερο από όλα τα πλάσματα, άψογα παρά τα ελαττώματά της, έφερε την ανακάλυψη. Που πάντα έφερε τον άλλον σε λαμπρότητα μπροστά του, για πολλά που έχουν γίνει, ακόμα και αν ο χρόνος του ήταν μακρύτερος. - είχε μείνει, ωστόσο, δυναμικά, μέρα με τη μέρα - μέχρι που η θέση αυτή το πρωί είχε μεταφέρει την ιστορία του - τότε, με την ευχαρίστηση που πρέπει να αισθάνεται κανείς, την οποία δεν νιώθει να αισθάνεται, αφού ποτέ δεν πίστευε ότι ο ειλικρινής Τσαρλς δεν άξιζε καθόλου την Έμμα, υπήρχε τόση προσοχή, τόσο έντονη ανησυχία γι 'αυτήν, δεν θα μπορούσε πλέον να παραμείνει. Είχε οδηγήσει σπίτι μέσα από τη βροχή; Και είχε περάσει αμέσως μετά το δείπνο, για να δει πως αυτό το πιο γλυκό και καλύτερο από όλα τα πλάσματα, άψογα παρά τα ελαττώματά της, έφερε την ανακάλυψη. Η θέση του είχε μεταφέρει την ιστορία της .- τότε, με την ευχαρίστηση που πρέπει να αισθάνεται, όχι, που δεν με πειράζει να αισθάνεται, αφού ποτέ δεν πίστευε ότι ο ειλικρινής ιερέας δεν άξιζε καθόλου την Έμμα, υπήρχε τόση προσοχή, τόσο πολύ έντονο άγχος γι 'αυτήν, ότι δεν θα μπορούσε πλέον να μείνει. Είχε οδηγήσει σπίτι μέσα από τη βροχή; Και είχε περάσει αμέσως μετά το δείπνο, για να δει πως αυτό το πιο γλυκό και καλύτερο από όλα τα πλάσματα, άψογα παρά τα ελαττώματά της, έφερε την ανακάλυψη. Η θέση του είχε μεταφέρει την ιστορία της .-τότε, με την ευχαρίστηση που πρέπει να αισθάνεται, όχι, που δεν με πειράζει να αισθάνεται, αφού ποτέ δεν πίστευε ότι ο ειλικρινής ιερέας δεν άξιζε καθόλου την Έμμα, υπήρχε τόση προσοχή, τόσο πολύ έντονο άγχος γι 'αυτήν, ότι δεν θα μπορούσε πλέον να μείνει. Είχε οδηγήσει σπίτι μέσα από τη βροχή; Και είχε περάσει αμέσως μετά το δείπνο, για να δει πως αυτό το πιο γλυκό και καλύτερο από όλα τα πλάσματα, άψογα παρά τα ελαττώματά της, έφερε την ανακάλυψη.

Είχε βρει την ταραχώδη και χαμηλή της. - Τίμιος Τσιρίτσι ήταν κακοποιός. - Άκουσε να δηλώνει ότι δεν τον αγάπησε ποτέ. Ο χαρακτήρας του δεν ήταν απεγνωσμένος. Ήταν η δική του Έμμα, με το χέρι και το λόγο, όταν επέστρεψαν στο σπίτι. Και αν θα μπορούσε να σκεφτεί ειλικρινή τότε, θα μπορούσε να τον θεωρούσε ένα πολύ καλό είδος συναδέλφου.

Κεφάλαιο

Τι εντελώς διαφορετικά συναισθήματα έκανε η Έμμα να πάρει πίσω στο σπίτι από αυτό που είχε φέρει έξω - είχε τότε μόνο τολμούν να ελπίζουν για μια μικρή ανάπαυλα του πόνου · -είναι τώρα σε ένα εξαίσιο πτερύγισμα της ευτυχίας, και μια τέτοια ευτυχία επιπλέον που πίστευε ότι πρέπει να είναι ακόμα μεγαλύτερη όταν ο πτερυγισμός θα έπρεπε να πεθάνει.

Κάθισαν στο τσάι-το ίδιο πάρτι γύρω από το ίδιο τραπέζι-πόσο συχνά είχε συλλεχθεί! -και πόσο συχνά τα μάτια του πέφτουν στους ίδιους θάμνους στο γρασίδι και παρατηρούσαν την ίδια όμορφη επίδραση του δυτικού ηλίου! Ποτέ σε τέτοια κατάσταση πνεύματος, ποτέ σε κάτι σαν αυτό? Και ήταν δύσκολο να καλέσει αρκετά από τον συνηθισμένο εαυτό της για να είναι η προσεκτική κυρία του σπιτιού, ή ακόμα και η προσεκτική κόρη.

Κακός κύριος. Υποψιαζόταν λίγο τι σχεδίαζε εναντίον του στο στήθος εκείνου του ανθρώπου τον οποίο ήταν τόσο φιλόξενο και τόσο ανυπόμονος ελπίζοντας ότι δεν θα είχε κρυώσει από την πορεία του. - θα μπορούσε να έχει δει την καρδιά, θα είχε φροντίσει ελάχιστα για το πνεύμονες · αλλά χωρίς την πιο μακρινή φαντασία του επικείμενου κακού, χωρίς την παραμικρή αντίληψη για κάτι εξαιρετικό με τα βλέμματα ή τους τρόπους και των δύο, τους επαναλάμβανε πολύ άνετα όλα τα άρθρα ειδήσεων που είχε λάβει από τον κ. , και μίλησε με πολύ αυτο-ικανοποίηση, εντελώς ανυποψίαστο για το τι θα μπορούσαν να του έχουν πει σε αντάλλαγμα.

Αρκεί ο κ. Ο παρέμεινε μαζί τους, ο πυρετός της Έμμα συνέχισε. Αλλά όταν έπαψε, άρχισε να είναι λίγο ηρεμισμένη και υποτονική - και κατά τη διάρκεια της άγρυπνης νύχτας, που ήταν ο φόρος για ένα τέτοιο βράδυ, βρήκε ένα ή δύο τέτοια πολύ σοβαρά σημεία που έπρεπε να εξετάσει, όπως έκανε την αίσθηση της, ότι ακόμα και η ευτυχία της πρέπει να έχει κάποιο κράμα. Ο πατέρας της και η Χαρριά. Δεν θα μπορούσε να είναι μόνος χωρίς να αισθάνεται το πλήρες βάρος των ξεχωριστών αξιώσεων τους. Και πώς να προστατεύσει την άνεση και των δύο στο μέγιστο, ήταν το ερώτημα. Σε σχέση με τον πατέρα της, ήταν σύντομα μια ερώτηση. Δεν ήξερε ακόμα τι θα κάνει ο κ. Ο θα ρωτούσε. Αλλά μια πολύ σύντομη διαμαρτυρία με την ίδια της την καρδιά παρήγαγε το πιο επίσημο ψήφισμα της μη εγκατάλειψης ποτέ του πατέρα της. - Πέρασε ακόμη και την ιδέα της, σαν αμαρτία της σκέψης. Ενώ έζησε, πρέπει να είναι μόνο μια δέσμευση. Αλλά κολακεύει τον εαυτό της, ότι εάν εκτοπιστεί από τον κίνδυνο να την απομακρύνει, θα μπορούσε να γίνει μια αύξηση της άνεσης σε αυτόν. - πώς να κάνει το καλύτερο από τη Χαρριά, ήταν πιο δύσκολη απόφαση, - πώς να την αποφύγει από κάθε περιττό πόνο. Πώς να την κάνει κάθε δυνατή εξιλέωση? Πώς να εμφανιστεί ο εχθρός της; -για τα θέματα αυτά, η αμηχανία και η αγωνία της ήταν πολύ σπουδαία - και το μυαλό της έπρεπε να περάσει ξανά και ξανά μέσα από κάθε πικρή έκπληξη και θλίψη που πάντα την περιβάλλει - ότι θα αποφεύγει ακόμα μια συνάντηση μαζί της και θα επικοινωνεί όλα όσα πρέπει να ειπωθούν με επιστολή. Ότι θα ήταν αναμφισβήτητα επιθυμητή η απομάκρυνσή της αυτή τη στιγμή για κάποιο χρονικό διάστημα από το και - επιδοκιμάζοντας σε ένα σχέδιο περισσότερο - σχεδόν να επιλύσει, ότι θα ήταν εφικτό να πάρει μια πρόσκληση για να της πλατεία. - ήταν ευχαριστημένος με ? Και λίγες εβδομάδες που πέρασε στο Λονδίνο πρέπει να της δώσουν κάποια διασκέδαση. -Δεν το σκέφτηκε να χάσει τη φύση της να επωφεληθεί από την καινοτομία και την ποικιλία, στους δρόμους, τα καταστήματα και τα παιδιά. - Εν πάση περιπτώσει, θα ήταν μια απόδειξη της προσοχής και της καλοσύνης στον εαυτό της, από τον οποίο οφείλονταν όλα τα πράγματα. Ένα χωρισμό για το παρόν? Μια αποτροπή της κακής μέρας, όταν πρέπει όλοι να ξανασυνδεθούν.

Άρχισε νωρίς, και έγραψε την επιστολή της προς τον . Μια απασχόληση που την άφησε τόσο πολύ σοβαρή, τόσο σχεδόν λυπηρή, ότι ο κ. , με τα πόδια μέχρι το στο πρωινό, δεν φτάνουν καθόλου πολύ σύντομα? Και μισή ώρα που κλαπεί αργότερα για να περάσει στο ίδιο έδαφος και πάλι μαζί του, κυριολεκτικά και εικονικά, ήταν απολύτως απαραίτητο να την επαναφέρει σε ένα σωστό μερίδιο της ευτυχίας του βράδυ πριν.

Δεν την άφησε για πολύ καιρό, για να μην έχει την παραμικρή τάση να σκέφτεται οποιοδήποτε άλλο σώμα, όταν μια επιστολή της έφερε από - ένα πολύ χοντρό γράμμα · - μαντέψει τι πρέπει να περιέχει και να είναι παρωχημένο την αναγκαιότητα της ανάγνωσης. Ήταν τώρα σε τέλεια φιλανθρωπία με ειλικρινή ? Δεν ήθελε εξηγήσεις, ήθελε μόνο να έχει τις σκέψεις της για τον εαυτό της - και όσο για την κατανόηση οτιδήποτε έγραψε, ήταν βέβαιος ότι δεν ήταν σε θέση να το κάνει - πρέπει να περάσει, όμως. Άνοιξε το πακέτο. Ήταν πολύ σίγουρα έτσι - μια σημείωση από την κα. Για τον εαυτό της, εισήγαγε στην επιστολή από την ειλικρινή στην κα. .

"Έχω τη μέγιστη ευχαρίστηση, αγαπητέ μου Έμμα, να σας διαβιβάσω τα κλειστά. Ξέρω τι δικαιολογημένη δικαιοσύνη θα το κάνετε και δεν έχει καν αμφιβολίες για το ευτυχές της αποτέλεσμα." Πιστεύω ότι ποτέ δεν θα διαφωνήσουμε ουσιαστικά σχετικά με τον συγγραφέα και πάλι αλλά δεν θα σας καθυστερήσω με ένα μακρύ πρόθεμα.-είμαστε αρκετά καλά.-αυτή η επιστολή ήταν η θεραπεία της όλης της μικρής νευρικότητας που ένιωθα τελευταία. Ένα αηδιαστικό πρωινό και παρόλο που ποτέ δεν θα έχετε επηρεαστεί από τον καιρό, νομίζω ότι κάθε σώμα αισθάνεται έναν βορειοανατολικό άνεμο. - Αισθάνθηκα πολύ για τον αγαπητό σας πατέρα στην καταιγίδα του απόγευμα της Τετάρτης και του χθες το πρωί, αλλά είχα την άνεση ακούσαμε χθες το βράδυ, από τον κ. , ότι δεν τον έκανε άρρωστο.

"δική σας ποτέ,

""

[να κα. .]

-Ιουλίου.

Αγαπημένη κυρία μου,

Το δικαίωμά μου να βρω τον εαυτό μου σε μια κατάσταση που απαιτεί τέτοια απόκρυψη είναι μια άλλη ερώτηση. Δεν θα το συζητήσω εδώ. Για τον πειρασμό μου να το θεωρώ σωστό, αναφέρομαι σε κάθε σπηλιά σε ένα σπίτι από τούβλα, με παραθυρόφυλλα κάτω από τα παράθυρα, και τα κιβώτια πάνω, στο . Δεν τολμούσα να την απευθύνω ανοιχτά. Οι δυσκολίες μου στη τότε κατάσταση του πρέπει να είναι πολύ γνωστές για να απαιτήσουν ορισμό. Και ήμουν αρκετά τυχερός για να κυριαρχήσω, προτού να χωριστούμε στο και να αναγκάσουμε το πιο όρθιο γυναικείο μυαλό στη δημιουργία να σκαρφαλώσει σε φιλανθρωπία σε μια μυστική δέσμευση - αν το αρνήθηκε, θα έπρεπε να τρελαθώ - αλλά θα είσαι Είστε έτοιμοι να πείτε, ποια ήταν η ελπίδα σας να το κάνετε αυτό; -όπως ανυπομονούσατε να κάνετε; -σε κάθε πράγμα, σε κάθε περίπτωση, σε χρόνο, τύχη, περιστάσεις, αργά αποτελέσματα, αιφνίδια έκρηξη, επιμονή και κόπωση, υγεία και ασθένεια. Κάθε δυνατότητα καλής ήταν μπροστά μου, και η πρώτη από τις ευλογίες ήταν εξασφαλισμένη, για να πάρει τις υποσχέσεις της για πίστη και αλληλογραφία. Εάν χρειάζεστε περαιτέρω εξήγηση, έχω την τιμή, αγαπητέ κυρία μου, να είμαι ο γιος του συζύγου σας και το πλεονέκτημα της κληρονομίας μιας διάθεσης για ελπίδα για καλό, που καμία κληρονομιά σπιτιών ή γη δεν μπορεί ποτέ να ισοδυναμεί με την αξία του. , τότε, κάτω από αυτές τις συνθήκες, φτάνοντας στην πρώτη μου επίσκεψη σε ? -και εδώ είμαι συνειδητός λάθος, για την επίσκεψη αυτή θα μπορούσε να είχε πληρώσει νωρίτερα. Θα κοιτάς πίσω και θα δεις ότι δεν έφτασα μέχρι να χάσει το ήταν στο ; και όπως ήσασταν ο άνθρωπος με αμαρτία, θα με συγχωρήσετε αμέσως. Αλλά πρέπει να εργαστώ για τη συμπόνια του πατέρα μου, υπενθυμίζοντάς τον, ότι αρκεί να απομακρυνθώ από το σπίτι του, τόσο καιρό έχασα την ευλογία να σε γνωρίζω. Τη συμπεριφορά μου, κατά τη διάρκεια του πολύ ευτυχούς δεκαπενθημέρου που πέρασα μαζί σας, δεν ελπίζω να με αφήσει ανοιχτό στην κατανόηση, εκτός από ένα σημείο. Και τώρα έρχομαι στον κύριο, το μόνο σημαντικό μέρος της συμπεριφοράς μου ενώ ανήκω σε εσάς, το οποίο ενθουσιάζει το άγχος μου ή απαιτεί πολύ απαιτητικές εξηγήσεις. Με τον μέγιστο σεβασμό και τη θερμότερη φιλία, αναφέρω το χαμένο ξύλο; ο πατέρας μου ίσως θα σκέφτεται να προσθέσω με τη βαθύτερη ταπείνωση. - λίγα λόγια που έπεσαν από αυτόν χθες μίλησαν για τη γνώμη του, και κάποια μομφή αναγνωρίζω τον εαυτό μου υπεύθυνο. - Η συμπεριφορά μου να χάσω το ξύλο υποδηλώνει, πιστεύω, περισσότερο από θα έπρεπε - για να βοηθήσω μια απόκρυψη τόσο ουσιώδη για μένα, με οδήγησαν να κάνουμε κάτι παραπάνω από μια επιτρεπτή χρήση αυτού του είδους της οικειότητας στην οποία ρίχναμε αμέσως. -Δεν μπορώ να αρνηθώ ότι το σκοτεινό ξύλινο σπίτι ήταν το φαινομενικό μου αντικείμενο - αλλά είμαι σίγουρος ότι θα πιστέψετε στη δήλωση, που δεν είχα πεισθεί για την αδιαφορία της, δεν θα είχα προκληθεί από οποιαδήποτε εγωιστική άποψη για να συνεχίσω. - φιλόξενος και ευχάριστος όπως λείπει το ξυλουργείο, δεν μου έδωσε ποτέ την ιδέα μιας νεαρής γυναίκας που πιθανόν να είναι προσκολλημένος. Και ότι ήταν απόλυτα απαλλαγμένη από οποιαδήποτε τάση να είναι συνδεδεμένη με μένα, ήταν τόσο μεγάλη μου πεποίθηση όσο και η επιθυμία μου. - Έλαβε τις προσοχές μου με ένα εύκολο, φιλικό, καλοδιατηρημένο παιχνιδιάρικο, το οποίο μου ταιριάζει ακριβώς. Φαινόταν να καταλαβαίνουμε ο ένας τον άλλον. Από τη σχετική μας κατάσταση, εκείνες οι επιφυλάξεις ήταν της οφειλόμενες και αισθανόταν ότι ήταν κάτι τέτοιο - αν το άρχισε να με καταλαβαίνει πραγματικά πριν από τη λήξη του δεκαπενθήμερου, δεν μπορώ να πω - όταν τηλεφώνησα να το πάρει άδεια, θυμάμαι ότι ήμουν σε μια στιγμή να ομολογήσω την αλήθεια, και τότε φανταζόμουν ότι δεν ήταν χωρίς υποψία; Αλλά δεν έχω καμία αμφιβολία ότι από τότε με ανίχνευσε, τουλάχιστον σε κάποιο βαθμό. -Δεν μπορεί να έχει υποθέσει το σύνολο, αλλά η ταχύτητά της πρέπει να έχει διαπεράσει ένα κομμάτι. Δεν μπορώ να το αμφισβητήσω. Θα βρείτε, όποτε το θέμα θα απελευθερωθεί από τους σημερινούς περιορισμούς του, ότι δεν την πήρε εξ ολοκλήρου από το παράπονο. Μου έδωσε συχνά υπαινιγμούς. Θυμάμαι που μου είπε στην μπάλα, ότι χρωστάω την κα. Ευγνωμοσύνη για την προσοχή της να χάσετε .-Ελπίζω ότι αυτή η ιστορία της συμπεριφοράς μου έναντι της θα γίνει δεκτή από εσάς και τον πατέρα μου ως μεγάλη εξάλειψη αυτού που είδατε αμήχανα. Ενώ θεωρούσατε ότι είχα αμαρτήσει εναντίον του ξυλογλυπίου Έμμα, δεν θα μπορούσα να αξίζει τίποτα από κανένα από αυτά. Με απαλλάξτε εδώ και προμηθεύστε για μένα, όταν είναι επιτρεπτό, τις αθώες και καλές ευχές αυτού του εν λόγω ξύλινου ξυλουργού, του οποίου θεωρώ με τόση αδελφική αγάπη, ώστε να τη βιώσω τόσο βαθιά και ευτυχώς ερωτευμένη όσο και εγώ. - Ό, τι περίεργα πράγματα είπα ή έκανα κατά τη διάρκεια αυτού του δεκαπενθήματος, τώρα ένα κλειδί για. Η καρδιά μου ήταν στο , και η δουλειά μου ήταν να φτάσω το σώμα μου εκεί όσο συχνά και με ελάχιστη καχυποψία. Αν θυμάσαι τυχόν ευχαρίστηση, τους έβαλε όλα στο σωστό λογαριασμό. -για το πιανόφωνο που μιλούσε τόσο πολύ, αισθάνομαι ότι είναι μόνο απαραίτητο να πούμε ότι η τοποθέτησή του ήταν απολύτως άγνωστη για να χάσει το -, που δεν θα μου επέτρεπε ποτέ να να την στείλετε, να της είχε δοθεί οποιαδήποτε επιλογή. -Η λιχουδιά του μυαλού της σε όλη τη δέσμευση, αγαπητή μου κυρία, είναι πολύ πέρα από την εξουσία μου να κάνω δικαιοσύνη. Σύντομα, ελπίζω ειλικρινά, να την γνωρίσετε εξονυχιστικά. -Η περιγραφή δεν μπορεί να την περιγράψει. Πρέπει να πείτε μόνοι σας τι είναι - αλλά όχι με λέξη, γιατί ποτέ δεν υπήρχε ένα ανθρώπινο πλάσμα που θα μείωσε έτσι το δικό της αξίωμα - από τότε που ξεκίνησα αυτή η επιστολή, η οποία θα είναι μακρύτερη από ό, τι πρόβλεπα, έχω ακούσει από αυτήν - δίνει μια καλή εικόνα για την υγεία της. Αλλά όπως ποτέ δεν παραπονιέται, δεν τολμούν να εξαρτώνται. Θέλω να έχω τη γνώμη σας για την εμφάνισή της. Ξέρω ότι σύντομα θα την καλέσεις. Ζει με φόβο της επίσκεψης. Ίσως πληρώνεται ήδη. Επιτρέψτε μου να σας ακούσω χωρίς καθυστέρηση. Είμαι ανυπόμονος για χιλιάδες λεπτομέρειες. Θυμάμαι πόσα λίγα λεπτά ήμουν σε , και πόσο μπερδεμένος, πόσο τρελό κράτος: και δεν είμαι πολύ καλύτερα ακόμα; Ακόμα παράφρων από την ευτυχία ή τη δυστυχία. Όταν σκέφτομαι την καλοσύνη και την ευχαρίστηση που έχω συναντήσει, την αριστεία και την υπομονή της και τη γενναιοδωρία του θείου μου, είμαι τρελός με χαρά: αλλά όταν θυμάμαι όλη την ανησυχία που την έκανα και πόσο λίγα αξίζω να συγχωρεθώ, είμαι τρελός με θυμό. Αν θα μπορούσα να τη δω ξανά! - αλλά δεν πρέπει να την προτείνω ακόμα. Ο θείος μου ήταν πολύ καλός για να καταπατήσω. - Πρέπει να προσθέσω ακόμα σε αυτό το μακρύ γράμμα. Δεν έχετε ακούσει όλα όσα πρέπει να ακούσετε. Δεν μπορούσα να δώσω χθες καμία σχετική λεπτομέρεια. Αλλά η αιφνίδια έκπληξη και, σε ένα φως, η ασυνείδητη με την οποία ξεσπάει η υπόθεση, χρειάζεται εξήγηση. Διότι αν και το συμβάν της 26ης Ιουλίου, όπως θα καταλήξετε, αμέσως άνοιξε για μένα τις πιο ευτυχείς προοπτικές, δεν θα έπρεπε να υποθέσω σε τέτοια πρώιμα μέτρα, αλλά από τις πολύ ιδιαίτερες περιστάσεις, που δεν μου άφησαν να χάσω μία ώρα. Θα έπρεπε ο ίδιος να είχα συρρικνωθεί από οποιοδήποτε πράγμα τόσο βιαστικό, και θα είχε αισθανθεί κάθε επιδείνωση της δικής μου με πολλαπλασιασμένη δύναμη και τελειοποίηση - αλλά δεν είχα άλλη επιλογή. Η βιαστική δέσμευση που είχε συναντήσει με αυτή τη γυναίκα - εδώ, αγαπητή κυρία μου, είχα την υποχρέωση να αφήσω απότομα, να θυμηθώ και να συνθέσω τον εαυτό μου. - Περπατώ στη χώρα και είμαι τώρα, ελπίζω, αρκετά λογικός κάνει το υπόλοιπο της επιστολής μου τι θα έπρεπε να είναι - είναι, στην πραγματικότητα, μια πιο ακανθώδη αναδρομή για μένα. Έκανα συμπεριφορά με ντροπή. Και εδώ μπορώ να παραδεχτώ ότι οι τρόποι μου να χάσω ., επειδή ήταν δυσάρεστο να χάσω ., ήταν εξαιρετικά κατηγορημένοι. Εκείνα που θα έπρεπε να ήταν αρκετά. - η έκκληση μου να κρύβω την αλήθεια που δεν φαινόταν επαρκής. - ήταν δυσαρεστημένη. Σκέφτηκα αδικαιολόγητα έτσι: τη νόμιζα, χίλιες φορές, άσκοπα σχολαστική και επιφυλακτική: σκέφτηκα ακόμα και το κρύο. Αλλά ήταν πάντα σωστό. Αν είχα ακολουθήσει την κρίση της και κατέβαλε τα πνεύματά μου στο επίπεδο εκείνου που θεώρησε κατάλληλο, θα έπρεπε να είχα ξεφύγει από τη μεγαλύτερη δυστυχία που έχω γνωρίσει ποτέ. - Θρίλεψε. - Θυμάσαι το πρωινό που πέρασε στο ; η δυσαρέσκεια που είχε συμβεί πριν έρθει σε κρίση. Αργησα; συναντήθηκα με το περπάτημα στο σπίτι από μόνη της και ήθελα να περπατήσω μαζί της, αλλά δεν

θα υποφέρει. Απόλυτα αρνήθηκε να επιτρέψει σε εμένα, το οποίο στη συνέχεια πίστευα πολύ παράλογο. Τώρα, ωστόσο, δεν βλέπω τίποτα σε αυτό, αλλά ένα πολύ φυσικό και σταθερό βαθμό διακριτικής ευχέρειας. Ενώ εγώ, για να τυφλώσω τον κόσμο για τη δέσμευσή μας, συμπεριφερόταν μία ώρα με δυσάρεστη ιδιαιτερότητα σε μια άλλη γυναίκα, ήταν αυτή να συγκατατεθεί δίπλα σε μια πρόταση που θα μπορούσε να έχει κάνει κάθε προηγούμενη προσοχή άχρηστη; και, η αλήθεια πρέπει να είχε υποψιαστεί. -
Ήμουν αρκετά τρελός, όμως, να το καλέσω. - Είχα αμφιβολίες για την αγάπη της. Εγώ το αμφισβήτησα περισσότερο την επόμενη μέρα στο λόφο του κιβωτίου. Όταν, όπως προκαλείται από μια τέτοια συμπεριφορά από την πλευρά μου, μια τέτοια επαίσχυντη, παράδοξη παραμέληση της, και μια τέτοια φαινομενική αφοσίωση να χάσει., όπως θα ήταν αδύνατο για οποιαδήποτε γυναίκα της λογικής να υπομείνει, μίλησε τη δυσαρέσκειά της σε μια μορφή λέξεων που είναι απολύτως κατανοητό για μένα.
- Εν ολίγοις, αγαπητέ μου κυρία, ήταν μια αδιαφιλονίκητη διαμάχη από την πλευρά της, αποτρόπαιη από τη δική μου. Και επέστρεψα το ίδιο βράδυ στον, παρόλο που θα μπορούσα να μείνω στάση μαζί σου μέχρι το επόμενο πρωί, απλώς και μόνο επειδή θα ήμουν τόσο θυμωμένος όσο το δυνατόν. Ακόμα και τότε, δεν ήμουν τόσο ανόητος που δεν σημαίνει να συμφωνώ εγκαίρως. Αλλά ήμουν ο τραυματίας, τραυματίστηκε από την ψυχραιμία της και πήγα μακριά αποφασισμένος να κάνει τις πρώτες πρόοδοι.
- Θα συνεχάσω να συγχαίρω τον εαυτό μου για το γεγονός ότι δεν ήσαστε από το συμβαλλόμενο μέρος του λόφου. Αν ήσασταν μάρτυρας της συμπεριφοράς μου εκεί, δεν μπορώ να υποθέσω ότι θα είχες σκεφτεί πάλι καλά για μένα πάλι. Η επίδρασή της επάνω της εμφανίζεται στην άμεση επίλυση που παρήγαγε: μόλις διαπίστωσε ότι πραγματικά έφυγα από, έκλεισε με την προσφορά των επίσημων κας. ; ολόκληρο το σύστημα της οποίας η θεραπεία της, με το αντίο, με πλήρωσε ποτέ με αγανάκτηση και μίσος. Δεν

πρέπει να αγωνίζομαι με ένα πνεύμα ανοχής που έχει τόσο εκτεταμένα επεκταθεί στον εαυτό μου. Αλλά, διαφορετικά, θα πρέπει να διαμαρτυρηθώ δυνατά για το ποσοστό που έχει γνωρίσει η γυναίκα αυτή .- «Τζέιν», πράγματι - θα παρατηρήσετε ότι δεν έχω ακόμα επιδοθεί στον εαυτό μου να την καλέσω με αυτό το όνομα, ακόμη και σε εσάς. Σκεφτείτε λοιπόν, αυτό που πρέπει να είχα υπομείνει στην ακρόαση που κυνηγούσε μεταξύ των με όλη τη χυδαιότητα της περιττής επανάληψης, και όλα τα οφέλη της φανταστικής ανωτερότητας. Έχεις υπομονή με μένα, σύντομα θα το έχω κάνει. - έκλεισε με αυτή την προσφορά, αποφάσισε να σπάσει μαζί μου εντελώς, και έγραψε την επόμενη μέρα για να μου πει ότι δεν θα ξανασυναντούσαμε. - αισθάνθηκε ότι η δέσμευση ήταν πηγή της μετάνοιας και της δυστυχίας σε κάθε μία: διαλύει την. - Αυτή η επιστολή μου έφθασε το πρωί του θανάτου της κακής μου θείας. Απάντησα μέσα σε μια ώρα. Αλλά από τη σύγχυση του μυαλού μου και την πολλαπλότητα των επιχειρήσεων που μου έπεσε αμέσως, η απάντησή μου, αντί να αποστέλλεται με όλες τις πολλές άλλες επιστολές εκείνης της ημέρας, ήταν κλειδωμένη στο γραφείο μου. Και εγώ, εμπιστοσύνη ότι είχα γράψει αρκετά, αν και μερικές γραμμές, για να την ικανοποιήσω, παρέμεινε χωρίς καμία ανησυχία. - Ήμουν μάλλον απογοητευμένος που δεν άκουσα ξανά από αυτήν ξανά. Αλλά εγώ έκανα δικαιολογίες γι 'αυτήν, και ήταν πολύ απασχολημένος, και- μπορώ να προσθέσω; - πολύ χαρούμενος στις απόψεις μου για να είμαι καταθλιπτικός. Και δύο μέρες μετά έλαβα ένα δέμα από αυτήν, όλα μου τα γράμματα επέστρεψαν όλα - και μερικές γραμμές ταυτόχρονα από τη θέση, δηλώνοντας την ακραία έκπληξή της ότι δεν είχε τη μικρότερη απάντηση στην τελευταία της? Προσθέτοντας ότι, καθώς η σιωπή σε ένα τέτοιο σημείο δεν μπορεί να παρερμηνευθεί, και καθώς πρέπει να είναι εξίσου επιθυμητό και να έχουμε όλες τις δευτερεύουσες συμφωνίες να ολοκληρωθούν το συντομότερο δυνατόν, μου έστειλε τώρα, με ασφαλή μεταφορά, όλα τα γράμματα μου και ζήτησα, αν δεν μπορούσα να διοικώσω άμεσα τη δική της, για να τα στείλω στο μέσα σε μια εβδομάδα, θα τα διαβίβασα μετά από αυτή την περίοδο σε: - με λίγα λόγια, την πλήρη κατεύθυνση προς τον κ. Το μικρό, κοντά στο Μπρίστολ, με κοίταξε στο πρόσωπο. Ήξερα το όνομα, τον τόπο, ήξερα όλα αυτά και αμέσως είδε τι έκανε. Ήταν απόλυτα σύμφωνη με αυτή την επίλυση του χαρακτήρα που την ήξερα να κατέχει. Και η μυστικότητα που είχε διατηρήσει, ως προς οποιοδήποτε τέτοιο σχέδιο στην προηγούμενη επιστολή της, ήταν εξίσου περιγραφικό της ανήσυχης λιχουδιάς της. Για τον κόσμο δεν θα φαινόταν να απειλεί με. Φανταστείτε πώς, μέχρι να ανιχνεύσω πραγματικά τη δική μου σφάλμα, έφτασα στο λάθος της θέσης. - Τι έπρεπε να γίνει; -Ένα μόνο πράγμα. -Θα πρέπει να μιλήσω στον θείο μου. Χωρίς την κύρωση του δεν θα μπορούσα να ελπίζω να ακούσω ξανά. Οι συνθήκες ήταν υπέρ μου. Η καθυστερημένη εκδήλωση είχε μαλακώσει την υπερηφάνειά του και ήταν, νωρίτερα από ότι θα μπορούσα να προβλέψω, τελείως συμφιλιωμένη και συμμορφωμένη. Και θα μπορούσε τελικά να πει ο φτωχός άνθρωπος! Με ένα βαθύ αναστεναγμό, που ήθελε να βρω τόσο ευτυχία στην κατάσταση του γάμου όπως είχε κάνει. - Ένιωσα ότι θα ήταν διαφορετικού είδους. - Είστε διατεθειμένοι να με λυπηθείτε για το τι πρέπει να είχα υποστεί κατά το άνοιγμα την αιτία σε αυτόν, για την αγωνία μου, ενώ όλα διακυβεύονταν; Μην με λυπάσαι μέχρι να φτάσω στο και να δω πόσο άρρωστος την έκανα. Δεν με λυπήθηκε μέχρι να την δω, άρρωστος βλέμματος - έφτασα στο την εποχή που, από τη γνώση μου για την ώρα του πρωινού πρωινού, ήμουν σίγουρος για μια καλή πιθανότητα να την βρω μόνη της. - Δεν απογοητεύτηκα . Και τελικά δεν απογοητεύτηκα ούτε στο αντικείμενο του ταξιδιού μου. Μια πολύ λογική, πολύ απλή δυσαρέσκεια που έπρεπε να πείσω. Αλλά γίνεται. Είμαστε συμφιλιωμένοι, ακριβότεροι, πολύ πιο ακριβείς από ποτέ, και δεν μπορεί να υπάρξει καμιά στιγμή ανησυχία ανάμεσα σε εμάς ξανά. Τώρα, αγαπημένη κυρία μου, θα σας απελευθερώσω. Αλλά δεν μπορούσα να ολοκληρώσω πριν. Χιλιάδες και χιλιάδες ευχαριστίες για όλη την καλοσύνη που με φάνηκε ποτέ, και δέκα χιλιάδες για τις προσοχές που η καρδιά σου θα υπαγορεύσει σε αυτήν. - Αν με σκέφτεσαι με έναν τρόπο να είμαι πιο ευτυχισμένος από ότι αξίζω, είμαι αρκετά η γνώμη σου .- . Με καλεί το παιδί της καλής τύχης. Ελπίζω ότι έχει δίκιο. - Από μία άποψη, η καλή τύχη μου είναι αναμφισβήτητη, ότι μπορώ να εγγραφώ,

Ο υποχρεωμένος και στοργικός γιος σου,

.

Κεφάλαιο

Αυτή η επιστολή πρέπει να κάνει το δρόμο της για τα συναισθήματα της Έμμα. Ήταν υποχρεωμένη, παρά την προηγούμενη αποφασιστικότητα της για το αντίθετο, να το κάνει όλη την δικαιοσύνη που κα. Που προηγήθηκε. Μόλις έφτασε στο όνομά της, ήταν ακαταμάχητο. Κάθε γραμμή που σχετίζεται με τον εαυτό της ήταν ενδιαφέρουσα και σχεδόν κάθε γραμμή ευχάριστη. Και όταν έπαψε αυτή η γοητεία, το θέμα θα μπορούσε να διατηρηθεί, λόγω της φυσικής επιστροφής της πρώην συλλογιστικής της για τον συγγραφέα και της πολύ ισχυρής έλξης που πρέπει να έχει για εκείνη την στιγμή οποιαδήποτε εικόνα της αγάπης. Δεν σταμάτησε ποτέ μέχρι που είχε περάσει το σύνολο; Και παρόλο που ήταν αδύνατο να μην αισθάνεται ότι είχε κάνει λάθος, αλλά ήταν λιγότερο λάθος από ό, τι είχε υποθέσει - και είχε υποφέρει και λυπάταν πολύ - και ήταν τόσο ευγνώμων στην κα. , και τόσο ερωτευμένος με το , και ήταν τόσο χαρούμενος, ότι δεν υπήρχε σοβαρή κατάσταση. Και θα μπορούσε να έχει εισέλθει στην αίθουσα, πρέπει να έχει κουνήσει τα χέρια μαζί του τόσο καρδιάς όπως πάντα.

Σκέφτηκε τόσο καλά την επιστολή, ότι όταν ο κ. Ο ήρθε και πάλι, την επιθυμούσε να το διαβάσει. Ήταν σίγουρη για την κα. Οι επιθυμούν να επικοινωνήσουν. Ειδικά σε έναν, ο οποίος, όπως ο κ. , είχε δει τόσα πολλά να κατηγορήσει για τη συμπεριφορά του.

"θα είμαι πολύ ευτυχής να το εξετάσω", είπε. "αλλά φαίνεται μεγάλη, θα το πάρω σπίτι το βράδυ."

Αλλά αυτό δεν θα έκανε. Κύριος. Το έπρεπε να το καλέσει το βράδυ και πρέπει να το επιστρέψει από κοντά του.

"Θα ήθελα μάλλον να μιλήσω σε σας", απάντησε. "αλλά όπως φαίνεται να είναι θέμα δικαιοσύνης, θα γίνει."

Άρχισε να σταματά, όμως, σχεδόν άμεσα, για να πει: "Είχα προσφερθεί μια επιστολή αυτού του κυρίου στη μητέρα του πριν από λίγους μήνες, η Έμμα, δεν θα είχε ληφθεί με τέτοια αδιαφορία".

Προχώρησε λίγο πιο μακριά, διάβαζε στον εαυτό του. Και έπειτα, με ένα χαμόγελο, παρατηρούσε: "το χούφτ !, ένα καλό δωρεάν άνοιγμα: αλλά είναι το δρόμο του, το στυλ ενός ανθρώπου δεν πρέπει να είναι κανόνας του άλλου, δεν θα είμαστε σοβαροί".

"θα είναι φυσικό για μένα", πρόσθεσε λίγο αργότερα, "να μιλήσω τη γνώμη μου φωναχτά όπως διάβασα, κάνοντας αυτό, θα αισθανθώ ότι είμαι κοντά σας, δεν θα είναι τόσο μεγάλη απώλεια χρόνου: αν δεν σας αρέσει ... "

"καθόλου, θα ήθελα να το ευχηθώ".

Κύριος. Ο επέστρεψε στην ανάγνωση του με μεγαλύτερη ειλικρίνεια.

"ο ίδιος," λέει ο ίδιος, "ως προς τον πειρασμό, ξέρει ότι είναι λάθος και δεν έχει τίποτα λογικό να προτρέψει." - κακό. "- δεν έπρεπε να έχει σχηματίσει την εμπλοκή -" διάθεση του πατέρα του: αλλά ο κ. Κέρδισε κάθε σύγχρονη άνεση πριν προσπαθήσει να το κερδίσει - πολύ αληθινό δεν έφτασε μέχρι να χάσει ήταν εδώ. "

"και δεν έχω ξεχάσει", δήλωσε η Έμμα, "πόσο σίγουρος ότι θα μπορούσε να έρθει νωρίτερα αν το ήθελε, θα το περάσετε πολύ όμορφα - αλλά ήσαστε απολύτως σωστός".

"Δεν ήμουν εντελώς αμερόληπτη κατά την κρίση μου, η Έμμα: - αλλά ακόμα, νομίζω - αν δεν είχατε την ευκαιρία - θα έπρεπε ακόμα να τον καταλάβω".

Όταν έφτασε να χάσει το ξύλο, ήταν υποχρεωμένος να διαβάσει ολόκληρο το φωνάζω - όλα όσα σχετιζόταν με αυτήν, με ένα χαμόγελο. Μια ματιά; ένα κούνημα του κεφαλιού. Μια λέξη ή δύο σύμφωνη γνώμη ή δυσαρέσκεια. Ή απλά της αγάπης, ως το απαιτούμενο θέμα. Συνάπτοντας, ωστόσο, σοβαρά, και, μετά από σταθερή σκέψη,

"πολύ κακό - αν και μπορεί να ήταν χειρότερο - να παίζετε ένα πιο επικίνδυνο παιχνίδι, υπερβολικά χρεωμένο στην εκδήλωση για την απαλλαγή του - χωρίς να κρίνετε τα δικά του πράγματα από εσάς." - πάντοτε παραπλανήθηκε από τις δικές του επιθυμίες και ανεξάρτητα εκτός από τη δική του ευκολία - που σας φαντάζει ότι έχετε καταλάβει το μυστικό του, φυσικό αρκετά - το δικό του μυαλό γεμάτο από ίντριγκες, ότι πρέπει να το υποπτεύεται σε άλλα - το μυστήριο, τη φινέτσα - πώς διαστρεβλώνουν την κατανόηση! Δεν είναι όλα τα πράγματα να αποδεικνύουν όλο και περισσότερο την ομορφιά της αλήθειας και της ειλικρίνειας σε όλες τις σχέσεις μας μεταξύ μας; "

Η Έμμα συμφώνησε σε αυτό και με μια κοκκινωπή ευαισθησία στο λογαριασμό της , για την οποία δεν μπορούσε να δώσει καμία ειλικρινή εξήγηση.

"καλύτερα να συνεχίσετε", είπε.

Το έκανε, αλλά πολύ σύντομα σταμάτησε να λέει, «η πιανθοφόρα! Αχ! Αυτή ήταν η πράξη ενός πολύ, πολύ νεαρού άνδρα, πολύ νεαρού για να εξετάσει αν η ταλαιπωρία του δεν μπορεί να υπερβεί υπερβολικά την ευχαρίστηση. Δεν μπορώ να κατανοήσω τον άνθρωπο που θέλει να δώσει σε μια γυναίκα την απόδειξη της αγάπης που ξέρει ότι θα αγνοούσε, και γνώριζε ότι θα είχε εμποδίσει την είσοδο του οργάνου αν μπορούσε ».

Μετά από αυτό, έκανε κάποια πρόοδο χωρίς παύση. Η ομολογία του ότι συμπεριφέρθηκε με ντροπή ήταν το πρώτο πράγμα που απαιτούσε κάτι παραπάνω από μια λέξη.

"Συμφωνώ απόλυτα μαζί σας, κύριε," - ήταν τότε η παρατήρησή του. "είχατε συμπεριφορά πολύ ντροπιαστικά, ποτέ δεν γράψατε μια πιο αληθινή γραμμή". Και έχοντας περάσει από αυτό που ακολούθησε αμέσως από τη βάση της διαφωνίας τους, και η επιμονή του να ενεργήσει σε άμεση αντίθεση με την αίσθηση του δικαιώματος της , έκανε μια πληρέστερη παύση για να πει, «αυτό είναι πολύ κακό». Για τον εαυτό της, σε μια κατάσταση εξαιρετικής δυσκολίας και ανησυχίας, και θα έπρεπε να ήταν ο πρώτος στόχος της να την αποτρέψει από το να υποφέρει άσκοπα - πρέπει να είχε να αντιμετωπίσει πολύ περισσότερο με την εκτέλεση της αλληλογραφίας από ό, τι μπορούσε θα έπρεπε να έχει σεβαστεί ακόμη και παράλογους τρόπους, αν υπήρχαν τέτοιες, αλλά η δική της ήταν λογική, πρέπει να κοιτάξουμε το λάθος της,

Η Έμμα γνώριζε ότι έφτασε τώρα στο πάρτι του λόφου του κιβωτίου και μεγάλωσε άβολα. Η δική της συμπεριφορά ήταν τόσο άδικο! Ήταν βαθιά ντροπή, και λίγο φοβισμένος από την επόμενη ματιά του. Όλα αυτά διαβάστηκαν, σταθερά, προσεκτικά και χωρίς την παραμικρή παρατήρηση. Και, εκτός από μια στιγμιαία ματιά σε αυτήν, αποσύρθηκε αμέσως, με το φόβο να δώσει πόνο - δεν υπήρχε ανάμνηση του λόφου του κιβωτίου.

«δεν υπάρχει λόγος για την ευχαρίστηση των καλών φίλων μας, των », ήταν η επόμενη παρατήρησή του - «τα συναισθήματά του είναι φυσικά» - που πραγματικά επιδιώκει να σπάσει μαζί του εξ ολοκλήρου! -είχε την αίσθηση ότι η δέσμευση ήταν πηγή της μετάνοιας και της δυστυχίας σε καθέναν - τη διέλυσε - τι άποψη δίνει αυτό από την αίσθηση της συμπεριφοράς του - καλά, πρέπει να είναι ένα εξαιρετικό -

"ναι, όχι, διαβάστε παρακάτω - θα βρείτε πόσο πάσχει."

"Ελπίζω να το κάνει", απάντησε ο κύριος. , και επανάληψη της επιστολής. '"!' - τι σημαίνει αυτό; τι είναι όλα αυτά;"

"είχε προσληφθεί για να πάει ως κυρίαρχος στα παιδιά της κ. Μικροψυχιάς - ένας αγαπητός φίλος της κ. ' - ένας γείτονας του αχυρώνα σφενδάμου και, με το αντίο, αναρωτιέμαι πώς ο κ. Φέρει την απογοήτευση;"

"δεν λέω τίποτα, αγαπητέ μου Έμμα, ενώ μου υποχρεώνεις να διαβάζω - ούτε και η κ. , μόνο μία σελίδα περισσότερο, σύντομα θα έχω κάνει ... Τι γράμμα γράφει ο άνθρωπος!"

«Εύχομαι να το διαβάσεις με ένα πιο ευγενικό πνεύμα απέναντί του».

"καλά, υπάρχει αίσθηση εδώ - φαίνεται να έχει υποφέρει από την εύρεση της άρρωστος. -Δεν είναι σίγουρο ότι δεν έχω καμία αμφιβολία για το ότι την αγαπώ." πιο ακριβό, πολύ πιο ακριβό από ποτέ. " ελπίζω ότι μπορεί να συνεχίσει να αισθάνεται όλη αυτή την αξία μιας τέτοιας συμφιλίωσης. Είναι ένας πολύ φιλελεύθερος, με χιλιάδες και δεκάδες χιλιάδες χιλιάδες ανθρώπους, πιο ευτυχισμένοι από ότι αξίζω». Έλα, ξέρει τον εαυτό του εκεί »« Λείπει το ξυλόπωρο μου λέει το παιδί της καλής τύχης »- αυτά ήταν τα λόγια του δασοφύλακου, αν ήταν ;- και ένα καλό τέλος- και υπάρχει το γράμμα ... Το παιδί της καλής τύχης! Όνομα γι 'αυτόν, έτσι; "

"δεν φαίνεστε τόσο ικανοποιημένοι με την επιστολή του όπως και εγώ, αλλά πρέπει, τουλάχιστον, να ελπίζω ότι πρέπει, να σκεφτείτε το καλύτερο γι 'αυτόν, ελπίζω ότι θα του κάνει κάποια υπηρεσία μαζί σας".

"ναι, σίγουρα το κάνει, είχε μεγάλα λάθη, λάθη αμέλειας και αηδιασμό και πιστεύω ότι πιστεύω ότι είναι πιο ευτυχισμένος από ό, τι του αξίζει: όμως, όπως είναι, πέρα από κάθε αμφιβολία, να χάσει το και σύντομα μπορεί να ελπίζω ότι θα έχει το πλεονέκτημα ότι είναι συνεχώς μαζί της, είμαι πολύ έτοιμος να πιστέψω ότι ο χαρακτήρας του θα βελτιωθεί και θα αποκτήσει από αυτήν την σταθερότητα και τη λεπτότητα της αρχής που θέλει και τώρα, επιτρέψτε μου να σας μιλήσω για κάτι άλλο Έχω το ενδιαφέρον ενός άλλου προσώπου τόσο πολύ επί του παρόντος, ότι δεν μπορώ πλέον να σκέφτομαι για την ειλικρινή από τότε που σας άφησα σήμερα το πρωί, Έμμα, το μυαλό μου ήταν σκληρό στην εργασία σε ένα θέμα."

Το θέμα που ακολουθήθηκε. Ήταν σε απλό, αμετάβλητο, αγγλικά, όπως ο κύριος. Χρησιμοποίησε ακόμη και για την γυναίκα που ήταν ερωτευμένη, πώς να μπορεί να της ζητήσει να τον παντρευτεί, χωρίς να επιτεθεί στην ευτυχία του πατέρα της. Η απάντηση του Έμμα ήταν έτοιμη στην πρώτη λέξη. «ενώ ο αγαπητός της πατέρας έζησε, δεν πρέπει να είναι αδύνατη η αλλαγή της κατάστασης, δεν θα μπορούσε ποτέ να τον σταματήσει». Μόνο μέρος αυτής της απάντησης, ωστόσο, έγινε δεκτό. Την αδυναμία της να παραιτηθεί από τον πατέρα της, κ. Ο αισθάνθηκε τόσο έντονα όσο ο εαυτός του. Αλλά το απαράδεκτο οποιασδήποτε άλλης αλλαγής, δεν μπορούσε να συμφωνήσει. Το είχε σκεφτεί πιο βαθιά, με μεγαλύτερη ακρίβεια. Είχε αρχικά την ελπίδα να προτρέψει τον κύριο. Ξύλο για να αφαιρέσει μαζί της να ? Ήθελε να το πιστέψει, αλλά η γνώση του κ. Το ξυλουργείο δεν θα υποφέρει από αυτόν να εξαπατήσει τον εαυτό του για πολύ καιρό. Και τώρα ομολόγησε την πείθει του ότι μια τέτοια μεταμόσχευση θα αποτελούσε κίνδυνο για την άνεση του πατέρα της, ίσως ακόμη και για τη ζωή του, που δεν πρέπει να κινδυνεύει. Κύριος. Ξύλο που πήρε από το Χάρτλφιλντ! -όχι, θεώρησε ότι δεν έπρεπε να επιχειρηθεί. Αλλά το σχέδιο που είχε προκύψει για τη θυσία αυτού, πίστευε ότι η αγαπημένη του κόλαση δεν θα μπορούσε να βρεθεί σε καμία περίπτωση απαράδεκτη. Ήταν, ότι έπρεπε να ληφθεί στο . Ότι όσο η ευτυχία του πατέρα της - με άλλα λόγια, η ζωή του - απαιτούσε το να συνεχίσει το σπίτι της, θα έπρεπε να είναι και ο ίδιος. Πίστευε ότι το αγαπημένο του Έμμα δεν θα βρεθεί σε καμία περίπτωση απαράδεκτο. Ήταν, ότι έπρεπε να ληφθεί στο . Ότι όσο η ευτυχία του πατέρα της - με άλλα λόγια, η ζωή του - απαιτούσε το να συνεχίσει το σπίτι της, θα έπρεπε να είναι και ο ίδιος. Πίστευε ότι το αγαπημένο του Έμμα δεν θα βρεθεί σε καμία περίπτωση απαράδεκτο. Ήταν, ότι έπρεπε να ληφθεί στο . Ότι όσο η ευτυχία του πατέρα της - με άλλα λόγια, η ζωή του - απαιτούσε το να συνεχίσει το σπίτι της, θα έπρεπε να είναι και ο ίδιος.

Από την απομάκρυνσή τους από το όνειρό τους, η Έμμα είχε ήδη τις σκέψεις της. Όπως και εκείνος, είχε δοκιμάσει το σχέδιο και το απέρριψε. Αλλά μια τέτοια εναλλακτική λύση όπως αυτή δεν είχε συμβεί σε αυτήν. Ήταν λογική από όλη την αγάπη που έδειχνε. Αισθάνθηκε ότι, με το να εγκαταλείψει το νησί, πρέπει να θυσιάσει μια μεγάλη ανεξαρτησία των ωρών και των συνηθειών. Ότι ζώντας συνεχώς μαζί με τον πατέρα της, και σε κανένα δικό της σπίτι, θα υπήρχαν πολλά, πάρα πολλά, με τα οποία θα μπορούσαμε να τα βγάλουμε. Υποσχέθηκε να το σκεφτεί και τον συμβούλεψε να το σκεφτεί περισσότερο. Αλλά ήταν απόλυτα πεπεισμένος ότι κανένας προβληματισμός δεν θα μπορούσε να αλλάξει τις επιθυμίες του ή την άποψή του σχετικά με το θέμα. Τον είχε δώσει, θα μπορούσε να την διαβεβαιώσει πολύ μακρά και ήρεμη. Είχε περάσει μακριά από το όλο το πρωί, για να έχει τις σκέψεις του στον εαυτό του.

"αχ! Υπάρχει μια δυσκολία για την οποία δεν μπορεί να βρεθεί κανείς", φώναξε Έμμα. "Είμαι βέβαιος ότι ο δεν θα του αρέσει, πρέπει να πάρετε τη συγκατάθεσή του προτού να ζητήσετε από τη δική μου".

Υποσχέθηκε, ωστόσο, να το σκεφτεί. Και μάλιστα σχεδόν υποσχέθηκε να το σκεφτεί, με την πρόθεση να βρεθεί ένα πολύ καλό σχέδιο.

Είναι αξιοσημείωτο ότι η Έμμα, σε πολλές, πολλές απόψεις, στις οποίες άρχιζε τώρα να θεωρεί την αδελφότητα , ποτέ δεν είχε χτυπήσει με καμιά αίσθηση τραυματισμού στον ανιψιό ανήλικό της, τα δικαιώματα του οποίου ήταν ως προηγούμενος κληρονόμος τόσο επιζητούμενος. Νομίζω ότι πρέπει να μπορεί να διαφέρει από το φτωχό αγόρι. Και μάλιστα έδωσε μόνο ένα πικρό συνειδητό χαμόγελο γι 'αυτό και βρήκε τη διασκέδαση στην ανίχνευση της πραγματικής αιτίας αυτής της βίαιης αντιπάθειας του κ. Η να παντρευτεί , ή οποιοδήποτε άλλο σώμα, το οποίο την εποχή εκείνη είχε καταλογίσει εξ ολοκλήρου στην φιλική φροντίδα της αδελφής και της θείας.

Αυτή η πρόταση του, αυτού του σχεδίου να παντρευτεί και να συνεχίσει στο Χάρτφιλντ - όσο περισσότερο το θεώρησε, τόσο πιο ευχάριστο έγινε. Τα κακά του φάνηκε να μειώνονται, τα δικά του πλεονεκτήματα να αυξάνονται, το αμοιβαίο καλό τους να αντισταθμίζει κάθε μειονέκτημα. Ένας τέτοιος σύντροφος για τον εαυτό της στις περιόδους άγχους και αγριότητας πριν από την! - τόσο συνεργάτης σε όλα αυτά τα καθήκοντα και φροντίδα σε ποια στιγμή πρέπει να δίνει αύξηση της μελαγχολίας!

Θα ήταν πολύ χαρούμενος αλλά για φτωχό . Αλλά κάθε δική της ευλογία έμοιαζε να εμπλέκει και να προάγει τα βάσανα του φίλου της, που τώρα πρέπει να αποκλειστεί από το . Το απολαυστικό οικογενειακό πάρτι που η Έμμα εξασφάλιζε για τον εαυτό της, ο φτωχός πρέπει, με απλή φιλανθρωπική προσοχή, να φυλάσσεται σε απόσταση από. Θα ήταν χαμένος με κάθε τρόπο. Η Έμμα δεν μπορούσε να εκφράσει τη λύπη της για τη μελλοντική της απουσία ως οποιαδήποτε παρακμή από τη δική της απόλαυση. Σε ένα τέτοιο συμβαλλόμενο μέρος, το θα ήταν μάλλον ένα νεκρό βάρος από ό, τι αλλιώς. Αλλά για την ίδια την φτωχή κοπέλα, φάνηκε μια ιδιαιτέρως σκληρή αναγκαιότητα να την τοποθετεί σε μια τέτοια κατάσταση μη τιμώμενης τιμωρίας.

Με την πάροδο του χρόνου, βέβαια, κύριε. Θα ξεχαστεί, δηλαδή, να αντικατασταθεί; Αλλά αυτό δεν θα μπορούσε να αναμένεται να συμβεί πολύ νωρίς. Κύριος. Ο ίδιος ο δεν θα έκανε τίποτα για να βοηθήσει τη θεραπεία, -όπως ο κ. . Κύριος. , πάντα τόσο ευγενικοί, τόσο συναίσθημα, τόσο αληθινά προσεκτικοί για κάθε σώμα, δεν θα αξίζουν ποτέ να είναι λιγότερο λατρευμένοι από τώρα. Και ήταν πραγματικά πάρα πολύ για να ελπίζουμε ακόμη και για το , ότι θα μπορούσε να ερωτευτεί με περισσότερους από τρεις άνδρες σε ένα χρόνο.

Κεφάλαιο

Ήταν μια πολύ μεγάλη ανακούφιση από την Έμμα να βρει την όπως επιθυμούσε, όπως και η ίδια, να αποφύγει μια συνάντηση. Η επαφή τους ήταν αρκετά οδυνηρή με γράμμα. Πόσο χειρότερα, αν είχαν υποχρεωθεί να συναντηθούν!

Η Χάριετ εξέφραζε τον εαυτό της πολύ όπως θα μπορούσε να υποτεθεί, χωρίς επιπτώσεις ή εμφανή αίσθηση κακής χρήσης. Και παρόλα αυτά η φανταζόταν ότι υπήρχε κάτι δυσαρέσκειας, κάτι που συνορεύει με το στυλ της, γεγονός που αύξησε την επιθυμία της ύπαρξής τους. - θα μπορούσε να είναι μόνο η δική της συνείδηση. Αλλά φάνηκε σαν ένας άγγελος μόνο θα μπορούσε να ήταν αρκετά χωρίς δυσαρέσκεια κάτω από ένα τέτοιο εγκεφαλικό επεισόδιο.

Δεν είχε καμία δυσκολία να προμηθεύσει την πρόσκληση του Ιζαμπέλα. Και ήταν τυχερός που είχε αρκετό λόγο να το ρωτήσει, χωρίς να καταφύγει σε εφεύρεση. Ο Χάριετ ήθελε πραγματικά, και ήθελε κάποιο χρόνο, να συμβουλευτεί έναν οδοντίατρο. Κυρία. Ο ήταν πολύ χαρούμενος που ήταν χρήσιμος. Κάθε πράγμα κακής υγείας ήταν μια σύσταση προς αυτήν - και αν και δεν αγαπούσε τόσο πολύ έναν οδοντίατρο από έναν κύριο. Ήταν πολύ πρόθυμος να έχει χάρυρη υπό τη φροντίδα της. -Όταν έτσι εγκαταστάθηκε στην πλευρά της αδελφής της, η Έμμα την πρότεινε στον φίλο της και την βρήκε πολύ πεπεισμένη. Προσκλήθηκε τουλάχιστον για ένα δεκαπενθήμερο. Έπρεπε να μεταφερθεί στον κύριο. Τη μεταφορά του ξυλουργού. - Όλα ήταν διατεταγμένα, όλα ολοκληρώθηκαν, και η ήταν ασφαλής στην πλατεία .

Τώρα Έμμα θα μπορούσε, πράγματι, να απολαύσει ο κύριος. Επισκέψεις του . Τώρα θα μπορούσε να μιλήσει, και θα μπορούσε να ακούσει με αληθινή ευτυχία, ανεξέλεγκτη από την αίσθηση της αδικίας, από την ενοχή, από κάτι πιο οδυνηρό, που την είχε στοιχειώσει όταν θυμόταν πόσο απογοητευμένη ήταν μια καρδιά κοντά της, πόση δύναμη εκείνη τη στιγμή σε μικρή απόσταση, να υπομένει από τα συναισθήματα που είχε παρασύρει ο ίδιος.

Η διαφορά της Χαρριέ στη μ. Το θεόρδ, ή στο Λονδίνο, έκανε ίσως μια παράλογη διαφορά στις αισθήσεις του Έμμα. Αλλά δεν μπορούσε να το σκεφτεί στο Λονδίνο χωρίς αντικείμενα περιέργειας και απασχόλησης, τα οποία πρέπει να αποτρέπουν το παρελθόν και να τα βγάζουν από τον εαυτό της.

Δεν θα επέτρεπε σε κανένα άλλο άγχος να επιτύχει άμεσα στο χώρο στο μυαλό της το οποίο είχε καταλάβει ο Χάριετ. Υπήρχε μια επικοινωνία μπροστά της, την οποία μόνο θα μπορούσε να είναι αρμόδια να κάνει - την εξομολόγηση της δέσμευσής της στον πατέρα της. Αλλά αυτή τη στιγμή δεν θα είχε καμία σχέση με αυτήν. - είχε αποφασίσει να αναβάλει την αποκάλυψη μέχρι την κα. Ήταν ασφαλή και καλά. Δεν θα έπρεπε να ριχτεί σε αυτή την περίοδο καμία άλλη διέγερση ανάμεσα σε εκείνους που αγαπούσε - και το κακό δεν έπρεπε να ενεργεί για τον εαυτό του από την πρόβλεψη πριν από την καθορισμένη ώρα - τουλάχιστον ένα δεκαπενθήμερο ανάπαυσης και ψυχικής ηρεμίας, για να στέκει κάθε θερμότερο, αλλά περισσότερο αναταραχή, χαρά, πρέπει να είναι δική της.

Σύντομα αποφάσισε, εξίσου ως καθήκον και ευχαρίστηση, να μισθώσει μισή ώρα από αυτές τις διακοπές των πνευμάτων για να καλέσει το . - θα έπρεπε να πάει - και εκείνη την επιθυμούσε να τη δει. Την ομοιότητα των σημερινών τους καταστάσεων αυξάνοντας κάθε άλλο κίνητρο της καλής θέλησης. Θα ήταν μια μυστική ικανοποίηση. Αλλά η συνειδητότητα μιας ομοιότητας της προοπτικής θα προσθέσει σίγουρα στο ενδιαφέρον με το οποίο θα πρέπει να συμμετέχει σε οποιοδήποτε πράγμα που μπορεί να επικοινωνήσει η .

Πήγε - είχε οδηγήσει μια φορά ανεπιτυχώς στην πόρτα, αλλά δεν είχε βρεθεί στο σπίτι από το πρωί μετά το λόφο του κιβωτίου, όταν η φτωχή τζέη ήταν σε τέτοια αγωνία που την είχε γεμίσει με συμπόνια, αν και όλα τα χειρότερα από τα βάσανα της ανυποψίαστος. - Ο φόβος να μην είναι ακόμη ευπρόσδεκτος, την καθόριζε, αν και διαβεβαίωσε ότι ήταν στο σπίτι, να περιμένει στο πέρασμα και να στείλει το όνομά της. Αλλά καμία τέτοια φασαρία δεν μπόρεσε να πετύχει, καθώς οι φτωχοί θύλακες είχαν προηγουμένως γίνει τόσο ευχαρίστως κατανοητοί. Δεν άκουσε τίποτα άλλο παρά την άμεση απάντηση, «παρακαλώ να την περπατήσω» - και λίγο αργότερα συναντήθηκε στις σκάλες με την ίδια τη , ερχόμενος ανυπόμονα προς τα εμπρός, σαν να μην αισθανόταν καμία άλλη υποδοχή της. Ποτέ δεν είδε την εμφάνισή της τόσο καλά, τόσο όμορφη, τόσο ελκυστική. Υπήρχε συνείδηση, κινούμενα σχέδια και ζεστασιά. Υπήρχε κάθε πράγμα που η όψη ή ο τρόπος της θα μπορούσε ποτέ να ήθελε. - Προχώρησε με ένα προσφερόμενο χέρι. Και είπε, σε ένα χαμηλό, αλλά πολύ συναίσθημα τόνο,

"αυτό είναι πολύ ευγενικό, πράγματι! -αποδομήστε ξυλόγλυπτα, είναι αδύνατον να εκφράσω-ελπίζω ότι θα το πιστέψετε- με συγχωρείτε ότι είμαι τόσο εντελώς χωρίς λόγια".

Η Έμμα ήταν ευχαριστημένη και σύντομα δεν θα έλεγε τίποτα από λόγια, αν ο ήχος της κας. Η φωνή του από το καθιστικό δεν την είχε ελέγξει και την έκαναν σκόπιμο να συμπιέσει όλα τα φιλικά της και όλα τα συγχαρητήρια της σε ένα πολύ, πολύ σοβαρό κούνημα του χεριού.

Κυρία. Και . Ήταν μαζί. Ήταν έξω, η οποία αντιπροσώπευε την προηγούμενη ηρεμία. Η Έμμα θα μπορούσε να είχε επιθυμήσει την κα. Αλλού. Αλλά είχε το χιούμορ να έχει υπομονή με κάθε σώμα. Και ως κ. Ο Έλτον συναντήθηκε με την ασυνήθιστη ευγένεια, ήλπιζε ότι το δεν θα τους έκανε κακό.

Σύντομα πίστευε ότι θα διεισδύσει η κα. Σκέψεις, και να καταλάβει γιατί ήταν, όπως και η ίδια, με χαρούμενα πνεύματα; Ήταν στην αποτυχία της εμπιστοσύνης του και φαντάζονταν ότι ήταν γνωστός σε αυτό που ήταν ακόμη μυστικό σε άλλους ανθρώπους. Η Έμμα είδε τα συμπτώματα της αμέσως στην έκφραση του προσώπου της. Και ενώ πληρώνει τα δικά της συγχαρητήρια στην κα. Και φαινόταν να παρακολουθήσει τις απαντήσεις της καλής γηραιάς κυρίας, την είδε με ένα είδος ανήσυχης παρέλασης του μυστηρίου να αναδιπλώνει μια επιστολή την οποία φαινόταν να διαβάζει δυνατά να χάσει το και να την επιστρέψει στο μοβ και το χρυσό δικτυωτό δίπλα της πλευρά, λέγοντας, με σημαντικά νεύματα,

"Μπορούμε να το ολοκληρώσουμε κάποια άλλη στιγμή, ξέρετε, εσείς και εγώ δεν θα θέλαμε ευκαιρίες και, στην πραγματικότητα, έχετε ακούσει όλα τα ουσιώδη ήδη." Θέλω μόνο να σας αποδείξω ότι η κ. . Παραδέχεται τη συγνώμη μας και δεν βλέπεις πόσο ευχάριστα γράφει, είναι γλυκιά πλάσμα, θα την κάνεις, αν δεν έχεις πάει - αλλά δεν λέει τίποτα περισσότερο ας είμαστε διακριτικοί -για την καλή συμπεριφορά μας. ! - θυμάστε αυτές τις γραμμές - ξεχάσω το ποίημα αυτή τη στιγμή:

 "γιατί όταν μια κυρία είναι στην υπόθεση,

 "ξέρετε ότι όλα τα άλλα δίνουν τη θέση."

Τώρα λέω, αγαπητέ μου, στην περίπτωσή μας, για κυρία, διαβάστε! Μια λέξη προς τους σοφούς. - Είμαι σε μια καλή ροή των πνευμάτων, ' εγώ; αλλά θέλω να θέσω την καρδιά σας άνετα ως προς την κα. - η εκπροσώπησή μου, βλέπετε, την έχει καθησυχάσει αρκετά. "

Και πάλι, για το Έμμα απλώς στρέφοντας το κεφάλι της για να εξετάσει την κυρία. Πλέξιμο, πρόσθεσε, σε ένα μισό ψίθυρο,

"Δεν ανέφερα ονόματα, θα παρατηρήσετε." - Ω! Όχι, επιφυλακτικός ως υπουργός κρατών, κατάφερα εξαιρετικά καλά ".

Η Έμμα δεν μπορούσε να αμφιβάλει. Ήταν μια ψηλαφητή οθόνη, επαναλαμβανόμενη σε κάθε πιθανή περίσταση. Όταν όλοι είχαν μιλήσει λίγο καιρό σε αρμονία με τον καιρό και την κα. , βρήκε τον εαυτό της απότομα αντιμετωπιστεί με,

"δεν νομίζεις, λείπει το ξυλόφυλλο, ο χαρούμενος μικρός μας φίλος εδώ είναι αναλλοίωτος, δεν σκέφτεσαι ότι η θεραπεία της δεν έχει την υψηλότερη πίστωση;" (εδώ υπήρξε μια πλαγιασμένη ματιά στο .) Πάνω στη λέξη μου, Η την έχει αποκαταστήσει σε ένα θαυμάσιο σύντομο χρονικό διάστημα! -χ! Αν την είχε δει, όπως έκανα, όταν ήταν χειρότερη! "- και όταν η κ. Ο έλεγε κάτι για το Έμμα, ψιθύρισε μακρύτερα, "δεν λέμε κανένα λόγο για οποιαδήποτε βοήθεια που μπορεί να έχει ο , ούτε κανένας λόγος για έναν καινούργιο γιατρό από .- , ο θα έχει όλη την πίστωση."

"Έχω ελάχιστα την ευχαρίστηση να σας δω, να χάσετε το ξύλο", αμέσως μετά άρχισε ", από το πάρτι στο λόφο κιβωτίων, πολύ ευχάριστο πάρτι, αλλά νομίζω ότι υπήρχε κάτι που θέλει. Φάνηκε λίγο σύννεφο πάνω στα πνεύματα κάποιων - έτσι μου φάνηκε τουλάχιστον, αλλά θα μπορούσα να κάνω λάθος, ωστόσο, νομίζω ότι απάντησε στο σημείο να πειράξει κάποιος να πάει ξανά. Και να εξερευνήσετε πάλι το λόφο του κουτιού, ενώ ο καλός καιρός διαρκεί; -πρέπει να είναι το ίδιο συμβαλλόμενο μέρος, ξέρετε, το ίδιο κόμμα, όχι μια εξαίρεση. "

Σύντομα μετά την είσοδό του αυτή η και η Έμμα δεν μπορούσε να βοηθήσει να εκτραπεί από την αμηχανία της πρώτης απάντησής της προς τον εαυτό της, με αποτέλεσμα, υποθέτοντας, από αμφιβολίες για το τι μπορεί να ειπωθεί και ανυπομονησία να πει κάθε πράγμα.

"ευχαριστώ, αγαπητέ ξυλουργός, είσαστε όλοι καλοσύνη - είναι αδύνατο να πούμε - ναι, πράγματι, καταλαβαίνω - οι προοπτικές της αγαπημένης του Τζέιν - δηλαδή, δεν εννοώ - αλλά ανακτάται με γοητεία. Κύριε δάσκαλο - είμαι πολύ χαρούμενος - πολύ έξω από τη δύναμή μου - ένας τόσο χαρούμενος μικρός κύκλος που μας βρίσκετε εδώ - ναι, πράγματι - γοητευτικός νεαρός άνδρας! - που είναι - τόσο πολύ φιλικός, εννοώ καλός κύριε Περί - τόσο μεγάλη προσοχή στην ! "- και από την μεγάλη της, περισσότερο από ευρέως ευχαριστημένη απόλαυση προς την κα. Για το ότι ήταν εκεί, η Έμμα μαντέψαμε ότι υπήρξε μια μικρή επίδειξη δυσαρέσκειας προς την , από τη συνοικία , η οποία τώρα χάρισε ευγενικά. - Μετά από μερικές ψίθυρες, πράγμα που το έβαλαν πέρα από μια εικασία, κυρία. , μιλώντας πιο δυνατά, είπε,

"ναι, εδώ είμαι, ο καλός μου φίλος" και εδώ έχω περάσει τόσο πολύ που οπουδήποτε αλλού θα πρέπει να το θεωρώ αναγκαίο να ζητήσω συγγνώμη αλλά η αλήθεια είναι ότι περιμένω τον άρχοντα και τον κύριό μου υποσχέθηκε να συμμετάσχει μου εδώ, και να πληρώσω τα σέβη του σε σας. "

«τι πρέπει να έχουμε την ευχαρίστηση για μια κλήση από τον κ. ;» ότι θα είναι πραγματικά μια χάρη γιατί γνωρίζω ότι οι κύριοι δεν τους αρέσουν οι πρωινές επισκέψεις και ο χρόνος του κ. Είναι τόσο γεμάτος ».

"κατά τη δική μου λέξη είναι, ." Αυτός πραγματικά ασχολείται από το πρωί μέχρι το βράδυ. "Δεν υπάρχει τέλος να έρχονται οι άνθρωποι σε αυτόν, με κάποιο πρόσχημα ή άλλο." Οι δικαστές και οι επιτηρητές και οι εκκλησιαστικοί πάντες πάντοτε θέλουν δεν φαίνεται να είναι σε θέση να κάνει τίποτα χωρίς αυτόν .- »κατά τη δική μου λέξη, κύριε ε.,« συχνά λέω », μάλλον εσείς παρά το .- Δεν ξέρω τι θα γίνει με τα κραγιόνια μου και το όργανο μου , αν είχα μισούς τόσους υποψήφιους. »« Είναι τόσο κακή όσο είναι, γιατί τους παραμελίζω απολύτως σε ένα αβάσταχτο βαθμό ». Πιστεύω ότι δεν έχω παίξει ένα μπάτρο αυτό το δεκαπενθήμερο.» Ωστόσο, έρχεται, σας διαβεβαιώνω : ναι, πράγματι, με σκοπό να περιμένω σε όλους σας. " και τοποθετώντας το χέρι της για να διαβάσετε τα λόγια της από το Έμμα - "μια συγχαρητήρια επίσκεψη, ξέρετε." - Ω! Ναι, πολύ απαραίτητο. "

Κοίταξε γύρω της, τόσο ευτυχώς-!

"υποσχέθηκε να έρθει σε μένα το συντομότερο που θα μπορούσε να απεμπλακεί από το , αλλά αυτός και ο είναι κλεισμένοι μαζί σε βαθιά διαβούλευση." - Κύριε ε. Είναι το δεξί χέρι του . "

Η Έμμα δεν θα είχε χαμογελάσει για τον κόσμο και μόνο είπε, "είναι ο κ. Με τα πόδια στο ;" θα έχει ένα ζεστό περίπατο.

", όχι, είναι μια συνάντηση στο στέμμα, μια τακτική συνάντηση, η και ο θα είναι και εκεί, αλλά κάποιος μπορεί να μιλήσει μόνο για εκείνους που οδηγούν. Δικός μου τρόπος."

"δεν έχετε μπερδέψει την ημέρα;" είπε Έμμα. "Είμαι σχεδόν βέβαιος ότι η συνάντηση στο στέμμα δεν είναι μέχρι το πρωί." Ο κ. Βρισκόταν στο Χάρτφιλντ χθες και μίλησε για το Σάββατο.

"αχ, όχι, η συνάντηση είναι σίγουρα σήμερα", ήταν η απότομη απάντηση, η οποία σηματοδότησε την αδυναμία οποιουδήποτε σφάλματος στην κα. "Είμαι σίγουρος, συνέχισε", αυτή είναι η πιο ενοχλητική ενορία που υπήρχε ποτέ, δεν είχαμε ποτέ ακούσει για τέτοιου είδους πράγματα σε καλλιέργειες σφενδάμου ".

"η ενορία σου ήταν μικρή", είπε ο .

"κατά τη γνώμη μου, αγαπητέ μου, δεν ξέρω, γιατί δεν άκουσα ποτέ το θέμα που μίλησε."

"αλλά αποδεικνύεται από το μικρό μέγεθος του σχολείου, για το οποίο σας άκουσα να μιλάτε, όπως είναι υπό την αιγίδα της αδελφής και της κυρίας σου, το μοναδικό σχολείο και όχι περισσότερο από πέντε και είκοσι παιδιά".

"αχ! Εσύ το έξυπνο πλάσμα, αυτό είναι πολύ αληθινό ... Τι σκέφτεται ο εγκέφαλος που έχετε ... Λέω, , ποιος τέλειος χαρακτήρας θα πρέπει να κάνουμε εσύ και εγώ, αν μπορούσαμε να ανακατωθούμε μαζί.Η ζωντάνια και η στερεότητα μου θα παράγουν τελειότητα. Όχι ότι υποθέτω ότι υπονοούμε, ωστόσο, ότι μερικοί άνθρωποι δεν μπορούν να έχουν την τελειότητα τέχνης ήδη - αλλά σιγουρευτείτε! - όχι μια λέξη, αν σας παρακαλώ ".

Φαινόταν περιττή προσοχή. Η Τζέιν ήθελε να δώσει τα λόγια της, όχι στην κα. , αλλά να χάσει το ξυλουργείο, όπως το τελευταίο είδε ξεκάθαρα. Η επιθυμία να την διακρίνεις, όσο επιτρέπεται η ευγένεια, ήταν πολύ εμφανής, αν και δεν μπορούσε συχνά να προχωρήσει πέρα από μια ματιά.

Κύριος. Έκανε την εμφάνισή του. Η κυρία του τον υποδέχθηκε με κάποια από την αφρώδη πείσμα της.

"πολύ όμορφο, κύριε, επάνω στο λόγο μου, να με στείλετε εδώ, να είναι ένα βάρος για τους φίλους μου, τόσο πολύ πριν να σας εγγυηθεί να έρθει!" - αλλά ξέρατε τι ένα υποτιθέμενο πλάσμα έπρεπε να ασχοληθεί με. Μην ανακατεύετε μέχρι να εμφανιστεί ο άρχοντας και ο αφέντης μου. -Εδώ καθόμουν αυτήν την ώρα, δίνοντας στις νεαρές αυτές κυρίες δείγμα αληθινής συζυγικής υπακοής -για ποιος μπορεί να πει, ξέρεις, πόσο σύντομα θα ήθελε;

Κύριος. Ο ήταν τόσο ζεστός και κουρασμένος, ότι όλο αυτό το πνεύμα φαινόταν να πέφτει μακριά. Οι ευγένειες του προς τις άλλες κυρίες πρέπει να πληρώνονται. Αλλά ο επόμενος στόχος του ήταν να θρηνήσει για τον εαυτό του για τη θερμότητα που υπέφερε, και ο περίπατος που είχε για τίποτα.

"όταν πήγα στο ," είπε, "το δεν μπορούσε να βρεθεί, πολύ περίεργο! Πολύ απροσδόκητο ... Μετά το σημείωμα που έστειλα αυτόν το πρωί, και το μήνυμα που επέστρεψε, ότι σίγουρα θα πρέπει να είναι στο σπίτι μέχρι ένα.

"!" έλεγε η σύζυγός του - "αγαπητέ μου κύριε, δεν ήσαστε στην αγάπη!" - εννοείτε το στέμμα, έρχεστε από τη συνάντηση στο στέμμα ".

"όχι, όχι, αυτό είναι αύριο και εγώ ήθελα ιδιαίτερα να δω τον ιππότη σήμερα για αυτόν ακριβώς τον λογαριασμό." - ένα τόσο τρομακτικό πρωινό! "- πήγα και στους αγρούς - (μιλώντας με τόνο άσχημης χρήσης , που το έκανε τόσο χειρότερο και στη συνέχεια να μην τον βρω στο σπίτι, σε διαβεβαιώνω ότι δεν είμαι καθόλου ευχαριστημένος και δεν μου άφησε καμία συγνώμη, μην μου έλεγε ότι η οικονόμος δήλωσε ότι δεν ήξερε τίποτα από το αναμενόμενο μου. - πολύ περίεργο! - και κανείς δεν ήξερε καθόλου τον τρόπο με τον οποίο έφυγε, ίσως στο Χάρτφιλντ, ίσως στο μύλο των αββαείων, ίσως στο δάσος του - χάσετε το ξύλο, αυτό δεν είναι σαν ο φίλος μας !

Η Έμμα διασκεύασε διαμαρτυρόμενος για το γεγονός ότι ήταν πραγματικά εξαιρετικό και ότι δεν είχε συλλαβή για να πει γι 'αυτόν.

"Δεν μπορώ να φανταστώ", είπε η κ. , (αισθάνεται την αγανάκτηση ως σύζυγος πρέπει να κάνει), "δεν μπορώ να φανταστώ πώς θα μπορούσε να κάνει κάτι τέτοιο από εσάς, από όλους τους ανθρώπους στον κόσμο, το τελευταίο άτομο που κάποιος πρέπει να περιμένει να ξεχαστεί! Κύριε, πρέπει να έχει αφήσει ένα μήνυμα για σένα, είμαι βέβαιος ότι πρέπει - και κανένας δεν μπορεί να είναι τόσο εκκεντρικός - και οι υπηρέτες του το έχουν ξεχάσει, εξαρτώνται από αυτό, αυτό συνέβαινε και είναι πολύ πιθανό να συμβαίνει με τους υπηρέτες του , που είναι όλοι, που συχνά παρατηρούσα, εξαιρετικά αμήχανος και .-Είμαι βέβαιος ότι δεν θα έχω ένα τέτοιο πλάσμα όπως η στάση του στο μας για οποιαδήποτε εξέταση. Κατέχει την πολύ φθηνή πράγματι. - Υποσχέθηκε στον Ράιτ μια απόδειξη και ποτέ δεν την έστειλε. "

"γνώρισα τον ", συνέχισε ο κ. ", καθώς έφτασα στο σπίτι και μου είπε ότι δεν θα έπρεπε να βρω τον κύριό του στο σπίτι, αλλά δεν τον πίστευα.-ο φαινόταν μάλλον από το χιούμορ και δεν ήξερε τι ήρθε στον κύριό του τον τελευταίο καιρό, είπε, αλλά δεν μπορούσε ποτέ να πάρει την ομιλία του, δεν έχω τίποτα να κάνω με τις επιθυμίες του Ουίλιαμ, αλλά είναι πραγματικά πολύ σημαντικό να δούμε σήμερα ιππότες, και γι 'αυτό γίνεται θέμα πολύ σοβαρή ταλαιπωρία που θα έπρεπε να είχα αυτή τη ζεστή βόλτα με κανέναν σκοπό ".

Η Έμμα θεώρησε ότι δεν μπορούσε να κάνει καλύτερα από το να πάει απευθείας στο σπίτι. Κατά πάσα πιθανότητα εκείνη τη στιγμή περίμενε εκεί; Και ο κ. Θα μπορούσε να διατηρηθεί από να βυθιστεί βαθύτερα στην επιθετικότητα προς τον κ. , αν όχι προς το .

Ήταν ευχαριστημένος, με τη λήψη άδειας, να βρει την αποφασισμένη να την παρακολουθήσει από το δωμάτιο, να πάει μαζί της ακόμη και κάτω, της έδωσε μια ευκαιρία την οποία χρησιμοποίησε αμέσως, για παράδειγμα, "ίσως δεν είχα την δυνατότητα, αν δεν μπήκατε σε άλλους φίλους, θα μπήκα στον πειρασμό να εισαγάγω ένα θέμα, να θέσω ερωτήσεις, να μιλήσω πιο ανοιχτά από ό, τι θα ήταν αυστηρά σωστό. -Δεν αισθάνομαι ότι θα έπρεπε σίγουρα να είχα αυτοπεποίθηση. "

"Ω!" με μια κοκκινιστή και δισταγμό που η Έμμα σκέφτηκε απρόσμενα να γίνει πιο ευτυχισμένη απ 'ό, τι όλη η κομψότητα της συνηθισμένης της ψυχραιμίας - «δεν θα υπήρχε κίνδυνος, ο κίνδυνος θα ήταν να σας κουράσω. Με τη συνείδηση που έχω για κακή συμπεριφορά, πολύ μεγάλη παράπτωσή μου, μου αρέσει ιδιαιτέρως να γνωρίζω ότι εκείνοι των φίλων μου, των οποίων η καλή γνώμη αξίζει να διατηρηθεί, να μην είναι αηδιασμένος σε τέτοιο βαθμό ώστε να μην έχω χρόνο για το μισό που θα ήθελα να πω. , δυστυχώς - εν συντομία, αν η συμπόνια σας δεν στέκεται στον φίλο μου ... "

"Ω, είσαι πολύ σχολαστικός, πράγματι είσαι", φώναξε Έμμα θερμά, και πήρε το χέρι της. "δεν μου χρωστάτε συγνώμη · και κάθε σώμα στο οποίο θα έπρεπε να τους χρωστάτε, είναι τόσο απολύτως ικανοποιημένος, τόσο ευτυχής ακόμα ..."

"είστε πολύ ευγενικοί, αλλά ξέρω ποια ήταν τα χαρά μου για σας." - τόσο κρύο και τεχνητό! "Είχα πάντα ένα ρόλο να ενεργήσω." - Ήταν μια ζωή εξαπάτησης! "- Ξέρω ότι πρέπει να σας άρεσε".

"Μην προσεύχεσαι να πεις τίποτα περισσότερο" Πιστεύω ότι όλες οι συγγνώμες πρέπει να είναι στο πλευρό μου ας συγχωρήσουμε ο ένας τον άλλον αμέσως, πρέπει να κάνουμε ό, τι πρέπει να γίνει πιο γρήγορα και νομίζω ότι τα συναισθήματά μας δεν θα χάσουν χρόνο εκεί. Έχετε ευχάριστους λογαριασμούς από ; "

"πολύ."

"και τα επόμενα νέα, υποθέτω, θα είναι ότι θα σας χάσουμε - ακριβώς όπως θα αρχίσω να σας γνωρίζω".

"Ω! Όσο για όλα αυτά, φυσικά τίποτα δεν μπορεί να σκεφτεί ακόμα, είμαι εδώ μέχρι να αξιωθεί από συνταγματάρχη και κα.

"τίποτα δεν μπορεί να διευθετηθεί ακόμα, ίσως", απάντησε Έμμα, χαμογελώντας- "αλλά, με συγχωρείτε, πρέπει να σκεφτεί."

Το χαμόγελο επιστράφηκε όπως απάντησε ο ,

"Είστε πολύ σωστός, έχει σκεφτεί και θα είμαι κύριος σε σας, (είμαι σίγουρος ότι θα είναι ασφαλής), ότι όσο μας ζουν με τον κ. Στο , πρέπει να είναι τρία τουλάχιστον μήνες, με βαθύ πένθος, αλλά όταν τελειώσουν, φαντάζομαι ότι δεν θα υπάρχει τίποτα περισσότερο να περιμένουμε ».

"ευχαριστώ, ευχαριστώ. -Αυτό είναι ακριβώς αυτό που ήθελα να είμαι σίγουρος.-, αν ήξερα πόσο μου αρέσει κάθε πράγμα που είναι αποφασισμένο και ανοιχτό!" "καλά, αντίο".

Κεφάλαιο

Κυρία. Οι φίλοι της έγιναν όλοι ευχαριστημένοι από την ασφάλειά της. Και αν η ικανοποίηση της ευημερίας της μπορούσε να αυξηθεί σε Έμμα, ήταν με τη γνώση της να είναι η μητέρα ενός κοριτσιού. Είχε αποφασίσει να επιθυμούσε ένα χαμένο . Δεν θα αναγνώριζε ότι είχε οποιαδήποτε άποψη να κάνει έναν αγώνα για αυτήν, στη συνέχεια, με τους δύο γιους της . Αλλά ήταν πεπεισμένη ότι μια κόρη θα ταιριάζει καλύτερα τόσο στον πατέρα όσο και στη μητέρα. Θα ήταν μεγάλη άνεση για τον κ. , καθώς μεγάλωσε - και ακόμη και ο κ. Ο θα μπορούσε να μεγαλώνει για δέκα χρόνια - να ζωντανεύει η φωτιά του από τα αθλήματα και τις ανοησίες, τους φρικιασμούς και τις φαντασιώσεις ενός παιδιού που δεν είχε ποτέ εκδιωχθεί από το σπίτι. Και κα. - κανείς δεν μπορούσε να αμφιβάλει ότι μια κόρη θα ήταν περισσότερο σε αυτήν? Και θα ήταν πολύ κρίμα που ο καθένας που τόσο καλά ήξερε πώς να διδάξει,

"Είχε το πλεονέκτημα, ξέρετε, να ασκείστε σε μένα", συνέχισε- "όπως η ' στο ', στο ' και , και τώρα θα δούμε τη δική της μικρή εκπαιδεύονται σε ένα πιο τέλειο σχέδιο. "

"δηλαδή," απάντησε ο κύριος. ", θα την ικανοποιήσει ακόμα περισσότερο από ό, τι σε έκανε και πιστεύει ότι δεν την επιδοκιμάζει καθόλου, θα είναι η μόνη διαφορά".

"Καημένο παιδί!" φώναξε Έμμα? "με αυτό το ρυθμό, τι θα γίνει γι 'αυτήν;"

"τίποτα πολύ κακό - η μοίρα χιλιάδων θα είναι δυσάρεστη στη βρεφική ηλικία και θα διορθώσει τον εαυτό της καθώς γερνάει" χάνω όλη την πικρία μου απέναντι σε χαλασμένα παιδιά, αγαπητό μου Έμμα., που οφείλω όλη σου την ευτυχία σε σένα , δεν θα ήταν φρικτή αμέλεια για μένα να είμαι σοβαρός σε αυτούς; "

Η Έμμα γέλασε και απάντησε: "αλλά είχα τη βοήθεια όλων των προσπαθειών σας για να εξουδετερώσω την επιείκεια άλλων ανθρώπων ... Αμφιβάλλω αν η δική μου αίσθηση θα με είχε διορθώσει χωρίς αυτό".

"δεν έχετε καμία αμφιβολία, η φύση σας έδωσε την κατανόηση: - παραδέχτηκαν σας αρχές, πρέπει να έχετε κάνει καλά, η παρέμβασή μου ήταν πολύ πιθανό να κάνει κακό τόσο καλό, ήταν πολύ φυσικό να πείτε, τι έχει δίκιο να με διδάξει; -και φοβάμαι πολύ φυσικό να αισθάνεσαι ότι έγινε με ένα δυσάρεστο τρόπο.Δεν πιστεύω ότι έκανες κάτι καλό.Το καλό ήταν μόνο για τον εαυτό μου, κάνοντάς σου ένα αντικείμενο η τρυφερή αγάπη για μένα δεν θα μπορούσα να σκεφτώ για σένα τόσο πολύ, χωρίς να κάνω πράγματα για σένα, λάθη και όλα, και χάρη σε φανταχτερότατα τόσες λάθη, έχουν ερωτευτεί μαζί σου από τότε που είσαι τουλάχιστον δεκατρείς ».

"Είμαι σίγουρος ότι ήσαστε χρήσιμος για μένα", φώναξε Έμμα. "Πολύ συχνά έχω επηρεαστεί σωστά από εσάς - πιο συχνά από ό, τι θα είχα εγώ εκείνη τη στιγμή. Είμαι πολύ σίγουρος ότι με κάνατε καλό και αν η κακή μικρή Άννα πρόκειται να χαλάσει, θα είναι η μεγαλύτερη ανθρωπότητα μέσα σου να κάνεις πολύ για αυτήν όπως εσείς έκανε για μένα, εκτός από την ερωτευμένη με την όταν είναι δεκατρείς ".

"Πόσο συχνά, όταν ήσασταν κορίτσι, μου είπες, με ένα φρικτό βλέμμα σου, πια, θα το κάνω - ο παπάς λέει ότι μπορεί, ή έχω την άδεια του "- κάτι που, όπως γνωρίζατε, δεν είχα εγκρίνει. Σε τέτοιες περιπτώσεις η παρέμβασή μου σας έδινε δύο κακά συναισθήματα αντί για ένα".

"τι ήταν ένα φιλόξενο πλάσμα!" - δεν αναρωτιέμαι αν πρέπει να κρατάτε τις ομιλίες μου σε μια τέτοια στοργική μνήμη ".

"Κύριε ." - Καλέσατε πάντα, "Κύριε ". Και, από συνήθεια, δεν έχει τόσο πολύ επίσημη υγιή - και όμως είναι επίσημη. Θέλω να μου τηλεφωνήσεις κάτι άλλο, αλλά δεν ξέρω τι. "

«θυμάμαι μια φορά που σας τηλεφώνησα« », σε μια από τις φιλικές μου στιγμές, περίπου πριν από δέκα χρόνια. Το έκανα επειδή σκέφτηκα ότι θα σας προσβάλει, αλλά, καθώς δεν έχετε αντιρρήσεις, δεν το έκανα ποτέ ξανά».

"και δεν μπορείτε να μου τηλεφωνήσετε τώρα" ";"

"αδύνατο!" "Δεν μπορώ ποτέ να σας πω τίποτα, εκτός από τον κύριο ." δεν θα υποσχεθώ ακόμη και να ισοδυναμώ με την κομψή αίσθηση της κ. , καλώντας σας κ. Κ. - αλλά θα υπόσχομαι », πρόσθεσε επί του παρόντος, γελώντας και κοκκινίζοντας-« θα σας υποσχεθώ να σας τηλεφωνήσω μια φορά με το χριστιανικό σας όνομα. Δεν λέω πότε, αλλά ίσως μπορείτε να μαντέψετε πού ;- στο κτίριο στο οποίο το παίρνει για καλύτερη, για χειρότερα. "

Η Έμμα θλίβει ότι δεν θα μπορούσε να είναι πιο ανοιχτά απλά σε μια σημαντική υπηρεσία που η καλύτερη της αίσθηση θα της είχε καταστήσει τη συμβουλή που θα την έσωζε από τις χειρότερες από όλες τις γυναικείες γενναιόδωρες - τη θανατική της οικειότητα με τον Χάριτ Σμιθ. Αλλά ήταν πολύ τρυφερό θέμα. -Δεν μπορούσε να εισέλθει σε αυτό. -Η αναφέρθηκε πολύ σπάνια μεταξύ τους. Αυτό, από την πλευρά του, θα μπορούσε απλώς να προχωρήσει από την μη σκέψη του. Αλλά η Έμμα ήταν μάλλον διατεθειμένη να την αποδώσει στη λιχουδιά και μια υποψία, από κάποιες εμφανίσεις, ότι η φιλία τους μειωνόταν. Γνώριζε ότι, χωρίζοντάς την υπό οποιεσδήποτε άλλες συνθήκες, θα έπρεπε σίγουρα να είχε ανταποκριθεί περισσότερο και ότι η νοημοσύνη της δεν θα είχε αναπαύσει, όπως συνέβη σχεδόν εξ ολοκλήρου, με τα γράμματα της . Θα μπορούσε να παρατηρήσει ότι ήταν έτσι.

Η ισπανία έστειλε μια τόσο καλή εικόνα του επισκέπτη της, όπως θα περίμενε κανείς. Κατά την πρώτη της άφιξη το είχε σκεφτεί από τα πνεύματα, τα οποία φαίνονταν απολύτως φυσικά, καθώς υπήρχε ένας οδοντίατρος που έπρεπε να συμβουλευτεί. Αλλά, καθώς η επιχείρηση είχε τελειώσει, δεν φάνηκε να βρίσκει διαφορετικό από ό, τι είχε γνωρίσει πριν. - Η , βέβαια, δεν ήταν πολύ γρήγορος παρατηρητής. Αν όμως η δεν ήταν ίση με το να παίζει με τα παιδιά, δεν θα τη διέφυγε. Οι ανέσεις και οι ελπίδες της Έμμα έγιναν ευχάριστα, χάρη στο να παραμείνει μακρύτερος ο . Το δεκαπενθήμερο της ήταν πιθανό να είναι τουλάχιστον ένα μήνα. Κύριος. Και κα. Ο επρόκειτο να κατέβει τον Αύγουστο και κλήθηκε να παραμείνει μέχρι να την φέρουν πίσω.

"Ο δεν μιλάει ακόμη και τον φίλο σου", είπε ο κ. . "εδώ είναι η απάντησή του, αν θέλετε να το δείτε".

Ήταν η απάντηση στην ανακοίνωση του προβλεπόμενου γάμου του. Η Έμμα το δέχτηκε με ένα πολύ ανυπόμονο χέρι, με μια ανυπομονησία ζωντανή να μάθει τι θα έλεγε γι 'αυτό και καθόλου ελεγμένο ακούγοντας ότι ο φίλος της δεν είχε αναφερθεί.

"Ο μπαίνει σαν αδελφός στην ευτυχία μου", συνέχισε ο κ. ", αλλά δεν είναι απολύτως ευχαριστημένος και παρόλο που τον γνωρίζω καλά ότι έχει και την πιο αδελφική αγάπη για σένα, είναι τόσο μακριά από το να φτιάχνει άνθηση, ώστε οποιαδήποτε άλλη νεαρή γυναίκα να τον θεωρεί μάλλον δροσερό στον έπαινο. Δεν φοβάμαι ότι βλέπετε τι γράφει. "

"γράφει σαν ένας λογικός άνθρωπος", απάντησε η Έμμα, όταν είχε διαβάσει την επιστολή. "τιμώ την ειλικρίνεια του, είναι πολύ σαφές ότι θεωρεί την καλή τύχη της δέσμευσης ως όλοι στο πλευρό μου, αλλά ότι δεν είναι χωρίς ελπίδα να μεγαλώσω, με την πάροδο του χρόνου, ως άξιος της αγάπης σας, όπως εσείς νομίζετε ήδη Είπε ότι ο καθένας θα έπρεπε να έχει διαφορετική κατασκευή, δεν θα έπρεπε να τον πιστέψω ".

"η Έμμα μου, δεν σημαίνει κάτι τέτοιο, σημαίνει μόνο ..."

"ο ίδιος και εγώ θα πρέπει να διαφέρουν ελάχιστα από την εκτίμησή μας για τα δύο", το διέκοψε, με ένα είδος σοβαρού χαμόγελου- "πολύ λιγότερο, ίσως, από όσο γνωρίζει, αν μπορούσαμε να εισέλθουμε χωρίς τελετή ή αποθεματικό επί του θέματος. "

"Έμμα, αγαπητέ μου Έμμα-"

"Ω!" φώναξε με πιο προσεγμένη ευθυμία "αν φανείτε ότι ο αδελφός σας δεν με κάνει δικαιοσύνη, απλώς περιμένετε μέχρι ο αγαπητός μου πατέρας να βρίσκεται στο μυστικό και να ακούσετε τη γνώμη του εξαρτάται από αυτό, θα είναι πολύ πιο μακριά από το να σας κάνει δικαιοσύνη. Θα σκεφτώ όλη την ευτυχία, όλο το πλεονέκτημα, από την πλευρά σας της ερώτησης, όλα τα πλεονεκτήματα της δικής μου, εύχομαι να μην βυθίσω μαζί του τον «κακό Έμμα» - ο συμπαθητικός του συμπόνιος προς την καταπιεσμένη αξία δεν μπορεί να πάει μακρύτερα . "

"αχ!" "Θα ήθελα ο πατέρας σου να είναι ίσος ή ίσως τόσο πεπεισμένος όσο θα είναι ο , να έχουμε κάθε δικαίωμα να έχουμε την ίδια αξία, να είμαστε ευχαριστημένοι μαζί μας", είπε διασκεδασμένος ένα μέρος του επιστολή του - το προσέξατε; -Όπου λέει, ότι οι πληροφορίες μου δεν τον έκαναν εξ ολοκλήρου από πείραμα, ότι περίμενε μάλλον να ακούει κάτι τέτοιο. "

"Αν καταλαβαίνω τον αδερφό σου, σημαίνει μόνο ότι έχεις κάποιες σκέψεις να παντρευτείς, δεν είχε ιδέα για μένα, φαίνεται τελείως απροετοίμαστος γι 'αυτό".

"Ναι, ναι - αλλά είμαι διασκεδασμένος ότι θα έπρεπε να έχει δει μέχρι στιγμής στα συναισθήματά μου τι κρίνει;" - Δεν συνειδητοποιώ καμία διαφορά στο πνεύμα ή τη συνομιλία μου που θα μπορούσε να τον προετοιμάσει αυτή τη στιγμή για το γάμο μου οπότε δεν ήταν άλλο από ένα άλλο - αλλά ήταν έτσι, υποθέτω, τολμούν να πω ότι υπήρχε μια διαφορά όταν έμενα μαζί τους την άλλη μέρα ... Πιστεύω ότι δεν έπαιζα με τα παιδιά αρκετά όπως συνήθως. Το βράδυ τα φτωχά αγόρια λένε, «ο θείος φαίνεται πάντα κουρασμένος τώρα».

Έφτασε ο καιρός όταν οι ειδήσεις έπρεπε να εξαπλωθούν μακρύτερα, και η υποδοχή άλλων ανθρώπων της προσπάθησε. Μόλις το κ. Το ανακτήθηκε επαρκώς για να παραδεχτεί τον κύριο. Οι επισκέψεις του ξυλουργού, η Έμμα έχοντας κατά νου ότι οι ευγενικοί λογικοί της πρέπει να απασχολούνται στην υπόθεση, αποφάσισαν πρώτα να το ανακοινώσουν στο σπίτι και στη συνέχεια σε .-αλλά πώς να το σπάσει στον πατέρα της επιτέλους! Το κάνουμε, σε μια τέτοια ώρα του κ. Την απουσία του , ή όταν έφτασε στο σημείο που η καρδιά της θα την είχε αποτύχει, και πρέπει να το έβαλε μακριά. Αλλά κύριε. Ο επρόκειτο να έρθει σε μια τέτοια εποχή και να ακολουθήσει την αρχή που έπρεπε να κάνει - ήταν αναγκασμένη να μιλήσει και να μιλήσει χαρούμενα και εγώ. Δεν πρέπει να το κάνει ένα πιο αποφασισμένο θέμα μιζέριας γι 'αυτόν, με τον ίδιο τον μελαγχολικό τόνο. Δεν πρέπει να φαίνεται να το θεωρεί ατυχία. -Με όλα τα πνεύματα που μπορούσε να διατάξει, τον προετοίμασε πρώτα για κάτι περίεργο και στη συνέχεια, με λίγα λόγια, είπε, ότι αν μπορούσε να ληφθεί η συγκατάθεσή του και η εγκυμοσύνη του - η οποία, πίστευε, θα παρακολουθούσε χωρίς δυσκολία, δεδομένου ότι ήταν ένα σχέδιο για την προώθηση της ευτυχίας όλων - αυτή και ο κ. Σήμαινε να παντρευτεί; Με το οποίο σημαίνει ότι το θα έλαβε τη συνεχή προσθήκη της εταιρείας του ατόμου που γνώριζε ότι αγάπησε, δίπλα στις κόρες του και την κα. , το καλύτερο στον κόσμο. Με το οποίο σημαίνει ότι το θα έλαβε τη συνεχή προσθήκη της εταιρείας του ατόμου που γνώριζε ότι αγάπησε, δίπλα στις κόρες του και την κα. , το καλύτερο στον κόσμο. Με το οποίο σημαίνει ότι το θα έλαβε τη συνεχή προσθήκη της εταιρείας του ατόμου που γνώριζε ότι αγάπησε, δίπλα στις κόρες του και την κα. , το καλύτερο στον κόσμο.

Φτωχός άνθρωπος! - Ήταν αρχικά ένα σημαντικό σοκ γι 'αυτόν, και προσπάθησε με ειλικρίνεια να την αποτρέψει από αυτό. Υπενθύμισε, πολλές φορές, ότι πάντα είπε ότι ποτέ δεν θα παντρευτεί και διαβεβαίωσε ότι θα ήταν πολύ καλύτερα για να παραμείνει ενιαίος. Και είπε για τους φτωχούς , και τους φτωχούς χαμένους .-αλλά δεν θα έκανε. Η Έμμα κρέμασε γύρω του με αγάπη και χαμογέλασε και είπε ότι πρέπει να είναι έτσι. Και ότι δεν πρέπει να την κατηγορήσει με την και την κα. Ο , του οποίου οι γάμοι τον οδήγησαν από το , είχε πράγματι κάνει μια μελαγχολική αλλαγή: αλλά δεν πήγαινε από το . Πρέπει να είναι πάντα εκεί. Δεν εισήγαγε καμία αλλαγή στους αριθμούς ή τις ανέσεις τους αλλά προς το καλύτερο. Και ήταν πολύ σίγουρος ότι θα ήταν πολύ πιο ευτυχισμένος για τον κύριο. Πάντα στο χέρι, όταν είχε συνηθίσει κάποτε με την ιδέα. - Δεν τον αγάπησε ο κ. Πάρα πολύ; - δεν θα αρνηθεί ότι το έκανε, ήταν σίγουρος. Ποιον θέλησε ποτέ να συμβουλευτεί για τις επιχειρήσεις, αλλά ο κύριος. ; Ποιος ήταν τόσο χρήσιμος για αυτόν, ο οποίος ήταν τόσο έτοιμος να γράψει τις επιστολές του, που τόσο ευτυχείς να τον βοηθήσουν; Όποιος ήταν τόσο χαρούμενος, τόσο προσεκτικός, τόσο προσκολλημένος σ 'αυτόν; Δεν θα ήθελε να τον έχει πάντα επιτόπου ?-Ναί. Αυτό ήταν πολύ αλήθεια. Κύριος. Δεν μπορούσε να είναι εκεί πολύ συχνά? Θα πρέπει να είναι ευτυχής να τον δει καθημερινά - αλλά τον είδαν κάθε μέρα όπως ήταν - γιατί δεν μπορούσαν να συνεχίσουν όπως είχαν κάνει; αυτό ήταν πολύ αλήθεια. Κύριος. Δεν μπορούσε να είναι εκεί πολύ συχνά? Θα πρέπει να είναι ευτυχής να τον δει καθημερινά - αλλά τον είδαν κάθε μέρα όπως ήταν - γιατί δεν μπορούσαν να συνεχίσουν όπως είχαν κάνει; αυτό ήταν πολύ αλήθεια. Κύριος. Δεν μπορούσε να είναι εκεί πολύ συχνά? Θα πρέπει να είναι ευτυχής να τον δει καθημερινά - αλλά τον είδαν κάθε μέρα όπως ήταν - γιατί δεν μπορούσαν να συνεχίσουν όπως είχαν κάνει;

Κύριος. Δεν μπορούσε να συμβιβαστεί σύντομα το ξύλο. Αλλά το χειρότερο ξεπεράστηκε, δόθηκε η ιδέα. Ο χρόνος και η συνεχής επανάληψη πρέπει να κάνουν τα υπόλοιπα. - στις διαβεβαιώσεις και τις διαβεβαιώσεις της Έμμα διαδέχτηκε ο κ. Του , του οποίου η λαϊκή έπαινο της έδωσε το θέμα ακόμα και ένα είδος καλωσόρισμα. Και σύντομα συνηθίζαμε να μιλάμε με τον καθένα, σε κάθε αληθινή περίσταση. - Είχαν όλη τη βοήθεια που η ισαπέλα μπορούσε να δώσει, με επιστολές της ισχυρότερης συγκατάθεσης. Και κα. Ο ήταν έτοιμος, κατά την πρώτη συνάντηση, να εξετάσει το θέμα με τον πιο λειτουργικό φωτισμό - πρώτον, ως καθιερωμένο και, δεύτερον, ως καλός - γνωρίζοντας την σχεδόν ισοδύναμη σημασία των δύο συστάσεων προς τον κ. Το μυαλό του ξυλουργού. - Συμφωνήθηκε, όπως επρόκειτο να γίνει. Και κάθε σώμα από τον οποίο είχε συνηθίσει να τον καθοδηγεί να τον διαβεβαιώσει ότι θα ήταν για την ευτυχία του.

Κυρία. Η δεν έπαιζε τίποτα, υποτιμώντας ότι δεν είχε κανένα συναίσθημα σε όλα όσα του είπε υπέρ της εκδήλωσης. - Εκείνη ήταν εξαιρετικά περίεργη, ποτέ περισσότερο, από όταν η Έμμα άνοιξε για πρώτη φορά την υπόθεση. Αλλά είδε μόνο σε αυτήν την αύξηση της ευτυχίας σε όλους, και δεν είχε κανένα φόβο να τον προτρέψει στο μέγιστο. - είχε τέτοια σημασία για τον κύριο. , για να πιστεύει ότι άξιζε ακόμα και το αγαπημένο της Έμμα. Και ήταν από κάθε άποψη τόσο σωστό, κατάλληλο και ανυπέρβλητο ένα σύνδεσμο, και από ένα σημείο, ένα σημείο της ύψιστης σημασίας, τόσο ιδιαιτέρως επιλέξιμο, τόσο ξεχωριστά τυχερό, που τώρα φαινόταν σαν να μην μπορούσε Έμμα να προσκολληθεί με ασφάλεια κάθε άλλο πλάσμα, και ότι ήταν ο ίδιος ο ηλίθιος των όντων που δεν το είχε σκεφτεί και το θέλησε πολύ καιρό πριν. -Όπως πολύ λίγοι από εκείνους τους άντρες σε μια τάξη της ζωής για να απευθυνθούν στην Έμμα θα είχαν παραιτηθεί από το δικό τους σπίτι για το ! Και ποιος, αλλά ο κ. Θα μπορούσε να γνωρίζει και να φέρει με τον κ. Ξύλινο σπίτι, έτσι ώστε να είναι επιθυμητή μια τέτοια ρύθμιση! - η δυσκολία διάθεσης των φτωχών . Ξύλο ήταν πάντα αισθητή στα σχέδια του συζύγου της και της δικής της, για έναν γάμο μεταξύ και Έμμα. Πώς να διευθετήσουμε τους ισχυρισμούς του και του ήταν ένα συνεχές εμπόδιο - λιγότερο αναγνωρίστηκε από τον κ. Παρά μόνο από μόνη της - αλλά ακόμη και ποτέ δεν κατάφερε να τελειώσει το θέμα καλύτερα από ό, τι λέει- «αυτά τα θέματα θα φροντίσουν τον εαυτό τους · οι νέοι θα βρουν έναν δρόμο». Αλλά εδώ δεν υπήρχε τίποτα να μετατοπιστεί σε μια άγρια εικασία για το μέλλον. Ήταν εντάξει, όλα ανοικτά, όλα ίσα. Καμία θυσία δεν αξίζει το όνομα.

Κυρία. , με το μωρό της στο γόνατό της, απολαμβάνοντας τέτοιες αντανακλάσεις όπως αυτές, ήταν μία από τις πιο ευτυχισμένες γυναίκες στον κόσμο. Αν κάτι μπορούσε να αυξήσει την απόλαυση της, αντιλαμβανόταν ότι το μωρό θα είχε ξεπεράσει σύντομα το πρώτο του πώμα.

Οι ειδήσεις ήταν παγκοσμίως ένα έκπληγμα όπου και να εξαπλωθεί. Και ο κ. Το είχε το μερίδιό του πέντε λεπτών από αυτό. Αλλά πέντε λεπτά ήταν αρκετά για να εξοικειωθεί η ιδέα με την ταχύτητα του μυαλού του. - Έβλεπε τα πλεονεκτήματα του αγώνα και χαίρεται σε αυτά με όλη τη σταθερότητα της συζύγου του. Αλλά το θαύμα του ήταν πολύ σύντομα τίποτα. Και μέχρι το τέλος μιας ώρας δεν απέφευγε να πιστεύει ότι πάντα το είχε προβλέψει.

"πρόκειται να είναι ένα μυστικό, καταλήγω," είπε. "αυτά τα θέματα είναι πάντα ένα μυστικό, μέχρι να βρεθεί ότι το κάθε σώμα τα ξέρει. Μόνο επιτρέψτε μου να μου πουν όταν μπορώ να μιλήσω έξω." Αναρωτιέμαι αν η έχει οποιαδήποτε υποψία ".

Πήγε στο το επόμενο πρωί, και ικανοποιήθηκε σε αυτό το σημείο. Της είπε τα νέα. Δεν ήταν αυτή σαν κόρη, η μεγαλύτερη κόρη του; και να χάσει την παρουσία του , πέρασε, βέβαια, στην κα. Κορέ, κύριε. Περί, και κα. , αμέσως μετά. Δεν ήταν τίποτα περισσότερο από ό, τι οι αρχηγοί είχαν προετοιμαστεί. Είχαν υπολογίσει από τη στιγμή που ήταν γνωστή σε , πόσο σύντομα θα ήταν πάνω από ? Και σκέφτονταν τον εαυτό τους, όπως το απογευματινό θαύμα σε πολλούς οικογενειακούς κύκλους, με μεγάλη αλαζονεία.

Σε γενικές γραμμές, ήταν ένας πολύ καλά εγκεκριμένος αγώνας. Κάποιοι μπορεί να τον σκεφτούν, και άλλοι ίσως να το σκεφτούν, οι περισσότεροι στην τύχη. Ένα σετ μπορεί να συστήσει την απομάκρυνσή τους για να απομακρυνθεί και να αφήσει το για τους ιππότες ιππότες. Και ένας άλλος μπορεί να προβλέψει διαφωνίες μεταξύ των υπαλλήλων τους. Αλλά, γενικά, δεν προέκυψαν σοβαρές αντιρρήσεις, εκτός από μια κατοίκηση, τη φραγκοκρατία. - Εκεί, το παράξενο δεν μαλακώθηκε από οποιαδήποτε ικανοποίηση. Κύριος. Ο νοιαζόταν πολύ για αυτό, σε σύγκριση με τη σύζυγό του. Ήλπιζε μόνο "η υπερηφάνεια της νεαρής κυρίας θα ήταν πλέον ικανοποιημένη". Και υποτίθεται ότι "είχε πάντα την πρόθεση να πιάσει εάν μπορούσε" και, στο σημείο ζωής στο Χάρτφιλντ, θα μπορούσε να φωνάξει με τοργή, "μάλλον από το Ι!" - αλλά η κ. Ο Έλτον ήταν πολύ απογοητευμένος πράγματι .- "φτωχός ! Κακός συνάδελφος! Είχε χιλιάδες καλές ιδιότητες - πώς θα μπορούσε να τον πάρει έτσι; - δεν τον σκέφτηκε καθόλου με την αγάπη - όχι στο ελάχιστο. - φτωχό ! - θα ήταν το τέλος όλης της ευχάριστης συνουσίας μαζί του. Χαρούμενος που ήλθε να δει και να δειπνήσει μαζί τους κάθε φορά που τον ρώτησαν! Λλλά αυτό θα ήταν όλο πέρα από τώρα - φτωχός συνάδελφος! Ω! Όχι; θα υπήρχε μια κα. Να ρίξει κρύο νερό σε κάθε πράγμα.-εξαιρετικά δυσάρεστο! Αλλά δεν ήταν λυπηρό που είχε κακομεταχειριστεί ο οικονόμος την άλλη μέρα. - συγκλονιστικό σχέδιο, που ζούσε μαζί. Δεν θα το κάνει ποτέ. Γνώριζε μια οικογένεια κοντά στο σφενδάμι που το είχε δοκιμάσει και υποχρεώθηκε να χωριστεί πριν από το τέλος του πρώτου τριμήνου. Είχε χιλιάδες καλές ιδιότητες - πώς θα μπορούσε να τον πάρει έτσι; - δεν τον σκέφτηκε καθόλου με την αγάπη - όχι στο ελάχιστο. - φτωχό ! - θα ήταν το τέλος όλης της ευχάριστης συνουσίας μαζί του. Χαρούμενος που ήλθε να δει και να δειπνήσει μαζί τους κάθε φορά που τον ρώτησαν! Αλλά αυτό θα ήταν όλο πέρα από τώρα - φτωχός συνάδελφος! Ω! Όχι; θα υπήρχε μια κα. Να ρίξει κρύο νερό σε κάθε πράγμα.- εξαιρετικά δυσάρεστο! Αλλά δεν ήταν λυπηρό που είχε κακομεταχειριστεί ο οικονόμος την άλλη μέρα. - συγκλονιστικό σχέδιο, που ζούσε μαζί. Δεν θα το κάνει ποτέ. Γνώριζε μια οικογένεια κοντά στο σφενδάμι που το είχε δοκιμάσει και υποχρεώθηκε να χωριστεί πριν από το τέλος του πρώτου τριμήνου. - θα ήταν το τέλος όλης της ευχάριστης συνουσίας μαζί του. - Πόσο ευτυχισμένος ήταν να έρχεται και να δειπνήσει μαζί τους κάθε φορά που τον ρώτησαν! Αλλά αυτό θα ήταν όλο πέρα από τώρα - φτωχός συνάδελφος! Ω! Όχι; θα υπήρχε μια κα. Να ρίξει κρύο νερό σε κάθε πράγμα.-εξαιρετικά δυσάρεστο! Αλλά δεν ήταν λυπηρό που είχε κακομεταχειριστεί ο οικονόμος την άλλη μέρα. - συγκλονιστικό σχέδιο, που ζούσε μαζί. Δεν θα το κάνει ποτέ. Γνώριζε μια οικογένεια κοντά στο σφενδάμι που το είχε δοκιμάσει και υποχρεώθηκε να χωριστεί πριν από το τέλος του πρώτου τριμήνου. - θα ήταν το τέλος όλης της ευχάριστης συνουσίας μαζί του. - Πόσο ευτυχισμένος ήταν να έρχεται και να δειπνήσει μαζί τους κάθε φορά που τον ρώτησαν! Αλλά αυτό θα ήταν όλο πέρα από τώρα - φτωχός συνάδελφος! Ω! Όχι; θα υπήρχε μια κα. Να ρίξει κρύο νερό σε κάθε πράγμα.-εξαιρετικά δυσάρεστο! Αλλά δεν ήταν λυπηρό που είχε κακομεταχειριστεί ο οικονόμος την άλλη μέρα. - συγκλονιστικό σχέδιο, που ζούσε μαζί. Δεν θα το κάνει ποτέ. Γνώριζε μια οικογένεια κοντά στο σφενδάμι που το είχε δοκιμάσει και υποχρεώθηκε να χωριστεί πριν από το τέλος του πρώτου τριμήνου. -Εξαιρετικά δυσάρεστο! Αλλά δεν ήταν λυπηρό που είχε κακομεταχειριστεί ο οικονόμος την άλλη μέρα. - συγκλονιστικό σχέδιο, που ζούσε μαζί. Δεν θα το κάνει ποτέ. Γνώριζε μια οικογένεια κοντά στο σφενδάμι που το είχε δοκιμάσει και υποχρεώθηκε να χωριστεί πριν από το τέλος του πρώτου τριμήνου. - Εξαιρετικά δυσάρεστο! Αλλά δεν ήταν λυπηρό που είχε κακομεταχειριστεί ο οικονόμος την άλλη μέρα. - συγκλονιστικό σχέδιο, που ζούσε μαζί. Δεν θα το κάνει ποτέ. Γνώριζε μια οικογένεια κοντά στο σφενδάμι που το είχε δοκιμάσει και υποχρεώθηκε να χωριστεί πριν από το τέλος του πρώτου τριμήνου.

Κεφάλαιο

Ο χρόνος πέρασε. Μερικά ακόμα πρωινά και το πάρτι από το Λονδίνο θα φτάσει. Ήταν μια ανησυχητική αλλαγή. Και η Έμμα το σκέφτηκε ένα πρωί, καθώς αυτό πρέπει να φέρει πολλά πράγματα για να τα αναστατώσει και να την θλίψουν, όταν ο κ. Ο ήρθε μέσα και δημιουργήθηκαν θλιβερές σκέψεις. Μετά την πρώτη κουβέντα της ευχαρίστησης, ήταν σιωπηλός. Και έπειτα, σε ένα βαθύ τόνο, άρχισε με,

"Έχω κάτι να σου πω, Έμμα, μερικά νέα."

"Καλό ή κακό;" είπε, γρήγορα, κοιτώντας ψηλά στο πρόσωπό του.

"Δεν ξέρω τι θα έπρεπε να ονομάζεται".

"Ω, καλό είμαι σίγουρος." Το βλέπω στο πρόσωπό σου, προσπαθείτε να μην χαμογελάσετε ".

«φοβάμαι», είπε, συνθέτοντας τα χαρακτηριστικά του, «φοβάμαι πάρα πολύ, αγαπητέ μου Έμμα, ότι δεν θα χαμογελάσετε όταν το ακούσετε».

"Όντως, αλλά γιατί δεν μπορώ να φανταστώ ότι κάτι που σας ευχαριστεί ή σας διασκεδάζει, δεν πρέπει να σας παρακαλώ και να διασκεδάσετε και εγώ".

"Υπάρχει ένα θέμα", απάντησε, "ελπίζω αλλά ένα, για το οποίο δεν νομίζουμε το ίδιο". Σταμάτησε μια στιγμή, χαμογελώντας ξανά, με τα μάτια του να στερεώνονται στο πρόσωπό της. "δεν σου έχει συμβεί τίποτα;" "Δεν θυμάσαι;"

Τα μάγουλά της ξεπλύνθηκαν από το όνομα και αισθάνθηκε φοβισμένος από κάτι, αν και δεν ήξερε τι.

"Έχετε ακούσει από σας τον εαυτό σας αυτό το πρωί;" είπε. "έχετε, πιστεύω, και γνωρίζετε το σύνολο."

"όχι, δεν έχω, δεν ξέρω τίποτα, προσεύχεστε να μου πείτε".

"είσαι προετοιμασμένος για το χειρότερο, βλέπω-και είναι πολύ κακό." Η παντρεύει τον .

Η εμάς έδωσε μια αρχή, η οποία δεν φάνηκε να είναι προετοιμασμένη - και τα μάτια της, με ανυποψίαστο βλέμμα, είπαν "όχι, αυτό είναι αδύνατο!" αλλά τα χείλη της ήταν κλειστά.

"είναι πράγματι έτσι", συνέχισε ο κ. ; "το έχω από τον ίδιο τον , δεν με άφησε πριν από μισή ώρα".

Εξακολουθούσε να τον κοιτάζει με τη μεγαλύτερη ομιλία.

"σας αρέσει, η Έμμα μου, τόσο λίγο όσο φοβόμουν.- Εύχομαι οι απόψεις μας ήταν οι ίδιες, αλλά με την πάροδο του χρόνου θα είναι, ο χρόνος, μπορεί να είστε βέβαιοι, θα κάνει ο ένας ή ο άλλος από εμάς να σκέφτονται διαφορετικά; Εν τω μεταξύ, δεν χρειάζεται να μιλάμε πολύ για το θέμα. "

"εσείς εσείς λάθος, μπορείτε με λάθος", απάντησε, ασκώντας τον εαυτό της. "δεν είναι ότι μια τέτοια περίσταση θα με έκανε τώρα δυσαρεστημένος, αλλά δεν μπορώ να το πιστέψω, φαίνεται αδύνατο!" - δεν μπορείς να πεις ότι ο έχει δεχτεί τον , δεν μπορείς να πεις ότι έχει ακόμη προτείνει Και πάλι - εννοείτε μόνο, ότι το σκοπεύει. "

"Εννοώ ότι το έχει κάνει", απάντησε ο κύριος. , με χαμογελαστή αλλά αποφασισμένη απόφαση "και έγινε αποδεκτή."

"Θεέ μου!" φώναξε - "καλά!" - στη συνέχεια, κάνοντας χρήση του εργαστηρίου της, ως δικαιολογία για να κλίνει το πρόσωπό της και να κρύβει όλα τα υπέροχα συναισθήματα απόλαυσης και ψυχαγωγίας που γνώριζε ότι πρέπει να εκφράζει, πρόσθεσε: εγώ πάντα δεν ήξερα τίποτα - αλλά δεν με κάνει να δυστυχώς, σας διαβεβαιώνω - πώς - πώς ήταν δυνατόν; "

Και ήταν μαζί μου σήμερα το πρωί αμέσως μετά το πρωινό, για να αναφέρω τις εργασίες του, πρώτα στις δικές μου υποθέσεις και στη συνέχεια μόνος του. Αυτό είναι το μόνο που μπορώ να αναφερθώ στο πώς, πού και πότε. Η φίλη σου θα κάνει μια πολύ μακρύτερη ιστορία όταν τη δεις. Θα σου δώσει όλα τα λεπτά στοιχεία, τα οποία μόνο η γλώσσα της γυναίκας μπορεί να κάνει ενδιαφέρουσα. Στην επικοινωνία μας ασχολούμαστε μόνο με το μεγάλο. Ωστόσο, πρέπει να πω, ότι η καρδιά του φαινόταν γι 'αυτόν, και για μένα, πολύ ξεχειλίζει? Και ότι ανέφερε, χωρίς να είναι πολύ για το σκοπό, ότι όταν εγκατέλειψαν το κουτί τους στο ', ο αδελφός μου ανέλαβε την ευθύνη της κας. Και μικρό , και ακολούθησε με και ? Και ότι σε μια στιγμή ήταν σε ένα τέτοιο πλήθος, ώστε να κάνει μάλλον ανήσυχος. " πρώτα στις δικές μου υποθέσεις, και στη συνέχεια μόνος του. Αυτό είναι το μόνο που μπορώ να αναφερθώ στο πώς, πού και πότε. Η φίλη σου θα κάνει μια πολύ μακρύτερη ιστορία όταν τη δεις. Θα σου δώσει όλα τα λεπτά στοιχεία, τα οποία μόνο η γλώσσα της γυναίκας μπορεί να κάνει ενδιαφέρουσα. Στην επικοινωνία μας ασχολούμαστε μόνο με το μεγάλο. Ωστόσο, πρέπει να πω, ότι η καρδιά του φαινόταν γι 'αυτόν, και για μένα, πολύ ξεχειλίζει? Και ότι ανέφερε, χωρίς να είναι πολύ για το σκοπό, ότι όταν εγκατέλειψαν το κουτί τους στο ', ο αδελφός μου ανέλαβε την ευθύνη της κας. Και μικρό , και ακολούθησε με και ? Και ότι σε μια στιγμή ήταν σε ένα τέτοιο πλήθος, ώστε να κάνει μάλλον ανήσυχος. " πρώτα στις δικές μου υποθέσεις, και στη συνέχεια μόνος του. Αυτό είναι το μόνο που μπορώ να αναφερθώ στο πώς, πού και πότε. Η φίλη σου θα κάνει μια πολύ μακρύτερη ιστορία όταν τη δεις. Θα σου δώσει όλα τα λεπτά στοιχεία, τα οποία μόνο η γλώσσα της γυναίκας μπορεί να κάνει ενδιαφέρουσα. Στην επικοινωνία μας ασχολούμαστε μόνο με το μεγάλο. Ωστόσο, πρέπει να πω, ότι η καρδιά του φαινόταν γι 'αυτόν, και για μένα, πολύ ξεχειλίζει? Και ότι ανέφερε, χωρίς να είναι πολύ για το σκοπό, ότι όταν εγκατέλειψαν το κουτί τους στο ', ο αδελφός μου ανέλαβε την ευθύνη της κας. Και μικρό , και ακολούθησε με και ? Και ότι σε μια στιγμή ήταν σε ένα τέτοιο πλήθος, ώστε να κάνει μάλλον ανήσυχος. " η φίλη σου θα κάνει μια πολύ μακρύτερη ιστορία όταν τη δεις. Θα σου δώσει όλα τα λεπτά στοιχεία, τα οποία μόνο η γλώσσα της γυναίκας μπορεί να κάνει ενδιαφέρουσα. Στην επικοινωνία μας ασχολούμαστε μόνο με το μεγάλο. Ωστόσο, πρέπει να πω, ότι η καρδιά του φαινόταν γι 'αυτόν, και για μένα, πολύ ξεχειλίζει? Και ότι ανέφερε, χωρίς να είναι πολύ για το σκοπό, ότι όταν εγκατέλειψαν το κουτί τους στο ', ο αδελφός μου ανέλαβε την ευθύνη της κας. Και μικρό , και ακολούθησε με και ? Και ότι σε μια στιγμή ήταν σε ένα τέτοιο πλήθος, ώστε να κάνει μάλλον ανήσυχος. " η φίλη σου θα κάνει μια πολύ μακρύτερη ιστορία όταν τη δεις. Θα σου δώσει όλα τα λεπτά στοιχεία, τα οποία μόνο η γλώσσα της γυναίκας μπορεί να κάνει ενδιαφέρουσα. Στην επικοινωνία μας ασχολούμαστε μόνο με το μεγάλο. Ωστόσο, πρέπει να πω, ότι η καρδιά του φαινόταν γι 'αυτόν, και για μένα, πολύ ξεχειλίζει? Και ότι ανέφερε, χωρίς να είναι πολύ για το σκοπό, ότι όταν εγκατέλειψαν το κουτί τους στο ', ο αδελφός μου ανέλαβε την ευθύνη της κας. Και μικρό , και ακολούθησε με και ? Και ότι σε μια στιγμή ήταν σε ένα τέτοιο πλήθος, ώστε να κάνει μάλλον ανήσυχος. " Η καρδιά του φαινόταν γι 'αυτόν, και για μένα, πολύ ξεχειλίζει. Και ότι ανέφερε, χωρίς να είναι πολύ για το σκοπό, ότι όταν εγκατέλειψαν το κουτί τους στο ', ο αδελφός μου ανέλαβε την ευθύνη της κας. Και μικρό , και ακολούθησε με και ? Και ότι σε μια στιγμή ήταν σε ένα τέτοιο πλήθος, ώστε να κάνει μάλλον ανήσυχος. " Η καρδιά του φαινόταν γι 'αυτόν, και για μένα, πολύ ξεχειλίζει. Και ότι ανέφερε, χωρίς να είναι πολύ για το σκοπό, ότι όταν εγκατέλειψαν το κουτί τους στο ', ο αδελφός μου ανέλαβε την ευθύνη της κας. Και μικρό , και ακολούθησε με και ? Και ότι σε μια στιγμή ήταν σε ένα τέτοιο πλήθος, ώστε να κάνει μάλλον ανήσυχος. "

Σταμάτησε. - Η κόρη δεν τόλμησε να επιχειρήσει οποιαδήποτε άμεση απάντηση. Για να μιλήσει, ήταν βέβαιη ότι θα ήταν να προδώσει έναν πιο παράλογο βαθμό ευτυχίας. Πρέπει να περιμένει μια στιγμή, ή θα σκεφτόταν την τρελή της. Η σιωπή της τον διαταράξει. Και αφού την παρακολούθησε λίγο, πρόσθεσε,

"Εμμα, αγάπη μου, είπατε ότι αυτή η περίσταση δεν θα σας κάνει πλέον δυσαρεστημένους, αλλά φοβάμαι ότι σας δίνει περισσότερο πόνο από ό, τι περίμενε, η κατάστασή του είναι κακό - αλλά πρέπει να το θεωρήσετε ως αυτό που ικανοποιεί τον φίλο σας και θα απαντήσει για τη σκέψη σας καλύτερα και καλύτερα από αυτόν, όπως τον ξέρετε περισσότερο, η καλή του αίσθηση και οι καλές του αρχές θα σας ενθουσιάσουν.-όσον αφορά τον άνθρωπο, δεν θα μπορούσατε να επιθυμήσετε τον φίλο σας στα καλύτερα χέρια. Θα αλλάξει αν θα μπορούσα, πράγμα που λέει πολλά για να σας διαβεβαιώσω, Έμμα.-μου γελάνε σε με για , αλλά θα μπορούσα να το ίδιο άσχημα . "

Ήθελε να κοιτάξει ψηλά και να χαμογελάσει. Και τώρα έφτασε να μην χαμογελάει πολύ ευρύτατα - το έκανε - χαρούμενα απαντώντας, "δεν χρειάζεται να προσπαθείτε να με συγκρίνετε με τον αγώνα, νομίζω ότι η κάνει εξαιρετικά καλά, οι συνδέσεις της μπορεί να είναι χειρότερες από τις δικές της. Απλώς, παράξενο, υπερβολικό, δεν μπορείς να φανταστείς πόσο ξαφνικά έφτασε σε μένα, πόσο παράξενα ήμουν! -Γιατί είχα λόγο να την πιστέψω πολύ πιο πρόσφατα πιο αποφασισμένη εναντίον του, πολύ περισσότερο από ό, τι πριν.

"θα έπρεπε να γνωρίζετε καλύτερα τον φίλο σας", απάντησε ο κύριος. ; "αλλά θα έλεγα ότι ήταν ένα καλοφτιαγμένο, μαλακό κορίτσι, που δεν ήταν πιθανό να είναι πολύ, πολύ αποφασισμένο εναντίον κάθε νεαρού άνδρα που της είπε ότι την αγάπησε".

Η Έμμα δεν μπορούσε να βοηθήσει να γελάσει καθώς απάντησε: "κατά τη γνώμη μου, πιστεύω ότι την γνωρίζετε τόσο καλά όσο κάνω." Αλλά, κύριε , είσαι απόλυτα σίγουρος ότι την αποδέχτηκε απολύτως και απόλυτα. Ίσως με την πάροδο του χρόνου - αλλά μπορεί ήδη; - δεν τον παρερμηνεύσατε; - και εσείς μιλούσατε για άλλα πράγματα, για δουλειές, για εκθέσεις βοοειδών ή για νέα γυμναστήρια - και ίσως όχι εσείς, με τη σύγχυση τόσων θεμάτων, λάθος δεν ήταν χέρι του που ήταν σίγουρος - ήταν οι διαστάσεις κάποιου διάσημου βόδιου. "

Η αντίθεση ανάμεσα στην όψη και τον αέρα του κ. Ο και ο ήταν αυτή τη στιγμή τόσο δυνατά για τα συναισθήματα της Έμμα και τόσο ισχυρή ήταν η ανάμνηση όλων αυτών που τόσο πρόσφατα πέρασαν από την πλευρά του , τόσο φρέσκο ο ήχος αυτών των λέξεων, μιλώντας με τέτοια έμφαση, "όχι, εγώ ελπίζω ότι ξέρω καλύτερα από το να σκεφτόμαστε τον , "ότι περίμενε πραγματικά ότι η νοημοσύνη θα αποδείξει, σε κάποιο βαθμό, πρόωρο. Δεν θα μπορούσε να είναι διαφορετικό.

"τολμάς να το πω αυτό;" είπε ο κ. . "τολμάς να σου υποθέσω τόσο μεγάλο μπλοκ, γιατί δεν ξέρεις τι μιλάει ένας άνθρωπος; τι αξίζεις;"

"Αχ, πάντα αξίζω την καλύτερη θεραπεία, γιατί ποτέ δεν έχω δώσει τίποτα άλλο και, ως εκ τούτου, πρέπει να μου δώσετε μια απλή, άμεση απάντηση." Είστε σίγουροι ότι καταλαβαίνετε τους όρους με τους οποίους ο κ. Και η τώρα είναι;"

«Είμαι απόλυτα βέβαιος», μου απάντησε, μιλώντας πολύ ξεκάθαρα, «ότι μου είπε ότι τον είχε δεχτεί · και ότι δεν υπήρχε αφάνεια, τίποτα αμφίβολο, με τις λέξεις που χρησιμοποίησε · και νομίζω ότι μπορώ να σας δώσω μια απόδειξη ότι πρέπει να είναι έτσι, ρώτησε τη γνώμη μου για το τι έπρεπε τώρα να κάνει, δεν γνώριζε για κανέναν, αλλά για τους θεοδέρφους στους οποίους θα μπορούσε να ζητήσει πληροφορίες για τις σχέσεις ή τους φίλους της ... Θα μπορούσα να αναφερθώ σε κάτι πιο κατάλληλο να γίνει , απ 'ό, τι να πάω στην κα Θεοδώρα, τον διαβεβαίωσα ότι δεν θα μπορούσα, τότε, είπε, θα προσπαθήσει να την δει κατά τη διάρκεια αυτής της ημέρας ».

«είμαι απόλυτα ικανοποιημένος», απάντησε Έμμα, με τα πιο λαμπερά χαμόγελα », και τους εύχομαι ειλικρινά ευτυχισμένοι».

"έχετε αλλάξει ουσιαστικά από τότε που μιλήσαμε για το θέμα αυτό πριν."

"Ελπίζω έτσι-για εκείνη την εποχή ήμουν ένας ανόητος."

"και έχω αλλάξει επίσης, γιατί είμαι τώρα πολύ πρόθυμος να σας παραχωρήσω όλες τις καλές ιδιότητες του . Έχω πάρει κάποιους πόνους για χάρη σας και για το χάρισμα του (που πάντα είχα λόγους να πιστεύω τόσο ερωτευμένος με όπως και εγώ ποτέ, πράγματι, σκέφτηκα να με υποψιάζεστε να υποστηρίζετε την κακή υπόθεση του μαρτίν, η οποία δεν ήταν ποτέ αλλά από όλες τις παρατηρήσεις μου είμαι πεπεισμένος ότι είναι ένα άπταιστο, φιλόξενο κορίτσι, με πολύ καλές ιδέες, πολύ σοβαρές αρχές και τοποθετώντας την ευτυχία της στις αγάπες και τη χρησιμότητα της εγχώριας ζωής. - Πολλά από αυτά, δεν έχω καμία αμφιβολία, μπορεί να σας ευχαριστήσει. "

"μου!" ρώτησε το Έμμα, κουνώντας το κεφάλι της - "αχ! Κακή !"

Ελέγινε τον εαυτό της, ωστόσο, και υπέβαλε ήσυχα σε λίγο περισσότερο έπαινο από ό, τι άξιζε.

Η συζήτησή τους έκλεισε σύντομα μετά την είσοδο του πατέρα της. Δεν λυπήθηκε. Ήθελε να είναι μόνος. Το μυαλό της βρισκόταν σε κατάσταση πικρίας και κατάπληξης, γεγονός που καθιστούσε αδύνατη τη συλλογή της. Ήταν στο χορό, στο τραγούδι, στο φωνάζοντας πνεύματα. Και μέχρι που είχε μετακομίσει, μίλησε στον εαυτό της, και γέλασε και αντανακλάται, θα μπορούσε να είναι κατάλληλη για τίποτα λογικό.

Η δουλειά του πατέρα της ήταν να ανακοινώσει ότι ο βγήκε έξω για να βάλει τα άλογα, προπαρασκευαστικό για την καθημερινή τους οδήγηση σε ? Και είχε επομένως μια άμεση δικαιολογία για εξαφάνιση.

Η χαρά, η ευγνωμοσύνη, η υπέροχη απόλαυση των αισθήσεων της μπορεί να φανταστεί κανείς. Το μοναδικό παράπονο και το κράμα που απομακρύνθηκε με την προοπτική της ευημερίας της , είχε πραγματικά τον κίνδυνο να γίνει υπερβολικά χαρούμενος για την ασφάλεια. - τι είχε να επιζητήσει; τίποτα, αλλά να μεγαλώσει περισσότερο αντάξιος του, των οποίων οι προθέσεις και η κρίση ήταν τόσο ανώτερη από τη δική του. Τίποτα, αλλά ότι τα διδάγματα από την παρελθόν της αηδία θα μπορούσαν να διδάξουν την ταπεινοφροσύνη και την περιφρόνησή της στο μέλλον.

Σοβαρή ήταν, πολύ σοβαρή στην ευγνωμοσύνη της και στα ψηφίσματά της. Και παρ' όλα αυτά δεν υπήρχε πρόληψη γέλιου, μερικές φορές στο μέσον τους. Πρέπει να γελάσει τόσο κοντά! Ένα τέτοιο τέλος της πενιχρής απογοήτευσης πέντε εβδομάδων πίσω! Μια τέτοια καρδιά - μια τέτοια !

Τώρα θα υπήρχε ευχαρίστηση στην επιστροφή της - κάθε πράγμα θα ήταν ευχαρίστηση. Θα ήταν μεγάλη χαρά να γνωρίζουμε τον .

Ψηλά στην τάξη των πιο σοβαρών και εγκάρδιων ευχαριστιών της, ήταν ο προβληματισμός ότι όλη η αναγκαιότητα της απόκρυψης από τον κ. Σύντομα θα τελειώσει. Η μεταμφίεση, η αμφιβολία, το μυστήριο, τόσο μισητό για την πρακτική, θα μπορούσε σύντομα να τελειώσει. Θα μπορούσε τώρα να προσβλέπει στο να του δώσει την πλήρη και πλήρη εμπιστοσύνη που η διάθεσή της ήταν έτοιμη να καλωσορίσει ως καθήκον.

Στα πιο χαρούμενα και πιο ευτυχισμένα πνεύματα που έβαλε μπροστά στον πατέρα της. Όχι πάντα ακούγοντας, αλλά πάντα συμφωνώντας σε αυτό που είπε? Και, είτε σε ομιλία είτε σε σιωπή, συνειδητοποιώντας την άνετη πεποίθηση ότι είναι υποχρεωμένος να πηγαίνει σε κάθε μέρα, ή κακή κα. Η θα ήταν απογοητευμένη.

Έφτασαν. Ο ήταν μόνος στο σαλόνι: - αλλά δεν είχαν ειπωθεί το μωρό, και ο κ. Έλαβε τις ευχαριστίες για την έλευση, την οποία ζήτησε, όταν μια γεύση πιάστηκε μέσω των τυφλών, δύο αριθμούς περνώντας κοντά στο παράθυρο.

"Είναι ειλικρινής και χάσετε το ", είπε η κα. . "Ήθελα να σας πω για το ευχάριστο μας παράπονο να βλέπουμε να φτάσει σήμερα το πρωί, να μένει μέχρι το πρωί και να χάσει το έχει πείσει να περάσει την ημέρα μαζί μας." Ελπίζουν ".

Σε μισό λεπτό ήταν στο δωμάτιο. Η Έμμα ήταν εξαιρετικά ευτυχής που τον είδε - αλλά υπήρξε κάποια σύγχυση - μια σειρά από ενοχλητικές αναμνήσεις σε κάθε πλευρά. Συνάντησαν εύκολα και χαμογελώντας, αλλά με μια συνείδηση που δεν επέτρεψε στην αρχή να λεχθεί λίγο. Και αφού όλοι κάθισαν ξανά, υπήρχε για κάποιο χρονικό διάστημα ένα τέτοιο κενό στον κύκλο, ότι η Έμμα άρχισε να αμφιβάλλει αν η επιθυμία τώρα επιδοκίμασε, την οποία είχε από καιρό αισθανθεί, να δει ξανά την ειλικρινή και να τον δει με , θα αποδώσει το ποσοστό ευχαρίστησής του. Όταν ο κ. Ωστόσο, ο εντάχθηκε στο πάρτι και όταν το μωρό είχε τραβηχτεί, δεν υπήρχε πλέον ζήτημα υποκειμένου ή κινούμενης εικόνας - ή θάρρος και ευκαιρία για ειλικρινή να πλησιάσει και να πει,

"Πρέπει να σας ευχαριστήσω, χάσετε το ξυλουργείο, για ένα πολύ ευγενικό μήνυμα συγχωρήσεως σε μία από τις επιστολές της κ. , ελπίζω ο χρόνος να μην σας έκανε λιγότερο πρόθυμους να χάσετε χάρη." Ελπίζω να μην ανακαλέσετε αυτό που είπατε στη συνέχεια ".

"Όχι, πράγματι," φώναξε Έμμα, χαρούμενος που αρχίζει, "δεν είμαι ιδιαίτερα χαρούμενος που χαίρομαι που βλέπω και κουνώνω τα χέρια μαζί σας-και να σας χαρίσω προσωπικά".

Την ευχαρίστησε με όλη της την καρδιά και συνέχισε κάποια στιγμή να μιλήσει με σοβαρή αίσθηση ευγνωμοσύνης και ευτυχίας.

"δεν κοιτάζει καλά;" είπε, στρέφοντας τα μάτια του προς τη ζάλη. "καλύτερα από ό, τι έκανε ποτέ;" "βλέπετε πώς ο πατέρας μου και η κ. Το κάνουν".

Αλλά τα πνεύματά του ξανάρχισαν ξανά και με τα γέλια, αφού αναφέρθηκε στην αναμενόμενη επιστροφή των , ονόμασε το όνομα του .-η Έμμα εξανθήθηκε και απαγόρευσε την έκφραση της στην ακρόασή της.

«δεν μπορώ ποτέ να το σκεφτώ», φώναξε, «χωρίς εξαιρετική ντροπή».

"η ντροπή", απάντησε, "είναι δική μου, ή θα έπρεπε να είναι, αλλά είναι πιθανό ότι δεν είχατε καμιά υποψία;

"Δεν είχα ποτέ το μικρότερο, σας διαβεβαιώνω."

"που φαίνονταν υπέροχα, ήμουν κάποτε πολύ κοντά - και θα ήθελα να έχω - θα ήταν καλύτερη, αλλά αν και πάντα έκανα λάθος πράγματα, ήταν πολύ κακά λάθος πράγματα και όπως δεν μου έκαναν καμία υπηρεσία. Θα ήταν μια πολύ καλύτερη παράβαση εάν είχα σπάσει τον δεσμό της μυστικότητας και σου είπε όλα τα πράγματα. "

"δεν αξίζει τώρα τη λύπη", δήλωσε ο Έμμα.

"Έχω κάποια ελπίδα", συνέχισε ο ίδιος, "ο θείος μου είναι πεπεισμένος να κάνει μια επίσκεψη σε θέλει να τον εισαγάγει." Όταν επιστρέψουν οι , θα τους συναντήσουμε στο Λονδίνο και θα συνεχίσουμε εκεί, εμπιστεύομαι , μέχρι να μπορέσουμε να το μεταφέρουμε προς τα βόρεια - αλλά τώρα είμαι σε τόσο μεγάλη απόσταση από αυτήν - δεν είναι δύσκολο, παραλείψτε το ξύλο; -ήταν σήμερα το πρωί, δεν συναντήσαμε κάποτε από την ημέρα της συμφιλίωσης. ; "

Η Έμμα μίλησε πολύ λυπηρά για το λυπημά της, που με μια ξαφνική προσχώρηση της ομοφυλοφιλικής σκέψης, φώναξε,

"Αχ!", τότε βύθισε τη φωνή του και έψαξε για λίγο τη στιγμή - "Ελπίζω ο κ. Να είναι καλά;" έπαψε - χρωμάτισε και γέλασε - "Ξέρω ότι είδατε την επιστολή μου και νομίζετε ότι μπορείτε να θυμηθείτε την ευχή μου προς όφελός σας, επιτρέψτε μου να επιστρέψω τα συγχαρητήριά σας." Σας διαβεβαιώνω ότι άκουσα τα νέα με το θερμότερο ενδιαφέρον και ικανοποίηση - είναι ένας άνθρωπος τον οποίο δεν μπορώ να υποθέσω για επαίνους ».

Η Έμμα ήταν ευχαριστημένη και μόνο ότι ήθελε να συνεχίσει με τον ίδιο τρόπο. Αλλά το μυαλό του ήταν η επόμενη στιγμή στις δικές του ανησυχίες και με τη δική του , και τα επόμενα λόγια του ήταν,

"Έχεις δει ποτέ ένα τέτοιο δέρμα; αυτή την ομαλότητα, μια τέτοια λιχουδιά! Και χωρίς να είναι πραγματικά δίκαιη, δεν μπορεί κανείς να την ονομάσει δίκαιη, είναι μια ασυνήθιστη χροιά, με τις μαύρες βλεφαρίδες και τα μαλλιά της. Χείλη τόσο χαριτωμένη σε αυτό.-μόνο το χρώμα για την ομορφιά. "

"πάντα θαυμάζω την επιδερμίδα της", απάντησε Έμμα, . "αλλά δεν θυμάμαι την εποχή που την βρήκες λάθος για το να είσαι τόσο χλωμός;" όταν αρχίσαμε να μιλάμε γι 'αυτήν. "- έχετε ξεχάσει αρκετά;"

"Ω! Όχι - τι ήταν ένα σκασμένο σκυλί!" - πώς θα τολμούσα ... "

Αλλά γέλασε τόσο έντονα στην ανάμνηση, ότι η Έμμα δεν μπορούσε να πει να πει,

"Υποψιάζομαι ότι εν μέσω των περιπλοκών σας την εποχή εκείνη, είχατε πολύ μεγάλη διασκέδαση για να μας ξεγελάσετε όλους. Είμαι βέβαιος ότι είχατε. Είμαι βέβαιος ότι ήταν μια παρηγοριά για σας".

"Ώχι, όχι, όχι, όχι - πώς μπορείς να με υποψιάσεις κάτι τέτοιο; Ήμουν ο πιο άθλιος άθλιος!"

"δεν είναι τόσο άθλια ώστε να μην είναι ευαίσθητο στην αγάπη, είμαι βέβαιος ότι ήταν μια πηγή υψηλής ψυχαγωγίας για εσάς, να αισθανθείτε ότι μας παίρνατε όλοι μέσα - ίσως είμαι πιο διατεθειμένος να υποψιάζομαι γιατί, για να σας πω αλήθεια, νομίζω ότι θα μπορούσε να υπήρξε κάποια διασκέδαση στον εαυτό μου στην ίδια κατάσταση. Νομίζω ότι υπάρχει μια μικρή ομοιότητα μεταξύ μας. "

Υποκλίθηκε.

«αν όχι στις διαθέσεις μας», πρόσθεσε επί του παρόντος, με μια ματιά της αληθινής ευαισθησίας, «υπάρχει μια ομοιότητα στο πεπρωμένο μας, το πεπρωμένο που προσφέρεται δίκαια για να μας συνδέσει με δύο χαρακτήρες τόσο ανώτεροι από τους δικούς μας».

"αλήθεια, αλήθεια", απάντησε θερμά. "Όχι, δεν είναι αλήθεια από την πλευρά σας, δεν μπορείτε να έχετε ανώτερο, αλλά πιο αληθινό σε δική μου." Είναι μια πλήρη άγγελος, κοιτάξτε την, δεν είναι άγγελος σε κάθε χειρονομία, παρατηρήστε τη σειρά του λαιμού της. Μάτια, καθώς κοιτάζει ψηλά τον πατέρα μου - θα χαρείτε να ακούσετε (με κλίση το κεφάλι του και να ψιθυρίζετε σοβαρά) ότι ο θείος μου σημαίνει να του δώσει όλα τα κοσμήματα της θείας μου. Έχετε κάποια στολίδι για το κεφάλι, δεν θα είναι όμορφο στα σκοτεινά μαλλιά της; "

"πολύ όμορφη, πράγματι", απάντησε Έμμα? Και μίλησε τόσο ευγενικά, ότι με έκπληξη ξεσπούσε,

"πόσο χαρά μου είναι να σε δω ξανά και να σε δω σε τέτοια εξαιρετική εμφάνιση!" - δεν θα έλειψα αυτή τη συνάντηση για τον κόσμο, σίγουρα θα έφευγα στο Χάρτφιλντ αν δεν είχε έρθει ".

Οι άλλοι μιλούσαν για το παιδί, κυρία. Το έδειξε ένα μικρό συναγερμό που είχε υποστεί, το βράδυ πριν, από το βρέφος που δεν εμφανίστηκε αρκετά καλά. Πίστευε ότι ήταν ανόητη, αλλά την είχε τρομάξει και ήταν σε μισό λεπτό από την αποστολή για τον κ. . Ίσως πρέπει να ντρέπεται, αλλά κύριε. Η ήταν σχεδόν εξίσου ανήσυχη με τον εαυτό της. Σε δέκα λεπτά, όμως, το παιδί ήταν απόλυτα καλά. Αυτή ήταν η ιστορία της. Και ιδιαίτερα ενδιαφέρουσα ήταν ο κύριος. Ξύλο, που την επαίνεσε πάρα πολύ για να σκεφτεί ότι έστειλε για το απίθανο, και εξέφρασε τη λύπη του για το γεγονός ότι δεν το έκανε. "θα έπρεπε πάντα να στείλει για το απίθανο, αν το παιδί εμφανίστηκε στο μικρότερο βαθμό διαταραγμένο, ήταν μόνο για μια στιγμή, δεν θα μπορούσε να είναι πολύ σύντομα ανησυχούν, ούτε να στείλετε για αχλάδι πάρα πολύ συχνά ήταν κρίμα, ίσως, ότι δεν είχε έρθει χτες τη νύχτα? Διότι, αν και το παιδί φαινόταν καλά τώρα, λαμβάνοντας πολύ καλά υπόψη, θα ήταν καλύτερα να το είχε δει ο . "

Ο ιερός εκκλησία πιάστηκε το όνομα.

"!" είπε σε Έμμα, και προσπάθησε, όπως μίλησε, να πιάσει το μάτι της . "ο φίλος μου κ. , τι λένε για τον κ. ;" "Ήταν εδώ σήμερα το πρωί;" και πώς ταξιδεύει τώρα;

Ο ΈΜΜΑ σύντομα ανακάλεσε και τον κατάλαβε. Και ενώ μπήκε στο γέλιο, ήταν εμφανές από την όψη της Τζέιν ότι και αυτή την άκουγε πραγματικά, αν και προσπαθούσε να φαίνεται κωφός.

"ένα τέτοιο έκτακτο όνειρο μου!" αυτός έκλαψε. «δεν μπορώ ποτέ να το σκεφτώ χωρίς να γελάσω», μας ακούει, μας ακούει, λείπει το ξυλουργείο, το βλέπω στο μάγουλο, το χαμογελό της, τη μάταιη προσπάθειά της να μιλάει. Στιγμής, το ίδιο το πέρασμα της δικής της επιστολής, που μου έστειλε την έκθεση, περνάει κάτω από το μάτι της - ότι ολόκληρη η γκάφα έχει εξαπλωθεί μπροστά της - ότι δεν μπορεί να παρακολουθήσει τίποτα άλλο, αν και προσποιείται ότι ακούει τους άλλους;

Η Τζέιν αναγκάστηκε να χαμογελάσει εντελώς, για μια στιγμή. Και το χαμόγελο εν μέρει παρέμεινε καθώς γύρισε προς αυτόν και είπε σε μια συνειδητή, χαμηλή, αλλά σταθερή φωνή,

"πώς μπορείτε να υπομείνετε τέτοιες αναμνήσεις, είναι εκπληκτικό για μένα! -μερικές φορές θα -αλλά πώς μπορείτε να τους δικαστεί!"

Είχε πολλά να πει σε αντάλλαγμα και πολύ διασκεδαστικό. Αλλά τα συναισθήματα της Έμμα ήταν κυρίως με , στο επιχείρημα. Και όταν έφευγε από τα κοράκια και έπεσε φυσικά σε μια σύγκριση των δύο ανδρών, αισθάνθηκε ότι ήταν ευχαριστημένος όπως είχε δει να δει ειλικρινή και πραγματικά τον περίμενε όπως έκανε και με τη φιλία, δεν ήταν ποτέ πιο λογικός από τον κύριο. Υψηλή υπεροχή του χαρακτήρα. Η ευτυχία αυτής της πιο ευτυχισμένης ημέρας, έλαβε την ολοκλήρωσή του, με την κινούμενη περισυλλογή της αξίας του που αυτή η σύγκριση παρήγαγε.

Κεφάλαιο

Αν η Έμμα είχε, κατά διαστήματα, μια ανήσυχη αίσθηση για το , μια στιγμιαία αμφιβολία ότι είναι δυνατό για να θεραπεύσει πραγματικά την προσκόλλησή της στον κύριο. , και πραγματικά ικανοί να δεχτούν έναν άλλο άνθρωπο από αμερόληπτη κλίση, δεν ήταν καιρός να υποφέρει από την επανάληψη οποιασδήποτε τέτοιας αβεβαιότητας. Μια πολύ λίγες μέρες έφερε το πάρτι από το Λονδίνο και δεν είχε την ευκαιρία να μείνει μόνο μία ώρα με τη Χάριετ, απ 'ό, τι έγινε απόλυτα ικανοποιημένη - ανυπολόγιστη όπως ήταν! - ότι ο είχε πλήρως αντικαταστήσει τον κ. , και τώρα σχηματίζει όλες τις απόψεις της για την ευτυχία.

Ο Χάριετ ήταν λίγο απογοητευμένος. Φαινόταν κάπως ανόητος στην αρχή: αλλά κάποτε ανήκε στο ότι ήταν αυταρχική και ανόητη και αυτοαποπληκτική, πριν, ο πόνος και η σύγχυση έμοιαζε να πεθαίνει με τα λόγια και να την αφήνει χωρίς φροντίδα για το παρελθόν και με την πληρέστερη εκβιασμό στο παρόν και στο μέλλον. Διότι, ως προς την έγκριση του φίλου της, η Έμμα είχε αμέσως αφαιρέσει κάθε φόβο αυτής της φύσης, με τη συνάντησή της με τα πιο ανεπιφύλακτα συγχαρητήρια. -Η ήταν πολύ χαρούμενη να δώσει όλες τις λεπτομέρειες του βράδυ στο ', και το δείπνο την επόμενη μέρα? Θα μπορούσε να το μελετήσει όλα με την απόλυτη απόλαυση. Αλλά τι εξήγησε αυτές οι λεπτομέρειες; -όπως συνέβαινε τώρα, όπως η Έμμα μπορούσε να αναγνωρίσει- ότι ο είχε πάντα τον άρεσε ο . Και ότι η συνεχιζόμενη αγάπη της ήταν ακαταμάχητη. - πέρα από αυτό,

Το γεγονός, ωστόσο, ήταν πιο χαρούμενο. Και κάθε μέρα της έδινε νέο λόγο σκέψης για αυτό. - Η γέννηση του Χάριετ έγινε γνωστή. Αποδείχτηκε ότι ήταν κόρη ενός εμπόρου, αρκετά πλούσιο για να της προσφέρει την άνετη συντήρηση που είχε ποτέ της και αρκετά αξιοπρεπή ώστε πάντα να επιθυμούσε την απόκρυψη. -όπως ήταν το αίμα της εφηβείας που η Έμμα είχε προηγουμένως τόσο έτοιμη να εγγυηθεί γιατί ήταν πιθανό να είναι τόσο αδιάφορος, ίσως, όπως το αίμα πολλών τζέντλεμαν: αλλά τι είχε προετοιμαστεί για τον κ. -ή για τις εκκλησίες-ή ακόμα και για τον κ. ! - ο κηλιδός της παράνοιας, που δεν είχε λευκαριστεί από την ευγένεια ή τον πλούτο, θα ήταν πράγματι ένας λεκές.

Δεν προβλήθηκε καμία αντίρρηση από την πλευρά του πατέρα. Ο νεαρός άντρησε απεγνωσμένα. Ήταν ό, τι θα έπρεπε να γίνει: και όπως εξοικείωσε η Έμμα με τον , ο οποίος εισήχθη τώρα στο , αναγνώρισε πλήρως σε αυτόν όλη την εμφάνιση της αίσθησης και της αξίας που θα μπορούσε να προσφερθεί πιο δίκαιη για τον μικρό φίλο της. Δεν είχε καμία αμφιβολία για την ευτυχία του με οποιονδήποτε καλό άνθρωπο. Αλλά μαζί του, και στο σπίτι που προσέφερε, θα υπήρχε η ελπίδα περισσότερων, της ασφάλειας, της σταθερότητας και της βελτίωσης. Θα βρισκόταν στη μέση εκείνων που την αγάπησαν, και που είχε καλύτερη αίσθηση από τον εαυτό της. Συνταξιοδοτημένος αρκετά για την ασφάλεια, και κατέλαβε αρκετά για χαρούμενος. Δεν θα οδηγούσε ποτέ στον πειρασμό, ούτε έφυγε για να την βρει έξω. Θα ήταν αξιοσέβαστη και ευτυχισμένη. Και η Έμμα την αναγνώρισε ως το πιο τυχερό πλάσμα στον κόσμο,

Η Χάριετ, αναγκαστικά απομακρυνόμενη από τις σχέσεις της με τους μαρτίνους, ήταν όλο και λιγότερο στο Χάρτφιλντ. Η οποία δεν ήταν να λυπηθεί. - η οικειότητα μεταξύ της και της εμάς πρέπει να βυθιστεί. Η φιλία τους πρέπει να αλλάξει σε ένα πιο ήρεμο είδος καλής θέλησης. Και, ευτυχώς, αυτό που έπρεπε να είναι, και πρέπει να είναι, φάνηκε ήδη να αρχίζει και με τον πιο σταδιακό, φυσικό τρόπο.

Πριν από τα τέλη του Σεπτεμβρίου, η Έμμα παρακολούθησε το στην εκκλησία και είδε το χέρι της που δόθηκε στον με τόσο πλήρη ικανοποίηση, καθώς δεν υπήρχαν αναμνήσεις, ακόμη και σε σχέση με τον κ. Ο Ελτον, καθώς στάθηκε μπροστά τους, θα μπορούσε να βλάψει. Ίσως, πράγματι, εκείνη την εποχή μόλις είδε τον κύριο. , αλλά ως κληρικός, του οποίου η ευλογία στο βωμό θα μπορούσε να πέσει έπειτα επί του εαυτού της. -Το και η , το τελευταίο ζευγάρι που ασχολήθηκε με τους τρεις, ήταν οι πρώτοι που παντρεύτηκαν.

Η είχε ήδη εγκαταλείψει το και αποκαταστάθηκε στις ανέσεις του αγαπημένου της σπιτιού με τους . Εκκλησίες ήταν επίσης στην πόλη? Και περίμεναν μόνο τον Νοέμβριο.

Ο ενδιάμεσος μήνας ήταν εκείνος που καθορίζονταν, όσο τολμούσαν, από την Έμμα και τον κ. .-Είχαν αποφασίσει ότι ο γάμος τους θα έπρεπε να ολοκληρωθεί ενώ ο και η ήταν ακόμα στο , για να τους επιτρέψουν την απουσία της δεκαπενθήμερης σε μια περιήγηση στη θάλασσα, που ήταν το σχέδιο. - , και κάθε άλλος φίλος, συμφώνησαν να την εγκρίνουν. Αλλά κύριε. Ξύλο-πώς ήταν ο κ. Το ξύλο που πρέπει να προκληθεί για να συναινέσει; - που δεν είχε ακόμη παραπέμψει στο γάμο τους αλλά ως ένα μακρινό γεγονός.

Όταν αρχικά ακουγόταν για το θέμα, ήταν τόσο άθλια, ότι ήταν σχεδόν απελπισμένοι. - Μια δεύτερη παραλλαγή, πράγματι, έδωσε λιγότερο πόνο. - άρχισε να σκέφτεται ότι ήταν και δεν μπορούσε να το εμποδίσει - μια πολύ ελπιδοφόρα βήμα του νου στο δρόμο προς την παραίτηση. Ωστόσο, δεν ήταν ευτυχισμένος. Όχι, εμφανίστηκε τόσο διαφορετικά, ότι το θάρρος της κόρης του απέτυχε. Δεν μπορούσε να αντέξει να τον δει να υποφέρει, να τον γνωρίζει φανταχτερός παραμελημένος; Και παρότι η κατανόησή της σχεδόν συναινούσε στη διαβεβαίωση τόσο του κ. , ότι όταν το συμβάν τελείωσε, η στενοχώρια του θα ήταν σύντομα υπερβολική, δίσταζε - δεν μπορούσε να προχωρήσει.

Σε αυτή την κατάσταση αγωνίας συσχετίστηκαν, όχι από τον ξαφνικό φωτισμό του κ. Το μυαλό του ξυλουργού ή οποιαδήποτε θαυμάσια αλλαγή του νευρικού του συστήματος, αλλά με τη λειτουργία του ίδιου συστήματος με άλλο τρόπο. Το κτηνοτροφείο του είχε ληστέψει μια νύχτα από όλες τις γαλοπούλες της - προφανώς από την εφευρετικότητα του ανθρώπου. Άλλα δάση πουλερικών στη γειτονιά υπέφεραν επίσης. Οι φόβοι του ξυλουργού - ήταν πολύ ανήσυχος. Αλλά για την προστασία της γατούλας του, θα ήταν κάτω από άθλια συναγερμού κάθε βράδυ της ζωής του. Τη δύναμη, την ανάλυση και την παρουσία του μυαλού του κ. , διέταξε την πληρέστερη εξάρτησή του. Ενώ καθένας από αυτούς τον προξένησε και τον ίδιο, το ήταν ασφαλές. Ο πρέπει να είναι και πάλι στο Λονδίνο μέχρι το τέλος της πρώτης εβδομάδας το Νοέμβριο.

Το αποτέλεσμα αυτής της στενοχώρας ήταν ότι με μια πολύ πιο εθελοντική και χαρούμενη συναίνεση από ό, τι η κόρη του είχε υποθέσει ότι ελπίζει αυτή τη στιγμή, ήταν σε θέση να διορθώσει την ημέρα του γάμου της - και ο κ. Κλήθηκε, μέσα σε ένα μήνα από τον γάμο του κ. Και κα. , να ενταχθούν στα χέρια του κ. Και χάσετε το ξύλο.

Ο γάμος μοιάζει πολύ με άλλους γάμους, όπου τα κόμματα δεν έχουν κανένα γούστο για φαγητό ή παρέλαση. Και κα.

Ο , από τα στοιχεία που περιγράφει ο σύζυγός της, το θεωρούσε εξαιρετικά άθλια και πολύ κατώτερα από τη δική του .- "Πολύ λίγο λευκό σατέν, πολύ λίγα δαντέλα δαντέλα, μια πολύ θλιβερή δουλειά!" -σελίνα θα κοίταζε όταν το άκουγε. "- αλλά, παρά τις ελλείψεις, τις επιθυμίες, τις ελπίδες, την εμπιστοσύνη, τις προβλέψεις της μικρής ομάδας πραγματικών φίλων που είδαν την τελετή, απαντήθηκαν πλήρως στην τέλεια ευτυχία της ένωσης.